君特·格拉斯
文集

Günter Grass
Werke

狗年月

Hundejahre

〔德〕君特·格拉斯 著
刁承俊 译

人民文学出版社
PEOPLE'S LITERATURE PUBLISHING HOUSE

译 者 序

德国当代著名作家君特·格拉斯的长篇小说《狗年月》以其丰富的内涵，独特的表现形式，成为一部颇堪玩味、值得仔细阅读的书。这部发表于一九六三年的作品所描绘的维斯瓦河入海口是作者的诞生地但泽-朗富尔地区。但泽在“二战”前为东普鲁士的一部分，隶属德国。作者在故乡的文科中学接受教育。一九四四年到一九四五年，他曾任防空助手，以后当兵上了前线，一九四五年受伤，被俘后关进了战俘营。一九四六年五月获释后，格拉斯曾做过农业工，下过钾盐矿，当过爵士乐手，后来又在美术学院深造，研习雕刻艺术。这些经历为作者创作《狗年月》打下了坚实的生活基础。

作品所展现的是二十世纪二十年代到五十年代德国的社会风貌。昔日德意志国内的风云变幻构成了小说的主要内容。希特勒上台，法西斯统治，第二次世界大战，德国的分裂，西德的经济奇迹，在作品中都得到了形象的表述。这些重大历史事件在作品中的表现往往既含蓄又幽默。俏皮风趣的语言和轻松自如的笔调所包容的是历史的凝重。

但泽附近的布勒森海滨木板小桥旗杆上的十二面旗帜，作为政坛风云的晴雨表，颇具象征意义。最初，这里只有四面卐字旗，八面波罗的海沿岸城市的市旗，但不久，便有了六面卐字旗。作者虽然并未直接描写法西斯的猖獗，但是旗杆上旗帜的变化，却分明在向人们诉说德国政局的动荡。

对于发生在集中营里的暴行，作者并未作具体描述，而对于皇帝港高炮连旁边的白骨山却不惜笔墨，采用由远及近的方法进行了详尽的描绘。人们先闻到它的气味，然后才看到这座“位于……铁丝网后面，在一个砖红色工厂前”的白色山丘。“没有人谈到白骨山，可是大家都看到它，闻到它的气味……”白骨山上覆盖着的烟尘，冒着滚滚浓烟的工厂，白天闲置不用、夜里忙个不停的簸动运输机和倾斜式运货车，以及灵活移动的乌鸦群，使白骨山笼罩着阴森恐怖的神秘气氛。白骨山之谜，只是在图拉这个半大女孩亲自从白骨山上取回人的头盖骨之后才算揭穿。原来，白骨山上堆积的全是人骨头，而且这些骨头都是从施图特霍夫运来的。

施图特霍夫之所以出名，是因为那里有一个规模巨大的集中营。中学教师布鲁尼斯就关在那里。这位刚过五旬的参议教师，因为在人们歌唱法西斯时不仅不加入大合唱，反而“露出一副鄙夷不屑的神情”，因为他在希特勒生日时不挂卐字旗，因为他克扣给学生定量发放的维生素药片，被送进了施图特霍夫集中营。布鲁尼斯在集中营里还活着时，他的养女燕妮就已穿上了黑色丧服。燕妮这一举动既是对法西斯暴行的控诉，也是一种信号，它预示着参议教师终将被折磨致死的悲惨命运。不难看出，存在于布鲁尼斯被捕、燕妮身穿黑色丧服、施图特霍夫集中营、白骨山之间的那条黑线就是法西斯暴政。这种含蓄的描写耐人寻味，发人深省，给读者留下了进一步去联想和思考的余地。

《狗年月》在揭露法西斯折磨和毁灭无辜者肉体的同时，着重表现了它对于人们心灵的毒害和摧残。瓦尔特·马特恩就是这样一个肉体和精神的双重受害者。他的身上充满着矛盾。他既是赤色组织“红鹰”的成员，甚至还是共产党员，但是又参加过冲锋队，当过兵，上过前线。他既散发革命的传单，又参与冲锋队追捕革命者、迫害无辜者的行动。他曾经因为“侮辱元首”在什未林剧院被解雇，因为反对法西斯在杜塞尔多夫警察局拘留室里被打断肋骨，因为“瓦解士气”在皇帝港高炮连从上士降为士兵，被送去惩罚营扫雷。他既有过辉煌，也有过耻辱。他灵魂中的阴暗面在同歃血为盟的好友埃迪·阿姆泽尔的关系中暴露无遗。

马特恩同阿姆泽尔的关系从一开始就异乎寻常。最初，马特恩对阿姆泽尔拳脚交加，后来居然成了他的保护者，再往后，两人结成歃血为盟的莫逆之交。在阿姆泽尔制作稻草人时，马特恩自愿为他承担运输材料和成品的工作。当阿姆泽尔对棒球运动心存恐惧之时，马特恩千方百计地为他解围。而阿姆泽尔也在租赁的别墅里为好友提供食宿方便。尽管如此，在九个蒙面人袭击阿姆泽尔时，马特恩并不手软。作为冲锋队队员，他揍起自己唯一的朋友来比别人更凶、更狠，直打得阿姆泽尔血流满地，牙齿脱落。在这里，冲锋队队员的身份使他灵魂中兽性的一面恶性膨胀，达到登峰造极的地步。当他离开冲锋队（一年后因偷窃被除名）后，他泯灭的人性才又开始复苏。对于这一段不光彩的经历，他讳莫如深。若干年后，当黄金小嘴（即昔日的阿姆泽尔）同他探讨自己沙哑症的起因时，对这段往事他始终守口如瓶。战后，他带着黑色牧羊犬普鲁托四处游荡，在德国各地寻求报复，清算法西斯的罪行。为了进行“非纳粹化”，他无所不用其极，甚至不惜让昔日仇敌的女眷染上淋病。可是对自己过去的所作所为，他却三缄其口。作者并未过多地直接描写他的内心活动，而只是采取客观的态度，将他的举止言行和盘托出。细心的读者在这些描述中不难看出，马特恩内心世界充满着矛盾和痛苦。失而复得的小折刀作为马特恩与阿姆泽尔友谊的标志，再一次被马特恩抛进了河里。如果说少年时代是因为找不到石头子儿，而把小折刀扔进维斯瓦河，那么这一次，毫无理由地把好不容易才找到的小折刀扔进东、西柏林之间的“堡垒运河”，就只能理解为：马特恩要斩断同昔日的阿姆泽尔的任何关系，只愿同现在的黄金小嘴联系。换句话说，他要同“过去”决裂。之所以如此，是因为昔日的一切留下的都是痛苦的回忆。

在德国境内，法西斯对人们心灵的毒害和摧残随处可见。这种精神受害者的人数远远超过肉体受到残害者。正因为受害的范围更广、更深，所以，展示这种影响就更具有重要意义。

木工师傅弗里德里希·利贝瑙的黑牧羊犬哈拉斯引起的轰动效应可以说是一个典型的事例。这条名不见经传的牧羊犬配种产下的“亲王”，在希特勒四十六周岁诞辰时被纳粹省党部作为生日贺礼献给了希特勒，得到总理府回信和希特勒亲笔签名的照片。自此以后，这条普通的看家犬便突然之间飞黄腾达。凭借着看家犬的光环，狗主人、狗主人的亲戚、狗主人的邻居和狗主人的木工伙计都先后加入了纳粹党；狗主人的儿子在学校获得了极大的荣誉，同学们都以此为骄傲，“因为这对于我们班级、我们学校和我们美丽的城市是一个极大的荣誉”；学生们在教师带领下去狗舍参观，了解狗的谱系；希特勒青年团领导的少年队队旗以哈拉斯的名字命名；各路记者和摄影师从全国各地赶来采访；甚至连一些宗教报刊和专业杂志也都纷纷派出人员，前往考察。有关哈拉斯的事情被连篇累牍地恣意渲染，频频见报；哈拉斯的照片在国内外报刊上多次出现；就连狗主人的谈话也成为至理名言，经常作为图片标题被人们引用。由于新闻界的大肆鼓噪，一时间真可以说是“狗名远扬”。

在这部以《狗年月》为书名的作品中，狗占据着重要位置。书中虽然对佩尔昆——森塔——哈拉斯——“亲王”（又名普鲁托）这四代狗都有详细描述，但是，真正能够举足轻重的却只有哈拉斯和“亲王”，尤其是“亲王”，因为只有它才同法西斯的命运紧紧相连，甚至成为独裁者的宠物。正因为法西斯同狗结合，主宰着人们的社会生活，所以才会演出那一幕幕的悲剧和闹剧。

但是，哈拉斯毕竟是圈外之狗，它的辉煌只不过是“亲王”光环的余晖而已。因此，对于它的宣传虽然也有官方授意，但毕竟还是局限于舆论工具造造声势罢了。“亲王”则不然，它在给希特勒祝寿时外逃,成为举世瞩目的重大事件。它的外逃不仅成为广播电台、报纸杂志谈论的中心,而且改变了希特勒的战略部署。在盟军和苏军步步逼近、柏林已经危在旦夕的紧急情况下,德军组建了“陷阱行动指挥部”和“元首爱犬搜索队”,将战略重点从防御盟军和苏军的进攻转移到对牧羊犬“亲王”进行的围、追、堵、截上面,并为此制定了专门的“陷阱行动”计划。至此,狗已成为法西斯保卫的中心。正如作者在谈到法西斯统治下的德国时多次用上“狗年月”这个词一样,仔细分析起来,这一看似荒谬绝伦的逻辑倒并不荒谬,因为非理性作为狗与法西斯之间的共同点,把两者紧紧结合在一起。在这种非理性势力支配下,有什么荒唐事不会出现,有什么暴行不会发生呢?然而,真正可悲的不仅仅在于这些反常现象本身,更主要的是人们对待它的那种麻木不仁、随声附和甚至趋之若鹜的态度。战后企图实现“非纳粹化”的马特恩连遭败北,终被翁特拉特拳球队以进行所谓“东方的煽动性宣传”为由除名,再一次证明了这种非理性影响的根深蒂固。于是,“遗忘”便成了人们的行动准则。马特恩本人也试图用大橡皮擦去“过去”的举动,就是这种心态的真实写照。

小说中的主人公马特恩和阿姆泽尔是一对性格迥异的伙伴。阿姆泽尔因为有一半的犹太血统,遭人歧视,甚至连马特恩生气时也会骂他“犹太鬼”。由于他自幼体胖,人称“胖墩儿”,常遭人揍。而马特恩则相反,他有曾经揭竿而起、后被处死的祖父和叔祖父,因此,血液中似乎有一种天生的反叛精神。他身强力壮,在体能和体育运动方面总是强者。然而,作为两个完全不同的艺术形象,马特恩与阿姆泽尔的性格始终处于对立统一的辩证关系中。虚伪与真诚、愚拙与智慧、激进与冷静、刻板与幽默、耿耿于怀与宽以待人形成了两人性格的鲜明对比。

人称“咬牙人”的马特恩偏激、酗酒,动不动就把牙齿咬得咯咯作响,嘴里还不时冒出“犹太鬼”这句骂人话。为了个人的利益,他不惜出卖好友，恩将仇报，把莫逆之交打得鲜血淋淋。对于那些曾经损害过他的人，他从不放过。这个“寻求补偿的跟踪者”把那些人的名字记在“心上、脾上和肾上”，然后按图索骥，一个一个地进行报复。他不择手段的报复不仅仅针对那些昔日的当事人，也针对他们的妻儿老小和家禽宠物。他打着“非纳粹化”的幌子，把那些人的女人带走，使她们染上淋病，然后又将她们抛弃。由于他的迟钝、愚拙，他激烈情绪的发泄往往事与愿违，招致引火烧身的后果。

阿姆泽尔——黄金小嘴——布劳克塞尔这三个名字表明阿姆泽尔性格发展的三个不同阶段。与童年时代的名字“阿姆泽尔”联系在一起的往往是：具有音乐禀赋，能唱童声高音区；在绘画方面表现不凡；制作的稻草人闻名遐迩，令人叹为观止。他生性敏感，年幼时甚至不能穿新鞋、新袜和新衣服。“逆来顺受”是支配他一切行动的主导动机。为了逃过体育课，不上棒球场，他宁可做杂务，甚至生吞蝾螈尾。

“黄金小嘴”是他被打掉三十二颗牙齿后离开故乡、来到柏林并镶上全副金牙后得到的绰号。这时，作为“黄金小嘴”的阿姆泽尔和蔼可亲，忠厚老实，乐于助人，体现了人性中最美好的东西。他对昔日的恩师——布鲁尼斯的养女燕妮的帮助，饱含着巨大的勇气和真挚的情怀。须知，在法西斯横行的年代，布鲁尼斯表面上是因为刑事犯罪，实则是因为政治问题锒铛入狱，要收留这位集中营囚犯的养女，所冒的风险可想而知。“黄金小嘴”时代的阿姆泽尔作为一位著名的艺术家和芭蕾舞教练，在艺术上一丝不苟，在教学中严格要求，受到人们普遍的尊重。在近于完人的黄金小嘴身上，作者让他染上了不断抽烟、乱扔烟头的坏习惯，使这个人物形象变得更加真实、可信。

“布劳克塞尔先生”这一称呼标志着这时的阿姆泽尔已经身居布劳克塞尔公司（即布劳克塞尔钾盐矿业公司）经理这一要职。在这一时期,他的才华集中在拓展业务和开发新产品上面。他除了在昔日钾盐矿下继续制作稻草人和开办了具有重大意义的磨坊主马特恩咨询机构,还生产了在西德引起轩然大波的“神奇眼镜”。对于马特恩过去的所作所为,他佯装不知,采取宽容的态度。

阿姆泽尔虽然有三个名字、三重身份,但其基本品质却一脉相承。他的真诚、智慧、冷静、善良和幽默,在各个时期都有不同的表现形式。作为时代的批判者,他用稻草人和芭蕾舞揭露社会弊端。稻草人的服饰和表情影射历史,针砭现实,风趣幽默,令人捧腹。

图拉和燕妮作为小说中的另一对主人公,同样写得有声有色,栩栩如生。

图拉·波克里弗克以任性和好搞恶作剧出名。恃强凌弱是她的看家本领。年幼时对于因过分肥胖而无法行动的燕妮,她非但没有怜悯之心,反而大肆捉弄、恐吓。她因为弟弟康拉德淹死一事居然与狗在一起,在狗舍中待了一个星期之久。为了发泄不满情绪,她公然告密,使燕妮的养父布鲁尼斯最终被关进集中营。为了能生一个孩子,她主动同多人发生两性关系。她的外表同她的灵魂一样丑陋,长满脓疱的额头,两个大得出奇的鼻孔,一对靠得很近、陷得很深的小眼睛,而且一生气还要翻白眼。

参议教师布鲁尼斯的养女、吉卜赛人的弃婴燕妮虽然比图拉大半岁,可是由于行动不便,备受身材瘦削、动作灵活的图拉欺侮。快到十一岁时,借助降雪奇迹,她突然之间变得身材苗条,身轻如燕,并且成为很有发展前途的芭蕾舞演员。应图拉要求,为了拯救她在法国作战的哥哥,燕妮乐于牺牲自己,把九条欧洲医蛭放在自己身上。善良的天性使她对昔日的告密者、如今身怀六甲的未婚少女图拉关怀备至,亲手为图拉未来的小生命编织宝宝服和宝宝裤。在受伤致残后,她把自己对图拉的表兄哈里·利贝瑙一往情深的感情深深埋在心间,一生未嫁。降雪奇迹之后,性格温柔、脸蛋娇小和漂亮的燕妮变得身材苗条了,这使本来就讨人喜欢的女孩变得更加楚楚动人。

需要说明的是，在描写马特恩与阿姆泽尔这一对人物时，内心与外表并不一致。同满身斑点的阿姆泽尔相比，马特恩长得仪表堂堂。内心与外表的反差，会给人留下深刻的印象。而在描写图拉与燕妮这一对女孩时，却把内心与外表统一起来了。这样做更符合人们的审美习惯。表里一致体现了人们对人物描写尤其是对女性人物描写的美学追求，使燕妮与图拉这两个艺术形象之间美与丑、善与恶的对比变得更加强烈。

在描述重大事件时，作者并不将所有细节从头到尾一次说尽，而是首先进行粗线条的描绘，让读者只能有个总的印象。随着情节的发展，或者通过自己回忆，或者通过他人叙述，经过多次重复之后，读者才把事情原委全部弄清。描写九个蒙面人袭击阿姆泽尔别墅时使用的就是这种手法。开始时，人们只知道有这种事情，但究竟是何人所为，谁在其中扮演重要的角色，为什么要袭击阿姆泽尔，并不清楚。希望得知全部真情的愿望促使人们继续往下阅读。只是在战后，马特恩在国内四处游荡，对当事人"进行审判"，马特恩的女儿瓦莉戴上"认识眼镜"进行观察，举行公开的讨论会，以及马特恩与黄金小嘴交谈之后，整个事件的真相才水落石出。

采用荒诞手法进行描述，构成这一小说的又一特色。诚然，《狗年月》这样的书名已经给人造成一种奇特的感觉，但更为怪异的还是描写的内容。第一部中的各个章节均冠以"××早班"，这样的标题表明：这既是布劳克塞尔钾盐公司每天上的早班，同时又是整部小说的序曲。这种妙语双关的小标题不能不令人感到耳目一新。

燕妮和阿姆泽尔在雪人体内发生的巨大变化使他们肥胖的身子顿时变得苗条起来。这种情况似乎还不足为奇，因为它使我们联想到卡夫卡《变形记》中的主人公格里高尔·萨沙姆。真正使人感到惊异的倒是小说中的黄粉蚺幼虫和"认识眼镜"。

黄粉岬幼虫本是磨坊主马特恩那袋二十磅重的面粉中寄生的害虫，但它们都具有神奇的功能——未卜先知，料事如神，能准确地预言未来。它们的声音只有磨坊主马特恩那只扁耳朵才能听到，它们的语言只有这位磨坊主才能听懂。战前，它们已经小试锋芒；战后，它们更是大展宏图。黄金小嘴给磨坊主创造了必要的条件，让他对外服务，接受咨询。最初，是附近的居民，然后是新闻界、企业界、宗教界人士，最后是政坛显要，纷至沓来，倾听黄粉岬幼虫的建议。甚至连联邦总理阿登纳也四次成为这里的座上客；“社会市场经济”的倡导者、西德“经济奇迹之父”艾哈德则更是这里的常客。黄粉岬幼虫的预言影响着西德的内政、外交、经济和文化。黄粉岬幼虫在西德社会生活中这种举足轻重的作用，乍一看来荒诞不经，但如果联系到“二战”后德国和欧洲的现实，也就不难理解了。实际上，黄粉岬幼虫只不过是美、英、法三国管制西德的盟国高级委员会和马歇尔计划的形象化比喻罢了。

“神奇眼镜”是布劳克塞尔公司为适应正在成长中的战后一代人的需要而制造的玩具。它之所以神奇，是因为七至二十一岁的青少年戴上它，就能看到父母亲的过去，使十一二年前的作案人原形毕露。正因为如此，这种眼镜又称为“父亲认识眼镜”和“母亲认识眼镜”，或者“家庭揭露者”，简称“认识眼镜”。出现在一九五五年的这种眼镜代表着审视问题的一个新的角度，预示着对法西斯罪行的彻底清算。不仅仅是父母亲，包括在一九五五年时刚满三十岁的兄长在内，一切人在纳粹统治时的言行都会被“认识眼镜”暴露在光天化日之下。老一代要“遗忘”过去，新一代要揭露过去。两代人之间的鸿沟越来越深，两代人之间的矛盾越来越尖锐。不少青少年无法容忍犯下罪行的父母，只好离家出走。于是，自杀浪潮一浪高过一浪。有组织的半大孩子强行占领黑森电台，进驻科隆的瓦恩机场。“儿童十字军东征”使当局不得不实施“紧急状态法”。在遗忘与反遗忘的斗争中，“认识眼镜”起着推波助澜的作用。正像瓦莉在公开讨论会中多次扬言要使用这种“武器”，迫使马特恩老实交代问题一样，“认识眼镜”在使家庭生活发生巨大变化的同时，也“从根本上改变了西德的社会结构”。

《狗年月》这部时代感极强的小说对西德社会所持的批判态度，在小说结尾时被布劳克塞尔之口一语道破。在参观矿井时，马特恩一再指责矿井下恶劣的工作条件、刺耳的噪声、混浊的空气以及对动物的虐待，把制作和陈列稻草人的各个硐室称为“地狱”。针对这种责难，布劳克塞尔明确指出：“冥府在上面！”

《狗年月》作为《但泽三部曲》的第三部，与作者的前两部作品（长篇小说《铁皮鼓》和中篇小说《猫与鼠》）一样，都以“二战”和“二战”前后为背景，描写但泽-朗富尔、但泽地区、纳粹德国和战后西德发生的种种事件。不仅如此，三部作品中还出现人物相互交叉的现象。但是从作品内容、故事情节以及人物关系来看，这三部曲却又各自独立，其表现手法也各具特色。对三部曲的这种特殊的处理方式，再一次体现了格拉斯在艺术上不断创新的精神。

刁承俊

怀念瓦尔特·海恩

第一篇　早　班

第一个早班

你讲。不,您讲！要不,就由你讲吧。也许该由演员开始？难道该由稻草人,由所有这些稀里糊涂的稻草人开始？要不,就是我们想等着,等到这八颗行星在宝瓶座中聚集在一块儿？请您开始吧！当时,到底还是您的狗叫了。可是在我的狗叫之前,您的狗已经叫了,而且是狗咬狗。总要有一个人开头:不是你,就是他,或者说,不是您,就是我……在很多、很多个日落之前,早在我们出世之前,维斯瓦河①并没有映出我们的影子,便每天每日奔流不息,一刻不停地流入大海。

这位在此执笔的人,现在被称作布劳克塞尔。他主管着一座矿山。这座矿山既不开采钾盐和矿石,也不开采煤炭,但却在采掘平巷里和矿井底下,在巷道顶板室和横向巷道里,在工资发放处和包装室里,雇用了一百三十四名工人和职员,换了一班又一班。

过去,维斯瓦河没有治理,恣意泛滥。所以人们叫来上千名挖土工,让他们在一八九五年,在滨外沙洲村庄希温霍尔斯特和尼克尔斯瓦尔德之间向北挖,把阻塞河道的东西挖掉,来了个所谓的截弯取直。这就使维斯瓦河有了一个新的、笔直的入海口,减少了洪水泛滥的危险。

执笔人在多数情况下把布劳克塞尔写成卡斯特罗普-劳克塞克,有时候又写成黑克塞尔。情绪好的时候,布劳克塞尔写起他的名

---

① 维斯瓦河,流经波兰的一条大河,全长 1068 公里,在但泽湾入海。本书的脚注,凡未注明者均为译者注,下同。

字来犹如维斯瓦河一般，狂放不羁。嬉戏和迂腐支配一切，并行不悖。

维斯瓦河的堤坝一望无际，绵延不断。这些堤坝由设在马利亚维尔德尔的堤坝治理委员会监管，用来预防春天泛起的怒涛，预防洪水。要是堤坝上有老鼠，那可就惨了。

这位在此执笔、主管着这座矿山、写起自己的名字来花样百出的人，用七十三个香烟烟蒂，用前两天抽烟的成果，在腾空的办公桌桌面上摆出维斯瓦河治理前后的流程。烟草屑和粉末状的烟灰表示河流及其三个入海口；用过的火柴就是堤坝，拦着维斯瓦河。

在很多很多个日落之前，那时，堤坝治理专员先生从海乌姆诺来到这里。那是一八五五年，在科科茨科，在门诺派教徒公墓的山上，堤坝决了口——几个星期后，棺材还悬吊在树上——可是他却步行或骑马或坐着船来了。他拄着拐杖，宽大的口袋里那小瓶烧酒从未离身，他就是威廉·埃伦塔尔。他用古朴典雅然而又是幽默诙谐的诗句写下了那篇《堤坝遐想书简》。这篇书简刚一发表，他便写上亲切友好的献词，呈送给堤坝主管人、村长和门诺派传教士。这里提到他，是为了永远也不再提他。他逆流而上，顺流而下，考察覆盖层、防裂设施和防波堤，把仔猪从堤坝上赶走，因为按照一八四七年十一月颁布的《农田保安条例》第八条的规定，禁止任何牲畜在堤坝上吃草和打洞，不管是飞禽还是走兽。

太阳从左边慢慢落山。布劳克塞尔折断一根火柴。一八四〇年二月二日，在没有挖土工协助的情况下，出现了维斯瓦河的第二个入海口。因为冰凌堵塞，这条河在普勒伦多夫下游漫过滨外沙洲，将两个村庄从地图上抹去，使两个新的村庄——东诺伊费尔和西诺伊费尔这两个渔村应运而生。虽然这两个诺伊费尔村的故事、流言蜚语和闻所未闻的事情非常多，但我们主要还是同前一个尽管是最新的入海口东西两边的村庄打交道。曾经在或者说现在在左右两边的村庄是希温霍尔斯特和尼克尔斯瓦尔德，在维斯瓦河截弯取直后左边新出现的是从事轮渡营生的村庄。因为顺流而下五百米，那一望无际的大海如今仍然把它那百分之零点八的盐水，跟幅员辽阔的波兰共和国流来的往往是灰色的、多数情况下是土黄色的水混在一起。

有人赌咒发誓道："维斯瓦河是一条河面很宽的河流，在记忆中是一条越变越宽的，尽管有不少沙滩却仍然能够航行的河流……"布劳克塞尔自言自语着，把他的办公桌桌面变成一个直观的维斯瓦河三角洲，在桌面上把一截橡皮擦当作渡船，让它在火柴堤坝之间往返行驶。这时，早班船已经进港，随着麻雀的啾啾声开始了白天的喧嚣。他面对着正在西沉的太阳，把九岁男孩瓦尔特·马特恩——重音放在"特"这个音节上面——放在尼克尔斯瓦尔德堤坝上部的边缘上。孩子把牙齿咬得咯咯作响。

如果一个九岁的磨坊主的儿子站在堤坝上，看着这条河，沐浴在西沉的日光下，顶着风，牙齿咬得咯咯作响，那会是一种什么样的情景呢？这件事是他从祖母那儿学来的。祖母瘫在椅子上整整九年，只有眼珠还能转动。

许多事情从身边经过，而瓦尔特·马特恩也看到了这些，看到了从蒙陶到克泽马克的洪水。在这里，在接近入海口的地方，大海帮了大忙。有人说，堤坝上有老鼠。只要堤坝决口，人们就说堤坝上有老鼠。门诺派教徒讲，听说是从波兰来的天主教徒一夜之间把老鼠带到了堤坝上。别的人说，看见堤坝主管骑在他的白马上。可是，保险公司既不愿意相信打洞的老鼠，也不愿意相信居特兰德的堤坝主管。正如传说所讲的那样，当堤坝因为老鼠决口时，堤坝主管骑着的那匹白马纵身一跃，跳进了暴涨的河流。可是这却无济于事，因为维斯瓦河卷走了所有对着堤坝指天发誓的人。维斯瓦河卷走了来自波兰的天主教的老鼠。它卷走了衣物上只有搭扣却没有口袋的粗鲁的门诺派教徒，也卷走了衣物上有纽扣、扣眼和魔鬼般口袋的比较文雅的门诺派教徒，还卷走了居特兰德的三个新教徒和一个教师——那个社会民主党人。它卷走了居特兰德吼叫的牲畜和居特兰德雕花的摇篮，卷走了整个居特兰德：居特兰德的床和居特兰德的柜，居特兰德的钟和居特兰德的金丝雀，卷走了居特兰德传教士——此人言行粗鲁,衣物上只有搭扣——还卷走了传教士的女儿,据说此女楚楚动人。

所有这一切,还有更多的事情,都从身边经过。像维斯瓦河这样一条河在驱赶什么呢?落空的东西是:木材、玻璃、铅笔、Brauxel 和 Brauchsel① 之间的联盟、椅子和小骨头,还有落日。早已遗忘的事情,作为游泳者趴着和仰着展现在眼前,借助维斯瓦河忆起了往事:阿达尔贝特来了。阿达尔贝特徒步走来。那时,一把斧头击中了他。可是,斯万托波尔克正在接受洗礼。梅斯特温的女儿们怎么啦?是其中的一个女儿光着脚在跑吧?谁带她走的?是使用铅铸大棒的巨人米利格多吗?火红脸膛的佩尔库诺斯呢?那个老是从下往上看的、脸色苍白的皮柯洛斯呢?那个名叫波特里姆波斯的男孩在笑嘻嘻地咬着他的麦穗。橡树遭到砍伐。咬得咯咯作响的牙齿——以及屈恩斯图特公爵的小女儿,他的这个小女儿进了修道院。那是十二个没有头的骑士和十二个没有头的修女,他们在磨坊里跳舞。碾磨机在慢慢转动,碾磨机转得更快了,把多愁善感的女人碾成粉末。可是,雪却下得大得多了。碾磨机在慢慢转动,碾磨机转得更快了,她和十二个骑士从同一个盘子里取东西吃。碾磨机在慢慢转动,碾磨机转得更快了,十二个骑士同十二个修女在地下室交媾。碾磨机在慢慢转动,碾磨机转得更快了,所以他们就用屁和哼唱来欢庆天主教的圣烛节。碾磨机在慢慢转动,碾磨机转得更快了……可是磨坊由里往外熊熊燃烧着,无头骑士和无头修女的马车驶到门前;很久之后——多少个落日之后——神圣的布鲁诺赴汤蹈火,强盗博布罗夫斯基与他的同伙马特尔纳——一切皆由他而起——把大火烧进事先做了暗号的房屋——又过了多少个落日,多少个落日——到了拿破仑的时候,这时,城市被围得水泄不通,因为他们多次试验集束火箭,有时成功,有时失败。可是在城里和在围墙上,在名叫狼、熊和棕色骏马的堡垒上,在名叫蹦跳、姑娘洞和家兔的堡垒上,法国人在葡萄

① 这两个德文名字拼写方式不同,形式上为两个人,但实际上都是布劳克塞尔。

藤下咳嗽，波兰人同他们的亲王拉济维乌①一道吐唾沫，独臂上尉德·尚布利的军团声音沙哑了。可是八月五日这一天洪水来了，它没有用梯子就爬上了棕色骏马、家兔和蹦跳堡垒，使火药受潮，让集束火箭发出嗞嗞声往下钻。它带着很多鱼，特别是梭子鱼，蹿进了小巷和厨房。尽管沿着啤酒花巷的仓库已烧得精光，但不可思议的是，大家都吃得饱饱的——又是多少个落日。同维斯瓦河的容貌十分相称，使诸如维斯瓦河这样一条河变得五色斑斓的东西就是：落日。落日下有血液、黏土和灰烬。与此同时，据说风里也有这些东西。并非所有的命令都被执行。那些要远上云天的河流都流进维斯瓦河。

第二个早班

在这里，在布劳克塞尔的办公桌面上，维斯瓦河每天每日都漫过希温霍尔斯特堤坝。瓦尔特·马特恩正站在尼克尔斯瓦尔德大堤上，把牙齿咬得咯咯作响，因为河水在往下退。堤坝上的东西已荡然无存，堤坝变得又细又窄。只有风车的叶片、磨秃了顶的教堂尖塔和白杨——这些白杨是拿破仑让人为他的炮兵栽种的——紧贴着堤坝上部的边缘。他孑然一身，充其量还有那条狗。可是狗已经走了，它一会儿在这里，一会儿又在那里。在他身后，大概在背阴处，在河流的水面下，是河中小岛。小岛散发出黄油和凝乳干酪的味道，散发出既有益于健康又让人呕吐的牛奶味。瓦尔特·马特恩这个九岁的孩子叉开两腿站着，在三月份露出紫红色的膝盖，叉开十指，眯缝着双眼，让他那头发剪得很短的头上的所有伤疤——这些伤疤是由于摔跤、斗殴和铁丝网划出裂口落下的——发肿，具有鲜明的特色。他从左到右，把牙齿咬得咯咯作响——这是他从祖母那儿学来的——寻

---

① 从十五世纪起直至二十世纪，拉济维乌家族在波兰历史上发挥着重要作用。

找一块石头子儿。

堤坝上没有石头子儿，可他仍在寻找。他找到干枯的梗儿，可是不能用干枯的梗儿挡风啊。他想——但只能是想把它扔出去。也许可以用口哨，用时而近、时而远的口哨声把森塔唤来，可是他却不吹口哨，只是把牙齿咬得咯咯作响——这会使风力减弱——而且想把梗儿扔掉。也许可以用“嗨、嗨”的招呼声，把阿姆泽尔的目光从堤坝基上吸引到自己身上来。他从嘴里发出的全是咯咯作响的声音，而不是“嗨、嗨”声——尽管如此，他还是想这样，而且只想这样，可他口袋里仍然没有石头子儿。而在平时，不是在这个口袋里就是在那个口袋里，他总有一两块石头子儿。

在这儿，人们管石头子儿叫策拉克。福音新教说:策拉克。一些天主教徒说:策拉克。粗鲁的门诺派教徒说:策拉克。文雅的人说:策拉克。就连喜欢成为例外的阿姆泽尔在谈到一块石头子儿时也说:策拉克。森塔叼来石头子儿时，就有人对它讲:叼一块策拉克来。克里韦说策拉克，科尔内利乌斯·卡布龙、拜斯特尔、福尔歇尔特、奥古斯特·施波纳格尔和马约琳·封·安库姆，所有的人都这样讲。还有，来自帕瑟瓦尔克的传道士丹尼尔·克利韦尔对他粗鲁的和文雅的信徒说:“那时，年幼的大卫掏出一块策拉克，击中了歌利亚的额头①……”因为策拉克就是一块分量不重、鸽子蛋大小的石头子儿。

然而，在瓦尔特·马特恩的口袋里既找不到也没有石头子儿。右边只有面包屑和葵花子，左边在细绳与沙沙作响的蝗虫残骸之间——当上面咬得咯咯作响时，当太阳落山时，当维斯瓦河奔流着，把某些东西从居特兰德、把某些东西从蒙陶带走时，当阿姆泽尔弯着腰，一直面对着云彩时，当森塔逆着风，海鸥顺着风，堤坝规规矩矩地对着地平线时，当它走啊走，走了时——他找到了随身携带的小折刀。日落持续的时间在东部地区比在西部地区长。这种

---

① 此处译文参照《圣经·旧约》中《撒母耳记上》第十七章第四十九节译出。

事任何一个小孩子都知道。这时,维斯瓦河便从一边天空流向对面的天空。在希温霍尔斯特码头,渡轮已经离港,要斜着航行,拼命逆流而上,把窄轨铁路上的两个车皮运到尼克尔斯瓦尔德,再放到轨道上运往施图特霍夫。这时,那个名叫克里韦的人正好避开风,转过那张皮子——他那张牛皮脸,不动声色地朝着堤坝上部边缘走去,数着有点晃动的风车叶片和白杨树。现在,他的目光中有一种呆板的、毫不屈服的表情,可是他却把手放在口袋里。他让自己的目光从斜坡上移开,往下看:那儿是一个滑稽可笑的、胖乎乎的人影,那个人影弯着腰,大概是想要从维斯瓦河里捞点什么呢。那是阿姆泽尔,他在找废旧用品——为什么是废旧用品呢?——这种事任何一个小孩子都明白。

可是,牛皮克里韦却不知道,在口袋里寻找石头子儿的瓦尔特·马特恩在口袋里找到了什么。当克里韦避开风,转过脸来时,瓦尔特手中的小折刀变得热乎乎的了。这把小刀是阿姆泽尔送给他的,有三个刀刃,一个开塞钻,一个锯,一个销子。阿姆泽尔哭的时候,他那胖乎乎的模样,那微红的皮肤,会引人发笑。阿姆泽尔在坝基的泥浆里打捞东西,因为维斯瓦河里有的是东西,因为从蒙陶到克泽马克发了洪水——尽管河水正在一指宽、一指宽地往下降——一直淹到了堤坝上部边缘,带来从前在帕尔绍曾经有过的东西。

走吧。维斯瓦河的河水已经在那边,在堤坝后面了,它留下了一团正在扩展开来的红色。这时——这种事只有布劳克塞尔才能知道——瓦尔特·马特恩握住小刀的手在口袋里攥成了一个拳头。阿姆泽尔比瓦尔特·马特恩小一点。森塔离得远远的,在追赶老鼠。它黑不溜秋的,差不多就同希温霍尔斯特堤坝顶部边缘上的天空是红彤彤的一样。在那儿,一只漂浮的猫正吊在浮木上。海鸥飞翔着,越聚越多。水面犹如诡计多端的薄纸,起了皱纹,被弄平,又被堆成堆。这双呆滞的大头针针头般的眼睛看见所有的东西,看见追逐着、悬挂着、奔跑着、站立着或者只不过是像阿姆泽尔的两千个斑点一样存在着的东西。甚至看见有他头戴的钢盔,就像在凡尔登前线戴过的那一种。钢盔在往下滑，必须推回到脖子上去，又往下滑……而这里阿姆泽尔正在从泥浆里打捞栅栏木条和支豆蔓的杆子，也打捞铅一样沉重的废旧用品。这时，猫从浮木上掉了下来，正打着圈儿，慢慢远去，成为海鸥的美味佳肴。堤坝上的老鼠又开始蠢蠢欲动。渡轮越来越近。那儿漂着一条死去的黄狗，在打着旋儿。森塔逆风而立。渡轮在斜着航行，拼命载着两个车皮。水面上漂着一头小牛，这头牛早已死去。现在风遇到了障碍物，但并未发生多大变化。这时，海鸥待在空中，它们正犹豫不决。现在，瓦尔特・马特恩——当渡轮、风和小牛以及堤坝后面的太阳，还有堤坝上的老鼠和某个地段的海鸥，都一一出现在身边时——把握住小折刀的拳头从口袋里伸出来，在维斯瓦河奔流不息时把它放到套衫前面，面对着不断扩展开来的红色，让所有的骨节都变得苍白起来。

第三个早班

希尔德斯海姆与萨尔斯特德两地之间的所有孩子都知道，位于希尔德斯海姆与萨尔斯特德之间的布劳克塞尔的矿山在开采什么。

所有的孩子都知道，第一百二十八步兵团在一九二〇年乘火车离开这里时，为什么必须把阿姆泽尔戴的那个钢盔同别的钢盔一道放在博恩萨克，放在一大堆军服和一些野战炊事车旁边。

猫又出现了。所有的孩子都知道：这不是同一只猫，只有老鼠不知道，海鸥不知道。猫全身上下湿漉漉的，湿漉漉的，湿漉漉的。这时，又有一些东西从旁边漂过，不是狗，不是羊，这是一个衣柜。衣柜没有同渡船相撞。当阿姆泽尔把一根支豆蔓的杆子从泥浆里拉出来时，当瓦尔特・马特恩握着小折刀的拳头开始哆嗦时，猫获得了自由：它往一望无际、直上云天的大海上漂去。海鸥散去，堤坝上的老鼠蠢蠢欲动，维斯瓦河在奔流，攥着小折刀的拳头在哆嗦，风是西北风，堤坝在逐渐变细，一望无际的大海用它所拥有的一切支撑着河流，太阳还在一直不断地沉落，渡船仍在片刻不停地运载着自身和两个车皮。渡轮没有翻船，堤坝没有决口，老鼠没有畏惧。太阳不会回升，维斯瓦河不会回头，渡轮不会掉头，猫不会，海鸥不会，云彩不会，步兵团不会走回头路，森塔不会回到狼群中去，而是乖乖的，乖乖的，乖乖的……就连瓦尔特·马特恩也不会让阿姆泽尔不久前作为厚礼送给他的那把小折刀又重新回到口袋里去。更确切地讲，握着小折刀的拳头还带着一种更加苍白的色彩。牙齿在上面从左到右咬得咯咯直响。现在休息一下，而这时，河水在奔流，渡轮正在到来，太阳在西沉，有东西在漂流，打着旋儿，风变大又变小，握着小折刀的拳头使所有被驱散的血流都涌到了现在已经松动的手上。瓦尔特·马特恩把握着已变得热乎乎的物品的拳头放到身后，只用一条腿、一只脚、一个拇指球站着，用穿在一只系带子的鞋里的五个脚趾站着，没有穿袜子，让鞋子承受他的重量，让他所有的重量都落到身后的手上。他没有目标，牙齿也几乎没有再咬得咯咯作响了。在那奔流着、漂浮着、沉没着、业已逝去的瞬间——因为就连布劳克塞尔也无法拯救他，因为他忘记了，忘记了一些东西——所以现在，当阿姆泽尔把目光从坝基的污泥上抬起来，用左手的手背，用他两千个斑点的一部分，把钢盔推到脖子上，推向他那两千个斑点的另一部分时，瓦尔特·马特恩的手远远地向前伸着，空无一物，轻飘飘的，只露出那把有三个刀刃、一个开塞钻和一把锯、一个销子的小折刀的刀柄。在小折刀的外壳上结了一层海沙、果酱残渣、松叶、树皮粉和鼹鼠血的血迹。如果把这把刀子拿去跟人换的话，大概可以换到一个新的自行车车铃。这把刀子不是偷来的，它是阿姆泽尔用自己挣来的钱在他母亲的铺子里买的，然后送给了他的朋友瓦尔特·马特恩。这把小刀去年夏天在福尔歇尔特的仓库大门上钉住了一只蝴蝶，在克里韦的渡船浮码头下，一天之内击中了四只老鼠，在沙丘上差一点儿击中一只家兔，两个星期前，在森塔抓住一只鼹鼠之前，小刀就已经击中了它。此外，手心还显出了这把小刀的刀柄。当瓦尔特·马特恩和爱德华·阿姆泽尔在年满八岁歃血为盟时，他们用这把小刀割破了上臂，因为那个曾经在德国西南部待过、对于西南非洲霍屯督人的情况了如指掌的科尔内利乌斯·卡布龙给他们讲过这种事。

第四个早班

在此期间——因为当布劳克塞尔揭露一把小折刀的过去，而这把小折刀作为被投掷的物品，靠投掷的力量，靠同他搏斗的风的力量和自身的重力来操纵时，剩下的时间已经足够从一个早班到一个早班地打发一个工作日，足够在此期间说点什么，所以在此期间——阿姆泽尔用手背把他的钢盔推到了脖子上。他让目光跳过堤坝斜坡，用同一道目光盯着投掷者，目不转睛地追随着被投掷的物品。布劳克塞尔声称，这把小折刀在此期间到了那个设置在每一个突出物体上的终点，到达了终点。而这时，维斯瓦河在奔流，猫在漂浮，海鸥在叫，渡轮正在到来。这时，母狗森塔黑乎乎的，太阳在不停地西沉。

在此期间——因为当被投掷的物品到达那个小点时——下山的路就从那后面开始——他犹豫了片刻，假装停止投掷——所以当小折刀在上面停止不动时，阿姆泽尔把他的目光从那个小点移到了被投掷的物品上面，而且重又——小刀因为遇到更猛烈的逆风，已经猛然一下栽进河里——看到了瓦尔特·马特恩。看到他没有穿袜子，只穿着一只系带子的鞋，仍然用拇指球和脚尖着地，正晃来晃去，他的右手高高举起，离自己远远的，而与此同时，他的左臂却在划着，想使自己保持平衡。

在此期间——因为当瓦尔特·马特恩金鸡独立，正在为身体的平衡发愁时，当维斯瓦河和猫、老鼠和渡船、狗和太阳都在各行其是时，当小折刀掉向河里时，在布劳克塞尔的矿上，早班工人已经下矿，夜班工人已经出矿，骑上自行车离开了矿山，浴室管理人锁上了浴室，所有檐沟上的麻雀已经开始了新的一天……当时，阿姆泽尔匆匆一瞥，紧接着大喊一声，就使得瓦尔特·马特恩失去了好不容易才勉强保持的平衡。虽然这个男孩在尼克尔斯瓦尔德堤坝上部边缘没有摔倒，然而却非常厉害地摇晃着，踉踉跄跄地走了起来，使得他在那把小折刀接触到奔流不息的维斯瓦河而消逝不见之前，就已经看不见小刀了。

“嗨，把牙齿咬得咯咯响的人！”阿姆泽尔喊道，“刚才你还把牙齿咬得咯咯直响，而且把什么东西扔出去了吧？”

在这里，被称作把牙齿咬得咯咯作响的人又叉开两腿，伸直膝盖站着，他右手的手心在擦着痒。这只手心显露出小折刀仍然余热未消的轮廓。

“你可是看到了，我必须把手里还有的东西都扔出去。”

“可你并没有把石头子儿扔出去。”

“哎，要是这儿有石头子儿就好啦。”

“你没有石头子儿，到底扔的是什么呀？”

“要是有一块石头子儿的话，我就扔石头子儿了。”

“要是你把森塔打发走，我就给你拿一块石头子儿来。”

“以后谁都会讲，你把森塔打发走了。它要去追老鼠，你就把它打发走了。”

“你手里没有石头子儿，那你到底扔的是什么呢？”

“总还有东西吧。随便什么东西。你看到了。”

“你扔的是我的刀子。”

“是我的刀子。送了人就是送了人嘛。要是我有石头子儿，我就不会扔刀子，我就会扔石头子儿了。”

“你说过，要是那时候找到石头子儿，我就会扔给你一块，这儿有的是。”

“你说到和看到的东西，现在都没有了。”

“也许在耶稣升天节的时候，我会得到一把新刀子。”

“我可不喜欢新刀子。”

“要是我给你,你肯定会接受的。”

“你敢打赌,说你不要吗?”

“你敢打赌,说我要吗?”

“你敢打赌?”

“我敢打赌。”

然后,他们击掌打赌:匈牙利轻骑兵对凸透镜。这时,阿姆泽尔把他那只满是斑点的手往上伸,瓦尔特·马特恩把他那只握过小折刀刀柄的手往下落,一击掌,把阿姆泽尔拉上堤坝上部的边缘。

阿姆泽尔仍然语气友好地说:“你的表情真像你奶奶。她也是老把还剩下的几颗牙齿咬得咯咯直响,只是她不扔东西,所以她就用勺来切东西。”

阿姆泽尔在堤坝上比瓦尔特·马特恩要矮一些。他说话时,他的拇指就指着那边,从马特恩的肩上望过去,在那里,在堤坝后面,是沿街村庄尼克尔斯瓦尔德和马特恩家的四翼风车。阿姆泽尔顺着堤坝的斜坡,拉上来一大捆椽子、支豆蔓的杆子和拧干的破烂衣服。他的手背不得不一再把钢盔的前檐儿往上推。渡船停泊在尼克尔斯瓦尔德的浮码头边。人们听到这两个车皮的滚动声。森塔变高了,又变矮了,又变高了,几乎变成黑乎乎的了。又有一头死了的小牛从旁边漂过。维斯瓦河在奔流不息,河面十分宽阔。瓦尔特·马特恩用套衫下面散成一缕缕的边缘裹住他的右手。森塔四肢着地,站在阿姆泽尔和瓦尔特·马特恩之间。它的舌头从左边伸出来,在不停地颤动。它把自己的目光对准瓦尔特·马特恩,因为他把开齿咬得咯咯作响。这是他从祖母那儿学来的,他祖母已经在椅子上瘫了九年,只有眼珠还能转动。

现在,他们要离开这里。他们站在面对渡船浮码头的堤坝上部边缘。高矮不一。母狗森塔黑乎乎的,前面半步远的地方是阿姆泽尔,后面是瓦尔特·马特恩。他拖着阿姆泽尔的废旧物品。在这捆东西后面,青草被压倒在地上,当这三个身影在堤坝上变小时,这些青草又慢慢直立起来。

第五个早班

布劳克塞尔就像预先规定的那样伏案工作，作起了记录，让维斯瓦河流起来，而这时，另外那些编年史家也同样地、按时地伏案工作，写了过去的事情，而且已经开始把它记录下来。还有使他开心的事情，那就是清清楚楚地回首往事。很多很多年前，孩子刚出生，但还不能把牙齿咬得咯咯直响，因为他同所有刚出生的孩子一样没有牙齿。那时，马特恩祖母在悬吊小屋里瘫在椅子上，九年来只有眼珠还能转动，只能叽里咕噜几句话。

悬吊小屋在厨房上面，有一扇窗户通向过道，从窗户往外望，可以观察女仆们干活的情景。后面有一扇窗户，窗口正对着马特恩的风车。这个风车有一个尾巴，坐落在四脚支架上面，所以它是一个正宗的四翼风车。它已经有上百年历史了。马特恩一家子是一八一五年，在但泽这座城和这个要塞被打了胜仗的俄国和普鲁士军队占领后不久，让人把它建造起来的。我们瘫在椅子上的祖母的祖父奥古斯特·马特恩，很善于在长时间的、索然无味的围困中做双重买卖。一方面，他凭着信誉良好的传统塔勒①开始在春天建造云梯；另一方面，他又知道，凭着阔叶塔勒和信誉更好的布拉班特②货币，在偷带入内的信件中通知霍伊德勒特伯爵将军：在春天的时候，那时节还没有苹果可摘，俄国人却让人大量建造梯子，这确实是太奇怪了。

最后，当州长拉普伯爵签署要塞的投降书时，奥古斯特·马特恩在偏远的尼克尔斯瓦尔德已经在数着各种丹麦钱和三分之二硬

---

① 塔勒为十八世纪通行的德国银币。

② 布拉班特是比利时的一个省。

币①,数着迅速上涨的卢布,数着汉堡的马克硬币、阔叶塔勒和传统塔勒,数着那小口袋荷兰盾以及新上市的但泽股票,感到收入十分可观,沉醉于重建磨坊的乐趣之中了。要重建的老磨坊,据说在普鲁士失败后,逃亡的女王路易丝曾经在里面过夜,要重建那个具有历史意义的磨坊,磨坊风车的叶片先是在海上来的丹麦人的袭击中,后来又在同德·尚布利上尉散开的志愿军团的夜战中遭到了破坏。他让人把风车叶片拆掉,只留下底部那个木头仍然完好无损的四脚支架,然后在旧的四脚支架上建造起新的风车。很可能在马特恩祖母已经瘫在椅子上时,这个风车的尾部依然坐落在四脚支架上。布劳克塞尔在这里愿意不失时机地承认,奥古斯特·马特恩用他那笔一部分是千辛万苦挣来的、一部分是轻而易举得到的钱财,不仅建造了新的四翼风车,而且给有天主教徒的施特根小礼拜堂捐赠了一尊圣母像。这尊圣母像虽然身上也披着金箔,可是它却既未引起值得一提的朝圣之行,也未产生奇特效应。

马特恩一家的天主教教义取决于风,这对于一个磨坊主家庭来说是理所当然的事情。既然在河中小岛上总有一阵阵所需要的微风吹拂,所以,这阵阵微风也就整年吹过马特恩的磨坊,妨碍了过多的、惹恼门诺派教徒的礼拜。只有孩子洗礼、丧葬、婚配以及盛大的节日才驱使一部分家庭到施特根去。在一年当中确实有那么一次,在基督圣体节,施特根的天主教徒列队行进时,给磨坊、四脚支架连同所有的木块,给磨面的木梁以及磨粉的箱柜,给巨大的庭院树木以及风车尾部,尤其是给风车支架以祝福,并且洒上圣水。这是一种奢侈,这种奢侈是马特恩一家子在粗鲁的门诺派教徒聚居的乡村,诸如容克尔阿克尔村和帕瑟瓦尔克村从来也享受不到的。但是,尼克尔斯瓦尔德村的门诺派教徒因为都在肥沃的河中小岛上种植小麦,要依赖天主教徒的磨坊,表现出比较文雅的门诺派教徒的样子,所以衣服上有纽扣、扣眼和得体的口袋,人们

---

① 三分之二硬币,一种丹麦货币。

可以把东西放在这些口袋里面。只有渔民和小农西蒙·拜斯特尔是一个货真价实的、衣服上用搭扣的门诺派教徒。他既粗鲁,衣服上又没有口袋。因此,在他的船用仓库上面悬挂着一块花哨的木牌,木牌上写着加上了花饰的文字:

衣服上有搭扣的人,
得到亲爱的上帝解救。
衣服上有纽扣和口袋的人,
遭到魔鬼捉拿。

不过,西蒙·拜斯特尔是唯一不让自己的麦子在天主教徒的磨坊,而在帕瑟瓦尔克的磨坊中磨成面的尼克尔斯瓦尔德村人。尽管如此,他不得不成为这样一个人:在一九一三年,第一次大战爆发前不久,他唆使布赖因布本的一个道德败坏的挤奶工,使用各式各样的火棉,放火焚烧了马特恩家的四翼风车。当磨坊工巴维尔——但大家都叫他小保罗——幼小的牧羊犬佩尔昆气急败坏地撅着尾巴,围着小山丘、四脚支架和磨坊绕着越来越小的圈儿时,当它枯燥乏味的吠声把磨坊主和磨坊工赶出房子时,火已经在下面的四脚支架和风车尾部燃烧起来了。

巴维尔或者说保罗把这条畜生从立陶宛带来,按要求出示了一种谱系之类的东西。任何人都可以由此推断出,佩尔昆的祖母从父系方面看,是一只立陶宛的、俄国的或者波兰的母狼。

佩尔昆产下森塔,森塔产下哈拉斯,哈拉斯又产下亲王,亲王做了蠢事……不过,主要的还是马特恩祖母瘫在椅子上,只能转动眼珠。她不得不袖手旁观,看到媳妇在家里,儿子在磨坊里,女儿洛尔兴同磨坊工在干些什么。可是战争把磨坊工带走了,洛尔兴疯了。从此以后,她在屋子里,在菜园里,在磨坊里,在堤坝上,在福尔歇尔特的仓库后面的荨麻丛中,在沙丘的前前后后,光着脚在河滩上,在河滩树林的欧洲越橘之中,寻找她的小保罗——关于他的情况,后来就再也没有人听到了,不知道是普鲁士人还是俄国人让他钻到了地底下。只有小狗佩尔昆陪伴着这位不太年轻的姑娘,同她共同拥有一个主人。

第六个早班

在很久很久以前——布劳克塞尔扳着指头算着——战争进入了第三个年头,小保罗待在马祖里①,洛尔兴同狗一道四处乱走,但磨坊主马特恩却可以继续扛面粉口袋,因为他两耳失聪。这时,马特恩祖母在一个阳光明媚的日子瘫在椅子上——因为要为孩子洗礼,要在那个小家伙,即那个在很多个早班前投掷小折刀的人头上加上瓦尔特这个名字——骨碌着眼珠,嘴里叽里咕噜着,却迸不出一个词儿来。

祖母坐在悬吊小屋里,罩上了一层层匆匆而来的阴影。她的眼里亮了一下,这道亮光随即便消失在半明半暗之中。她坐在一忽儿耀眼、一忽儿昏暗的屋子里。就连几件家具、平柜上面的饰板、箱子上面弓起的盖子以及九年来没有用过的雕花床头凳上的红色天鹅绒,也都突然亮了一下,随即便消失在昏暗之中,露出一些轮廓,然后变得一团漆黑。在祖母头上和她的家具上面是闪烁发亮的灰尘,是没有灰尘的昏暗。她的女式小帽和平柜上面那个蓝色高脚酒杯在闪光。短睡衣带流苏的袖子在闪光。盲目擦过的木地板在闪光。在木地板上,磨坊工保罗送给她的那只行动敏捷的、差不多有手掌那么大的乌龟从一个角落到另一个角落地爬来爬去,也发出闪光。它小口小口地咬着绿色的生菜叶,使菜叶呈半圆形,因而活得比磨坊工更长久。耀眼的闪光照亮了、照亮了、照亮了悬吊小屋里所有到处乱放着的生菜叶及其被乌龟咬成的装饰图案。在外面,在房子后面,马特恩

① 马祖里,波兰的一个地区。

家的四翼风车凭着每秒八米的风速把小麦磨成面粉，用它的四个叶片每三又二分之一秒钟就要挡住四次阳光。

在祖母小屋里着魔般地一明一暗、一明一暗时，就在这同一时间，公路上的那个孩子被人用车载着，通过帕瑟瓦尔克和容克尔阿克尔送到施特根去接受洗礼。把马特恩家菜园同公路隔离开来的那道篱笆旁的向日葵越长越大，它们在相互朝拜，受到同一个太阳，即每三又二分之一秒钟就被四翼风车的叶片挡四次的太阳持续不断的赞扬。因为四翼风车并不是在太阳与向日葵之间移动，只不过是——而且还是在上午——在瘫坐于椅子上的祖母和太阳之间移动。这种太阳在河中小岛上虽然并非一直都有，但却经常出现。

祖母瘫坐在椅子上有多久了？

悬吊小屋已经有九年了。

在紫菀、玻璃上的冰花、野豌豆或者旋花后面已经有多久了？

在四翼风车之侧一明一暗、一明一暗，已经有九年之久了。

是谁使她这样牢牢地瘫坐在椅子上？

那时候，儿媳妇施蒂妮，一根天生的棍棒，使她遭了这份罪。

怎么会发生这种事？

这个容克尔阿克尔的新教徒把蒂尔德·马特恩——当时还没当祖母，身体更硬朗，声音更洪亮——首先从厨房里赶出去，然后大摇大摆地站在过道上，在基督圣体节擦玻璃窗。当施蒂妮把她的婆母从狗窝里赶出去时，在两败俱伤的母鸡之间，第一次大打出手。两个女人用饲料盆相互殴打。

布劳克塞尔后来推算，这件事大概发生在一九〇五年。因为两年之后，当天生的棍棒施蒂妮还是没有要求吃绿苹果和酸黄瓜，而按照日历推算，她临产的日子又肯定已经来到时，蒂尔德·马特恩对在她面前双臂交叉、站在悬吊小屋里的儿媳说："这种事我早就想到了。小老鼠要在新教徒肚子里给自己打一个洞，它啃得咯咯直响，把所有的人都弄醒了。可是，小老鼠又不想出来，只发出臭味！"

这一番话之后便开始了一场用烹饪木勺进行的宗教战争，这场战争以天主教徒瘫在椅子上告终。那把放在窗户前、在瓷砖壁炉和床头凳之间的橡木椅子接纳了突然中风的蒂尔德。九年来，如果不是由于要打扫卫生，她被洛尔兴和女仆们抱着离开椅子一段时间，她就总是坐在这把椅子上。

九年已经过去了，事实证明，新教徒肚子里并没有怀着魔鬼般的、把一切都吃光的、不让任何东西出现的小老鼠。恰恰相反，降临人世的是儿子，剪的是脐带，而且在施特根的一个好天气接受了洗礼，而这时，祖母却一直瘫在椅子上，神志清醒地待在悬吊小屋中。在小屋下面的厨房里，有一只鹅放在烤炉里，它身上的油发出嗞嗞的声音。这是那只鹅在大战的第三个年头的遭遇。那时候鹅已经非常罕见，所以人们把鹅当作濒临灭绝的动物品种。长有胎痣、胸脯平平、头发拳曲的洛尔兴·马特恩，尚未找到男人的洛尔兴——因为小保罗已经钻进地里，只留下了他的黑狗——应当照料炉子上这只鹅的洛尔兴，并没有待在厨房，也从来没有浇烤鹅，耽误了转动烤鹅，没有用咒语为烤鹅消灾，却宁肯同篱笆后面的一排向日葵待在一起——新来的磨坊工在春天刚给这些向日葵施过钙肥——先是亲切友好然后便忧心忡忡、怒气冲冲地说了两句，随即又十分亲热地同一个人讲话，那是一个并未站在篱笆另一边的人，是一个并未穿着上了油而且仍然嘎嘎作响的靴子从身旁走过的人，是一个穿着一条小马裤但却被人称为保罗或者小保罗的人，是一个带着泪水汪汪的目光要将从她那儿拿去的东西退还给她的人。但是保罗并没有归还，虽然那时辰十分有利——万籁俱寂，充其量只有嗡嗡声——以每秒八米的速度刮着的风，有合适的鞋子尺寸，这样践踏四脚支架上的风车，使风车以比风还要快的速度沿着一个轨迹转动，在唯一的双盘石磨中能够把米尔克的小麦——正好在磨——磨成米尔克的面粉。

尽管磨坊主的儿子在施特根的木头小礼拜堂内接受洗礼，马特恩的磨坊却并未停止转动。只要有磨面的风，就必须磨面。风磨只知道有风的日子和无风的日子。洛尔兴·马特恩只知道小保罗从身边走过和站在篱笆边的日子，只知道没有任何人从身边走过、没有任何人站在篱笆边的日子。因为磨坊在磨面，所以小保罗从旁边走过，而且停下步来，佩尔昆在吠叫。在远处，在拿破仑的白杨树后面，在福尔歇尔特、米尔克、卡布龙、拜斯特尔、莫姆贝特和克里韦的农庄后面，在低矮的学校和吕尔曼的小酒店和牛奶场后面，奶牛的哞哞声此起彼伏。这时，洛尔兴友好地念着“小保罗”，多次念着“小保罗”，而这时，没有给炉子里的烤鹅浇水，没有给它念消灾的咒语，从来没有转动它，它变得越来越松脆，越来越鲜美。“就把它再还给我吧，现在不是那样了，现在我没有你了。就把它再还给我吧，我现在很需要它。现在就给吧，你现在不，你不想把它交给我……”

没有任何人归还一点东西。小狗佩尔昆转动着脖子上的头，轻声哀鸣着，目送着那个离去的人。在奶牛当中，牛奶增多了。四翼风车用它的尾巴安坐在四脚支架上，磨着面。向日葵在相互诵读着向日葵的祈祷文。风在轻声哼唱。炉子里的烤鹅起初是慢慢地，随后便非常迅速地发出异常强烈的焦味，使得厨房上面悬吊小屋里的马特恩祖母飞快地转动着眼珠，其速度比风车上的叶片还要快。当人们在施特根离开那个接受洗礼的小礼堂时，当悬吊小屋里那只手掌大的乌龟从木地板的这一头爬到另一头时，她由于蹿进悬吊小屋来的那股烧焦的鹅的焦臭味，开始在一明一暗、一明一暗的屋子里叽里咕噜，喘着气。起初，她通过鼻孔把所有的祖母鼻子里都有的那种鼻毛呼出来。但是，当难闻的臭味在一闪一闪的亮光下弥漫整个小屋，让乌龟犹豫起来，让生菜叶干枯之时，呼出来的再也不是鼻毛，而是恐惧了。老祖母郁积九年的怨恨猛然发泄出来，老祖母的火车头发起怒来了。这是维苏威火山和埃特纳火山，是地狱里备受喜爱的元素。烈火使被激怒的祖母抽搐，它像火龙一样形成明暗的强烈对比，在相互交替的闪光中，在九年之后，它试图再使她恢复单调乏味的咯咯咬牙声。她获得了成功；她残留的最后几颗牙齿已被烧焦的味道弄得麻木，在从左到右地咬着。终于，咔嚓声和啪嚓声融入了火龙的喘气声、蒸汽的放气声、火山的喷火声和咯咯的咬牙声。那把橡木椅——这把椅子在拿破仑时代之前就已添置，除了要打扫卫生时那短暂的间歇，它承载着老祖母达九年之久——认为自己已经毫无指望，于是便在一种东西把乌龟从木地板上抛起来又摔翻在地那一瞬间，"咔嚓"一声垮了。与此同时，炉子上有好几块瓷砖呈网状断裂开来。在下面，烤鹅在爆裂，让塞在它体内的东西都流了出来。这把椅子碎成了粉末状的木头面，比马特恩家的风磨碾的面粉还要细。马特恩祖母的身影被云雾缠绕着，犹如富丽堂皇、光辉灿烂的昔日纪念碑，只不过是遮上了一层面纱。她肯定没有遭到椅子那样的命运，但却变成了老祖母式的灰尘。在那儿，在干枯的生菜叶上、仰着的乌龟上、家具上和地板上沉积的东西，都只不过是橡木的粉尘罢了。她这位可怕的人物并没有坐下，而是站着，把牙齿咬得咯咯直响，像触了电似的——这时，由于四翼风车的叶片相互交替，使她变得一明一暗、一明一暗——挺直腰板，站在灰尘和腐臭之中，从左到右，把牙齿咬得咯咯作响，而且由于咬得咯咯直响的缘故，迈出了第一步：她从耀眼的光亮中走进暗处，从暗处走进亮处，从亮处走进暗处，迈过差不多已经奄奄一息的乌龟——乌龟的肚子呈硫黄色，很漂亮——在瘫坐九年之后，目标明确地迈开了步子。她没有在生菜叶上面滑倒。她踢开了悬吊小屋的房门。一个祖母的化身脚穿毡鞋，顺着狭窄陡峭的木楼梯往下走，走到厨房去。她现在站在地面砖和锯末上面，把两手放在一个架子里，试图以老祖母的烹饪绝招抢救这只烧焦的烤鹅。她把烧焦的地方刮掉，擦干净，把烤鹅翻动一下，确实也抢救了一部分烤鹅。然而，当祖母在抢救烤鹅时，尼克尔斯瓦尔德每一个有耳朵的人都听见，她粗声大气，从养精蓄锐的喉咙里发出极其清晰的喊叫声："坏蛋，你这个坏蛋！你这个坏蛋，到底在哪儿！洛尔兴，你这个坏蛋。我要揍你，你这个坏蛋。该死的坏蛋！坏蛋，你这个坏蛋！"

这时，她已经拿着硬质烹饪木勺从发出焦臭味的厨房走出来，到了发出嗡嗡声的菜园子中间，把风车扔到了背后。她从左边踏进草莓地，从右边踏进花椰菜地，并未停留在醋栗丛中。她这是好多年来第一次又到了蚕豆苗儿之间，但紧接着又到了后面，来到向日葵丛中，把木勺高高举起，从右边绕了一个大大的弧形，得到每个动作都有规律的四翼风车叶片的支持，向着可怜的洛尔兴也向着向日葵狠狠揍去，只是没有揍佩尔昆，因为它哀鸣着窜进蚕豆苗儿之间跑掉了。

尽管挨了揍，尽管根本就没有小保罗，可怜的洛尔兴却仍然朝着他的方向啜泣："快来救我吧，小保罗，快来救我吧，小保罗……"可是，她得到的只是木勺的殴打和祖母肆无忌惮的咒骂："坏蛋，你，你这个坏蛋！你，你这个该死的坏蛋！"

第七个早班

布劳克塞尔问自己，他在马特恩祖母的复活节时是否太过于挥霍浪费了。这位善良的妇人慢慢地爬着，大腿有点僵硬地直起身，走进厨房去抢救烤鹅，这难道不是足以令人感到奇怪的事情吗？难道说非得把蒸汽放出来不可，非得把火喷出来不可？难道说炉子的瓷砖非断裂不可，生菜叶非干枯不可？难道说就非要奄奄一息的乌龟和碎成粉尘的椅子不可？

假如布劳克塞尔——自由市场经济的一个头脑清醒的人，如今不得不对这些问题作出肯定的回答，不得不经受赴汤蹈火的考验，那么，他也得提出理由来。无论是过去还是现在，都只有一个理由在老祖母的复活节大讲排场：马特恩一家子，尤其是家族中这个把牙齿咬得咯咯作响的旁系，从中世纪的强盗马特恩，经过祖母这个地地道道的马特恩——她嫁给了她的堂兄弟——直到受洗者瓦尔特·马特恩，天生就能理解大型的甚至是歌剧式的场面。实际上，一九一七年五月，马特恩祖母并未悄悄地、理所当然地动身去抢救烤鹅，而是在这之前滔滔不绝地讲了一番上面描述过的话。

此外，需要补充说明的是：当马特恩祖母试图抢救烤鹅，以及紧接着用烹饪木勺向可怜的洛尔兴狠狠揍去时，有三辆双套马车载着饥肠辘辘的、参加洗礼的人群，从施特根方向过来，在容克尔阿克尔和帕瑟瓦尔克村旁缓缓驶过。不管布劳克塞尔多么渴望报道接踵而来的洗礼宴会——因为烤鹅不够吃，所以人们就从地下室里取出酸白菜和腌咸菜来——他却只好让参加洗礼的人在没有见证人的情况下入席进餐。没有任何人会听到在战争的第三个年头，罗梅克一家和卡布伦一家，米尔克和棍棒寡妇，曾经怎样用烧焦的烤鹅、酸白菜、腌咸菜和醋浸南瓜填饱肚子。他尤其为摆脱了束缚而重新变得动作麻利的马特恩祖母的伟大场面感到惋惜。他只把寡妇阿姆泽尔排除在乡村的田园生活之外，因为她是我们的胖爱德华·阿姆泽尔的母亲，而爱德华·阿姆泽尔在第一到第四个早班中，从发了洪水的维斯瓦河中捞取支豆蔓的杆子、椽子和铅一样重的废旧物品，现在也要像瓦尔特·马特恩那样补上接受洗礼这一课。

第八个早班

在很多很多年前——因为布劳克塞尔最喜欢吹牛——在维斯瓦河入海口左边的一个名叫希温霍尔斯特的渔村，住着一个名叫阿尔布雷希特·阿姆泽尔的商人。他卖煤油、帆布、淡水桶、船缆、渔网、捕鳗箱、捕鱼笼、各种钓鱼器具、焦油、颜料、玻璃砂纸、线、油布、柏油和油脂，但是也经营工具，从斧头到小折刀都卖。他的仓库里备有木工刨台、磨轮、自行车内胎、电石灯、滑轮组、绞盘和虎钳。船上应急用的面包干堆在软木救生衣前。在一个只需在上面加上说明的救生圈中间，放着装有麦芽止咳糖块的大玻璃罐。把一种被称为“布罗卿”的烧酒从大肚子绿玻璃套篓瓶中倒出来。他既供应以米计算的衣料、零料，也供应新、旧衣服，另外还有衣架、用过的缝纫机和樟脑丸。尽管有樟脑丸，尽管有油脂和煤油，有虫胶和电石，在阿姆泽尔的铺子里，在宽敞的混凝土基础的木结构建筑物里，散发出的却主要是科隆香水的气味，其次是熏鱼的气味，在这之后才谈得上是樟脑的气味。因为阿尔布雷希特·阿姆泽尔除了经营所有这些小买卖，还以淡水鱼和咸水鱼的大卖家自诩。用最轻的松木做成的箱子呈金黄色，装满了熏比目鱼、熏鳗鱼、散装的和成捆的西鲱、七鳃鳗、宽突鳕和熏得有辛辣味和香味的维斯瓦河鲑鱼。这些箱子正面的木板上烙着阿姆泽尔公司的名字——鲜鱼——熏鱼——希温霍尔斯特——大的河中小岛——在但泽市场大厅——但泽市场大厅位于拉文德尔巷和容克尔巷之间，位于多明我会教堂与老城公墓之间，用砖砌成——用中号榫凿把它们撬开。木箱盖已经干裂，啪啪作响。钉子发出刺耳的咯吱声，从侧面的木板上脱离下来。市场的光线从新哥特式尖拱形窗户上射下来，照到刚熏出来的鱼上面。

此外，作为一个有长远打算的商人——他对维斯瓦河三角洲上和沿着滨外沙洲修建的熏鱼作坊的未来非常关切——阿尔布雷希特·阿姆泽尔雇了一个砌烟囱的泥瓦匠。这个泥瓦匠从普勒伦多夫到埃拉格，也就是说在死维斯瓦河沿岸的所有村庄——熏鱼作坊的烟囱赋予这些村庄以一种破败不堪、稀奇古怪的外观——有足够的工作可干。那时候，正需要整修一个通风很差的烟囱。那时候，在那些高大的、耸立在所有丁香花丛和低矮的渔家小屋上空的熏制烟囱中，有一个烟囱需要重新修建。所有这一切都以阿尔布雷希特·阿姆泽尔，即这个完全有理由被称为富翁的人的名义修建。人们说，富有的阿姆泽尔，或者说："阿姆泽尔这个犹太人。"当然，阿姆泽尔并非犹太人。尽管他也不是门诺派教派，但他却自称虔诚的新教徒。他在博恩萨克的渔民教堂里有一个固定的、每个礼拜天都留着的座位。他娶了洛特兴·蒂德——来自大曲因德尔的一个头发黄中带红、有点丰满的农民女儿为妻。应当说明的是：既然富农蒂德将他的女儿洛特兴嫁给阿尔布雷希特·阿姆泽尔为妻，阿姆泽尔怎么会是一个犹太人。当时，蒂德只驾了一部四套马车，而且穿着漆皮靴从大曲因德尔到克泽马克来。他经常在县长家进进出出，他让他的儿子们在骑兵队,说得更确切些,是在相当高贵的朗富尔轻骑兵队服役。

后来听说有好多人讲:老蒂德之所以把他的洛特兴嫁给犹太人阿姆泽尔,只是因为他像很多农民、商人、渔民和磨坊主那样——尽管磨坊主马特恩来自尼克尔斯瓦尔德——在阿尔布雷希特·阿姆泽尔那儿欠了很多债,为了他的四套马车能继续存在更是债台高筑。此外,还有人说,为了要证实某种事情,阿尔布雷希特·阿姆泽尔当着地区市场整顿委员会的面,明确回绝了对于饲养猪的过多资助。

对于一切都比较清楚的布劳克塞尔给所有这些猜测都暂时画上了句号。因为无论是爱情还是票据债务,现在已经把洛特兴·蒂德带进了他家里;他无论是作为受洗礼的犹太人还是作为受洗礼的基督徒,每个礼拜天都坐在博恩萨克的渔民教堂里;阿尔布雷希特·阿姆泽尔这个有进取心的维斯瓦河岸的商人——顺便说一句,一个在一九〇五年已登记在册的博恩萨克体操协会的宽肩阔背的创始人,一个教堂合唱队里声音洪亮的男中音,在索姆河和马恩河①河岸被提拔为多次受奖的预备役少尉,一九一七年,在他儿子爱德华出生前不到两个月,在凡尔登要塞附近阵亡。

第九个早班

瓦尔特·马特恩受到公羊星座撞击,在四月份出世。三月份的鱼敏捷、能干地把爱德华·阿姆泽尔从母亲的腹腔中拉了出来。五月份,在烤鹅烧焦,马特恩祖母站起身来时,磨坊主的公子接受洗礼。洗礼按照天主教的方式进行。在四月底,死去的商人阿尔布雷希特·阿姆泽尔的儿子已经在博恩萨克的渔民教堂中成了虔诚的天主教徒。按照当地的风俗,在洗礼时洒的水有一半是维斯瓦河河水,另

① 索姆河和马恩河均在法国。

一半是波罗的海海水。

无论其他那些从第九个早班开始同布劳克塞尔打赌的编年史家,今后会与布劳克塞尔的看法大相径庭地报道什么,在希温霍尔斯特受洗者这件事上,他们都不得不赞同我的意见:爱德华·阿姆泽者①,或者埃迪·阿姆泽尔、哈泽洛夫、黄金小嘴等,在所有这些人当中是最令人激动的主角。这些人应当使这篇纪念文章变得生动活泼——布劳克塞尔的矿山快十年了,既不开采煤炭、矿石,也不开采钾盐——但布劳克塞尔除外。

他的职业从一开始就是要发明稻草人。虽然如此,但他对于鸟儿毫无反感。而鸟儿们不管有什么样的飞行方式和什么样的羽毛,很可能对他都有所不满,不满他发明稻草人的想法。选礼刚结束——钟声尚在当当地响——它们就认出了他。然而胖乎乎的爱德华·阿姆泽尔却躺在拉得平平整整的洗礼襁褓下面,不让人看出鸟儿对他是否有某种意义。教母名叫格特鲁德·卡尔威泽,以后每年都正好在圣诞节时,给他织羊毛短袜。受洗者在她那双粗壮有力的胳膊上,被抱到许多应邀参加没完没了的洗礼宴会的人们面前。娘家姓蒂德的阿姆泽尔寡妇待在家里,监督摆好餐具,在厨房里作最后的指示,把调味汁的味道调好。不过,所有来自大曲因德尔的蒂德家成员,四个在骑兵队随时有生命危险的儿子除外——后来老二阵亡了——都身穿质地上乘的衣服,拖着沉重的步子,走在洗礼襁褓的后面。沿着维斯瓦河走的有:希温霍尔斯特的渔民克里斯蒂安·格罗梅和娘家姓利德克的玛尔塔·格罗梅太太;赫伯特·基纳斯特和他妻子、娘家姓普罗布斯特的约翰娜;卡尔·雅各布·阿于克,他的儿子丹尼尔·阿于克在为皇家海军效力中死于多格滩②;渔民寡妇,她的兄弟雅各布·尼伦茨驾驶她的渔轮;在恩斯特·威廉·蒂德的儿媳妇之间——这些人一副城里人打扮,穿着粉红色、鹅黄色和青紫色

① 阿姆泽尔(Amsel)在德语里有乌鸫之意。

② 多格滩,一译杜格浅滩,位于北海,1915 年 1 月 24 日德、英两国在此激战。

的衣服，黑色的高跟鞋擦得亮亮的，忸怩作态地走着——是老神父布莱希——那个著名的副主祭 A. F. 布莱希的后裔 A. F. 布莱希担任圣马利亚教堂的教士，从一八〇七年到一八一四年，也就是在法国人统治时期撰写了但泽市的编年史。来自西诺伊费尔的大熏制食品作坊主弗里德里希·博尔哈根走在已经退休的船长布龙萨尔德身边，这位退休船长在战时担任普勒伦多夫的志愿船闸管理员，找到了一项任务。韦斯林肯的饭店老板奥古斯特·施波纳格尔比马约琳·封·安库姆高出一头。因为从一九一五年年初起，小曲因德尔的地主迪尔克·亨利希·封·安库姆已经不在人世，施波纳格尔就挽住了马约琳僵硬垂直的胳膊，走在那对博恩萨克经营煤炭生意的布泽尼茨夫妇后面。殿后的是有残疾的希温霍尔斯特村村长埃里希·劳及其已经怀孕几个月的妻子玛加蕾特·劳。玛加蕾特作为尼克尔斯瓦尔德村村长莫姆贝尔的女儿，其婚姻并不般配。堤坝督察哈贝尔兰德因为严守岗位，在教堂门口就不得不告别。很可能还有不少孩子，所有这些人头发都太黄，都穿着过于华丽的衣服，他们拉长了这个行列。

这支队伍沿着河的右岸，经过只长着稀稀落落的一点喜沙松爬地根的沙路，走向等候着的双套马车，走向老蒂德的四套马车。尽管战时缺少马匹，但是老蒂德仍然有办法给自己保住这驾马车。人们的鞋子里跑进了沙子。布龙萨尔德船长在气喘吁吁地哈哈大笑，接着又咳了好久。只有吃完洗礼宴后才好交谈。海滨树林散发着一种普鲁士的气息。这条河是维斯瓦河的一条死支流，几乎就没有流动，这条支流只是在下流由于有莫特瓦河流入，才获得自己的动力。太阳小心翼翼地照到节日盛装上。蒂德的儿媳妇们身着粉红色、鹅黄色和青紫色的衣服，也许还想有一块寡妇用的披肩吧。很可能这许多寡妇用的黑色，巨人般的马约琳和那个残疾人踉踉跄跄的脚步，促进了一个从一开始就在酝酿着的重大事件的发生。刚出博恩萨克教堂的大门，平时几乎动也不动的海鸥，在教堂广场上黑压压的一大群，直冲云天。没有鸽子，因为渔民教堂养海鸥，不养鸽子。现在从岸边芦苇和浮萍中倾斜着、垂直着腾空而起的有：大麻鳽、燕鸥和绿鸭。所有的凤头鹧鹛都已飞走。乌鸦从海滨树林的松树丛中飞起来。施塔雷和阿姆泽尔放弃了用石灰刷得雪白的渔家房舍前的墓地和园子。从丁香花丛和山楂丛中飞出的有：鹡鸰、山雀、燕雀和鸫，以及所有在歌词里出现的鸟。从水沟里、从电线上飞起来的麻雀黑压压一大片。燕子从棚圈和墙缝里飞出来。洗礼襁褓一闪光，所有属于鸟儿这一科的动物就会腾空而起，就会飞散开去，就会像离弦的箭似的，发出嗖嗖声，就会让自己被海风携带着飞过河去，就会形成黑压压的一大片被可怕地撕来撕去的碎云。在这片黑云中，海鸥和乌鸦这些平时相互回避的鸟儿受到同样的恐惧驱使，都毫无选择地碰到一起。在羽毛颜色混杂的鸣禽中有一对幼小的苍鹰。还有喜鹊、喜鹊！

有五百只鸟——麻雀还不计算在内——在太阳与参加洗礼的人群之间成群成群地逃跑。五百只鸟意味深长地投给参加洗礼的客人、洗礼襁褓和受洗者一道阴影。

五百只鸟——谁愿意去数麻雀呢？——使得参加洗礼的客人——从身有残疾的村长劳到蒂德一家子——都相互靠近了，最初默默无言，接着便喃喃自语，在呆滞的目光下，由后往前挤，忙于迅速、仓促的步伐之中。奥古斯特·施波纳格尔踉踉跄跄地跨过松树根。在布龙萨尔德船长和布莱希神父之间——神父只是暗示性地举起双臂，试图按照自己的职业习惯使大家平静下来——巨人般的马约琳恰似遇到广场上骤降的大雨一般，撩起裙子，往前冲去，把大家都拖着往前走。跟着走的有：格罗梅一家和基纳斯特及夫人，阿于克和卡布斯，博尔哈根和布泽尼茨夫妇。就连身有残疾的劳和他怀孕多月的女人——这个女人以后生小孩绝不会感到害怕，她会生下一个正常的女孩来——也喘着粗气，跟上步伐。只有胳膊粗壮有力的教母落在后面，抱着受洗者和往下滑的洗礼襁褓，作为最后一个人，走到等候着的双套马车，以及通向希温霍尔斯特的公路上最前面两行白杨树之间的、蒂德一家的四套马车前。

受洗者哭了没有呢？他不哭闹，可也没有睡觉。在那些车辆急匆匆、绝非喜气洋洋地离去之后，那黑压压的一大片由五百只鸟儿和无数麻雀构成的乌云散开没有呢？在缓缓流动的河流上空，这片乌云还有好长一段时间得不到安宁：它一会儿在博恩萨克上空，一会儿散布在海滨树林和沙丘上空，随后又散开来，在河对岸上空飘动着，让一只乌鸦落向一块沼泽草地：它在那里显得分外灰暗和呆板。只是当双套马车和四套马车驶进希温霍尔斯特时，黑压压的一大群鸟儿才返回教堂广场、公墓、园子、棚圈、芦苇丛、丁香花丛和松树丛。但是直到傍晚，当参加洗礼的人们已经吃饱喝足，把两肘支在长桌上时，在许多大小不同的鸟儿心中仍然不得安宁。因为爱德华·阿姆泽尔制造稻草人的想法——当时他还躺在襁褓之中——已经传到了所有鸟儿的耳朵里。从此以后，它们就了解他了。

第十个早班

谁想知道，商人和预备役少尉阿尔布雷希特·阿姆泽尔到底是不是犹太人？希温霍尔斯特、埃拉格和诺伊费尔的人称他为有钱的犹太人，并非完全没有道理。那么这个名字呢？难道说这个名字不典型吗？什么？听说这只鸟来自荷兰，就因为中世纪初期，荷兰移民把维斯瓦河低洼地带的水排了出去，带来了语言特点、风车和他们的名字？

布劳克塞尔在一些已经记下的早班中多次申明，A. 阿姆泽尔并非犹太人之后——原话为“阿姆泽尔当然不是犹太人”——现在可以而且有同样的理由相信——因为所有的出身都有随意性——阿尔布雷希特·阿姆泽尔就是一个犹太人。他出生在普鲁士管辖的什切青旧城一个早就在此定居了几代之久的犹太裁缝家庭，他早在十六岁时就不得不离开普鲁士管辖的什切青，到施奈德米尔、到奥德河畔的法兰克福、到柏林去，因为他父亲家里有一大堆孩子。而在十四年之后——他有了变化，信奉东正教，而且很富裕——经过施奈德米尔、诺伊施塔特、特切夫，他来到维斯瓦河入海口。那段使希温霍尔斯特成为河畔一个村庄的截弯取直工程完工还不到一年，当时的阿尔布雷希特·阿姆泽尔就用很便宜的价格把这个地区买了下来。

他就这样做起买卖来了。此外，他又该干什么呢？他就在教会唱诗班唱歌吧。为什么他不该作为教会唱诗班的男中音唱歌呢？所以，他同别人一起成立了体操协会，而且在所有的村民当中有那么一个人，这个人坚信他阿尔布雷希特·阿姆泽尔并非犹太人，阿姆泽尔这个名字来自荷兰。在那里，不少人叫施佩希特，有一个很著名的非洲工兵甚至叫纳赫蒂加尔①，只有阿德勒是典型的犹太名字，而绝不是阿姆泽尔。这个裁缝的儿子有十四年之久忘记了自己的出身，只不过顺便地却又是同样成功地汇集了一种虔诚的新教徒的能力。

那时候，在一九〇三年，一个名叫奥托·魏宁格②的早熟的年轻人写了一本书。这本无与伦比的书叫《性与性格》，在维也纳和莱比锡出版，有六百页，极力否认女人有灵魂。因为这一主题在解放的时代有现实意义，尤其是因为这本无与伦比的书的第十三章，在《论犹太教》的标题下把犹太人划归阴性种族，同样否认他们有灵魂，所以这本书再版时达到了很高的、高得出奇的印数，进入了平时只读《圣经》的寻常百姓家庭。因此，魏宁格令人佩服的成就在阿尔布雷希特·阿姆泽尔家里也可以见到。

要是这位商人知道有一位芬尼先生把这个奥托·魏宁格称作剽窃者的话，那么，他也许不会打开这本厚书的。因为在一九〇六年就已经出版过一本措辞尖刻的小册子，这本小册子粗暴地指责死去的魏宁格——这个年轻人已经自杀——以及魏宁格的同事斯沃博达。

---

① 纳赫蒂加尔，意为夜莺。

② 奥托·魏宁格(1880—1903)，奥地利哲学家。他的唯一著作《性与性格》是一部反犹宣传的原始资料。

甚至就连曾经把去世的魏宁格称作天才横溢的年轻人的S. 弗洛伊德①,尽管非常反对措辞尖刻的小册子的口气,却也无法避开这个书面确认的事实。魏宁格关于雌雄两性的中心思想并非他的独创,而是由一个名叫弗利斯的先生首先想到的。所以,阿尔布雷希特·阿姆泽尔在一无所知的情况下打开了这本书,在魏宁格那儿——他借助一个脚注把自己当作犹太人——读到:犹太人没有灵魂。犹太人不唱歌。犹太人不从事体育活动。犹太人必须克服自己身上的犹太人特点……而阿尔布雷希特·阿姆泽尔也克服了这种犹太人的习气。他在教会唱诗班里唱歌。他不仅组建了在一九〇五年已经登记注册的博恩萨克体操协会,而且还穿上运动服,加入体操队的行列,一起练双杠和单杠,跳高和跳远,练习接力赛跑,冲破阻力——在这里又一次成为组织者和先锋——使棒球这一比较年轻的体育项目在维斯瓦河三个入海口的左右两边扎下根来。

在这里如实地摇动笔杆的布劳克塞尔就同河中小岛上的村民一样,很可能对于普鲁士管辖的什切青这座小城以及爱德华·阿姆泽尔的当裁缝的祖父一无所知,因为娘家姓蒂德的洛特兴·阿姆泽尔默不作声。她丈夫在凡尔登前线阵亡以后,又过了若干年,她开口讲话了。

年轻的阿姆泽尔——从此以后,尽管是断断续续的,但在这以后却会谈到他——从城里匆匆忙忙赶到病势垂危的母亲病榻旁。她糖尿病犯了,十分激动地对着他耳边讲道:"孩子啊,原谅你可怜的母亲吧。你不认识的这个阿姆泽尔,他可确确实实是你父亲。就像大家说的那样,他是一个行过割礼的人。现在,宽容的法律都非常严厉,但愿这些法律不会碰上你。"

爱德华·阿姆泽尔在法律严厉的时代——但那些严厉的法律在这个共和国的领土上尚未实行——继承了商店和财产,房屋和动产,

---

① 弗洛伊德(1856—1939),奥地利精神病学家、心理学家和精神分析学派的创始人。

甚至还有一书架书,有:普鲁士国王们——普鲁士伟人们——老弗里茨——逸事——施利芬伯爵——洛伊滕的赞美诗——巴尔巴里娜①——以及奥托·魏宁格那本无与伦比的书。从此以后,阿姆泽尔就把这本书带在身边,而其余的书则逐渐丢失了。他按照自己的方式读这本书,也读他那又练体操又唱歌的父亲在书边上作的笔记。他拯救这本书,使它度过艰难的岁月,并做好安排,使它今天能放在布劳克塞尔的办公桌上,随时供人翻阅。魏宁格已经把一种想法塞进了执笔人的脑海之中。稻草人要按照人的形象来创造。

第十一个早班

布劳克塞尔的头发又长出来了。当他执笔写作或者管理矿山时,头发便重新长出来。当他进餐时,走路时,打瞌睡时,呼吸时,或者闭上嘴巴默不作声时,当早班下矿井,晚班出矿井,麻雀开始新的一天时,头发在生长。是啊,当理发师用冰冷的手指按照要求把布劳克塞尔的头发剪短时——因为这一年行将结束——它们在剪刀下面又长了出来。总有一天,布劳克塞尔会像魏宁格一样死去,可是他的头发、脚指甲、手指甲会比他活得更久一些——恰似这本关于制造能发挥作用的稻草人的手册,尽管执笔人早已不在人世,但它仍然会被人们阅读。

昨天谈到严厉的法律。不过在我们刚开始讲述这个故事时,法律还是宽容的,根本不惩罚阿姆泽尔的出身。娘家姓蒂德的洛特兴·阿姆泽尔对于可怕的糖尿病一无所知。阿尔布雷希特·阿姆泽尔"当然"不是犹太人。爱德华·阿姆泽尔同样是虔诚的新教徒,长着他母亲那种长得很快的沙色头发,胖乎乎的,身上全是斑点,在晾

① 巴尔巴里娜(1721—1799),柏林芭蕾舞女演员。

着的渔网之间闲逛，喜欢透过渔网观察这周遭世界。要是这个世界立即使他感到好像是一幅网状图案，而且还用支豆蔓的细杆伪装起来了，那一点也不奇怪。

稻草人！这里有人断言，小小年纪的爱德华·阿姆泽尔起初——在他大约五岁半，造出第一个值得一提的稻草人时——并不打算造稻草人。每当他站在靠近希温霍尔斯特浮码头旁边的堤坝上，让他的人物随风飘动时，村里人以及对这个河中小岛进行火灾保险与谷种试验考察、路过此地的代理人，从公证人那里归来的农民，所有在一旁观看他如何动作的人，都会往这个方向去想。克里韦对赫伯特·基纳斯特讲："小宝贝，瞧一瞧，这个阿姆泽尔做了些什么东西啊——有血有肉的稻草人。"尽管在接受洗礼之后，以及在后来，爱德华·阿姆泽尔都对鸟儿没有什么反感，但是在维斯瓦河左右两岸，所有那些像鸟儿一样轻飘飘地随风飘动的东西，对于他的产品，即被称为稻草人的东西却有点不满。这些稻草人——他每天造一个——绝不相同。他昨天用条纹裤子、一件大方格纹的类似上衣的蹩脚衣服、一顶无檐帽以及借助一个不仅有裂缝而且已经腐朽的梯子和一只用新柳条花了三个钟头才做成的胳膊所造成的东西，他在第二天早上就拆掉。他用同样的道具造出一个另一种性别、另一种信仰的怪人——但无论如何都是一个命令鸟儿们保持距离的形象。

虽说所有这些为时短暂的"建筑物"一再表现出建筑师幻想的勤奋和兴趣，然而，爱德华·阿姆泽尔对于形形色色的现实性却保持着清醒的意识，在他胖乎乎的面颊上仍然是好奇的目光。这种目光使他的产品具有经得起仔细观察的细节，让它们能发挥作用，把它们制造成吓走鸟儿的产品。它们同那些在四周的菜园里和田地里摇摇晃晃的普通稻草人有区别，不仅表现在形式上，而且还表现在效果方面。当任何一种稻草人对于雀鸟世界只能起到微不足道的作用，就连一般性的作用都很难起到时，在他那些可以说是毫无目的和并不针对任何东西的创造物中，却包含着在鸟儿当中引起恐慌的可能性。

他的稻草人栩栩如生。要是有人长时间观察这些作品——如果它们被拆掉的话——它们基本上都是栩栩如生的。它们往堤坝上冲刺，对堤坝上的走禽张牙舞爪，威胁这些走禽，进攻这些走禽，敲打这些走禽。它们从这一岸问候另一岸。它们在随风飘动。它们同太阳对话，为河流及河里的鱼儿祝福。它们数着白杨树，超过乌云，拆除教堂尖塔的塔尖。它们要升上天空，要强行登上渡船，要跟踪渡船，要把渡船转移到安全的地方去。它们从来都不是匿名的，而是唤作渔民约翰·利克费特，布莱希神父，一再唤作张着嘴、歪着头的摆渡工人克里韦，唤作布龙萨尔德船长、哈贝尔兰德督察，以及除此之外这块平地还能提供的姓氏。因此，骨骼高大的马约琳·封·安库姆——尽管她的小块贫瘠地在小曲因德尔，而且很少站在波尔特赖特的渡船旁——作为吓唬鸟儿和小孩的巨妇人，站在希温霍尔斯特堤坝上一直在那儿待了三天。稍后不久，在爱德华·阿姆泽尔开始上学时，奥尔舍夫斯基先生是尼克尔斯瓦尔德乡村学校年轻的公办教师——因为希温霍尔斯特村没有学校——当他那满身斑点的学生把像他一样的稻草人轻而易举地插到河流入海口右岸巨大的沙丘上时，他也就只好静止不动。阿姆泽尔把教师的双影人放到沙丘顶上九棵被风吹弯的松树之间，把从维斯瓦河直到诺加特河①的那个水盆一样平的河中小岛放到双影人旁边，除此之外，还把延伸到但泽市那些尖塔、延伸到城市后面的山丘和森林的低洼地，以及从入海口直至地平线的河流，直至可以想象到赫拉半岛的无边无际的大海，其中也包括在停泊场抛锚的船只，都放到穿着帆布鞋的脚前。

① 诺加特河，维斯瓦河东面入海口的支流，62 公里长。

第十二个早班

这一年过完了。这是一个特殊的除夕,因为由于柏林危机的缘故,除夕夜只能用灯光,而不能用爆竹来庆祝。再者,人们在这里,在下萨克森州,不久前刚把那个欣里希·科普夫——一个形象逼真的君主送进了坟墓。更重要的一个原因是半夜不让放爆竹。布劳克塞尔为了防备万一,同企业咨询委员会达成协议,让人既在矿工浴室、行政大楼,同样也在井口平台和井底车场贴上这样的告示:建议布劳克塞尔公司——进出口公司——员工以与这庄重的时刻相适应的方式安安静静地欢度除夕夜。就连这位执笔人在让人把"稻草人要按照人的形象来创造"这句话漂漂亮亮地印到大木桶上,向顾客和老主顾恭贺新年时,也不得不援引他自己的话。

第一个学年给爱德华·阿姆泽尔带来了各式各样的东西。就像他现在每天在两个村里人眼前露一次面那样,胖乎乎的,身上满是斑点,他分得了一个替罪羊的角色。不管年轻人那些游戏怎么叫法,他都得参加,确切地说,他都受到折磨。那群人把小阿姆泽尔拖到福尔歇尔特仓库后面的荨麻丛中,用腐烂的、发出焦油味的缆绳把他绑在一根木桩上,尽管并非富有创造性,却也把他折磨得疼痛难忍。这时他虽然哭了,但是,他那双由脂肪包着的灰绿色的小眼睛,却不想放弃透过眼泪——众所周知,这些眼泪会帮助他得到一个虽然模糊不清但却过分精密的镜头——进行观察、评价,不想放弃对于典型动作的实实在在的感觉。在这样殴打两三天之后——有可能发生这种事情:在十次殴打之间,除了别的骂人话和绰号,还有意无意地冒出"犹太鬼"这个词儿来——在海滨树林里,在沙丘之间或者紧靠海滨、受到海水冲刷的地方,同样的殴打场面又在独一无二的多臂稻草人身上重演。

瓦尔特·马特恩要结束这些殴打以及在事先发生的殴打之后接踵而来的效尤。他在较长一段时间参与殴打，甚至有意无意地用上了“犹太鬼”这个词儿。有一天，很可能是因为他在海滩上发现了一个虽然已经用坏但仍在怒气冲冲地晃来晃去的、同他毫无区别或更确切地说是比他有过之而无不及的稻草人，于是便在殴打中放下了拳头，让两只拳头——如果允许这样讲的话——沉默五拳之久，接着再打。然而从此以后，当瓦尔特·马特恩的拳头又挥舞起来时，遭殃的就再也不是只好忍气吞声的小阿姆泽尔了。他强迫其他那些折磨阿姆泽尔的人改弦易辙，他做这种事非常投入，有规律地把牙齿咬得咯咯作响。尽管在福尔歇尔特的仓库后面，除了眯着眼睛的阿姆泽尔之外没有任何人，他还是在仓库后面长时间地向夏日的和风挥舞拳头。

我们大家从极其惊险的电影中知道，在殴打当中或者殴打之后结成的友谊，还必须时时刻刻接受极其惊险的考验。因此，对于阿姆泽尔的友谊而言，时间也会拖得很长，因为在这本书里，马特恩还要遇到很多问题。还在开始时，为了促进刚结成的友谊，对于瓦尔特·马特恩的拳头来说，就已经有好多事情可做了，因为那些粗野的渔民和农民不愿意去理解这个突然结成的友好同盟。他们按照习惯，把刚放学就心神不定的阿姆泽尔拖到福尔歇尔特的仓库后面。因为维斯瓦河在慢慢流淌，堤坝在慢慢变细，四季在慢慢交替，云彩在慢慢飘动，渡船在慢慢摆渡，乡间的人们在慢慢从用煤油灯过渡到用电灯，所以维斯瓦河左右两岸那些村庄里的村民都犹豫不决，不愿意理解：谁想找小阿姆泽尔谈话，就首先必须同瓦尔特·马特恩言语一声。这种友谊的秘密开始慢慢发挥奇特的效应。在乡村生活中的固定人物——农民、奴仆、神父、教师、邮政代办所主管人、兜售小贩、干酪坊主、牛奶合作社联合会的督察、林业学徒和乡村白痴——之间，由乡下新结成的友谊那许许多多绘声绘色的场面构成的景象，并没有拍成照片，却以其无与伦比的方式保持了若干年之久。阿姆泽尔在沙丘上的某个地方，背对海滨树林做他的捕鸟套索。各种式样的衣服摊开着，清清楚楚地摆在那里，没有时装。业已毁灭的普鲁士军队的军服和上次洪水留下的颜色很杂的、现已干得硬邦邦的战利品，在漂走时被挡住，如今正被小沙丘和漂木压着。长睡衣、男式小礼服、开裆裤、厨房用的脏围裙、短上衣、已经皱缩的制服、有窥视孔的窗帘、紧身胸衣、小围嘴儿、马车夫外套、腹带、胸敷布、踩烂的地毯、皮领衬里、射击比赛的小旗子和一些作为嫁妆的台布发出臭味，招来不少苍蝇。毡帽、保暖罩、钢盔、便帽、睡帽、小帽、四角帽和草帽上的多肢毛虫在蠕动，想咬自己的尾巴。它们伸直每一个肢节躺着，上面叮满了苍蝇，等着被它们享用。太阳光让所有钉在泥沙上面的栅栏木条、梯子碎片、支豆蔓的细杆、光滑和有节疤的散步用的手杖、粗糙的棍棒，就像海洋和河流使它们漂到岸边那样，投下它们参差不齐、飘忽不定、同时光一道移动的影子。此外，还有一大堆细绳、扎花金属丝、差不多已经腐烂的缆绳、发脆的皮革制品、乱蓬蓬的纱巾、羊毛衬里和稻草束。这时，这些东西开始腐烂、变黑，从田间仓库已经崩落的房顶上滑下来。大肚瓶、没有桶底的牛奶桶、小便壶和汤盆东倒西歪，横七竖八。在所有这些储存物之间的是异常灵活的爱德华·阿姆泽尔。他汗流满面，光着脚，踩着海滩上的飞廉，但却什么也没觉察到。他呻吟着，嘟哝着，偶尔还咯咯地笑着。他在这里插上一根支豆蔓的细杆，在细杆上横着搭上一根椽子，在后面再搭上金属丝——他并不捆，而是把它们相互缠在一起，这样做很牢固——让一道用银丝交织而成的红棕色帘子绕着细杆和椽子缠三圈半，再把稻草束缠在上面，在田芥菜桶上面扎成一个脑袋，特别戴上一顶盘形圆帽。他用大学生便帽交换公谊会教徒戴的帽子。他不仅使帽子上的毛虫，也同样使海滩上形形色色的苍蝇晕头转向。他想让一顶睡帽在短短的时间内获得胜利，而终于让一个咖啡壶保暖罩——上次洪水赋予它一个更为挺括的外形——证明了它在头顶上的作用。他及时理解到这个整体还缺少一件背心，而且是一件背后闪闪发光的背心，就从证明乞丐身份的衣服和有霉味的衣服当中挑选，然后便把背心往肩上一套，也不好好瞧一瞧便套在咖啡壶保暖罩下的这个“人”

身上。他已经在左边竖了一个快要散架的小梯子，在右边相互交叉地竖了两根一人高的棍棒，用一段三根栅栏木条那么宽的花园栅栏木条同它们相互交叉，捆在一起，构成一幅矫揉造作的阿拉伯风格图案。他稍微瞄准了一下，然后扔了出去，用僵硬的帆布击中了目标。他借助起连接作用的、嘎嘎作响的皮带，借助羊毛衬里，赋予这个人物——他那队人当中站在最前面的骑手以某些军事指挥权，并立即给它穿上衣服，系上皮带，缠上缆绳，戴了七次帽子，周围都是苍蝇，在前面、侧面、东南面和他那支逐渐被消灭的前沿部队——这支逐渐变成稻草人的部队——右侧，苍蝇在嗡嗡叫。从沙丘上，从喜沙草里，从海滨树林的松树丛中，飞出常见的和从鸟类学家的角度来看是罕见的鸟。这种事情的前因和后果就是：它们在爱德华·阿姆泽尔的工作场所上空聚集，成为黑压压的一片乌云。它们用雀鸟的文字越来越密密麻麻、越来越生硬呆板、越来越没有章法地胡乱书写它们的恐惧。这段文字隐藏着嘎嘎乱叫的根源，驱使着林中的鸽子在树枝上发出咕咕的叫声。它虽然停止发出砰砰声了——如果它停止了的话——但仍然有许多痛苦、许多叹息，有断断续续的哧哧声和大麻鳽公牛般的吼叫声在起发酵作用。没有任何一种由阿姆泽尔的产品引起的恐惧没有得到表现。可是，谁会越过流动着沙子的沙丘顶去巡查，谁会给这位朋友做稻草人的工作保持必要的宁静呢？

这对拳头属于瓦尔特·马特恩。他七岁，灰溜溜地望着大海，仿佛大海是属于他的。小母狗森塔对着波罗的海气喘吁吁的波浪狂吠。佩尔昆已经不在人世。在多种狗病当中，有一种狗病夺去了它的性命。佩尔昆产下了森塔。来自佩尔昆家族的森塔会产下哈拉斯。来自佩尔昆家族的哈拉斯会产下亲王。来自佩尔昆、森塔、哈拉斯家族的亲王——刚开始时，是立陶宛的母狼在嚎叫——会创造历史……然而现在，森塔却在向着软弱无力的波罗的海狂吠。他光着脚，站在沙里。他可以通过单纯的意志，通过从膝盖到脚掌轻微的振动，越来越深地钻进沙丘里面。沙子很快就会埋到卷起的、被海水弄得僵硬的灯芯绒裤子上。这时，瓦尔特·马特恩立定一跳，使沙子随风刮起，然后离开沙丘。森塔离开微微起伏的波浪。他们俩很可能是觉察到了什么东西，都趴下身子。他穿着褐色灯芯绒裤和绿毛衣，它黑乎乎的，伸着四肢，趴到最近一个沙丘顶上，趴到喜沙草丛中，先后心不在焉地——在慢吞吞的海浪拍击六次海滩之后——又慢吞吞、懒洋洋地钻了出来。看来什么事都没有发生。真是活见鬼，一场虚惊，甚至连一只家兔都没有。

可是在上空——在那里，有相当大一片乌云在可洗涤的蓝色女外衣面前，从滑稽可笑的一角飘往潟湖方向——鸟儿们不想停止它们那尖锐、沙哑的啼叫声，以便证实阿姆泽尔即将完成的稻草人就是已经完成的稻草人。

第十三个早班

谢天谢地，在矿区除夕非常安静。学徒们在采矿工长韦尔尼克的监督下，从提升井架上向天空放了几枚焰火，这些焰火模仿我们公司的标志——那个著名的鸟的题材。可惜云层太低，魔法不能大显身手。

制造人物形象——在沙丘上、堤坝上部边缘或者海滨树林中一片欧洲越橘树丛空白处的这个游戏，获得了一种额外的意义。因为那时，也就是在一天晚上——渡船已经停止摆渡——摆渡工克里韦用车把希温霍尔斯特的村长和他身穿条纹衣服的小女儿送到了树林边上。在那里，爱德华·阿姆泽尔一直受到他的朋友瓦尔特·马特恩和母狗森塔的保护，他在开始变得陡峭的树林沙丘前把最近做成的六七个产品排成行，但没有把它们排成整齐的队列。

太阳让自己落到了希温霍尔斯特上空。朋友们都投下了长长的影子。然而，如果说阿姆泽尔的影子显得比较丰满的话，那么在这里，西沉的太阳却是想证明这个小家伙有多胖。后来，他变得还要胖。

当身子歪斜、脸似牛皮的克里韦以及身有残疾的农民劳牵着自己的小女儿，这三个影子到来时，他们俩一动也不动。森塔在等着，在急促地喘息。他们俩用毫无表情的目光——他们经常练习这种动作——从沙丘顶越过排列成行的稻草人，越过倾斜的草地——在草地上有鼹鼠出没——往马特恩家四翼风车的方向望去。四翼风车有一个尾巴，安装在四脚支架上，全部由一个圆圆的小丘抬到当风的高处，但并未转动。

可是，谁站在小山脚下，右边扛着一只压在肩上的口袋呢？那是身穿白衣的磨坊主马特恩，是他扛着口袋站在那儿。就连他，尽管是出于别的原因，却也像风车的叶片一样，像沙丘顶上的那两个人一样，像森塔一样发呆。

克里韦慢慢伸直黄褐色的、手指上长着许多结节的左臂。就连平时也身穿星期天盛装的黑德维希·劳正在用有鞋襻的黑色漆皮鞋在沙里钻。克里韦的食指指着阿姆泽尔的展览会说："小宝贝，它们就在那儿，我说的就是这个地方。"他的手指细致周到地从一个稻草人指向另一个稻草人。农民劳那个近似八角形的脑袋一动一动地跟着黄褐色的手指转，直到介绍结束时才停下来——那是七个稻草人——还差两个。

"这个小家伙做这些稻草人宝贝疙瘩，你那儿不会没有小鸟了吧。"

因为有鞋襻的漆皮鞋在钻着，所以动作也就转向衣服上的贴边和发辫上同样料子的蝴蝶结。农民劳在帽子下面搔了搔痒，现在已经是非常缓慢地倒过来，从尾到头，又笨手笨脚地摸了七个稻草人一次。阿姆泽尔和瓦尔特·马特恩蹲在沙丘顶上，让两腿没有规律地晃动，把目光盯在四翼风车那一动不动的叶片上。阿姆泽尔有松紧带的、长及膝盖的袜子在膝盖下面勒住粗壮的小腿肚，淡红色的肌肉鼓起了一团。身穿白衣的磨坊主呆呆地伫立在小山脚下。他的右肩让一担重的口袋给压弯了。人们可以看到磨坊主，不过他却是心不在焉的。“我认识,小宝贝,要是你愿意,问问这个小家伙,这些稻草人值多少钱,要是这些东西可以值钱的话。”没有任何人点起头来会比这个农民村长埃里希·劳做这种事的动作还要慢。他的小女儿老在过星期天。森塔歪着头模仿所有的动作,而且在多数情况下还走在这些动作的前面,因为这条母狗太幼小,用不着事先发出不慌不忙的暗示。当阿姆泽尔接受洗礼时,当鸟儿们作出最初的表示时,黑德维希·劳还怀在她母亲肚子里。海沙会损伤有鞋襻的漆皮鞋。克里韦穿着木鞋,朝沙丘顶的方向侧过身去,向侧面吐出一口褐色的黏液,这种黏液在沙里变成了小球。然后他说:“这儿就是宝贝疙瘩。这儿谁知道,园子里的这些稻草人值多少钱,要是它们可以值钱的话。”

远处身穿白衣、肩扛口袋的磨坊主没有放下口袋,黑德维希·劳没有把有鞋襻的漆皮鞋从沙里拔出来,可是当爱德华·阿姆泽尔从沙丘顶摔下去时,森塔却猛地一跳,扬起了沙尘。阿姆泽尔滚了两圈。紧接着,他滚完两圈后纵身一跳,便站在了两个身穿羊毛上衣的男人中间,站在了黑德维希·劳钻进沙里的有鞋襻的漆皮鞋跟前。

这时,远处身穿白衣的磨坊主开始一步一步地攀登风车所在的山丘。有鞋襻的漆皮鞋没有再钻,一阵像面包屑一样干巴巴的、咯咯的笑声开始触摸红白方格图案的衣服和发辫上红白方格图案的蝴蝶结。应该做一笔买卖。阿姆泽尔把拇指倒过来,指着有鞋襻的漆皮鞋。农民劳一个劲儿摇头,不卖这双鞋,或者说,把它们暂且排除在这笔交易之外。交换时提出的价格由当啷作响的金属货币来付清。当阿姆泽尔和克里韦——村长埃里希·劳很少参与——讨价还价,而且是扳着指头讨价还价时,瓦尔特·马特恩一直坐在沙丘顶上,用他咬牙齿时发出的响声来反对这笔他后来称之为“肮脏交易”的买卖。

克里韦和爱德华·阿姆泽尔在农民劳点头之前就已经达成了协议。女儿又在用鞋钻沙了。一个稻草人可以值五个芬尼。磨坊主已经离去。磨坊在磨面。森塔在脚边。阿姆泽尔提出三个稻草人要一个古尔登[①]。再说，他提出这样的要求也并非没有原因，因为这笔买卖应该扩大，每一个稻草人要三件破衣服，而且一旦黑德维希·劳那双有鞋襻的漆皮鞋可以被认为已经穿坏时，还要外加这双漆皮鞋。

哦！这真是一个又平凡又庄严的日子，这一天第一次做成了一笔买卖！第二天早上，村长就让人用渡船把这三个稻草人运过河，运到希温霍尔斯特去，插在铁路线后面他那块麦地里。既然劳像河中小岛上的许多农民一样，不是栽种埃普小麦就是栽种库雅维小麦，也就是两种没有麦芒的因而也是被鸟儿吞食的品种，所以稻草人就有充分的机会经受考验。这些稻草人凭着他们的咖啡壶保暖罩、草束钢盔和十字交叉的腰带，可以视为在托尔高战役后——正如施利芬[②]所说，那次战役非常残酷——近卫军第一团剩下的最后三个步兵。阿姆泽尔这么早就已经逐渐形成了他对于普鲁士精确性的偏爱。这三个家伙在任何情况下都给人留下深刻的印象。在夏季完全成熟的麦田里，在以前鸟儿轻易即可光顾的、吵吵嚷嚷遭到抢劫的田地上空，变得死一般寂静。

这件事在周围流传开来。两岸的农民很快就从容克尔阿克尔和帕瑟瓦尔克，从埃拉格和施纳肯堡来到这里，远的来自河中小岛的中心地带，来自容费尔、沙尔堡和拉德科普。克里韦作介绍。不过，阿姆泽尔起先并不开价，只是在瓦尔特·马特恩把他责备了一番之后，他才接受每天两个然后是每天三个的订货。他对自己和所有的顾客讲，他不愿意粗制滥造，他只想每天生产一个，至多两个。他拒绝帮忙。只有瓦尔特·马特恩可以帮忙，他把原材料从河的两岸搬来，用两个拳头和一条黑狗继续保护这位艺术家及其作品。

布劳克塞尔也许还善于报道，阿姆泽尔很快就有了钱，用很低的租金租用福尔歇尔特那个虽然摇摇欲坠但毕竟还能锁上的仓库。在这个被认为不体面的木板棚屋里——因为某一个人曾经在某一个时

① 德国古代金、银币名。

② 施利芬(1833—1913)，德国军官，1891年曾任德军参谋总长。

候,出于某种原因,在棚屋的某一根房梁上上吊身亡——也就是说,在一个也许会赋予每一位艺术家以灵感的屋顶下,蕴藏着一切在阿姆泽尔手下作为稻草人会变得栩栩如生的东西。下雨天,这个仓库就变成了手工作坊。在棚屋里,事情在扎扎实实地进行,因为阿姆泽尔把他的现钱派上了用场。他在母亲的铺子里买了东西,也就是说按市价买了锤子、两个狐尾手锯、钻头、钳子、榫凿和那把小折刀。小折刀有三个刀刃、一个销子、一个开塞钻和一把锯子。他把小折刀送给了瓦尔特·马特恩。而瓦尔特·马特恩在两年之后,当他在尼克尔斯瓦尔德堤坝上部边缘找不到石头子儿时,就用它代替石头子儿,扔到洪水泛滥的维斯瓦河中了。这些事,我们已经听到过了。

第十四个早班

那些先生真该把阿姆泽尔的日记本作为榜样,像模像样地作记录。布劳克塞尔把工作过程给两位共同执笔的人描述过多少次?两次由公司负担费用的旅游使得我们济济一堂。在先生们什么也不缺乏的时刻,给我们提供了机会,去作笔记,去制订工作计划和一些格式。但是,人们并没有这样做,而是反问成堆:"什么时候必须完成打字稿?一页打字稿应该算三十行还是三十四行?您是真的同意书信形式,还是我应当优先老虑一种现代形式,比方说新的法国流派?如果我把施特里斯巴赫①写成霍赫施特里斯和勒格施特里斯之间的涓涓细流,这样做符合要求吗?或者说,历史上的关系,譬如但泽市同奥利瓦西妥教团修道院②的边界冲突,要不要提到?譬如这个修

① 巴赫(Bach)在德语中是"小溪"的意思。

② 奥利瓦,地名,位于但泽西北部,1173—1175年建立的西妥教团修道院在殖民地化和基督教化方面起着重要的作用。

道院的创办人——苏比斯拉夫一世的孙子斯万托波尔克公爵一二三五年的证明书，要不要提到？那里提到施特里斯巴赫同萨斯佩尔湖的关系：‘萨斯佩尔湖直至小小溪流施特里斯……’或者说，要提到梅斯特文二世一二八三年的证明文书，在文书中，对边界小溪施特里斯巴赫作了如下描述：‘小小溪流施特里斯巴赫先流进维斯瓦河……’或者说，要不要提到一二九一年奥利瓦和萨尔诺维茨修道院所有产业的证明文书？在那里，施特里斯巴赫再一次被写成‘施特里斯’，而在另一处又写着：‘……施特里斯先是在向两侧流去的情况下，流经科尔平河岸，并由此奔腾而下，流入维斯瓦河……’”另外一位执笔人先生同样不惜笔墨反问，把想要得到预付款的愿望写到所有的信函中：“……也许我可以暗示一下，已经口头约定：每一个合作者在开始撰写打字稿时得到……”演员先生应当得到他的预付款。对于这些先生来说，当然也是对于阿姆泽尔的日记本来说，它如果不是作为原件，那也是作为照相复制品，可以说是神圣不可侵犯的。

航行日志会使他激动。在所有的船上，甚至在渡船上，都不得不运一样东西。克里韦——有一张皲裂、干瘦的牛皮脸，一双没有睫毛、长得比较端正、恰到好处的灰眼睛。他把渡船斜着摆渡过河，也就是说，恰到好处地从一个浮码头摆渡到另一个浮码头。摆渡工克里韦把马车、渔妇连同比目鱼筐、神父、学童、过路旅客、带着样品箱的推销商、河中小岛轻便铁轨上的客货车、要屠宰的牲畜和饲养的牲畜、参加婚礼的人群以及抬着棺材和花圈的送葬队伍渡过河去，并在航行日志上记下所有的事件。在浮码头和包上铁皮的渡船船头之间，连一个芬尼的硬币也塞不进去。克里韦能够密不透水、毫无响动地把船靠在浮码头上。另外，他在朋友瓦尔特·马特恩和爱德华·阿姆泽尔眼里，早就是一个可以信赖的商务代表了。在达成交易以后，他不收一分一厘的佣金，几乎连烟都不抽一口。渡船停止摆渡时，他把他们俩送到只有他克里韦认识的地方去。他向阿姆泽尔建议,去研究在草地上引起恐惧的东西。不过,克里韦和阿姆泽尔的艺术理论——这些理论后来都记在日记本中了——已经谈到了这一点:“原型首先应当取自大自然。”阿姆泽尔在若干年后署名为哈泽洛夫,他在同一本日记本中把这句话扩展了一下:“一切可以填塞的东西都属于自然,譬如木偶。”

可是,阿姆泽尔带朋友们去的那棵中空的柳树却在颤动,还没有填满。在背影上显得低矮的磨坊在磨面。转弯处最后一段轻便铁路上行驶的火车开得慢悠悠的,钟声比它走得还快。黄油已经融化。牛奶已经变酸。四只光脚,两只有鱼油味的靴子。先是草皮和荨麻,然后是三叶草。越过两个篱笆,以及三个敞开着的栅栏,另外还有一个篱笆。那些柳树向小溪的两侧跨进一小步,后退一小步,转过身,有臀部,有肚脐。有一棵柳树——因为甚至在柳树当中也还是有这一棵柳树——是空的、空的、空的,三天以后阿姆泽尔才把它填满。他友好地紧贴着两个脚后跟蹲着,研究一棵柳树的内部,因为克里韦曾经说过……他从他蹲在里面而且感到好奇的那棵柳树往外瞧,全神贯注地打量小溪左右两岸的柳树。阿姆泽尔特别把一棵有三个头的柳树——这棵柳树有一只脚在晒干,另一只脚在小溪里冲凉——视为模特儿,因为从前使用铅铸大棒的巨人米利格多踩到了柳树的脚上。尽管看起来这块草地好像要逃跑,尤其是现在,靠近地面的雾气——时间是这么早,在开学前一个世纪——从河里爬到草地上,把溪畔草地的躯干吃掉时,它却在静静地忍受着。很快就只会有模特儿的双人头在雾气中摇晃、对话了。

这时,阿姆泽尔离开他的房子,但又不想回家,不想回到在睡觉时还在反复考虑自己的账目而且把一切都再核算一遍的母亲那里。现在,他想成为克里韦谈到的喝牛奶时刻的见证人。瓦尔特·马特恩也想这样。森塔没在场,因为克里韦说:“小宝贝,千万别带狗,在那儿小狗会汪汪直叫,一开始就会走错路。”

那就不带狗吧。在两人之间有一个空隙,这个空隙有四条腿和一只尾巴。他们光着脚,蹑手蹑脚地走过灰色的草地。看着身后相互缠绕的雾气，真想吹吹口哨：过来！到脚边来！到脚边来！不过，大家都悄悄地待着，因为克里韦说……纪念碑就在他们面前，那是雾里晃动着的母牛。他们就躺在母牛附近，正好是在拜斯特尔的亚麻和小溪两边的草地之间，躺在露水当中等着。从堤坝那边和海滨树林飘来的灰色，呈现出浓淡不同的层次。在雾气和通往帕瑟瓦尔克、施特根、施图特霍夫的大道两旁的白杨树上空，矗立着马特恩家四翼风车的叶片。这是一个用钢丝锯锯成的平庸之作。没有一家磨坊这么早就把小麦磨成面。还没有公鸡，不过很快就会有的。在巨大的沙丘上，有九棵有规律地顺着风的方向从西北弯向东南的海滩松树已经隐隐约约地移到面前。是蟾蜍——还是公牛——不是蟾蜍就是公牛在吼叫。身材比较苗条的青蛙在祷告。蚊子用一个音区在嗡嗡地叫。有某种东西——不过不是凤头麦鸡——在诱骗人，或者在啼叫。雾气中的母牛、岛屿在呼吸。阿姆泽尔的心正在飞上一个铁皮屋顶。瓦尔特·马特恩的心正在踹开一道门。一头母牛在哞哞直叫。别的母牛也在圈里哞哞乱叫。这是怎样一种雾中喧嚣的景象啊！他们的心飞向铁皮，撞击着门，什么东西在引诱着什么人，是九头母牛，是蟾蜍、公牛、蚊子……突然间——因为没有任何暗示——万籁俱寂。青蛙跑了，蟾蜍、公牛、蚊子跑了，没有任何东西在引诱、在倾听、在回答什么人。母牛卧倒了。而阿姆泽尔和朋友几乎停止了心脏跳动，他们把耳朵贴进露水中，贴进三叶草丛中仔细倾听。他们来了。湿抹布就是这样抽噎的，不过很有规律，而且没有升调，总是扑噜、扑噜、扑哧，扑噜、扑噜、扑哧。也许是心慌意乱的人？是无头修女？是加科斯·施拉特·巴尔施图肯？是谁在周围游荡？是巴尔德尔勒·阿什马蒂·本？是骑士佩格·佩戈德？是酿制烧酒的人博布罗夫斯基及其同伙——那个引起一切事端的马特尔纳？是屈恩斯图特那个名叫图拉的小女儿？——这时，它们都在闪闪发光：有充分的理由，满身污泥，十一条、十五条、十七条褐色鳗鱼想在露水中洗澡。现在是它们活动的时候，它们在移动，在溜走，在三叶草上蹿起，向着某一方向溜去。三叶草灰心丧气地待在又湿又滑的足迹下面。

蟾蜍、公牛、蚊子的喉咙仍然待着不动。身材苗条的青蛙在克制自己。既然没有任何东西在诱惑，自然也就没有任何东西在跟随。母牛懒洋洋地躺在黑白色的一边。母牛的乳房在炫耀：呈淡黄色，清晨胀得圆鼓鼓的。九头母牛，三十六个乳头，十八条鳗鲡。它们找到了去那儿的路，便牢牢地吸着，拉长有粉红色斑点的褐黑色乳头。它们如饥似渴地吮着，吧嗒吧嗒地吃着、吸着。开始时鳗鲡在抖动。谁对谁感兴趣呢？然后，这些母牛都挨个儿把过重的头垂向三叶草。奶在流淌。鳗鲡吃得胀鼓鼓的。蟾蜍又在吼叫。蚊子开始嗡嗡地叫。敏捷的青蛙也在合唱。可是仍然没有公鸡，但瓦尔特·马特恩有一个圆润的嗓子。他想到那儿去用手来抓，这种事很容易，易如反掌。可是阿姆泽尔不愿意，他另有打算，并且已成竹在胸。这时，鳗鲡又溜回到小溪里。母牛在叹息。第一只公鸡在啼叫。风车在慢慢转动。轻便铁轨上的火车在转弯处发出当当声。阿姆泽尔决定做一个新的稻草人。

这个稻草人形象生动：因为利克费特一家子杀了猪，不用任何东西，一个猪尿脬就可以鼓起来，它胀鼓鼓地成了乳房。把熏过的鳗鲡皮制成标本，里面塞满草和弯曲的铁丝，把它缝好，放在猪尿脬上，再把假鳗鲡倒过来，使这些同浓密的头发相似的鳗鲡在空中爬行，倒立在乳房上。就这样，美杜莎①的头就由两根交叉的棍子支到了卡尔威泽的麦地上。

同卡尔威泽买到这个稻草人时一样——后来稻草人有了一张满是窟窿的死母牛皮，像大衣一样支在两根交叉的棍子上——阿姆泽尔把这个新稻草人一会儿作为草图——没有大衣，但却令人难忘——一会儿作为成品，有可笑的牛皮的作品，记入日记本中。

① 美杜莎，希腊神话中的蛇发女怪，被其目光触及者即化为石头。

第十五个早班

演员先生在制造麻烦！当布劳克塞尔和那个年轻人每天每日都在写日记时——布劳克塞尔写的是阿姆泽尔的日记，而年轻人则是写他的表妹，而且也是写给他表妹的——那个人却在年初患了一场轻微的流感。他必须休息，他缺乏适当的护理，他在这个季节老是犯病，他再一次请求允许他提出过去许诺了的预付款。这是依赖，演员先生！您还是去隔离检疫吧，演员先生；隔离检疫对您的打字稿会有好处。哦，这是一种对于能够勤奋工作感到的理智的兴趣——有一个日记本，阿姆泽尔用异常美妙、刚刚学会的聚特林①字母，在其中记下了他为制造菜园和田地稻草人所付出的东西。猪尿脬不值一文。毫无用处的母牛皮是克里韦得了两条口嚼烟帮他搞定的。

余额啊，你是一个美妙、圆满的词——有一本日记本，阿姆泽尔在里面用大腹便便、方方正正的数字记下了他出售各种不同的菜园和田地稻草人时得到的收入。乳房上的鳗鲡带来了一个硬邦邦、响当当的古尔登金币。

爱德华·阿姆泽尔记这本日记大约有两年之久，他画上垂直的和水平的线条，把聚特林字母画得尖尖的，弯儿很多。他给一些稻草人附上设计草图和色彩草图，使他卖出的所有稻草人事后都不会被人遗忘。他用红墨水给自己和自己的产品打分。后来，他作为文科中学的学生，把多次折叠的小练习本放进一块发脆的黑油布中。在多年之后，当他不得不从城里匆匆忙忙赶回维斯瓦河安葬他母亲时，他在一个当坐椅用的木箱里找到了它。这本日记放在他父亲的遗物

① 聚特林（1865—1917），德国版画家。以他名字命名的手写体于1935—1945年在德国中、小学广泛采用。

之中，放在描写普鲁士的战役和英雄们的书籍之间，放在奥托·魏宁格那本厚厚的书下面。这本日记还有整整一打的空白页。后来，阿姆泽尔作为哈泽洛夫和黄金小嘴毫无规律地——期间沉默了多年——用好多警句把这些空白页填满了。

布劳克塞尔——有一个代理人和七个办事员给他作记录——今天拥有包在油布片里的这个激动人心的小本子。这并不意味着他要用这个容易损坏的原件来帮助记忆。它同种种契约合同、有价证券、许可证和有精确设计的企业秘密一起放在保险箱里，而这时，一份日记本的照相复印件却在塞得满满的烟灰缸和盛着温热的早晨咖啡的杯子之间充作工作素材。

这个本子的第一页看起来倒像是画的，而不是写的，上面有这样一句话："爱德华·海因里希·阿姆泽尔制造并售出的稻草人。"

在那下面好像是格言，画得更小一些，而且没有日期："始于复活节，因为人们什么也不应忘记。克里韦不久前说过。"现在布劳克塞尔认为，转抄八岁学童爱德华·阿姆泽尔的这种初出茅庐的河中小岛文笔，没有多大意思。这种很快就会同逃亡者协会一起绝种的语言的魅力，充其量只能作为死的语言——就像拉丁文可以用于科学一样——在作笔记的过程中作为直接引语时使用。只有当阿姆泽尔、他的朋友瓦尔特、克里韦或者马特恩祖母用河中小岛的方言张嘴讲话时，布劳克塞尔才可能怀着一种新鲜感边听边记。可是在引用日记时，既然按照他的意见，这个本子的价值并不在于这位学生大胆的正字法，而在于早期为了研制稻草人作出的目标明确的努力，爱德华的乡村学生文体只不过是一种文体罢了，所以，也就允许进行半自然、半做作的复述。譬如，这样写道："今天敲了一下竹杠，稻草人多得了一个古尔登，这时就用一条腿站着，而另一条腿歪着，威廉·勒德沃尔梅尔把它拿走了。再给一顶长枪骑兵的头盔和一块衬里，这衬里过去曾经是山羊。"

布劳克塞尔试图使与此有关的梗概的描述更为真实可信，用了各式各样的颜色笔，有棕色、朱砂色、雪青色、暗绿色和普鲁士蓝色——可是，这些颜色从未用完美无缺的笔画显示出它们色彩的力量，而是必须一层盖一层地证实破衣服的毫无用处——那个稻草人“……用一条腿站着，而另一条腿歪着……”事后，但不是作为习作被记录下来了。除了彩色笔画，那个原来用寥寥数笔黑色笔画描上的、如今仍未褪色的设计草图也使人感到惊异。“……用一条腿站着……”这个姿势通过一个稍微向前倾斜、缺了两根横木的梯子来暗示。“……另一条腿歪着……”这个姿势只能是那根棍子，那根棍子呈四十七度角，从梯子中间往左像跳舞似的叉出去，而这时梯子则往右倾，试图作出一种姿态。尤其是设计草图，还有后来的彩笔画，为一个舞者画了一幅肖像。这个舞者把一套军装剩下的余辉贴在自己身上，而这种军服又是封·安哈尔德-德绍王子①的步兵团里用滑膛枪装备的步兵在利格尼茨战役时穿的。直截了当地说，在阿姆泽尔的日记本里挤满了身穿军衣的稻草人：近卫军第三营的一个士兵在抢占洛伊滕公墓；托根堡的那个可怜虫站在伊岑普利茨的步兵团里；一个贝林轻骑兵在马克森缴械投降；蓝白色的纳茨梅尔长枪骑兵和朔尔梅尔龙骑兵在徒步格斗；福凯男爵团队的一个轻步兵被打得鼻青脸肿才幸免于难。简言之，那些七年之久以及在这以前已经在波希米亚、萨克森、西里西亚和波莫瑞之间驰骋疆场，在莫尔维茨脱险，在天主教盛行的亨纳斯多夫丢失了烟丝袋，在皮尔纳宣誓效忠弗里茨，在科林投降和在罗斯巴赫一举成名的人，在阿姆泽尔手下都变得栩栩如生。不过，他们要驱逐的并非形形色色的帝国军队，而是维斯瓦河三角洲的鸟儿。当赛德利茨不得不把希尔德堡豪森——“……我的苦难已经结束……”——经过魏玛、埃尔富特、萨尔费尔德，一直赶到美因河边时，如果阿姆泽尔在日记本中记下的稻草人把维斯瓦河三角洲的鸟儿从埃普品种没有麦芒的麦地里轰走，把它们轰到栗子林里、草地上以及桤木、白杨和海滨松树林里去，那么，利克费特、莫姆林、拜斯特尔、福尔歇尔特和卡尔威泽这些农民也就已经

---

① 安哈尔德，德国历史行政区，1863—1918年为公国。

心满意足了。

第十六个早班

他在道谢。他在打电话，当然是由收话人付款的长途电话，整整七分钟之久。钱已经到了，他的情况又重新好转，流感已经过了它的高潮，病情已经减轻，明天，最迟后天，他又要去打字了。据说，很不幸，他必须立即去打字，因为他看到自己连自己的字迹都无法辨认。不过在患流感期间，他却产生了一些非常好的想法……仿佛高烧时突然萌生的想法在正常温度下可以被视为突然产生的念头似的。尽管布劳克塞尔经过好几年计算，在作出令人不快的结算之后帮助演员先生算出了令人难堪的余额，但演员先生对复式簿记却评价不高。

很可能，爱德华·阿姆泽尔不仅仅在克里韦的航海日志中，而且还在他母亲那儿——他母亲直到生命的最后时刻都不得不对营业账目唉声叹气——卓有成效地学会了簿记实践。他尽可能在分类存放、装订和复核时帮她的忙。

尽管战后年代经济困难，但是，娘家姓蒂德的洛特兴·阿姆泽尔却善于使 A. 阿姆泽尔公司保持勃勃生机，甚至——做出已升入天堂的阿姆泽尔在经济危机的年代也许根本不敢想的事情——改造并扩大了企业。她开始做渔轮生意，兴建克拉维特尔造船厂，也做旧渔船生意，她让人在麦秆堤坝上修复这些船。另外，她还做艇外推进机买卖。她出售或出租渔轮——出租收益更大——租给那些刚成家的年轻渔民。

如果说爱德华够孝顺，从不把他的妈妈而且也不暗示性地把她塑造成稻草人的话，那么，他大概从八岁起就开始没有顾忌地模仿她的经营方式了。当她出租渔轮时，他就出租特别牢实的、专门为了出租而制造的稻草人。日记本上有好几页证实，出租了多少次，向谁出租了稻草人。布劳克塞尔在垂直的栏目中总计了一下，这些稻草人轰走鸟儿给阿姆泽尔带来了多少收益。这是一笔可观的款项。这里只能提到一个租借稻草人，这个稻草人虽然并没有索取特别高昂的租借费，但是对我们的故事情节因而也对研制稻草人产生了具有启发性的影响。

在经过对溪边草已经提到过的研究之后，在阿姆泽尔运用“吃奶的鳗鲡”这一主题制造了一个稻草人并将它售出之后，一方面按照一块三叶草地的比例，另一方面按照挥舞着烹饪木勺并把牙齿咬得咯咯作响的马特恩祖母模样，又造了一个模特儿。这个模特儿也记在了阿姆泽尔的日记本里。不过，在设计草图之外还有一句话，这句话使这个产品显得与众不同：“今天必须把它弄坏，因为克里韦讲，这只会使人生气。”

对马特恩一家并不友好的马克斯·福尔歇尔特在阿姆泽尔那儿花钱租了这个一半是草地、一半是祖母的稻草人，把它紧靠篱笆竖在自己的菜园里。他的菜园紧靠通往施图特霍夫的公路，在马特恩家菜园的对面。情况很快就表明：借来的稻草人不仅轰走了鸟儿，连马儿也被它吓住了，打着响鼻逃之夭夭。挥舞着烹饪木勺的稻草人投下它的阴影，就会把回圈路上的母牛驱散。与所有这些稀里糊涂的牲畜为伴的是头发拳曲、可怜巴巴的洛尔兴。她每天都要忍受真正的、挥舞着烹饪木勺的祖母的打骂。现在，她又受到另外一个加上了三个脑袋、按照柳树的样子装扮而成的祖母的恐吓，而且被步步紧逼，以致她不知所措，心乱如麻，到处乱跑，穿过田地和海滨树林，穿过沙丘和堤坝，穿过房间和菜园。有一次，如果洛尔兴的哥哥——磨坊主马特恩不抓住洛尔兴的裙子，她差一点就钻进马特恩家四翼风车正在旋转的风车叶片里去了。按照克里韦的建议，但是却违背老福尔歇尔特的意愿——他后来果然要求退回一部分租借费——瓦尔特·马特恩和爱德华·阿姆泽尔必须在一夜之间毁掉这个稻草人。因此，一个艺术家必须首先明白，如果他的作品只是极力模仿自然，那它们就不仅仅能控制天底下的鸟儿，而且还会干扰马和母牛，同样也会干扰可怜的洛尔兴,也就是干扰人们质朴安静的步法。这种认识使阿姆泽尔牺牲了他最成功的一个稻草人。后来,尽管他有时候在低雾天也在一棵中空的柳树里坐一坐,或者在从小溪到那些躺着母牛的路上非常明确地说出那些饥渴的鳗鲡的名字,却再也没把柳树当作模特儿了。他小心翼翼地避免把人和树扯在一起。他自愿进行自我克制,只把为人刚直、心地善良可是作为稻草人却效果显著的河中小岛农民当作模特儿。他让这些乡下人作为普鲁士国王的步兵、燧发枪手、二等兵、小四方旗旗手和军官,在菜园、小麦地以及黑麦地上空晃来晃去。他从容不迫地完善自己的租借体系,而且犯有贿赂行为,却没有引起不愉快的后果。他用包装精美的礼物买通河中小岛轻便铁路上的乘务员,把阿姆泽尔的租借稻草人——或者说普鲁士可以利用的历史——放在河中小岛轻便铁路的货车上免费运送。

第十七个早班

演员在抗议。接近尾声的流感并没有妨碍他仔细研究布劳克塞尔寄送给所有合作者的工作计划。磨坊主马特恩在这个早班应当得到一座纪念碑,这一点也不合他的心意。他感到自己有这个权利。为他那写作班子的团结担忧的布劳克塞尔放弃了巨幅画像,但又坚持要反映磨坊主的每一个部分,这些部分已经在阿姆泽尔的日记本中留下了痕迹。

虽然这个八岁的孩子特别喜欢在普鲁士战场四处搜寻无主的军装,然而却有一个模特儿,也就是已经提到过的磨坊主马特恩,这个人并没有配上普鲁士军装,而是直接用面粉口袋搭在肩上塑造而成。

这就出现了一个歪着身子的稻草人,因为磨坊主是个十足的歪身人。因为他在右肩上扛着粮食和面粉袋,所以这个肩膀要宽一个手掌，这就使得每一个从正面看到磨坊主的人都不得不克制那种无法抑制的、想用双手抓住磨坊主的头并把它扳正的愿望。因为他不让人按照尺寸缝制工作服，也不让人按照尺寸缝制节日盛装，所以，凡是他当作上衣、工作服或者大衣穿在身上的东西都是歪歪扭扭的，在脖子四周起了褶儿，右边袖子太短，绽开的线缝接连不断。他总是眯着右眼。尽管并没有一担的重荷压在右肩，但是他右边的脸上仍然嘴角上翘。他的鼻子很听使唤。此外——因此这幅肖像就要这样画——他的右耳被揉成一团，紧紧地贴在头上。几十年来，一千多担的重量在这一边压着。而相形之下，他的左耳却生来就离得远远的。从正面看，磨坊主马特恩本来就只有一只耳朵，不过，那只缺掉的或者说只能在浮雕上看出来的耳朵，却是更加意味深长的耳朵。

他同这个世界有些格格不入，但毕竟比可怜的洛尔兴要好一些。有人在一些村子里私下议论，说马特恩祖母经常用烹饪木勺教训她这个孩子。这种最糟糕的事情来自中世纪的强盗和酿酒工马特尔纳，这个人和他的同伙一道死在了监狱里。粗鲁的和文雅的门诺派教徒在相互眨眼示意。那个粗鲁的、衣服上没有口袋的门诺派教徒西蒙·拜斯特尔在四处游说，说天主教不会争取到马特恩，特别是这个经常同胖乎乎的阿姆泽尔一道从对面走过来的小家伙，正在用天主教的残忍方式把牙齿咬得咯咯作响。人们只要仔细地看看那条狗，甚至连永远下地狱也不会比这更不幸。在这种情况下，更确切地说，磨坊主马特恩有一种温和的性情，而且——同可怜的洛尔兴一样——在所有的村子里几乎没有什么敌人，但却有一批嘲弄者。

磨坊主的耳朵——当谈到磨坊主的耳朵时，往往就是指右边紧贴在头上的那一只，压上了面粉袋那一只——也就是说，磨坊主的耳朵之所以有必要提到两次，这首先是因为阿姆泽尔在一个稻草人身上——这个稻草人作为设计草图被记在日记本里——大胆地把它去掉了，其次是因为磨坊主这只耳朵虽然对一切习以为常的响声，譬如咳嗽、说话、布道、圣歌、母牛叮咚作响的铃声、锻造马蹄铁的砰砰声，以及所有的狗吠、鸟啼、蟋蟀的唧唧声都充耳不闻，但是对所有在粮食口袋、面粉口袋里商谈的事情却了解得过于清楚，直至对低声耳语、窃窃私语和神秘莫测的声音都听得真真切切。不管是裸露的还是在河中小岛上几乎还未栽种的、带皮的麦子，不管是从绵韧的还是从松脆的麦穗里脱的粒，不管是酿啤酒的麦子、麦糁儿、烤糕饼的麦子还是做面条和淀粉的麦子，也不管这种面条是透明的、半透明的还是粉白色的。磨坊主平时充耳不闻的耳朵却在窃听每一担粮食，从中得知每一担粮食里有百分之多少野豌豆种子，百分之多少有焦味的谷粒，或者甚至是正在发芽的谷粒。他还能从无法查看的试验中听出品种来。有浅黄色的弗兰肯施泰因种、彩色的库雅维种、微红的普罗布施泰因种、红色的啤酒花麦——这种啤酒花麦长在黏性土壤上，可以酿制品味醇正的啤酒——英国榆木脑袋麦和如下两个品种：乌尔托巴-西伯利亚冬小麦和施利法克白色小麦五号品种。

磨坊主平时充耳不闻的耳朵，对于面粉的听觉还要更灵敏。当他作为耳听证人从粮食口袋中得知，把多少谷象虫、多少蛹和幼虫计算在内，在口袋中有多少姬蜂和多少幼小甲虫时，他可以把耳朵贴在口袋上，十分精确地说出数字来，说出一担面粉中有多少黄粉蚺的幼虫。另外——这确实使人感到惊讶——他凭着这只扁平的耳朵，可以立即或者过几分钟就从听觉灵敏的偷听中得知，口袋里活着的黄粉蚺幼虫该为多少死去的黄粉蚺幼虫悲痛，因为就像他用眯着的右眼、上翘的右嘴角和听从使唤的鼻子这种十分狡猾的方式来讲话一样，活着的黄粉蚺幼虫发出的喧嚷声吐露了死去害虫的损失有多大。

希罗多德[1]说，巴比伦人用豌豆般大的种子栽种小麦，可是，难道能相信希罗多德？

磨坊主安东·马特恩对种子和面粉作了详细说明，难道能相信磨坊主马特恩？

在吕尔曼小酒店里、在福尔歇尔特的院子和吕尔曼的干酪坊之间进行了试验。这家小酒店适合做试验，而且在这个领域有着辉煌

---

① 希罗多德（约前484—前430/420），希腊历史学家。

的过去。在那里,在木质零售酒柜里,首先可以欣赏到一颗一寸长、据说是两寸长的钉子。这颗钉子是蒂根霍夫的酿酒师傅埃里希·布洛克在几年前为了进行试验,赤手空拳一下子把它捶进厚木板中去的;其次,在那里,零售酒店刷上石灰的天花板是另一种方式的证据:大约一打鞋印给人留下不愉快的印象,表示有苏库布斯①身世的某个人曾经头向下地溜达着走过酒店天花板。这里进行着毫不夸张的力量炫耀,赫尔曼·卡尔威泽把一个不相信其膂力的火险公司代理人头顶朝地、鞋底朝天地多次扔向天花板,然后又接住这个人,使他免遭伤害,这样以后就可以鉴定,河中小岛式力量比试的证据——他那代理人的鞋印在小酒店天花板上是一种什么样的景象。

当安东·马特恩经受考验时,就很难说得上强壮有力——磨坊主显得身体瘦弱——更确切地说,事情进行得神秘莫测,十分巧妙。那是星期天。门窗紧闭。外面仍然是夏天。只有四条捕蝇纸带大声地以各种不同的心情提醒人们,要想到这个季节。在零售酒柜里有那颗一寸长的钉子,在灰白色的、昔日被刷上白灰的天花板上有鞋印。有习以为常的射击比赛照片和射击比赛奖品。货架上只放着少许绿色玻璃瓶,里面装着用粮食酿造的酒。劣质烟草、鞋油和乳清竞相发出自己的味道。星期六已经开了头的富泽拉特姆获得了小小的胜利。他们在这里又是讲话,又是吃东西,又是打赌。卡尔威泽、莫姆贝尔和年轻的福尔歇尔特悬赏一小桶诺伊泰希烈性黑啤酒。磨坊主一声不吭地在一小杯选帝侯酒之外——除了城里人,在这里还没有人把它一饮而尽——再加上一小桶同样的酒。站在零售酒柜后面的吕尔曼从后面搬来那个二十磅重的小口袋,准备好用于复核验算的面粉筛。由于要沉思默想,小口袋先放在完全歪着身子的磨坊主手上,然后,他把扁平耳朵旁的软垫放好。因为再也没有人吃东西,没有人随便讲话,没有人喝劣质烧酒,所以,捕蝇纸带的声音立即就响得更厉害了。与乡间各种苍蝇的终曲相比,剧院里垂死天鹅的绝

① 苏库布斯,传说中在男人睡觉时找男人同房的女妖。

唱又有多少分量啊！

吕尔曼把一块小孩学习写字用的石板连同系在上面的石笔一起，推到磨坊主那只空着的手下。因为连贮存量都要列入，所以石板上面写着：第一，幼虫；第二，蛹；第三，蠕虫。磨坊主还在窃听。苍蝇发出嗡嗡声。乳清和鞋油味占了上风，因为几乎没有一个人敢于喝劣质烧酒。这时，那只笨拙的手在慢慢移动，因为在右边，磨坊主正轻轻地托着那只小口袋，把它从零售酒柜上挪到写字石板上去。在幼虫这个词后面，石笔嚓嚓地写下了一个直挺挺的十七。他用刺耳的声音写上了二十二个蛹。海绵拭去了这个刚写上去的数字。湿润的斑点干得越多，就越是明显地显露出：现在只有十九个蛹。在小口袋里大概有八条活蠕虫。作为加赛节目——因为比赛规定并没有要求这样做——磨坊主在嚓嚓作响的石板上通报："口袋里有五条死蠕虫。"紧接着，富泽拉特姆吸进了一口占了上风的鞋油味和乳清味。有人把苍蝇的终曲调得更低声了。拿着面粉筛的吕尔曼有了举足轻重的分量。

简言之，事先预言的牛皮纸一般坚硬的幼虫数额，柔软的、只在顶端才生有茧子的蛹的数额，长大的幼虫——被称作黄粉岬幼虫的数额，同这个数字完全相符。在估算的五条已死的黄粉岬幼虫中，只少一条死去的小蠕虫。也许，或者说肯定，这条虫已经变干，成了碎片，通过面粉筛可以找到。

就这样，磨坊主安东·马特恩得到了他那小桶诺伊泰希烈性黑啤酒。他把动身回家的一种预言作为安慰和加演节目赠送给所有在场的人，特别是赠送给卡尔威泽、莫姆贝尔和年轻的福尔歇尔特，因为这些人提供了这桶啤酒作为悬赏。所以，当他在那里扛起这个小桶时——这时正好那个被问及的面粉袋刚放下——他就像讲一些道听途说的东西那样顺便闲聊道：他这个长有扁平耳朵的磨坊主，当二十磅重的东西放在他一边的肩上时，他就用扁耳朵清清楚楚地听到，有几条黄粉岬的幼虫——他无法精确地说出有几条，它们说起话来七嘴八舌——在对丰收在望的前景发表意见。按照黄粉岬幼虫的观点，人们可能会比七兄弟小麦和库雅维小麦早一个星期收割埃普种小麦，就像施利法克麦种五号要比七兄弟小麦晚两天一样。

还在阿姆泽尔按照听觉灵敏的磨坊主形象做成一个稻草人之前几年，这样的习惯用语和问候套话就已经流行起来："啊，亲爱的，您好，马特恩的黄粉岬幼虫又在给他说什么啦？"

这种事无论如何都是可笑的：很多人来向磨坊主打听，好让他去询问一个装得胀鼓鼓的小口袋，这个口袋再作出答复，什么时候应当种冬小麦，什么时候应当种夏小麦，这个口袋还相当清楚地知道，什么时候收割，什么时候该进谷仓。还在他被做成稻草人以及作为设计草图记在阿姆泽尔的日记本上之前，磨坊主就已经说出另外一些阴森森的预言了。因为这个来自杜塞尔多夫的演员要把磨坊主变成一座纪念碑，所以迄今为止，这些预言已经证实是忧多于喜。

他不仅仅看到在不久的将来会出现咄咄逼人的、有毒的麦角害虫，会降下需要保险的、猛烈的阵雹，会钻出大量的田鼠，而且还一天不差地预言了柏林或者布达佩斯谷物交易所的行情暴跌，预言了一九三〇年的银行倒闭，预言了兴登堡①的去世，预言了一九三五年五月但泽的古尔登贬值。就连战争开始的日子，黄粉岬的幼虫也都给他作了预言。

当然，他凭借自己扁平的耳朵，更了解产下哈拉斯的母狗森塔，更了解这条站在白衣磨坊主身边的、看起来黑不溜秋的母狗的情况。

可是在大战之后，当磨坊主凭着他的A种难民证栖身下克雷费尔德与迪伦之间时，他仍然可以用一个二十磅重的口袋——这个袋子经受了逃亡和战乱——预言未来的情况……然而，根据写作班子达成的协议，这种事布劳克塞尔却不能写，关于这一点，演员先生会报道。

---

① 兴登堡（1847—1934），德国陆军元帅，1925—1934年任德国总统。

第十八个早班

乌鸦在雪地上——这是一个什么样的题材啊！积雪覆盖着开采钾盐时代生锈的电耙箱和绞盘。布劳克塞尔让人用火把雪融化，因为谁能目睹这种景象——乌鸦在雪地上，这些乌鸦在观察了好一阵之后，便走向雪地上的修女。这些雪必须铲掉。上夜班的人在拥进浴室之前应该加一个有报酬的班。要么，布劳克塞尔就让那些新来的、已经经过测试的、七百九十米矿井深处的模特儿来铲雪，在积雪覆盖的地区投入使用。这些模特儿就是：佩尔库诺斯、皮柯洛斯、波特里姆波斯——然后乌鸦和修女就会看到他们待在什么地方，而积雪也就无须用火来融化。积雪将会在布劳克塞尔窗前干干净净地覆盖，而且可以这样描述：维斯瓦河在流淌，风车在旋转，轻便铁路上的火车在行驶，黄油在融化，牛奶在变稠，再放上一点儿糖，稠得可以插住调羹，渡船来了，太阳不见了，太阳又出现了，海滩上的细沙在流动，大海在舔着沙……孩子在光着脚跑来跑去，他们找到欧洲越橘，又寻找琥珀，践踏飞廉，挖出老鼠，光着脚爬上空旷的草地……然而，是谁在寻找琥珀，谁在践踏飞廉，谁跳进草地，谁挖出老鼠，谁会在堤坝里找到一个死去的、完全干枯的女孩——图拉。图拉，这个斯万托波尔克公爵的小女儿图拉，她老在沙里铲着，寻找老鼠，两颗门牙咬得紧紧的，从不穿袜子，从不穿鞋子。孩子们在光着脚跑，草地在抖动，维斯瓦河奔流不息，太阳忽而消失不见，忽而又露出脸来，渡轮不是来就是去，不是去就是停，停靠得稳稳当当，嚓嚓作响。而这时牛奶在变稠，稠得可以插住调羹，轻便铁路上的火车在慢慢行驶，在拐弯的地方响起了急促的钟声。当风以每秒八米的速度吹来时，就连风车都在嘎嘎作响。磨坊主听到黄粉岬的幼虫在说什么。当瓦尔特・马特恩从左到右咬牙齿时，牙齿就咯咯作响。祖母也是这样。

她穿过园子，去追赶可怜的洛尔兴。黑不溜秋的、怀着崽的森塔，穿过一行蚕豆地。因为祖母离得非常近，举起了弯着的胳膊，在那只手上有一把硬质烹饪木勺，木勺把它的影子投到神经错乱的洛尔兴身上，而且越来越大，越来越粗，越来越……不过，就连爱德华·阿姆泽尔——这个人到处观察，什么东西也不忘记，因为他的日记本无所不记——现在也要求更高了，一个稻草人要一个古尔登二十芬尼。

这是因为自从小学里的奥尔舍夫斯基先生谈到过去曾经有过、今天并不存在，而当时已经存在的所有神灵之后，阿姆泽尔就沉湎于神话之中了。

事情的开始是这样的：一个酿制烧酒的人养的狼狗同他的主人一道，从施图特霍夫坐轻便铁路的火车到尼克尔斯瓦尔德去。这条狗叫普鲁托，有一个没有污点的谱系，必须同森塔交配，而不管森塔怎么叫。阿姆泽尔希望在小学里知道普鲁托①是什么意思，它意味着什么。奥尔舍夫斯基先生是一个有改革嗜好的年轻教师，他喜欢爱提问的学生，从此以后，他就用啰啰唆唆的故事来充斥课程表上作为乡土知识课确定下来的课程。在这些故事中，首先是沃坦、巴尔杜尔、弗里雅、法夫尼尔②，其次是宙斯、朱诺、普鲁托、阿波罗、墨丘利③，以及埃及的伊希斯④。每当他让古代普鲁士的神灵，让佩尔库诺斯、皮柯洛斯、波特里姆波斯住在嘎嘎作响的橡树丫杈上时，他就特别善于辞令。

当然，阿姆泽尔不仅仅倾听，他还将日记本中速记下来的东西进行非常巧妙的移植：他用变脆的被套使火红的佩尔库诺斯复活。那些被套是他从人已死去的房子里弄到的。阿姆泽尔把左右两边都已踏坏的马掌揳进一块裂开的橡木柴中，把杀死的公鸡尾巴上的毛塞

---

① 普鲁托为罗马神话中的冥王。

② 在古日耳曼神话中，沃坦为人类之父，巴尔杜尔为沃坦之子，弗里雅为沃坦之妻，法夫尼尔为龙，该龙为英雄西格弗里德所杀。

③ 从宙斯到墨丘利，均为希腊神话中的神。

④ 伊希斯，古埃及的主要女神之一，意为众王之母。

进裂缝，这块裂开的橡木柴就成了佩尔库诺斯的脑袋。它给人一种炽热的感觉，活像一个火神，只是短时间站在堤坝上，供人试看。现在，它已经以一古尔登二十芬尼的价格廉价出售，移往河中小岛中心，移到拉德科普。

脸色苍白的皮柯洛斯——据说，他老是从下往上看，因为他在异教统治时期办理过丧事——肯定没有用死去的年轻人和老人留下的被套来做——过于普通的裹尸布应该用来打扮死神——而是用一件淡黄色、有霉斑、已经变脆并且散发出薰衣草、麝香和老鼠屎味的新娘礼服来装饰。列队游行起到点缀的作用。这样一种男性打扮的服装，使皮柯洛斯显得非常漂亮。当这个新娘般的稻草人卖到舒斯特尔克鲁格，卖给一个大园圃时，上帝给他带来了足足两个古尔登的进项。

可是波特里姆波斯，这个嘴里含着麦穗、老是笑嘻嘻的男孩，不管阿姆泽尔把它做得多么花里胡哨，也不管赶得多么仓促，却只带来了一个古尔登的收入。虽然波特里姆波斯保护冬天和夏天的种子免遭可恶的麦仙翁侵害，免遭田芥菜和野生萝卜侵害，免遭冰草、野豌豆和蓼草侵害，免遭有毒的麦角侵害。这个扮成男孩的稻草人——一个用猫皮撑起来的、包着锡箔、泛着银光的榛子肉体——在堤坝上出售，把染成藏红色的蛋壳弄得嚓嚓嚓地响。这个稻草人在那里站了整整一个星期。后来，才有一个从菲舍尔-巴布克来的农民把它买走。这个农民的妻子身怀六甲，所以喜欢神话，她觉得这个有胎儿预兆的稻草人很好看，禁不住咯咯直笑。几个星期后她就生了一对双胞胎。

就连森塔也得到了男孩波特里姆波斯的一份祝福，刚好在六十四天之后，这条母狗便在马特恩家四翼风车的四脚支架下面，产下了六条虽然闭着眼然而谱系纯正的黑色幼犬。六条幼犬全都登记在册，并且被逐一卖掉。其中有一条猎犬名叫哈拉斯，在本书的第二部中会经常提到它。有一位名叫利贝瑙的先生买下了哈拉斯，做他的家具作坊的看家狗。这位木工师傅根据磨坊主马特恩登在《最新消息》上的广告,乘轻便火车到尼克尔斯瓦尔德,做成了这笔买卖。

最初在无人知晓的时候,在立陶宛曾经有、据说有、真的有一只母狼,它的孙子——黑狗佩尔昆产下了母狗森塔;普鲁托同森塔交配,森塔产下六只幼犬,其中有一条猎犬叫哈拉斯;哈拉斯产下亲王;亲王要在布劳克塞尔用不着写的那些书中干傻事。

可是,阿姆泽尔却从未按照一条狗的形象,甚至也不按照在他和瓦尔特·马特恩之间走来走去的森塔的形象来勾画一个稻草人。在他的日记本中,除了这一个有吃奶的鳗鲡和那一个一半是祖母、一半是三个头的柳树的稻草人外,所有的稻草人都在模仿人和神。

与课时并行不悖,与奥尔舍夫斯基老师通过苍蝇和夏天发出的嗡嗡声散发给昏昏欲睡的学生的那种教材相吻合,接二连三地出现了一系列稻草人形象。这些形象除神灵外,还把一长串的德国中世纪骑士团首领作为模特儿,这些首领从赫尔曼·巴尔克、康拉德·封·瓦伦罗德直至容金根。在那里,许多生锈的波纹白铁皮嗒嗒作响,在塞满钉子的箍桶板上,白色油纸裂了缝,露出一些黑十字来。这个或那个雅吉洛,伟大的卡西米尔,臭名昭著的强盗博布罗夫斯基、贝内克、马丁·巴尔德维克和可怜的莱勒屈恩斯基,都不能不当着克尼普罗德、莱茨考和那个封·普劳恩的面受罪。阿姆泽尔对普鲁士-勃兰登堡的历史百听不厌。从阿尔布雷希特·阿希勒斯直至齐滕,他脚步蹒跚地走过这几百年,从东欧历史的积淀中提取素材,做成对付天空鸟儿的稻草人。

大致在哈里·利贝瑙的父亲即那个细木匠从安东·马特恩手里把哈拉斯买走,但世界既未注意到哈里·利贝瑙,也未注意到他的堂妹图拉时,凡是识字的人都能在《最新消息》家乡版上看到一篇文章。这篇文章十分详尽,诗意盎然地把大河中小岛当作题目来描述。风土人情,住所与农舍的特点,比如门廊的柱子,都描写得很富有知识性。布劳克塞尔让人在东德报刊档案馆照相复制的这篇文章的中心部分,大致内容如下:“尽管平时在大河中小岛上一切都按照常规进行,那种席卷一切领域的技术尚未进入其间,然而在一个也许是次要的领域，令人吃惊的变化却引人注目。在广袤无垠、景色壮丽的乡间那一望无际、麦浪滚滚的田地里的稻草人——几年前还没什么用，很可能还有点可笑，有点可悲，但却始终近似于别的地方和别的田地里的稻草人——如今在埃拉格、容费尔和拉德科普之间，还可以一直往上，直至克泽马克和蒙陶，在个别情况下甚至到了诺伊泰希南部地区，显现出一副新的变化多端的面孔：奇特的幻想同古老的民间习俗混合在一起；一些赏心悦目但又阴森恐怖的形象站在麦浪滚滚的田地里，站在丰收在望的园子里；难道人们现在不应当促使有关的家乡博物馆或者州博物馆，注意到这种虽然幼稚但其形式却更为可靠的民间艺术宝藏？让我们确实认为，在肤浅文明的一切事物中，北方的遗产会再一次或者说重新繁荣起来吧。这种遗产就是：东部德国共生现象中的诺曼人精神和基督教的纯朴。特别是在沙尔堡与贝尔瓦尔德之间那块一望无际、麦浪滚滚的地里的一个三人小组——它使人情不自禁地想到各各他①一群钉在十字架上的人，想到主和那两个跟基督一起钉在十字架上的强盗——充满着单纯的虔诚，打动了在麦浪滚滚、一望无际、丰收在望的田地中间继续前进的漫游者的心——而他却不知道为什么。”

如今可能没有人会相信，阿姆泽尔是凭着孩子般的虔诚，为了神的报答，造出这一组稻草人的——在日记本中只记下一个与耶稣一起钉在十字架上的强盗——根据日记本的记载，这组稻草人带来了两古尔登二十芬尼的进项。

大河中小岛县的农民心甘情愿地或者说是在短时间讨价还价之后，把钱交到了这只张开的手里。拿了这么多钱又怎么办呢？瓦尔特·马特恩在一个小皮包里保存着不断增长的财富。他阴沉着脸，通过眉毛和把牙齿咬得咯咯作响来守卫这笔财富。他把装满共和国银币的皮包缠在手腕上，带着它在公路两旁的白杨树之间取道而行，穿过轻风吹拂的海滨树林和林间通道，让人把自己同钱包一道摆渡

① 各各他，耶路撒冷城外的小山，据《圣经》记载，耶稣在该地被钉上了十字架。

过河，摇晃着钱包，用钱包拍打着栅栏，挑衅性地拍打着自己的膝盖，只有在一个农民来买东西时，他才十分费事地把钱包打开。

并非阿姆泽尔收款。当阿姆泽尔做出满不在乎的样子喊价时，瓦尔特·马特恩就得按照牲畜贩子的方式，握手定下这笔交易，把硬币全都拿过来。另外，瓦尔特·马特恩还负责运输已售出和租出的稻草人。他处于一种从属地位。阿姆泽尔把他变成了苦力。他试图在气喘吁吁的反抗中逃跑。小折刀的故事就是这样一个软弱无力的企图。阿姆泽尔尽管又矮又胖，在世界上骨碌着，却老是比他更胜一筹。这两个人走上堤坝时，磨坊主的儿子按照苦力的方式，要比越来越新的稻草人的制造者落后半步。这个苦力还给主人搬来材料——支豆蔓的杆子和湿漉漉的破烂衣服，搬来维斯瓦河中冲来的一切东西。

第十九个早班

当瓦尔特·马特恩替他的朋友爱德华·阿姆泽尔下苦力时，孩子们便在背后说怪话，叫着："苦力，苦力！"很多亵渎上帝的人都遭到了惩罚。可是谁会用法律来追究所有这些变质的小油膏钵责任呢？要知道，它们每天每日都诽谤魔鬼。这两个人——布劳克塞尔现在认为磨坊主的儿子和胖乎乎的小家伙是相互对立的——就像亲爱的上帝和魔鬼，他们如此相亲相爱，以至于村里小孩的造谣中伤在他们看来或许还是蜜糖哩。更何况这两个形同魔鬼与上帝的人还曾经同舟共济。

这两个朋友经常十分团结地——因为偶尔干干的苦力活儿也是行善事——坐在悬吊小屋里。这间小屋的光线明暗由太阳和马特恩家四翼风车的叶片来决定。他们在马特恩祖母脚前并排坐在踏脚凳上。外面已是傍晚。木蠹悄然无声。风车的影子在别处落了下去。

安放鸡棚的声音很轻，因为窗户关着。只是在捕蝇纸带上有一只苍蝇死得过于甜美，无法动弹。在这只苍蝇下面两个台阶的地方，祖母老是在闷闷不乐地讲述同样一些故事，就好像没有一个人能听懂她的故事似的。她用老妇人瘦骨嶙峋的手——这双手勾画出在故事中出现的所有事件的大小范围——讲述洪水故事、受魔法支配的母牛的故事、家喻户晓的鳗鲡故事、独眼施密德、三条腿的马、屈恩斯图特公爵的小女儿怎样跑出去挖老鼠，以及巨型海豚的故事，博恩萨克下游的洪水把它抛到了岸上，这件事正好发生在拿破仑挺进俄国那一年。

她还喜欢绕很大的弯子，然而却总是陷入阿姆泽尔巧妙插问的圈套，总是陷入没完没了的今天还未结束的那个故事的阴森恐怖的走道和地牢之中。这个故事讲的是十二个修女和十二个把脑袋和头盔都夹在腋下的骑士的故事。这些人乘着四辆马车——两辆套的是白马，两辆套的是黑马——穿过蒂根霍夫，经过发出当啷声的石子路，停在一家空无一人的客栈面前。十二个修女和十二个骑士就在那儿投宿。音乐之声骤然响起，有口哨声、号角声和琴弦的弹拨声，再加上管乐器簧片的颤动声和训练有素的鼻音。从男人喉咙里唱出来的那些有糟糕副歌的糟糕歌曲——这些喉咙就是夹在呈一定角度的骑士腋下的脑袋和头盔——同虔诚的妇女们唱的那种细声细气的宗教歌曲相互交替。然后又是无头修女，这些修女让淫秽下流的歌词按照淫秽下流的曲调，从放在前面的脑袋里以多声部的形式涌流出来。配合着音乐的曲调，这些人在尖叫声和使人头晕目眩的动作中跳舞、踏脚。在此期间，一个唯命是从、几乎原地不动的公主透过客栈窗户，把十二个脑袋再加上十二个无头影子投到石块路面上。这种情况一直持续到垂涎欲滴、嗡嗡作响、言语障碍和地板断裂，又使灰浆和木块从这座房子上松开时为止。最后大致在早晨，在鸡叫前不久，这四辆马车——两辆套的是黑马，两辆套的是白马——没有车夫，就先走了。铁锈扬起灰尘的十二个叮当作响的骑士走了。这些骑士上面裹着面纱，带着蛴螬一样苍白的修女面孔，离开客栈，到蒂根霍夫去。十二个修女离开了客栈，可是这些修女却在骑士团服装上面戴着有封闭面甲的骑士头盔。他们六个人、六个人、六个人、六个人地登上四辆套着白马、套着黑马的马车，但没有男女混杂——他们甚至已经换了脑袋——他们乘车通过被压出车辙的地方，那里的石子路又发出嘎吱嘎吱的响声。就是今天——在她继续讲述故事并把马车带到另外的地方，让它们停在小教堂和宫殿门口之前，马特恩祖母讲道——就是今天，据说在无人住宿的荒凉客栈里，在壁炉中，还可以听到虔诚的颂歌和七嘴八舌、亵渎神灵的祈祷。

因此，这两个朋友真想到蒂根霍夫去。但是，当他们动身时，他们往往只走到施特根，充其量只走到拉德科普。在第二年冬天——这个冬天对于一个稻草人制造者来说，当然是安静的真正有创作力的时光——爱德华·阿姆泽尔找到了给那些无头人量尺寸的机会。这样，他就造出了他的第一批机械性的稻草人。这时，他不得不从小皮包里拿出了相当大的一笔钱。

第二十个早班

融雪天气使布劳克塞尔的脑袋开了一个窟窿。这时，雪水滴落在他窗前的锌板上。既然在行政大楼里还有无窗户的房间空着，所以布劳克塞尔用不着使用这种疗法。可是布劳克塞尔却呆着，希望自己的脑子开一个窟窿：赛璐珞赛璐珞——如果已经成了玩具娃娃，那就在干燥的赛璐珞额上留一个小窟窿。因为布劳克塞尔已经经历过一次融雪天气，并且在逐渐消融的雪人的雪水下面发生了变化。但是以前，在好多好多个融雪期之前，维斯瓦河在厚厚的、马拉雪橇走过的冰层下流淌。邻近渔村的小孩都试图手持风篷，穿着一种叫作施莱弗燕的曲线冰鞋滑冰。有两个孩子让一个缝在椽子上面的床单风篷鼓满风，急速往前推。每张嘴都在冒出热气。雪积满了，必须铲除。沙丘后面，贫瘠和富饶的土地都积着同样的雪。雪覆盖着河流两岸的堤坝。海滩上的雪逐渐变成冰面上的雪，这层冰面覆盖着无边无际的大海和鱼儿。马特恩家的四翼风车戴着滑落下来的雪帽，迎着由东边吹来的雪，叉开膝内翻的四条腿，站在圆圆的白色小山冈上，在白色草地的包围中磨着面——这些草地只是由于冷酷无情的篱笆才保留了自己的面貌。拿破仑的白杨树已经裹上了糖衣。一位业余画家把从软管里挤出来的氧化锌白色涂料涂到海滨树林上。当雪变成灰色时，磨坊收工，没有风转动风车。磨坊主和磨坊工都回家去了。歪身子磨坊主踏着磨坊工的脚印走路。黑母狗森塔自从人们把它的幼崽卖掉以来就神经兮兮的，它踩着自己的脚印，冲着积雪狂吠。瓦尔特·马特恩和爱德华·阿姆泽尔穿着厚厚的衣服，戴着连指手套，坐在磨坊斜对面，坐在他们先前用鞋跟把雪拍掉的一个栅栏上。

起初，他们都默然不语。然后，他们相互之间隐隐约约谈到一些技术方面的事情。他们谈到有双盘石磨的磨坊，谈到没有尾部、没有四脚支架但是有三个双盘石磨和一个尖形传动装置的荷兰风车，谈到风车叶片，谈到在风速增大时进行自动调节的风板，还谈到蜗杆、汽缸、梁和功率，谈到在鞍座与刹车之间有联系。只有小孩才无知地唱道：风车转得慢，风车转得更快。阿姆泽尔和瓦尔特·马特恩并不唱，可是知道风车为什么和什么时候转。当风车叶片的运动几乎没有被制动器刹住时，风车就转得比较快，当叶片的运动被紧急刹住时，就转得慢。甚至在下雪天，尽管风速达到了每秒八米，磨坊在毫无规律的暴风雪中仍然有规律地磨面。世界上没有任何东西近似于下雪天磨面的磨坊，就连必须在雨中扑灭熊熊燃烧的贮水塔大火的消防车也不行。

可是当磨坊下班，风车叶片像锯掉了似的在暴风雪中静止不动时，事实证明——只因为阿姆泽尔眯着小眼睛——磨坊还没有下班。雪在无声无息地下着，时而灰色，时而白色，时而黑色，从大沙丘那边飘过来。大路两旁的白杨树在摇曳。在吕尔曼的小酒店里亮着深黄色的灯光。在轻便铁路转弯处没有火车的响动。风头如刀。灌木在哀诉。阿姆泽尔热乎乎的。他的朋友在打瞌睡。阿姆泽尔在看什么东西。他的朋友什么也不看。阿姆泽尔的小手指在连指手套中摩擦着,然后从里面钻出来,在宽大的短上衣左边的口袋里寻找,找到了右脚穿的、有鞋襻的漆皮鞋——真巧!阿姆泽尔的皮肤上没有一片雪花。他的嘴噘着,更多的是顺应眯着的小眼睛,而不是为了可以讲:他们在一辆接一辆地向前驶去。没有马车夫。风车一动不动。四个马拉雪橇,两个套上了白马,在往上走,两个套上了黑马,在往下走。他们走下雪橇,相互搀扶。十二个骑士和十二个修女,全都没有脑袋。一个无头骑士把一个无头修女领进磨坊。总共十二个无头骑士领着十二个无头修女,然而不管是骑士还是修女,都把他们的头夹在腋下,或者托在前面,走进磨坊。不过,在踩出来的小路上,他们的行为叫人捉摸不透。虽然面纱与面纱、甲胄与甲胄都相同,然而过去,从他们在拉格尼特拆除床铺时起,给他们留下的就是兄弟阋墙。第一个修女不同第四个骑士讲话。可是两人都喜欢同骑士菲茨瓦特尔讲话,菲茨瓦特尔对立陶宛的了解就像对他的锁子连环甲上的窟窿一样。在五月份,第九个修女本该分娩,但没有分娩,因为第八个骑士——此人名叫恩格尔哈德·拉贝——用第十个胖骑士的剑,砍下她和夏季接二连三地吃樱桃吃得太多的第六个修女的头,砍下第九个和第六个的面纱。这时,那个胖骑士蹲在梁上,戴着封闭的面甲,正在把一只小母鸡的肉从骨头上撕下来。而这一切之所以发生,只是因为神圣的格奥尔格的旗帜还没有绣完,什切楚佩河已经封冻。当其余的修女赶着绣旗时——最后那一块红格差不多就要合上了——第三个面如死灰的修女来了,这个人老是在暗处跟随第十一个骑士。她把碗拿来,放在血的下面。这时,第七个、第二个、第四个和第五个修女哈哈大笑,她们把绣织品扔在身后,把脑袋和面纱递给第八个骑士——黑衣人恩格尔哈尔德·拉贝。此人并不懒,他刚刚给蹲在梁上、戴着面甲、拿着小母鸡拉屎的第十个骑士把脑袋、小母鸡以及同面甲连在一起的头盔取下来,把他的剑交给他。而这第十个胖乎乎、没脑袋却又在嚼东西的骑士则帮着第八个黑衣骑士，帮着第二个修女和第三个面如死灰、老是待在暗处的修女，马上又帮着第四个和第五个修女，把那些脑袋、面纱和恩格尔哈德·拉贝的头放在一边。他们哈哈大笑着，把碗移到自己面前。尽管什切楚佩河已经封冻，尽管英国人已经在兰开斯特安营扎寨，尽管有道路报告，尽管维托夫德侯爵想离得远远的，尽管瓦伦罗德已经在叫人入席，却只有少数几个修女在绣格奥尔格的旗帜。不过，这时碗已经盛满，碗里的血已经漫了出来。第十个修女，那个胖修女——正像有一个胖骑士一样，也有一个胖修女——她必须摇摇晃晃地走来。她可以举三次碗，举最后一次时，什切楚佩河已经解冻。第八个修女乌尔苏拉——她可是处处都短暂而又充满深情地被唤作图拉——不得不带着脖子上的汗毛下跪。她在三月份才向上帝发了贞节誓，可现在已经十二次违背誓言。但她并不知道是同谁交媾，也不知道有什么样的后果，因为所有人都只戴着封闭的面甲。如今还有海因里希·德比手下的英国人。这些英国人刚刚安下营来，就已经急急忙忙地干那种事了。还有一个叫帕西的人在场，不过并非亨利，而是托马斯·帕西。尽管瓦伦罗德禁止绣特别的旗帜，但图拉还是为托马斯·帕西精心绣出了一面特别的旗帜。雅各布·道特里梅尔和佩格·佩戈德想跟在他的后面。最后，瓦伦罗德向着这个来自兰开斯特的人迎面走来。他把托马斯·帕西的袖珍旗帜从风中打落，让他把那面将近完工的格奥尔格旗帜从哈滕施泰因扛过那条封冻的河，命令被唤作图拉的第八个修女跪下。这时桥已经架好，有四匹马和一个仆人淹死了。比起第十一个和第十二个修女在她之前唱的歌来，她唱得更动听。她可以在唱歌时带着鼻音，可以发出啾啾声，同时还可以让淡红色的舌头在深红色的口腔里随意颤动。那个来自兰开斯特的人在戴着面甲哭泣。他宁肯待在家里，虽然同家里人会发生口角，但以后他就成了国王。突然，因为再也没有人愿渡过什切楚佩河，大家都哭泣着，宁愿回家去，于是那个最年轻的骑士便从他睡觉的树上跳下来，迈着轻快的碎步走向脖子上有汗毛的修女。他从默尔斯来到这里，想使巴尔滕人皈依,可是所有的巴尔滕人都已经皈依,还建立了巴尔滕施泰因这座城。现在只剩下立陶宛,首先是图拉脖子上的汗毛。他在最后一个旋涡上面碰到脖子上的汗毛,立即将自己的剑扔向天空,然后用自己的脖子去接住它。这第六个也就是最年轻的骑士非常敏捷。第四个骑士,也就是那个从来不同第一个修女讲话的骑士,想模仿他,可是他不走运,在第一次试验时割下了第十个胖修女又肥又大的脑袋,第二次试验时割下了第一个神情严肃的修女神情严肃的脑袋。这时,第三个骑士,也就是那个从不换锁子连环甲、被视为贤明的骑士,不得不去拿碗,因为那里已经没有修女了。

剩下的骑士进行了一次小小的旅行,后面跟着没有旗帜的英国人、有旗帜的哈瑙县人和全副武装的人,从拉格尼特往无路可走的立陶宛走去。屈恩斯图特公爵在沼泽地里发出咕噜咕噜的声音。他的女儿在巨人蕨下面发着怨言。到处都在讲不吉利的话,都在让马绊跤。最后,波特里姆波斯还是没有安葬;佩尔库诺斯不能烧掉;皮柯洛斯继续从下往上看,没有被搞得眼光缭乱。啊!他们真该拍一部电影。那里连不说话的配角演员都不缺,人有一大群。有一千二百套骑士胫甲、一千二百张弩、一千二百套胸甲、一千二百双朽坏的半统靴和一千二百个嚼烂的马笼头,有七十包亚麻衬布,十二个墨水瓶,有两万个火炬、两万支蜡烛、两万个马栉、两万卷线、两万条欧亚甘草——十四世纪的橡皮糖——两万个熏得漆黑的刀剑制造匠、两万条狗和两万个正在下棋的德国男士,有两万个竖琴演奏者、骗子和赶驮畜的人,有两万加仑大麦啤酒、两万面三角旗、两万支箭、两万把长矛和为西蒙·巴赫、埃里卡·克鲁泽、克劳斯·朔勒、里夏德·韦斯特拉尔、施潘纳尔勒、蒂尔曼和罗伯特·文德尔在架桥、渡河、埋伏和淫雨时准备的两万把锅铲。两万道闪电一闪,橡树裂成碎片,马儿受惊,猫头鹰小心翼翼地四处张望,狐狸搬家,弓箭嗡嗡作响。德国男士变得烦躁不安。瞎眼女预言家在棺木中喊道:“韦拉!韦拉!回来,回来……”可是在七月份,他们才重新看到那条小河。如今,诗人博布罗夫斯基①仍在以低沉的声调吟唱这条河流。什切楚佩河清澈透明，奔流不息，汩汩地拍打着岸边的石头。就连老相识也是一大群。十二个无头修女坐在那里，左手托着她们裹在面纱里的头，用右手把什切楚佩河里的水浇到热乎乎的脸上。无头骑士们闷闷不乐地站在后面，他们不想凉快一下。这时，剩下的骑士决定接近这些已经没有脑袋的修女。在临近拉格尼特时，他们相互都同时取下脑袋和头盔，把他们的马都套在四辆简陋的马车上，套着黑马和白马穿过已经改变和尚未改变的土地。他们举起波特里姆波斯，却让耶稣基督倒下。他们再一次徒劳无益地想使皮柯洛斯眼花缭乱，然后又从地上拾起十字架。他们在客栈、小教堂和磨坊投宿，轻松愉快地走过若干个世纪。那些惊恐万状的波兰人、胡斯信徒和瑞典人，当赛德利茨同他的骑兵中队越过扎贝恩凹地时，他们在措尔恩多夫目睹了这次行动。当那个科西嘉人不得不往后退时，他们发现在他们的道路上有四辆无主马车。他们用十字军骑士的马车来换这些马车，然后坐在有弹性的马车里，成了塔伦贝格第二战役②的见证人，这次战役同塔伦贝格第一次战役一样，是个奇迹。当毕苏斯基③凭借圣母马利亚的帮助，在维斯瓦河拐弯处取得胜利时，他们正好可以在布琼尼④的一大群不可救药的骑士当中掉过头来。在阿姆泽尔制造和出售稻草人的那些年代，他们在塔皮奥与诺伊泰希之间心神不定地来回奔波。十二个骑士和十二个修女打算一直不得安宁地待下去，直到他们得到解脱，直到每个人能够有自己的头，或者说每个躯干能够有一个头为止。

最后他们在沙尔堡，然后在菲舍尔-巴布克接近了这一目标。

---

① 博布罗夫斯基(1917—1965)，德国诗人、小说家。

② 塔伦贝格，又译坦嫩贝格。塔伦贝格战役指 1914 年 8 月在该地进行的一次战斗，最后以德军战胜俄军告终。

③ 毕苏斯基(1867—1935)，波兰革命家、政治家，“一战”时为波兰国家首脑和军队总司令，1919—1920 年以武力东进，与苏军作战。

④ 布琼尼(1883—1973)，前苏联元帅，在对波作战中起过重大作用，曾任苏军骑兵总监。

第一个修女有时具有第四个骑士的面貌，不过仍然不同他讲话。这时，他们坐着马车，在沙丘与大道之间去施图特霍夫。他们越过田野——只有阿姆泽尔看到他们——在马特恩家磨坊前下了马车。这一天刚好是二月二日，或者说是天主教的圣烛节。他们想庆祝这个节日。他们相互搀扶着下了马车，走上那座小山冈，进入四翼风车磨坊。但是紧接着——只有阿姆泽尔听到——磨坊地面上和放口袋的阁楼上充满了嗡嗡声、沙沙声、短促的叫喊声、断断续续的咒骂声和随之而来的祷告声。当雪从沙丘吹过来或者很可能是从天上掉下来时，在冰上发出了啾啾声。阿姆泽尔手上热乎乎的，在深深的口袋里擦着有鞋襻的漆皮鞋，而他的朋友却待在一旁，打着瞌睡。他们在屋里的面粉中滚来滚去，一会儿又骑在屋里的树上，在鞍座与刹车之间夹住手指——因为今天是圣烛节——把风车转动起来。风车慢慢地转动着，仍然时而转时而不转。这时，十二个脑袋唱起了优美动听的赞美歌：圣母在痛苦之中——啊，佩尔科尔，在我们冷飕飕的十二个人当中，有七个人是多么冷啊——在十字架边流着眼泪①——啊，佩尔昆，我们十二个燃烧，我变成灰，剩下十一个——在圣子被钉死之时——啊，波特里姆普，在粉尘飞扬时，我们要为耶稣基督的血感到后悔……最后，当碾磨箱摇动第八个黑衣骑士的脑袋和头盔以及第十个修女胖乎乎的、令人喜爱的脑袋时，尽管没有一丝风，但是马特恩家的四翼风车却越转越快。那个最年轻的骑士，即那个来自莱茵河下流的骑士，已经把他唱着歌的脑袋连同敞开的面甲扔给了第八个修女。这个修女装出一无所知的样子，也不想去弄清楚，她叫乌尔苏拉，不叫图拉。她独来独往，骑在那个用来固定磨坊横梁的小胖子身上。现在小胖子在发抖，风车也就转得忽而慢、忽而快。碾磨箱里的脑袋在闷闷不乐地怪声大叫。有人在笨拙的小胖子身上干巴巴地喘气。面粉中有人在高声大叫。屋顶上的横梁在嘎吱嘎吱地响，门闩在移动。人们沿着梯子上上下下。从放口袋的阁楼到放碾磨的地

① 加黑点的字句原文为拉丁文。

面，都在发生变化。在停止不前的马下，在响亮的朝拜声中，马特恩家古老的四翼风车正在返老还童——只有阿姆泽尔同他那只有鞋襻的漆皮鞋才看见——变成了坐落在四脚支架上的、有尾巴的骑士。这个骑士披上大衣，遇到下雪。这个风车——只有阿姆泽尔同那只鞋才能理解——变成了修女，这个修女穿着又肥又大的教团服装，被菜豆和极度兴奋的情绪胀得鼓鼓的，让袖子舞来舞去。这就是四翼风车骑士和四翼风车修女：贫穷、贫穷、贫穷。不过，可以痛饮发酵的马奶，可以把麦仙翁熬成汁。当那些躯干仍然忍饥挨饿之时，门牙却在咬着狐狸的小节骨。贫穷就是欧亚甘草。但在此之后，就把那些脑袋拉过来，推到下面，放到一边。在巨大的骗局中，纯洁无瑕地发生着苦行和夺取，清澈透明地滋生着令人愉快的苦难颂歌。四翼风车骑士挥舞着四翼风车鞭子。四翼风车鞭子鞭打着四翼风车修女——阿门——或者还并非阿门。因为在雪花不声不响、毫无激情地从天上落下来，阿姆泽尔眯着眼睛坐在栅栏上，在宽大的短上衣左边口袋里摸着黑德维希·劳有鞋襻的漆皮鞋，已经在制订一个小小的计划时，那个可以睡在任何一架风车里的小火星已经醒来。

在那些脑袋毫无选择地找到躯干之后，他们就离开了这个转得更加缓慢、很快就几乎不再转动的风车。可是，当他们登上四辆马车，奔向沙丘时，风车便开始由内往外地燃烧起来。这时，阿姆泽尔从栅栏上滑下来，把他的朋友一道拽走。“出事啦！出事啦！”他们向村里喊着，可是已经无济于事。

第二十一个早班

版画作品终于到了。布劳克塞尔立即让人将它们放在玻璃下，挂起来。中等尺寸的有：《科隆大教堂与科隆火车总站之间的一群修女》《慕尼黑圣餐会》和《修女与乌鸦、乌鸦与修女》。然后是大尺寸版画，德国工业标准 A1 型纸，黑墨画，部分已经褪色。这些画有：《给一个见习修女穿衣》《伟大的修道院院长》和《坐着的修道院院长》——一部成功之作。艺术家要五百马克。价格合适，绝对合适。这幅画马上就要进入设计院。我们轻轻启动电动机，四翼风车修女就挥舞起了四翼风车鞭子……

人们都在猜测纵火的事情。所有的雪都失去了意义。现已证实，门诺派教徒西蒙·拜斯特尔出于宗教方面的原因，纵火焚烧天主教徒的四翼风车。就在这时，在警察调查失火现场时，爱德华·阿姆泽尔已经在制造他的第一个，而且在年初又在紧接着制造第二个机械稻草人了。他把很多钱从小皮包里掏出来，塞到商店里去。他根据日记本上的草图，完成了一个四翼风车骑士和一个四翼风车修女，给两者安上披着合适服装的叶片，坐在四脚支架上，听从风的摆布。尽管它们很快就找到了买主，但是，不管是四翼风车骑士还是四翼风车修女，都没有变成圣烛节那个下雪的夜晚使爱德华·阿姆泽尔想到的那种东西。艺术家并不满意。就连布劳克塞尔公司也很难在十月中旬以前完成这一活动的科学试验系列，很难给成批生产大开绿灯。

第二十二个早班

在磨坊失火之后，先是渡船，然后是河中小岛上轻便铁路的火车，把那个衣服上没有口袋、没有纽扣也就是粗鲁的门诺派教徒、小农和渔民，那个出于宗教方面的原因纵火的西蒙·拜斯特尔带进城里，随即送进了席斯施坦格城市监狱。这座监狱在诺伊加尔滕，在哈格尔斯贝格山脚下，以后几年，它就成了西蒙·拜斯特尔的栖身之地。

佩尔昆的后裔森塔产下了六只幼犬，它的黑色同穿白衣服的磨坊主形成鲜明对照，总是显得那么漂亮。所有的幼犬一卖掉，它就表现出狗的紧张不安的征兆，在磨坊失火之后，它就陷入了一种灾难性的混乱之中——它像狼一样捕食一只羊，袭击一位火险公司代理人——迫使磨坊主马特恩不得不打发他的儿子瓦尔特到希温霍尔斯特村村长埃里希·劳那儿去，因为黑德维希·劳的父亲有一支步枪。

磨坊失火也给朋友们带来一些命运的变化。更确切地说，是乡村小学教师、寡妇阿姆泽尔、磨坊主马特恩以及中学校长巴特克博士，把十岁的瓦尔特·马特恩和十岁的爱德华·阿姆泽尔变成了两个中学生。他们俩得以成为同班同学。还在建造马特恩家新的四翼风车时——不得不放弃那个砌上墙、带旋转式拱形圆顶的荷兰风车的设计，因为路易丝磨坊的形式应当保持——复活节就到了，伴随着复活节的是中等大小的洪水，是开始闹起来的鼠灾和柳絮的突然飘飞。刚过复活节，瓦尔特·马特恩和爱德华·阿姆泽尔就戴上了圣约翰实科中学的绿色天鹅绒帽。两个人脑袋的大小一样。两个人鞋子尺码相同，只不过阿姆泽尔的要肥得多，肥得多。另外，阿姆泽尔只有一个发旋儿。瓦尔特·马特恩却有两个，据说，这表明会早死。

从维斯瓦河河口去圣约翰实科中学上学的路使这两个朋友成为乘车上学的学生。乘车上学的学生经历多，撒谎也多。乘车上学的学生可以坐着睡觉。乘车上学的学生是这样一类学生，他们在火车上做作业，因而也就习惯于一种颤抖的笔迹。就是后来，再也用不着做作业时，他们的字形也几乎没有变化，充其量只是失去了颤抖的形式。因此，这位演员必须将他的手稿直接打进打字机。他作为昔日乘车上学的学生，时至今日还写得歪歪扭扭，简直无法让人辨认，就好像在想象中，火车在轨道接缝处发生撞击引起了抖动那样。

轻便铁路火车由被城里人称为“下城车站”的河中小岛车站出发，经过克尼佩尔克鲁格、戈茨瓦尔德，在舒斯特尔克鲁格用渡船渡过死维斯瓦河，在希温霍尔斯特借助轮渡，经过所谓的截弯取直处，驶向尼克尔斯瓦尔德。轻便铁路上的机车把四个车厢一个一个地拖上维斯瓦河堤坝——当爱德华·阿姆泽尔在希温霍尔斯特下车，瓦尔特·马特恩在尼克尔斯瓦尔德下车之后——便经过帕瑟瓦尔克、容克尔阿克尔和施特根，驶向轻便铁路的终点站施图特霍夫。

所有乘车上学的学生都上机车后面的第一节车厢。彼得·伊林和阿诺尔德·马特雷伊来自埃拉格。格雷戈尔·克内辛和约阿希姆·贝尔图莱克在舒斯特尔克鲁格上车。在希温霍尔斯特，黑德维希·劳每天上学时都让她母亲送到火车站。这个孩子的扁桃腺经常发炎，所以也就经常不来。胸膛狭窄的轻便铁路机车甚至没有带上黑德维希·劳就开走了，这难道不是失礼吗？村长的这个小女儿同瓦尔特·马特恩和爱德华·阿姆泽尔一样，从复活节起都上中学一年级。后来，从中学三年级起，她长得健壮多了，扁桃腺再也没有发炎。既然再也没有人为她的继续生存担惊受怕，所以她也就变得非常无聊，致使布劳克塞尔在这份记录上再也用不着提她了。不过现在，阿姆泽尔还喜欢注意这个文静得睡眼蒙眬的、漂亮的但也许只是按照沿海地区的标准来说是漂亮的姑娘。她有一头颜色稍微浅了一点的头发，有一双颜色稍微蓝了一点的眼睛，有一层过于健康的皮肤。她拿着一本打开的英文书坐在他的对面。

黑德维希·劳拖着两条辫子。尽管轻便火车越来越接近城区，她身上仍然有股黄油和乳清味。阿姆泽尔眯着那双小眼睛，让辫子的金黄色发出微光。在外面，在小普勒伦多夫村后面，木材码头开始用起了第一批排锯。海鸥取代了燕子，通信用的电线杆依然矗立着。阿姆泽尔打开他的日记本。黑德维希·劳的辫子悬空吊着，在贴近打开的英文书上方摆动着。阿姆泽尔在他的日记本上用细线画出了一个草图。真可爱，真可爱！他把他出于外形方面的考虑必须摈弃的辫子，变成两个应当遮住她那血红的耳朵的发髻。不过情况并不像他所说的那样：做成这样，这样看起来更好一些，辫子使人讨厌，必须梳成发髻。不行，这时外面已经下雪，他一声不吭地把他的日记推到她打开的英文书上。黑德维希·劳看了看，然后就把睫毛一眨，点点头表示同意。她几乎是在表示顺从，尽管阿姆泽尔并未露出一个小伙子习惯于听从女同学的那种神情。

第二十三个早班

布劳克塞尔对于尚未用过的双面刮胡子刀片怀着一种无法消除的反感。一个总管——此人在从前,在布尔巴赫钾盐股份公司时代,作为采矿工,曾经鸣枪庆祝蕴藏量丰富的矿床得以开采——代替布劳克塞尔,首次使用双面刀片。总管刮了一次之后,才把刀片交给他,所以,布劳克塞尔用不着克服反感情绪。爱德华·阿姆泽尔天生的反感情绪——尽管不是针对双面刀片,但却同这种反感情绪一样强烈。他对于新的、有新衣服气味的服装有些反感。就连干净衣服的气味都迫使他不得不把开始感到的恶心压制下去。在乡村小学接受他上学期间,他的过敏反感也就自然而然受到限制,因为不管是希温霍尔斯特还是尼克尔斯瓦尔德的孩子,都穿着鼓起的、经常打上补丁的、薄薄的衣服,同在一个班里上学。可是圣约翰实科中学却要求学生穿另外的制服。他母亲让他穿上新的、散发着新衣气味的制服。绿色天鹅绒帽子已经提到过了,除此之外还有开领短袖紧身衫,有用昂贵布料做成的沙灰色短裤,有一件缝着珠母扣的蓝色紧身短上衣和一双——很可能是应阿姆泽尔要求做的——有鞋襻的漆皮鞋,因为阿姆泽尔对于鞋襻和漆皮鞋一点不反感,对于珠母纽扣和紧身短上衣也没有丝毫反感,只是所有这些新衣服要贴在他的皮肤上,贴在一个甚至是稻草人制造者的皮肤上,这一前景使得他不寒而栗,更何况他有发痒的湿疹,对于干净衣服和未穿过的衣服有反应呢。这就像布劳克塞尔在用双面刀片刮脸之后不能不害怕出现难看的疮一样。

幸好瓦尔特·马特恩可以帮他朋友的忙。他的校服是拿用过的布料裁剪而成的,他系带子的鞋已经修过两次,那顶学生帽是瓦尔特·马特恩节俭的母亲买的旧货。就这样,乘车上学的学生的轻便火车旅程，整整十四天都以同样的仪式开始：在一个货车车厢里，在毫无恶意的供屠宰的牲畜之间，这两个朋友交换他们的校服。交换鞋子和帽子很容易。可是，肯定并不健壮的瓦尔特·马特恩的上衣、短裤和衬衣对于他的朋友来说就嫌小了，不舒服，尽管如此，却使人神清气爽，因为这些东西都是穿过的、用过的。因为这些东西都是旧的，而不是新的。说阿姆泽尔的新衣服穿在他朋友的身上直晃荡，这是多余的。另外，漆皮鞋和鞋襻，珠母纽扣和滑稽可笑的紧身短上衣，也使他变了样。虽然阿姆泽尔把一个稻草人制造者的脚塞进粗糙蹩脚的、行走时皱起裂缝的鞋子里，但当他看到自己那双穿在瓦尔特·马特恩脚上的漆皮鞋时，却依然欣喜若狂。瓦尔特·马特恩必须把它们穿到阿姆泽尔说它们已经穿破时为止，穿到像放在他的书包里并且意味着某种东西的那只有裂缝、有鞋襻的漆皮鞋一样，出现类似的裂缝时为止。

在那些年代，这种事先就已进行的交换衣服的事情，如果不是连接着瓦尔特·马特恩和爱德华·阿姆泽尔之间友谊的纽带，那也是这种友谊的一个组成部分。甚至就连母亲新近把线缝对着线缝叠在一起、小心翼翼地装进口袋的那些手绢交给他时，他那位朋友也不得不先用第一次。同样要由他首次使用的还有长袜和短袜。除了坚持要换衣服，也有坚持要换其他东西的情况。阿姆泽尔对于新铅笔和新蘸水钢笔也表现出类似的过敏反应。瓦尔特·马特恩必须把铅笔削尖，使新橡皮变个样子，把聚特林笔尖写得光滑——当然，如果当时在阿姆泽尔长满雀斑的脸上，浅红色的汗毛已经长出来了的话，瓦尔特·马特恩肯定也会像布劳克塞尔的总管那样，不得不首先使用一次双面刮胡刀片。

第二十四个早班

谁站在那儿,谁在早餐之后解手而且观察自己的粪便?有一个人在沉思默想,忧心忡忡,沉浸在过去之中。为什么总是打量那个光光的、分量不重的死人头盖骨?这是剧院里的浊气,是哈姆雷特的废话,是话剧演员的姿态!在此摇动笔杆的布劳克塞尔抬起目光,拉开抽水马桶的水箱,在他进行观察时想起了一种情景。这种情景给两个朋友——更为冷静的阿姆泽尔和装模作样的瓦尔特·马特恩——提供了进行观察并让装模作样之风刮起来的机会。

弗莱舍尔巷内的这所中学非常分散,位于过去的弗兰齐丝卡修道院一带,所以有一番来历。对于他们俩来说,这是一所理想的中学,因为在昔日的修道院一带有很多藏身之处。这些地方教师不知道,校役也不知道。

主管着一座矿山的布劳克塞尔——这座矿山既不开采钾盐、矿石,也不开采煤炭,但是直至八百五十米深处的矿井底,仍在开工——也许会同样在地下的混乱方面得到小小的乐趣。在所有的教室下面,在健身房和男厕所下面,在礼堂下面,甚至在参议教师的会议室下面,爬行的通道四处延伸。这些通道通往各个地牢,各个矿井,有时也形成圆圈,要是循着这些通道走,这些通道还会把人引入歧途。复活节后,学校开学时,阿姆泽尔第一个进入底楼那间教室。他两腿粗短,穿着瓦尔特·马特恩的鞋子,迈着碎步走过抹了油的地板,用粉红色的鼻孔稍微闻了一下。有一股地下室的浊气,一股剧院里的浊气!他停下步来,把胖乎乎的手指叉在一起,伸向鞋尖,在他来回摆动和闻过气味之后,又用右脚的鞋尖在地板的一块木板上画了一个十字。既然这一举动没有得到会心的口哨的回应,他就扭过长得丰满的脖子上的头,往后看。瓦尔特·马特恩穿着阿姆泽尔有鞋襻的漆皮鞋站在那里，他感到莫名其妙，只露出他那极其内向的、沉默寡言的神情。紧接着他便从根本上理解了阿姆泽尔的举动，终于从牙缝中会心地吹起了口哨。尽管在教室窗前没有河面宽阔的维斯瓦河在堤坝之间奔流，但因为地板下面是空的，四通八达，所以他们俩在中学一年级的教室里很快就感到习惯了。

在中学待了一个星期后，他们俩既然在寻找河流，所以也就找到了通往一条小河和维斯瓦河支流的通道。在弗兰齐丝卡修道院时代曾经是图书馆的健身房更衣室里面，必须掀起一个盖子。在嵌进地板的十字交叉处——这个交叉处的裂缝用几十年来打扫卫生时剩下的残渣粘合起来，可是在阿姆泽尔眼中，它们都一览无余——瓦尔特·马特恩揭开了那儿的秘密。有一股地下室的浊气，一股剧院里的浊气！他们找到一个干燥的、有霉味的爬行通道的入口。这个通道同教室下面的其他通道有区别，它通向城市的下水道，同下水道一起通往拉杜尼亚河①。这条有神秘莫测的名字的小河发源于贝伦特县盛产鱼虾的拉杜尼亚湖，流经彼得斯哈根，在城市新市场旁边流过。它一部分明显可见，一部分在地下蜿蜒流过老城。河上桥梁雄踞，河中天鹅游弋，河边垂柳依依。它流入很快就要同死维斯瓦河混在一起的莫特瓦河。

只要更衣室没有人，阿姆泽尔和他的朋友就可以把那个十字交叉的地方从地板上掀起来。他们也这样做了。他们可以通过一个爬行通道，差不多爬到男厕所的高度，再下一个窨井。他们俩也这样爬了。瓦尔特·马特恩首先登上有规则地装在墙上的铁镫。在窨井地面上有一道生锈的铁门，不用费劲就可以打开。瓦尔特·马特恩打开了铁门。他们可以穿过一条已经干涸、发出臭味、老鼠遍地的下水道。他们穿着互相换穿的鞋穿过了这条下水道。确切地说：这条下水道在维本墙——与州保险公司大楼相连的那道灰岩沟墙下面，在城市花园下面，在彼得斯哈根与火车总站之间的铁轨下面，通往拉杜

---

① 拉杜尼亚河，维斯瓦河支流。

尼亚河。在位于主教山脚下步兵巷与门诺派教徒教堂之间的圣萨尔瓦多公墓对面，这条下水道找到了它宽阔的出水口。在洞口旁边，装在墙上的铁镫再一次高高地耸立在砌上了砖的陡峭河岸上，直至有花饰的栏杆。在栏杆后面，是一种与布劳克塞尔在很多版画上见到的情况相同的景象：城市的全景呈砖红色，同五月间嫩绿色的绿化设施形成鲜明的对比。从奥利瓦门到勒根门，从圣卡塔琳娜教堂到波根普富尔的圣彼得教堂，许多不同高度、不同厚度的塔楼都证明，它们是不同年代的产物。

两个朋友做过两三次这种穿过下水道的郊游。在郊游时，瓦尔特·马特恩打死了足足一打的老鼠。当他们第二次在拉杜尼亚河对面走到光天化日之下时，他们引起了那些在公园里闲聊着消磨时光的退休人员的注意，不过那些人并没有告发他们。他们已经厌烦了——因为拉杜尼亚河并非维斯瓦河——这时，他们在健身房下面，在通往城市下水道的窨井前面，又遇到一条用砖匆匆堵死的岔路。阿姆泽尔的手电筒发现了这条岔路。这条路很可能是在分岔的爬行通道后面。这个通道有斜坡，与爬行通道相连，砌上砖，大约一人高的下水道并非城市下水道系统的下水道，而是一条淌着水、已经风化的中世纪下水道，它通到完全是哥特式建筑的圣三位一体教堂下面。圣三位一体教堂在博物馆旁边，离实科中学不到一百步。在一个星期六，两个朋友上了四节课之后，没有课了，那时候离河中小岛轻便铁路火车发车还有两个钟头，他们便有了那次发现。关于那次发现，在这里不仅仅是因为中世纪的爬行通道值得好好描述一番，而且还因为那次发现使中学一年级学生爱德华·阿姆泽尔受到了人们的注意，给中学一年级学生瓦尔特·马特恩提供了成为演员和把牙齿咬得咯咯作响的机会。另外，主管一个矿山的布劳克塞尔也可以在井下字斟句酌地表达自己的思想。

咬牙人——阿姆泽尔发明了这个名字，同班同学也跟着叫这个名字——也就是说，咬牙人走在前面。他左手拿着手电筒，而这时，他右手却提着一根短棍。这根短棍用来吓跑下水道的老鼠，如果可能的话，则把它们打死。老鼠不多。墙壁摸起来很粗糙，有碎屑，很干。尽管弄不清风是从哪儿吹来的，但是风很凉，不过不像坟墓里那样阴森森的，更确切地说，这是穿堂风。就像在城市下水道里一样，没有脚步声的回音。同爬行通道和连接公路相似，这条一人高的通道有很陡的斜坡。瓦尔特·马特恩穿着他自己的鞋子，因为阿姆泽尔有鞋襻的漆皮鞋在爬行通道里很滑。现在，他穿着稳妥的鞋子走路。从那儿开始，就有穿堂风和良好的通风。风是从洞里来的！如果不是阿姆泽尔的话，他们差一点就要与缺口失之交臂了。缺口在他们左边。阿姆泽尔把咬牙人从七块砖高、五块砖宽的缺口推出去。而阿姆泽尔要出去就更难了。咬牙人瓦尔特·马特恩把手电筒横放在嘴里，用牙齿咬着，把阿姆泽尔拉出缺口，帮着把阿姆泽尔几乎全新的校服变成了普通的旧校服。两人站着，呼哧呼哧地喘了一会儿气。他们正在一个圆形窨井宽敞的底部。但很快就有一种东西使他们把目光投向上面，因为从上面漏下了一束束微弱的光线。窨井上面带孔的、锻造得很漂亮的网格正好嵌在圣三位一体教堂的石板地面上。这件事他们以后还会核实。四只眼睛随着越来越微弱的光线，又爬回了窨井下面。在下面，手电筒给他们显示出了在四只鞋尖前面是骷髅。

骷髅蜷缩着身子，躺在地上，并不完整，所有部位相互错位，或者相互交叉地挤在一起。右边的肩胛骨压坏了四根肋骨。胸骨隆起，插进右边的肋骨里面。左边缺锁骨。脊柱断在第一腰椎上面。胳膊和腿几乎完全是随随便便凑在一起的，这是一个摔死的人。

咬牙人站着发呆，让人把手电筒拿走了。阿姆泽尔开始把骷髅照得通亮。阿姆泽尔并没有着意这样做，就产生了明暗效果。他用一只有鞋襻的漆皮鞋鞋尖——布劳克塞尔很快就可以省去这只漆皮鞋了——通过窨井底部粉末状的、只是表面才变得干硬的粪便，在摔倒的四肢周围划了一道印痕。做完这件事情，他就让手电筒光柱循着这道印痕走了一圈，然后就像往常他看某个模特儿那样，眯着眼睛，歪着头，让舌头动来动去。他蒙住一只眼睛，在原地转过身去，从肩膀往后看。他变出一面不知来自何处的小镜子，用光线、骷髅和镜子中的形象玩着杂要，让手电筒在弯曲的胳膊下面，在自己的身后照着。他使小镜子稍微有点倾斜。他走着，为了扩大活动范围，踮着脚尖走，很快就差不多不行了。他没带小镜子，又站在正面，纠正有些地方的印痕，用划印痕的那只有鞋襻的鞋来夸大摔死者的姿势，用那只擦掉印痕和重新划出印痕的鞋抹去这种姿势，使它变得协调，得到提高，变得平静。他喜欢静态、动态和心醉神迷。总的说来，他是想按照这具骷髅设计一个草图，想记住它，在家中的日记本上使它永世长存。毫不奇怪，阿姆泽尔在所有这些习作完成之后，想要把那个塞在骷髅上不完整的锁骨之间的头盖骨捡起来，直接将它塞进书包里，同书和本子以及黑德维希·劳那只有裂缝的鞋放在一起。他想把这个头盖骨带到维斯瓦河边，安在他的一个还是草图的、很可能是正在设计中的稻草人身上。他那只把五个肥胖滑稽的手指叉开的手已经放在锁骨上面。他要伸进眼窝，用保险的方式拿起头盖骨。这时，愣了半天、神不守舍的咬牙人开始把好几颗牙齿咬得咯咯作响。他像往常那样，把牙齿从左咬到右。窨井的音响效果使咬牙声更高更宽了，这种响声就像预先发出警告，使阿姆泽尔在把手伸进眼窝的动作中途停了下来，扭过头，从圆滚滚的背部往后看，把手电筒对准他的朋友。

咬牙人一声不吭。把牙齿咬得咯咯作响应当说是够意味深长的了。这样做的意思是：阿姆泽尔不该叉开手指，阿姆泽尔不该把头盖骨带走，头盖骨是不能带走的，别打扰它，别动它，别动头盖骨这个地方，别动“各各他”，别动石冢。随后，咬牙人又把牙齿咬得咯咯作响。

可是，经常缺少特有的活动布景和配件因而也就是缺少必要材料的阿姆泽尔，一定是又把手往头盖骨的方向伸了过去。他再一次在手电筒尘土飞扬的光柱中——因为并非每天都能找到头盖骨——显露出那只叉开手指的手。这时，先前只打老鼠的那根短棍打了他一下、两下。窨井的音响效果增强了一个词的分量，这个词在一次又一次的棍打之间冲口而出:“犹太鬼!”瓦尔特·马特恩叫他的朋友是“犹太鬼”,然后又狠狠地打。阿姆泽尔倒在骷髅旁边。开始时尘土飞扬,然后尘土再慢慢落下。阿姆泽尔又站起身来。谁能哭出这样大滴大滴的、一阵一阵往下流的眼泪?除此之外,当泪水从两只眼睛里滚落下来并在窨井井底的灰尘中变成尘土珠子时,阿姆泽尔竟能好心好意地甚至带点嘲讽意味地冷笑:“瓦尔特是个非常蠢的孩子[①]。”他多次重复这个中学一年级学生学的句子,在说这句英语时还模仿英语教师的腔调。他甚至在泪水涟涟时也不得不模仿某个人,在迫不得已时还模仿自己的腔调说:“瓦尔特是个非常蠢的男孩。”紧接着,正如河中小岛上的人所说的那样:“这儿是我的头盖骨,是我找到的。我只是想要试一下。然后,我会把东西再带回来。”

可是,咬牙人仍不满意。看到这堆方格形的遗骨使他的脸皱到了眉毛根。他两臂交叉,撑在棍子上,呆若木鸡,陷入沉思之中。尽管他经常看到死的东西:淹死的猫,他亲手打死的老鼠,被他掷出刀子戳出窟窿的海鸥。当他看见一条已经发胀的、小小的、被波浪推得在海滩上不断翻滚的鱼时,或者说因为他看见了阿姆泽尔要取走那具骷髅的头盖骨,他才不得不从左到右把牙齿咬得咯咯作响。他非常结实的孩子脸做了一个怪相。平时困倦得迟钝的目光变得咄咄逼人,阴沉沉的,让人毫无日的地猜想到仇恨。剧院里的浊气在属于哥特式建筑的圣三位一体教堂的地下通道里、地牢里和窨井里飘动。咬牙人用自己的拳头打了两下自己的额头,弯下腰,抓住头盖骨,把它拿起来,拿到自己面前,观察它,而这时,爱德华·阿姆泽尔则在一边蹲着。

谁蹲在那儿,不得不清除自己的烦恼?谁站在那儿,手里拿着头盖骨,让头盖骨离自己远远的?谁在好奇地往后看,观察自己的粪便?谁在凝视着一个光光的头盖骨,想要认识自己?谁现在没有患

---

① 此句原文为英语。

寄生虫病，可是过去曾经患过，而且是由于吃色拉？谁拿着分量不重的头盖骨，观看将来也会毁掉自身头盖骨的蠕虫？是谁？是谁？这是两个人，是沉思默想和忧心忡忡的两个人。每个人都有自己的原因。两个人是朋友。瓦尔特·马特恩把头盖骨放回原处。阿姆泽尔又在用鞋子在污秽中划印痕了，他在寻找，寻找，寻找。瓦尔特·马特恩在大声地对着空中讲大话："瞧！这儿是死人的王国。也许这就是雅恩·博布罗夫斯基或者马特尔纳，我们一家的老根儿就在这儿。"阿姆泽尔听不进这些似是而非的话。他无法相信，大强盗博布罗夫斯基或者强盗、酿酒人和祖先马特尔纳会把肉体附在这具骷髅上面。他捡起某种金属做的东西，在上面划来划去。他把唾沫吐在上面，把它擦干净，然后把一颗金属纽扣拿给别人看。他满有把握地把这颗纽扣说成是一个拿破仑龙骑兵的纽扣。他注明该纽扣的年代是第二次围攻时期，然后把它放进自己的口袋。咬牙人没有抗议，他几乎没有听阿姆泽尔讲话。他仍一直在想强盗博布罗夫斯基或者祖父马特尔纳。逐渐变凉的粪便迫使两个朋友穿过墙上的窟窿。瓦尔特·马特恩带头，阿姆泽尔在后面，往窟窿里挤，把手电筒对着那堆死人骨头，挤出缺口来。

第二十五个早班

布劳克塞尔公司在换班。朋友们急急忙忙往回走。轻便铁路的火车在下城车站停车从来不超过十分钟。

布劳克塞尔公司在换班。今天，我们庆祝腓特烈大帝①二百五十岁诞辰。布劳克塞尔只能把一间巷道房间装饰得充满腓特烈大帝时代的风情。这是一个井下的普鲁士王国的气氛！

① 腓特烈大帝（1712—1786），又译弗里德里希二世或腓特烈二世，普鲁士国王。

布劳克塞尔公司在换班。在圣约翰实科中学健身房旁边的更衣室里，瓦尔特·马特恩把那个十字交叉处又压进木地板中。他们相互帮助，把灰尘拍掉。

布劳克塞尔公司在换班。二月四号到五号的行星大会合将会给我们带来什么？天王星在宝瓶座的星座中占有一个并不精确的反相。而海王星却与此形成一个方照。两颗行星的影响比一些批评性的观点还要厉害！我们会——布劳克塞尔会安然无恙地渡过行星大会合这一难关吗？这部叙述瓦尔特·马特恩、母狗森塔、维斯瓦河、爱德华·阿姆泽尔及其稻草人的作品能够写完吗？尽管存在着一些批评性的意见，尽管小型恐怖的焚书是可想而知的。在此执笔的布劳克塞尔还是要避免那种可怕的语调，审慎地写下以后发生的事情。

布劳克塞尔公司在换班。在瓦尔特·马特恩和爱德华·阿姆泽尔相互帮忙，把中世纪的尘土拍掉以后，他们出发了。他们沿着铸锚巷往下走，沿着码头往上走。他们沿着铸锚巷走。在邮局支票办理处后面就是学生划船联合会的新船库。船都用支架支了起来。他们等到张起来的浮桥重新合龙，在走过时多次从桥上往莫特瓦河中吐口水。海鸥在啼叫。马车在厚木板上行驶。啤酒桶在滚动。一个酩酊大醉的装卸工吊在一个清醒的装卸工身上，甚至还想要一条咸鲱鱼……“等一等！等一等！”他们横穿库仓小岛。这时有埃里希·卡尔库契的面粉、种子和荚果，有菲舍尔-尼克尔的传动皮带以及石棉产品。他们走过铁路轨道、尚未砍光的羽衣甘蓝地和木棉絮飞扬的地方。他们在欧根·弗拉科夫斯基的鞍具匠和裱糊匠用品商店前停下来。那里，有大叶藻、极细的纤维、马毛、几团遮帘绳、瓷环和毛刷，还有花边，花边堆在一起！他们斜穿慕尼黑巷的马尿，渡过新莫特瓦河。他们顺着垫子货摊往上走，上了通往干草货摊的有轨电车的后部，但只坐到朗加尔特大门，及时赶到了那个轻便铁路车站。这趟车散发着黄油和乳清的气味，慢慢地行驶着，在拐弯处响起急促的钟声，驶向河中小岛。爱德华·阿姆泽尔仍然心情激动地把那颗拿破仑龙骑兵的纽扣放在口袋里。

两个朋友尽管对死人的头盖骨意见不合，尽管说了“犹太鬼”那个词，但仍是一对不可分割的结拜兄弟。他们再也不谈圣三位一体教堂下面那具骷髅了。只有一次，他们在牛奶罐巷里，在德意志村体育用品商店与瓦尔蒂纳特牛奶分店之间，站在一家商店的橱窗前。这个橱窗陈列着制成标本的松鼠、鼬鼠、猫头鹰、发情的雄松鸡和一只山雕，这只山雕被制成标本，展开双翅，利爪中抓着一只制成标本的小羊羔。他们站在一个橱窗前，他们的目光顺着这个橱窗的阶梯形货架逐级而下，一直到橱窗玻璃紧跟前。他们观看捕鼠器、铁制捕狐器、几包杀虫粉和几袋樟脑丸。他们观看灭蚊药、蟑螂药和灭鼠药，观看灭除室内害虫的工具，观看鸟食、狗食和空空的玻璃容器，观看装满风干的苍蝇和水蚤的小圆盒，观看放在玻璃器皿内、泡在酒精中的青蛙、有尾巴的动物和蛇，观看玻璃柜里的蝴蝶、有角的甲虫、长毛的蜘蛛和普通的海马，观看在货架后边的人的骨骼，观看在阶梯形货架左边的黑猩猩的骨骼，观看一只在小黑猩猩脚边奔跑的猫的骨骼，观看货架的最高一层，那上面富有教育意义地陈列着男人、女人、老人、儿童、早产儿和怪胎的头盖骨，观看这个极其全面的橱窗——在这个店铺里，人们可以买到小狗，可以让经过国家考核的人员把小猫溺死——在每星期擦拭两次的橱窗玻璃前，瓦尔特·马特恩直接向他的朋友建议：可以用小皮包里剩下的钱买这个或那个死人的头盖骨，并且在做稻草人时派上用场。阿姆泽尔打手势表示拒绝。他十分干脆地强调，但不是用一种受侮辱者的干脆劲儿，而是既干脆利落又从容不迫地说，死人的头盖骨虽然不会过时，虽然不会从世界上消逝，但是还没有到非用剩下的钱去买它不可的程度。如果要买，可以在河中小岛上的农民和饲养家禽的人那儿用便宜的价格，论磅数买到一些质量差一点的鹅毛、鸭毛和鸡毛。他阿姆泽尔打算做某种充满矛盾的东西。他要让人把一只大鸟当作稻草人买去。牛奶罐巷里放满动物标本的橱窗，尤其是那只抓着小羊羔的山雕，使得他感到兴奋。

这是灵感闪现的神圣、可笑的瞬间。他看见天使在敲击前额，看见缪斯张开了亲吻的嘴，看见位于宝瓶座的行星，看见一块砖头掉了下来，看见这个蛋有两个蛋黄，看见烟灰缸装得满满的，看见屋顶上在淌水，看见赛璐珞，看见短路，看见帽盒，看见绕过拐角的东西——有鞋襻的漆皮鞋，看见没有敲门就走进屋里来的人——巴尔巴里娜、冰雪女王、雪人，看见制成标本的东西——上帝、鳗鲡和鸟儿，看见从矿井里开采出来的东西——煤炭、矿石、钾盐、稻草人和过去的事情。

这个稻草人出现的时间要稍晚一点儿。它是这几年当中阿姆泽尔制作的最后一个稻草人。因为是最后一件作品，所以起了一个可能有点嘲讽意味的名字“大鸟皮普马茨①”——并非阿姆泽尔，而是摆渡工克里韦根据评语建议用这个名字——并且在那个日记本中作为设计草图和彩色草图流传下来，这个本子在布劳克塞尔的保险箱里如今还是比较安全的。破烂衣服——在日记本中差不多就是这样讲的——必须涂上沥青或者焦油。必须把大小羽毛粘到涂上焦油或者沥青的破烂衣服上，如果材料够的话，还要粘到里层上去。但这样就显得矫揉造作，不自然。

当涂上焦油、粘上羽毛的大鸟皮普马茨被做成超级巨人那样高，在堤坝上引起轰动时，堆积如山的羽毛粘在它身上，确实显得矫揉造作。总的说来，它显得可怕。老奸巨猾的渔妇见了就逃，因为她们认为，人们可能会爱上这个该死的东西，会得甲状腺肿大，会目光呆滞，会小产。男人们虽然愣在原地无法动弹，却让烟斗冷却下来。约翰·利克费特说：“小家伙，这个我可不想白拿。”

很难找到买主。尽管涂了焦油，粘了羽毛，却仍然卖不上价。它在上午孤苦伶仃地对着天空，站在尼克尔斯瓦尔德的堤坝上。只是当乘车上学的学生从城里回来时，才有几个人好像偶然地顺着堤坝走，可是却保持着应有的距离，在那儿评头品足。他们认为，这是在搞恶作剧，他们不想买。在万里晴空中没有海鸥，堤坝里的老鼠搬了家。维斯瓦河平时本来要拐弯的，现在也无法拐弯了。金龟子比比

---

① 皮普马茨，意为小鸟。

皆是，唯独在尼克尔斯瓦尔德没有。当那个往往有点偏激的奥尔舍夫斯基老师出于开玩笑消遣，而不是要保卫他那二十平方米的屋前小花园，用过于大声喧哗、哈哈大笑的方式表现出他的兴趣时——他自诩为开明人士——大鸟皮普马茨只好以远远低于规定的价格削价出售。然后，它就被搬上了奥尔舍夫斯基的两侧有栅栏的小车。

这个怪物在屋前花园里待了两个星期，把它的影子抛到教师那粉刷成白色的平顶小屋上。没有鸟儿敢于发出叫声。海风把涂上焦油的羽毛吹得竖了起来。猫儿变得歇斯底里，避开村子。学童绕着弯儿走，夜里做噩梦，大喊大叫，吓得指尖发白，从梦中惊醒。在希温霍尔斯特，黑德维希·劳得了倒霉的扁桃腺炎，再加上鼻子突然出血。老福尔歇尔特劈木头时，一块木屑迸进了他的眼里。这只眼睛很久都没有好转。当马特恩祖母在鸡棚中间摔倒时，很多人都说：这是大鸟引起的。这时，那些母鸡在拖麦秆，而且，就连那只公鸡几个星期以来也是用鸡喙含着麦秆拖来拖去。这往往是在预报有丧事。磨坊主家中的每一个人，首先是可怜的洛尔兴，听到木蠹和舞蝇的响动。马特恩祖母能感觉到所有的征兆。她给自己订好了终傅。她愁眉不展地死在拖麦秆的母鸡之间。她在棺材里倒是显得安安静静的。她戴着白手套，在弯曲多皱的手指之间拿着一张散发出薰衣草香味的上等手绢。这样做是恰如其分的。只可惜在合上棺材并把它送往天主教的墓地之前，人们忘了把她的发夹从头发上拔下来。那些钻心的头疼应当归咎于这次疏忽大意。在安葬之后，这些疼痛就向娘家姓施坦格的女磨坊主马特恩袭来，而且永无休止。

遗体安放在悬吊小屋的灵床上，身穿挺括料子衣服的人们在厨房里、楼梯上拥向悬吊小屋。他们说“现在她再也不吃饭了”，他们说“现在她再也用不着搞恶作剧了”，他们说“现在她用不着为生计发愁了，她长眠了”，这类话都避开遗体不谈。正在这时，摆渡工克里韦请求，允许用死者右手的食指来摸他少数几颗牙齿当中的一颗牙齿，这颗牙齿疼了好几天，正泡在脓里。磨坊主站在窗户与靠背椅之间，身穿黑衣，没扛口袋，没有黄粉岬幼虫，完全像另外一个人。这时，他身上也完全看不见光线明暗的变化，因为新的风车还没有转动。他慢条斯理地点点头。马特恩祖母右手的手套被人很熟练地脱了下来。克里韦把那颗坏牙齿放到她那弯曲的食指指尖上。这是神奇治疗那神圣可笑的瞬间。天使在敲击。他把手放在头上，逆着毛发生长的方向抚摸，然后又十指交叉。这是蟾蜍的血，乌鸦的眼睛，牝马的奶。在十二个夜晚①，三次通过左肩上方，七次对着东方。这是发夹、阴毛和脖子上的汗毛。把它们都挖出来，撒向空中。喝尿，把尿倒在门槛上，夜里一个人，在鸡叫之前，为马太干杯②。这是麦仙翁制成的毒药，一个新生儿的油，死人的汗水，死人的床单，死人的手指。据说实际上这些脓——克里韦的牙齿就泡在这些脓里——在被死去的马特恩祖母弯曲的右手食指触摸之后就会往回流。另外，据说——严格按照迷信的说法，死人的手指能治好疼痛的牙齿——疼痛会减轻，会停止。

当棺材被抬出家门，经过福尔歇尔特的院子旁边，然后又从教师的小屋和屋前花园旁边摇摇晃晃地走过时，有一个抬棺材的人给绊了一下，因为大鸟皮普马茨依旧令人毛骨悚然地站在教师的屋前花园里。踉跄意味着某种情况。踉跄是先兆。抬棺材的人的踉跄具有决定性的意义。几个村的农民和渔民都向奥尔舍夫斯基教师递交呈文，而且威胁他说，要向督学递交一份措辞更加严厉的呈文。

紧接着在星期一，当阿姆泽尔和瓦尔特·马特恩乘轻便铁路的火车从城里回来时，奥尔舍夫斯基老师正在希温霍尔斯特的浮码头等他们。他下身穿灯笼裤，上身穿大方格运动服，头戴草帽，足蹬帆布鞋。在轻便火车调轨时，他依靠摆渡工克里韦的帮助说服这两个人。他说，这种情况再也不能继续下去了，有些家长抱怨，他们打算给督学写信，在蒂根霍夫就已经听到了风声，到处流传的错误看法肯定会起某种作用，更何况还有人分析马特恩祖母令人惋惜的死亡原

① 指圣诞节后的十二个夜晚，在民间传说中，这十二个夜晚起着重要作用。

② 这里指9月21日，因为这一天昼、夜长短相同。

因——“一位杰出的夫人！”——这一切都发生在思想开明的二十世纪。可是没有人，尤其是在这里，在维斯瓦河这些村子里，没有人能够抗拒这个潮流，事实就是如此。不管稻草人有多美，但它对村里的居民，尤其是对河中小岛村的居民，提出了过高的要求。

奥尔舍夫斯基老师对他过去的学生爱德华·阿姆泽尔正是这样说的：“我的孩子，现在你上中学了，向着伟大的世界迈出了很大的一步。从此以后，这个村子对你来说会显得过于狭小。但愿你的勤奋、你身上的艺术天才正如人们所说的天赋那样在外面重新表现出来。可是在这儿却应该收场了！你知道，我对你是一番好意。”

次日，事情在有点不祥的气氛中进行。阿姆泽尔拆除了他在福尔歇尔特仓库里的营地。这意味着马特恩打开挂锁，很多很多的帮忙者把花边制造人的材料——几个村的人都是这样称呼阿姆泽尔的——搬到户外去，有四个已经开始制作的稻草人，有几捆椽子和花边。木棉被撕得粉碎。床褥露出了大叶藻。马毛从沙发垫子里钻了出来。还有头盔、克拉姆皮茨产的漂亮的男人用拳曲长假发、毡和草做的丝绒帽、圆顶宽边毡帽和惠灵顿帽，这些东西是大曲因德尔的蒂德一家捐赠的。所有这些能够保护头顶的东西，都经过一个又一个人的手从仓库的昏暗中挪到了蜜黄色的太阳光下。“花边制造人！花边制造人！”阿姆泽尔的木箱装着可以把上百个爱打扮的女仆打扮得稀奇古怪的衣物，又从里面倒出有褶的衣物、闪光的小金属片、人造宝石珠、镶边、花边、沙发带和散发着丁香花气味的丝流苏。所有跑来给阿姆泽尔帮忙的人把脚上穿的、手上戴的东西穿了又脱，戴了又脱，把这些东西堆积成山。这些东西有：套衫、短上衣、长裤和雨蛙绿的军服上装。一个过路的牛奶场代理人送给阿姆泽尔一件楚阿维军上衣①和一件李子蓝的背心。哈哈！这件女式紧身的胸衣，这

① 楚阿维军上衣，指法国在阿尔及利亚组建的、由本地人组成的殖民部队成员穿的军衣。

件女式紧身的胸衣！两件都裹在布吕歇尔①的大衣里面。跳舞狂新娘穿戴着散发出薰衣草香味的新娘服饰。人们穿着裤腿的套袋赛跑。衬衫是刺眼的鹅黄色。皮手筒是一个球。小家伙披着斗篷，斗篷角上有窟窿，没有领子。这里有衬领和髭须带，有织物做的紫罗兰、蜡做的郁金香、纸做的玫瑰、射击比赛奖章、系在狗颈上的税牌和三色堇，有漂亮的小石子和防蛀银器。“花边制造人！花边制造人！”不管鞋子合适不合适，人们都赶紧穿上或硬塞进雨鞋、舌状懒人鞋、丛林里穿的套鞋和系带子的翻口靴，穿着鸟嘴鞋踏过黄褐色的窗帘。他们不穿鞋子，却裹上绑腿，从女伯爵、女侯爵甚或女王的窗帘上蹦蹦跳跳地跑过。普鲁士的、库雅维的、自由市的东西堆积如山。在福尔歇尔特仓库后面的荨麻丛中是一个多么盛大的节日啊！“花边制造人！花边制造人！”在最上面，在滋生着蛀虫的破烂儿上面，撑在支豆蔓的杆子上，立着那个激起公愤的东西，那个使孩子惊恐万分的东西，那个涂上焦油、粘上羽毛的巴力②——大鸟皮普马茨。

太阳光差不多是在直射。克里韦的手用克里韦的防风打火机把火点燃，火势迅速蔓延开来。所有的人都往后退了几步，但又留了下来，希望成为这次大焚烧的见证人。当瓦尔特·马特恩像往常大惊小怪时那样发出很大的声响，试图把牙齿咬得咯咯作响，压倒噼里啪啦的声音时，被称作“花边制造人”的爱德华·阿姆泽尔就站在那儿。有时候，甚至在兴高采烈的焚烧过程中，有人叫他“犹太鬼”时，他却懒洋洋地把手放在满是斑点的腿上，热心地揉着大拇指根部长得丰满的鱼际，眯着小眼睛，看着什么东西。没有一股黄绿色的浓烟，没有一种熔蚀的革具，没有一个燃烧着的火星和飞蛾的飞舞，强迫他把睁得圆圆的眼睛眯成缝；而是这只在众目睽睽之下燃烧着的

---

① 布吕歇尔（1742—1819），普鲁士元帅。

② 巴力，迦南宗教的神，传说中的丰产神。正统犹太教把敬奉巴力看作对耶和华最大的叛逆，把许多天灾人祸归罪于此。

鸟——它的滚滚浓烟降下来,在荨麻上面爬行——赋予他以灵活的想法和类似的念头。恰似那个着火燃烧的动物,那个用破烂衣服、焦油和羽毛做成的东西,在飞溅着发出噼里啪啦的响声,极其生动活泼地做着最后一次飞行试验,阿姆泽尔在心中和他的日记本上决定,以后他长大了要重新采纳皮普马茨这只鸟的主题思想。他要制作一只巨鸟,这只鸟不断燃烧,火星四溅,但却总也燃烧不尽,而是永远地、天生就是既如末日降临般可怕又美观地不断燃烧,火星四溅。

第二十六个早班

在二月四号前几天,在关键性的历史时刻会使这个世界成为问题之前,布劳克塞尔决定,在他的货物供应或者说群魔当中再增加一个目录号码。他想让人设计这个由阿姆泽尔建议的、燃烧着的鸟形永动机。这个世界的想象还不是那么丰富,所以人们——即使世界在几个早班之后会由于这个历史性的时刻而毁灭——不会垂头丧气地放弃最美好的一闪念。尤其是因为爱德华·阿姆泽尔在福尔歇尔特仓库后面的焚烧事件之后提供了一个淡然忍耐的范例,他跟大家一起扑灭火星飞溅时飞到福尔歇尔特仓库的火星。

在公开焚烧阿姆泽尔的库存和最后一个稻草人模型之后,在那场大火之后几个星期——我们看到,这场大火在阿姆泽尔的头脑中点燃了各式各样的导火线,埋下了一个无法扑灭的火种——娘家姓蒂德的寡妇洛特兴·阿姆泽尔和尼克尔斯瓦尔德的磨坊主安东·马特恩收到了学生成绩欠佳的警告信。人们从这些信中得知,在某一天,某一时刻,校长巴特克博士在圣约翰实科中学校长室安排了一次商谈。

寡妇阿姆泽尔和磨坊主马特恩乘同一趟轻便铁路的火车进城去。他们相对而坐,都坐在靠窗的位置上。在朗加尔特门,他们乘有轨电车一直坐到牛奶罐桥。因为他们到得早，所以还可以办一些商务上的事情。她必须先去哈恩-勒歇尔公司，然后去豪博尔德-劳泽尔公司。因为新风车的事情，他必须去位于仙鹤巷的普罗霍诺夫建筑公司。他们在长市场碰头，在施普林格喝了一小杯酒，然后——尽管他们完全可以步行——坐上一辆出租车，过早地到了屠户巷。

为了准时会见，他们不得不在拉斯穆斯·巴特克博士的接待室等了十分钟，这位校长才穿着一双浅灰色鞋子，此外还穿着一身运动服，装腔作势、不戴眼镜地在接待室里露面。他用短胳膊上长着的小手请二位进他的办公室，当这些乡下人不敢坐安乐椅时，他便匆匆说道："请别客气，有幸认识两个大有希望的学生家长，我感到由衷的高兴。"

三面是书，一面是窗。他的板烟散发出一股英国烟的味道。叔本华在书架之间大发雷霆，因为绿色毡子盖着的深红色办公桌上的玻璃杯、水壶和烟斗洗涤器使叔本华感到……气愤。在皮扶手软垫上放着四只不知所措的手。磨坊主马特恩对校长露出他的招风耳。在口若悬河的校长每讲完一句话之后，寡妇阿姆泽尔都点一下头。他们首先谈到乡下的经济状况，也就是必要的、由于有波兰的关税法而可以期待的市场调节和大河中小岛上干酪坊的问题。其次谈到大河中小岛，尤其是麦浪滚滚、一望无际、麦浪滚滚、随风起伏的麦地。谈到埃普麦种和越冬的西伯利亚麦种的优点，谈到防治麦仙翁——"不过这是一片辽阔富饶的土地，确实确实……"——紧接着，拉斯穆斯·巴特克博士谈到：两个尽管具有截然不同的天分但天资却如此聪颖的学生——甚至一切天分小爱德华都有——两个情同手足的学生——小马特恩保护他的朋友免遭同学们肯定并非恶意的愚弄时那情景是多么动人啊——总而言之，由于坐着令人讨厌的、尽管是非常有趣的轻便铁路火车长途跋涉，两个像爱德华·阿姆泽尔以及瓦尔特·马特恩这样值得热情支持的学生受到了妨碍，无法考验他们的全部能力。他这个学校校长像人们所说的那样，是一个管理学校的老手。好多年来，他就在同乘车上学的学生们交往中开玩笑逗乐，对他们进行考验，因此他建议，两个孩子在暑假到来之前，总而言之，在下个星期一就转学。朗富尔的那所实科中学——它的校长是一位老朋友，已经知道了情况，而且完全同意——拥有一个免费的“寄宿学校”，坦率地讲，是拥有一个学生宿舍，相当一部分寄宿生，坦率地讲，学生宿舍的住户只缴适当的费用——学校从一笔慷慨的捐赠中获得了好处——就可以在那里住下来，吃饭睡觉。一句话，两个人在那里会受到很好的照料，他作为学校的校长，只能提出这样的建议。

就这样，在下一个星期，爱德华·阿姆泽尔和瓦尔特·马特恩把圣约翰实科中学的绿色天鹅绒帽换成了这所中学的红帽子。他们和他们的箱子借助轻便铁路的火车离开了维斯瓦河河口，离开了河中小岛，离开了望不到尽头的堤坝、拿破仑的白杨树、熏鱼作坊、克里韦的渡船、固定在新的四脚支架上的新风车、草地与母牛之间的鳗鲡、父亲和母亲、可怜的洛尔兴、粗鲁的和文雅的门诺派教徒、福尔歇尔特、卡布龙、利克费特、莫姆贝尔、吕尔曼、卡尔威泽、奥尔舍夫斯基老师和马特恩祖母的鬼魂，因为人们忘了把尸水用十字交叉的方法洒在门槛上，所以她的鬼魂还在屋里作祟。

第二十七个早班

富农的公子们，地主的公子们，西普鲁士负债不多的乡间贵族的公子们，卡舒布族砖瓦厂主的公子们，诺伊泰希村药剂师的公子，霍恩施泰因村教士的公子，施蒂布劳县县长的公子，来自奥特罗施肯的海尼·卡德卢贝克，来自舍恩瓦尔村的小普罗布斯特，来自拉德科普的迪克兄弟，来自克拉青的博贝·埃勒贝斯，来自施特拉申的鲁迪·基骚，来自普林申的瓦尔德马尔·布劳和来自克拉道河畔克拉道的迪尔克·海因里希·封·佩尔茨-施蒂洛夫斯基，也就是说，这些乞丐、贵族、农民、牧师的公子，虽说不是所有人同时，但至少也是在复活节后不久，成了实科中学附近那所寄宿学校的寄宿生。这所实科中学几十年来依靠学校基金会的资助，能够作为私产学校维持下去。不过，当瓦尔特·马特恩和爱德华·阿姆泽尔成为这所中学的学生时，这个城市已经给了大笔的津贴。因此，这所中学也就必须称为市立中学。只是那所寄宿学校还并非市立学校，而仍然是实科中学的私产和津贴对象。

一年级学生、二年级学生和三年级学生的寝室——这种寝室也称为小寝室——位于底层，有窗户朝向校园，也就是说朝向醋栗树丛。总是有一个尿床的人。这里散发出一个尿床者和大叶藻垫褥的气味。他们俩床挨床，睡在一幅印刷复制的油画下面。这幅画表现的是吊车门、天文台和冰块流动时冬天的长桥。两个人从未尿床，或者说几乎没有尿过床。新生的命名仪式——用鞋油把阿姆泽尔的屁股抹黑这样一种企图，很快就被瓦尔特·马特恩挡了回去。在休息院里，两人站在同一棵栗树下，单独待在一起。当瓦尔特·马特恩长时间地阴沉着脸一直沉默不语时，当爱德华·阿姆泽尔进一步扩充他的暗语，给新的环境重新取名时，充其量顶多只许小普罗布斯特和一个煤炭商的儿子海尼·卡德卢贝克旁听。

“鸟的儿这欢喜不我。”

我不喜欢这儿的鸟。

“雀麻的下乡是不雀麻的里城。”

城里的麻雀不是乡下的麻雀。“话倒是的说尔泽姆阿·华德爱①。”

他毫不费劲、十分顺畅地就把长长短短的句子一个字一个字地弄得乱七八糟。他甚至能够用河中小岛的土话来强调新的倒说语。他把“死人头盖骨”说成了“骨盖头人死”。令人讨厌的c，不好发音的ps，棘手的sch，要命的nr，他都借助讲土话的舌头把它们

---

① 此句应为：“爱德华·阿姆泽尔说的是倒话。”作者故意把话颠倒过来说。前面两句亦如此。

略去了。他不说“Liebärchen”,干脆说“Nehkräbeil”①。瓦尔特·马特恩明白他这些话的大概意思,还作出简短的、同样被扭曲的、大多数是无可挑剔的回答:“我们干吧——吧干们我!”总要决定:“‘是不’或‘是’②?”小普罗布斯特感到奇怪。而被称作“克贝卢德卡”的海尼·卡德卢贝克在鹦鹉学舌地学习倒说方面并不笨拙。

与阿姆泽尔的语言技巧不相上下的许多发明,已经在这个世界的许多休息院里作出,后来它们又被人遗忘,最后被城市公园里那些傻里傻气的老头儿——这些人与课间休息院的人很相称——辛辛苦苦地发掘出来,继续发展下去。当上帝还在上学时,他在天上的休息场所突然想到,与他的同学——那个矮小的、天资聪颖的魔鬼一道创造世界。布劳克塞尔在许多小品文中读到:这一年二月四日世界会毁灭,在休息院里就是这样决定的。

此外,休息院同养鸡场有一个共同点:值班公鸡趾高气扬走路的样子就同进行监督的教师趾高气扬走路的架势一样。就连公鸡们走路时也把“手”放在背上,它们会突然转过头来,用责备的目光环顾四周。

参议教师奥斯瓦尔德·布鲁尼斯——这个写作班子打算给他树立一座纪念碑——在这儿进行监督时,显然是在为养鸡场比喻发明者效劳。他每走九步就用左鞋尖在校园的卵石地上刨一下。更有意思的是,他把那只教师的腿弯起来——这是一种习惯,但并非毫无意义——参议教师奥斯瓦尔德·布鲁尼斯在寻找什么东西。他寻找的不是金子,不是心灵,不是幸福、上帝和荣誉,而是一些罕见的卵石。休息院的地上铺了卵石,在发出微光。

学生一个接一个地、有时候两个两个地来到这里,真心实意地——或者是由学生常爱开玩笑的心理驱使——把他们从地上捡来

---

① 前面一词意为“小宝贝”,后面一词意为“贝宝小”。前面已属当地土语,后面则把该词倒过来说。

② 应为:“‘是’或‘不是’?”

的普通卵石拿给他看。这种事并不奇怪。可是,参议老师奥斯瓦尔德·布鲁尼斯,却在左手的大拇指和食指之间拿着每一块哪怕是极其蹩脚的溪涧卵石,把它对着光,然后放在太阳光下。他从褐煤色的、部分地方磨得油光光的上衣胸前的右边口袋里,掏出一面固定在橡皮带上的放大镜,很在行地移动着固定在已经拉紧的橡皮带上的放大镜,在卵石与眼睛之间进行测量,然后,又满怀着对于橡皮带的信心,让放大镜干脆利落地弹回到胸前口袋里。他先让左手心里的卵石在小范围内滚动,随即便更加冒险地让它转到手掌边缘,然后用空着的右手往左手下面一拍,把它扔了出去。"漂亮然而多余!"参议教师奥斯瓦尔德·布鲁尼斯说。他把刚才还让这块多余的卵石转动的那只手放在一个纸袋里,这个纸袋以后在这里会经常被奥斯瓦尔德·布鲁尼斯讲到,这个被压皱的褐色纸袋从上衣一边的口袋里伸出来。他就像神职人员做弥撒时那样,走着那种有花纹装饰的弯路,把一块麦芽止咳糖块从纸袋里取出来,放到嘴里。他郑重其事地举行着仪式。他把糖块放在嘴里含着,吮吸着,使它逐渐溶化,在被烟熏黄的牙齿之间搅拌着糖汁,使它从一边面颊转到另一边面颊。当休息在缩短时,当许多学生纷乱的内心对于休息即将结束的恐惧增长时,当栗树上的麻雀看到休息结束时,当他趾高气扬地走着,在休息院的卵石地上刨一下,将多余的卵石扔开时,他正在让麦芽止咳糖块变得更小,变得更加光滑发亮。

课间有小休息、大休息。休息时玩耍,休息时窃窃私语。休息时啃面包,休息时上厕所。布劳克塞尔认为,怕的是马上就会响铃……

空旷的休息院是麻雀的天地。风吹拂着空旷的、忧郁的、普鲁士的、人道主义的、铺上卵石的休息院里的一张包装油纸。这种情境人们看到过上千次,它上千次地被拍成电影。

这所实科中学的休息院由一个小小的正方形休息院和一个长长的、左边没有篱笆隔离的大型休息院组成。一些老栗树毫无规则地遮住小院落,使它变成一个树木稀疏的栗树林。支撑在杆子上的椴树幼苗以相等的距离将大院落围了起来。新哥特式的健身房,新哥特式的厕所，配上一个红色旧砖的、爬满常春藤的、没有钟的钟楼，新哥特式五层教学楼与小休息院三面毗邻，保护它免受那些从东部角落吹过大休息院并把满是灰尘的纸袋吹过来的风的侵害，因为只有低矮的校园及其网眼很细的铁丝网篱笆，只有三层楼的、同样是新哥特式的寄宿学校挡住了风。后来，人们在健身房南面的山墙后修了一个铺有炉渣跑道和草坪的运动场。在这之前，大休息院在上体育课时不得不充当运动场。值得一提的还有一根十五米长的涂上了焦油的木架子，这个木架位于椴树幼苗和校园篱笆之间，前轮高高抬起，在这个车库里可以停放自行车。玩一个小游戏，这就是：用双手一握，高高抬起的前轮就可以转动起来，一旦前轮转动起来，在大休息院跑了不长的一段路后，那种本来贴在地上的卵石就从轮胎上脱离下来，噼里啪啦地溅落在位于细眼铁丝网篱笆后面的校园的醋栗丛中。

谁如果在某个时候不得不在铺上卵石的运动场上玩手球、足球、"作战"球、拳球甚至棒球，谁以后一踢到卵石就不能不回想起磨破的膝盖，想起那些擦伤的伤口。这些伤口没有治好，结了痂，把所有铺上卵石的运动场都变成了血染的运动场。在这个世界上，只有很少的东西才像卵石一样令人永志不忘。

可是对于他，对于休息院的这只公鸡，对于迈着僵直的步子、吮吸着止咳糖块的参议教师奥斯瓦尔德·布鲁尼斯来说——有人要给他树立一座纪念碑——对于戴着固定在橡皮带上的放大镜、在黏糊糊的上衣口袋里放着黏糊糊的纸袋的他来说，对于搜集、观察、扔掉或者捡起石块、石头子儿、稀有的卵石、水晶、长石和角闪石、对云母片麻岩即 Muskovit Biotit 特别偏爱的他来说，实科中学大休息院并非令人不快的、蹭出伤口的地方，而是给他不断地提供机会，每走九步就用鞋尖刨一下地的场所。因为讲授地理、历史、德语和拉丁文而且必要时还讲授宗教等所有课程的奥斯瓦尔德·布鲁尼斯，并非那种随处可见的、有肌肉发达的黑色胸膛、有两条黑毛腿、挂着哨子和开器械室的钥匙、令人敬畏的体育老师。布鲁尼斯从未让一个男孩在单杠下面发过抖，在双杠的杠木上受过罪，在棘手的攀登索上哭过鼻子。他从未要求阿姆泽尔做杠上盘旋，或者从太长的长鞍马上跳过去。他从未唆使阿姆泽尔和阿姆泽尔胖乎乎的膝盖从危险的卵石上蹭过去。

他是一个五十岁的人，上唇留有被雪茄烤焦了的小胡子。所有的胡须尖老被一些新的麦芽止咳糖块弄得甜津津的。圆滚滚的头上戴着一顶灰色毡帽，毡帽上往往是整个上午都吊着抹上了什么东西的牛蒡果。两耳之间露出捻成绺的头发。他有一张充满哈哈大笑、咯咯地笑和微笑的喜气洋洋的险。艾兴多夫①盘踞在乱糟糟的眉毛里。在不断扇动的鼻翼四周是磨坊的水轮、精力充沛的伙计和奇异的夜晚。只是在嘴角上，另外在鼻根上，长着几个黑头粉刺。这是海涅，是冬天的童话和拉贝②的糕点。这些东西讨人喜欢，而且从未计较过。他是戴着俾斯麦帽的单身汉，是一年级的班主任。瓦尔特·马特恩和爱德华·阿姆泽尔这一对来自维斯瓦河口的朋友就在这个年级。只是这两个人还散发着轻微的牛圈味，流淌着的牛奶味和熏鱼味，飘散着在福尔歇尔特仓库后面公开焚烧之后附在他们头发上和衣服上的焦味。

第二十八个早班

在经历了准时换班和公事上的麻烦之后——布鲁塞尔农业协定将会给布劳克塞尔公司造成销售困难——我们又回到休息大院的卵石。两个朋友的求学时代可望变得轻松愉快。人们刚把他们从圣约翰实科中学转到这所实科中学来，他们刚适应这所有霉味的、散发出

---

① 艾兴多夫(1788—1857)，德国诗人、小说家。

② 拉贝(1831—1910)，德国小说家。

坏孩子气味的寄宿学校——谁不知道免费寄宿学校的故事？——他们刚记住大休息院的卵石，这时却听说，一年级在一个星期后要到萨斯科申去十四天。参议教师布鲁尼斯和教体育课的参议教师马伦勃兰特将负责监护。

萨斯科申，这是一个多么亲切的词啊！

这所农村寄宿学校位于萨斯科申森林中。离得最近的那个比较大的村子名叫迈斯特尔瓦尔德。邮政汽车载着这个班级的学生连同两位教师，经过许德尔考、施特拉申-普林申、大萨劳，开到那里。这是一个散居的村庄。沙地市场足足有一个牲口市场那么宽，所以四周都是木桩，木桩上都有用来拴牲口的旧铁圈。有一些发亮的小水坑，每刮一阵风，都会在水面上吹起一阵涟漪。在邮政汽车到达前不久，下了一阵暴雨。不过，阿姆泽尔在离开汽车时并没有见到牛屎、马粪蛋，却多次遇到麻雀，这些麻雀在不断地重新组合，扩大它们的嚷嚷声。低矮的农家，一部分用麦秆盖在屋顶上，开着小小的窗户，围在市场四周。有一个没有抹上灰泥的三层楼新建筑，那是希尔施百货公司。在那里能够买到新出厂的犁、耙和翻草机。车杠高高翘起。斜对面是一个砖红色的工厂，这家工厂死气沉沉，正面的窗户都已经钉死。要到十月底，收获甜菜的季节才会带来生命和臭气，才会把收入带进钱箱。这里有但泽市储蓄银行比比皆是的分行，有两个教堂，有牛奶场，有一个彩色斑点，那是信箱。在理发店前面有第二个彩色斑点，这个蜜黄色的、在风中斜挂着的黄铜圆盘在遇到变幻无常的云层时便发出灯光信号。这是一个寒冷的、没有树木的村庄。

迈斯特尔瓦尔德像但泽市南面所有的乡村一样，地处但泽高地。这是一片贫瘠的土地，可以同维斯瓦河低洼地带的沼泽地相比。这里生长着甜菜、马铃薯、波兰无芒燕麦和多谷朊的黑麦。每走一步都要踢到一块石头。下地的农民每走一步都要弯一次腰，从许多石块中捡起一块来，火冒三丈地把它扔开。而这块石头也就落到了别人的地里。这些姿势就是在星期天也能见到。农民们戴着有闪闪发光的漆皮帽檐的黑帽子，横穿甜菜地。他们左手拿着雨伞，弯下腰去捡地里的石块，把它们扔到四面八方，然后这些石块就落下地来。那是一些变成石头的麻雀，没有人、没有一个爱德华·阿姆泽尔能发明出一种吓唬石头的稻草人来对付它们。

所以，迈斯特尔瓦尔德就意味着：黑驼背，咄咄逼人，直插云天的雨伞尖儿，捡石头和扔石头，以及对于这么多石头所作的说明。据说，当农民拒绝履行许下的诺言时，魔鬼就惩罚这些农民的背信行为。他一夜之间走遍全村，把积在他胃里的那些被上帝罚入地狱者的灵魂吐到耕地和草地上。在这里，事实表明：被罚入地狱者的灵魂就是石头，再也无法从世界上搬走，尽管农民们变得又老又驼，但他们也只是把石头捡起来扔开。

以参议教师布鲁尼斯为首、参议教师马伦勃兰特殿后，全班学生稀稀拉拉的，他们必须走三公里远的路程。他们首先必须经过公路左右两边在星罗棋布的石头之间长着还不到一半高的黑麦的、丘陵起伏的土地，然后再穿过萨斯科申森林的边缘，直到山毛榉树林后面。在那里，一幢用白石灰粉刷的旧砖石建筑物就是农村寄宿学校。

贫乏，贫乏！在这里执笔的布劳克塞尔现在要描写荒无人烟的地区，感到无能为力。他并不缺乏对于各种情况的估计，但每当他描绘一个上下起伏的山丘，也就是山丘的深绿色和众多捐赠者的等级，描绘山丘后面直至地平线上遥远的蓝灰色时，情况就是如此。随后，他开始描绘迈斯特尔瓦尔德周围地区耕地里必然出现的石头。就像当时魔鬼把石头撒到未经人工雕凿的中心地带一样，它也把正在成长的灌木丛抛到了中心地带，也就是说，欧洲刺柏、欧洲榛子、淡绿色的染料木、灌木松和灌木丛呈球形、圆锥形和蜷伏状，沿着山丘上下起伏。枯萎的灌木、荆棘丛、风中的灌木、低声耳语的灌木——因为在这个地区经常刮风——已经使他双手发痒，真想把生命注入捐赠者的荒野中去。布劳克塞尔说：从左边数起，在第三棵灌木后面，在一摩尔根[1]半的饲用甜菜上面三个拇指跳跃值[2]的远处，不，不是那株欧洲榛子——哦，是这株灌木！——在那里、那里、那里，在长有苔藓、纹丝不动、外形美观的田间巨石下面，在那荒无人烟之地，藏着一个人。

那不是播种者，不是在油画上讨人喜欢的、正在耕地的农民。此人四十五岁左右。在灌木后面隐藏着灰白、褐色、黑色和鲁莽。他长着鹰钩鼻、招风耳，没有牙齿。名叫莫雷的这个人在小拇指上戴着戒指，在下一个早班里，当学生们玩棒球，布鲁尼斯含着他的麦芽止咳糖块时，他会变得举足轻重，因为他随身带着一个小包裹。这小包裹里放着什么？此人是谁？

这就是吉卜赛人比丹登格罗。那个小包裹在哭闹。

第二十九个早班

求学年代的运动项目叫棒球。在实科中学铺上卵石的大休息院里已经有了一个高球，那一棒打得如此漂亮，使球直往天上钻，然后便慢慢往下落。打高球那个队的一部分人能从容不迫地呈扇形向运动场上的两个垒跑去，然后又跑回来，把分数集中起来。这是一次壮举，同它相比，五十五次三百六十度转体或者十七次引体向上都只不过是小菜一碟。在萨斯科申乡村寄宿学校里，上午、下午都有几节课，都要打棒球。瓦尔特·马特恩、他的朋友爱德华·阿姆泽尔和参议教师马伦勃兰特用三种不同的眼光观察这种比赛。

对于马伦勃兰特来说，这种棒球比赛就是“世界观”。瓦尔特·马特恩是一个打高球的能手。他用爱动的手打高球，接高球，一

---

① 欧洲各国的土地面积单位，等于 0.25—0.34 公顷。

② 交替闭合两眼与向前伸出的大拇指的想象移动量相适应的角距离。

接到球马上就出手，传给另一个队友，这样做就给他那个队得了分。

可是，爱德华·阿姆泽尔却像通过炼狱一样骨碌着，穿过棒球场。他人又胖，腿又短，在包围和投掷时给人家提供了一个理想的目标。他是他那个队敏感的地方。他是人们追猎的对象。他们包围他，四个人一组拿着一起跳舞的皮球，围着他跳舞，冲着他练习津津乐道的虚招，直到他呻吟着在草地上打滚，在皮球到来之前已经感觉到圆滚滚的皮球时为止。

只有当阿姆泽尔的朋友把球打成高球时，球才能给他解围。所以，瓦尔特·马特恩也就只打高球，好让阿姆泽尔在直插云天的皮球保护下敢于跑完穿过棒球场的路。但是，并非所有的高球在空中都会停留一段足够长的时间。在正规比赛“世界观”后没几天，阿姆泽尔满是斑点的肌肉上面出现了几个很久才萎缩的蓝黑色“月球”。

当时已经换了班。阿姆泽尔在维斯瓦河左右两岸度过了一个温馨的童年之后，在远离维斯瓦河的地方开始了他的苦难历程。这些苦难不会很快就停止。参议教师马伦勃兰特以专家自诩，写了一本书，或者说在一本论述德国中小学生比赛的书里写了一章。他在书中简明扼要、完美无缺地论述了棒球比赛。他在前言中认为：棒球比赛的民族特性与世界性的足球比赛完全相反。紧接着，他便逐条逐款地确定规则。一次短促的哨子声就意味着：这个球是死球。击球有效由裁判用两次哨子声来判定。不能带球走。总而言之，有这样一些球：称为高球的陡球、远球、平角短球、无效高球、无效滚球、爬球、走球、停球、有效击球和三人球。向上击球，向远处击球，把球打出去，这些动作通过向前一击或者呈弧形挥棒一击来完成。挥动前臂，用双手握棒，朝水平方向击球，把球打出去。在双手握棒并挥动前臂击球时，球一开始就必须投掷到齐肩的高度。马伦勃兰特说，在接称为高球的陡球时，接球手的眼睛、他准备接球的手和落下的球必须成为一条直线。另外，有一件事使这位参议教师出了名。根据他的建议，到各垒的跑道距离延长五米，总共延长到五十五米。这项比赛规则——阿姆泽尔就感受到这种规则——被德国东部和北部几乎所有的中学采纳。他是足球比赛的死敌,很多人认为他是一个严格的天主教徒。在他的脖子上和长毛的胸膛上挂着金属哨子。一次短促的哨子声就意味着:这个球是死球。两次哨子声意味着:刚才学生爱德华·阿姆泽尔击球有效。他经常鸣哨,暂停瓦尔特·马特恩为他的朋友击的高球,说马特恩击球时踩了线!

但是,他的下一个高球却击中了,再下一个又击中了。不过第三个高球却落空了。从击球手的倾斜位置击出的球偏离了运动场,落到运动场旁边的混交林中,噼里啪啦地把树叶打碎。按照马伦勃兰特的哨子声,这个球是死球!这时,瓦尔特·马特恩赶忙跑向篱笆,而且已经越过篱笆,在林边的苔藓地和灌木丛中寻找。这时,一棵欧洲榛子树把球向他掷来。

他赶紧接球,并抬头一望,只见从分杈的树叶中伸出一个人的脑袋和上身来。因为那个人在无声地笑,所以在他耳边,在左耳边,有一个黄铜耳环在晃动。他身上既有深色,也有灰白色和褐色。他嘴里没有牙齿。这就是说,这个没有牙齿的人叫比丹登格罗。此人腋下夹着一个哭闹着的小包裹。双手抱着球的瓦尔特·马特恩从林子里退出来。他没给任何人讲,甚至也没给阿姆泽尔讲灌木丛后这个无声地笑着的人。第二天下午,下午也同样,瓦尔特·马特恩故意打了一个倾斜的、在阔叶树林上面落下来的无效高球。还在马伦勃兰特吹哨子之前,他就赶忙穿过运动场,越过了篱笆。没有灌木,没有下层的灌木掷球给他。他找了好久,才在一株蕨类植物下找到了这一个皮球。而另一个皮球很可能是被森林蚂蚁搬走了。

第三十个早班

这是勤劳的铅笔笔画和麻雀:要有明暗变化并留白,要写到增长和爆炸。

像蜜蜂一样勤劳，像蚂蚁一样勤劳，像来航鸡一样勤劳——勤劳的萨克森人和勤劳的洗衣妇。

早班、情书和马特恩的故事——布劳克塞尔与他的共同执笔人拜某个一生都很勤劳的人为师，这全是骗人的胡说。

那么，那八颗星球呢？星占学历法危言耸听地私下传说，太阳、月球、火星、水星、木星、金星、土星、天王星，神秘的月球这个夜妖难道会同这些星球为伍？难道它们路途奔波两万年，就是为了后天在宝瓶座中实现倒霉的会合？

并非所有的高球都成功。因为要打高球，就连打倾斜的、故意落空的高球，也得勤奋练习。

一幢敞开的木结构建筑物——新鲜空气卧疗室与草地北边毗邻。四十五张硬质木板床，四十五床在木板床的床脚端端正正叠好的、装着毛回丝的、发出酸味的被子，每天都为一年级学生一个半小时的午休准备着。午休之后，瓦尔特·马特恩在新鲜空气卧疗室东面练习击高球。

乡村寄宿学校、新鲜空气卧疗室、棒球场和各个角落都张开的金属丝网篱笆，被萨斯科申森林——一个有野猪、獾、龙纹蝰蛇和一条横穿森林的国界的混交林——从各个方面都紧紧地、一动不动地或者说沙沙作响地包围着。因为这个森林的另一部分在波兰，开始是图霍拉荒原，荒无人烟的沙地上长着一些低矮的松树，然后在科施奈德赖的地褶上又混生着桦木和山毛榉。这个森林向北延伸，一直到温暖的海洋性气候地带。混交林生长在漂砾泥灰岩地带，在沿海以阔叶林告终。

有时候，森林中的吉卜赛人也越过边境。他们以心地善良自诩，吃野兔、刺猬，靠补锅为生。乡村寄宿学校向他们提供牛肝菌、鸡油菌和橙红菌。当马蜂和大黄蜂在林间道路附近高高的树干上筑巢时，当马匹运输木料受到惊吓时，守林人就需要他们帮忙。他们自称加科①,相互打招呼时说:“莫雷!”他们通常都被视为门格人,也被视为茨冈人。

有一次,一个加科把一个作为无效高球落到混交林中的球传给一个一年级学生。莫雷无声地咧嘴笑了。

在此之前,这个一年级学生只练习打高球,而现在他却在练习打无效高球了。

这个一年级学生成功地打了两个无效高球。这两个球都落到混交林里,可是,没有一个门格人把球传给他。

瓦尔特·马特恩在哪儿练习打高球和无效高球呢?在新鲜空气卧疗室尽头,向东有一个游泳池,面积大概为七米乘以七米,游泳池中无法游泳,因为堵水的地方坏了,漏水,充其量只有一些雨水在有裂缝的混凝土正方形池子中蒸发。

尽管没有学生能在池子里游泳,这里却经常受到光顾。像麦芽止咳糖块一般大小的、清冷活泼的青蛙在那儿不辞辛苦地蹦跳,就好像在练习蹦跳似的——很少有呼吸困难的大蟾蜍——总是青蛙在蹦跳。这是一次青蛙大会,一个青蛙休息大院,一场青蛙芭蕾舞,一个青蛙运动场。是可以用麦秆把它们吹得鼓起来的青蛙,是可以把它们放到某个人衣领里去的青蛙。人们可以把青蛙扔进煮得稍微有点煳味的豌豆汤里,把青蛙扔到床上,扔进墨水瓶里,装到信封里。这也是可以用来练习打高球的青蛙。

瓦尔特·马特恩每天每日都在干涸的游泳池里练习。他从取之不尽的库存中抓来光滑的青蛙。如果他打三十次,那就有三十只蓝灰色的青蛙丢掉它们清冷、幼小的生命。当瓦尔特·马特恩祈祷他的目标明确的练习达到目的时,在多数情况下只有二十七只褐黑色的青蛙不得不相信这一点。他的意图并不是要把绿灰色的青蛙往高处打,高过沙沙作响的或者沉默不语的萨斯科申森林的树木。另外,他也不用球棒的任何一个部位随随便便地去打一只普普通通的青

---

① 在黑话中意为“叔叔、朋友”,在吉卜赛语中意为“亲戚”。

蛙。他并不想在打远球、平球和刁钻的短球方面达到炉火纯青的地步——在打远球方面,海尼·卡德卢贝克本来就是一个满有把握的高手——更确切地说,瓦尔特·马特恩是想用球棒的某个部位去击打发出各种叫声的青蛙。当球棒按照规定由下边顺着身子直接向上挥动时,这个部位就能保证打成功一个堪称典范的、接近垂直的、只是一般受到风影响的高球。如果不用闪闪发光的青蛙,而是用暗褐色的、只有线缝才发光的皮球来撞击球棒的棒头,瓦尔特·马特恩在午间的半个小时内,也许能打出十二个异乎寻常的高球和十五六个过得去的高球。为了公道起见,还必须说:尽管瓦尔特·马特恩勤学苦练打高球,干涸的游泳池中的青蛙仍然没有减少。当瓦尔特·马特恩作为青蛙死神站在它们之间时,它们依然兴致勃勃地跳得又远又高。它们不明白,或者说它们只意识到它们的数量很多——在这方面同麻雀近似——所以,在游泳池里才不会出现青蛙恐慌。

在潮湿的天气,在孕育着死亡的游泳池中,还有有尾目动物,有斑螈和普通的蜥蜴。这些灵活的小动物才不怕球棒哩,因为在一年级学生当中流行着一种游戏,这种游戏的规则只需要牺牲有尾目动物和斑螈的尾巴。

正在进行一次测试勇气的表演。当人们用手抓住有尾目动物和斑螈的那些抽搐着、疯狂摆动着的尾巴时,那就正好——人们可以用强硬的手段把尾巴从它们身上打下来——把还活着的残缺部分,也就是说,把它们活生生地吞下去。应当尽可能把几条从混凝土上一蹦而起的尾巴接二连三地吞下去。谁能做到这一点,谁就是英雄。此外,还必须吞下三至五条活蹦乱跳的尾巴,吞食时不准用水清洗,不准塞面包头。谁在自己肚子里藏有三至五条即便在肚子里也不安分的有尾目动物、斑螈或者蜥蜴的尾巴,谁就不准愁眉苦脸。阿姆泽尔可以做到这一点。这个在棒球比赛中受人追赶、受人折磨的阿姆泽尔,在吞食有尾目动物的尾巴时认识到和懂得了自己的机遇。这不仅是因为他接二连三地把七条动来动去的尾巴吞进短短的双腿支撑着的、圆滚滚的身子里去,只要有人答应,让他还摆脱下午那场凶险毕露的棒球比赛,分配他去帮厨削土豆皮,他还能够进行复核的表演。在他吞下七条尾巴之后一分钟,他用不着把手指伸进嗓子里,就可以凭借顽强的意志,而更多的还是出于对棒球感到无能为力的恐怖,将七条尾巴又吐出来。瞧,它们还在一个劲儿地抽搐——尽管动得不厉害,因为一道吐出来的黏液妨碍了它们——在游泳池的混凝土上抽搐,在蹦蹦跳跳的青蛙中间抽搐。尽管瓦尔特·马特恩在阿姆泽尔吞食有尾目动物和接踵而来的复核验算表演前不久还在练习打高球,但那些青蛙的数量却并未减少。

这些一年级学生都很受感动。他们一再数这七条复活的尾巴,敲打着阿姆泽尔圆滚滚的、长满斑点的背,答应他,只要马伦勃兰特不反对,就不让他充当每天下午棒球比赛的牺牲品。但是,假如马伦勃兰特反对阿姆泽尔去帮厨,那么,他们就要在打棒球时装模作样,敷衍了事。

很多青蛙都在倾听这笔交易。那七条被吞下去又吐出来的有尾目动物的尾巴,正在慢慢变得僵直。瓦尔特·马特恩拄着球棒,站在铁丝网篱笆旁,凝视着耸立在四周的萨斯科申森林中的灌木。

第三十一个早班

我们遇到什么事啦?布劳克塞尔因为有许多星球在我们上空形成一堆正在发酵的破烂儿,准备明天早班时下矿,在矿下,在八百五十米深的矿井底的档案室里——过去那里堆存着采矿工的炸药——完成他的报告。他总是在尽力冷静地摇动笔杆。

在萨斯科申乡村寄宿学校,假期的第一个星期是在棒球比赛、有秩序的散步和气氛宽松的课时中度过的。一方面有规律地损耗青蛙和视天气情况、偶尔为之地吞食有尾目动物尾巴;另一方面是晚上围在营火唱歌,这时感到背冷、脸热。某个人膝盖划破了。两个人喉咙有毛病。首先是小普罗布斯特得了麦粒肿,然后是约亨·维图尔斯基得了麦粒肿。有一支自来水笔被偷了,或者说,霍斯特·贝劳丢了一支自来水笔。然后,便是无聊的调查。博贝·埃勒尔斯是一个优秀的棒球手,但是不得不提前回克瓦青去,因为他母亲病得很重。在迪克兄弟当中,一个在寄宿学校曾经尿过床的迪克,在萨斯科申乡村寄宿学校能够报告床是干的,而他的兄弟,迄今为止尚未尿过床的那个迪克,却开始经常尿湿他在乡村寄宿学校的床,甚至尿湿新鲜空气卧疗室的木板床了。在大厅里午休时半睡半醒。没有人打球时,棒球场的草坪在泛着微光。阿姆泽尔睡觉时额上挂着汗珠。瓦尔特·马特恩用双眼沉重缓慢地扫来扫去,看着远处的金属丝网篱笆,看着篱笆后面的森林。什么也没有。谁有耐心,谁就看着从棒球场草坪当中长出一个山丘来吧。鼹鼠也在整个中午挖洞。十二点钟,有熏板肉丁配豌豆,烧得总是有点煳味。晚餐应该有煎鸡油菌。然后是有麦糁布丁的欧洲越橘汤,可实际上却是别的东西。晚餐后给家里写明信片。

没有营火。有几个人在玩“别生气”游戏,别的人在玩连珠棋或者皇后跳棋。在饭厅里,乒乓球比赛枯燥乏味的嘈杂声企图盖过夜晚黑乎乎的森林的沙沙声。参议教师布鲁尼斯在他的房间里整理收藏家一天的成果,而这时,一块麦芽止咳糖块正在变小。这个地区有很多黑云母和白云母,呈片麻岩的形状,相互紧靠在一起。当片麻岩嚓嚓作响时,云母就发出银色的光泽。

他在夜晚漆黑的棒球场草坪边缘,坐在青蛙很多、水却很少的游泳池的一块隆起的混凝土上。在他旁边的阿姆泽尔说:“森林里黑魆魆的。”

瓦尔特·马特恩凝视着这堵越来越近、越来越近的萨斯科申森林的墙壁。

阿姆泽尔搓着下午被棒球打中的部位。在哪一个灌木丛后面呢?他是不是在无声地笑?这是不是那个小包裹?他是不是比丹登格罗?

没有云母片麻岩。瓦尔特·马特恩从左到右把牙齿咬得咯咯作响。喘着粗气的蟾蜍们在回答他。森林同它的鸟儿们一道在呻吟。没有维斯瓦河流到这里。

第三十二个早班

布劳克塞尔在井下摇动笔杆。嗬,德国的森林里怎么这样黑啊!是幽灵在游荡,森林之神在糊弄自己。嗬,波兰的森林里怎么这样黑啊!加科人在搬家,都是些补锅匠。阿施马泰①!阿施马泰!或者说本·迪拉赫·贝尔采布,农民们就这样称呼戴克尔特。昔日过分好奇的女仆手指,现在都成了吐唾沫的蜡烛,成了睡觉时的小烛光。点燃多少蜡烛,就睡多久的觉。鬼踩到苔藓。艾夫塔(Efta)②乘以艾夫塔等于四十九。嗬!不过,最黑暗的地方是在德、波两国的森林里面。这时,魔鬼在弓着身子,这个魔鬼突然一跃而起,睡觉的烛光在晃动,蚂蚁在漫游,树木在交媾,门格③在搬家。莱奥波德的比比、比比嬷嬷、比比姐妹、埃斯特尔斯韦的比比、希特的比比、加施帕里的比比,所有、所有、所有的比比都让灿烂的东西四处飞迸,迸出火星,直至纯洁的马沙里露面。她给木匠的男孩指出,在哪儿把牛奶从雪白的器皿里倒给她。牛奶是生的,在慢慢流着,招来了很多蛇,七七四十九条。

边界线用一条腿在蕨类植物中穿过。在边界线两边,白、红两色蘑菇在同黑、白、红三色蚂蚁搏斗。妹妹!妹妹!谁在那儿找他的小妹妹?栎果落到了苔藓上。克特尔勒在喊叫,因为有东西在闪闪发

---

① 指"欧洲自由贸易联盟"或"七国集团"。

② 吉卜赛语中魔鬼的名字。

③ 门格,意为补锅匠、旧货商和兜售小贩。

光。片麻岩在花岗岩旁边正在相互摩擦。云母在闪烁发光。板岩在嚓嚓作响。谁会听到这种声音?

在灌木后面那个人是罗姆诺。不过,没有牙齿的比丹登格罗听得清清楚楚:栎果在滚动,板岩在往下滑,系带子的鞋在踢,小包裹在趴下,系带子的鞋来了,蘑菇在煮成汤,蛇在滑进下一世纪,欧洲越橘在爆裂。蕨类植物在谁面前颤动?这时,从锁孔里透出一缕光线。这缕光线逐级而下,照进混交林中。克特尔勒就是鹊——波尔,它的羽毛在飞舞。系带子的鞋没有得到任何报酬,就嘎吱嘎吱地响。这时咯咯发笑的有沙勒、比姆泽尔、博迈埃尔①和教师布鲁尼斯,布鲁尼斯!奥斯瓦尔德·布鲁尼斯!因为他们在擦痒,一直擦到他们迸出火星为止。这些火星是片麻岩状的、歪歪斜斜的、颗粒状的、鳞屑般的、结节状的。这是有两种云母的片麻岩,是长石和石英。这真是罕见,极其罕见,他说,把系带子的鞋往前挪,取出他那系着橡皮带的放大镜,戴着俾斯麦帽咯咯地笑。

他还拾起一块非常漂亮的、略呈红色的云母花岗岩,在混交林中旋转着,放到逐级而下的阳光下,直到所有的小镜子都能讲出个名堂为止。他没有把它扔掉,他把它放到亮光下。他祈祷着,但没有转过身去。他独自走着,喃喃自语。他把他那云母花岗岩拿到下一个、下一个、再下一个亮光下,好让上千面小镜子能讲出个名堂来,一个接一个,只有少数花岗岩能同时讲出个名堂来。他穿着系带子的鞋,走到灌木丛紧跟前。在那后面坐着没有牙齿的比丹登格罗,他很安静。就连小包裹也趴下了。罗姆诺也不再是那只鹊。克特尔勒再也不叫喊。波尔,它的羽毛不再飞舞,因为沙勒、比姆泽尔、博迈埃尔、教师、奥斯瓦尔德·布鲁尼斯就在跟前。

在森林深处,他戴着帽子哈哈大笑,因为他在德、波两国的萨斯科申森林中,在森林最黑暗的地方,找到一块极其罕见的肉色云母花岗岩。可是,因为上千面小镜子都想要七嘴八舌地讲出个名堂来,这

① 沙勒、比姆泽尔和博迈埃尔皆为黑话,意为“教师”。

使得参议教师奥斯瓦尔德·布鲁尼斯嘴里又苦又干。他不得不收集干枯的小树枝和冷杉球果。他只好用三块几乎不发光的石头堆成一个炉灶。火柴必须快速摩擦瑞典的小圆盒，使它迸出小火星，而且是在密林深处。这样一来，克特尔勒立即就会叫道：波尔，这只鹊掉了一根羽毛。

参议教师在他的包里有一口平底锅。这口锅油汪汪、黑乎乎的，嵌上了许多云母小镜片，因为在他的包里不仅有平底锅，而且还有云母片麻岩和云母花岗岩，甚至还有罕见的、含两种云母的片麻岩。不过，教师的包除了提供平底锅和云母片麻岩，还提供大小规格各不相同的各种褐色和蓝色的小纸袋。此外，还有一个没有标记的瓶子和一个可以把盖子拧开的铁皮盒。小火星在枯燥乏味地沙沙作响。树脂发出嗞嗞声。云母镜子在热锅里崩裂。当他从瓶子往平底锅倒进液体时，平底锅吓了一大跳。小火星在三块石头之间发出噼里啪啦的声音。从铁皮盒里舀出满满的六咖啡勺粉末。他从蓝色大纸袋和褐色尖形纸袋里倒出适量的粉末。从蓝色小纸袋里取出满满一勺粉末，从褐色小纸袋里取出一撮粉末，然后用左手搅拌，用撒粉小盒把粉扑在左手上。他用右手搅拌，而这时，尽管没有风，但是鹊又掉了一根羽毛，在远处和边界那边仍然在寻找妹妹。

他跪下教师的膝盖走路，气喘吁吁，直到重新振奋，容光焕发。他必须搅拌，一直要搅拌到糖糊熬浓，变得更稠，更黏糊。他伸着两个鼻孔里长着长长鼻毛的教师鼻子，在咕噜咕噜冒着泡的、热气腾腾的小平底锅上闻来闻去。他上嘴唇烤焦的胡须当中挂着水滴，这些水滴在他搅拌糖糊时结晶成砂糖，变得光滑发亮。蚂蚁从四面八方跑来。浓烟犹豫不决地滑过苔藓，在蕨类植物中缠来绕去。巨大的云母石山在游动着的倾斜光线下——谁会堆起这座山呢？——大声嚷嚷着：噼里啪啦，噼里啪啦，噼里啪啦！这时，糖糊在小火星上面煮煳了，不过，按照烹调法，必须煮煳。必须把它煮成褐色。他把一张羊皮纸推开，涂上油。两只手端起锅，一团圆鼓鼓、黏糊糊的褐色糖糊冒着气泡，像火山熔岩似的摊开来，流到涂上油的纸上，马上就有了一层光滑发亮的表皮，然后突然冷却皱缩，颜色变深。在冷却之前，参议教师手中的一把小刀很快就将扁甜饼分成糖果大小的小方块，因为参议教师奥斯瓦尔德·布鲁尼斯在黑魆魆的德、波两国森林里、在萨斯科申森林的树下、在妹妹和克特尔勒的叫喊声之间熬制的东西，就是麦芽止咳糖块。

因为他爱吃甜食。因为他的甜食库存已经用完。因为他的包里装满了小纸袋和盒子。因为纸袋里、盒子里和瓶子里总准备着麦芽和糖、姜、欧茴香和鹿角盐，蜂蜜和啤酒，胡椒和羊油脂。因为他用撒粉的小圆盒——这是他的秘密——把捣碎的丁香撒到变得黏稠的糖糊上。这时，森林发出香味，而且蘑菇、欧洲越橘、苔藓、几十年的老叶子、蕨类植物和树脂都不再发出与此不同的气味。蚂蚁迷了路。苔藓中的蛇变成了“蜜饯”。克特尔勒用变了调的声音喊道：“波尔，它的羽毛粘起来了。”应当怎样寻找妹妹呢？沿着有甜味的路还是有酸味的路？是谁——因为他坐在有焦味的浓烟中——在灌木丛后面哭泣，在灌木丛后面擤鼻涕？当这位教师充耳不闻，用发出刺耳声音的勺柄把冷却的、火山熔岩般的剩余糖糊从平底锅里弄出来时，那个小包裹那么安静，也许它得到了罂粟籽吧？

参议教师奥斯瓦尔德·布鲁尼斯把碎裂时没有落到苔藓上面、没有跳到云母岩石之间的东西，都拿到太甜的小胡子下面来。他吮吸着，吸取糖浆，让它们慢慢消逝。他蹲在已经熄灭但仍然冒着细烟的火星旁边，不得不用黏糊糊的手指孜孜不倦地搓着蚂蚁，把油纸上坚硬的、油光发亮的褐色扁甜饼弄成大约五十个事先画好的小四方块。他把甜方块同碎糖块和变成糖果的蚂蚁一道装进一个蓝色的大纸袋中。在做糖果之前，这个纸袋装满了砂糖。平底锅、揉皱的小纸袋、装着刚制成的糖果的纸袋、金属盒和空瓶子，还有那个小小的撒粉盒，所有这一切都重新同包里的云母片麻岩装到一起。他已经站了起来，在教师的嘴里含着被褐色硬外壳包着的勺。他头戴俾斯麦帽，足蹬有鞋带的鞋，已迈上苔藓地。他身后只留下油纸和少量的碎糖块。这时，学生们已经大声嚷嚷着穿过混交林树干之间的欧洲越橘,走了过来。小普罗布斯特在哭哭啼啼,因为他陷进了森林中的马蜂群里。有六只马蜂螫了他。四个一年级学生必须抬着他。参议教师奥斯瓦尔德·布鲁尼斯向他的同事——参议教师马伦勃兰特问好。

这个班级的学生走了,再也不在那儿了,那儿只剩下沙勒、比姆泽尔、博迈埃尔和教师们的呼唤声、笑声、叫喊声和歌声。这时,那只鹊叫了三遍。波尔,它的羽毛又飞起来了。这时,比丹登格罗离开了他的灌木丛。就连别的加科——加施帕里、希特和莱奥波德也离开了灌木丛,轻手轻脚地从树林里走出来。他们在充当糖果扁甜饼垫片的油纸那儿碰头。这是由蚂蚁汇成的黑色,这团黑色的蚂蚁正向波兰方面移动。这时,加科们听从蚂蚁的召唤,希特、加施帕里、莱奥波德和比丹登格罗从苔藓地上无声无息地一闪而过。他们分开蕨类植物,往南方走去。比丹登格罗作为最后一个人,他的身影在树干之间越来越小。他轻声呻吟了一下,就好像他的小包裹、一个婴儿、一个饥肠辘辘和没有牙齿的孩子在哭,就好像是一个小妹妹在啼哭。

不过,边界已经近在咫尺,可以很快地过来过去。在密林深处熬制糖果后两天,叉开双腿站在棒球场中的瓦尔特·马特恩一反常态,只是因为海尼·卡德卢贝克说他只能打高球,不会打远球,便打了一个飞越两个垒、飞越斜对面场地、飞越青蛙很多的已经干涸的游泳池的远球。瓦尔特·马特恩把球打进了森林里。他必须在马伦勃兰特来清点球之前跟着皮球,越过金属丝网篱笆,跑进混交林中。

可是他没有找到球。他还在那里一个劲儿地找,可那里并没有球。他翻起每一片蕨类植物的叶子。他在一个部分坍塌的狐狸窝前跪下来,他知道这个窝里没有狐狸。他用一根树枝捅一个正在滴水的洞。他想趴在地上,用长长的胳膊去掏狐狸窝。这时,鹊叫了,羽毛飞舞,皮球击中了他。是哪一根灌木扔的呢?

这根灌木就是那个人。小包裹寂静无声。因为那个人在无声地笑,他耳朵上的黄铜耳环在摇晃。他浅红色的舌头在没有牙齿的嘴里颤动。一根纤维状的细绳与他左肩上的衣服十字交叉。在前面,细绳上吊着三个刺猬。这些刺猬尖尖的鼻子流着血。当此人稍微转过身来时,可以看见,后面绳子上吊着同等重量的一个小口袋。此人把长长的、又黑又油的鬓毛编成过于短小的、高高翘起的辫子。齐滕的匈牙利轻骑兵就曾这样打扮过。

“您是匈牙利轻骑兵吗?”

“有一点儿是轻骑兵,有一点儿是补锅匠。”

“您到底贵姓?”

“比—丹—登—格罗①。我没有牙齿。”

“那些刺猬呢?”

“用来包在黏土里吃。”

“那个包裹呢?”

“是妹妹,是小妹妹。”

“后来那个包呢?您在这儿找什么东西?您用什么东西捉刺猬?您住在哪儿?您的名字真的这么可笑?要是守林人抓住您呢?您是茨冈人,真的吗?小手指上的戒指是怎么回事?那个小包裹怎么啦?”

波尔——这时,这只鹊又在混交林深处啼叫。比丹登格罗有急事要办。他说,他必须到没有窗户的工厂去。教师先生已经在那儿了。那位先生在等着野蜂蜜做他的糖果。他也想给教师先生带小云母,要不就带点小礼物去。

瓦尔特·马特恩拿着皮球伫立着,不知道该往哪个方向走,也不知道该干什么。最终他还是想越过金属丝网篱笆,回到棒球场上去——因为比赛还在继续进行——这时,阿姆泽尔从灌木丛中骨碌出来。他没有提出问题,他什么都听见了。他只知道一个方向,那就是去找比丹登格罗……他拉着他的朋友就走。他们跟随着那个挂着死刺猬的人,当他在他们的视线中消失不见时,他们还可以在蕨类植物叶子上找到从三个尖尖的刺猬嘴里流出来的、鲜亮的刺猬血。他

---

① 意为:没牙齿。

看见了这道痕迹。当吊在比丹登格罗绳子上的刺猬软弱无力地沉默时，那只鹊就替它们啼叫：波尔——克特尔勒的羽毛在前面飞舞起来了。森林越来越密，树木之间靠得更近。树枝打着阿姆泽尔的脸。瓦尔特·马特恩踩着白、红两色蘑菇，摔到苔藓地上，使他的牙齿啃着了这床软垫。一只狐狸愣住了。树木在做鬼脸。树木脸上布满蜘蛛网，它们的手指已经树脂化，树皮闻起来有酸味。混交林变得稀疏起来。太阳逐级而下，照到教师堆放的石头上。这是午后音乐会，有片麻岩，其间还有辉石、角闪石、板岩和云母，有莫扎特，有叽叽喳喳地唱"上帝保佑"的阉人歌者直至《尊贵的女主人》轮唱曲。这是多声部的噼里啪啦音乐会——不过，头戴俾斯麦帽的教师不在其中。

只剩下冷冰冰的炉灶，涂上油的纸已经消失不见。只是当山毛榉在林中空地后面重新合拢来而且挡住天空时，他们才赶过那张纸。这张纸在路上，爬满了密密麻麻的黑蚂蚁。他们希望像挂着刺猬的比丹登格罗那样，跨过边界去拯救那件战利品。无论瓦尔特·马特恩和他的朋友怎样系上"8"字形的鞋带，他们都呈"8"字形地跟在诱人的鹊之后。在这里，这里，这里！穿过齐膝高的蕨类植物，穿过整整齐齐挤在一起的山毛榉树干，穿过教堂的绿光。树林重新把他吞了下去——他离得很远——又出现在那儿了，这个比丹登格罗。可他再也不是单独一人。克特尔勒把加科们都叫了来。有了加施帕里和希特，有莱奥波德和希特的比比，有比比婶婶和莱奥波德的比比，所有这些"门格"，这些补锅匠和森林轻骑兵，都站在山毛榉树下，在轻柔的蕨类植物中，聚集在比丹登格罗周围。加施帕里的比比牵着大胡子山羊。

当森林再一次稀疏起来时，八九个加科同大胡子山羊一道离开了森林。他们一直走到还有树木的地方，然后就消失在洼地里不长树木、向南延伸的森林草地那儿野兽绝迹的青草中。那个工厂就在空旷的草地上闪烁着微光。

这个长形楼房已经烧毁了。这是一座没有抹灰泥的砖瓦建筑物，空空的窗洞四周被煤烟熏得漆黑。烟囱从底部到半高的地方裂着缝,犹如裂开的砖牙齿。虽然如此,它却直挺挺地屹立着,可能比把林中草地围得水泄不通的山毛榉还要高出一头。尽管这一地区砖瓦厂很多,但没有砖瓦厂的烟囱。过去,烟囱把一家砖瓦厂的烟子排出来,但现在工厂死气沉沉。烟囱没有热气,上面筑起了一个宽大突出的仙鹤窝。可是,就连这个窝也是死气沉沉的,身体微黑的懒仙鹤死守着开裂的壁炉,百无聊赖地颤动着。

他们呈扇形慢慢接近工厂。再也没有鹊在啼叫。加科们在高高的草丛中拨草前进。蝴蝶在林中草地上面上下翻飞。阿姆泽尔和瓦尔特·马特恩到达了森林边缘。他们平躺在地上,从颤动着的、像矛一样的草尖上向远处张望。他们看到所有的加科都同时爬过形形色色的窗洞,钻进关闭的工厂里去。加施帕里的比比把大胡子山羊拴到钉在墙上的铁钩上。

这是一只长毛白山羊。不仅仅是这个工厂、这只在龇牙咧嘴的烟囱上的身体微黑的仙鹤和这片草地闪烁着微光,就连大胡子山羊也光亮闪烁。观看上下飞舞的蝴蝶是很危险的。他们想出了一个毫无意义的计划。

阿姆泽尔不敢肯定他们是否已经在波兰境内。瓦尔特·马特恩说他认出了在一个窗洞里有比丹登格罗的头。他头上有按照轻骑兵的方式编成的油光光的小辫子,耳朵上戴着铜耳环。他又不见了。

阿姆泽尔说,他刚才看到在这一个窗洞、后来又在旁边一个窗洞里有那顶俾斯麦的帽子。

没有人看到边界线,只看见正在嬉戏的菜粉蝶。在以各种不同音域发声的丸花蜂上面,从工厂那边传来的时高时低的叽里咕噜声在颤动。听不到清清楚楚的狂叫、咒骂或者叫喊。这纯粹是一种不断增强的叽里咕噜和细声尖叫。大胡子山羊干巴巴地对着天空咩咩地叫了两声。

这时,从左边第四个窗洞里跳出第一个加科来。希特牵着希特的比比。她把大胡子山羊的绳子解开。又跳出来一个加科。现在,跳出两个身穿彩色乞丐服的加科,这是加施帕里和莱奥波德及其身穿多件外衣的比比。没有人走洞开的大门，所有的茨冈人都钻窗洞，最后一个人头朝前钻出洞来，是比丹登格罗。

所有的“门格”都曾经在马沙里面前发过誓：再也不走大门，只钻窗户。

加科们就像他们来时一样，现在又呈扇形穿过抖动的青草，走向接纳他们的森林。白山羊又咩咩叫了一次。克特尔勒没有叫喊。波尔，它的羽毛没有飞舞。在森林草地的营营声重新响起之前，这里一片寂静。蝴蝶在上下飞舞。近似双翼飞机的丸花蜂和蜻蜓在祈祷，珍贵的苍蝇、马蜂和类似的流浪行乞者在祈祷。

是谁使劲关上了儿童图画册？是谁使柠檬汁滴落到六月份家庭烘烤的烟雾上？是谁让牛奶变成甜羹一样？阿姆泽尔的皮肤和瓦尔特·马特恩的皮肤变得有毛孔，这是怎么回事？怎么会落下小冰雹？

这就是那个小包裹，就是那个婴儿，就是那没有牙齿的孩子。小妹妹从死气沉沉的工厂里对着生气勃勃的草地叫喊。并非黑乎乎的窗洞，而是黑洞洞的大门把俾斯麦帽子吐到光天化日之下。那个沙勒、那个比姆泽尔、那个博迈埃尔和那个教师站在那儿。奥斯瓦尔德·布鲁尼斯抱着啼哭的包裹，站在太阳底下，不知道自己该怎么办。他喊道：“比丹登格罗，比丹登格罗！”可是森林没有回音。当奇迹再一次出现时，无论是阿姆泽尔还是瓦尔特·马特恩——他们听到喊叫声便站起身来，循着喊叫声一步步地穿过窃窃私语的青草，走向工厂——无论是怀里抱着小包裹大声叫喊的参议教师布鲁尼斯，还是森林草地的画册世界，都没有显出惊讶的样子。这个奇迹就是：仙鹤从南边，即波兰那边从容不迫地拍动着翅膀，掠过草地。有两只仙鹤郑重其事地飞了几个“8”字，先后落到搭在工厂龇牙咧嘴的烟囱上的那个略带黑色的、弄得乱糟糟的窝里。

两只仙鹤发出笃笃的声音。戴着俾斯麦帽的教师的目光，学生们的目光，所有的目光，都在顺着烟囱往上爬。襁褓中的婴儿中断了啼哭。仙鹤，仙鹤。奥斯瓦尔德·布鲁尼斯在他的口袋里找到一块云母片麻岩。这是一块云母片麻岩，还是一块两色云母片麻岩呢？

孩子应当玩这种片麻岩。仙鹤,仙鹤。瓦尔特·马特恩想把那个皮球送给这个小包裹,那个棒球走了好远的路程,一切都从那个球开始。仙鹤,仙鹤。可是,这个半岁的女孩已经有东西摆弄,有东西玩了。这东西就是安古斯特里,就是比丹登格罗的银戒指。

就是现在,燕妮·布鲁尼斯还喜欢戴这只戒指。

最后的早班

也许什么事也没有发生。感觉不到世界在毁灭。布劳克塞尔又可以在井上写作了。二月四号这个日子只证实了一个优点:三部手稿全都按期完成。布劳克塞尔可以把年轻的哈里·利贝瑙的《情书》分类存放在他那捆《早班》上。他以后还要在《早班》和《情书》上面堆放演员的自白。如果后记值得写的话,布劳克塞尔就会写,因为他主管这座矿山和这个写作班子,他支付预支的薪俸,他决定完稿日期,他还要审读校样。

当年轻的哈里·利贝瑙跑到我们这儿来,请求参加第二部书的写作班子时,情况怎么样?布劳克塞尔在对他进行考试。迄今为止,他已经写了,而且发表了抒情诗。他写的广播剧都在电台播放。他可以出示那些阿谀奉承的、令人鼓舞的评论。他的风格称得上是扣人心弦、清新和变化多端的。布劳克塞尔首先询问他有关但泽的情况:"年轻的朋友,在霍普芬与新莫特瓦河之间,把两者连接起来的那些巷子叫什么名字?"

哈里·利贝瑙像背书似的说:"叫作旁观者巷、支撑巷、老鼠巷、火印巷、仙鹤巷、慕尼黑巷、犹太人巷、牛奶罐巷、弯道巷、钟楼巷和梯子巷。"

"年轻人,"布劳克塞尔想知道,"请您给我们解释一下,轿子巷怎么会得到这个美妙的名称?"

哈里·利贝瑙解释得有点烦琐。在十八世纪时,那个巷里据说放着一些上等贵族和夫人的轿子,也就是那个时代的出租车。坐上轿子,贵重的衣服不会受到损伤,就可以被人抬着,走过烂泥和瘟疫流行的地方。

谁一九三六年在但泽警察局引进了意大利的现代化警用橡皮棍?对于布劳克塞尔这个问题,哈里·利贝瑙就像一个新兵那样,直言不讳地回答道:“这件事是警察局长弗里博埃斯办的!”可是我总感到不满足。“年轻的朋友,您会回忆起来的;但泽中央党的最后一任主席是谁?这位值得尊敬的人叫什么名字?”哈里·利贝瑙准备充分,就连布劳克塞尔都学到了一些新东西。“教会参议教师里夏德·施塔赫尼克神学博士在一九三三年被选为中央党主席和国会议员。一九三七年,在中央党被解散之后,他被关押了半年。一九四四年,把他关进了施图特霍夫集中营,没过多久,他又获准离开了集中营。施塔赫尼克博士一生都在研究死于蒙陶后升入天堂的多罗特娅敕封圣徒称号的诉讼。多罗特娅一三九二年在马丽亚维尔德大教堂旁边被人安放在墙上。”

我还想起了一连串棘手的问题。我想知道施特里斯巴赫河的流向,知道所有朗富尔巧克力厂的名字,知道耶施肯塔尔森林中埃尔布斯山的高度,结果都得到了满意的回答。对于哪些著名演员开始在但泽市立剧院飞黄腾达这一问题,哈里·利贝瑙立即就提到了英年早逝的蕾娜特·米勒和观众喜爱的电影演员汉斯·泽恩克尔。这时,我坐在扶手椅上宣布,考试结束,已经通过。

这样,我们经过三次工作会议后达成协议,用一个过渡把布劳克塞尔的《早班》和哈里·利贝瑙的《情书》连在一起。下面就是这个过渡。

图拉·波克里弗克生于一九二七年六月十一日。

图拉出生时,天气变幻无常,在多数情况下是阴天。后来,大有降雨之势。四周的微风摇曳着小锤公园里的栗子树。

图拉出生时,帝国退职总理路德博士从柯尼斯堡来,在前往柏林的途中,在但泽-朗富尔机场降落。在柯尼斯堡,他在一次殖民会议上讲过话;在朗富尔,他在机场餐厅吃过点心。

图拉出生时,但泽警察局的小型乐队由军乐队首席指挥恩斯特·施蒂贝里茨指挥,在措波特的疗养院里举办音乐会。

图拉出生时,越洋飞行员林白登上“孟菲斯号”巡洋舰。

图拉出生时,根据警察局该月十一日的报告,警察逮捕了十七个人。

图拉出生时,但泽代表团前往日内瓦,参加设在那里的国际联盟大会第四十五届会议。

图拉出生时,人们注意到外国在柏林交易所里购买人造丝和电力证券。这导致埃森石炭的行情上涨,涨了四点五个百分点;伊尔泽和施托尔贝格锌业涨了三个百分点。此外,一些有特殊价值的东西也涨了价。因此,人造丝涨了四个百分点,人造黄油涨了两个百分点。

图拉出生时,在奥德翁剧院上映电影《极大的诈骗》,由哈里·皮尔同时扮演两个精彩的角色。

图拉出生时,国社党但泽分部号召在陶工巷五至八号的圣约瑟夫大厦举行一次大型集会。来自莱茵河畔科隆地区的国社党员海因茨·哈克要作题为《拳脑并用的德国工人,联合起来!》的讲演。在图拉出生当天,据说以“人民处于困境中! 谁来拯救他们”为主题,在措波特疗养大楼的红色大厅里又举行了一次音乐会。一位名叫霍恩费尔德的国会议员签署了《在大众中露面》的号召信。

图拉出生时,但泽银行的贴现率一成不变,仍然为五点五个百分点。但泽黑麦地产抵押债券给每担黑麦的开价为九古尔登六十芬尼。

图拉出生时,《存在与时间》尚未面世,但是已经印好,已经发布了出版预告。

图拉出生时,齐特罗大夫在朗富尔还有自己的诊所,后来他就不得不逃往瑞典。

图拉出生时，市政厅钟楼上的组钟正在奏音乐。敲打偶数的钟点时，奏的是《只有天上的上帝才光荣》，敲打奇数的钟点时，奏的是《所有的天使是天兵》。圣卡塔琳娜教堂的组钟每半小时响一次，奏的是《耶稣基督我主，转身面向我们吧》。

图拉出生时，瑞典的“奥德沃尔德号”轮船从乌克瑟勒松德空载驶来，抵达这里。

图拉出生时，丹麦的“索菲号”轮船载着木材从这里出发，驶向格里姆斯比。

图拉出生时，在朗富尔的施特恩费尔德百货商店里，棱纹平布童装值两古尔登五十芬尼，女孩的公主裙值两古尔登六十五芬尼，玩具小桶值八十五芬尼，喷壶值一古尔登二十五芬尼。上了漆、配有附件的铁皮鼓只卖一古尔登七十五芬尼。

图拉出生时，正是星期六。

图拉出生时，太阳在三点十一分升起。

图拉出生时，太阳在八点十八分落山。

图拉出生时，她的表兄哈里·利贝瑙刚有一个月零四天大。

图拉出生时，参议教师奥斯瓦尔德·布鲁尼斯收养了一个半岁大的弃婴，这个弃婴刚长出乳牙。

图拉出生时，她叔叔的看家犬哈拉斯有一岁零两个月大。

第二篇　情　书

亲爱的图拉表妹：

有人劝我，把你和你的名字放到开头，在一封信开始时，不拘礼节地称呼你，因为你处处都是素材，现在是，将来也是。在这种情况下，我对自己讲，只对自己讲，而且没法不对自己讲；要不然我就对你讲，讲我在自言自语？你的家庭——波克里弗克一家和达姆一家，来自科施奈德赖。

亲爱的表妹：

既然我写给你的每一句话都徒劳无益，既然我所有的话，即便是我对自己、我以顽强的意志对自己讲的话也都只是冲着你来的，那我们终究要平淡无奇地握手言和，给我的生计和消遣打下一个并不雄厚的基础。这个基础就是：我给你讲述。但是你并不倾听。这种称呼——好像我给你写了一百零一封信——将依旧如形式上的散步手杖，我早就想把它扔掉了。我要怀着满腔的怒火，把它扔进施特里斯巴赫河里，扔进海里，扔进股票池中。不过，这只四条腿的黑狗是训练有素的，它会把手杖给我送回来。

亲爱的图拉：

我母亲娘家姓波克里弗克，是你父亲奥古斯特·波克里弗克的姐妹。她像波克里弗克家的所有人一样，出生在科施奈德赖。五月十七日，当燕妮·布鲁尼斯半周岁时，我正常出生。十七年后，某位先生用两个指头把我轻轻一提，作为车载射手放进了一辆货真价实的坦克之中。在西里西亚中部，也就是在一个对我来说并不像霍伊尼采南部的科施奈德赖那样熟悉的地区，坦克进入阵地，因为要伪装，坦克便往后挪，挪到西里西亚玻璃吹制工堆满玻璃制品的一个木板棚里面。到那时为止，当我在不断地寻找一个同你即同图拉谐韵的词时，这辆正在进入阵地的坦克和那些嚓嚓直响的玻璃制品发挥作用了，使你的表兄哈里找到了不押韵的语言。从此以后，我就写简单的句子，现在仍然在写，因为布劳克塞尔先生劝我写一部小说，一部真正的、不押韵的小说。

亲爱的图拉表妹：

对于博登湖和那里的姑娘们，我一无所知；可是对于你和科施奈德赖，我却什么都了解。你在六月十一日出生。科施奈德赖位于北纬五十三点三分之一度，东经十七点零五度。你出生时体重为四磅三百克。有七个村子属于原来的科施奈德赖，它们是：弗兰肯哈根、佩茨廷、德意志-采克青、格兰瑙、利希特瑙、施朗根廷和奥斯特尔维克。你的两个哥哥西格斯蒙德和亚历山大也在科施奈德赖出生。图拉和她的弟弟康拉德则是在朗富尔登记注册。波克里弗克这一名字早在一七七二年前，在奥斯特尔维克的教区记事录里就可以找到。达姆一家，也就是你母亲一家，是在波兰分裂之后几年，先是在弗兰肯哈根，然后在施朗根廷，才有人提到。他们很可能是从普鲁士的波莫瑞迁来的。我倒是怀疑达姆一家来自大主教管辖的达梅劳，这尤其是因为达梅劳同奥布卡斯和格罗斯·齐尔克维茨一起，已经于一二七五年被送给了格涅兹诺的大主教。达梅劳当时名叫路易丝泽瓦·达姆布罗瓦，偶尔也叫杜布拉瓦，本来并不属于科施奈德赖。达姆一家子是外来移民。

亲爱的表妹：

你在埃尔森大街来到人世。我们住在同一所房子里。这幢出租房子是我父亲——木工师傅利贝瑙的。斜对面，在所谓的股票房里，住着我后来的老师——参议教师奥斯瓦尔德·布鲁尼斯。他收养了一个女孩。尽管在我们这个地区过去从来没有一个人叫燕妮，但是他却叫她燕妮。我们木工作坊大院里的黑色牧羊犬名叫哈拉斯。你受洗礼被取名为乌尔苏拉，但是从一开始，你的名字就叫图拉。很可能这个名字源于科施内夫伊的水神图拉，他栖身于奥斯特尔维克湖，他的名字有各种不同的书写方法，计有：Duller，Tolle，Tullatsch，Thula，或者 Dul，Tul，Thul。当波克里弗克一家还住在奥斯特尔维克时，他们作为租赁人住在湖边的莫斯布劳赫斯贝施，在通往霍伊尼采的公路旁。从十四世纪中叶直到一九二七年图拉诞生之日，奥斯特尔维克是这样书写的：Ostirwig，Ostirwich，Osterwigh，Osterwig，Osterwyk，Ostrowit，Ostrowite，Ostrowieck，Ostrowitte，Ostrów。那些科施内夫伊人说：Oustewitsch。奥斯特尔维克这一村名的波兰词根是 ostrów 这个词，意为河中岛屿或者湖中岛屿，因为奥斯特尔维克村最初，也就是在十四世纪时，位于奥斯特尔维克湖中的岛屿上。桤树和桦树环绕着盛产鲤鱼的水域。除了鲤鱼、鲫鱼、斜齿鳊和必不可少的梭子鱼，在这个湖里还有一头红色的、头上有白斑的、能在约翰内斯周围哞哞讲话的小牛，有一座传说中的皮桥，有胡斯信徒入侵时期满满两口袋的黄金和一个性情乖张的水神图拉。

亲爱的图拉：

我那位木工师傅父亲老喜欢讲："波克里弗克一家在这儿永远都发不了迹。他们真该待在他们原来的地方，待在卡布斯特尔。"

对于科施内夫伊卷心菜的种种影射都是针对我母亲——我那个娘家姓波克里弗克的母亲的，因为她把她的兄弟连同他的妻子和两个孩子从沙质土壤的科施奈德赖哄到市郊来。按照她的意愿，木工师傅利贝瑙把住茅屋的雇农和农工雇为木工作坊的辅助工。我母亲说服了我父亲，把空出来的两间半住房，也就是我们上面的一层楼，廉价租给了这个四口之家。那时，埃娜·波克里弗克已经怀上了图拉。

对于所有这些好事，你母亲并不感谢我父亲。她反而在每一次家里吵架时都把她的聋哑儿子康拉德的耳聋归咎于我父亲和他的木工作坊。据说，从一早到收工总是呜呜叫的、只有偶尔才沉默下来的圆锯——它让这一地段所有的狗和我们的哈拉斯也跟着叫起来，直叫到声音沙哑——使还没足月就出生的康拉德的小耳朵变得萎缩、失聪。

木工师傅不动声色地听着埃娜·波克里弗克的责骂，因为她是在用一种科施内夫伊人的方式骂人。谁能懂得她骂些什么呢？谁能把她骂的话说出来呢？科施奈德赖的居民把教堂墓地说成"礼拜堂坟地"，"堡"就是山，"垄"就是路。"神甫草"就是奥斯特尔维克地区神父的草地，大约有两摩尔根那么大。当奥古斯特·波克里弗克讲到他在科施奈德赖几个村子之间的漫游时，也就是说，讲到他冬天当小贩去策克齐、阿布劳、格斯多夫、达梅劳和施朗根廷的旅途时，那些话听起来就是这样的："那个似到策齐亚的垄，那个似到奥布诺的垄，到捷斯多普、到多梅诺的垄，到斯拉根廷的垄。"他在描述一次乘火车去霍伊尼采的旅行。这段铁路线是这样描述的："走考恩茨的铁垄。"要是有讽刺挖苦的人问他，他在奥斯特尔维克有多少摩尔根土地，他就会回答有一百一十二摩尔根土地，但是又眨眨眼睛，指着科施奈德赖声名狼藉的飞沙，纠正道："至少总有一百摩伊吧。"

你会同意的，图拉——

你父亲是个蹩脚的辅助工。工长根本没法安排他去开圆锯。至于传动带经常滑下来的事，那就不用说了。他为了给自己把有钉子的木板锯成木柴，却把最贵重的锯条弄坏了。他只有一项任务是准时完成的，而且使所有的伙计都感到满意。机器间上面那层楼铁炉上的熬胶锅总是热的，可以随时提供五个木工刨台上的五个木工伙计使用。胶冒着泡，咕噜咕噜地冒着气泡，它可以变成蜜黄色，黏土般的暗色，可以变成"豌豆汤"，可以把大象皮绷紧。有的胶已经冷却，有的胶在继续缓缓流动，漫过锅边，产生一个又一个的流挂，不让一片搪瓷空着，让人认不出熬胶锅原来的真面目。正在熬的胶用一截椽子来搅动。可是这截木条也结上了一层又一层的薄膜，鼓着起伏不平的、坚韧的褶皱，在奥古斯特·波克里弗克手里越来越沉，每当五个伙计把这个“长上茧子的狂热分子”称作大象胖墩儿时，往往就得换上一截新的、同等质量的、简直是永无止境地换来换去的椽子。

骨胶，木工胶啊！棕色的、独具风格的胶合板垛在一个歪歪斜斜的、积了半寸灰尘的架子上。从三岁到十七岁，我在裤兜里总是老老实实地装着一块木工胶。在我看来，这种胶十分神圣。我把你父亲叫作胶神。因为骨胶神不仅仅有完全呈胶状的手指，只要他一动这些手指，这些手指就会发出碎裂的嚓嚓声。他到处发出一种他随身带着的气味。你们那两间半住房，你母亲，你兄弟，都散发着这种气味。他还极其慷慨地用他的臭气来打扮他的女儿。他用粘满胶的手指抚摩她。只要他用手指戏法来哄孩子，他就会把胶粒撒在孩子身上。总而言之，骨胶神把图拉变成了一个骨胶女孩。凡是图拉走路、站立和奔跑之处，凡是图拉曾经站过、曾经走过的地方而不管她匆匆忙忙走过的是什么样的路段，凡是图拉摸过和扔过的东西而不管接触的时间是短是长，凡是她用来裹在身上、穿在身上和遮盖身子的东西，凡是她玩过的东西——有刨花、钉子和铰链——凡是图拉到过的每一个地方和遇到的每一个人，都留下一股短暂的甚至难以忍受的、任何东西都无法压下去的骨胶味。就连你的表兄哈里也摆脱不了你。有好几年我们形影不离，我们身上都散发出同样的气味。

亲爱的图拉：

当我们四岁时，据说，你缺钙。对于科施奈德赖含有泥灰的土壤也作出了类似的断言。大家都知道，形成底碛层的洪积世的漂砾泥灰含有碳酸钙。只有科施内夫伊田地那些风化的、被雨水浸滤过的泥灰层才缺钙盐。在那里，肥料和国家津贴都无济于事。没有一种宗教仪式的行列——科施内夫伊人全是天主教徒——能给田地注入钙盐。不过，霍拉茨大夫却给了你钙片。很快，在你五岁时，你就不缺钙了。你的乳牙没有一颗松动。你的门牙稍微有点突出。据说，这些牙齿很快就使斜对面的那个弃婴燕妮·布鲁尼斯感到害怕。

图拉和我都不相信——

在找到燕妮时，这个吉卜赛人和仙鹤在一起嬉戏。这是一个典型的布鲁尼斯爸爸的故事。当然，在他身上什么事都没有发生。他处处都觉察到隐蔽的神秘力量。他往往善于在怪僻的漫射光线中漫游。虽然他现在用时常翻新的、往往是非常漂亮的标本来充斥他的云母片麻岩狂热——在古怪的德国有一些与他相似的怪人，他同这些怪人有通信联系——虽然他在大街上、在休息院里或在他的班上的举止像一个古代凯尔特人的巫师，像一个普鲁士的橡树神，或者像琐罗亚斯德①——人们把他视为共济会成员——他却常常利用人人都喜欢的这些怪人品质。不过，只有燕妮，只有同这个漂亮的小孩子打交道，才把参议教师奥斯瓦尔德·布鲁尼斯变成了一个怪人。这个怪人不仅仅在学校范围内，而且也在埃尔森大街及其横路和平行街上、在朗富尔远郊和近郊都引人注目。

燕妮是个胖乎乎的孩子。尽管埃迪·阿姆泽尔围着燕妮和布鲁尼斯团团转，但是这个孩子却没有丝毫变得更为苗条的迹象。在谈到他和他的朋友瓦尔特·马特恩时——两人都是参议教师布鲁尼斯的学生——有人曾断言，在以奇妙的方式发现燕妮时，他们是见证人。不管怎样，阿姆泽尔和马特恩成了在我们埃尔森大街和整个朗富尔被当作笑柄的那种三叶草的一半。

我要为图拉画一幅幼年的肖像：

① 琐罗亚斯德（约前628—约前551），又译查拉图斯特拉，波斯宗教改革家、先知、琐罗亚斯德教的创始人。

我要给你看一个大鼻子的、面部表情变化多端的先生,这位先生在蓬乱的灰白色头发上戴着一顶宽边软呢帽。他身披绿色罗登缩绒厚呢的骑车斗篷,趾高气扬地走着。左右两边有两个学生试图跟上他的步伐。埃迪·阿姆泽尔是人们通常称为胖小子的那种人。他的衣服绷得很紧,小酒窝使他的膝盖更加明显。凡是看得见他的肌肉之处,都长着一个斑点。他全身不见骨头,只见肌肉在颤动。他的朋友则是另一种情况:骨骼健壮,自顾自地同布鲁尼斯并排走着,做出一副样子,仿佛这位教师、埃迪·阿姆泽尔和胖乎乎的燕妮都是受他保护的人似的。这个五岁半的女孩依旧躺在一辆大童车里,因为她走路有困难。布鲁尼斯推着车,有时候埃迪·阿姆泽尔也推,而这个咬牙人却很少推。在车子底部有一个皱巴巴的、半打开的棕色纸袋。半个市区的小孩都跟在被推着的童车后面,他们在追逐他们称之为"小卢贝"的糖果。

不过,也是在我们家斜对面的股票房前,当参议教师布鲁尼斯把高轮子的童车停下来时,图拉、我和其他孩子才得到一把棕色纸袋里的糖果。这时,尽管他那嘟嘟哝哝的老人嘴里还没有咬完光滑透明的糖渣儿,但他绝不会忘记给自己嘴里放进一块糖。有时候,埃迪·阿姆泽尔嘴里含着一块糖去参加社交聚会。但我却从未见到瓦尔特·马特恩拿过一块糖。不过,燕妮的手指却被四四方方的麦芽糖粘着,就像图拉的手指被骨胶粘着一样,黏糊糊的。她嘴里吮着麦芽糖,嘟哝着;她在吮着玩儿。

亲爱的表妹:

当我想要理解和正确对待你和你的木工胶时,科施奈德人或者科施内夫伊人就一定会出事。要用一种所谓历史上的但往往又是没有证明的解释来说明科施内夫伊人的名字,这是荒谬的。据说,科施奈德人在波兰起义时不由自主地产生了对德国人的极度仇恨,因此,人们可以从"砍头匠"(Kopfschneider)这个集合名词推导出科施奈德人(Koschneider)这个集合名词来。尽管我有各种理由学会这种解释——你这位逐渐消瘦的科施内夫伊人，具有从事这种手艺的各种素质——可我仍然坚持那种虽然平淡无奇但却是理智的解释。据说，在图霍拉，有一个名叫科茨涅夫斯基的县长在一四八四年签署了一份证书，这份证书确定了该县各个村庄的权利与义务。后来，在他这位证明文书的签署人去世之后，这些村庄就被称为科施内夫伊人村庄。还有一点无法肯定。村镇和田野的名称也许可以通过这种方式来查清，然而图拉——她更多的是一种东西，而不是一个女孩——却无法通过正派的县长科茨涅夫斯基来辨认。

图拉：

你的皮肤白皙，紧绷绷的。你可以头朝下，倒挂在拍地毯尘土的横杆上，倒挂半个小时之久。倒挂时，还可以用鼻子哼着歌曲。你全身都是撞得青一块、紫一块的骨头和肌肉，不受任何脂肪的妨碍。它们使图拉变成了一个经常跑着、跳着、攀登着总而言之是个片刻不停的东西。既然图拉有她母亲那对深深陷进去、相互靠得很近的小眼睛，所以，两个鼻孔也就成了她脸上最大的东西。当图拉生气时——一天当中她有好多次变得冷酷无情，呆头呆脑，怒气冲冲——她就会翻白眼，一直到只剩下小血管纵横交错的眼白在眼缝中闪烁时为止。她那双翻着白眼的、愤怒的眼睛好似被挖掉了眼珠，好似装成瞎眼乞丐的那种恶叫花子的眼睛。每当她两眼发直、全身抖动时，我们就会说："这个图拉又翻白眼了。"

我老盯我表妹的梢，更确切地说，我试图跟在你和你的骨胶气味之后，离你两步远。你的哥哥西格斯蒙德和亚历山大已经到了上学的年龄，他们在走自己的路。只剩下又聋又哑的鬈头发康拉德参加我们这一伙。你和他，还有我，都在耐心等待着。我们坐在焦油屋顶的木棚里面。方形厚木板散发着气味。我被弄成了又聋又哑的人，因为你和他，你们可以打手势讲话。把某些指头挤到一边或者十字交叉，就意味着某种事情，这种做法引起了我的怀疑。你和他，你们在讲你们的故事，这些故事把你逗得咯咯直笑，把他逗得无声无息地前仰后合。你和他，你们制订了种种计划，这些计划的牺牲者在多数情况下就是我。如果说你曾经喜欢某一个人的话，这个人就是那个鬈头发。而这时，你们却促使我把手放到你的衣服下面。木棚的焦油屋顶下面很热。木材散发着酸味。我的手有股咸味。我没法离开，我粘住了。你的骨胶把我粘住了。圆锯在外面歌唱，电刨在呜呜直叫，整流器在哀号。我们的看家犬哈拉斯在外面哀鸣。

图拉，你听：

那就是它——一条竖耳朵、长尾巴、身体长长的黑色牧羊犬。它并非比利时长毛犬，而是一只狗毛中长的德国牧羊犬。我父亲，也就是木工师傅，在我们出生前不久，在维斯瓦河入海口的一个村庄尼克尔斯瓦尔德把这条幼犬买来。卖主要三十古尔登，尼克尔斯瓦尔德的路易丝磨坊就属于那个卖主。哈拉斯可以用训练有素、闭得很严的嘴巴捕获很多猎物。它那双稍微有点斜视的黑眼睛，在跟踪我们的脚步。它的颈部紧绷绷的，没有垂肉，没有松弛的喉皮。躯干的长度要比肩高多出六厘米，这个我量过。人们可以从各个方面观察哈拉斯，它的腿总是站得直挺挺的。它的脚趾并拢得很紧。它的拇指球很硬。它的臀部长长的，稍微有点下垂。它的肩部、腿和踝关节健壮有力，肌肉发达。每根毛也都很直，紧紧地贴在身上，又粗又黑，就连茸毛也都是黑的。没有丝毫在灰的或者黄的底色上染成黑色的狼的色彩，没有，到处都没有。在两只竖着的、微微前倾的耳朵里，在有很深旋涡的胸部，在长有一些细毛的腿上，它的毛都是黑色，是雨伞那种黑色，神父长袍那种黑色，寡妇衣服那种黑色，警卫队制服那种黑色，黑板那种黑色，长枪党①制服那种黑色，乌鸦那种黑色，奥赛罗的皮肤那种黑色，痢疾那种黑色，堇菜那种黑色，西红柿那种黑色，柠檬那种黑色，面粉那种黑色，牛奶那种黑色，雪那种黑色。

---

① 长枪党是西班牙的法西斯组织，初创于1933年，1937年佛朗哥成为长枪党的绝对领袖，1975年佛朗哥去世，1977年4月被正式取缔。

哈拉斯凭着灵敏的嗅觉寻找猎物，找到猎物，抓住猎物，叼来猎物，而且进行跟踪。有一次在公共草地上放牧时，它出了毛病。哈拉斯是牧羊犬，在种畜簿上已经登记入册。牵狗的皮带给绊住了，它拼命地拉。它直对着猎物狂吠，可是在清理其他猎物的臭迹时，它还是有节制的。木工师傅利贝瑙让它在霍赫施特里斯的警察局接受训练。在那里，他们让它改掉吃自家狗屎的习惯，一种幼犬的坏习惯。冲压到系在它颈部的税牌上的数字是五百一十七，这个数字的横加数为十三。

在朗富尔的各个地方，在舍尔米尔，在席豪移民区，从萨斯佩到布勒森，顺着耶施肯塔尔路往上，沿着海利根布隆往下，在海因里希-埃勒尔斯运动场四周，在火葬场后面，在施特恩费尔德百货公司前面，在股票池旁边，在警察局围墙的壕沟中，在乌法根公园的某些树木旁，在兴登堡林荫大道的某些椴树旁，在张贴布告的广告柱基座前，在公众聚会的体育馆前的旗杆旁，在朗富尔郊区尚未灭掉的路灯旁，哈拉斯都留下了自己的“芳香物质”。它对这些“芳香物质”忠诚不贰，几代狗历久不变。

一直量到肩背部隆起的部位，哈拉斯为六十四厘米高。五岁的图拉身高一米零五。她的表兄哈里比她高四厘米。他父亲，那个长得五大三粗的木工师傅，早上量，身高一米八三，下班后量，身高矮两厘米。奥古斯特和埃娜·波克里弗克，以及娘家姓波克里弗克的约翰娜·利贝瑙，所有的人身高都不超过一米六二。科施内夫伊人，这是一个小小的打击！

亲爱的图拉表妹：

如果你们波克里弗克一家不是从那里来的，这个科施奈德赖同我又有何相干呢？但是我知道，科施奈德赖的那些村庄，从一二三七年到一三〇八年属于波莫瑞地区的公爵们。他们死后，科施奈德人直到一四六六年都向德意志骑士团交租纳税。直到一七七二年，波兰王国才接收这一地区。在欧洲大拍卖时，科施奈德赖被拍板成交，给了普鲁士人。普鲁士人管辖到一九二〇年。从一九二〇年二月份起，科施奈德赖的村庄就成了波兰共和国的村庄。这些村庄从一九三九年秋天开始，作为但泽-西普鲁士省的一部分，归属大德意志帝国。这就是暴力，是隐蔽的安全别针，是风中的小旗，是宿营的士兵，是瑞典人，是胡斯信徒，是武装党卫队，是“如果不，那就等着瞧”，是“完完全全地”，是“从今天早上四点四十五分起……”是在平板仪测绘图纸上用圆规画圆圈，是在反攻时占领施朗根廷，是在通往达梅劳的公路上的坦克先遣部队。我们的部队承受住了奥斯特尔维克西北部沉重的压力。第十二空军陆战师的解围性进攻，在霍伊尼采南面给卡住了。在直线撤退的人流中，这个所谓的科施奈德赖被腾空了。剩下的部队在但泽南部集结。吓唬人的人，替罪羊们，可怕的爱开玩笑者，已经又晃动着镇纸，挥舞着拳头……

啊，图拉：

当人们被迫盯着拳头时，我怎样才能对你讲述科施奈德赖，讲述哈拉斯和它排泄的“芳香物质”，讲述骨胶、麦芽止咳糖块和童车啊！这时童车必须滚动。有一次，一辆童车在滚动。在很多、很多年以前，有一辆四个高轮子的童车在滚动。它安在四个老式高轮上，漆成黑色，所有的皱褶都已裂缝，滚动着。镀铬的轮辐、弹簧和推车的把手都露出表层脱落的、灰蒙蒙的地方。这些地方在不知不觉中一天天扩大。这是过去，是曾经有过的事情。一九三二年夏天，当时，当时，当时，当时我是个五岁男孩，在当时，在洛杉矶奥林匹克运动会期间，就已经动了拳头，这些拳头很快就在人世间干燥乏味地挥舞起来。尽管如此，它们好像没有感到有丝毫的穿堂风似的，几百万辆高轮子和矮轮子的童车被同时推到太阳底下，推到树荫下面。

一九三二年夏天，一辆安在旧式高轮上、漆成黑色、有一些裂缝的童车在滚动。这辆车是那个对什么旧货都在行的中学生埃迪·阿姆泽尔从塔格内特尔巷买来的。他、参议教师奥斯瓦尔德·布鲁尼斯和瓦尔特·马特恩轮流推着这辆老爷车。把童车从那些涂上焦油、抹上润滑油但仍然干燥的木板上推过去，那些木板是布勒森海滨木栈桥上的木板。这个令人愉快的浴场——从一八二三年起辟为海滨浴场——有低矮的渔村和圆屋顶的疗养大楼，有日耳曼尼亚、欧根妮和伊尔泽膳宿公寓，有半高的沙丘和海滨树林，有渔船和由三部分组成的浴室，有德国救生协会的瞭望塔和四十八米长的木栈桥，它正好位于但泽湾海滨新航道与格勒特考之间。布勒森海滨木栈桥有三层，往右有一道短短的防波堤，用来阻挡波罗的海的波浪。布勒森海滨木栈桥每个星期天都让十二面旗帜在十二根旗杆上迎风飘舞。开始时只有波罗的海沿岸城市的旗帜，逐渐地便有了越来越多的卐字旗。

童车在木板上的旗帜下滚动。穿得太黑了一点、被宽边软呢帽遮住太阳的布鲁尼斯参议教师现在推着车，过一会儿他会让胖乎乎的阿姆泽尔或者粗壮结实的马特恩来替换自己。很快就要满六岁的燕妮坐在车里，人们不让她走路。

“咱们不能让燕妮走一走吗？求求您，参议教师先生。只是试一试。我们在左右两边扶着她。”

不让燕妮·布鲁尼斯走路。“难道这个孩子会丢失？难道要在星期天拥挤的人群中推着车撞来撞去？”人群熙来攘往，大家既见面又分手，或鞠躬问候，或视而不见。人们挥手示意；人们手挽着手；人们指着防波堤，指着雕窗；人们用随身携带的食物喂海鸥；人们问候着，回忆着，气愤着。所有的人都穿得很体面。人们穿着没有袖子、受到季节限制的服饰，穿着网球运动服和帆船运动员的运动衣，打着在东风中飘动的领带。拿着不断拍照的相机，戴着有新汗带的草帽，穿着牙膏一样白净的亚麻布鞋。高高的鞋跟害怕海滨小桥木板之间的裂缝。那些假船长们已经考虑到了望远镜，要不就把手搭在远眺的眼睛上面。如此众多的水兵服，如此众多的小孩子。他们奔跑着，嬉戏着，躲藏着，害怕着。我看到的东西，你没有看到。真是五花八门。瞧，酸鲱鱼，一条，两条，三条。瞧，那里，新市场的安格利克尔先生同他的孪生子女在一起。他们打着螺旋式的蝴蝶结，用没有血色的舌头慢慢地舔着覆盆子冰冻甜食。来自赫尔塔街的科施尼克先生偕夫人刚从德意志帝国访问归来。泽尔克先生让他的儿子们挨个儿通过望远镜观看一道黑烟,观看“皇帝号”轮船甲板的上层建筑。贝伦特先生和夫人再也没有喂海鸥的糕点了。军队广场上衣物干洗店的主人格鲁瑙太太同她的三个女学徒在一起。小锤路的面包师舍夫勒同他哈哈大笑的夫人在一起。海尼·皮伦茨和霍滕星期天没有父母在身边。在那儿是手指上粘着胶的波克里弗克先生。他那满脸皱纹的女人挽着他的胳膊,这个妇人总是把头很快地转来转去。她得叫唤“图拉”,还得喊:“亚历山大,到这儿来!”还得招呼,“西格斯蒙德,留心康拉德!”因为在海滨木板小桥上,科施奈德人不像科施内夫伊人那样——尽管木工师傅利贝瑙和他的太太并不在场——他们是不讲话的。利贝瑙星期天上午必须待在作坊里讲一些问题,好让工长知道星期一该用圆锯锯什么。他的太太没有丈夫陪同就从来不外出。不过,他的儿子在那儿,因为图拉在那儿。两个人都比燕妮小,而且允许他们走路。允许他们在参议教师布鲁尼斯和他那稍微有点拘束的学生后面,用一条腿十字交叉地跳来跳去。允许他们顺着海滨木栈桥走,走到栈桥尽头,走到一个尖尖的、有风的三角形地区。允许他们顺着左右两边的阶梯往下走,走到底层,垂钓者就坐在那儿钓鱼。允许他们在用木板搭起的狭长走道上穿着凉鞋飞跑,悄悄地待在海滨栈桥的梁架上,待在五百只星期天穿的漂亮鞋子下面,待在有点轻微撞伤的散步手杖和太阳伞下面。那里阴凉,呈淡绿色。那下面没有工作日。那里的水发出冲人的气味,清澈透明,看得见在水底活动的贝壳和鱼。在支撑着栈桥和桥上人群的桥桩上,海藻须飘忽不定。刺鱼在游来游去,它们每天每日都匆匆忙忙,银光闪闪。烟蒂从上面的步行桥上掉下来,在水中散开,变成浅褐色,引来一些一指长的鱼,然后又使它们跑得远远的。鱼群突然反应过来,很快地前冲,然后又犹豫不决,转过身来,四散而去。它们在下面一层聚集起来,随即又散开,游向有别的海藻漂动之处。一个软木塞在上下颠簸。一张黄油面包的包装纸变得沉甸甸的,蜷成了一团。图拉·波克里弗克在涂上焦油的横梁之间撩起她星期天才穿的衣服，这件小衣服已经沾上了焦油斑点。她的表兄应当把张开的手放在下面护着。可他不愿意，也不必要，不可能再这样待下去。她从十字交叉的横梁上跳到步行桥上，穿着啪嗒作响的凉鞋飞跑，让辫子飞起来，把垂钓者吵醒。她已经在顺着通向栈桥的楼梯，顺着通向十二面旗帜的楼梯，顺着通向星期天上午的楼梯往上爬。她的表兄哈里跟在她那股骨胶味后面跑着。这种骨胶味胜过海藻须的气味，胜过虽然涂上焦油却仍然在腐烂的横梁的气味，胜过被风吹干的步行桥的气味，远远胜过了海风的气味。

你呀，图拉：

你在一个星期天上午说："让她走一次吧。我想看看，她是怎样走路的。"

奇怪的是参议教师布鲁尼斯居然点头答应，允许燕妮在布勒森海滨栈桥的木板上走路了。有几个人哈哈大笑，很多人在微笑，因为燕妮这样胖，她那两根脂肪柱塞在一双隆起了一块、用带子套着的白色长袜和一双有鞋襻的漆皮鞋里。她用这样一双腿在栈桥的木板上走路。

"阿姆泽尔！"戴着黑色毡帽的布鲁尼斯说，"你还是孩子时——我们说的是比你小的六岁孩子，我们可以颇有信心地称之为胖墩儿的人——难道就非得受罪不可吗？"

"还算好，参议教师先生。马特恩总是很关照。只是在班上我感到坐着很难受，因为长凳太窄。"

布鲁尼斯在发糖果。空着的童车放在路旁。马特恩笨手笨脚、小心翼翼地带着燕妮。所有的旗帜都往一个方向飘。图拉想带燕妮。但愿童车没有滚走。布鲁尼斯嘴里含着麦芽止咳糖块。燕妮不愿意同图拉在一起，她差不多要哭了，不过马特恩在那儿，更何况埃迪·阿姆泽尔赶紧惟妙惟肖地仿造了一个鸡棚。图拉以鞋跟为轴转过身去。人群聚集在栈桥的顶端。要在这儿唱歌。图拉的脸变成三角形，变得很小，小得怒气冲冲的。他们在栈桥的顶端唱歌。图拉翻着眼睛，她在翻白眼。少年队①队员在前面站成半圆形。这是已经消失殆尽的科施内夫伊人的愤怒：杜尔，杜尔，图勒尔②。并非所有的男孩都穿着制服，不过所有的男孩都在唱，不少人一边听一边点头称是。“我们热爱风暴……”大家都在唱，那个没有唱歌的人在尽力笔直地举着一面绣有一道符的黑色三角旗。童车孤零零地、空荡荡地待放在一旁。现在他们唱道：“清晨是我们的时光。”紧接着是欢快的歌曲：“有一个人自称哥伦布。”有一个十五岁的鬈发男孩，这个人把右手臂吊在绷带里，很可能是真的受了伤。他一半是命令式地、一半是让人感到难为情地邀请听众一起唱这首哥伦布之歌，至少一起唱这首歌的副歌。手挽着手的年轻姑娘，大胆的丈夫们，其中有波克里弗克先生、贝伦特先生和殖民地产品经销商马策拉特先生。他们都跟着唱起来。东北风把所有的旗帜都吹得朝着一个方向，使这首欢快歌曲的虚假情调变得含混不清。谁要是仔细听，谁就会时而在这首歌曲的上面、时而在其下面听到一阵孩子的铁皮鼓声。这个孩子就是殖民地产品经销商的儿子。这个孩子的鼓声并非百分之百正确。这首简直是没完没了的歌曲的副歌唱的是“荣誉胜利”和“再来再来再来一次好哇”。跟着一起唱，慢慢地变成了义务。环顾四周，只听见有人说：“为什么这段副歌还没完？”从旁边偷眼一瞧，只见：罗平斯基先生和太太也在唱。就连年迈的萨瓦茨基这个地地道道的社会民主党人也在唱。现在就开始吧，只要有勇气就行！尽管楚雷克先生和邮局秘书布朗斯基在黑费利乌斯广场工作，但他们俩也在跟着唱。“再来再来再来一次嘣嘣！”参议教师先生怎么啦？难道他就不能把总含在嘴里的麦芽止咳糖块挪一挪，装出一副唱歌的样子吗？“荣誉胜利！”那辆有四个高轮子的童车空荡荡地待在一旁。他的皮肤黝黑，已经皲裂。“再来再来再来一次好哇！”布鲁尼

① 少年队为纳粹德国时期希特勒青年团的下属组织，由十岁到十四岁男孩组成。
② 杜尔和图勒尔是科施内夫伊人对水神图拉的不同书写方法。

斯爸爸想把燕妮抱到手上，减轻她那双穿着有鞋襻漆皮鞋的脂肪脚的负担。可是他的学生们——“荣誉胜利!”——尤其是瓦尔特·马特恩这个中学生劝他别这样做。埃迪·阿姆泽尔跟着唱：“再来再来再来一次好哇!”因为他是一个胖男孩，所以能唱一种天鹅绒一般柔和的高音童声，这种童声在副歌的某些地方，譬如在“好哇哇哇”这种地方，发出银铃般悦耳的声音。人们把这称作高音部。许多人环顾四周，想看一看，这条清澈的小溪是从哪儿冒出来的。

因为出乎意料，这首哥伦布之歌已唱到了最后一段，现在，他们唱一首《收获歌》：“我把我的车装得满满。”尽管这种歌傍晚时唱更好一些，但现在他们都在唱：“在这时没有比这更美的国家。”埃迪·阿姆泽尔让自己浑厚的高音童声纵情高歌。看来布鲁尼斯嘴里含着糖果，露出一副鄙夷不屑的神情。马特恩在万里无云的晴空下阴沉着脸。童车投下一道孤独的阴影……

图拉在哪里?

她的表兄跟着唱了六段《哥伦布之歌》。在唱第七段时，他溜走了。只剩下海风不再有骨胶味，因为奥古斯特·波克里弗克同太太以及又聋又哑的康拉德站在栈桥顶端的西边，而风却从东北风突然变东风。波克里弗克一家转过身来，让背对着海。他们在唱歌。就连康拉德也在适当的地方张开嘴巴，无声地噘起嘴巴，在企图侥幸地唱出卡农曲“雅各布师傅雅各布师傅”时不错过一次进入合唱的机会。

图拉在哪里?

她的哥哥西格斯蒙德和亚历山大偷偷溜走了。她的表兄哈里看见这两个人在防波堤上。他们敢在那里头朝下跳水。西格斯蒙德在练习翻筋斗，练习倒立跳水。两兄弟的衣服用鞋压着，放在栈桥突出来的、有风的木板上。图拉不在那儿。从格勒特考栈桥方向——人们甚至还可以从远处认出措波特栈桥——慢慢驶来一艘按计划开行的旅游船。这艘轮船为白色，就像在儿童画册上见到的轮船那样，后面拖着一道巨大的滚滚黑烟。那些想要乘船从布勒森到新航道去的人，都挤在海滨木板小桥顶端的左侧。图拉在哪儿呢？少年队还在唱歌，不过再也没有人去听了，因为轮船越来越近。就连埃迪·阿姆泽尔也收回了他的高音部童声。儿童鼓放弃了歌曲的节奏，沉溺于机械性的节拍之中。这是"梭子鱼号"轮船，不过，这条船看起来真像一只"天鹅"。只有"保罗·贝内克号"蒸汽机轮船是另一副样子。首先，它有一些桨轮；其次，它更大，要大得多；第三，它往返于但泽长桥与措波特、格丁根和赫拉半岛之间，根本就不到格勒特考和布勒森来。图拉在哪儿呢？首先，"梭子鱼号"轮船看样子根本就不想在布勒森海滨栈桥停靠；其次，它在减速，横着船身减速，减得比人们想象的还要快。它不只是在船头、船尾激起浪花，它立刻就在原地停滞不前，搅动着海面。缆绳扔了下来，码头上的系缆柱在嚓嚓作响。轮船右舷上的烟褐色防碰垫在停靠时减轻碰撞。因为"梭子鱼号"轮船的汽笛马上又要发出了呜呜声，所有的孩子和一些女人都感到害怕。孩子们捂住耳朵，张着嘴巴，事先就已经在浑身发抖了。这时，它用低沉的、最后变得沙哑的声音呜呜地再叫着，被牢牢地系在码头上。孩子们又开始舔冰冻华夫饼干，但是轮船上和木板小桥上的一些孩子却哭了。他们还在捂住耳朵，盯着烟囱，因为他们知道，"梭子鱼号"轮船在启航之前还要呜呜地再叫一次，还要排出有臭鸡蛋气味的白色蒸汽。

图拉在哪里？

要是白色轮船没有锈斑，那是很漂亮的。"梭子鱼号"轮船没有任何锈斑，只有船尾的共和国国旗和"维斯瓦河"轮船公司的三角旗退了颜色，破成一缕缕的布片。有人在下船，有人在上船。图拉呢？她的表兄看看身后，在栈桥右边，只有而且永远只有那辆有四个高轮子的童车。它抛下一道走样的十一点钟的影子，这道影子同栈桥栏杆的影子天衣无缝地连在一起。一道细小的、没有分叉的影子慢慢接近这团乱糟糟的影子——图拉从下面走来。她先前在飘舞着的海藻须那里，在着了迷的钓鱼者那里，在经过训练的刺鱼那里。她身穿短衣，瘦骨嶙峋地爬上楼梯。她的膝盖碰着衣服上钩织的贴边。她想从楼梯口直接走向童车。最后一批乘客登上了“梭子鱼号”轮船。有几个小孩还在哭，或者说又哭起来了。图拉把双手放在背后。虽说她在冬天皮肤呈蓝白色，但很快她的皮肤就变成了棕色。一种单调的黄褐色，一种木工胶的褐色，使她的种痘斑显露出来。在左臂，有一个、两个、三个、四个岛状痘斑，樱桃般大小，呈灰白色，明显可见。每一艘轮船都带来一批海鸥，也带走一批海鸥。轮船的右舷同栈桥顶端的左侧在进行交谈：“什么时候再来吧。把胶卷拿去冲洗，我们都在等着哩。向所有的人问好，你听见了吗？”图拉站在空荡荡的童车旁边。轮船的汽笛发出很高的呜呜声和低沉的呜呜声，然后声音突然变得粗哑。图拉没有捂住耳朵。她的表兄想把耳朵捂住，但又并没有这样做。又聋又哑的康拉德在埃娜和奥古斯特·波克里弗克之间，目送着轮船船尾的水波，捂住双耳。纸袋在它那褐色包装纸的底部起了皱纹。图拉一颗糖也不拿。在防波堤上，两个男孩在同一个男孩打斗。两个人掉进海里，然后又露出水面，三个人都在哈哈大笑。现在，参议教师布鲁尼斯到底把燕妮抱在手上了。燕妮不知道她是否该哭，因为轮船的汽笛发出呜呜声。参议教师和他的学生们劝她别哭。埃迪·阿姆泽尔在他的手巾上打了四个结，把这种方式做成的软帽罩在红头发上面。因为他平时就显得可笑，所以罩上这块有尖角的手巾也不会显得更可笑。瓦尔特·马特恩闷闷不乐地凝视着这艘战抖着离开栈桥的白色轮船。男人、女人、孩子和少年队队员们拿着黑色三角旗站在甲板上挥舞着，大笑着，叫喊着。海鸥在盘旋，在俯冲，在腾飞，在歪着脑袋、小心翼翼地四处张望。图拉·波克里弗克用脚轻轻地踢了一下童车的右后轮，几乎没有使车子的影子动弹一下。男人、女人和孩子们慢慢离开栈桥顶端的左侧。“梭子鱼号”轮船冒着黑烟，发出隆隆的响声，在顶着风浪慢行，很快就变得越来越小，驶上了通往新航道海港入口的航线。它在平静的海面上留下了一道浪花四溅但很快也就销声匿迹的水痕。并非所有的海鸥都跟着"梭子鱼号"轮船跑。图拉在采取行动。她把有两条辫子的头往后一甩,让它猛然往前一伸,吐出一口唾沫。她的表兄直到今日、直到明日都感到脸红。他环顾四周,看看在图拉往童车里吐唾沫时是否还有别人看到。在左面的海滨木板小桥栏杆旁,伫立着一个身穿水手服的三岁男孩。一条写着金灿灿名号的丝带作为镶边镶在他的水手帽上,上面写着:"赛德利茨帝国舰队"。带子末端在东北风中懒洋洋地飘动。他身上挂着一只儿童铁皮鼓。从他的拳头中露出一对带流苏的木质鼓槌。他并不敲鼓。他有一对蓝眼睛,他在观看图拉第二次往空荡荡的童车里吐唾沫。不少脚穿夏季轻便鞋、帆布鞋和凉鞋的人,不少手拄散步手杖、拿着阳伞的人,都从栈桥顶端跑到这里来,因为图拉第三次瞄准了目标。

我不知道,在我表妹接着三次往燕妮那辆空荡荡的童车里吐唾沫,然后又拉着长脸气冲冲地慢慢往疗养大楼方向走去时,除了我和殖民地产品经销商的儿子,是否还有谁会成为见证人。

亲爱的表妹:

我还不能让你跑到布勒森栈桥发亮的木板上去。在第二年的一个星期天,但也是在同一个月份,也就是在闷热的、海蜇丰产的月份——八月。那时,男男女女和孩子们携带游泳包和橡皮动物玩具,再一次离开尘土飞扬的朗富尔郊区,坐车来到布勒森。大多数人要在露天浴场和公共游泳池露宿,有少部分人要在栈桥上散步。他们是在这一天来到的,这时,八面波罗的海沿岸城市的旗帜和四面卐字旗在十二根旗杆上软弱无力地垂下;这时,一阵海洋性雷雨正在奥克斯赫夫特上空肆虐;这时,火水母要螫人,不螫人的淡蓝色水母在温热的海水里大量繁殖。也就是在八月份的一天,燕妮迷了路。

参议教师布鲁尼斯是点了头的。瓦尔特·马特恩把燕妮从童车里抱出来。当燕妮在身着星期日服装的人群中迷路时,埃迪·阿姆泽尔没有注意到。奥克斯赫夫特上空雷雨大作。瓦尔特·马特恩没有找到燕妮。埃迪·阿姆泽尔也没有找到。我找到她,因为我在寻找我的图拉表妹。我老在找你,而主要的是找到了燕妮·布鲁尼斯。

当时,雷雨正从西边蔓延过来,我找到了她们俩。图拉牵着我们哈拉斯的带子,我得到了我父亲的许可,可以带着哈拉斯。

在我们栈桥下面纵横交错的一个步行桥上,也就是说在一个死胡同里,我找到了她们俩。燕妮·布鲁尼斯身穿白色小衣服,被角撑和支梁遮住,蹲在绿色的闪光之中,蹲在半影之中——在她上面,是夏季轻便薄衣鞋把地擦得沙沙作响;在她下面,有人在舔东西,在发出吧唧声,在发出咕嘟声,在喘息——胖乎乎的、她不知所措地蹲在那儿,眼睛哭得通红,因为图拉在吓唬她。图拉叫我们的哈拉斯去舔燕妮的脸。而哈拉斯也听图拉的话。

“说屎。”图拉说,燕妮也跟着说。

“说:我爸爸老放响屁。”图拉说。燕妮承认,参议教师有时候放响屁。

“说:我哥哥到处偷东西。”图拉说。

可是燕妮却说:“我根本没有哥哥,真的没有。”

这时,图拉在步行桥下面用长长的手臂抓鱼。她抓起一个颤抖着、不螫人的水母。她得用两只手抓住这个白色、透明的布丁,在这个布丁丰满的中心,布满了青紫色的血管和结节。

“你现在把它吃光,一点儿也不许剩。”图拉命令道,“这玩意儿吃起来没有味儿,赶快!”燕妮发愣,图拉给她示范,怎样吃水母。她把满满两汤匙水母咂咂地喝了进去,在牙齿之间搅拌这团肉汁一样的东西,从她上面的两颗门牙之间的空隙,喷出一道肉糊,紧贴着燕妮,从左边飞过去。在栈桥上空,太阳已经受到雷雨的前锋侵袭。

“你看到了怎么个吃法。现在你自己吃吧。”

燕妮哭丧着脸。图拉威胁道:“要我叫狗来吗?”还在图拉唆使我们的哈拉斯扑向燕妮之前——它肯定不会使她吃任何亏——我吹口哨让哈拉斯趴下身来。它没有立即就听从召唤,但却把戴着颈圈的头伸到我这边来。我牵着它。可是在上面,尽管还有一段距离,却雷声隆隆。图拉紧靠在我身边,用力一拍手,把水母渣都拍到了我衬衣上。她不耐烦地催促着,然后便扬长而去。哈拉斯想跟她走。我不得不叫了两次:“站住!”我左手牵着狗,右手牵着燕妮,她把带到雷雨即将来临的栈桥上。参议教师布鲁尼斯和她的两个学生正在惊慌失措的浴场客人之间寻找燕妮。他们喊着:“燕妮!”他们担心出现最糟糕的事情。

还在第一阵风到来之前,疗养地管理处就把八面不同的旗帜和四面同样的旗帜降了下来。布鲁尼斯爸爸抓住童车的把手,车子在抖动。第一阵雨滴已经从天而降。瓦尔特·马特恩把燕妮抱到童车里,车子的抖动并未减少。甚至当我们身上穿着干衣服,参议教师布鲁尼斯用颤抖的手指给我三块麦芽止咳糖块时,童车还在一个劲儿地抖动。雷雨是一个巡回剧场,它极其铺张地迅速蔓延开去。

我的图拉表妹——

她不得不在这同一座栈桥上大声叫喊。这时,我们已经能写自己的名字了。燕妮再也不坐在童车里被人推着走,而是像我们一样,一小步一小步地走着路去裴斯泰洛齐①学校。假期随着学生车票、游泳天气和不断翻新的布勒森栈桥准时到来。现在,如果有风的话,在栈桥的十二根旗杆上,飘动着六面共和国的旗帜和六面卐字旗。这些旗帜不再属于疗养地管理处,而是属于布勒森社团地方小组。在假期结束之前,在上午,十一点刚过,康拉德·波克里弗克淹死了。

你弟弟,那个鬈发的小家伙淹死了。那个无声的笑者、合唱者和无所不知的人!图拉和康拉德再也不能用手讲话,再也不能用手肘、额头、下眼皮和手指十字交叉放在右耳旁,不能两根手指讲话,也不能脸挨脸了。现在,一个小指头被挤掉了,因为在防波堤下面……

冬天是罪魁祸首。它凭借冰雪、融雪天气、浮冰和二月的风暴使

---

① 裴斯泰洛齐(1746—1827),瑞士教育家。他主办的一个学校全欧洲闻名,其宗旨是培养学生自给、自立、自助和助人的能力。

栈桥严重受损。尽管疗养地管理处让人对栈桥又做了一些修复，桥被刷成了白色，配备了新的旗杆，在假期中引人注目。有一部分旧排桩在水下很深的地方已经被冰块和汹涌的波涛折断，可是这一部分潜伏着危险的旧排桩依然耸立着，酿成了图拉小弟弟的灾难。

尽管那年禁止在防波堤游泳，但还是有一些男孩，他们从露天浴场过来，把防波堤作为目标，把它当作跳水塔。西格斯蒙德和亚历山大·波克里弗克没有把他们的弟弟带来。他用狗刨式在他们后面游着，尽管不规范，但他手脚并用，又蹬又踢，居然能够游起来。三个人一齐从防波堤上往下跳了可能有五十次，五十次都又露出了水面。然后他们又一齐跳了十七次，可是只有十六次是三个人一齐露出水面。如果不是我们的哈拉斯发疯似的动作，也许没有人会这么快就注意到，康拉德再也没有浮出水面。从栈桥出发时，它就算了人数。现在它沿着防波堤跑来跑去，心神不定地四处乱叫，最后终于站定，仰天哀鸣。

这时，正好"天鹅号"海滨浴场轮船停靠。但是，所有的人都挤在海滨木板桥右侧。只有卖冰棍儿的不理解这是怎么回事，仍在继续扯着嗓子报出他的冰棍儿品种："香草、柠檬、香车叶草、草莓、香草、柠檬……"

只有瓦尔特·马特恩脱掉鞋子，头朝前，从栈桥栏杆处跳了下去。他正好潜到我们的哈里斯最初哀鸣着，然后又用两条前腿刨着作出记号的那个位置。埃迪·阿姆泽尔提着他朋友的鞋子。马特恩重新浮出水面，又潜入水中。幸好燕妮不用观看这一切。参议教师同她一道，坐在疗养地园圃的树下。只是在西格斯蒙德·波克里弗克和一个并非救生员的男子轮流帮助下，他才得以将又聋又哑的康拉德救上来。原来，康拉德的头卡在两根紧靠海底的、折断的木桩之间了。

他们刚把他放到步行桥的木板上，救护队就带着供氧设备来了。"天鹅号"轮船第二次鸣汽笛，驶进了它的海滨浴场航线。没有人要卖冰棍儿的停止叫卖。他仍然在叫："香草、柠檬、香车叶草……"康拉德的头已经发紫。他像所有溺水者一样手脚发黄。他的右耳耳垂在木桩之间已被撕坏。淡红色的血从耳垂上流下来,滴到木板上。他的双眼无法合上。那头鬈发在水底仍然拳曲着。在他这个看起来不像已经淹死、仍像活着的人四周,淌了一摊水。他们按照规定给他使用供氧设备。在做各种使他复苏的尝试时,我捂住图拉的嘴。当人们把供氧设备又从他身上取走时,她咬住我的手,然后以压过冰棍小贩的声音久久地冲着天空大叫,因为她再也不能同康拉德藏在木棚里面,瑟缩着藏在海滨木板小桥下面,偷偷地钻到城堡围墙的壕沟里,或者完全公开但仍然是秘密地在热闹的埃尔森大街上,用手指,让脸挨着脸,用额头上的标记和爱的暗号进行好几个钟头没有声音的谈话了。

亲爱的图拉:

你的叫喊一定会坚持得更久。就是在今天,它还萦绕在我的耳际,始终保持着一种冲破云霄的高音。

我们的哈拉斯在第二年和第三年都不能去防波堤。它待在图拉身边,图拉同样也不去栈桥。他们俩的这种一致性还有一番来历。

在那一年夏天,也就是在又聋又哑的康拉德·波克里弗克游泳淹死前不久,要让哈拉斯去配种。警察局了解这条狗的谱系,每年总有一至两次,寄一封由一位米尔肖少尉警官签署的函件来。对于这些差不多是以命令式的口气书写的函件,我父亲从来不说一个“不”字。首先,他不想生警察的气,尤其是作为木工师傅不想生警察的气;其次,如果像哈拉斯这样一条公狗配种的话,每配一次都会带来一笔小小的收入;第三,我父亲对他这只牧羊犬感到的自豪也是有目共睹的。当他们俩动身去进行收费交配时,谁都会以为,警察不是让哈拉斯,而是让我父亲去配种。

我第一次被允许同行,虽然对此并不十分清楚,但也并非全然不知。尽管天热,我父亲仍然穿上了一套他本来只是在木匠同业公会开大会时才穿的西服。深灰色的背心牢牢地绷在他的肚子上。在毡帽下面，他含着一支浅褐色雪茄，这种雪茄十五个芬尼一支。哈拉斯刚从茅屋出发，刚给它戴上口套——因为这是去警察局——它就跑到前面，又犯了它的老毛病，尽情地跑。按照那支外层已经褪色的雪茄还剩下相当可观的一大截烟来衡量，我们到达霍赫施特里斯的时间比估计的要快。

霍赫施特里斯是一条由朗富尔最繁华的大街通往南面的街道。左边是一排两家合住的小房子，警官们及其家属就住在里面；右边是阴森森的砖结构营房，原本是为马肯森轻骑兵修建的，现在成了警察局的营房。在这条几乎没有人走的佩隆克尔路的入口没有岗亭，只有横木和警卫室。在那里，我父亲没有脱帽，就出示了米尔肖少尉警官的公函。尽管我父亲熟悉这条路，一个警官仍然陪着我们走过铺上了砾石的营房院子。身穿浅灰色斜纹布制服的警察正在这些院子里操练，或者围着一个上司站成半圆形。所有的新兵都按规定把手随随便便地背在后面，他们给人一种是在听一个报告的印象。陆地刮向海洋的风从警察局汽车库与警察局健身房之间的窟窿里吹出来，使四角尖尖、布满灰尘、不断移动的纸袋打转转。新警察沿着骑警那不见尽头的马厩在进行障碍赛跑。他们急急忙忙地越过攀登墙和水沟，越过平衡木和铁丝网。所有的营房院子四周都按照一定的规则，围上了大约有孩子胳臂般粗细的、用杆子支撑着的小椴树。接下来，有必要简单地谈一谈我们的哈拉斯了。在小小的正方形中——左右两边是没有窗户的仓库，背后是低矮的楼房——猎狗，可能是九条猎狗，必须匍匐前进，立定，叼来猎物，发出叫声，像新兵一样越过攀登墙，最后，在以灵敏的嗅觉完成沿兽迹跟踪的科目后，还必须袭击一个装扮成小偷、套上软垫、企图逃跑的警察。都是些表现不错的牲畜，可是没有一只狗像哈拉斯。所有的狗都是铁灰色，有白色标记的死灰色，有黑色鼻梁的浅黄色，或者浅褐色绒毛上的乌黑色。广场上回荡着发令声和狗接受命令的汪汪声。

我们必须在警察局狗舍科的文书室里等候。米尔肖少尉笔直的头路分向左边。哈拉斯被牵走了。当他们短时间坐在一间房子里时，就像一个木工师傅同一个少尉警官寒暄几句那样，米尔肖少尉同我父亲寒暄了几句。然后，米尔肖的头埋了下去。他又埋头在工作中了——也许是在审阅报告吧。这间屋子有两个窗户，分别在门的左右两边。如果直到上面那三分之一的窗户没有涂上东西的话，人们也许还可以看见那些正在训练的警犬。在房屋对面，在刷上石灰的墙上，挂着两打镶有狭长黑边的照片。所有照片的尺寸大小完全一样，分成两组，按金字塔形排列——最下面是六张照片，然后是四张，最上面是两张照片——挂在一张更大的横幅照片两侧。这张照片尽管要宽一些，但也同样镶上了黑边。二十四张排成梯形的照片表现的全都是牧羊犬，这些狗由警察牵着，伏在地上。那张郑重其事地挂在中间的大照片显现出一个戴着尖顶头盔的老人的面貌。他在沉重的眼皮下露出一副倦容。我大声提问，打听这位老人的名字。米尔肖少尉头也不抬就回答说，这是帝国总统，这位老先生在下面用墨水亲自签了名。在狗照片和警察照片下面还布满了墨水痕迹。也许这是狗的名字，是对它们谱系的提示，是那些警察的名字和职级，既然看来涉及警犬，所以，也许还是这些警犬和牵着警犬的警察在服役期间的事迹，也许是盗窃犯、走私犯和谋财害命犯的名字，那些家伙在这只或那只警犬的协助下终于被抓获归案。

在写字台和米尔肖少尉背后，两边同样排成梯形、对称地挂着六份从我的位置无法看清的、装上玻璃并镶上了边的证件。从字体的类型以及不同字体的大小看，很可能是印上花体活字和金色条纹的、盖上图章和打上凸出的钢印的证件。可能是这些在警察局服役的狗，这些在朗富尔-霍赫施特里斯警察局狗舍里一起接受训练的狗，在跨地区的警犬比赛中——或者说比赛警犬中——夺得了一次、两次甚至三次奖状。在办公桌上，在埋着头、追随着工作过程慢慢移动的头路右边，放着一只带着企盼神情的青铜猎獾警犬。很可能这条狗只是用石膏做成的。它后腿有毛病，臀部过于下垂，落到了尾巴上。这一点，了解狗的人一眼就看出来了。

按照所有养狗学的说法，朗富尔-霍赫施特里斯警察局狗舍中散发的不是狗的气味，而是石灰的气味，因为文书室刚刷过石灰。在六七棵遮住外窗台的椴树后面，发出浓烈、酸涩的气味。我父亲不得不多次大声打喷嚏，这使我感到尴尬。

过了足足半个小时，哈拉斯被牵回来了。从它的外表，什么也看不出来。我父亲得到了二十五古尔登配种费和浅蓝色的配种证。配种证全文注明了交配的详细情况，比如雄狗立即就乐于配种和两本种畜登记簿登记入册的号码。米尔肖少尉往一个放在他办公桌左后腿旁边、上了白釉的痰盂里吐痰，好让我迄今为止都把他牢记在心。然后，他有气无力地靠在椅子上说，人们会通知配种是否成功。如果取得了预期的效果，他会按照通常的做法，把剩下的配种费寄来。

哈拉斯又戴上了它的口套。我父亲把配种证和五个五古尔登的银币放好。我们已经向门口走去，这时，米尔肖少尉再一次从他的报告堆中抬起头来："您必须对这只牲畜严加管束。牵狗的皮带很糟糕。它的谱系说得够清楚的了。这只牲畜退回去三代，是从立陶宛来的。忽然，它在一夜之间就可能发生突变。不过，好在这一切都已经过去。此外，听说育种人马特恩不得不让人来监督和证实，诺伊泰希地区联合会蒂格家的配种公狗普鲁托同路易丝磨坊的母狗森塔配了种。"他用手指指着我说，"别老把这个牲畜交给孩子们。这个牲畜表现出了开始变野的先兆。我们倒不在乎这种事，不过您以后就有麻烦了。"

不是指你——

少尉的手指指的是我。在这种情况下，你也有份，你就是那个把哈拉斯训练错了的人。

图拉瘦骨嶙峋。她可以钻过任何篱笆缝隙。在楼梯下面有一个线团；一个线团顺着楼梯栏杆滚下来了。

在图拉脸上，两个过于肥大、在多数情况下结成干硬表皮的鼻孔——她通过鼻子讲话——在重要性方面超过了一切，甚至超过了那双挨得很近的眼睛。

图拉的膝盖碰破了，正在结痂，正在好转，又重新碰破。

图拉有骨胶味，有木工胶玩具娃娃和用刨花做的假发，这些刨花是一个伙计专门给她从长木头上刨下来的。

图拉可以同我们的哈拉斯一道做她愿意做的事情。她同哈拉斯一起做她突然想到的事情。长期以来，我们的狗和她那又聋又哑的弟弟都是她真正的随从，而我这个热切希望成为随从的人，往往只是跟在他们三个的屁股后面，而且当我在施特里斯巴赫、在股票池、在弗勒贝尔草地、在阿马达人造黄油工厂的椰子仓库或者在城堡围墙的壕沟里赶上她时，也只能在旁边呼吸图拉的骨胶味罢了。要是我表妹一个劲儿地对我父亲说恭维话——图拉会这一套——她就可以把哈拉斯带走。图拉牵着我们的哈拉斯走进奥利瓦森林中，走向萨斯佩，走过市郊的污水净化灌溉坡地，横穿新城后面的木屋，或者走到布勒森栈桥上，一直走到又聋又哑的康拉德游泳淹死的地方。

图拉叫喊了五个小时之久——

然后便假装又聋又哑。直到康拉德在兴登堡林荫大道旁的联合公墓入土为止，在两天当中，她直挺挺地躺在床上、床旁边和床下。她想干脆偷偷地溜走，也就是在康拉德死后第四天，她搬进了紧靠木材和胶合板仓库正面墙壁的那间狗舍，这间狗舍本来只是为哈拉斯准备的。

不过事实证明，他们俩在狗舍里都找到了位置。他们并排躺着。或者说，图拉独自一人躺在狗舍里，而哈拉斯则横躺在狗舍入口处。没隔多久，他们俩又并排躺在狗舍里了。为了对带来门上铰链或者圆锯锯条的供货人狂吠一阵，发出狺狺声，哈拉斯离开了狗舍。当哈拉斯抬起一只后腿，想撒出它的狗尿时，当它想走到喂食盆或者喂水盆前时，哈拉斯会短时间离开图拉，然后便匆匆忙忙倒退着——因为它在狭窄的狗舍里现在很难转身——拼命钻进这温暖的洞穴里。它让它那叠起的爪子而她则让她那细细的、用细绳扎起来的辫子吊在狗舍的门槛上。不是太阳照到狗舍屋顶的油毛毡上，就是他们听见雨点打在油毛毡的屋顶上，或者说当雨水在外面下得噼噼啪啪，在木工作坊院子里总是形成一些水洼时，他们听到的不是雨，听到的也许是凿榫机，是整流器，是隆隆作响的电动刨和激动的、接着又镇静下来、然后再重新激动而且更加激动的圆锯，这种圆锯也会有远大的前程。

他们躺在锯末上面。第一天，我父亲和工长德雷森来了。下班后，我父亲同他彼此都用“你”来称呼。奥古斯特·波克里弗克穿着木鞋走来。埃娜·波克里弗克穿着拖鞋走来。我母亲没有来。大家都说：“现在出来吧，站起来吧，别这样！”然而图拉就是不出来，就是不站起来，就是要这样！谁要想跨进狗舍王国，谁跨出第一步时就会气馁，因为哈拉斯并不收回叠在一起的爪子，它从狗舍里发出一阵狺狺声，这种狺狺声是一种兆头。土生土长的科施内夫伊人，本乡本土的朗富尔人，两间半住房的租赁人，在逐层楼逐层楼地交换着看法：“要是她厌烦了，要是她认识到，通过这种办法并不能使康拉德死而复生，她肯定会出来的。”

可是图拉并未认识到——

她不出来，而且待在狗舍的第一天晚上，她也没有感到厌烦。他们俩睡在锯末上面。锯末每天都要更换。奥古斯特·波克里弗克从几年前开始就一直这样做。哈拉斯很注重更换锯末。这样，在所有关心照顾图拉的人当中，波克里弗克父亲就成了唯一能抱着一筐粗颗粒锯末接近狗舍的人。此外，他还在腋下夹着铲子和扫帚。奥古斯特·波克里弗克拿着东西一走近这里，哈拉斯便会主动离开狗舍，先是轻轻地然后是使劲地拉着图拉的衣服，一直到连她也拖着脚步走到阳光下，在狗舍旁蹲下为止。她蹲着，但是什么东西也不看，她的白眼翻得很厉害，只见眼白在闪烁，也就是说，她在“翻白眼”，流眼泪。她不是抗拒，而是在无动于衷地等待着，等待奥古斯特·波克里弗克更换锯末，情不自禁地说出他身为父亲不能不突然想到的那番话：“现在站起来吧。尽管现在还是假期，但很快就得上学了。只有你才这样想吗？你以为我就不喜欢这个男孩吗？现在，别做出一副上当受骗的样子。他们要来带你走，把你送进一家疯人院，在那里，从早上开始就要挨揍。他们会认为你在胡说。现在站起来吧。天马上就要黑了。妈妈在做蛋煎饼。来吧，要不然，他们会带你走。”

图拉在狗舍里的第一天是这样结束的：

她待在狗舍里。奥古斯特·波克里弗克取下哈拉斯颈子上的链条。他用各种不同的钥匙锁上木材仓库、胶合板仓库、机器间和账房间。在账房间里存放着木工用的贴面板和建筑小五金，存放着锯条、木牌和骨胶。然后，他离开木工作坊大院，再把通向大院的门锁上。他刚锁上门，天就变得越来越黑。天已变得这么黑，我在我们厨房窗户的窗帘之间，再也无法将狗舍的油毛毡同木材仓库通常颜色都比较淡的正面墙壁区分开来。

在狗舍里的第二天——

那是个星期二，当奥古斯特·波克里弗克想更换锯末时，哈拉斯再也用不着硬拉着图拉了。图拉开始吃东西。也就是说，在哈拉斯把一小块没有骨头的低档肉铺的肉给她拖进狗舍之后，在用冷冰冰的、推着这一小块肉的嘴吊起了她的胃口之后，她就开始同哈拉斯一道吃一个盆里的东西。

现在，这种低档肉铺的肉确实不是很糟糕的肉。它大多是软绵绵的母牛肉，在我们厨房的炉灶上老是用同一口锅——这口锅上的是铁锈色的釉——一次煮上好多。图拉和她的哥哥们，还有我，我们所有的人都已经用油光光的手，也不用就着面包，吃过这种肉。冷吃，味浓，味道最好。我们用小折刀把它切成小方块。一个星期煮两次，汤很稠，呈灰褐色，浅蓝色的微血管、筋腱和冒着油珠的条纹纵横交错。不准带甜味，不准像肥皂那样滑腻。在吞下有大理石条纹的小方块肉之后好久——我们在玩的时候总是装上满满两包——我们的腭部仍然是麻木的、油腻腻的。我们吃过小方块肉之后，就连说话都不一样。我们讲话时都从后腭发音，变成了四条腿的东西。我们相互之间汪汪乱叫着。比起端到家庭餐桌上的许多菜来，我们更喜欢这一道菜。我们把这种肉称作“狗肉”。如果这不是母牛肉的话，那就可能是马肉，或者是在迫不得已的情况下宰杀的骟羊的肉。我母亲将一把粗颗粒的食盐扔进上了釉的锅里，三十厘米长的肉块堆放在沸腾的盐水中，让这道菜再煮开一会儿，放进茉乔栾那，因为据说茉乔栾那很适于狗的嗅觉。她把煤气灶的火拧小，给锅盖上盖子，有一个小时没有动它，因为这种母牛或马或骟羊肉要变成那种“狗肉”，需要这么久的时间。哈拉斯和我们都吃这种肉，这种肉由于放进了茉乔栾那一起煮，会帮助哈拉斯和我们，帮助我们大家获得一个高雅的嗅觉器官。这是一种科施内夫伊烹调法。在奥斯特尔维克与施朗根廷之间，人们说：茉乔栾那使人变得漂亮。茉乔栾那使钱变得经用。把茉乔栾那撒到门槛上可以抵挡鬼神和地狱。低矮、长毛的科施内夫伊牧羊犬以其茉乔栾那灵敏的嗅觉遐迩闻名。

如果低档肉铺里没有肉——这种情况很少——锅里就装满了内脏，有结节状的、发胀的牛心，有因为没有撒尿所以里面还带有尿的猪腰子，还有小骟羊腰子，我母亲不把这些羊腰子从一件衬着嚓嚓作响的羊皮、像拇指一般厚的油脂层上扯下来。腰子放到狗盆里。骟羊腰子上的油在生铁平底锅里熬。它还可以用来炒家常菜，因为骟羊腰子上的油可以预防危险的肺病。锅里偶尔也煮一个颜色很深、由紫色变成紫罗兰色的脾，或者一堆多筋的牛肝。只是因为煮肺的时间更长，要用更大的锅煮，终究没能大量提供，所以差不多等于没有把它放进上了釉的锅里。如果要放，那也只是在夏季有几个月缺肉的时候。那时候，不管是在卡舒布人那里，还是在科施奈德赖，都流行牛瘟。我们从不吃煮好的内脏。只有图拉偷偷地但却是在我们这些看着她喉咙都感到难受的人面前，津津有味地大喝上一口褐灰色的汤汁，腰子里凝结成块的排泄物像下小冰雹似的在汤里翻腾，同带黑色的茉乔栾那相遇，形成各式的岛屿。

在狗舍里的第四天——

因为学校尚未开学,根据邻居们和那个在发生工伤事故时光顾我们木工作坊的医生的建议,人们不去打扰图拉。在起床前——就连总是第一个到木工作坊来的工长都还没来——我给她端来一钵装满心子、腰子、脾和肝儿的汤。一层由牛油和羊油混合而成的油,像一层冰那样封在汤的表面。只是在边缘才溢出混浊的液体,形成一个个小球,滚到油层上。我穿着睡衣,一步一步、小心翼翼地走着。我没有把其他钥匙碰得当啷作响,就从巨大的钥匙板上取下了院子的钥匙。在很早和很晚的时候,所有的楼梯都会嘎吱嘎吱地响。麻雀开始在平坦的木材仓库屋顶上叽叽喳喳地叫。狗舍里没有一点动静。可是,沐浴在斜阳中的油毛毡上布满了各式各样的苍蝇。我只敢冒险走到一个弄得乱七八糟的半圆边上,这个半圆用土堤和齐脚深的壕沟标出了套狗链的有效范围。狗舍里安静、昏暗,没有各式各样的苍蝇。后来,在昏暗中他们苏醒了。图拉的头发上沾着锯末。哈拉斯把头放在爪子上,上唇的下垂部分灰心丧气地低垂着。它的双耳装出几乎一动不动的样子,但实际上仍然在动。我叫了好多次,不过声音都不大,因为我仍然睡眼蒙眬。我咽了一口气,叫得更大声一点:“图拉!”还报了我的名字,“我是哈里,带了东西来。”我用钵里的汤引诱她,试着发出吧嗒吧嗒的喝汤声,轻声吹着口哨,发出咝咝声,好像我不是在哄图拉,而是在引诱哈拉斯走到半圆的边上来似的。

当只有苍蝇、一抹斜阳和麻雀叽叽喳喳的鸟语声表现出动静来,或者充其量让人预感到狗耳朵时——哈拉斯持续不断地打了一阵哈欠,但却仍旧让眼睛闭着——我把钵放到半圆边上,说得更准确些,我把钵放在狗的前爪刨出来的那个沟里,便头也不回地走回房里去。麻雀、各式各样的苍蝇、冉冉升起的太阳和狗舍都落到了我的背后。

这时,工长正好推着他的自行车穿过走廊。他问我,我避而不答。在我们的住房里,大家都还在蒙头大睡。我父亲的睡眠很平静,他相信闹钟。我把一个凳子挪到厨房的窗户边，拿了一块干面包头，取下盛有李子酱的盆，把窗帘推向左右两边，把面包头泡到李子酱里。我已经啃起面包，掰起面包来了。这时，图拉从狗舍里爬出来。图拉爬过狗舍的门槛之后，还是四肢着地，拖着瘦长的身子笨拙地抖动了一下，把锯末抖掉，再慢慢腾腾地、摇摇晃晃地冲着由狗链条的长短决定其大小的半圆爬去，快到胶合板仓库门前的地方，遇到壕沟和土堤，便扭动臀部，减低速度，再抖一次锯末——她那身蓝白相间、可以洗涤的女外衣，变成了有蓝白正方形图案的衣服——然后她对着院子打哈欠。在那里，工长挨着他的自行车，站在背阴处，只有他的帽子遇上斜阳。他在给自己卷一支香烟，目光对着狗舍的方向。这时，我手里拿着面包头和李子酱，正从上往下观察图拉。我避开狗舍，只瞄准她，瞄准她和她的背。图拉以非常缓慢、萎靡不振的动作沿着半圆爬着，让头和绞在一起的头发向前垂着，仅仅同上了褐色釉的陶钵——但仍然是在低垂的头后面——保持同样的高度，这个陶钵里的东西覆盖着一层坚不可摧的冻油。

我在上面忘了啃面包这段时间，工长的帽子逐渐伸到阳光下，工长需要用双手把那卷成纸袋状的香烟点燃——打火机打了三次，都没有燃着——这段时间，图拉把脸呆呆地对着沙土，后来才慢慢地再一次扭动臀部，也不抬一下满是头发和锯末的头，减低速度。当她的脸伸到陶钵上面，在钵里照出影子来时，这层油脂就成了一面圆圆的小镜子。她惊呆了。就连我这个从上往下观察的人，到现在也仍然没有啃面包。图拉的脸几乎在不知不觉的情况下，从两只撑着的胳膊挪到了撑着的左臂上，一直挪到左边平放着的手掌——从厨房的窗户看——在她身体下面消失为止。当我把我的面包头浸在李子糊里时，我还没有看见那只空着的胳臂，而她却已经把右手伸进钵里了。

工长平心静气地吸着烟，当他把烟雾吐出去，吐到它遇到依然低矮的太阳时，他就把香烟叼在下唇上。图拉用过劲的左肩胛骨，把可以洗涤的蓝白色方格条纹女外衣绷得紧紧的。哈拉斯的头放在爪子上，它慢慢悠悠地抬起眼皮，望着图拉。她伸开右手的小拇指。它慢慢地先后垂下两只眼的眼皮。现在，因为太阳照到了狗耳朵，在狗舍里，苍蝇时隐时现。

当太阳冉冉上升，邻居家的一只公鸡啼叫时——那里有公鸡——图拉把右手伸直的小拇指垂直放到冻油层上钻一个洞。我把面包头放到一边。工长换了一下支持身体重心的重力腿，让脸部躲开太阳。我想看个究竟，看图拉的小拇指会怎样钻过冻油层，穿进汤里去，然后再多次撬开油层。可是，我没有看到图拉的小拇指穿进汤里，冰油层也没有碎裂，更没有碎成小块，而是完好无损地被图拉的小拇指从汤钵里钩起来。她把这个啤酒杯垫大小的圆盘举到肩膀、头发和锯末上面，举向清晨七点钟的天空，另外，还加上她那副板着的面孔，然后，顺手将这个圆盘对着院子、对着工长扔过去。圆盘在沙地上面永远地破碎了。它破成碎片，在沙地里滚着，一些变成了油脂沙球的油脂碎片像雪球似的越滚越大，一直滚到吸着烟的工长面前，滚到他那辆有新铃的自行车面前。

当我的目光从摔碎的冻油圆盘回到图拉身上时，瘦骨嶙峋的她正直挺挺地跪在太阳下，仍然是一副冷漠的样子。她有五次向侧面叉开刚才用力过猛的左手手指，然后通过三个关节把它们合拢，然后再通过同样的关节把它们叉开。她用右手——手背朝地——端着钵底，慢慢地把她的嘴放到钵边上。她并不是小口小口地喝，也不是咂咂地喝，并不洒出汤来。图拉以迅速均匀的速度不停地喝着那没有油的脾、心子、腰子、肝儿的汤及其所有像小冰雹似的细小东西和令人惊奇的东西，以及底部沉渣里的小软骨，还有科施内夫伊的茉乔栾那和凝结成块的尿素。图拉把钵里所有的东西都一扫而光。她的下巴顶着钵，钵把端着钵底的手顶到斜阳下。脖子空了，越伸越长。满是头发和锯末的后脑勺垂到脖梗儿上，她睡着了。挨得很近的两只眼睛紧闭着。这时，图拉瘦削多筋、苍白软弱的小孩脖子仍在工作，一直工作到汤钵扣在她脸上，她能够把手从钵边举起来，能够在钵底和滑下来的太阳之间抽出手来为止。这个被翻过来的汤钵盖住了她那双眯着的眼睛,以及那对结上硬皮的鼻孔和那张吃饱了的嘴。

我认为,我穿着睡衣钻在我们厨房的窗户后面是很幸福的。李子糊使我的牙齿变钝了。在父母的卧室里,闹钟结束了我父亲的睡眠。在下面,工长不得不给自己重新点火。哈拉斯抬起眼皮。图拉让汤钵从脸上掉下去。汤钵掉进沙里,没有打碎。图拉慢慢躺下,躺到两个手掌上。有少量可能是凿榫机凿下来的木屑被她弄碎了。她扭动臀部,转了差不多九十度的弯,非常缓慢地、心满意足地、懒洋洋地先是爬到斜阳下,然后带着背上的太阳爬向狗舍入口处。她在洞前立即转过身来,倒退着往里挤,拖着低垂的头和头发,背负着使头发和锯末发亮的太阳,越过门槛,进入狗舍。

这时,哈拉斯又闭上了眼睛。各式各样的苍蝇又飞了回来。我又感到了自己那些不锋利的牙齿,看到它那长在颈圈上面、没有光线能够照亮的黑色颈毛,听见我父亲起床时发出的声响。麻雀围在空汤钵四周。有一件蹩脚的衣服是蓝白色方格条纹的。人们可以看见一绺绺头发、闪光、木屑、爪子、苍蝇、耳朵、睡眠和早上的太阳。油毛毡上已经变软,散发出某种气味。

工长德雷森把他的自行车推向机器间的一道锁着的、有一半装上了玻璃的门。他在走路时慢慢地把头从左往右摇,又从右往左摇。在机器间有圆锯、带锯、凿榫机、整流器和仍然冰凉但又是张着嘴的电动刨。我父亲在卫生间郑重其事地咳嗽着。我从厨房的凳子旁悄悄溜走了。

在狗舍里的第五天傍晚时分——

那是个星期五,木工师傅试图劝说图拉。他那十五芬尼一支的、外层颜色欠佳的雪茄,在他那张体面的脸上形成一个直角,使他的肚子——他侧着身子——显得有点突出。这个身材魁梧的人说得合情合理。他把亲切当作诱饵。然后,他说得更加迫切,让烟灰提前从摆动着的雪茄上碎掉。这样一来,肚子就显得更加突出了。他表示要作出惩罚。当他越过由套狗的链条作为活动半径画出的半圆,露出那张开的木工师傅的手时，哈拉斯伴随着锯末从狗舍里跑出来，把链条绷得紧紧的，用它的两个黑色前爪往木工师傅胸膛扑来。我父亲跌跌撞撞地跑着，头上青一块、紫一块的，不过，与这个脑袋连在一起的很可能仍然是外层颜色欠佳的雪茄烟。他抓起靠在锯木架上的一根椽子，不过，并没有朝没有汪汪大叫而只是在呆呆地考验着链条的哈拉斯打去。更确切地说，他放下了这只拿着椽子的木工师傅的手。只是在半个小时之后，他才赤手空拳地揍了学徒霍滕·舍尔温斯基，因为按照工长的说法，霍滕·舍尔温斯基没有清洁凿榫机，给机器上油。另外，据说，这个学徒还偷了门上的小五金和一公斤一寸长的钉子。

图拉在狗舍里的第六天——

这第六天是一个星期六。穿着木鞋的奥古斯特·波克里弗克把锯木架排在一起，捡起哈拉斯的狗屎，把院子打扫干净和耙平。在耙平土地时，把一些有规则的、一点儿也不难看的、可以说是粗犷和幼稚的图案刻在沙土上。他绝望地一而再、再而三地在接近危险的半圆之处平整院子。在这里，沙地也变得更加昏暗，更加潮湿。图拉没有露面。当图拉必须撒尿时——图拉每小时都撒一次尿——她就撒到奥古斯特·波克里弗克傍晚必须更换的锯末上。可是在她待在狗舍里的第六天，他却不敢重新垫上锯末铺位。他穿着粗笨的木鞋，拿着铲子和灌木扫帚，拿着装有从凿榫机和整流器上扫下来的木屑的筐子，迈着冒险的步子，带着每天傍晚的打算，越过乱糟糟的壕沟，嘴里嘟哝着："乖乖乖，听话。"狗舍里这时就会发出一种几乎不是恶意而是预先警告的狺狺声。

在星期六的狗舍里没有换锯末，奥古斯特·波克里弗克也没有解开看家犬哈拉斯的链条。在月色惨淡的夜晚，把好斗的看家犬拴住，木工作坊便处于没有看守的状态。不过，并没有发生破门而入的事情。

星期天——

图拉待在狗舍的第七天，埃娜·波克里弗克来了。刚过中午她就来了，身后拖来一把椅子，椅子的四条腿在她丈夫平整院子地面时刻出的那些图案上，横着划出一道反差强烈的痕迹。她右手端着盛满块状牛腰子和一半骟羊心子的狗食钵。所有的心室及其血管、韧带、肌腱和光滑薄膜的内壁都已明显裂开。她在靠近胶合板仓库门时放下了装有内脏的汤钵。她在离令人望而生畏的半圆中心一步远的地方，在狗舍入口的斜对面移正椅子，终于坐了下来。她有一双老鼠眼，留着一头更像是用嘴啃出而不是用剪刀剪成的有前刘海儿的短发，穿着她那身黑色盛装，显得形容枯槁，狼狈不堪。她从前面解开纽扣的塔夫绸衣服里取出编织物，对着狗舍、对着哈拉斯和女儿图拉的方向编织起来。

我们，也就是木工师傅、我母亲、奥古斯特·波克里弗克及其儿子亚历山大和西格斯蒙德，整个下午都站在厨房的窗户旁，不是拥挤着就是挨个儿地注视着院子。就连其他出租住宅临院子的窗户旁也有邻居及其孩子在站着和坐着，或者说一个像多布斯拉夫小姐那样的独身小姐坐在她那底层住房的窗户旁注视着院子。

我不让人替换，我坚持不懈地站着。没有任何“别生气游戏”，也没有任何星期天吃的发面糕点能把我引开。这是一个还有点热的八月天，第二天学校就要开学。按照埃娜·波克里弗克的愿望，我们不得不离开下面的双层窗。上面的正方形窗户同双层窗一样，都有一道很宽的缝隙，让空气、苍蝇和公鸡的啼叫声从附近跑进我们住宅的厨房里来。所有嘈杂声，就连某一个人吹出来的喇叭声——此人每个星期天都在拉贝斯路旁一幢房屋的阁楼上练习吹喇叭——都在轮班替换。一种飞快的嘁嘁喳喳声、叽里咕噜声、七嘴八舌声、嗡嗡声和带鼻音的说话声不绝于耳。越来越重的鼻音，科施内夫伊的桤木在飞沙走石的风中，许许多多的树梢，一串挂有十字架的念珠，一张弄皱的纸使自己变得平滑，老鼠猖獗，麦秆自己把自己捆好。波克里弗克妈妈不仅对着狗舍编结东西，还对着同一方向低声耳语，窃窃私语，嗒嗒作响，咂舌有声，发出啾啾声，吹着诱人的口哨。我看到她的侧面像，看到她颤动着、咀嚼着、跳动着、退却着和往前跃进着的下巴，看见她的十七根手指和四根飞舞着的针。在这些针下面，在她那身穿塔夫绸衣服的怀里，有一个浅蓝色的东西在逐渐增大，这件东西是为图拉准备的，而后来，图拉也穿上了它。

狗舍及其居住者没有任何表示。编织开始，悲叹就没完没了。这时，哈拉斯便懒洋洋地、熟视无睹地离开了狗舍。在用强行张开的嘴打完哈欠，做了几次延伸练习之后，它就找到了肉钵。由于不自然的蜷伏，它在半路上拉出干结的狗屎，而且还把腿抬了起来。它把肉钵往狗舍拖去，在狗舍门口，用舞动着的后腿猛地一撞，便狼吞虎咽地吞食起牛腰子和所有心室都裂开的骟羊心子来。不过，它遮住了狗舍入口，所以无法断定图拉是否也像它一样在吃腰子，吃心子。

傍晚时分，埃娜·波克里弗克拿着差不多已经完工的编织上衣回到房里。她一言不发。我们也不敢问。“别生气游戏”只好靠边站。还剩下了发面糕点。晚饭后，我父亲伸直身子，眼睛直直地盯着那幅有珍奇驼鹿的油画说，现在得采取行动了。

星期一早晨——

木工师傅准备停当，要去警察局。埃娜·波克里弗克叉开两腿，在我们的厨房里高声大叫地骂，骂他是一个满身是屎、全身结痂的家伙。我作为唯一的一个已经背上书包的人，看守着厨房的窗户。这时，摇摇晃晃、瘦骨嶙峋的图拉由垂头丧气的哈拉斯跟随着，离开了狗舍。最初，她用四肢爬，然后像一个正常人一样站起来，迈着碎步，跨过半圆，而这时哈拉斯也不阻拦。她站着，身上被涂得很脏，衣服成了灰色，有些地方被长长的狗舌头舔得发亮。她找到了院子的门。

哈拉斯只在她身后叫了一声，不过，它的叫声大大压过了圆锯的呜呜声。

当图拉和我——

当燕妮和其他所有学童的学校开学时，哈拉斯又开始了它那看家犬的生涯。这种生涯是一种混合物，任何东西都不会使它中断。还没过三个星期，就有消息传来，说配种公狗哈拉斯为我父亲——木工师傅利贝瑙又挣了二十五古尔登。就是这种事情也不会中断它那看家犬的生涯。尽管在朗富尔-霍赫施特里斯警察局营房狗舍科待的时间很短，但那次访问却起了作用。在经过了适当的时间之后，在一张比较大的、专门为警察局狗舍科的信件来往预先印好的卡片上写着：许德尔考的母牧羊犬特克拉——育种人：阿尔布雷希特·勒布，地点：四三五六号房间——产下了五只幼犬。后来，在几个月之后，在圣灵降临节期间的几个星期天之后，在圣诞节之后，在新年之后，下雪之后，融雪天气之后，又下雪之后，下了很久的雪之后，在正在开始的春季之后，在分配了复活节标志之后——所有的人都派上了用场——在什么事都没有发生的一段时间之后——除非我提到机器间的那场事故：学徒霍滕·舍尔温斯基在圆锯上失去了左手的中指和食指——那封挂号信来了。那封信下面有纳粹省党部头头福斯特尔的签名。它通知我们：在朗富尔-霍赫施特里斯警察局狗舍科，从与法尔科、卡斯托尔、博多和米拉一胎产下的幼犬中，收购了小牧羊犬亲王——亲王由许德尔考的特克拉育种，育种人为但泽-奥拉的勒布，以及路易丝磨坊的哈拉斯，育种人和主人为但泽-朗富尔的木工师傅弗里德里希·利贝瑙——以德国城市但泽市党部和德国居民的名义决定，值此元首四十六周岁诞辰之际，通过一个代表团，将牧羊犬亲王呈献给元首和帝国总理。元首和帝国总理对此表示赞许，决定接受但泽地区这一礼物，除了他的其他犬，再养上牧羊犬亲王。

挂号信里附有一张明信片大小的元首照片，照片上有他的亲笔签名。在照片上，他穿着一件上巴伐利亚村民的衣服，只不过这民族服的上衣裁剪得更适合于社交场合。在他脚边，有一条灰黑色的牧羊犬在急促喘息，这条狗的胸前和眉心有一些发亮的、可能是黄色的标志。背景上峰峦叠嶂。元首在对着照片上看不见的某个人微笑。

信件和元首照片——两者立即被放在玻璃下面，在自家的木工作坊中加上了框——在附近转悠了好久。它们产生的效果是：首先是我父亲，然后是奥古斯特·波克里弗克，再以后是一些邻居入了党；木工伙计古斯塔夫·米拉夫斯基——十五年来一直待在我们企业，是一个心平气和的社会民主党人——宣布辞职，在两个月之后，经过木工师傅方面长时间的劝说后，才重新上我们的木工刨台。

图拉从我父亲那里得到一个新书包。我得到一套少年队制服。哈拉斯得到一个新的颈圈，但是，不可能把它养得更好，因为它已经被养得很好了。

亲爱的图拉：

我们的看家犬哈拉斯突然之间飞黄腾达，会不会对我们产生某些影响呢？哈拉斯给我带来了学生的荣誉。我必须到黑板前面去讲话。当然，我不能讲配种、交配，不能讲配种证和配种费，不能讲在种畜登记簿上注明了我们的哈拉斯乐于配种和母狗特克拉的激动。我必须而且只能用诙谐滑稽、天真无邪的方式，喋喋不休地讲述父亲哈拉斯和母亲特克拉，讲述狗崽子法尔科、卡斯托尔、博多、米拉和亲王。施波伦豪威尔小姐什么都想知道："为什么省党部首脑先生把小狗亲王送给我们的元首呢？"

"因为元首过生日，而且，他早就想从我们市得到一只小狗。"

"为什么小狗亲王在上萨尔茨贝格的情况那么好？根本就不想它的狗妈妈？"

"因为我们的元首爱狗，对狗总是很好的。"

"为什么我们应该为小狗亲王在元首身边而感到高兴？"

"因为哈里·利贝瑙是我们的同学。"

"因为牧羊犬哈拉斯是他父亲的。"

"因为哈拉斯是小狗亲王的父亲。"

"因为这对于我们班级、我们学校和我们美丽的城市是一个极大的荣誉。”

图拉：

当施波伦豪威尔小姐同我和我们班访问我们的木工作坊院子时，你在场吗？你在学校里，并不在场。

全班同学站成半圆形，围着哈拉斯在它那王国周围画出的半圆。我不得不重复一遍我的报告。然后，施波伦豪威尔小姐请求我父亲从他那方面给孩子们讲点什么。木工师傅假定，这个班已经了解了这条狗的政治经历，于是就讲述一些有关我们哈拉斯的谱系方面的事情来助兴。他讲到母狗森塔和公狗普鲁托。两条狗都像哈拉斯以及现在这条小亲王一样黑，它们是哈拉斯的父母。母狗森塔属于维斯瓦河口尼克尔斯瓦尔德的一位磨坊主。“孩子们，你们是否到过尼克尔斯瓦尔德？好多年前，我乘轻便铁路的火车到过那里。那里的磨坊在历史上很重要，因为普鲁士的路易丝女王曾经在里面过夜，当时她不得不躲避法国人。”可是在四翼风车的四脚支架下面——木工师傅这样说——它却产下了六只幼犬。“人们就是这样提到那些小狗崽的。”他从磨坊主马特恩那里买了一只小狗。“这就是我们的哈拉斯，这条狗总是给我们带来许多令人愉快的事，尤其是在近一段时间。”

图拉，你在哪里？

当允许我在工长的监督下，把我们班的同学带进机器间时，你在哪里？在我给我的同学们和施波伦豪威尔小姐列举所有的机器时，你在学校里，你无法看见，也无法听见。我给他们列举道：这是凿榫机、整流器、带锯、电动刨和圆锯。

紧接着，德雷森师傅给孩子们解释木材的种类。他把木材区分为横断木料和长材原木。他敲打着榆木、松木、梨木、橡木、槭木、山毛榉木和软软的椴木，闲聊着细木良材和树干的年轮。

然后，我们必须在木工作坊的院子里唱一支哈拉斯不愿意听的歌。

图拉在哪里？

当大队长格普费尔特同青年队队长以及一些低级指挥员参观我们的木工作坊院子时，你在哪里？当作出决定，按照我们哈拉斯的名字给新打出的少年队队旗命名时，我们俩都在学校里，而不在现场。

图拉和哈里都缺席——

当人们在罗姆①政变之后以及这位老先生在上萨尔茨贝格的诺伊德克去世之后，在仿建的低矮农舍中，在农民用的彩色薄印花平布窗帘后面约会时，他们都缺席。不过，劳巴尔太太、鲁道夫·赫斯、汉夫斯滕格尔先生、但泽冲锋队队长林斯迈尔、劳施宁、福斯特普鲁士的奥古斯特·威廉——简称“奥威”——瘦高个儿布吕克纳和帝国农民协会领导人达雷在倾听元首讲话。另外，亲王也在场，这是我们的亲王。亲王是我们哈拉斯传的种，而哈拉斯又是森塔产的，佩尔昆又产下森塔。

他们吃着劳巴尔太太做的苹果蛋糕，什么都谈，他们谈论施特拉塞尔、施莱希尔和罗姆，什么都谈。然后，他们谈到斯宾格勒、戈比诺和《锡安长老会纪要》②。然后，赫尔曼·劳施宁把小牧羊犬亲王错误地说成是一只“漂亮的黑牧羊犬”。后来，每一个历史学家都鹦鹉学舌地仿效他。在这里，所有的犬学家都会赞同我的意见：只有爱尔兰牧羊犬同德国牧羊犬有很大的差别。这种牧羊犬的头又长又细，近似变种的灵猩。它直到背部隆起的部分，身高八十二厘米，也就是说，比我们的哈拉斯还要高十八厘米。爱尔兰牧羊犬毛很长，有褶皱的小耳朵不是立着，而是趴着。这是一条典型的上等犬，这种犬在元

① 罗姆(1887—1934)，德国军官，希特勒冲锋队的主要组织者，后来希特勒借口罗姆和冲锋队发动政变，将其枪毙。

② 《锡安长老会纪要》是用作排犹主义借口和理论根据的伪造文件。

首的狗舍里还从来没养过。这一点已经永远证明，劳施宁弄错了。没有爱尔兰牧羊犬在参加聚会的人腿边神经质地蹭来蹭去。亲王，我们的亲王，在倾听谈话，它像一条狗那样忠实，为它的主人担心，因为元首在为自己的性命担忧。种种老奸巨猾的袭击都可以烘烤在每一个蛋糕里面。他担惊受怕地喝着汽水，莫名其妙地老是呕吐。

但图拉在场——

当新闻记者和摄影师来到时，她在场。不仅仅是《前哨》和《最新消息》派了人来。一些先生和身穿运动服的女士从埃尔宾、柯尼斯堡、施奈德米尔、什切青甚至帝国首都前来采访。只有很快就被禁止出版的《人民之声报》的编辑布罗斯特拒绝前来采访我们的哈拉斯。更确切地说，他发表了一篇题为《狗名远扬》的文章，来评注新闻界的大肆鼓噪。一些宗教报刊和专业杂志的同人也为此事前来采访。德国牧羊犬联合会的小报派了一位犬学家前来，我的木工师傅父亲不得不引他离开院子，因为每一位犬类专家一开始都会对我们哈拉斯的谱系吹毛求疵，说什么命名马虎潦草，同品种毫不相干，找不到产下森塔那只母狗的材料，这只牲畜本身倒不糟糕，但是人们不得不挑剔这种饲养狗的方式，正因为这关系到一条具有历史意义的狗，所以才迫切需要责任感。

一句话，不管是进行论战还是不加批评的赞美，哈拉斯都被大肆描述，登上报刊，拍成照片。就连木工作坊及其工长、伙计、辅助工和学徒，也都有机会发言。我父亲的名言，譬如像这样一句话："我们是一些普通的、从事我们这行职业的手工业者，尽管如此，我们感到高兴的是，我们的哈拉斯……"都是木工师傅的一些朴实无华的自白，却经常作为图片标题被人们逐字逐句地引用。

我估计，我们的哈拉斯有八幅单独的照片登上了报纸。报上大概有三次登了它同我父亲在一起的照片，有一次作为与木工作坊全体职工的合影登了出来，但却没同我合过一次影。不过，图拉同我们的哈拉斯登上德文报纸和国外报纸的次数正好是十二次。她身材苗条，拄着纤细的散步手杖，一动不动地待在我们的哈拉斯旁边。

亲爱的表妹：

他搬进来时，你帮了他的忙。你成堆地搬过他的乐谱，搬过那个瓷器舞女来。因为当十四家房客同时住在我们的出租房里时，老姑娘多布斯拉夫正把左边那套窗户能朝院子打开的底层住房腾出来。她要同她的布头和编上号的相册一起，同她那些纷纷扬扬地落着木粉的家具一起，搬到舍恩瓦尔林她妹妹那儿去。没有换起居室墙壁上已经褪色的裱糊纸，也没有换卧室里用大花朵图案装饰的裱糊纸。钢琴教师费尔斯讷-伊姆布斯就同他的钢琴和那些发黄的、堆积如山的乐谱，同他的金鱼和他的沙钟，同他那不计其数的、昔日著名艺术家的照片，同他那尊身穿芭蕾舞女短裙的瓷制小塑像——这个小塑像脚穿尖尖的瓷鞋，保持着一种十足的阿拉贝斯克舞姿①——搬进了这套腾空的住宅。过去属于多布斯拉夫的这些房间，本来就阴暗，因为离两个房间窗户还不到七步远的地方，就耸立着木工作坊大楼及其通往各个楼层的室外楼梯的纵侧面，遮住了光线。更何况在出租房屋和木工作坊之间还有两棵丁香树，这两棵树每年春天都枝繁叶茂。征得我父亲同意，多布斯拉夫小姐让人用一道篱笆把两棵丁香树围了起来，但这并不妨碍哈拉斯把它的“芳香物质”排泄到小姐的园子里。但是，这位小姐之所以要搬走，并不是因为有狗屎，也不是因为屋子阴暗，而是因为她想在她的老家舍恩瓦尔林死去。

上午或下午，每当学钢琴的学生来到费尔斯讷-伊姆布斯这里时，他都不得不让人打开一盏用绿色玻璃珠灯罩罩着的电灯，而这时，外面真可以说是阳光灿烂，光明普照。他让人在住房入口处的左面钉上一块搪瓷牌子，上面写着：音乐会钢琴演奏家和经过国家考试的钢琴教师费利克斯·费尔斯讷-伊姆布斯。这个四肢发抖的人在

---

① 芭蕾舞中的一种舞姿，其特点为：两手张开，一腿直立，另一腿与之成直角向后伸。

我们的出租房屋里还没有住到两个星期，第一批学生就来了。他们带来了上课的学费和达姆钢琴练习曲谱，不得不就着左右两边的灯光，用两只手在钢琴上再一次乱弹音阶和练习曲，一直弹到放在钢琴上的巨大沙钟上层的钟壳里再也没剩一粒沙，以中世纪的方式证明钢琴课业已结束时为止。

费尔斯讷-伊姆布斯不戴天鹅绒四角帽。不过，他那雪白而又拳曲的、随风飘垂的头发却落到衬衣领上。在男女学生登门拜访的间隙，他便梳理自己那艺术家的蓬乱长发。即使是在没有树木的新市场上，一阵风吹动了他那蓬乱的长发，他也会从宽大的上衣口袋里拿出刷子，在大庭广众之中修饰他那令人惊异的头发。于是，立即就引来一些旁观者，引来家庭主妇、学童和我们。在他梳理头发时，他的目光里流露出极其傲慢的表情。这种浅蓝色的、没有睫毛的目光飞越各个音乐厅，在这些音乐厅里，想象中的观众永无休止地祝贺他，祝贺费尔斯讷-伊姆布斯这位音乐会钢琴演奏家。在玻璃珠灯罩下面，淡绿色的光亮落到他的头顶上。一个奥伯龙①，一个善于演奏同名歌剧的钢琴改编谱的奥伯龙，坐在结实的转凳上，使男女学生都陶醉于男女水妖的故事之中。

在这里，很可能都是一些听觉灵敏的学生，而这位钢琴教师就有这样一些学生坐在打开的钢琴练习琴谱面前练琴。因为只有特殊的耳朵才能从圆锯和凿榫机白天无所不在的咏叹调中，从整流器和电动刨富有变化的音区中，从带锯质朴的哼唱中，细心地采撷到各种音的音阶，而这些音阶必须在费尔斯讷-伊姆布斯那没有睫毛的目光下弹到钢琴上去。因为这种机器音乐会本身就把钢琴学生的手弹出的一种很强的经过句深深地埋在这个木工作坊院子里了，所以，绿色丁香树丛后面的绿色沙龙就像一个观赏用的玻璃容器，里面没有声音，却有各种动作。用钢琴教师放在油漆小托架上玻璃缸里的金鱼

---

① 《奥伯龙》是韦伯所作的三幕歌剧，讲述妖王奥伯龙和王后塔蒂尼亚从不睦到重归于好的故事。

来证实这种印象，就显得多余，它成了一种累赘的道具。

费尔斯讷-伊姆布斯尤其重视合乎规定的指法。错误的音有几次恰好能够湮没在圆锯那令人厌烦但却能吞噬一切的高音区里。可是有一个学生在弹练习曲时，在练习音阶的高低时，把鱼际放到了整个黑色钢琴的黑木头上，再也无法把手背放到所希望的水平位置上，这时，就没有一种木工作坊的响声能够掩盖这种显而易见的、不合规定的指法了。另外，费尔斯讷-伊姆布斯还接受了这样一种教学方法：他在学生必须完成音阶练习定额的每只手上横着放上一支铅笔。每一个滑向木头、想休息一下的鱼际，都通不过这种检验，都会使作为证据的铅笔一下子掉下去。

就连斜对面参议教师收养的女儿燕妮·布鲁尼斯，也不得不在练习音阶时在右边和左边的小手上放着这种检验铅笔散步，因为在钢琴教师搬来之后一个月，她就成了学钢琴的学生。

你和我——

我们从丁香树小园圃里观察燕妮。我们把我们的脸在海藻绿玻璃容器那样的窗玻璃上压得平平的，看见她坐在旋转凳上，胖乎乎的，娇滴滴的，穿着可以洗涤的褐色丝绒衣服。在她那直接往下滑的、剪得半长的、差不多是浅褐色的头发上，有一只黄蝴蝶——扎着一个像飞机螺旋桨那样的巨大的蝴蝶结，而实际上这个蝴蝶结是白色的。当别的学生手背上经常被事先就已落下的铅笔猛然敲打一下时，尽管燕妮的铅笔偶尔也会落到琴凳下面的北极熊毛皮上，但她却绝对用不着害怕受到惩罚性的敲打，充其量她只会遇到费尔斯讷-伊姆布斯担心的目光。

也许燕妮有很高的音乐天赋。图拉和我，我们曾经在窗玻璃的那一边倾听，背后就是圆锯和凿榫机，我们很少能听见一点声音。再说，我们天生就不是这块料，能把凭着音乐天赋攀登的音阶同艰难攀登的音阶区分开来。不管怎样，斜对面那个胖乎乎的丫头双手按在琴键上的动作，比起费尔斯讷-伊姆布斯别的学生来显得更熟练。

就连铅笔掉下去的情况都很少很少,最后甚至可以做到完全不掉下去,不管是横放还是竖放,也不管这是铅笔还是达摩克利斯剑①。人们怀着良好的愿望,已经可以通过每天锯着的、凿着的和用假声唱着的木工作坊歌剧的叫喊声和尖叫声,更多的是猜出而不是听出达姆钢琴练习琴谱上微弱的曲调来:再见吧,冬天——一个库尔普法尔茨的猎人——很快我就要在内卡河边割草,很快我就要在莱茵河边割草……

图拉和我——

我们想起燕妮受到优待这件事。当其他所有学生的课往往都在“把箭搭在弓上”这一句当中结束时——因为放在钢琴上的那个中世纪沙钟的最后一粒沙子已经表示同意下课——如果燕妮要让人给她那个坐在小旋转凳上的玩具身子授课的话,那么,不管对教师还是对这位女学生来说,沙钟的一个小时就会没完没了。当胖乎乎的埃迪·阿姆泽尔陪着胖乎乎的燕妮·布鲁尼斯去上钢琴课已经成为习惯时——阿姆泽尔确实是参议教师最喜欢的学生,他经常在斜对面进进出出——就会出现这种事:下一个学生只好在音乐教室朦朦胧胧的背后,坐在胀鼓鼓的沙发上,等上一刻钟,然后才能轮到他。因为这个在实科中学免费寄宿学校也可能听过钢琴课的埃迪·阿姆泽尔,却喜欢待在白色长发的费尔斯讷-伊姆布斯身边,两个人轻快地高声弹奏《普鲁士的荣耀》,弹奏《芬兰骑兵进行曲》和《老战友》。

除此之外,阿姆泽尔还唱歌。他的高音部不仅在中学合唱队里,而且在令人敬畏的圣母教堂中也技高一筹。这个教堂的中堂每个月都有一次热闹非凡的巴赫的康塔塔和莫扎特弥撒曲的演唱会。阿姆泽尔也在圣马利亚教堂唱诗班里唱诗。上演莫扎特的早期作品小弥撒曲时,人们发现了埃迪·阿姆泽尔的高音部。现在,要在所有的学

① 据古希腊神话传说:达摩克利斯坐在用一根马鬃悬挂的剑下,以示位高多危,比喻幸福中隐伏着危险。

校合唱队中寻找一个高音部童声。他们已经有了一个低音部童声。圣马利亚教堂唱诗班受人尊重的队长走到阿姆泽尔面前,带着几分崇拜之情说:“我的孩子,事实上你将在唱《撒迦利亚颂》时胜过著名的阉人歌者安东尼奥·采萨勒利。当他在弥撒曲初次演出时曾引起轰动。我听见你欢呼,你的声音使全世界都会想到,圣马利亚教堂对于这种声音来说实在是太狭窄了。”

尽管当时莱斯特先生还在这个共和国内代表着国际联盟,所有的种族法律在这个小国的边界上都得就此止步,但是埃迪·阿姆泽尔却不能不考虑道:“可是教授先生,人家说我是半个犹太人。”

教授回答道:“这可能吗?你是高音区童声,你要给我演唱《上帝保佑》①!”业已证实,这种“就这样办”的回答确实有生命力。据说,在若干年后,它在保守的抵抗组织内部仍不能不令人肃然起敬。

不管怎样,这个被挑选出来的高音区童声,在钢琴教师费尔斯讷-伊姆布斯的绿色音乐室内练习小弥撒曲的难点。图拉和我,我们俩,在有一次圆锯和凿榫机不得不喘口气时听见了他的声音。他仿佛在开采银矿。磨得薄如蝉翼的小刀把空气等分成四个部分。钉子熔化了。麻雀羞得无地自容。出租房变得虔诚,因为一个胖乎乎的天使在不断地唱《尊贵的女主人》。

亲爱的表妹图拉:

只是因为埃迪·阿姆泽尔来到我们的出租房,碰巧才有这个音阶长长的引子。开始时,他只同燕妮一道来,后来,他把自己粗壮结实的朋友也带来了。人们也许会把瓦尔特·马特恩当成我们的亲戚,因为他父亲的母牧羊犬森塔产下了我们的哈拉斯。我父亲一看到这个年轻人,就向他打听磨坊主的境况,打听大河中小岛上的经济状况。在多数情况下,是由在经济领域知识丰富的埃迪·阿姆泽尔啰啰唆唆地回答他,阿姆泽尔还列举了一些让人感到市党部和市政

① 天主教弥撒曲中唱的祈祷歌。

府的劳动就业计划并不现实的事实。他建议依靠英镑区，要不然，会引起敏感的古尔登贬值。埃迪·阿姆泽尔甚至举出了数字，人们将不得不使其贬值四十二个百分点。波兰进口货物估计可能会上涨七十个百分点。现在，人们就可以在这一年五月份的头几天之间找到贬值的日子。所有这些日期和数字，都是他从马特恩的父亲那儿听到的。那个磨坊主往往事先就知道一切事情。现在还去讲磨坊主的预言在一九三五年五月二日得到证实一事，已属多余。

阿姆泽尔和他的朋友当时读毕业班，他们把自己的精力有节制地投入到毕业考试中去。他们俩穿着有长裤的正规西服，在体育馆或者城堡围墙高处喝股份啤酒公司酿造的啤酒。有人说，听抽雷加塔和阿尔图斯牌香烟的瓦尔特·马特恩讲，阿姆泽尔去年在奥利瓦森林里诱奸了一个七年级的女中学生。没有人会想到，这个肥胖的埃迪·阿姆泽尔竟然是这样一种被爱情俘虏的人。他那老在高音区的声音的缘故，同班同学和偶尔受到邀请的姑娘都认为，他是他们敢于称之为“阉人”的那种人。其他人表达得更谨慎一些，说埃迪还非常幼稚，是一个中性人。就我道听途说所知，瓦尔特·马特恩对于这些流言蜚语长时间保持沉默，直到有一天，他才当着好些学生、当着一半是姑娘的面，发表了一通比较长的、使他的朋友能获得好印象的讲话。也就是说，阿姆泽尔在涉及姑娘以及诸如此类的事情方面，比所有的男孩子都要强得多。他相当频繁地去找阿德勒啤酒厂对面木工巷里的妓女。不过，他在那儿并不搞那种比比皆是的五分钟长吻，而是那儿的贵客，这是因为那些姑娘都把他视为艺术家。阿姆泽尔用水彩、毛笔和钢笔，开始时用铅笔，绘制一沓肖像画和裸体像，这些画一点也不下流，相反，它们都可以见人。埃迪·阿姆泽尔带着一夹子这样的画，突然登门拜访当时在技术大学给建筑师上绘画课的著名教授和擅长画马的画家普富勒，出示了这些画。以难以接近著称的普富勒立刻就看出了阿姆泽尔的才能，当即答应帮助他。

经过这次我只能重述其大意的谈话之后，据说阿姆泽尔再也没有遭人嘲笑了。人们对他甚至还有了几分敬意。同班同学多次来找他，希望他带他们去木工巷。他在马特恩的支持下友好地拒绝了这些无理要求。可是有一天，埃迪·阿姆泽尔——这件事就是这样私下告诉我的——请求他的朋友陪他去木工巷，但他却不能不看到，瓦尔特·马特恩表示拒绝。他不想让可怜的姑娘们失望，便以一种早熟男子的自信进行解释。这种职业使他反感。他在那里找不到一个“恪守妇道的人”，这只会使他变得残忍。而这样做，最终对于两者来说都是很尴尬的。现在需要的是爱，或者说至少也是激情。

阿姆泽尔很可能注意地听完了他的朋友摇着头说出的那通激烈的言辞，然后便带着他的图画夹子和一个包装十分精巧的小礼物——高级什锦夹心糖，独自一个人到阿德勒啤酒厂对面的姑娘们那里去了。尽管如此——如果我了解的情况没有出入的话——他要在糟糕的十二月的某一天，说服他的朋友同他一道去和姑娘们欢度降临节期间的第二个或者第三个星期日。马特恩在第四个星期日才敢去。事实证明，姑娘们的这行职业使他“反感到”受了吸引的地步，以至于他不顾自己以后会有什么后果，在那里找到了一个“恪守妇道的人”。他可以放心大胆地、备受学生赞赏地把一个少言寡语的名叫伊丽莎白的姑娘视为“恪守妇道的人”。可是，这种宠爱并不妨碍他在回家途中沿着旧城壕沟往上走，再沿着胡椒城往下走，气冲冲地把牙齿咬得咯咯作响，陷入对于这个卖身女不可捉摸的沉思冥想之中。

亲爱的表妹：

埃迪·阿姆泽尔由瓦尔特·马特恩陪同，带着同样的、上面有虎纹的赭色和蛋黄色绘画夹子——这个夹子使他对声名狼藉的木工巷的访问变成了合法的、艺术家的参观游览——走进了我们的出租房屋。我们俩在钢琴教师费尔斯讷-伊姆布斯的音乐室里，看见他照着瓷器芭蕾舞女演员的模型往纸上画速写。在五月份的一个春暖花开的日子，我看见他面对我的木工师傅父亲，指着有虎纹的夹子，想立即打开夹子让他的画来讲话。可我父亲只允许他画我们的看家犬哈拉斯。我父亲建议他，带着他那画具站在那个半圆之外，这个半圆用土堤和壕沟标明了狗链条的有效范围。“这条狗很凶，对艺术家肯定也不会客气。”我的木工师傅父亲说。

从第一天起，我们的哈拉斯就听从埃迪·阿姆泽尔轻声的呼叫。阿姆泽尔把哈拉斯变成了一只狗模特儿。在哈拉斯应该坐下时，阿姆泽尔绝不像图拉说“哈拉斯，坐下”时那样说：“坐下，哈拉斯！”从第一天起，阿姆泽尔就拒绝哈拉斯这个狗名。每当他要求狗换一种新的姿势时，他就对我们的看家犬说：“啊，普鲁托，请您先用四肢站着，然后抬起右前腿，稍微弯曲，但是请放松点，再放松一点。现在劳驾您，把高贵的牧羊犬的头往左边转一半，对，对，普鲁托，请您就这样，别动。”

哈拉斯的名字叫普鲁托，就好像它仍然是冥府的一只看门狗似的。笨拙的阿姆泽尔几乎将他那身裁剪成运动服样式的灰色方格条纹西服挣破了。他头上戴一顶白色亚麻布帽，这顶帽子使他活像个英国记者。不过，这套制服并不新，埃迪·阿姆泽尔身上穿的、戴的全都像二手货，而且也的确是二手货。据说，尽管他拥有一笔难以置信的零花钱，但是他只从当铺里，或者从塔格内特尔巷的旧货商人手中买穿过的东西。他的鞋子过去很可能是一个邮差的。他那肥大的屁股坐在一张可笑的但又很可能非常牢实的折叠椅上。当他把夹好绘画纸的硬纸板撑到他那圆滚滚的左腿上，用右手顺手提起一支总是蘸满黑墨水的画笔作画时——这支笔在绘画纸上从左上方往右下方，画上了看家犬哈拉斯，或者说是冥府看门狗普鲁托那一掠而过的、开始时并不成功但紧接着就是既杰出又清新的速写——便一天天地——埃迪·阿姆泽尔在我们院子里画了差不多六个下午——越来越多地出现了各式各样的对立情绪。

这时，瓦尔特·马特恩居于次要地位。他穿着不修边幅的、轻便舒适的休闲服。这是一个化了装的无产者，他在一个时代批判剧中背出一些谴责社会的台词，在第三幕中变成为首聚众闹事者，但在这里却成了我们圆锯的一个牺牲者。我们的哈拉斯嗅到特殊气味时，一再用从低垂的头发出的时而高、时而低的狂吠,伴随着圆锯的歌声,但从来不伴随凿榫机的歌声。同我们的哈拉斯相似,我们的锯子也直接同这个来自尼克尔斯瓦尔德的忧郁的年轻人攀谈。虽然如此,他却并没有低垂着头,没有一个劲儿地号叫,没有结结巴巴地发表无政府主义的宣言,而是用早就熟知的方式,用把牙齿咬得咯咯作响的枯燥乏味的声音,来为工作时发出的噪声伴奏。

这种咯咯作响的声音对哈拉斯起了作用。它的嘴唇伸到了嚼子上面。上唇的下垂部分发出吧嗒吧嗒的响声。鼻孔在鼻尖两边张得大大的。一直长到眉心的鼻梁皱了起来。那对有名的、竖着的、稍微向前倾斜的牧羊犬耳朵变得缺乏自信,耷拉了下来。哈拉斯夹起了尾巴,使背部从前面隆起的部分直至背脊变得圆圆的,成为胆小怕事的驼背,显出一副奴性十足的样子。埃迪・阿姆泽尔用灵巧的、蘸满黑墨水的画笔,用划得嚓嚓作响的、好似扇形足的笔尖,用一支流着水的、天才的羽毛笔,几次三番地、非常贴切地描绘出这些卑劣的姿态。我们的圆锯、瓦尔特・马特恩咬得咯咯作响的牙齿和我们的哈拉斯——圆锯和咯咯作响的咬牙声把哈拉斯变成了杂种——在绘画时帮了艺术家埃迪・阿姆泽尔的忙。圆锯、马特恩、这条狗和阿姆泽尔共同组成一个与布劳克塞尔的写作班子类似的、富有成果的工作班子。布劳克塞尔、我和另一个人,同时动笔写,在关于那些星星的胡说于二月四日开始时应当完成写作。

可是我的表妹图拉——

她站在旁边,火气一天比一天大,她再也不袖手旁观了。阿姆泽尔对于冥府看门狗普鲁托的影响,使她在我们的哈拉斯面前已经变得软弱无力。这倒不是说这条狗再也不听她的话——图拉说"哈拉斯,坐下"时,它依旧坐下——它只不过是心不在焉地、机械性地完成她用越来越严厉的口气提出的要求罢了。因此,不管是图拉本人还是我,都不能对图拉隐瞒这样的事实:这个阿姆泽尔使我们的狗变坏了。

图拉——

她火冒三丈，开始时是扔卵石，而且也多次击中阿姆泽尔圆滚滚的背和油腻腻的后脑勺。不过，这个人却轻轻地耸耸肩，懒洋洋地转过头，暗示他虽然已经发觉被打中，却又不愿意感觉到被击中了。

图拉——

她小脸苍白，把油质颜料瓶给打翻了。一摊发出金属光泽的黑色液体流到院子里的沙地上，需要好长时间才能渗入沙地中。阿姆泽尔从上衣口袋里又拿出一小瓶油质颜料，而且好像是顺便表示，他还准备着第三瓶哩。

当图拉——

当她从背后冲上来，捧起一把就像圆锯传动皮带罩里堆着的那种锯末撒到一幅接近完成、油迹未干、仍然闪闪发亮的图画上时，埃迪·阿姆泽尔笑了，在短时间的惊异之后，他既生气又好心地像长辈那样，用食指威胁站在一旁观察她的行动效果的图拉，然后开始对这种新技术越来越感兴趣。这种新技术就是：对黏在图画上的锯末进行加工，赋予这幅画一种东西，这种东西今天就称为结构。他展示了这种虽然有趣但却短命的、能够从中得到好处的风格，把手伸进圆锯传动皮带罩，在他的手巾里装上锯末，然后再装上凿榫机小冰雹似的锯末，装上电动刨的短刨花，装上带锯的颗粒很细的锯末。紧接着，不用图拉从背后冲上来，他便亲手使他的毛笔画上出现了一个小脓疱似的浮雕。只是表面上染成黑色的木屑一旦有一部分脱离，像岛屿似的，神秘莫测地显现出绘画纸的白色底子时，这种浮雕的魅力就更大。有一次，可能是他对自己有意撒的锯末和锯末打的底色不满意，就请图拉从背后冲向一幅刚画好的画，就像是偶然为之那样，把锯末、木屑甚至沙子撒到上面去。他对图拉的合作抱有很大的期望，可是图拉却拒绝这样做，而且还“翻白眼”。

我的表妹图拉——

无法对付艺术家和狗的征服者埃迪·阿姆泽尔。只有奥古斯特·波克里弗克才能对阿姆泽尔搞小动作。他扛着锯木架,多次站在这位绘画者旁边,带着粘上胶的、嚓嚓作响的手指说出一些批评的和赞扬的话,不厌其烦地讲述一个画家的故事。他说,那时候,这个画家每个夏天都到科施奈德赖和奥斯特尔维克湖来,把施朗根廷的教堂和一些科施内夫伊的怪人,譬如来自安纳费尔德的约瑟夫·布特、来自达梅劳的施奈德·穆索尔夫和寡妇万达·燕塔克都画进油画。就连开采泥炭时他也在画画,后来被安置在霍伊尼采当一位泥炭挖煤工。埃迪·阿姆泽尔对他的同行产生兴趣,但是并不放弃灵巧的速写。奥古斯特·波克里弗克的话题离开科施奈德赖,开始谈到我们的看家犬在政治上的飞黄腾达。他十分冗长地说明,元首在萨尔茨贝格是如何走向牧羊犬亲王的。他讲到那张有签名的照片,这张照片就挂在我们最好的屋子里,挂在满师时用梨木做成的试件上面。他在计算给他女儿图拉拍了多少次照,让她同谈论哈拉斯的文章一起,或者在谈论它的大块文章之间,上了多少次报。阿姆泽尔同他一道,为图拉早期的成就感到高兴,并且开始画一张坐着的哈拉斯或者普鲁托。奥古斯特·波克里弗克认为:元首一定会把所有的事情都办好,人们可以信赖这样一个人。这个人知道的东西超过其他所有人知道的总和,更何况他还会画画。此外,元首还不是一个只想当阔佬的人。“元首每次坐汽车,总坐在司机旁边,而不是像一个大人物那样,坐在后面。”阿姆泽尔感到元首平易近人的谦虚值得赞扬,于是就让冥府看门狗的耳朵在他的画上竖得过于挺直了一点。奥古斯特·波克里弗克想知道,阿姆泽尔是否还在少年队内,还是已经成了党员,因为他认为,在任何一个地方,他——阿姆泽尔肯定都在这些组织内。

这时,埃迪·阿姆泽尔慢慢放下毛笔,斜着脑袋,再一次扫了一眼坐着的哈拉斯或者普鲁托这幅画,然后转过他那圆润丰满、引人注目、长满雀斑的脸，面对这个提问者非常乐意地回答说，很可惜，他既不在少年队内，也不是党员，而且，对于那个人——他叫什么名字来着？——他是第一次听到，不过他倒是很乐意了解，这位先生是谁，他的老家在何处，他打算今后做些什么。

图拉——

在第二天下午给了埃迪·阿姆泽尔的无知一个报应。他刚坐在他那张牢实的小折椅上，刚把纸板和绘画纸放在左边圆滚滚的大腿上，哈拉斯作为普鲁托刚摆好它那模特儿的新姿势，伸开两只前腿，挺着警觉的脖子躺下，阿姆泽尔的水彩笔刚在油质颜料瓶里蘸满水彩，瓦尔特·马特恩刚找到自己用右耳对着圆锯的位置，这时，从那道朝向木工作坊院子的门里，首先是熬胶师奥古斯特·波克里弗克，紧接着是熬胶师的女儿，冲了出来。

他同图拉站在门口。他低声耳语，把乜斜的目光投向压着重负的小独脚折椅，对自己的女儿布置着种种任务。这时，她过来了。开始时她懒洋洋地、晃晃悠悠地绕着弯路，两只瘦小的胳膊交叉着，放在民族服装背后，迈着裸露的大腿，毫无目的地信步走着。然后，她便在挥笔作画的埃迪·阿姆泽尔周围很快地画着越变越小的半圆，时而在左边、时而在右边说："您好吗？"然后又在左边说："喂，您好！"再一次在左边说，"您到底要在这儿干什么？"在左边讲，"您想在这儿干什么？说您哩！"接着在右边讲，"您根本就不应该在这儿！"在左边说，"因为您是……"又从右边很近的地方说，"您知道，您是什么人吗？"这时，从左边传入耳膜的是，"难道要我说出来吗？"现在送入右耳的是，"您是一个犹太鬼，一个犹太鬼。是的，犹太鬼！或者说您可能不是犹太鬼，您不是犹太鬼的时候，就在这儿画我们的狗。"阿姆泽尔的笔一动不动。图拉虽然隔着一定的距离，却在不断地说："犹太鬼！"这个词被扔到院子里，开始时在阿姆泽尔附近，后来声音大得使马特恩能够让他的耳朵抛开刚开始的圆锯的嘈杂声。他伸手去抓这个叫嚷着"犹太鬼"的家伙。阿姆泽尔伫立着。马特恩没有抓着图拉,她仍然在叫:“犹太鬼!”纸板连同刚画上的、油渍未干的水彩以及那幅画一道掉了下去,掉到了沙土上。“犹太鬼!”在上面,在四层、五层然后在二层楼上,窗户都砰的一声打开了。家庭主妇们的面部表情变得冷漠。图拉嘴里喊道:“犹太鬼!”这种声音盖过了圆锯的嘈杂声。马特恩没有抓着图拉。图拉还在叫,她跑得飞快。阿姆泽尔站在小折椅旁。“犹太鬼”这个词仍在满天飞。马特恩拾起纸板和画。图拉在厚木板上步履轻盈地走着,然后躺到锯木架上叫道:“犹太鬼!犹太鬼!”马特恩把油质颜料瓶上的盖子拧下来。图拉离开了厚木板。“犹太鬼”的喊叫声在沙地上滚动着。“犹太鬼!”现在所有的窗户旁都站着人,伙计们站在各楼层的窗户后面。这个词,这个词被喊叫了三遍。阿姆泽尔绘画时那副热情洋溢的面孔变得冷漠,但仍有一丝笑容无法消逝。汗水现在湿漉漉地流过他的脂肪和雀斑。马特恩把手放到他的手上。雀斑变得模糊起来。那个词仍在回荡,同一个词在不断回荡。马特恩的手很有分量。现在,他们沿着楼梯走上楼。图拉在烦躁不安地喊着:“犹太鬼!犹太鬼!犹太鬼!”马特恩用右手拉着阿姆泽尔的手。埃迪·阿姆泽尔在发抖。马特恩的左手已经拿起夹子,他迅速抓起折叠椅。这时,已经摆脱束缚的哈拉斯放弃了它那按照命令摆出的姿势。它闻着,领会着。链条已经绷紧。这时既有狗吠的声音,也有图拉的声音。圆锯在啃着一块五米见方的厚木板。整流器仍然沉默。现在它也来凑热闹了。现在是凿榫机发言了。离院子大门有长长的二十七步路。哈拉斯想挪动拴住它的木材仓库。图拉跳跳蹦蹦,得意忘形,老在嚷着那个词。奥古斯特·波克里弗克穿着木鞋,手指嚓嚓作响,站在院子大门附近。就在那里,骨胶的气味同钢琴教师窗前小园圃里散发出来的气味在搏斗。丁香花的香味猛然一击,胜利了。这可是五月份啊。那个词听不见了,但仍然停留在空气中。奥古斯特·波克里弗克想吐出他口腔里已经含了好几分钟的东西。可是他并没有吐,因为马特恩正把牙齿咬得咯咯直响,盯着他。

亲爱的表妹图拉：

我跳过一段，也就是埃迪·阿姆泽尔和瓦尔特·马特恩被赶出我们院子这一段。你什么事都没有发生。因为阿姆泽尔使哈拉斯变坏了，所以哈拉斯每周要接受两次驯兽训练。你必须像我一样学习阅读、算术和写作。阿姆泽尔和马特恩已经考完口试和笔试。哈拉斯经过训练见到生人就狂吠，拒绝吃陌生人喂的食物。可是，阿姆泽尔已经使它变得太坏了。你感到写作麻烦，我感到算术麻烦。我们俩都喜欢上学读书。阿姆泽尔和他的朋友都通过了中学毕业考试。阿姆泽尔以优异的成绩通过考试，马特恩则勉强通过考试。这是一个转折点。生活从此开始，或者说本应从此开始。在古尔登贬值之后，经济状况有所好转。来了一些订单。我父亲又可以雇用一个他在古尔登贬值之前四个星期不得不解雇的伙计了。中学毕业考试之后，埃迪·阿姆泽尔和瓦尔特·马特恩开始打拳球。

亲爱的图拉：

拳球比赛①是一种回击比赛，这种比赛是由每队五人的两个队，在两个彼此相连的球场内，打一个差不多同足球一般大小但是要轻一些的球。尽管普劳图斯②在公元前三世纪就提到一种“皮袋”，但是同棒球一样，这却是一种德国式的比赛项目。为了证实拳球比赛地道的德国特性——因为在普劳图斯的文章里，肯定涉及参加拳球比赛的日耳曼奴隶——有这样的报道：在第一次世界大战期间，在海参崴战俘营中有五十支拳球队。在英国奥韦斯特吕战俘营中有七十多支球队举行了拳球比赛，他们以不流血的方式决定比赛输赢。

这种比赛用不着过于猛烈的奔跑，所以，就连六十岁的老翁，甚至连过于肥胖的男人和女人都能参加。阿姆泽尔成了拳球运动员。

① 这是一项于十九世纪末由德国体操协会和学校倡导的运动项目。两球场之间拉一根两米高的“绳子”，双方都试图将球从“绳子”上击过，使对方无力招架。

② 普劳图斯（约前254—前187），古罗马著名喜剧作家。

这一点谁想得到啊！这个又小又软的拳头，这个小拳头简直令人暗自发笑，它连桌子也从来没有打过，他充其量只能用自己的小拳头把信件镇住，防止这些信随风飘走。这根本就不是拳头，这是两个小肉丸，是两个小肉团子，是两个在过于短小的胳膊上晃悠着的红润的肉丸。这不是工人的拳头，不是无产者的拳头，不是红色阵线的问候，因为就连空气都比他的拳头更坚硬。小拳头猜着谜语：你想骑哪匹马？武力自卫权宣布他有罪。拳击把他变成练习拳击用的吊球，而只有在拳球比赛时，阿姆泽尔的小拳头才获得胜利。因此，在这里应该按照先后顺序来叙述，讲埃迪·阿姆泽尔怎样成为拳球队员，也就是变成一个运动员，这个运动员用握住的拳头——禁止伸开拇指——从下面、从上面、从侧面打拳球。

图拉和我在小学都升了级——

应当得到的假期把阿姆泽尔和他的朋友带回维斯瓦河河口。当阿姆泽尔用虚线画渔船和渔网时，渔民们都在一旁观看。埃迪·阿姆泽尔为渡轮画画时，轮渡工却看不起他。他在另一侧的马特恩家做客，同磨坊主马特恩预言未来，从各个角度给马特恩家的四翼风车画速写。就是同乡村教师在一起，埃迪·阿姆泽尔也试图闲扯一会儿。不过，这位乡村教师得硬把他的学生打发走。这是为什么？同样，希温霍尔斯特的乡村美景可能也会唐突无礼地拒绝埃迪·阿姆泽尔，因为他想画它那景象——有风的海滨和在风中的海滨头发飘舞、衣服飘荡的情景。尽管如此，阿姆泽尔还是画了满满一夹子画。他带着胀鼓鼓的绘画夹子乘车回到城里。虽然他答应他母亲学点正经东西——成为技术大学的工程师——可是他目前却在普富勒教授家进进出出，而且同应当成为国民经济学家但却比弗兰茨或者卡尔·莫尔①更有叛逆精神的瓦尔特·马特恩一样，下不了决心开始

---

① 这两兄弟是席勒剧本《强盗》的主人公。哥哥卡尔为绿林好汉，弟弟弗兰茨为阴谋家。

上大学。

这时，来了一封电报，他母亲把他召回希温霍尔斯特，回到他那垂危病人的病榻前。死亡原因据说是糖尿病。埃迪·阿姆泽尔按照他母亲死后的面容，先画了一幅钢笔画，然后画了一幅红色的软铅笔画。据说，在博恩萨克下葬时他哭了。坟墓四周没有几个人。这是为什么？在埋葬了母亲之后，阿姆泽尔开始解散这个寡妇家庭。他卖掉一切东西，卖掉房子，卖掉经营渔轮、艇外推进机、拖网、熏鱼设备、滑轮组、工具箱和发出各种气味的百货商店。最后，埃迪·阿姆泽尔竟被视为一个富有的年轻人。他把自己的一部分财产存在但泽市农业银行，大部分财产存在瑞士不声不响地生了好几年利息，钱也就不少了。

阿姆泽尔只从希温霍尔斯特带走了少量耐用物品。两本相册，几乎没有信件，他父亲的战争勋章——他父亲作为预备役少尉，在第一次世界大战中阵亡——家庭用《圣经》，一本乡村小学学生时代画满画的练习本，一些关于腓特烈大帝和他的将军们的旧书，以及奥托·魏宁格的《性与性格》，同埃迪·阿姆泽尔一道，乘着河中小岛轻便铁路的火车离开了那里。

这部典范著作对于他父亲非常重要。魏宁格试图在长长的十二章中否认女人有灵魂，以便在第十三章里，在《论犹太教》的标题下，断定犹太人是阴性种族，所以也就没有灵魂，犹太人只有放弃犹太教，才有可能指望摆脱犹太教。埃迪·阿姆泽尔的父亲用红铅笔在容易记住的句子下面画了一道线，多次在边上写了“很对”的字样。预备役少尉阿尔布雷希特·阿姆泽尔觉得第四〇八页上写得非常正确：“犹太人像女人一样，老喜欢一个靠一个地待在一起，但他们却互不来往……”在第四一三页，他打了三个惊叹号：“拉皮条的男人往往都信奉犹太教……”在一句话的末尾，他在下面画了几道线。在第四三四页，他写上了“上帝保佑”以及“……对于真正的犹太人来说，永远也无法实现的东西是：直接存在、君权神授、橡树、喇叭、西格弗里德动机①、他自身的创造和‘我就是’这个词”。

父亲用红铅笔画上线而特别强调的两个地方，对于儿子来说也具有重要意义。因为在规范的著作中谈到，犹太人不唱歌，不从事体育活动。阿尔布雷希特·阿姆泽尔为了至少能驳倒这些命题，在博恩萨克组织了一个体操协会，在唱诗班里当一名男中音歌手。在音乐方面，埃迪·阿姆泽尔练习弹生气勃勃、轻松愉快的钢琴，让他的童声高音区——这个高音区在中学毕业考试之后也不愿离开这个脑袋瓜儿——在莫扎特的弥撒曲中和小咏叹调中啁啾婉转；而在体育方面，他则全力以赴地投入到拳球比赛中。

他好多年都是学校规定的棒球比赛的牺牲者，却心甘情愿地迅速穿上“青年普鲁士”体操协会的铬绿色体操裤，而且动员他的朋友——那位迄今为止在但泽曲棍球俱乐部打曲棍球的人参加“青年普鲁士”。瓦尔特·马特恩在取得协会主席同意，答应每周至少两次在下城运动场上为他的曲棍球俱乐部效力之后，才能把手球和田径运动登记入册，因为只是打这种舒舒服服的拳球比赛也许无法使这个年轻人的身体得到满足。

图拉和我都知道海因里希-埃勒尔斯运动场——

这是一个位于市立医院和海利根布隆盲人学校之间的训练场。那里有正规的草坪，但木板搭成的看台和更衣室已经陈旧，风从看台和更衣室的裂缝中钻进来。大运动场和旁边的两个小场地有手球、棒球和拳球运动员光顾。在火葬场附近的豪华的阿尔贝特-福斯特尔运动场建成之前，海因里希-埃勒尔斯运动场用来举办学生运动会还是绰绰有余的，所以，有时候足球运动员和田径运动员也到这儿来。

因为瓦尔特·马特恩在去年中学生推铅球比赛和三千米长跑中

① 西格弗里德是德国古代英雄传说中的人物，在《尼伯龙根之歌》中有详细描述。

获得了优胜，而且从此以后在运动员中享有体坛新秀的称号，所以能够为埃迪·阿姆泽尔弄到入会许可，并使他成为“青年普鲁士”的成员。刚开始，他们只雇用他当巡边员。运动场管理员递给阿姆泽尔一把扫帚，更衣室必须清扫得无懈可击。此外，他还得给球涂上油，在手球场上用白垩撒上罚球区的标记。只是在瓦尔特·马特恩提出抗议时，埃迪·阿姆泽尔才成了一支拳球队的中锋。霍斯特·普勒茨和西吉·莱万德是后卫。维利·多贝克是左前锋。瓦尔特·马特恩成了一个很快就令人望而生畏的、在排行榜上名列前茅的球队的“绳前击球手”。因为埃迪·阿姆泽尔在指挥，他是整个球队的心脏和中心，是一个天生的设计师。凡是霍斯特·普勒茨和西吉·莱万德在后场接到并传到中场的球，他都用临危不乱的下臂按照规定传给“绳子”，马特恩这位重磅击球手和“绳前击球手”就站在那儿。他从空中接过球，却很少扣球，更多的是放弃击球。当阿姆泽尔懂得接过这些用狡猾手段放弃的球并把它们变成名正言顺的发球时，马特恩便把毫无危险、慢慢悠悠的球变成了势不可挡的积分球。因为如果一个球在发球时不能造成威胁，那它就会完全像发球时那样，以同样的角度弹回来，因此它也就是可以预计到的。可是，马特恩的球打的是下面三分之一，它一经发出，便会往后旋转，再弹回来。阿姆泽尔的特殊击球是一种看似简单但却是极其准确的前臂击球。他打出一些故弄玄虚的球。他躺着用反手击球，救起对手想用来制服他的重力击球。他立即就会认出直线球，用小拇指边一敲，或者亮出绝招，用快捷的正手一击赢得胜利。他常常使本队后卫弄糟的球化险为夷，跟魏宁格的论断相反，他是一个虽然被人讥笑但却是被人带着敬意讥笑的、非雅利安人种的拳球手，是“青年普鲁士”的运动员。

图拉和我都是证人——

阿姆泽尔得以减肥几磅，我们可以做证。能察觉到这次减肥的，除了我们，就只有当时十岁的胖丫头燕妮·布鲁尼斯了。她像我们一样，发觉阿姆泽尔抖动的下巴变得结实，成了圆圆的下层结构。因为胸腔隆起来了，所以两个颤抖的乳头也就放弃他那小小的胸部，滑了下去，成了浅浮雕。不过，也可能阿姆泽尔一磅体重也没有减下来，只不过是他的脂肪分布得更均匀，通过体育锻炼发达起来的肌肉给以前无立足之地的脂肪层一个身强力壮的立足点罢了。他的躯干过去是个不成形的口袋，毛茸茸的，现在变得圆滚滚的，成了一个大圆桶。他的体形活像一个中国神仙或者所有拳球手的保护神。不，埃迪·阿姆泽尔作为中锋，半磅体重也没有减轻，反而增加了两磅半。但是他却以体育运动的方式使这种收益得到了净化。一个人能够指望的体重也是相对的。

不管怎样，阿姆泽尔玩弄他那一百九十八磅的身子一事——从外表看，有两百零三磅——很可能打动了参议教师布鲁尼斯，使他给娇滴滴的孩子燕妮同样开出了体育运动的良方。这位参议教师和那位钢琴教师费尔斯讷-伊姆布斯决定，每周送燕妮进三次芭蕾舞学校。在奥利瓦郊区有一条玫瑰巷，这条巷子从市场开始，弯弯曲曲地通向奥利瓦森林。那里有一个毕德迈耶尔式[①]别墅，在别墅沙黄色的灰泥上面，有一半被山楂树遮住，粘贴住了芭蕾舞学校的搪瓷牌子。把燕妮收进芭蕾舞学校就同接收阿姆泽尔进入“青年普鲁士”体操与体育协会一样，是通过说情办成的。因为费利克斯·费尔斯讷-伊姆布斯多年来就是芭蕾舞学校的芭蕾舞钢琴家。没有人能够像他那样为扶把练习伴奏。从一位到五位所有的半蹲，都在细听他的慢板。他滋润着手臂的姿态。在轻快的踢腿时，他弹出示范性的速度，在支撑腿的踝骨上做小绷脚擦地这一动作时，他弹出使人全身淌汗的速度。此外，他的弹奏全是故事。人们也许会认为，他亲自看到过马里乌斯·佩皮格和普列奥布拉仁斯卡，看到过不幸的尼任斯基和不可思议的马辛，看到过范妮·埃尔斯勒和巴尔巴里娜同时跳舞。没有人会怀疑，眼前见到的他就是一些历史性轰动事件的目击者。在毕德迈耶尔时代，当塔莉奥尼、格丽西、范妮·塞里托和卢西

① 1814—1848年德国的一种文化艺术流派，表现自鸣得意的庸俗生活。

勒·格拉恩跳著名的大四人舞时，他一定在场，而且还撒了玫瑰花。当芭蕾舞《葛蓓莉娅》首次演出时，他费了好大力气才弄到一个最高层楼座的位置。当然，芭蕾舞钢琴家费尔斯讷-伊姆布斯能够按照钢琴改编谱在钢琴上反映出包括不幸的吉赛尔直到呵气而成的女气精在内的全部剧目。根据他的推荐，拉娜夫人开始把燕妮·布鲁尼斯变成一个乌兰诺娃①。

没有多久，埃迪·阿姆泽尔便成了坚持不懈的观众，而且是从钢琴那里往外看。他带着一本速写拍纸簿，一支有创造力的软铅笔，以迅速的目光追随着扶把练习，当男孩和女孩——一部分是市立剧院儿童芭蕾舞团成员——能够进行扶把练习时，他立即就能将各种不同的姿势更加令人愉快地画到纸上。拉娜夫人往往需要阿姆泽尔的绘画技术，她借助速写来给她的学生说明一种符合规定的屈膝。

燕妮在芭蕾舞大厅里显现出一种一半是不幸、一半是滑稽的形象。虽然这个孩子非常勤奋，跟得上所有的综合项目——在跳布雷舞步时，她是怎样孜孜不倦地换着那双小脚啊；她那胖乎乎的小尚日芒②同熟练的芭蕾舞迷的小尚日芒相比，显得多么动人啊；当拉娜夫人同儿童班一道练习《小天鹅》时，燕妮那种使灰尘和几百年时光都冰消瓦解、被严格的夫人称为天鹅湖目光的眼神是怎样在闪烁着微光啊——但是，在展现所有的芭蕾舞女演员的形象时，燕妮却像一头想要变成失重女气精的粉红色小猪。

为什么阿姆泽尔要一再利用燕妮不幸的阿拉贝斯克舞姿，利用燕妮扣人心弦的二位原地旋转画出速写来呢？因为他的铅笔并没有放过肥胖的特点，就揭示了燕妮那种在所有的脂肪之下闪烁着的、舞蹈般的线条。而拉娜夫人也证实，在脂肪之中就要升起一颗小核桃般大小的芭蕾新星。现在人们只需懂得，在越来越热的平底锅内熬板油，一直熬到一个符合跳芭蕾舞要求的瘦油渣在噼噼啪啪的火焰

① 乌兰诺娃(1910—1998)，苏联第一位首席芭蕾舞女舞蹈家。

② 五位换脚跳。

上能做著名的三十二个转身的弗韦泰①时为止。

亲爱的图拉：

当埃迪·阿姆泽尔成为燕妮的观众时，当阿姆泽尔在傍晚时分作为中锋帮助他那个拳球队获得胜利时，燕妮·布鲁尼斯正在草坪梯地上观看。就连阿姆泽尔在练球时，也就是说，当他让轻巧的拳球在扁平的前臂上跳，可以念三串念珠祷告那么久时，燕妮都张着像扣眼那么大的嘴巴，惊得目瞪口呆。这两个人以他们总共三百二十磅的重量，组成尽管不是闻名全城但也在郊区很著名的一对。因为朗富尔郊区所有的居民对于燕妮和阿姆泽尔的了解，与他们熟悉那个带着儿童铁皮鼓的小家伙的程度完全一样。只不过所有人都叫作奥斯卡的那个侏儒，被视为不可救药的离群索居者。

我们大家——

图拉、我和图拉的两个哥哥，在运动场上遇到了阿姆泽尔、胖丫头燕妮和绳前击球手瓦尔特·马特恩。还有另外一些九岁儿童也在那儿聚会。他们是：亨斯兴·马图尔、霍尔斯特·卡努特、格奥尔格·齐姆、赫尔穆特·莱万多夫斯基、海尼·皮伦茨和雷万德兄弟。我们在同一个少年队中队。我们的中队长海尼·瓦斯穆特顶住好几个体育协会的抗议，终于实现了我们可以在铺有炉渣的跑道上练习接力赛跑、穿着制服和便鞋在运动场的草坪上进行操练的想法。有一次，瓦尔特·马特恩质问我们的中队长。两个人都冲着对方大吼大叫。海尼·瓦斯穆特出示官方命令和运动场管理处的证件，然而公然以揍人相威胁的马特恩却终于达到了目的，以后再也不许我们穿着制服和便鞋踏进铺有炉渣的跑道和运动场草坪了。从此以后，我们就在约翰内斯草地进行操练，只是以个人的名义，穿着体操鞋光顾海因里希-埃勒尔斯运动场。因为是在午后，所以这时太阳已经

① 单足趾尖旋转。

倾斜。所有的运动场上都很热闹。发出各种声音的裁判员哨子在鸣笛开始或结束各式各样的运动队的比赛。运动场上射进了球，交换场地，踢了高球，用力发球。人们在传球，投球，盯住对方，迷惑对方，围住对方，重新布阵，带球绕过，带球越位，输球，赢球。碎炉渣跑进体操鞋里。在遐想中期待着答访比赛。火葬场的烟子显示着风向。人们在擦着球棒，给球涂油，测定斜面场地，填写表格，祝贺胜利者。屡屡放声大笑，经常大喊大叫，有时候也又哭又闹，运动场管理员的猫也老是气呼呼的，而每个人都听我表妹图拉的话。所有的人都怕瓦尔特·马特恩。有些人偷偷地向埃迪·阿姆泽尔扔小石子。很多人都绕道避开我们的哈拉斯。走在最后的人得把更衣室锁上，把钥匙交给运动场管理员。图拉从来不做这种事，我有时候做这件事。

有一次——

燕妮·布鲁尼斯哭的时候，图拉和我都在场，因为当时有人用凸透镜在她的绿色新衣服上烧了一个洞。

据说，几年之后——图拉和我不在场——有几个在那儿举行一场棒球比赛的中学生，把运动场管理员的猫放到一个正在打盹儿的同学脖子上。

另外有一次，燕妮、阿姆泽尔和马特恩都不在，因为燕妮要上芭蕾舞课，图拉给我们偷了两个棒球，而一个体操与击剑协会的小伙子却被怀疑有偷窃行为。

有一次拳球比赛之后，瓦尔特·马特恩、埃迪·阿姆泽尔和燕妮·布鲁尼斯躺在小运动场旁边的梯形土堤上。这时，确实发生了一件事情，而且这件事看起来很好玩。

我们往旁边挪了几步躺下休息。图拉、哈拉斯和我都无法把目光从这群人身上挪开。正在落山的太阳从耶施肯塔尔森林那边不断地斜眼偷看运动场。在铺上炉渣的跑道边上，没有修剪的草投下长长的影子。我们没有考虑从火葬场烟囱里冒出来笔直上升的浓烟。有时候，埃迪·阿姆泽尔的哈哈大笑声传到我们耳里。哈拉斯汪汪地叫了两下，我不得不把它的颈圈抓住。图拉在用双手拔草。她不听我的话。瓦尔特·马特恩在那边扮演某个戏剧中的角色。据说，他在修话剧课。有一次，身穿白衣但衣服上可能有草迹的燕妮从那边向我们挥手。我小心翼翼地对她挥手，直挥到图拉把她那张有大鼻孔和门牙的脸转向我为止。蝴蝶们在忙忙碌碌。大自然在漫无目的地爬行，丸花蜂发出嗡嗡声……没有，没有丸花蜂。在一九三六年夏天的一个傍晚时分，我们分成几拨人坐在海因里希-埃勒尔斯运动场上。在夏日的一个黄昏时分，最后几个队的比赛已经结束，跳远的沙坑正在平整。这时，我们先是听见然后又看到的东西是“策佩林伯爵号”飞艇。

我们知道，飞艇肯定会来。所有的报纸都已经宣布了这件事。最初是哈拉斯变得狂躁不安，后来我们还听到——图拉在前面——响声。虽然“策佩林”应当从西边来，而且越来越大。现在，它正突如其来地悬吊在奥利瓦森林上空。当然，刚好太阳正在西沉，因此，“策佩林”不是银白色，而是玫瑰色。现在，当太阳落到卡尔斯山后面，而飞艇往公海的方向航行时，玫瑰色逐渐变成了银白色。所有的人都站着，手搭凉棚，把光遮住。从职业与家政学校传来合唱的歌声。姑娘们分成多声部，歌唱《策佩林》。一个小型吹奏乐队试图把类似《霍恩弗里德贝格进行曲》的东西，吹到“策佩林”的高度上去。马特恩极力把目光投向别处。他对“策佩林”有所不满。埃迪·阿姆泽尔用那双粗短胳臂上的小手鼓掌欢呼。就连燕妮也在欢呼：“策佩林！策佩林！”像一个球似的蹦蹦跳跳。甚至就连图拉也张大鼻孔，恨不得把“策佩林”给吸住。哈拉斯所有的不安都集中在尾巴上。“策佩林”银光闪闪，就连喜鹊都想把它给偷走，当《巴登魏尔进行曲》在“策佩林”的高度追随《霍恩弗里德贝格进行曲》时，当职业学校的姑娘们没完没了地歌唱神圣的祖国时，当“策佩林”往赫拉半岛方向飘去，变得越来越小，然而却越来越亮时，从市立火葬场烟囱里冒出来的浓烟——我敢肯定——正在不断地笔直上升。不相信“策佩林”的马特恩正在暗中监视这股福音新教的浓烟。

我的表妹图拉——

平时她往往犯错或者同别人一道犯错，而在海因里希-埃勒尔斯运动场上发生骇人听闻的事件时，她却毫无过错。瓦尔特·马特恩干了一些事儿。对于他的行为，有三种说法：他不是在更衣室里散发传单，就是用糨糊往木头看台的长凳上贴传单，而且是在舍尔米尔九八队对体操与击剑协会队的手球比赛前不久，或者说是在所有的球场比赛和练球期间，他把传单偷偷地塞进年轻运动员和元老运动员挂着的上衣和裤子口袋里。据说在做这种事情时，运动场管理员在更衣室里把他当场拿获。至于哪一种说法更有道理，却无关紧要，因为现在不管是公开散发还是用糨糊张贴，或者偷偷塞进别人口袋，这些传单全都一样，是赤色的。

可是，因为最初由劳施宁，然后由格赖泽尔主持的但泽市政府在一九三四年解散了共产党，一九三六年解散了社会民主党，而由施塔赫尼克博士任主席的中央党于一九三七年十月自行解散，所以，大学生瓦尔特·马特恩散发传单的行动——他仍然没有上大学，而是在演戏——就被视为非法的了。

虽说如此，人们还是不想引起轰动。在运动场管理员住所——运动场管理员科施尼克在二十年代初就已享有田径运动员的称号——在体育运动优胜杯、运动员照片和加上了镜框的证书之间进行了短时间的谈判，瓦尔特·马特恩被“青年普鲁士”除名。据说，在谈判过程中，埃迪·阿姆泽尔带着责备的目光，仔细地观察一个标枪运动员的青铜塑像。有人也不讲任何理由，就迫不及待地劝阿姆泽尔退出体操协会。人们在把亲手书写的证书——这些证书将使最后一次比赛时阿姆泽尔拳球队的胜利永世长存——交给两个昔日的“青年普鲁士”成员带回家之后，便以运动员的方式握手告别。“青年普鲁士”的所有成员，还有运动场管理员，在打发埃迪·阿姆泽尔和瓦尔特·马特恩走时都说了一些小心谨慎的抱歉话，而且答应不向协会报告。

瓦尔特·马特恩在曲棍球俱乐部里仍然是受人尊敬的成员，他甚至还报名参加了滑翔飞行员讲座。据说，在新出现的滨外沙洲上的卡尔山，他进行过多次十二分钟的飞行，从空中给潟湖拍照。只有埃迪·阿姆泽尔停止了体育活动。他又操起了他的艺术，而我的表妹也在一旁协助。

图拉，你听着：

有时候，也许大街上根本就没有安静下来，我却听见我的头发在生长。我没有听见手指甲在长，也没有听见脚指甲在长，只听见头发在长。因为你有一次揪住我的头发，因为你把你的手在我头发里放了一秒钟，但又是无限久——我们坐在木材仓库里，在你那些特别长的、像我的头发一样呈波浪形的刨花收藏品之间——因为你在后面，但总是藏在木材仓库里说："这可是你身上独一无二的东西。"因为你认出了我身上独一无二的东西，我的头发就闹独立了，它几乎不再属于我，而是属于你。我们的哈拉斯属于你。木材仓库属于你。所有的熬胶锅和拳曲漂亮的刨花都属于你。尽管我在为布劳克塞尔写作，但是我也属于你。

可是，图拉刚把手从我头发上抽回去，刚讲了一点有关我头发的事情，她就已经越过青的方形厚木板，在一些竖放着的胶合板之间穿行而过，到了外面，到了木工作坊院子里，而我，披着仍然带电的头发，在后面走得太慢，没法阻止她对钢琴教师和芭蕾钢琴家的谋害。

费尔斯讷-伊姆布斯走进院子。他直挺挺地走进来，向前弯下腰，想从工长那儿知道，圆锯和凿榫机准备什么时候安排一次比较长时间的休息，因为他这个昔日的钢琴演奏家和现在的芭蕾钢琴家打算非常轻声地练一会儿比较复杂的钢琴曲，一种所谓的柔板。一个星期有一两次，费尔斯讷-伊姆布斯请我们的工长或者我父亲帮个忙，他的请求每次都——尽管不是每次都立即——得到了满足。工长刚点完头，把拇指伸向圆锯，说他还只有两块厚木板要锯了；费尔斯讷-伊姆布斯在那些啰啰唆唆的、看起来像圆锯一样危险的鞠躬之后，刚离开机器间，还没走到去院子门口的一半路程——我们刚巧从木板仓库爬出来——这时，我的表妹图拉就把我们的看家犬哈拉斯的链条解开了。

刚开始，哈拉斯得到这种突如其来的自由，还没有任何特别的举动，因为平时如果解开它的链条，就会立即把它系在皮带上。可是后来，刚才还在怀疑、还斜着脑袋的哈拉斯突然四肢一纵，腾空而起，然后又落下地来。它忽地斜穿过院子，在丁香树丛前转过身来，伸长脖子，顶着一个锯木架，故意绕着呆若木鸡的钢琴家转来转去，不断发出汪汪声，毫无恶意地扑来扑去，两条后腿跳跳蹦蹦的。只是在费尔斯讷-伊姆布斯要溜之大吉时，图拉从狗舍里——她手里一直拿着链条的弹簧扣——用她那刺激性的嘘嘘嘘声唆使我们的哈拉斯去咬人，哈拉斯这才跟在钢琴家后面，咬住了他的男式小礼服。在上钢琴课时，只穿一件天鹅绒短上衣的费尔斯讷-伊姆布斯，每当他要练会一支高难度的音乐会乐曲，或者给高傲的、就好像真的在场的听众演奏时，就要匆匆罩上一件音乐会上穿的小礼服。

小礼服被咬坏了，我父亲只好赔一件。除此之外，钢琴家没有发生任何令人痛苦的事情，因为工长和木工师傅能够把我们那只黑色的、拽住节日盛装的哈拉斯，把这只本来就一直在嬉戏的畜生拉回去。

图拉肯定要挨揍了。可是图拉溜了，没有受到惩罚。我为这件事挨了揍，因为我没有制止图拉，而是站在那里袖手旁观。我作为木工师傅的儿子责无旁贷。我父亲用一根椽子揍我，直揍到费尔斯讷-伊姆布斯——德雷森工长又劳他大驾光临——提出抗议时才住手。他用一把放在小礼服里袋内的、躲过了我们哈拉斯猛扑劫难的小毛刷，先是逆着毛发生长的方向刷他那艺术家蓬乱的长发——对于这种景象，哈拉斯只好发出狺狺声，忍受下去——然后像往常一样，再梳刷成狮子头发型。他这样做，是要让人们去思考，该受惩罚的是图拉或者这条狗。可是，图拉曾经站过的地方，现在只是一个窟窿，而我的父亲又是从来不揍我们的哈拉斯的。

图拉,你听:

半个小时之后,圆锯安静下来了。仿佛事先约好了似的,凿榫机和整流器也安静下来了。带锯不声不响。哈拉斯又被拴上链条,懒洋洋地躺在地上。电动刨低沉的隆隆声停止了。从费尔斯讷-伊姆布斯的音乐室里十分清晰地传来阵阵柔和的、异常缓慢的、时而庄严时而哀伤的琴声。这些琴声直挺挺地穿过木工作坊院子,爬上出租房屋的正面,在三层楼的高处往下坠落,然后再聚集拢来,又飘散开去。伊姆布斯在练那支难度很大的曲子,练那支所谓的柔板。这首曲子延续的时间有原来的三倍,为此,工长用黑色配电板上的把手关掉了所有的机器。

正如我猜想的那样,图拉坐在木材仓库深处,在油毛毡屋顶下,长长的鬈发上沾满了锯末。她想听乐曲,可是乐曲并不萦绕在她的脑海里。钢琴家的音乐会演奏曲子引诱着我。我从丁香树小园圃四周的篱笆上爬过去,把脸贴在窗玻璃上。像玻璃一样的绿色光线是昏暗的音乐室内的光束。两只施展魔法的手和一个头发雪白但看起来仍然是绿色的脑袋罩在电灯光束里——正在着了魔法的钢琴键盘上弹奏的费尔斯讷-伊姆布斯连同乐谱,都罩在这种光束里。巨大的沙钟既默默无声,又勤奋努力。瓷器芭蕾舞女演员也把她那按照阿拉贝斯克舞姿水平伸长的瓷器腿伸进绿色光束之中。埃迪·阿姆泽尔和燕妮·布鲁尼斯身上像长了霉似的,坐在后面的沙发上。燕妮穿着一件柠檬黄的衣服。阿姆泽尔没有画画。两个听众往日那张健康的、像苹果一样有光泽的脸蒙上了一层病态的苍白。燕妮的手指把水下光线变成肉质的海藻,她把这十根香肠般的手指叉在一起。阿姆泽尔用两只手搭成一个平展展的篷,托着下巴。费尔斯讷多次津津有味地重复着某一段特别忧伤的快速经过句——曲中表现了呼唤、分离、远去,冲浪、云头、列队飞翔的鸟群、爱情迷魂汤、林中乐趣和夭亡——紧接着,在屋子里最后面的地方,在上了漆的小托架上,当金鱼在玻璃缸里抽搐时,他又一次演奏这首极其轻柔的曲子,给人们助兴——曲中表现出疲惫不堪的神情，有过门，有兴高采烈的场面——他同绿色空气中的十指一道久久地倾听着弹在钢琴上的最后一个音符，一直到让凿榫机和整流器、圆锯和带锯按照约定停工半个钟头的时间结束为止。

在伊姆布斯音乐室里呆若木鸡的人们开始活动起来。燕妮的手指松开了。阿姆泽尔用手指搭成的篷倒塌了。费尔斯讷从绿色的室内空气中收起他的手指。现在，他才给客人们看他那件放在后面而边上已撕碎的小礼服。这件糟糕透顶的衣服传来传去，最后传到了埃迪·阿姆泽尔手里。

阿姆泽尔拿起衣服，数一数剩下的那些还能把衣服扣上的纽扣，用叉开的手指检查每一个破损处，演示一只牧羊犬受人唆使猛扑时所造成的危害，紧接着，在富有教育意义的引子之后，转入弥撒曲。他透过尖角形窟窿仔细察看，透过开襟窥视，用两根狡猾的手指放大裂开的线缝。他是燕尾服燕尾下面的风，终于钻了进去，把全部心思都放在这件庄重的蹩脚衣服上。他既在改变自己，也在改变这件衣服。他穿着这件伤残的小礼服给应邀前来的观众表演。阿姆泽尔的外表令人担心，阿姆泽尔引起人们的同情，阿姆泽尔这个跛子啊，阿姆泽尔这个全身发抖的人啊，阿姆泽尔在风中，在雨中，在履薄冰。他是飞毯上的乌尔姆的裁缝，是大鸟福尔克，是仙鹤哈里发，是乌鸦，是猫头鹰，是啄木鸟，是在晨浴的麻雀，是马后面的麻雀，是大炮上面的麻雀。许多麻雀碰到一起，相互谩骂，叽叽喳喳地商量，然后又分散开去，对掌声表示感谢。阿姆泽尔身穿小礼服的小把戏在掌声之后又接着开始。他表演能重新活动自如的祖母，轮渡工牙疼，神父逆风而行，舒格尔·莱奥在公墓大门口，参议教师们在休息大院。不过，所有的人都绝非胖子，而且同浴场管理员的形象毫不相干。有一次，他匆匆忙忙穿上衣服，扮演碍手碍脚的支豆蔓细杆和四翼风车，他是幽灵和魔鬼，是十字路口和不祥的数字七。一个蹦蹦跳跳、骨瘦如柴、小得可怜的幽灵抓住瓷器芭蕾舞女演员，把她从钢琴上拿走，用蝙蝠翅膀向她求爱，可怜巴巴地占有她，让她穿着像哈拉斯一样黑黑的、越变越长的衣服，毫无信仰地消失，而且似乎要永远消失一样。谢天谢地，它又安然无恙地重新露面了，又回到了钢琴家园。他的表演暂告结束，这时大家缠住他再加演节目。他再一次有点喜欢上化装舞会了。他表演各种动作，博得了阵阵掌声。他感谢我们的哈拉斯，因为它嘴上有嚼子，他对木材仓库里那个远处的图拉表示敬意，因为图拉给哈拉斯，而哈拉斯又给费尔斯讷-伊姆布斯，最后是费尔斯讷的小礼服又在埃迪·阿姆泽尔心里解开了小钩，揭开了井盖，让格罗申①掉到井里去，让一粒种子长出思想来。阿姆泽尔童年时播下的种子，可望在收获时让粮仓也装不了。

埃迪·阿姆泽尔刚脱下黑色的衣服，刚作为熟悉、随和的阿姆泽尔重新站在泛着绿色光线的音乐室里，便把他的道具折叠整齐，拉着一半是胆怯、一半是高兴的燕妮的小手，拿着伊姆布斯的小礼服，离开了钢琴家和他的金鱼。

图拉和我——

我们当然想到，阿姆泽尔会把撕得一塌糊涂的衣服带走，拿去找裁缝。可是，没有一个缝补匠得到这份工作，因为我们的哈拉斯把它给抓住了。因为我父亲得赔一件崭新的上衣，所以我的零花钱也减少了一半。为此，木工师傅大概会要求留下那件破衣服，比方说在机器间派上用场吧——那儿随时都需要擦油布——可我父亲付了钱，没有提出要求，甚至还像木工师傅经常道歉时那样，清清嗓子，既狼狈又傲慢地向人道歉。阿姆泽尔仍然是这件虽然残缺不全却是可以修改的小礼服的受益者。从此以后，他的才能不仅仅奉献给素描和水彩绘画；从此以后，埃迪·阿姆泽尔虽然不打算吓唬鸟，却造了一些真人一般大小的稻草人。

在这里可以断言，阿姆泽尔并不具有特别的鸟类知识。人们既不能说图拉的表兄是犬学家，也不能因为稻草人的缘故，把埃迪·阿

① 昔日德国辅币，一格罗申相当于十芬尼。

姆泽尔称为鸟学家。人们也许可以不费吹灰之力,就把麻雀同燕子、猫头鹰同啄木鸟区别开来。甚至在埃迪·阿姆泽尔眼里,椋鸟和喜鹊也并非同样偷窃成性。可是在他看来,红胸鸲和红腹灰雀、白脸山雀和苍头燕雀、金翅雀和夜莺却毫无区别,都是鸣禽。譬如像这样的问答游戏——"这是什么鸟?"他就回答不出来。没有人曾经见他翻阅过《布雷姆①》。有一次我问他:"山雕或者鸊鷉,哪个更大?"这时候,他眨眨眼,回避道:"我的天,当然是这样。"可是对于麻雀,他的眼光却非常敏锐。连精通鸟类的行家都不能做到的事情,阿姆泽尔却能做到。他能区分一群、一大群、一大群济济一堂的麻雀,也就是所有人都认为没有颜色的麻雀,把它们逐个区别开来。他能估计到在檐沟里洗澡的、在马车后面叽叽喳喳吵嚷的和在最后一次铃声之后突然闯到休息大院的麻雀数目。这些麻雀纯粹是非群居动物,却偏偏要装扮成群体的社交聚会。在他看来,就连那些使他出名的乌鸫,从来不是,甚至在白雪覆盖的园子里也不是清一色的黑颜色和黄接嘴。

尽管如此,埃迪·阿姆泽尔并没有制造稻草人来对付他所熟悉的麻雀和喜鹊,出于形式上的原因,他并不针对任何人。在万不得已的情况下,他打算给一个危险的、有创造性的世界证实自己的创造性。

图拉和我——

我们知道,埃迪·阿姆泽尔在那儿设计和制造他的稻草人。不过,他并不把这些稻草人称作稻草人,而是称作"雕像"。他在斯特芬路租了一座宽敞的别墅。遗产继承人阿姆泽尔很富有。别墅的底层装有橡木护墙板。斯特芬路横穿朗富尔郊区西南部。它在耶施肯塔尔森林下面与耶施肯塔尔路分岔,通向募捐所与孤儿院,接近朗富尔消防队一带。在那里,别墅挨着别墅,还有几个领事馆——拉脱维

① 布雷姆(1829—1884),德国动物学家,著有《布雷姆的动物生涯》。

亚领事馆和阿根廷领事馆。在绝非朴实无华的铁栅栏后面是计划中的园圃。那里有黄杨、紫杉和山楂树,还有珍贵的英国草坪。这种草坪夏天必须浇灌,冬天则免费覆盖在白雪下面。垂柳和银枞分列在别墅两侧,高出别墅,给别墅遮住太阳。匍匐类果树的果实带来不少麻烦,喷水池老得修整,园圃工人声明辞职。警卫与保安公司使盗窃犯无从下手。尽管消防队就在孤儿院后面,消防队的练习塔高高耸立在所有银枞之上,但仍有两个领事和一个巧克力厂主的夫人申请火警报警器,并随即获得批准。火警报警器可以使两支消防队在二十七秒钟内接近房屋正面的白色横线脚,以及申克尔只是通过道听途说知道的大门的常春藤。夜晚只有少数窗户亮着灯光,除非是“安格拉斯”巧克力工厂厂主举行招待会,那时,人们可以听到在两盏路灯之间很长一段时间内都有脚步声来来往往。总之一句话,这是一个安静、雅致的小区。在这个小区内,十年当中只发生过两起杀人案,听说还有过一次谋杀未遂。

瓦尔特·马特恩以前住在老城区,住在卡尔芬赛根的一间备有家具的出租房里。他很快就搬进了阿姆泽尔的别墅,住着两个装有橡木护墙板的厅。有时候,一些女演员住在他那儿,因为他还不想开始国民经济学的学习;不过,位于煤炭市场旁的市立剧院的全体配角演员接受了他。瓦尔特·马特恩扮演许多庶民当中的一个平头百姓,全副武装者当中的一个持枪者,六个拿蜡烛的仆人当中的一个仆人,酩酊大醉的雇佣兵当中的一个烂醉如泥者,怨天怨地的农民当中的一个牢骚满腹的人。他扮演戴上面具的威尼斯人,扮演哗变的士兵,扮演六先生之一。这些先生同六位太太一道,应当赋予第一幕中的生日聚会、第二幕中的踏青、第三幕中的葬礼、最后一幕中的轻松愉快的遗嘱启封以丰富的内容,营造闲聊的、打情骂俏的、哀伤的和使人兴高采烈的气氛。虽然在这些表演中说不上两句连贯的话,但瓦尔特·马特恩却由此积累了他最初的舞台经验。此外,他还想牢牢地打下他表演天才的基础,把牙齿咬得咯咯作响,令人心惊胆战。他每周两次让市里著名的喜剧演员古斯塔夫·诺尔德给他讲喜剧课，因为马特恩认为，对他来说，悲剧表演才能本来就是他与生俱来的，只是在喜剧方面，他还有所欠缺。

当阿姆泽尔别墅两个装有橡木护墙板的厅不得不倾听瓦尔特·马特恩扮演弗洛里安·盖尔①念出的台词时，第三个同时也是最大的厅——像戏剧学校的学生活动大厅一样，装有橡木护墙板——就成了阿姆泽尔工作方式的证人。厅里几乎没有家具，在结实耐用的橡木天花板上有粗糙的屠户挂钩，在猫头小吊车上面还有链条，它们同原物一般大小，紧挂在护墙板下面。在矿工更衣室和干燥室里也是按照类似原则工作的，镶木地板上空空如也，天花板下拥挤不堪。有一件家具，是一张斜面桌，真正的斜面桌，文艺复兴时期的斜面桌。桌子上面放着那部典范作品，书是打开的。这是一部有六百页的著作，一部无与伦比的著作，一部邪书，是魏宁格的作品。作品上有判断错误、评价过高、销售量大、发生误会、过于了解和标着父亲边注与魏宁格脚注的绝招。《性与性格》，第十三章，第四〇五页上写着："……姑且这样讲，犹太教的世界历史意义和巨大功绩或许仅仅在于：不断使雅利安人意识到自我，使他回复到自身（'自身'为粗体）。这就是雅利安人之所以要感谢犹太人的地方。他通过犹太人知道，他要提防什么。他要提防犹太教有可能渗入自己心中。"

埃迪·阿姆泽尔怀着传教士的激情，给橡木天花板下面那些已经完成的、摇晃着的假人和所有的木头架子及铁丝架子，朗诵这些类似的、有时候是针锋相对的，甚至是似是而非的格言。那些假人和架子在发亮的镶木地板上，作为无定型的但仍然是在进行讨论的社交圈子挤满了装有橡木护墙板的大厅。人们在无拘无束地闲聊着，听埃迪·阿姆泽尔这位知识渊博、能言善辩、才智过人的、往往是原原本本、客观真实而仅只在必要时才主观臆断的、亲切友好的、无所不在的、绝不会贸然生气的、淡然超脱的主人讲：女人和犹太人是怎么

---

① 弗洛里安·盖尔（1490—1525），德国骑士、军队首脑和外交家，马丁·路德的信徒。

回事，根据魏宁格的说法，人们现在是否必须剥夺女人和犹太人的灵魂，或者说，只是剥夺女人或只是剥夺犹太人的灵魂是否就够了，从人类学的观点看，犹太教是否因为从经验主义的方面来推导，就同坚定的信仰相矛盾。这个信仰就是："其实可以说所有人都是上帝的选民。不过，只是为了讨论的缘故，人们在极端反犹太主义者身上往往不能充分地察觉到犹太人的品质。就譬如说瓦格纳①吧，虽然一个真正的犹太人永远也创作不出《帕西发尔》。人们同样也可以区分，在雅利安人的社会主义和典型的犹太人的社会主义之间进行区分，因为据我们所知，马克思就是犹太人。因此，不管是女人还是犹太人，都不能理解康德的理性，甚至连犹太复国主义也无法理解。您瞧，犹太人就是偏爱动产。英国人也这样做。刚才，刚才我们谈到的是犹太人缺少的东西。归根结底，他们简直是不仅对国家感到陌生，而且……但是，不管他们来自何处，在中世纪，直至十九世纪，直至今日，这种情况都在反复出现——可以说，这笔账都算在基督徒名下。完全相反，我亲爱的——您往这边看，您可是熟读《圣经》的，或者说，是这样吧！雅各怎样对待他垂死的父亲呢？他骗了以撒，哈哈哈。他骗了以扫，那好吧，拉班的情况也并不美妙。不过，这种情况却比比皆是。是呀，假如我们从百分比看，与严重犯罪有关的东西，都是雅利安人干的，而不是其他人。能够证实这一点的也许就是：在犹太人看来，既没有善，也没有恶。同样，他们不知道孕育天使，更不用说孕育魔鬼了。现在，我谈谈彼列②形象和伊甸园吧。虽然如此，我们仍然要坚持这一看法：犹太人既没有达到至高无上的道德高度，也没有堕落到深不可测的道德深渊。因此，为数不多的暴力犯罪，与此类似的还有女人，都再一次证实：在各个方面都缺少伟大崇高的东西。要不然，您可以当场给我举出这样一个圣徒来，这才是绝招！因

① 瓦格纳（1813—1883），德国音乐家，《帕西发尔》是瓦格纳创作的三幕歌剧。

② 彼列，即魔鬼撒旦，伊甸园中的蛇。前面提到的以撒是雅各的父亲，拉班是雅各的舅舅，都是《圣经》中的人物。

此我说：我们只醉心于种类，而不管个体，就连众所周知的家庭意识也只有这样一个逐渐增长的目的，确实，因此就出现了诱人通奸的现象，拉皮条的犹太人也就成了高贵的对立面。不过，魏宁格讲得并不清楚的是：不管是他还是别的人都没有，他根本就没有落入暴民手中，他既没有受到抵制，也没有被赶走，他最终还是一个人。然而对于犹太复国主义，他还是说不清楚。他每每谈到张伯伦①。最后他自言自语道：类似情况并非在任何情况下都与女人有关。但他要剥夺两者的灵魂。说实在的，这只不过是有点近乎柏拉图式的做法罢了。您忘了。我什么都没有忘，我最亲爱的朋友。他举出一些事实，譬如：真的吗，人们用这些例证什么事都可以……一段列宁的引文，是不是？瞧，是这样吧！您看，达尔文主义在当时能赢得大多数的信仰者，就是因为这个猴子理论；因此，下述情况并非偶然：就像过去在阿拉伯人那里一样，化学一直掌握在确实有种族亲缘关系的人手中，所以，它只不过是医学当中的一个化学流派罢了，而这时还有自然疗法。我们在这里最终还是醉心于生物体和非生物体。歌德把人造人的企图——他这样做，并非没有道理——赋予瓦格纳，而不是浮士德，因为他的助手瓦格纳——所以我们可以放心大胆地推测——具有典型的犹太人的特点，而浮士德则不然，因为他们所有的天赋都已经失灵。那么斯宾诺莎呢？我们所说的正是此人。因为如果歌德不把他的著作当成最爱看的读物，那么……至于海涅，根本不值得一提。英国人的情况也差不多，他们也没有最受人喜爱的读物。如果我没弄错的话，斯威夫特和斯特恩就不是人们最爱读的作家。关于莎士比亚，我们知道的情况仍然太少。他们肯定是能干的经验主义者，是现实政治家，却从来也不是心理学家。尽管如此，仍然有心理学家，不，不，我亲爱的，您让我把话说出来吧。我指的是英国式的幽默，犹太人从来也不会有这种幽默，而至多也只不过是滑稽，爱开玩

① 休斯顿·斯图尔特·张伯伦（1855—1927），英国出生的德国作家，鼓吹种族主义和反犹主义。

笑罢了，简直就像女人一样。可是幽默呢？从来就没有！我会给您讲为什么，因为他们什么也不相信；因为他们什么也没有，所以能够变得什么都有；因为他们有成为概念的倾向，所以就有了法学；因为他们对于不可侵犯的或者神圣的东西不合适，甚至根本就不合适；因为他们诽谤一切，往往是无耻地诽谤；因为他们既不赋予一个基督徒以基督教信仰，也不给一个犹太人以洗礼；因为他们具有各种虔诚，各种真正的热情；因为他们有席勒那种对全世界的亲吻；因为他们既无法寻找，也无法怀疑，当然也不可能真正怀疑；因为他们不信仰宗教；因为他们既不光辉灿烂，也不着魔疯狂；因为他们既不胆战心惊，也不勇气百倍；因为他们并不英勇，而往往只会讽刺；因为他们像海涅；因为他们得不到支持；因为他们只搞破坏，他们只能干这种事，而从来不会干别的事；因为他们从不绝望；因为他们没有创造能力；因为他们会唱歌；因为他们不做任何事情，不去思考；因为他们单纯幼稚；因为他们害羞，体面，胆小；因为他们从不惊讶，不会震惊，只有物质生活；因为他们得到荣誉；因为他们有着深层的性爱；因为他们讲求仁慈、爱情、幽默。我说，是这么回事，幽默、仁慈、荣誉和歌唱，还有一再出现的信仰、橡树、西格弗里德主题、喇叭和直接存在。我说，走开，是这么回事，走开。您就让我把话讲完吧：走开，走开！”

这时，埃迪·阿姆泽尔步态轻盈地离开真正的文艺复兴时期的斜面桌，却仍然没有合上奥托·魏宁格那本典范著作，因为在这当儿，橡木护墙板之间的鸡尾酒会正在谈论别的话题，谈论奥林匹克运动会及其并发症。他只保持一定的距离，打量那些才放在架子上却已经在夸夸其谈、支持某些意见的假人。他顺手到箱子里去抓——不过并非毫无选择——抓住一些东西，乱扔一气，经过一番挑选，然后就像他装饰那个挂在橡木天花板下面的链条和屠户钩子上的社交圈子一样，开始用类似方式装饰镶木地板上那个兴致勃勃的社交圈子。埃迪·阿姆泽尔用废报纸和他从正在修缮的住宅那儿收购来的裱糊纸零头来粘贴。海滨浴场船队淘汰的旗帜碎片、几卷卫生纸、空罐头盒、自行车的钢丝、灯罩、花边和圣诞树装饰品决定着这种时装的式样。他用一大钵冷胶,用被拍卖的、放有樟脑丸的和寻找到的东西变戏法。不过必须说明的是,这些稻草人,或者像阿姆泽尔所说的假人,在美学的平衡对称方面、细节的考究方面以及外部线条病态的修饰方面,都不如那些据说是乡村学生埃迪·阿姆泽尔在故乡希温霍尔斯特制造了好几年、放在维斯瓦河河堤上而且还赚了钱的稻草人。

阿姆泽尔是第一个注意到这种实质性损失的人。后来,瓦尔特·马特恩一离开他的橡木护墙板和雷克拉姆出版社出版的袖珍本,也同样指出:虽然有令人震惊的才能,但不能忽视的是缺少了过去那种阿姆泽尔式创造者的狂热。

阿姆泽尔在朋友面前为自己辩护,把他的一个装饰精美的假人放到阳台上。这个阳台紧挨着装有护墙板的大厅,被耶施肯塔尔森林的山毛榉树遮住。虽然如此,这个模特儿仍然取得了一些成果,因为那些忠诚、老实的麻雀都不正眼看这个艺术品,都习惯性地躲开它。可是没有人会说,一大群鸟儿由于看到这个假人便惊慌失措,叽叽喳喳地叫着,从树林里飞出来,在森林上空重现过去阿姆泽尔孩提时代的情景。艺术不景气,魏宁格的文章仍然是一堆废纸。艺术上的完美使人厌倦。麻雀不合作。乌鸦在打哈欠。林中的鸽子不会相信这种东西。苍头燕雀、麻雀、乌鸦和林中的鸽子轮流落到他的假人上。这是一种怪诞的景象,然而埃迪·阿姆泽尔却容忍了这种状况。不过,我们在灌木丛里的篱笆后面却听到他在叹息。

不管是图拉还是我,对他都爱莫能助——

大自然在帮忙。十月份,瓦尔特·马特恩同一个少年队的中队长打了一架。当时,这个中队正在附近的树林里举行所谓的军事演习。一小队身穿少年队制服的男孩用三角旗——这儿说的是三角旗——占领了阿姆泽尔别墅后面的园子。瓦尔特·马特恩从露天阳台上跳下来,跳到湿漉漉的树叶中间。要是我像我的小队长那样,试图帮助我们的中队长海尼·瓦斯穆特,那我肯定也会牵扯到这场斗殴当中去。

第二天夜里，我们不得不从树林里往别墅扔石头。我们多次听见窗玻璃在当啷当啷地响。这个事件也许就从此了结了。在园子里发生斗殴时，站在阳台上的阿姆泽尔很可能也就满足于袖手旁观了。不过，他却把观察到的东西都画成速写，画在廉价纸上，而且还做了一些雪茄烟盒那么高的模特儿：搏斗着的假人，乱哄哄的一群人，一场混战。下穿短裤，脚穿齐膝长袜，肩背皮带，身着褐衣，三角旗在挪动，窜来窜去，皮带滑落下来，队长在鼓劲，少年队队员都又瘦又小，用沙哑的嗓子欢呼胜利，真是惟妙惟肖。我们小队在阿姆泽尔园子里争夺三角旗时，就是如此。阿姆泽尔重新找到了通向现实的道路。从此以后，他再也不制作时髦的模型、工作室里的怪人和室内的椴树了，而是带着好奇和渴望的心情走上大街。

他表现出对于各种制服，尤其是黑色和褐色制服的沉醉，这些制服越来越成为一种街景。他可以在塔格内特尔巷的旧货店里搞到一件旧的冲锋队制服，而且还是作战时用的，但是一件制服仍满足不了他的需要。他费了好大的力气才克制住自己，放弃在《前哨》上面以自己的名义登一则“求购冲锋队旧制服”的广告。在制服商店中有党服，只要出示党证就可以去买。可是因为埃迪·阿姆泽尔不可能参加这个党派或者该党下属的某个组织，他就开始用阿谀奉承、造谣中伤、诙谐滑稽和总是灵机应变的言辞，断断续续地说服他的朋友瓦尔特·马特恩——此人现在虽然不再散发共产党的传单，却把罗莎·卢森堡的一张照片钉在他的橡木护墙板上——去做阿姆泽尔因为必不可少的制服的缘故虽然很想去做却又不能去做的事情。

出于友情——据说这两个人是结拜兄弟——一半出于开玩笑，一半出于好奇心，尤其是出于对阿姆泽尔要获得他和今后的稻草人支架所需要的那些带有极端色彩的褐色制服所感到的好奇，瓦尔特·马特恩在一小步一小步地退让。他把雷克拉姆出版社出版的小册子放到一边，填起登记表来。在这张表格的一些栏目中，他毫不讳言自己是“红色雄鹰”的成员，后来成为共产党的党员。

他哈哈大笑着,摇晃着脑袋,不再是表面上而是把所有的牙齿从外向内地咬得咯咯作响,参加了冲锋队朗富尔中队。该冲锋队常去的地方和集会场所是“小锤公园”饭店。这是一个宽敞的饭店,它有相同名字的公园,有舞厅,有保龄球场和家常饭菜,位于股票啤酒厂和朗富尔火车站之间。

工业大学的学生成为这个主要成员是小资产者的冲锋队中队的核心。每次在体育馆旁的五月草地上集会时,这个中队都担任警戒。在这几年中,该中队的主要任务是:在军队草场上,在波兰大学生宿舍附近,开始同“友好援助”①大学生联合会的会员发生殴斗,捣毁波兰人联合会的会址。刚开始,瓦尔特·马特恩就遇到了麻烦,因为人们要了解他那赤色的过去,甚至要了解他散发传单的活动。不过,既然他并非冲锋队朗富尔-诺尔德第八十四中队唯一的一个昔日的共产党员,既然过去的共产党员每当酩酊大醉时就用红色阵线的敬礼相互问候,所以他很快也就习惯了,更何况中队长还护着他哩。中队长约亨·萨瓦茨基在一九三三年以前是红色阵线的战士,曾发表过多次演讲,给席豪移民区的船厂工人宣读罢工号召书。当萨瓦茨基在小锤公园举行他那既简短又受欢迎的演讲时,他并不讳言自己的过去。他说:“这一点我可以告诉你们,年轻人,就我所知,元首是一个无与伦比的共产党员,他成了冲锋队员,他比十个中央党的大官更愉快。这些大官是由于害怕才入了党,而不是看到新的时代已经开始。是的,新时代已经开始。只不过那些中央党的大官,他们很长时间都在睡大觉,还没有注意到这种情况罢了。”

当十一月初,这个经受过考验的中队的一个代表团被派往慕尼黑参加运动纪念日②的活动,因此穿上新的制服时,瓦尔特·马特恩就能把经受过某些室内搏斗的破旧衣服及时地留下来,拿到斯特芬

① 这里指但泽-朗富尔工业大学波兰大学生联合会。

② 纪念1923年11月9日希特勒在慕尼黑发动的一次名为“向统帅部进军”的啤酒馆暴动。

路去。在很短的时间内,中队长萨瓦茨基就把马特恩提升为下士了。本来,这时的马特恩是应当把所有的破烂儿连同靴子和腰带一起带到蒂根霍夫去的,因为人们正好在那里组建了一个冲锋队中队,那个中队手头拮据。可是,埃迪·阿姆泽尔给他的朋友开了一张支票,支票上的数字足以让二十个人穿上新制服。在阿姆泽尔的橡木护墙板之间堆积着褐色的破旧衣服。衣服上的啤酒渍、油渍、血渍、焦油渍和汗渍使这些脏东西成了无价之宝。他立即开始量尺寸。他分门别类,清点计数,堆放整齐。他放弃一些东西,梦见行进的队伍,让这些队伍从身边经过,在他们经过时向他们问好。他眯着双眼看见室内斗殴,人们在活动着,一切都乱七八糟,人斗人,骨头和桌子边,眼睛和拇指,啤酒瓶和牙齿,叫嚷声,翻倒的钢琴,观赏植物,枝形吊灯和至少二百五十把冷藏的小刀。除了堆积如山的旧衣服,在橡木护墙板之间只有瓦尔特·马特恩。他在喝一瓶矿泉水,却并没有看见埃迪·阿姆泽尔所看到的东西。

我的图拉表妹:

尽管按着布劳克塞尔的意思,我只能写埃迪·阿姆泽尔,但是我却写了图拉,而且还给图拉写信。图拉要操心的是让我们的看家犬哈拉斯第二次袭击钢琴教师和芭蕾钢琴演奏家费尔斯讷-伊姆布斯。在马路当中,在栗子路,图拉把系狗的皮带放开。伊姆布斯和燕妮——他们都穿一件黄色厚绒呢大衣——很可能是从芭蕾舞学校出来,因为尖足舞鞋的粉红色丝带从燕妮背的练功用品包里露了出来,正晃来晃去。图拉放开系着哈拉斯的皮带,因为风在不断改变方向,雨也就从四面八方斜着飘过来。被图拉放开了系狗带的哈拉斯从挖掘成沟的和激起小水泡的水洼上面跳过去。费尔斯讷-伊姆布斯在自己和燕妮头上撑了一把雨伞。哈拉斯没走弯路,它知道,图拉把它放开时,是要它去袭击谁。这一次是伞——我父亲不得不给钢琴家换一把伞——当这只黑畜生湿漉漉、滑溜溜、伸长四肢地向伊姆布斯和他的女学生猛扑过去时,伊姆布斯抡起这把当作雨篷的伞进行自卫。他撑住伞,把它当作加上了尖头的黑色盾牌,抵挡狗。雨伞当然只好甘拜下风,不过,还有支撑伞边的星状金属伞骨可以抵挡。虽然这些伞骨被多次弄弯,多次戳穿了伞布,但它却对我们的哈拉斯进行了令它饱受皮肉之苦的抵抗。它的两只前腿被缠在难以挪动的伞骨当中,被行人和一个系着沾满了污渍的围裙、从自己的店铺里跳出来的屠户制服了。雨伞完蛋了。哈拉斯在喘着粗气。图拉不让我跑。屠户和钢琴家浑身上下湿漉漉的。哈拉斯被套住了。钢琴家那艺术家的长发绞成一绺一绺的,扑到头发上的香粉浸透了水,滴到深色的衣服上。而燕妮这个胖丫头则躺在人行道旁边的排水口里。在这个排水口,在这十一月的日子里,水声淙淙,涌流而去,发出汩汩声,激起灰色的水泡。

屠户并不回到他的血肠旁边,而是像他从店铺里跳出来时那样——秃头,形似香肠,又似猪头——把我和哈拉斯交给了木工师傅。他用一种令我反感的方式讲述事情的经过,说图拉是一个胆小怕事的小女孩,说我无法再控制住狗时,她惊慌失措地逃跑了。图拉自始至终在一旁观看,只是在我把系狗带从她手里夺过来时,她才逃跑了。

屠户用他那只长满毛的大手握手告别。这一次不是用四棱形的椽子揍我,而是用木工师傅扁平的手揍。费尔斯讷-伊姆布斯得到了一把新伞。我父亲承担布鲁尼斯参议教师清洗黄色厚绒呢大衣的费用。幸好燕妮那个装有粉红色芭蕾舞鞋的练功用品包在排水口里没有被冲走,因为排水口通到施特里斯巴赫河里,而施特里斯巴赫河又流入股票池,施特里斯巴赫河再离开股票池,施特里施巴赫河在埃尔森大街、赫尔塔大街和路易丝大街下面流过整个朗富尔,流过新苏格兰,沿勒格斯特里布往上,在维斯瓦河河口对面的布罗施克申路附近流入死维斯瓦河,然后同维斯瓦河与莫特劳河的河水混在一起,穿过新航道与韦斯特普特河之间的港口运河,流入波罗的海。

图拉和我在场——

当时是基督降临节的第一个星期，在玛丽亚街十三号，在朗富尔最大、最漂亮的园林娱乐场所“小锤公园”饭店里——经理：奥古斯特·科申斯基，电话：41049，每星期二供应新鲜的华夫饼干——发生了斗殴。这次斗殴在一个半小时之后才被警察制止住。这些警察在党派集会期间总是在狩猎小屋里值勤。布劳警官呼叫增援。他打电话118。有十六个警察来到门前，用警棍恢复了秩序。

大会的座右铭是：“返回帝国——反对受条约约束的专横！”出席大会的人数很多。绿色大厅里有二百五十人。按照计划，发言者在装饰了的树木之间轮流上台讲话。首先讲话的是中队长约亨·萨瓦茨基，他讲得精简扼要，声音沙哑，娓娓动听。接着，由党的地方小组组长泽尔克讲他参加纽伦堡全国党代表大会的印象。尤其是青年义务劳动队的成千上万把铁锹，给他留下了深刻的印象，因为太阳光在亲吻着青年义务劳动队的铁锹：“亲爱的朗富尔人，我不能不说，这么多铁锹出现在你们面前，这真是罕见的，非常罕见的。亲爱的朗富尔人，我们一辈子也忘不了这种景象：成千上万次地闪闪发光；一声大喊犹如发自成千上万个喉咙。我们的心都快要蹦出来了。亲爱的朗富尔人，有一些老战士眼里噙着泪水。可是在这样一个时刻，人们用不着害臊。当时我想，亲爱的朗富尔人，我回家时，我要给所有不能像我这样身临其境的人讲，当帝国青年义务劳动队的成千上万把铁锹举起来时，是怎样一种景象……”然后讲话的还有县长卡姆佩，他讲的是他参加比克堡收获感恩节的印象，讲准备在筹建中的艾伯特-福斯特移民区新建住宅的打算。在这之后，冲锋队中队长约亨·萨瓦茨基在二百五十多个朗富尔人支持下，三呼万岁，向元首和帝国总理致敬。两首颂歌①，一首节奏太慢，一首节奏太快，男人唱得太低，女人唱得太高，孩子唱得离谱，不合节拍。正式集会就在这种歌声中结束了。紧接着，党的地方小组组长泽尔克对朗富尔人宣布集会的第二个项目开始。大家舒舒服服、无拘无束地聚集在一起，

---

① 指霍夫曼·封·法勒斯莱本那首《德国人之歌》和《霍斯特-韦塞尔之歌》。

用抽奖方式分配用于寒冬赈济的既有用又可口的产品。奖品的捐赠者是：瓦尔蒂纳特牛奶场、阿马达人造奶油厂、安格拉斯巧克力厂、卡诺尔德糖果厂、基绍酒类批发商行、豪博尔德-兰泽尔批发商行、屈内-森夫公司、但泽玻璃工场和朗富尔股份啤酒厂。该啤酒厂除捐赠两箱啤酒用于抽奖分配外，还额外捐赠了一小桶啤酒。“赠给冲锋队朗富尔-诺尔德第八十四中队；赠给冲锋队朗富尔第八十四中队的小伙子；赠给值得我们自豪的冲锋队队员；为我们八十四中队的冲锋队队员三呼万岁——乌拉——乌拉——乌拉！”

然后是一阵骚乱，这种骚乱只有把警察叫来后借助警棍才得以平息，这倒不是有共产党员或者社民党员捣乱。当时，这些人根本就不存在了。更确切地说，这是在开怀畅饮，是通常见到的那种从内心趋向眼珠的醉态，这种醉态使“小锤公园”饭店里的室内斗殴变得多姿多彩。因为在一番漫长的、不得不做又不得不听的讲演之后，总会出现这样的事情：大口喝酒，小口呷酒，汩汩痛饮，慢慢吮吸，慢慢啜酒，一饮而尽。有人坐着，有人站着，喝了一杯，再来一杯。有人从这一桌跑到那一桌，从这一桌喝到那一桌。有不少人站在零售酒柜前舍不得离去，双手洒满了酒；有少数人直着腰，汩汩畅饮，人们看不见他们的脑袋，因为在本来就很矮的厅内，在肩膀之上弥漫着浓浓的烟云。这些已经是情绪高昂的人一面开怀畅饮，一面唱起了轮唱曲：“你知道那个被击毁被击碎的森林①；哦！头上鲜血淋淋，伤痕累累。”

这是一个家庭节日，所有人都到齐了，都是老熟人。阿尔方斯·布布利茨同洛特和弗兰茨兴·沃尔施莱格尔说道：“你还会听到，在赫内公园里简直乱糟糟的。吵吵嚷嚷的声音顺着拉道内河往奥拉那里传去，在半路上传到一家旅店。在那儿有人遇到一些人，遇到杜莱克和他的兄弟。他们坐在那儿，所有的人都好像用钩环连在那儿似的。”

---

① 指第一次大战时1918年德军在法国阿尔贡森林战役中败北，伤亡惨重。

在屁股肥大的冲锋队队员布鲁诺·杜莱克身边，在零售酒柜前站成一排的冲锋队队员有：维利·埃格尔斯、保罗·霍佩、瓦尔特·马特恩和奥托·瓦恩克。“有一次在德拉咖啡馆里，那是在青格勒高地，那儿的人大概是发疯了，稀里糊涂就打了起来。最近又发生了一件事。可是到底在哪儿发生的呢？是在施特拉申-普朗申的拦河坝附近。他们在拦河坝上把他扔到了水库里。不过他又爬上岸来了。不像克莱因-卡茨那个维希曼，他因为这种事也许得进监狱。哎，真糟糕，棍棒要举高！我想，这个家伙大概跑到西班牙去了。这不可能。他们把他给干掉了，把他装进口袋里，而且剁成了碎块。还在他们把他同布罗斯特和克虏伯选进国民议会之前，我在市射击协会那儿就认识他了。他们简直发疯了，在戈尔德克鲁赫越过边境，现在，你瞧瞧这个古斯塔夫·道，那些硬币从他的兜里不断地滚出来。最近，他在米根温克尔说……”

古斯塔夫·道与洛塔尔·布德齐斯基手挽手踉踉跄跄地走来。到处都是围桌而坐的客人，还有一些人在轮流喝酒。图拉和我坐在桌旁，就在波克里弗克一家身边。我父亲听完讲话后就走了。很多孩子都已离开了那儿。图拉盯着卫生间的门，那是男卫生间。她什么也不喝，什么也不说，只是呆望着。奥古斯特·波克里弗克已经喝得酩酊大醉。他在给一个名叫米科泰特的先生讲科施奈德赖的铁路联运。图拉想通过呆呆凝视把卫生间的门盯得牢牢的。可是这扇门在转动，它被要解小便和解了小便的人驱动着。特别快车柏林——施奈德米尔——迪尔绍区段在科施奈德赖交会。可是特快车在那儿并不停车。图拉不盯着女卫生间的门。她看到瓦尔特·马特恩在男卫生间消失不见了。此外还有波兰国家铁路的员工米科泰特，可是奥古斯特·波克里弗克不厌其烦地给他讲解霍伊尼采——拉斯科维采这一区段的普通客车车站。埃娜·波克里弗克每喝五口啤酒就说一次：“现在该睡觉了，孩子们！”可是图拉并没有放过卫生间那扇一开一合的门。每次进进出出都被她的眼睛镜头咔嚓咔嚓地拍摄下来。奥古斯特·波克里弗克现在正依次穿行第三条科施内夫伊路段——纳克尔-霍伊尼采路段。格斯多夫、奥布卡斯、施朗根廷……用于抽奖分配寒冬赈济的奖券已经卖出。头奖是:一套十二人用的餐后小吃餐具,连同一些高脚酒杯,全是水晶玻璃器皿,全是水晶玻璃器皿!图拉可以抽三张奖券,因为她在去年已经抽过一次,抽到一只十一磅重的鹅。她目不转睛地盯着卫生间的门,先从差不多装得满满的冲锋队帽子里抽出一张奖券来,抽到一块安格拉斯巧克力;现在她用被抓破的小手抽第二张奖券,没有中奖!虽说如此,她却得到了头奖和水晶玻璃器皿。男卫生间的大门砰的一声关上,又哗的一声打开了。在他们解开裤子或者脱掉裤子时,里面已经开始动作。人们随时都可以拿起刀子来。人们大打出手,冲向耶格尔特。因为图拉在抽奖——这是中国对日本。哎哟,噼里啪啦!人们在踢门,在穿衣服,在转过身子,在躺下休息,在开始大声叫嚷:“霍莱·弗雷特!德瓦契尔·格努塞尔!莱达克·伦特鲁斯这种人!洛尔巴斯这种人!别把尾巴翘得这么高!”零售酒柜边所有的人——维利·埃格尔斯、保莱·霍佩、阿尔方斯·布布利茨、年纪小一点的杜莱克和奥托·瓦恩克都用自己那小刀子似的、尖锐刺耳的声音嚷道:“哎,真糟糕,棍棒要举高!”

一群醉醺醺的、闹嚷嚷的流氓,把水果盘挑选出来,把高脚酒杯拦腰砸碎,将厅内洗劫一空,把卫生间的门弄得油光光的。因为图拉在抽奖券,他们便在四周尽情糟蹋,用快刀斩乱麻的速度,唰唰唰地肆虐一通。此时此地,椅子和椅脚都悄然而去,没有人吵架;对一切都大开绿灯,对一切都无能为力;各种物品发出噼噼啪啪的响声。维利站在那儿,身子摇晃着;啤酒和果汁供不应求,因为所有的人都经过了十次筛选,都用不着喘口气。人人都在相互寻找。是谁在那下面到处乱摸?谁遇到麻烦了?那些毕业生在叫嚷什么?人们是怎样把卫生间的门从门轴上卸下来的?谁在抽奖券?没中奖。曲臂挥拳向上直击。帆具。鱼卵堆积如山。家畜脑浆四溅。快打电话118。警察——棍棒要举高!天不怕,地不怕!不怕,永远也不怕。人们乱作一团,绿色大厅在动荡,灯架在叮当作响。事情已经过去,时间在流逝。警戒业已撤销。灯光没有打开。一切都朦朦胧胧,因为在黑乎乎的大厅里,黑乎乎的“女用人”的黑乎乎的警棍在寻找漆黑的踝关节,直至黑乎乎的枝形吊灯下面的黑乎乎的脑袋瓜儿。黑乎乎的女人在尖叫着:“灯! 那儿有灯! 哎,真糟糕,警察! 二、三,棍棒要举高!”

只是当图拉在黑暗中从那顶放在我们这儿、搁在她双膝之间的冲锋队帽子中抽出第三张奖券时,只是在我的表妹抽完第三张奖券并把它打开时——这张奖券使她获得了屈内-森夫公司的一桶莳萝黄瓜——才又亮起了灯。由布劳警官率领的四个警察后备队员和由少尉警官绍辛指挥的十六个警察在向前推进。他们从零售酒柜和通向衣帽间的双扇门走过来。他们全身绿色,他们受人欢迎,令人畏惧。二十二个警察嘴里全都含着哨子,冲向拥挤的人群,把哨子吹得嘟嘟直响。他们工作时使用的是新式的、由警察局长弗罗博埃斯从意大利引进的、在那里叫“manganello”而在此地叫“按摩滚筒”的警棍。这种新式警棍比旧式警棍优越的地方是:它不会打出裂伤,而是仅仅把人打疼,并且几乎没有声音。每一个被打的人在被新式警棍打了一下之后,都会十分惊异地原地旋转两圈半,然后便——但往往是以一种木塞螺旋钻的技巧——轰然倒地。就连奥古斯特·波克里弗克在卫生间门边也得听从这种从墨索里尼的意大利进口的商品的摆布。他虽然没有裂伤,却有八天之久无法工作。除他之外,还有三个重伤,十七个轻伤,其中有四个警察。冲锋队队员维利·埃格尔斯和弗兰茨兴·沃尔施莱格尔,泥瓦匠古斯塔夫·道和煤炭商洛塔尔·布德齐斯基,不得不去蹲派出所,不过第二天上午也就释放了。“小锤公园”饭店的经理科申斯基先生在保险公司申报了一千二百古尔登的财产损失。这些财产包括:玻璃器皿、坐椅、枝形吊灯、被捣毁的卫生间房门、卫生间镜子、讲台边的观赏植物和用抽奖方式进行分配的头奖——水晶玻璃水晶玻璃!! 刑警科的调查表明,电并没短路,是有人——我知道是谁——把保险给拔掉了。

可是没有一个人料到,我表妹在抽奖并且没中奖时就发出了信号，引起了这场厅内大战。

亲爱的图拉：

这些事你能干，你有眼睛，也有手。然而对于这个意外事件来说，重要的并不是你的厅内大战——尽管你也参与了此事，但它仍然平淡无奇，同其他的厅内大战毫无区别——重要的是：斯特芬路别墅主人埃迪·阿姆泽尔可以收到一包有啤酒酸味的、龇牙咧嘴的、血迹斑斑的制服。瓦尔特·马特恩就是那个只受了点轻伤的捐赠者。

这一次不光有冲锋队制服，其中还可以找到几个普通党员同志①的衣物。不过，所有的衣物都是褐色的，但并非夏季矮帮鞋的褐色，并非小核桃的褐色，女巫的褐色，并非褐色的非洲，并非擦伤的痂皮，也不是年代久远的褐色家具，并非不浓不淡的褐色，沙一样的褐色，既非刚采出来的褐煤，也不是用挖炭锹挖出来的旧泥炭，并非早餐时吃的巧克力，并非加上鲜奶油的早上咖啡，烟的品种那么多，却没有一种是这种褐色，既不是视力错觉的浅褐色，也不是两个星期休假的冷霜褐色，并非秋天在往调色板上吐唾沫，因为这时，这种褐色——屎褐色，或许还是泥土的褐色，已经泡软，成了糨糊状。这是党的褐色，冲锋队的褐色，所有褐色书籍的褐色，褐色房屋，布劳瑙②的褐色，夏娃的褐色③。同黄褐色相去甚远的这种褐色制服，是从上千个有小脓疱的屁股里把屎拉到白色盘子里的褐色，是从豌豆和开水煮熟的香肠中流出来的褐色；不对，不对，当这种褐色被煮沸、出现时和被染上颜色时，当这种粪堆褐色——我还在一个劲儿地恭维——堆在埃迪·阿姆泽尔面前时，对他们那些态度温和、皮肤黝黑、显出女巫般的褐色、小核桃般的褐色的人并没有产生影响。

阿姆泽尔在分门别类整理这些褐色衣物。他手持索林根制造的

① 当时德国纳粹党内彼此的称呼。

② 布劳瑙位于奥地利上奥地利州的一个小城，希特勒的出生地。

③ 此处影射希特勒的情妇埃娃·布劳恩。

大剪刀，让它试着发出嘁嘁喳喳的声音。阿姆泽尔开始裁剪那些无法描述的褐色衣物。任何时候都打开着那部魏宁格的典范著作，放在货真价实的文艺复兴时期的斜面桌上。一种新的工具作为装饰品，就放在这张斜面桌旁。这是裁缝的鞍马，裁缝的管风琴，裁缝的忏悔室——一部胜家公司①制造的缝纫机。埃迪·阿姆泽尔在用打包的粗黄麻布、装洋葱的口袋和别的透光材料缝制裁成衬衣式样的内衣时，便发出像小猫似的呼噜声。自鸣得意的阿姆泽尔坐在狭小的缝纫机后面。难道这两者不是一码事？难道这两者就不能在这样出生、接受洗礼、接种牛痘、接受训练的情况下，表示一种绝无仅有的发展？他有时候用稀疏的针脚，然后又用很密的针脚，往粗黄麻布衬衣上缝着破布片，可怕的褐色，把它当作装饰品。可他也把袖章的红色和卐字疯狂的恐惧弄得支离破碎。他衬上木棉和锯末里子。他在画报和年鉴上寻找，找到一些人的面孔，比如作家盖哈德·豪普特曼②的粒子很粗的照片，或者当年深受大众喜爱的一个演员简朴的黑白照，这个演员不是比尔格尔就是雅宁斯。他把施梅林和帕采利③、把公牛和苦行僧贴在褐色帽子的帽舌下面。他把国际联盟的高级专员变成了冲锋队队员勃兰德。他不怕按照旧的针脚在复制品上长时间地剪来剪去，不怕用索林根制造的剪刀进行鬼斧神工般的剪裁，直到席勒那线条分明的轮廓，或者年轻歌德那花花公子的脑袋，赋予这种动作的任何一个牺牲者——赫伯特·诺尔库斯或者霍斯特·韦塞尔以某种面貌时为止。阿姆泽尔在商讨，在寻思，在撮合。他赋予好几个世纪在冲锋队的帽子下面相互亲吻的机会。

他把头从身材颀长、有孩子气、早早就自杀身亡的典范作品作者奥托·魏宁格的全身照片上——这张照片放在他的样本的第四页上——剪下来，让人在森克尔照相馆把剪下来的这部分放大，放大到

① 胜家公司，一译辛格公司，美国制造商，以其最早的产品缝纫机而闻名世界。

② 盖哈德·豪普特曼（1862—1946），德国作家。

③ 帕采利（1876—1958），1939 年起为罗马教皇。1933 年作为红衣主教国务秘书签订了罗马教皇与纳粹政府的第一个国际条约。

同真人一样的尺寸，然后再慢慢加工，把它加工成“冲锋队员魏宁格”，但其结果却总不能令人满意。

埃迪·阿姆泽尔的自画像显得更滑稽。除了文艺复兴时期留下来的斜面桌和胜家公司缝纫机，一面又高又窄、直至天花板的镜子——就像他在时装店和芭蕾舞学校里能够见到的那样——使阿姆泽尔的财产变得更加充实。他穿着自己剪裁的纳粹党员制服——在冲锋队制服中找不到一件他穿着合身的制服——坐在能够给予回答的镜子前，把他的全身像挂到一个光光的支架上，在这个支架的中心，就好像是在腹腔里面，有一个可以向上提升的传动装置。最后，真正的阿姆泽尔像菩萨似的，坐在裁缝的位子上，仔细察看这个虚构出来的、更为真实的纳粹党员阿姆泽尔。这个阿姆泽尔胖乎乎的，身穿粗黄麻布的褐色党员制服，目空一切地站立着。背带犹如回归线一般环绕在他身上。衣领上的等级标志把他变成了普通官员。一个猪尿泡线条分明、简单明快、涂上的黑色斑点隐约可见，犹如一幅画像似的，戴着官员的帽子。这时，在这个党员同志的腹腔中，那个可以向上提升的传动装置开始工作。那条马裤站成了立正姿势。右边那个胀鼓鼓的橡皮手套猛地一抬，离开皮带扣子，像受人遥控似的，先是举到齐胸的高度，接着便举到齐肩的高度，最初是把手伸直，然后再形成一定的角度，致以党员的敬礼。在这之后，因为传动装置往下滑，所以这只手又慢条斯理地、一秒不差地回到皮带扣子的位置，接下来便老态龙钟地颤抖着坠入梦乡。埃迪·阿姆泽尔表现出对于自己新作的钟爱。他在狭窄的工作室镜子前模仿他那真人般大小的模仿者的敬礼，模仿这种“四重奏”。瓦尔特·马特恩站在镶木地板上，出现在阿姆泽尔面前，给他展示这个人物形象，而且在展示这一人物形象时又把自己当作影子显示一番。马特恩先是放声哈哈大笑，然后便十分尴尬地咯咯干笑。最后，他只好一言不发，一会儿望着稻草人，一会儿望着阿姆泽尔，一会儿望着镜子。他看到自己穿着便服，站在四个身着制服的人中间。这是一番促使他天生就能把牙齿咬得咯咯作响的景象。他一面把牙齿咬得直响，一面向阿姆泽尔暗示，他不是在开玩笑；阿姆泽尔不该顽固地坚持同一个题材；其实在冲锋队里，甚至在党内，有的是严肃认真、胸怀大志的人，有的是顶天立地的好汉，而不仅仅有一些下流坯。

阿姆泽尔回答说，这正是他的艺术企图。他不想发表任何评论，而是想用艺术手段，既制造出顶天立地的好汉，也制造出下流坯，鱼龙混杂，纵横交错，生活本来就是如此。

接着，他便用事先已经做好的支架制作一个粗壮结实的好汉——冲锋队员瓦尔特·马特恩。我们——图拉和我从夜晚漆黑的园子里，往灯火辉煌的、装有橡木护墙板的工作室里偷看。我们把眼睛睁得圆圆的，看见瓦尔特·马特恩身穿制服的复制品——那一片片血瘢还可以为“小锤公园”饭店的厅内大战做证——借助内置传动装置的作用，把拍成照片的面部的牙齿显露出来，让机械运动的牙齿咬得咯咯作响。尽管我们只是看见他咬牙齿，但只要看见瓦尔特·马特恩的牙齿，也就会听见这些牙齿在咬得咯咯作响。

图拉和我看见——

瓦尔特·马特恩不得不同他那个冲锋队中队一道，在冰天雪地的“五月草地”大型集会上执行封锁任务。他在人群中发现了身穿制服的埃迪·阿姆泽尔。先是勒布萨克讲话，然后是格赖泽尔和福斯特尔讲话。这时下起了鹅毛大雪。人们在持续不断地高呼“万岁”，纷纷扬扬的雪片飘进了高呼万岁者张开的嘴里。就连党员同志埃迪·阿姆泽尔也一面高呼着万岁，一面伸出嘴巴去咬那些经过挑选的大片雪花，一直到冲锋队队员瓦尔特·马特恩把他拉出人群，从泥泞的草地推到兴登堡大街。马特恩在那儿骂他。我们想，他马上就会揍他了。

图拉和我看见——

埃迪·阿姆泽尔身穿制服在朗富尔市场上为寒冬赈济募集捐款。他把储蓄盒摇得啪啪直响，对着人群讲一些小笑话，比真正的党员同志募得的迪特兴①还要多。我们想,要是现在马特恩到这里来,看到这种情景的话,那……

图拉和我——

我们使站在弗勒贝尔草地上、处于暴风雪中的埃迪·阿姆泽尔和殖民地产品经销商的儿子感到奇怪。我们蹲坐在一辆停在弗勒贝尔草地上过冬的旧货车后面。阿姆泽尔和那个侏儒的剪影在暴风雪中显得异常鲜明。再也找不到比这些影子更不同凡响的影子了,那个侏儒的影子把他的铁皮鼓影子竖起来,迎着飘飞的雪花。阿姆泽尔的影子弯着腰。两个影子都把耳朵贴在铁皮鼓上,仿佛他们在倾听这种声音,倾听十二月的雪花飘落在漆成白色的铁皮上的声音。因为从来没有见过这种寂然无声的情景,所以我们也就静悄悄地待下来,用冻红的耳朵倾听着。可是,我们只听见雪花飘落的声音,却没有听见铁皮发出的响声。

图拉和我在期待着——

因为这时我们两家在圣诞节和新年之间正穿过奥利瓦森林,散一次步。我们望眼欲穿地等候着埃迪·阿姆泽尔。但是他在别的地方,而不在弗罗伊登塔尔。我们在那儿喝牛奶咖啡,坐在鹿角下吃土豆煎饼。在禁猎区内没有生出多少事来,因为天气寒冷时,猴子都待在林务所的地下室里取暖。我们真不该带着哈拉斯。可我的木工师傅父亲却说:“这条狗该有一个活动场地。”

弗罗伊登塔尔是一个备受青睐的游览地。我们乘二路车来到缔结和约路,在有红色花纹的树木之间横穿过树林之后,山谷变得开阔起来,林务所同禁猎区就展现在我们眼前。不管是山毛榉还是松树,我父亲作为木工师傅见不得成材的优质树木,一见到这些树木就非用立方米来衡量它们的可利用价值不可。而我母亲更看重自然,也

---

① 迪特兴,“二战”结束前东普鲁士的货币单位,一迪特兴相当于十芬尼。

就是说更看重这些树木，而不是装饰世界，所以她情绪不好，但这种心情先是随着土豆煎饼然后便随着牛奶咖啡一道消失殆尽了。从事酒菜馆行业的林务所租赁人卡明先生在奥古斯特·波克里弗克和我母亲中间坐下来。只要有顾客来，他都要讲这个禁猎区的来历。这么一来，图拉和我已经是第十次地听他讲，措波特的一位名叫皮库里茨的先生赠送了一头野公牛。不过，他起初饲养的并不是这头野牛，而是车厢厂厂长捐赠的一对小赤鹿。后来又有了野猪和黇鹿。那个人捐赠了一只猴子，这个人捐赠了两只猴子。林场顾问尼古拉很关心狐狸和海狸。一位加拿大领事提供了这两只浣熊。那么那些狼呢？谁有狼？那些后来逃出去、咬死一个采浆果的孩子、被人击毙并上了报纸的狼呢？谁有狼？

还没有等到卡明先生能透露那个秘密，是布雷斯劳动物园把这两只狼赠送给弗罗伊登塔尔禁猎区，我们同哈拉斯已经到了外面。我们从杰克，即那头野公牛身边走过。我们绕过结上冰的池塘，看见野猪食用的栗子和栎果，听到狐狸短暂的狂叫。狼笼外面装上了栅栏。两只狼在铁栅栏后面片刻不停地走来走去，步子比哈拉斯跨得更大。正因为如此，所以它们的前胸不是那么发达。它们没有受过训练的眉心，两眼歪斜，显得更小，更容易受到保护。同哈拉斯相比，它们的头总的说来显得更敦实，它们的躯干像圆桶，一直到背部前面隆起的部分都比哈拉斯更低，身上的毛不长不短，长得浓密，呈浅灰色，接近黄色茸毛的地方呈乌黑色。哈拉斯在声嘶力竭地哀鸣。两只狼在不停地小跑着。有朝一日管理员会忘记将栅栏……雪花成片成片地从冷杉树上飘落下来。有片刻工夫，两只狼在铁栅栏后面放慢了步子。六只眼睛在闪动，六片上唇在颤动。它们皱了三次鼻梁，从利齿之间喘了一口气。两只灰狼对一只黑牧羊犬。这种黑色是坚持不懈地育种的结果。佩尔昆色素细胞的过于饱和通过森塔和普鲁托遗传给了路易丝磨坊的哈拉斯，赋予我们的狗以一种鬃毛不长不短、并非乌黑、没有动感、毫无标志的黑色。这时，我父亲吹起了口哨，而奥古斯特·波克里弗克也在鼓掌。图拉一家和我父母穿着冬天的大衣站在林务所前。不断跑来跑去的狼停了下来。然而对于我们和哈拉斯来说,星期天的散步并未结束。每个人的口腔里还在回味着土豆煎饼的滋味。

我父亲带着我们所有的人到奥利瓦去。我们在那里乘有轨电车去格勒特考。直至雾霭沉沉的天际,波罗的海的海面都结了冰。格勒特考栈桥蒙上了一层薄薄的冰,闪烁着异乎寻常的光辉。所以,我父亲不能不从皮套中取出照相机来,我们也不能不在想象中的糖果前面围着哈拉斯站成了半圆。我父亲需要好长一段时间才调好合适的焦距和光圈。我们有六次都不能动。哈拉斯轻而易举地完成了这种动作,因为它在摄影记者给它拍照时就已经习惯于照相了。看得出来,在我父亲拍的六张照片当中,有四张照片感光过度,冰在反光。

从格勒特考经过嘎吱嘎吱作响的海面,走向布勒森。有几个小黑点一直走到被冰封在停泊场的轮船。不少人在半道上。看来海鸥是不会挨饿的。两天之后,有四个学生在雾中迷路了,他们想从冰上走到赫拉半岛去,尽管人们用多架体育用飞机寻找他们,但他们却永远失踪了。

在同样狂暴的、蒙上了一层薄冰的布勒森栈桥跟前——我们要拐弯,朝渔夫村走去,走到有轨电车站。波克里弗克一家,尤其是图拉,害怕这座布勒森栈桥,因为就在那里,又聋又哑的小康拉德几年前……所以,在我父亲用他那只木工师傅平坦的手指出新的前进方向之后,也就是在十二月二十八号,在一九三六年到一九三七年除夕前不久,大约下午四点钟,哈拉斯挣脱了皮带——因为还有许多别的狗,我父亲把哈拉斯套在皮带上——一纵身,腾空而起,十次长跳,就跃过冰层,消失在尖叫的人群之中。当我们赶上它时,它已经裹上了一件随风飘动的大衣,变成了雪花飘舞中的一个黑色包裹。

钢琴家兼钢琴教师费尔斯讷-伊姆布斯同参议教师布鲁尼斯及其十岁的女儿燕妮·布鲁尼斯也同我们一样,做了一次星期六郊游。还没等图拉吭一声,费尔斯讷-伊姆布斯就已经第三次遭到了我们哈拉斯的袭击。这一次要赔的不是一种男式小礼服,不是一把雨伞了。我父亲有各式各样的理由把这个意外事件称为代价昂贵的玩笑。费尔斯讷右边的大腿被咬伤了。他必须住三个星期教会医院，另外还要求一笔赔偿金。

图拉：

正在下雪。当时在下雪，今天也在下雪。当时大雪纷飞，现在也是大雪纷飞。当时雪花飞舞，现在也是雪花飞舞。当时落雪，现在也在落雪。当时降雪，现在也在降雪。当时大雪飘舞，现在也是大雪飘舞。当时鹅毛大雪纷纷扬扬，现在也是鹅毛大雪纷纷扬扬。雪花沉重地落下，落在耶施肯塔尔森林里，落在绿色森林里，落在兴登堡大街上，落在克莱大街上，落在朗富尔市场和施马根多夫的贝尔卡市场上，落在波罗的海和哈韦尔湖上，落在奥利瓦，落在施潘道，落在但泽-席德利茨，落在柏林-利希特尔费尔德，落在埃毛斯和莫阿比特，落在新航道和普伦茨劳山上，落在萨斯佩和布勒森，落在巴贝尔斯山上和施泰因施蒂肯，落在韦斯特普拉特①四周的砖墙上以及在两个柏林之间迅速建成的城墙上，而且积在上面。雪落下来，又积在上面。

为了图拉和我——

雪下了整整两天——我们准备好雪橇，等着下雪——雪积了起来。开始是像重体力劳动者一般的雪歪歪斜斜地落下来，然后是鹅毛大雪纷纷扬扬——在这种牙膏一样白的灯光下，留下一圈诡计多端的痕迹，在逆光中又变成灰色乃至黑色。这是一团既潮湿又黏糊的雪。从东部地区歪歪斜斜飘落下来的雪再一次落到这些雪上。在这样的情况下，这种在夜晚朦朦胧胧中四处渗透的中等程度的寒冷，使所有的篱笆在早上都压上了新的重荷，树上的枝丫都被压得嚓嚓直响。要把街道、有轨电车道和人行道清除干净，需要不少勤杂工，

---

① 韦斯特普拉特，位于但泽湾，1939 年 9 月 1 日，在此打响了二次大战的第一枪。

需要很多失业者,需要技术救援组织和全市的所有车辆。堆积如山的雪结成冰块,像山岩似的从埃尔森大街两边滑下来,把哈拉斯埋在了下面,埋到了我那木工师傅父亲的胸部。当雪山边缘轻轻往下掉时,图拉的羊毛帽子就会有两指宽的地方变成紫色。街上撒了沙子、炭灰和红色的畜用食盐。人们用长长的杆子把雪从帝国移民区小果园里和修道院院长磨坊后面的果树上打下来。就在他们铲着,撒着,清除树枝积雪的当儿,新的雪仍在下个不停。孩子们感到惊奇,老人们在回想:什么时候下过这么大的雪呢?住宅勤杂工在骂街,相互说道:“这些钱谁来付?没有那么多沙子、炭灰和畜用食盐。要是雪还不停,那……等到这些雪融化那一天——雪会融化,这种事就像我们是住宅勤杂工一样,千真万确——那时候大家都会钻进地下室,小孩子会得流感,成年人也会得,就像一九一七年那样。”

下雪时,人们可以透过窗户往外瞧,可以计算。你的哈里表兄就干这种事,他本来不该计算这些雪,而是该给你写信。当鹅毛大雪纷纷扬扬时,人们就可以跑到雪地上去,张开嘴巴,仰望长空。我就喜欢这样做,可我又不能这样做,因为布劳克塞尔说,我必须给你写信。当某个人是一只黑牧羊犬时,他就可以从他那白雪皑皑的茅屋里跑出来,去咬白雪。当某个人名叫埃迪·阿姆泽尔,从少年时代开始就制作稻草人时,他就能够在鹅毛大雪不断纷飞时给鸟儿构筑雀巢,手拿鸟食,成为乐善好施的人。当白雪落到冲锋队的褐色帽子上时,人们就可以把牙齿咬得咯咯作响。当某个人名叫图拉,而且体态轻盈时,她就可以不留丝毫痕迹地穿过雪地,跑过雪地。在假期尚未结束,大雪仍然下个不停时,人们可以坐在暖烘烘的书房里,一边分门别类地整理自己的云母片麻岩和双色云母片麻岩,整理自己的云母花岗岩和云母石板,一边当自己的参议教师,吮自己的糖块。当某个人受雇于一家木工作坊当辅助工时,他就可以在骤然下起鹅毛大雪的天气,用木工作坊的木料做成雪铲,去挣外快。当某个人必须撒尿时,他就可以把尿撒到雪地上,也就是说,用热气腾腾的黄色笔路刻下自己的名字;不过,只能是很短的名字,我就曾用这种方式把哈里写到雪地上。那时候，图拉嫉妒我，用她那双系带子的鞋把我的签名给毁了。当某个人有长长的睫毛时，他就可以用长长的睫毛接住从天而降的雪花；不过，不仅仅是长长的睫毛，还必须是浓密的睫毛，燕妮在她的木偶脸上就有这种睫毛；当她伫立着，感到惊讶时，她那几乎是水汪汪的蓝眼睛就会在盖上白雪的睫毛下向外张望。当某个人一动不动地站在雪花飘舞的雪地里时，他就可以闭上双眼，倾听雪花飘落的声音；这种事我经常做，我听过多次。相对而言，可以把白雪视为棺罩；不过，也不一定非如此不可。作为一个胖乎乎的、在圣诞节得到一部雪橇的弃婴，可以坐着雪橇去滑雪；不过，没有人愿意带走这个弃婴。人们可以在纷飞的大雪中哭泣，不过除了图拉，没有人会注意到这种事情，而图拉用她的大鼻孔把什么事都注意到了，她对燕妮说："你想同我们一道坐雪橇滑雪吗？"

我们所有的人都去滑雪，我们把燕妮也带上，因为白雪是为所有的孩子积在那儿的。白雪掩盖了哗啦哗啦下着倾盆大雨和燕妮躺在排水口时发生的故事，而且是多次掩盖。燕妮对于图拉的建议感到非常高兴，高兴得使人感到害怕。当图拉的面部不露声色时，她的脸在闪闪发光。因为燕妮的雪橇又新又时髦，所以图拉只是尽可能地给她提出建议。波克里弗克刻上花饰的雪杖同图拉的两个哥哥一道走了。图拉不愿意坐在我的雪橇上面，因为我老得抓住她，滑不好雪。我们的哈拉斯不能去，因为这条狗在雪地上简直像发疯似的；再说它也老大不小了，一只十岁的猎犬就像是一个七十岁的老翁。

我们拖着我们的空雪橇走过朗富尔，直到约翰内斯草地。只有图拉有时让我、有时让燕妮拉着走。燕妮喜欢拉图拉，她往往自告奋勇地去拉。可是图拉只在自己高兴时才让人拉，而在有人愿意效劳时却又不让人拉。我们在青格勒高地滑雪，在阿尔布雷希特高地或者市里经营的约翰内斯山大滑道上滑雪。都说这条滑雪道危险，可我——更确切地说，我是个胆小的孩子——却宁愿在当作大滑雪道缓跑场地的坡度比较平缓的约翰内斯草地上滑雪。每当市立滑雪场上人太多时，我们往往就去森林的另一边滑雪。这一边在右面，从耶施肯塔尔路开始，在霍赫施特里斯后面一直延伸到奥利瓦森林。我们滑雪的这座山叫埃尔布斯山。一条滑雪道从这座山的山顶直接通到埃迪·阿姆泽尔在斯特芬路的别墅园圃里。我们趴在雪橇上，四处张望着，穿过积着白雪的榛子树丛，穿过即使在冬天也散发出刺鼻气味的染料树。

阿姆泽尔老在室外工作。他穿一件鲜红的套衫。他那编织的、红色的紧身袜裤消失在胶皮靴子里。他身后有一个引人注目的大号安全别针，别着一条十字交叉地罩在套衫胸部的白色滑雪披巾。红色第三次出现，一顶有白色流苏的红毛线帽子箍在他的头上。我们真想笑，但又不能笑，因为一笑，雪就会从榛子树上掉下来。他在做五个小人儿，这些小人儿就像孤儿院里的孤儿似的。有时候，当我们埋伏在有积雪的染料树和黑色染料树豆壳后面时，有几个孤儿同女看守一道走进了阿姆泽尔的园子。他们身穿青灰色罩衫，头戴青灰色帽子，戴着鼠灰色的护耳。他们无父无母，冻得瑟瑟发抖地站在那儿当模特儿，一直站到阿姆泽尔给他们每人满满一纸袋糖果，他们才离去。

图拉和我知道——

阿姆泽尔当时在执行一项任务。瓦尔特·马特恩曾经把自己的朋友介绍给一位市立剧院经理，那位经理让舞台布景设计师和演员服装美术师埃迪·阿姆泽尔拿一包草图和广告给他看。阿姆泽尔设计的舞台布景和女人形象令人满意，经理委托他为一出乡土剧设计布景和服装。因为在最后一幕时——该剧的故事发生在拿破仑时代，当时本城被普鲁士人和俄国人包围——孤儿们不得不在各条前哨线之间跑来跑去，不得不为符腾堡公爵演唱，所以阿姆泽尔突然冒出了这种阿姆泽尔式的念头，不把地地道道的孤儿，而是把机械动作的孤儿搬到舞台上去，因为正如他所说的那样，世界上没有任何东西能比一种颤抖着完成的机械动作更打动人心；人们只会想起昔日那些动人心弦的小八音盒。因此，阿姆泽尔以慈善捐赠为代价，把孤儿院的孩子们叫到园子里来。他让他们摆好姿势，唱赞美诗。“伟大的上帝，我们赞美你！”信仰福音新教的孤儿们唱道。我们在灌木丛后面低声笑着，我们大家都很高兴，我们有父有母。

埃迪·阿姆泽尔在他的工作室里工作时，我们无法看清他在干什么。阳台上的鸟巢有很多鸟儿光顾，在这个阳台后面的窗户只映现出耶施肯塔尔森林。孩子们想，他在里面肯定也用棉花和卫生纸制作滑稽可笑的孤儿和新娘。只有图拉和我知道：他在制作一些能够前进和敬礼的冲锋队队员，因为他们的肚子里面有机械装置。有时候我们自以为听到了机械装置发出响声。我们抓住自己的肚皮，在自己身上寻找机械装置。图拉有一个机械装置。

图拉和我——

我们在灌木丛后面再也待不下去了。首先，天气太冷；其次，我们老得强忍住笑声；第三，我们要滑雪。

当这一条滑雪道带着我们沿哲学家路往下走，而另一条滑雪道把我们的雪橇带到阿姆泽尔的园圃前时，第三条滑雪道又把我们领到古滕贝格①纪念碑前。在那片林中空地上，从来就看不到有多少孩子，因为除了图拉，所有的孩子都怕古滕贝格，就连我也不愿意靠近古滕贝格纪念碑。没人知道这座纪念碑是怎么到森林里来的；很可能是纪念碑的建造者在城里找不到合适的地方；或者说，他们之所以看中这个森林，是因为耶施肯塔尔森林是一片山毛榉森林，而古滕贝格在他浇铅字之前，就用山毛榉木料雕刻出活版印刷的活字来。图拉强迫我们从埃尔布斯山往下滑，滑到古滕贝格纪念碑前，因为她想吓唬我们。

在白色的林中空地中间，矗立着一座用生铁铸成的、被烟子熏黑的神庙。七根用生铁铸成的柱头支撑着用生铁铸成的、别具一格的蘑菇形屋顶。用生铁铸成的、令人毛骨悚然的链条由浇铸而成的狮

① 古滕贝格（1397？—1468），又译谷登堡，德国工匠，活字印刷术发明家。

子嘴咬着，在柱头与柱头之间摆动。蓝色花岗岩台阶为五级，环绕四周，托起这座房子。在铸铁神庙中心，在七根柱头之间，有一个用生铁铸成的人。一绺拳曲的铁胡须飘垂到这个生铁铸成的印刷工的围裙上。他左手拿着一本铸铁做成的黑书，抵住围裙和胡须，用铸铁浇成的右手的铁食指，指着那本铁书的字母。只要走上这五级花岗岩台阶，来到铁链前，就可以看到这本书上的字。不过，我们从来不敢走出这几步。只有身轻如燕的图拉是例外，当我们在一旁屏着气时，她却蹦蹦跳跳地跑上台阶，跑到铁链前。她不用碰到铁链，便轻飘飘地站到了神庙前，坐在两根铁柱之间的铁链上，像发狂似的摇晃着。稍停片刻之后，她又从仍在摇晃的铁链上滑下来。现在，她到了神庙里面，围着面色阴沉的古滕贝格蹦蹦跳跳，再爬到他那用生铁铸成的左膝盖上去。因为他把穿着铸铁凉鞋的铸铁左脚踩到了铸铁纪念碑的边上，所以无法再继续攀登。纪念碑上的碑文是：此乃约翰内斯·古滕贝格。为了能够理解这个家伙在像哈拉斯一般黑的神庙里进行何等黑暗的统治，必须知道，在神庙前面、神庙上空和神庙后面，时而下着鹅毛大雪，时而飘着小片雪花。神庙那用生铁铸成的蘑菇状屋顶戴上了一顶白雪帽子。在下雪时，在被图拉摇晃的链条慢慢地停下来时，在图拉坐在这位铸铁汉子的左腿上时，图拉雪白的食指——她从不戴手套——拼写着古滕贝格用铁手指指示的那些铸铁字母。

图拉回来时——我们一动不动地站着，困在雪地里——问我们是否想知道，铁书上写着什么。我们不想知道，于是便一声不吭地拼命摇头。图拉断定，那些字母每天都换，每天都可以从这本铁书上读到一些新的但往往又是令人恐惧的警句。这一次的警句特别使人害怕。“想知道，还是不想知道？”我们不想。后来，在众弟兄当中，有一个名叫埃施的想知道。亨斯兴·马图尔和鲁迪·齐格勒想知道。海尼·皮伦茨和格奥尔格·齐姆在他们想知道之前，仍然不想知道。最后，就连燕妮·布鲁尼斯也想知道在约翰内斯·古滕贝格的这本铁书里写着什么。

图拉在我们这些站着发愣的人四周蹦蹦跳跳。我们的雪橇驮着厚厚的垫子。古滕贝格纪念碑四周的森林变得稀疏起来,无边无际的天空降临到我们头上。图拉裸露的手指指着亨斯兴·马图尔:“你!”亨斯兴笨嘴拙舌,不知所措。“不,是你!”图拉的手指指的是我。一定是我哭起来了,要不然图拉不会立刻就用手指轻轻敲着小埃施,然后又抓住燕妮的厚呢绒大衣:“你、你、你! 那上面写着:你应该上去,要不然,他就会走下来把你抓上去!”

这时,我帽子上的雪正在融化。“这个库登佩希①说的是你。他说的是你。他要燕妮去,要不然就来抓你。”图拉嘴里重复了好几遍,越逼越紧。当她在雪地里、在燕妮周围画着魔圈时,那个用生铁铸成的库登佩希面沉似水,正从铸铁小神庙里俯视着我们。

我们答应商谈这件事,我们想知道这个库登佩希到底要对燕妮干什么。他是想把她吃掉呢,还是要把她变成铁链? 他是想把她放到他的围裙下面呢,还是要在他的铁书上把她压平? 图拉知道库登佩希要打燕妮什么主意。“因为她老同伊姆布斯一道去跳芭蕾舞,所以,古滕贝格只要她跳舞。”

燕妮这个身穿厚呢绒大衣的漂亮圆球站在那儿发愣,她紧紧地抓住雪橇上的皮带。这时,两个白雪顶盖从她那又长又密的睫毛上掉了下来。“不不不想,不想,不,不想!”她低声说着,可能是想高声大叫。可是因为她不善于高声大叫,所以便拖着雪橇跑走了。她步履蹒跚地走着,骨碌着,又停下步来,然后便骨碌进了山毛榉树林,向着约翰内斯草地的方向滚去。

图拉和我放燕妮跑了——

但我们知道,她逃不过库登佩希的手掌心。要是在库登佩希的铁书上写着:“现在轮到燕妮了!”那她就必须像人们在芭蕾舞厅里教她跳舞那样,在古滕贝格面前跳舞。

第二天,当我们在吃饭之后把我们的雪橇汇聚在埃尔森大街已

① 库登佩希即古滕贝格,因受方言影响,发音有一些变化。

经变硬的雪地上时，尽管我们朝着参议教师住宅的窗户，既用手指也不用手指吹口哨，但燕妮却没有来。我们没有等多久。她总有一天会来的。

燕妮·布鲁尼斯在第三天来了。她默默无言地加入了我们的队伍，像往常一样，穿着她的黄色厚呢绒大衣。

图拉和我无法知道——

埃迪·阿姆泽尔这时走出屋子，到他的园子里去了。他像往常一样，穿着他那鲜红的、编织成很多结节状的紧身连裤袜。他那毛茸茸的套衫也是红的。身后面一个大型安全别针别着那件缠在一起的白色滑雪披巾。他让人用拆开的毛线编织他所有的羊毛织品。他从不穿新的毛织品。一个铅灰色的下午，雪停了，但仍然弥漫着即将下雪的气息。阿姆泽尔把一个“假人”扛到园子里。他把这个雕像放在雪地里，有一人高。他噘着嘴，通过阳台向屋里吹口哨，然后又回来扛第二个假人。他把第二个假人放在第一个假人旁边。他嘴里吹着进行曲“我们是近卫军……”再一次走进工作室，当他把第三个假人扛到在园子里等着的那两个假人旁边时，大滴大滴的汗珠往下淌。可是他还得继续吹，而且是从头开始吹这首进行曲。横穿及膝的雪地，踩出了一条小路，这条小路一直通向九个业已完工的假人。这些假人按照先后顺序站在园子里，等待着他的命令。粗黄麻布涂着已经晾干的褐色。猪尿泡下巴下面扣着帽盔的皮带。他们老练地扣上皮带，准备出发。这是能吃完一锅食物的斯巴达人，这是底比斯城前的九个人，卢蒂尼亚郊外的九个人，托伊托堡森林里的九个人，是九个正直的人、忠实的人，是九个施瓦本地区的人。是九只褐色天鹅，是最后一队人马，是失望的一群人，是后卫，是前卫，是押头韵的勃艮第人鼻子。这是埃迪·阿姆泽尔白雪皑皑的花园里处于困境中的尼伯龙根人。

图拉、我和别的人——

我们在此期间已经走过耶施肯塔尔路，一支队伍在雪橇滑过的痕迹中留下了一条雪橇滑过的痕迹。这是有益于健康的、嚓嚓作响的雪。雪地里的地势起伏不平，各式各样别具一格的橡胶鞋跟和钉上铁掌的鞋底在上面踩过。这些鞋底上缺少两个、五个 U 字形鞋钉，或者说一个 U 字形鞋钉也不缺。燕妮踏着图拉的足迹；我踏着燕妮的足迹；亨斯兴·马图尔踏着我的足迹；小埃施和后来的所有人都乖乖地踏着前面的足迹。我们默默无言，没有大呼小叫，或者说是乖乖地跟在图拉后面一路小跑着。只有雪橇上的小铃铛发出叮叮当当的清脆声音。这肯定不是在越过约翰内斯草地往大滑雪道的滑雪斜坡上爬；在紧靠林务所门前的地方，图拉减了速。在山毛榉树下，我们显得特别渺小。最先遇到我们的还有另外一些坐着雪橇或者箍桶板的孩子。当只有我们还在跑来跑去时，铸铁纪念碑肯定已经接近了。我们迈着碎步走进库登佩希王国。

当我们蹑手蹑脚地、悄悄地往前走时——

埃迪·阿姆泽尔仍然在无所顾忌、兴高采烈地吹着口哨，仍然在吹着。他从一个冲锋队队员身边匆匆跑到下一个冲锋队队员身边。他去掏九个冲锋队队员左边的裤袋，依次打开放在里面的机械装置。虽然这些装置都固定在它们的中轴上——也就是底座很宽、类似伞架的金属管上——尽管如此，却没有赢得空间。它们用十八条颜色昏暗、穿着靴子的腿在雪地上迈出一只手那么宽的地方。这是九个骨头已经腐烂的黩武主义者，必须教会它们迈出整齐的步伐。阿姆泽尔必须做这种事情。他熟练地伸出手去掏两个行进者的左裤袋。现在正发出啪啪声，机械在正常工作，人们在平静、坚定、有意识地向前进。它们继续向前，越过某地，穿过某地，走向某地，爬上某地，经过某地，就像检阅时要求的那样，最初是齐步，然后是正步，九个人全部如此。那些在冲锋队鸭舌帽下用帽盔皮带拴住的猪尿泡，几乎同时向右飘了九次。它们把目光移过来，全部盯着他，因为埃迪·阿姆泽尔给所有的人都粘上了猪尿泡脸。著名画家施诺尔·封·卡罗斯费尔德①画过尼伯龙根人的困境，他这些绘画的复制品表现的是这些人的履历：阴险的冲锋队队员哈根·封·特隆耶；冲锋队父子队员希尔德布兰德和哈杜布兰德；光明磊落的冲锋队中队长西格弗里德·封·克桑滕；敏感的冲锋队大队长贡特；随时随地都高高兴兴的福尔克尔·鲍曼；从尼伯龙根人的困境中得到好处的三个勇士；高贵的黑贝尔·封·韦塞尔布伦、里夏德·瓦格纳和那个画家，是他用没有表现力的拿撒勒画派的画笔为尼伯龙根人的困境画像。还在它们——这九个人全都凝视着右面时，冷不防但又是非常有规律，而且正好合着进行曲的节拍，把它们被打断的棍棒高高举起。它们的右臂非常缓慢地却又是孜孜不倦地伸到行德意志礼所规定的高度，与此同时，它们的左臂一直弯着，染黑的橡皮手套总放在腰带扣前。可是，它们在向谁敬礼呢？它们把目光转向谁？应当看到它们这些粘上去的眼睛的那位元首叫什么名字？谁看到它们，谁在还礼，谁在检阅？

埃迪·阿姆泽尔用帝国总理的方式，也就是弯着手臂，接受正在列队行进的冲锋队的敬礼。对着自己和九个整装待发的人吹进行曲，这一次吹的是《巴登魏尔进行曲》。

图拉并不知道的事情是——

当埃迪·阿姆泽尔还在吹口哨时，古滕贝格就已向这一群人投来了阴沉恐怖的目光。这群人虽说同各式各样的大雪橇一起挤在他的禁区内，但同他仍然保持着适当的距离。后来有一个小家伙终于退了出去。这个身穿厚呢绒大衣的漂亮小妞注定要去履行义务。燕妮·布鲁尼斯跺着脚，一步挨一步地走向铸铁像。新降的雪落在积雪上，在橡皮鞋底下面结成了团。燕妮长高了足足有三厘米。确实，乌鸦正从耶施肯塔尔森林的白色山毛榉林中腾空而起。积雪从树枝

① 施诺尔·封·卡罗斯费尔德(1794—1872)，德国画家。

上扑腾扑腾往下掉。一种轻微的恐惧爬上了燕妮的小手。她又长高了一厘米，因为她一步挨一步地更接近铸铁神庙了。与此同时，那些乌鸦正在天上飞来飞去，嘎嘎直叫，九只黑色大鸟掠过埃尔布斯山上空，落到把森林同阿姆泽尔的园子隔离开来的山毛榉林中。

图拉无法知道的事情是——

在乌鸦搬家时，待在阿姆泽尔园子里的不仅仅是埃迪·阿姆泽尔，以及他那九个正在列队行进的冲锋队队员，还有五六个或者更多的假人——不是阿姆泽尔，而是亲爱的上帝给它们装上了机械装置——正在把雪踏紧。并非阿姆泽尔的工作室把它们制造出来的。它们戴上面具，用衣服裹住身子，形迹可疑地从外面翻过篱笆，进入园子。它们戴着把帽檐拉得很低的平民帽，穿着肥大的防雨大衣和齐眉高的、有裂缝的蹩脚黑衣，这种打扮别出心裁，令人恐惧。不过，它们并非稻草人，只要阿姆泽尔那些假人体内的机械装置开始往后倒，它们就是翻越篱笆、栩栩如生的人物。九根右边敬礼的棍棒猛然一下放了下来；腰带扣前的橡皮手套呼的一下滑下去了；正步简化成了齐步，然后是丧礼行进的步子，然后是慢步，最后停下来；机械装置的嗒嗒声停止了；这时，埃迪·阿姆泽尔缩回了噘着的嘴唇；噘着的猪嘴再也不吹口哨；他歪着顽固的脑袋，戴着摇摇晃晃的无檐毛线帽子，好奇地望着他的不速之客。当他那九个别出心裁的人物就像接到命令似的停下步来时，当转动得发热的机械装置慢慢冷却下来时，九个伪装起来的人物便有规律地动作起来。它们围成一个半圆圈，透过黑色面具，把热气呼到一月份的空气中去。它们一小步、一小步地往近靠，把围着埃迪·阿姆泽尔的半圆圈变成围着埃迪·阿姆泽尔的圆圈。他很快就可以闻到它们的气味了。

这时图拉把乌鸦都叫回来——

她叫那些发出不和谐声音的鸟越过埃尔布斯山，回到古滕贝格纪念碑四周的山毛榉树林中。乌鸦们看见燕妮站在通往库登佩希铸铁神庙的花岗岩台阶前发愣，然后又用圆脸往后瞧。燕妮看见图拉，看见我，看见小埃施、亨斯兴·马图尔、鲁迪·齐格勒，她从远处看见所有的人。她是不是在数？这九只乌鸦是不是在数，有七、八、九个孩子站在一堆儿，另外还有一个小孩独自一人？天并不冷。有一股潮湿的雪味儿和铸铁味儿。“现在就跳舞，围着他跳来跳去！”图拉大声叫道。森林发出回音。我们也大声叫着，而且是鹦鹉学舌般地叫着，好让她开始跳舞，好让这个舞立即就跳完。山毛榉树林中所有的乌鸦、铸铁蘑菇屋顶下的库登佩希和我们都看见，燕妮把右边那只系着带子、里面塞进羊毛裤腿的鞋从雪地里拔出来，用右腿在做一个吸腿伸展之类的动作，这是吸腿伸展的舞步。还在她把右边的鞋子再一次埋进雪地里，拔出左脚之前，雪块就已经从鞋底上掉了下来。她重复了一次这个无可奈何的角度，用右腿站立，抬起左腿，敢于来一个空中单腿划圈，落五位；在做手臂的姿势时，让两只小手平放在空中，以一个前交叉的阿蒂迪德①开始，做一个敞式阿蒂迪德。当她做后交叉的阿蒂迪德时，她失败了，第一次摔倒了。她从地上爬起来时，身上穿的再也不是淡黄色的大衣，而是撒上了白色粉末的厚绒呢大衣了。在滑下来的羊毛小帽下面，现在，小步跳跃应当把对库登佩希表示敬意的舞蹈继续进行下去。从五位进入半蹲，成小尚日芒。接踵而来的造型很可能就是难度很大的阿桑布莱舞步，可是燕妮第二次摔倒了。当她试着像一个芭蕾舞女演员那样炫示一种大胆的猫步时，她第三次摔倒了。她不是停在空中，而是摔下来，不是处于失重状态下使生铁铸成的库登佩希感到高兴，而是“扑通”一声，像一只口袋似的，重重地摔到雪地上。这时，乌鸦们从山毛榉树林中腾空而起，嘎嘎乱叫。

图拉允许那些乌鸦离开了——

　　他们在埃尔布斯山北侧看见，那些伪装起来的“人”不仅仅在埃

---

① 阿蒂迪德，鹤立式。

迪·阿姆泽尔四周围成了一个圆圈，而且还把圆圈围得更紧。九件防雨大衣肩并肩靠在一起。阿姆泽尔猛然一下把光闪闪的头从一个“人”转向下一个“人”。他立刻就踏起了碎步。他身上的毛织品竖了起来，形成很多倒钩。他让汗水从光光的前额上流出来。他放声大笑，用两片嘴唇之间不安分的舌尖考虑道：“这些先生要干什么呢？”他闪现出一些阿姆泽尔式的念头：“我要不要给这些先生煮一杯咖啡呢？也许家里还有蛋糕吧？要不，就讲一个小故事吧。你们知道吮奶鳗鲡的故事吗？要不，就讲磨坊主和正在说话的黄粉蝉幼虫的故事，或者讲十二个无头修女和十二个无头骑士的故事？”可是，这九个有十八个眼缝的黑衣拉普人似乎应听从一种默默发出的誓言。然而，当尽可能地把煮咖啡的水放到炉子上，想要作为一个结成团的球体突破这个由防雨大衣和帽檐压得很低的帽子组成的圆圈时，回答他的是毫不掩饰的、赤裸裸的、狠狠的一拳。他带着粘乱的羊毛往后倒，但很快便重又爬起来，拍掉沾附在身上的雪。这时，第二拳又击中了他。乌鸦们从山毛榉树林中展翅飞起。

图拉叫过她——

因为燕妮再也不想跳舞了。在摔倒了第二次和第三次之后，她就像一个雪球似的，呜咽着向我爬来。可是图拉还不满足。当我们仍然寸步不离地待在原地时，她却在雪地上不留任何痕迹地一掠而过，向着雪球燕妮飞奔而去。当燕妮想站起身来时，图拉却把她直往后推。燕妮很难站稳脚跟，她又倒下了。谁会相信她在白雪下面穿着一件厚呢绒大衣呢？我们退向森林边缘，从那里观看图拉如何动作。乌鸦们在我们头顶上感到欢欣鼓舞。燕妮有多白，古滕贝格纪念碑就有多黑。图拉在咯咯地笑着，笑声的回音穿过林中空地，向我们招手。当燕妮在雪地里打滚时，我们正待在山毛榉树下。她非常安静，变得越来越胖。当燕妮再也没有能力站立起来时，乌鸦们已经刺探了足够的情报，便拍着翅膀向埃尔布斯山上空飞奔而去。

图拉对付燕妮轻而易举——

可是，只要埃迪·阿姆泽尔提出问题，那他就必然遭到拳头的回敬。对于这一点，乌鸦们可以做证。除了一个拳头，所有回敬他的拳头都默不作声。这个拳头揍在他身上，而且还在黑布后面把牙齿咬得咯咯作响。从流着红色液体的阿姆泽尔嘴里，冒出一个问题引人注目："是你吗？吗你是？"可是这个咯咯作响的拳头并不吭声，而是猛然一击。别的拳头都已停止揍人，只有这个咯咯作响的拳头还在不停地揍。因为阿姆泽尔再也不想爬起身来，它就朝阿姆泽尔弯下身去。它多次故意地从上到下撞伤流着红色液体的嘴巴。他也许还想提出"是你吗"这个问题，然而他只是动了动小小的、造型美观的珍珠牙。在冷冰冰的雪地上有热乎乎的鲜血，有儿童鼓，有波兰人，有带着掼奶油的樱桃。雪地上有血。就像图拉使少女燕妮在雪地上打滚一样，现在他们正在使他打滚。

不过，图拉首先完成了她的雪人。

她用张开的手在雪人四周把它拍紧，把它立起来，三两下就给它做好了一个鼻子。她环顾四周，找到燕妮的羊毛小帽，把这顶帽子套在这个雪人像南瓜一样圆的头上，用鞋尖在雪地上划着，一直划到她遇到树叶、空壳的山毛榉果实和干枯的树枝。她把两根树枝分别插在雪人左右两边，给雪人安上山毛榉果实眼睛，然后走开，她同自己的作品保持着一定的距离。

图拉也许能够进行比较——

因为在埃尔布斯山后面，在阿姆泽尔的园子里，还立着一个雪人。图拉没有进行比较，不过乌鸦们却在进行比较。当九个用粗黄麻布打扮起来、穿着褐色蹩脚衣服的稻草人在后面打盹儿时，那个雪人却成了整个园子的中心。阿姆泽尔园子里的这个雪人没有鼻子。没有人把山毛榉果实做成的眼睛安到他头上。他头上没有套上羊毛小帽。他不能用干树枝手臂敬礼、挥手，表示绝望的感情。为此，他有一个红色的、越张越大的嘴巴。

这九个身穿防雨大衣的“人”在这件事情上比图拉更急。他们翻过篱笆，在森林中往下面走，而这时，我们同图拉一起，仍站在我们那些停在森林边缘的雪橇面前，凝视着那个戴着燕妮那顶羊毛小帽的雪人。乌鸦们又飞落到林中空地上。不过，它们并不栖息在山毛榉树林中，而是发出刺耳的声音，先是在古滕贝格铸铁神庙上空，然后是在雪人上空异常缓慢地盘旋。库登佩希向我们哈着冷气。雪中的乌鸦是黑色的窟窿。在埃尔布斯山的两侧，暮色正在降临。我们滑着我们的雪橇离开了那儿。我们冬衣里面的身子感到热烘烘的。

亲爱的图拉表妹：

这件事你没有想到：随着暮色的降临，出现了融雪天气。人们根据这种融雪天气说现在开始转暖了。这就是说：融雪天气开始了。风变得柔和起来。山毛榉树渗出了水滴，压在树枝上的积雪在掉落，树林中发出扑腾扑腾的响声。一阵融雪天气轻柔的和风更起到推波助澜的作用。零星小雨在雪地上滴出一些窟窿。我头上滴出一个窟窿，因为我就待在山毛榉树之间。要是我同别人一道滑着他们的雪橇回家去，我头上也还是会滴出一个窟窿来。没有任何人，只要他想留下或者回家去，可以躲过这种融雪天气。

那两个雪人——一个在古滕贝格的王国里，一个在阿姆泽尔的园子里——依然一动不动地伫立着。黄昏留下的是一片惨白色。乌鸦们在另外的地方讲述着它们在别处见到的事情。这时，古滕贝格纪念碑铸铁蘑菇屋顶上的雪帽子滑了下来。不只是山毛榉树，就连我也在冒汗。平时麻木不仁的、用生铁铸成的约翰内斯·古滕贝格冒出了湿气，在泛着微光的柱头之间闪闪发光。在林中空地上空，甚至在森林中止而与别墅园圃毗邻的那个地方上空，在朗富尔上空，天又往上挪动了几层楼的高度。飞渡的野云胡乱汇成一团，飘向海洋。夜空透过一些窟窿露出星星点点的光亮。最后，断断续续地出现了一弯目空一切的、融雪天气的新月。这弯新月时而用被蚀掉后剩下的月牙儿、时而在变碎的面纱后面向我显示，在林中空地上，在库登佩希王国里，在融雪天气时，发生着什么样的变化。

古滕贝格亮光闪闪，栩栩如生，但仍然待在他的神庙里。乍一看，好像这座森林要往前迈进一步似的；可是仔细一看，在大范围的月光下仔细一看，森林在往后退；只要月亮一消失，它就缩短战线，向前进；然后它又往后退，也不知道自己要干什么，在所有这些来回往复之中，失去了它在雪天用自己的全部枝杈所承受的积雪。就这样，森林没有了负担，借助融雪天气的和风，开始沙沙作响。枝杈摇曳的耶施肯塔尔森林和生铁铸成的约翰内斯·古滕贝格，再加上一弯令人毛骨悚然的新月，把我——森林中的哈里吓得直冒冷汗，全身都湿透了。我拔腿就逃，离开这里！我踉踉跄跄地爬上埃尔布斯山。这里海拔八十四米。我坐着雪橇从埃尔布斯山上滑下来，一心想着离开，离开，离开，却停在了阿姆泽尔园圃前。月亮消失时，我透过滴着水的榛子树和气味刺鼻的染料树四下探望。一旦月光的亮度允许，我就用拇指和食指给阿姆泽尔园子里的那个雪人量尺寸。雪人虽然缩小了，但却依然仪表堂堂，威风凛凛。

这时我雄心勃勃，要去埃尔布斯山另一侧给那一个雪人量尺寸。我在尽力往上爬时一再滑倒。我当心别在往下滑时把随之而来的雪崩带到林中空地上，带到古滕贝格的王国里。往旁边一跳救了我，我抱着一棵正在渗出水滴的山毛榉树。我让水滴在发热的手指上流过。我忽而从树干左边、忽而从树干右边察看林中空地。一旦月亮穿过林中空地，我就紧跟着用进行测量的手指给古滕贝格小神庙前的雪人量尺寸。虽说图拉的雪人缩得并不比埃尔布斯山那边那个阿姆泽尔的雪人更快，但它却显露出一些更为明显的迹象——他的干树枝手臂垂了下去。他的鼻子掉了。森林中的哈里认为可以看出：用山毛榉果实做的眼睛挪近了，使雪人具有一种阴险的目光。

当我想要了解到最新情况时，我不得不再一次爬上活跃的埃尔布斯山，顺着埃尔布斯山缓缓地向下滑，滑到染料树林中。干枯的豆壳窸窣作响。染料树的臭味使我感到困倦。可是，染料树的豆壳却把我从昏昏欲睡中唤醒，迫使我用拇指和食指对这两个逐渐缩小的雪人保持忠诚。在多次上上下下地来回折腾之后，两个雪人犹豫不决地屈服了，也就是说：它们的上部变小了，它们的腰身下面像粥一样胀得很大，它们立在越长越粗的脚上。

有一次，在阿姆泽尔那一边，一个雪人向侧面倾斜，就好像一条短了一截的右腿使他变歪了似的。有一次，在古滕贝格王国里，一个雪人挺出肚子，从侧面看活像一个佝偻状的空心十字架。

另外有一次——我检查阿姆泽尔的园子——那个雪人的右腿又长起来，他再也不会令人遗憾地歪着身子了。

有一次——我从阿姆泽尔的园圃回来，用又湿、又热、黏糊糊的羊毛手套紧紧抓住正在渗水的山毛榉——正如月光所证实的那样，古滕贝格的铸铁小神庙空了！真可怕！在月亮突然明亮起来的那一瞬间，小神庙空了！在月亮被遮住时，神庙成了一团零乱的阴影，库登佩希正在半路上。他汗流浃背，闪闪发光，他的身子用生铁铸成，还留着铁铸的拳曲胡须。他拿着打开的铁书，拿着棱角尖尖的铁字，在山毛榉树之间找我，想用这本书把我抓住，想用铁书把我压扁，他需要我——森林中的哈里。是什么东西在那儿簌簌作响？是森林吗？是那个留着一绺美髯在山毛榉树干之间穿越灌木丛的古滕贝格吗？难道说他——很想抓住哈里——在那里，在哈里所在之处，已经把他的书打开了不成？现在他需要哈里。哈里在找什么？难道他不该去吃晚饭？这是一种惩罚，它叫人难堪，简直是铁面无情。另外，还有一个证据证明：月光在引起恐惧的同时，还可以迷惑人。当云团赐给这个骗子一个颇为巨大的窟窿时，这个铁人又会坚定不移地待在他的铁壳里，发出融雪天气的光辉。

我感到高兴的是我用不着待在古滕贝格的纪念册中。我精疲力竭地顺着我那根渗着水的山毛榉树往下滑。我强迫我那双疲惫不堪的、受到所有这些恐惧驱使的眼睛四处张望，继续注意这个雪人。可是这些眼睛，这些没有上闩的百叶窗，要是有一阵风刮来，它们就会立即关上，然后再打开。它们尽可能地发出咯咯声。在这当儿，我提醒自己，要一心想着自己的任务，别偷懒。你不能睡觉，哈里。你必须爬上埃尔布斯山，走下埃尔布斯山。山顶海拔八十四米。你必须走进染料树林，走到干枯的豆壳之间去，必须记下阿姆泽尔园子里那个雪人想变成什么样子。站起身来，哈里，往上爬！

可是，我仍然紧紧地抓住那棵渗水的山毛榉树不放。我肯定已经错过了古滕贝格王国中那个雪人土崩瓦解的时刻，已经不会有嘎嘎乱叫的乌鸦了。它们就像下午那样，突然嗖的一下冲入云霄，然后嘎嘎叫着慢慢飞去，甚至在暮色降临时也要显示一下异乎寻常的绝技。雪人的雪很快就塌了下去，而且即刻消融。乌鸦从埃尔布斯山上空掠过，向着阿姆泽尔那边飞去，就仿佛它们只有一个方向似的。可以肯定，就是在那边，雪也是很快就融化了。

当人们看到这些变化，然而却既无法相信自己的眼睛，又无法相信雪的奇迹时，谁不会揉眼睛呢？雪人融化时，往往要响起钟声。开始时是圣心教堂，然后是位于赫尔曼斯霍夫路的路德教堂。钟声响了七下。在我们家，晚餐已经摆在桌子上。父母亲站在沉重的、磨得光光的、满师时做的试件——餐具柜、碗橱、小平柜——之间，望着我那张空着的、满师时试做的椅子问：哈里，你在哪儿？你看见了什么？你会把自己的眼睛揉伤的！这时，在满是泥泞、百孔千疮的雪地里站着的并非燕妮·布鲁尼斯；那儿没有冻得发抖的胖丫头，没有冰团子，没有布丁；那儿站着一个弱不禁风的“苗条女郎”，燕妮那件黄色厚呢绒大衣罩在面上，就像洗涤不当缩了水似的，软软地耷拉着。这个“苗条女郎”有一张娇小、漂亮的脸，简直就像燕妮那张脸一样漂亮。可是，它站在那儿显得很瘦，从它身旁走过时看见它很瘦，它是一个迥然不同的“少女”，一动不动。

乌鸦们已经大声地嘎嘎叫着飞了回来，落进黑乎乎的树林之中。可以肯定，就连它们在埃尔布斯山后面也得揉眼睛。当然，就连那里也是用羊毛织品来应急的。我想爬到埃尔布斯山上去。尽管我踉踉跄跄，却从未摔倒，所以我感到安全。是谁给我拉紧了一根干的绳索，使劲往上拉呢？是谁把我用绳索吊下山去，不使我摔倒呢？

一个年轻人两臂交叉，放在胸前，站在污浊的雪地上，一条腿支撑着身体的重心，一条腿虚立着，保持身体的平衡。他贴身穿着一件淡红色羊毛针织紧身衣，显然是经过几次洗涤才成了这种颜色，这件紧身衣以前很可能是鲜红的。他把一块像埃迪·阿姆泽尔身上那条披巾一样织得很粗糙的白色滑雪披巾随随便便地搭在左肩上，而没有十字交叉，把它扎在身后，然后在上面别上安全别针。时装杂志上的那些先生就习惯于把他们的披巾像这样毫不对称地披在肩上。他站成哈姆雷特和道林·格雷①的姿势。含羞草和丁香花的气味混杂在一起。嘴角露出的痛苦表情，很巧妙地使这个姿势显得更突出、更明显、更柔和、更高贵。就连这个年轻人的第一个动作也是冲着这张表情痛苦的嘴巴而来的。就像没有上油的机械装置在指挥一样，他的右手突然往上摸，在嘴里掏着，这个年轻人是不是在牙齿缝中塞了牛肉丝儿？

在他停止剔牙，伸着双膝，从臀部那儿弓下腰时，他在干什么呢？这个年轻人是在用很长的手指在雪地里寻找什么东西吧？也许是寻找山毛榉果实？寻找一把房门钥匙？寻找一枚圆圆的五古尔登银币？他是不是在寻找另外一类无法理解的价值？寻找雪地里昔日的经历？寻找雪地里的幸福？他是否在寻找雪地里生存的意义，地狱的胜利，死亡的痛苦？他是否在埃迪·阿姆泽尔那融雪天气的园子里寻找上帝？

这当儿，这个嘴角上带着痛苦表情的年轻人找到一种东西，又找到一种东西，第四次、第七次找到，在身前、身后和身旁找到。每当他找到时，他便用两根长长的手指把拾物拿到月光下去。月光闪烁，恰似白色海泡石做成的珠子。

这时，我又想爬到埃尔布斯山上去。就在他四处寻找，也找到东西，还把拾物拿到月光下的当儿，我平平安安地滑下山去，找到我那棵山毛榉树，希望在古滕贝格的林中空地上找到熟悉的胖丫头燕妮。

---

① 爱尔兰作家王尔德的长篇小说《道林·格雷的肖像》中的主人公。

可是在那儿立着的仍然是那个不可靠的“苗条女郎”，身上披着燕妮那件应急用的厚呢绒大衣。月光照到她身上，就会投下一道细长的影子。可是就在这时，这个“苗条女郎”把双臂伸向两侧，脚尖朝外，脚跟挨着脚跟地站定了。换句话说，这个“苗条少女”按照芭蕾舞的规定，站一位，尽管没有明显的训练把杆，但立即就可以开始进行严格的扶把训练，可以全蹲——站半脚尖——平衡，两臂呈花环状，在站一位、二位和五位时，每站一位分别做两次。然后，她转八次脚位，用屈膝结束八个空中的代嘎热。十六次轻快的踢腿使“苗条女郎”开始松动了。在呈二位单腿画圆圈时——该动作在两腿呈并拢位置并保持平衡中结束——在手臂往前呈舞姿时，紧接着在往后时，“苗条女郎”显得十分柔软。她越变越软，越变越弱。木偶般机械性的手臂动作转化为舒展自如的手臂动作，燕妮那件厚呢绒大衣已经从一只手那么宽的肩膀上滑下来。她在侧面来的泛光下练习了八次十字大踢腿——提腿，约小于一拃宽，但要成一条直线，就好像维克托·格佐夫斯基①梦想的那个“苗条少女”及其线条一样——以交叉的阿拉贝斯克舞姿结束。

当我又想爬上埃尔布斯山时，刻苦的“苗条少女”已经在支撑脚的踝骨上开始小绷脚擦地。这是漂亮的、大幅度的手臂动作，这个动作把星星点点、地地道道的古典精华撒向融雪天气的天空。

那么，在埃尔布斯山的另一侧情况又如何呢？在有几次月亮照到山顶上时，我真以为阿姆泽尔园子里这个年轻人不仅仅有阿姆泽尔的白色滑雪披巾，还有阿姆泽尔的一头红发，不过这头红发并不是留着短茬儿直立着，而是平平整整地贴在头上。现在，他站在他那堆塌下去的雪堆旁。他转过身背对那群身披粗黄麻布和穿着褐色蹩脚衣服的稻草人，瘦小的臀部宽阔的肩膀。是谁让他长得这么完美呢？在他向侧面伸开的右手中拿着某种颇为珍贵的东西。他的支撑腿斜站着，虚立的腿懒洋洋地立着。弯弯曲曲的脖颈线条，头路线条，在

① 维克托·格佐夫斯基，舞蹈家、芭蕾舞舞蹈动作设计者和芭蕾舞教师。

双眼与伸开的手之间带小点子花纹的线条，它们是一种使人入迷、使人出神、使人永志不忘的线条，是那喀索斯[1]！我已经又想着爬上山去窥视刻苦的“苗条少女”全蹲的舞姿了，因为我没有看到在伸开的手中有任何一样比较珍贵的东西。这时，那个年轻人开始采取行动：他往身后抛去的东西在噼里啪啦地掉进榛子树丛，掉进我的染料树林之前，在月光下闪烁，也许闪烁了二十次，或者三十二次。我在摸索，尤其是在他好像用卵石打中了我之后，情况更是如此。我找到两颗牙齿。这两颗小小的、保养得很好的、牙根健康的牙齿具有保存价值。他把人的牙齿随手乱扔；他也不回头看看，而是步履轻快地横穿过园子。他一纵身，就跳上通往阳台的台阶。月亮走了，他也走了。但是紧接着，一道小小的、大概是用布块遮起来的电灯光照亮了他这个在阿姆泽尔别墅里忙忙碌碌的人。先是在这扇窗里，然后是在下一扇窗里，出现了一道灯光。有人急匆匆地走来走去。搬了些东西，又搬了些东西。这位年轻人在收拾阿姆泽尔的行李，在忙碌。

我也在忙活，最后一次爬上埃尔布斯山。哦，亘古不变的海拔八十四米啊！因为时至今日，每次做的第三个梦仍然在罚我多次攀登埃尔布斯山——我吃晚饭很艰难——直到一觉醒来，我都在吃力地往上爬，摇摇晃晃地往下滑，以便再一次地、永远永远地……

我从我那棵山毛榉树上观看“苗条女郎”跳舞。再也没有扶把训练了，而只有一种无声的柔板。她郑重其事地伸出双臂，使之与地面平行，在危险的地面上稳稳当当地挪动脚步。一条腿足够了，另外那条腿是白做样子。这是一个没有砝码的天平，它很容易偏转，然后又会停止不动；不过它转得并不快，它慢慢转动着，以便于记录。并非这个林中空地在转动，是那个“苗条少女”在做两个干净利落的旋转动作，没有腾空跳跃；很可能是古滕贝格从他的铁壳里走了出来，扮演舞伴这一角色。但他同我一样，在“苗条女郎”漫不经心地穿过

---

① 那喀索斯，希腊神话中因爱恋自己在水中的影子而憔悴致死的美少年，死后化为水仙花。

这块林中空地时，是观众。乌鸦们默不作声。山毛榉树在哭泣。现在跳的是布雷舞步，布雷舞步。娇小的双脚在换来换去。现在是快板，因为柔板之后必须是快板。两只娇小的脚在快速地分开、闭拢。这次跳的是埃夏佩，埃夏佩。然后又从半蹲开始，跳阿桑布莱。燕妮总跳不好的是欢快的猫步。“苗条少女”真不想停下来。她跳起身，停在空中，动作轻盈，能够弯曲双腿，脚尖相触。古滕贝格是否就是那位给她吹着口哨、把欢快的快板吹成柔板作为终曲的人呢？这是多么温柔的一个“苗条女郎”啊！她总是在倾听。这个柔顺的“苗条女郎”，她既能变长，又能缩短。她就像破折号一样，一笔就画成了。“苗条女郎”能够行一个屈膝礼。紧接着，掌声雷动。这是乌鸦们、山毛榉和融雪天气的风在鼓掌。

在最后一次谢幕之后，月亮拉上了幕布。“苗条少女”开始在跳舞时把雪踏碎了的林中空地上迈着碎步，寻找什么。但她并不关心丢失的牙齿，她并不像埃尔布斯山那边阿姆泽尔园子里的那位年轻人，她嘴角上没有痛苦的表情，而是挂着一丝冷冰冰的微笑；就是在“苗条少女”找到她寻找的东西之后，这种微笑也不会变得更开心，更热情。这位“苗条少女”滑着燕妮的新雪橇，经过林中空地时再也没有一点舞蹈般的动作了，更确切地说，显出了一副畏缩不前、天真烂漫的样子。她还拾起燕妮掉下的厚呢绒大衣，把它披在自己肩上，不等古滕贝格提出反对意见，就已经消失在通往耶施肯塔尔路的森林中了。

很快，面对着空旷的林中空地，恐惧又同铸铁和树叶的沙沙声一道出现了。我急急忙忙跑过背面空旷的林中空地，穿过山毛榉树林。出了森林，来到装有路灯的耶施肯塔尔路时，我还在一个劲儿地跑着，跳着。只是来到最繁华的街道上，到了施特恩费尔德百货商店前，我才停下步来。

在广场的另一侧，光学仪器商店前的时钟显示的时间是八点过几分。街上很热闹。电影观众匆匆地走进电影院。我想，上演的是一部路易丝-特伦克尔主演的影片吧。紧接着，很可能是在电影开映之后,那个年轻人提着一口箱子,虽说是在闲逛,但却是神情紧张地走来了。这口箱子不可能装很多东西。再说,这个年轻人又能从阿姆泽尔那些又肥又大的衣服当中挑出什么东西来带走呢?有轨电车从奥利瓦开来,要继续开往火车总站。他登上电车的拖车,待在上下电车的平台上。电车开动时,他点燃一支香烟。往下凹陷、露出痛苦表情的嘴唇不能不含着这支香烟。我从未见过埃迪·阿姆泽尔抽烟。

他刚走,那个“苗条少女”就拖着燕妮的雪橇,乖乖地、一小步一小步地走来了。我跟着她走过鲍姆巴赫大街。她和我同路。过了圣心教堂之后,我加快步伐,走到“苗条少女”身边,与她并肩同行,可能还说了这样的话:“晚上好,燕妮。”

这位“苗条少女”并不感到奇怪,也说:“晚上好,哈里。”

我没话找话地说:“你滑雪了?”

“苗条少女”点点头:“要是你愿意,你可以滑我的雪橇。”

“那么你回家可就晚了。”

“我也累了。”

“你看见图拉没有?”

“图拉和别的人七点钟以前就已经走了。”

这位新燕妮同老燕妮一样,都有长长的睫毛。“我也是快到七点时走的,可我没有看见你。”

这位新燕妮彬彬有礼地告诉我:“你看不见我,这一点我很理解,因为我待在一个雪人身体里。”

埃尔森大街越来越短:“在那里面情况到底怎么样?”

新燕妮在横跨施特里斯巴赫河的桥上说:“那里面热得要命。”

我以为我的担心是真诚的:“但愿你在里面没有感冒。”

在参议教师奥斯瓦尔德·布鲁尼斯和老燕妮住的那个股票房前,新燕妮说:“在上床前,我要喝一杯热柠檬,以防万一。”

我还想到很多问题:“你到底是怎样从雪人身体里钻出来的?”

新燕妮在房屋入口告别:“雪开始融化了。不过现在我累了,因为我跳了一阵舞。这是我第一次跳成功两个旋转动作,我保证。晚安,哈里。”

这时,门砰的一声关上了。我饿了。但愿厨房里还有点吃的东西。顺便提一下,听说那个年轻人坐的是二十二点那班火车。他和阿姆泽尔那口箱子都走了。听说他们平平安安地过了两个边境。

亲爱的图拉:

燕妮不是在雪人体内,而是在回家的路上感冒了。很可能是在林中空地跳芭蕾舞使得她热出了汗。她必须卧床休息一个星期。

亲爱的图拉:

现在你知道,一个年轻人从胖乎乎的阿姆泽尔身边溜走了。他提着阿姆泽尔的小箱子,轻手轻脚、急急忙忙地穿过车站大厅,登上了去柏林的火车。有件事情你还不知道:这个动作麻利的年轻人在小箱子里放着一本伪造的护照。一个名叫“小胡特”的职业钢琴制作师在两次下雪奇迹前几个星期伪造了这本护照。伪造者什么都考虑到了。一张照片简直把这本护照伪造得天衣无缝。这张照片仿效的是嘴角上带有痛苦表情的这位年轻人那种神色紧张、有点呆滞的面部表情。果然,胡特先生签发这本护照时也不是签到爱德华·阿姆泽尔名下;他把护照持有人称作赫尔曼·哈泽洛夫,一九一七年二月二十四日生于里加。

亲爱的图拉:

当燕妮痊愈时,我把那个年轻人随手扔进我的染料树林中的两颗牙齿拿给她看。

“哦!”燕妮兴冲冲地说,“这就是阿姆泽尔先生的牙齿。你送一颗给我吧?”我留下了另外那颗牙齿,而且时至今日仍然把它放在身边,因为那位也许会要求拥有这颗牙齿的布劳克塞尔先生让它放在我的小皮夹子里。

亲爱的图拉：

哈泽洛夫先生在到达柏林施特廷火车站后干了什么？他搬进一家饭店的房间，第二天走进一家牙科医院，用过去是阿姆泽尔而现在是哈泽洛夫的大把大把的钞票，让人给自己凹下去的嘴巴镶上了金牙齿。人称“小胡特”的胡特先生不得不在新护照的附注后面补上了个人特征：“全副假牙，金牙套。”从此以后，只要哈泽洛夫先生咧嘴大笑，人们就会看见他用三十二颗金牙在笑；不过，哈泽洛夫很少咧嘴大笑。

亲爱的图拉：

这些金牙变成了一个概念；就是今天，也依然如此。昨天，我同几个同事待在保罗游乐场，当时，为了证实哈泽洛夫安金牙一事并非虚构，我做了一个试验。光顾奥格斯堡大街那家饭店的多半是一些棒球接手、运输企业主和单身女士。老主顾餐桌四周的圆形沙发使大家能够坐在软垫子上进行激烈的辩论。凡是人们在柏林谈论的东西都是我们谈论的话题。我们背后的墙上胡乱挂着著名拳击手和持续六天行程的摩托车赛选手的照片，胡乱裱糊了运动场上的一些知名人士的图片。签名和题词值得一读；不过，我们并不看这些东西，而是在想，往常在二十三点到二十四点之间，人们如果非走不可的话，又往哪儿去呢？在这之后，我们就取笑即将到来的二月四号。我们喝啤酒和杜松子味烧酒，谈论世界末日。我就讲我那个脾气古怪的雇主布劳克塞尔先生；我们已经谈到过哈泽洛夫和他的金牙齿，我的同事们认为那些金牙都是编造出来的，而我却说它们是真的。

这时，我对着柜台叫道：“汉兴，您又见到过哈泽洛夫先生吗？”

汉兴的声音从洗玻璃杯的水槽上方传来。他回答道：“没有！那个安金牙齿的人最近要是到这儿来的话，总是在别的地方，在仆人那儿。”

亲爱的图拉：

这么说，安牙齿的事是真的了。哈泽洛夫无论当时还是现在都被人称作“黄金小嘴”；在患了倒霉的感冒之后重新获准离开病床时，新燕妮收到一双别人赠送的芭蕾舞尖足舞鞋，这双鞋的丝鞋面闪着银光。布鲁尼斯参议教师想看看她立在银色鞋尖上的样子。从此以后，她就在拉娜夫人的芭蕾舞厅里跳舞，跳小天鹅。钢琴演奏家费尔斯讷-伊姆布斯被狗咬的伤口已经痊愈，他演奏肖邦的作品。我按照布劳克塞尔的意愿丢开了那金牙齿，侧耳倾听银色芭蕾舞鞋训练时在地上发出的沙沙声。燕妮站在训练把杆旁，开始平步青云。

亲爱的图拉：

当时我们所有的人都转了学。我上实科中学；你和燕妮，你们成了海伦妮-朗格学校的学生。紧接着，这所学校改了名，叫作古德龙学校。我的那个木工师傅父亲曾经建议，把我送到女子中学去：“这个孩子虽说天资很高，可是没有根基，还得试一试，看他行不行。”

从中学一年级起，参议教师奥斯瓦尔德·布鲁尼斯就在我们的成绩单上签名。他教我们德语和历史。从一开始我就很用功，但我不是追求名利的人，尽管如此，我仍然是班里的尖子，别的同学可以抄我的作业。参议教师布鲁尼斯是一个宽宏大量的教师。我们可以轻而易举地使他离开原来的严肃课程。只要有人带一块云母片麻岩，请他谈谈这块片麻岩或者所有的片麻岩，谈谈他的云母片麻岩收藏品，布鲁尼斯立刻就会抛下那些西姆布赖人①和条顿人不管，大讲特讲他的科学。但是，他凭借的并不仅仅是他的癖好——云母片麻岩和云母花岗岩；他枯燥乏味地背诵所有的矿物：火成岩和火山岩，非结晶的和结晶的岩石；“平面很宽的”“厚板块的”和“茎状的”这些词都是我从他那儿学来的；葱绿色、天蓝色、豌豆般的黄色、银白色、丁香花似的褐色、烟灰色、铁黑色和朝霞般的绯红色，这些颜色都

① 古代日耳曼族的一支。

来自他的调色板;他教我学会蔷薇石英、月长石和天蓝石这些充满深情的话语;我接受了一些简短的骂人粗话:“你这个凝灰岩脑袋,角闪石,你这个泥砾岩!”不过,时至今日我仍然无法区分玛瑙与蛋白石,孔雀石与拉长石,黑云母和白云母。

如果我们不用矿物使他离开课程表上规定的课程,他的养女燕妮就不得不充当替罪羊。班长彬彬有礼地要求发言,请布鲁尼斯参议教师讲讲燕妮作为未来的芭蕾舞女演员取得的进步。他说,全班同学都想听一听,每个人都想知道,从前天起,在芭蕾舞厅里发生了什么事。就像提示词“云母片麻岩”那样,“燕妮”这个提示词也同样能诱惑布鲁尼斯参议教师。他中止了民族大迁徙的讲授,让东哥特人和西哥特人在黑海边上恼火去吧,换成了新的题目。他再也不一动不动地蹲在讲台后面了,他在教室柜子和黑板之间用狗熊般的舞蹈步伐蹦来蹦去,抓住海绵,把刚才画出的哥特人迁徙路线草图擦掉。他让手中的粉笔在仍然潮湿的黑板上飞快地划出尖锐刺耳的声音。当他还在左下方写字时,已足足过了一分钟,在右上方,湿气才开始晾干。

黑板上写着“一位、二位、三位、四位和五位”。这时,参议教师奥斯瓦尔德·布鲁尼斯开始上芭蕾舞理论课。他说:“像通常情况下在世界各地那样,咱们从基本位置开始,按照扶把练习的样子办。”参议教师以第一位舞蹈理论家阿尔博①的理论为依据。按照阿尔博和布鲁尼斯的观点,有五种基本姿势,这些姿势全都建立在脚尖朝外的原则基础上。在我上一年级时,作为实科中学的学生,“朝外”这个小词儿比起“正字法”这一概念来更有分量。时至今日,我还能看出每一个芭蕾舞女演员脚尖朝外的程度是否符合要求;可是正字法这个词——也就是有 h 还是没有 h,Grieв 这个词有一个 s 还是两个 s——依然使我如堕五里雾中。

当芭蕾舞教练在拉娜夫人的帮助下敢于举办一次芭蕾舞晚会

① 阿尔博(1519—1596),法国舞蹈理论家和史学家。

时，我们这些缺乏信心的正字法家——五六个芭蕾舞迷便坐在市立剧院顶层楼座的座位上，一边观看一边评头品足。有一次，节目单上有波洛维茨舞①；有芭蕾舞《睡美人》，依据的是佩季帕那个非常考究的样本；有拉娜夫人曾经排练过的《悲伤圆舞曲》。

我发现：那个女演员佩特里希在跳柔板时虽然有一个强烈的踢腿动作，但她脚尖朝外的程度仍然不够。

小皮奥赫说起了闲话："哎呀，仔细看看你的姿势吧，每一个旋转动作都模糊不清，脚尖朝外的动作让人无法看下去。"赫伯特·彭措尔特摇着头说："要是这个伊尔玛·洛伊魏特不练就更好的脚面，那么她作为第一独舞演员，尽管脚尖仍然在拼命朝外放，但很快也就会无法符合要求了。"

除了"脚面"这个词和"朝外"这个小词儿，"踢腿"这个词也有了分量。如果某人"在完成所有的技巧动作当中根本没有踢腿"，或者说，市立剧院一位已经上了年纪的舞蹈演员——这位舞蹈演员可以只从舞台侧面做大踢腿，然后当然是极其缓慢地划弧线——也遇到这种情况；这时，从剧院顶层的楼座上便会发出宽宏大量的认可声："这个布拉克在踢腿时做什么动作都可以；尽管他只转了三圈，可是这三圈却有名堂。"

我们在中学一年级的第四个时髦词是"空中悬浮"这个小词儿。男女舞蹈演员在飞行中分六"动"击腿跳时，在大踢腿时，在所有的跳跃中，要么有"空中悬浮"，要么没有"空中悬浮"。也就是说，他们跳跃时擅长在空中保持舞姿，轻飘飘地停留片刻；要不然，他们就无法对重力法则产生怀疑。当时，作为中学二年级学生，我创造了这样一种表达方式："这个新的第一独舞演员慢慢跳跃，这样就好记录下来。"就是今天，我还把那些艺术性很高的、延缓结束过程的跳跃称作"记录下来"的跳跃。要是我能够这样做，能够把跳跃记录下来就好啦！

---

① 鲍罗廷的四幕歌剧《伊戈尔王子》中的舞蹈。

亲爱的表妹：

我们的班主任布鲁尼斯参议教师并不满足于讲授芭蕾基础知识，以此作为对一首分为十七段节奏铿锵的叙事谣曲的补充；他还给我们讲，当一个芭蕾舞女演员要长时间完美无缺、毫不费劲地踮着脚尖，做出无与伦比的旋转动作时，什么重量都要放在脚尖上。

有一天——我记不清我们仍是在讲东哥特人呢，还是汪达尔人已经在去罗马的途中了——当时，他带着燕妮的银色芭蕾舞鞋走进了我们的教室。开始时，他做出神秘莫测的样子，坐在讲台后面，把他那个有一些小皱纹的土豆脑袋藏在这双银色的芭蕾舞鞋后面。然后，他没有把双手露出来，就把这双鞋踮了起来，他那老年人的男声开始唱一段《胡桃夹子》组曲。他让尖足舞鞋在墨水瓶和装有课间休息时食用的夹菜面包的铁皮盒之间练习所有的舞姿，练习在支撑腿踝骨上的小绷脚擦地。

在吵吵嚷嚷的声音过去之后，他喃喃着，左右两侧放着银色的鞋子。一方面，这种尖足舞蹈毕竟是一种现代化的刑具；另一方面，人们又必须把尖足舞鞋视为一个少女在一生中唯一能借以平步青云的鞋。

接着，他让燕妮的这双尖豆舞鞋由班长陪同，一个课桌一个课桌地挨个往下传。燕妮的银色舞鞋对于我们是某种暗示。不，我们不会吻这双鞋。我们几乎并不抚摩它，我们看着它那历经磨难的银色光辉，用手轻轻敲击它那坚硬、脱银的足尖，心不在焉地玩弄着银色鞋带，尽情地享用这双鞋，享用其全部魔力。这双鞋能够把一个可怜的胖丫头变成一个轻松愉快的家伙，这个家伙凭借着尖足舞鞋，每天每日都能够步行着登上天堂。我们痛苦万分地梦想着尖足舞鞋。谁爱自己的母亲爱得过分了，谁就会在夜里看见她跳着尖足舞走进他的卧室。谁喜欢上了电影海报，谁最终就会想看一部有芭蕾舞女演员莉尔·达戈薇尔的片子。我们当中的天主教徒在圣坛前等着，看圣母马利亚是否愿意用比比皆是的凉鞋来换燕妮那双尖足舞鞋。

只有我才知道，并非这双尖足舞鞋使燕妮发生了变化。我亲眼看见，借助一次寻常的降雪奇迹，燕妮·布鲁尼斯变得身轻如燕了；同样，埃迪·阿姆泽尔也变得很轻。所有这些都是一起完成的。

亲爱的表妹：

我们各家和所有的邻居虽然对这个还不满十一周岁的女孩的明显变化感到惊奇，却都非常满意地点着头，仿佛全世界都预见到了燕妮的变化，在共同的祈祷中力争过似的。他们都同意这种说法：这是雪引起的。每天下午四点一刻，燕妮都准时离开斜对面的股票房，伸着脖子上的小脑袋，乖乖地沿着埃尔森大街往上走。她只用双腿走路，上半身几乎不动。很多邻居每天这个时候都跑到临街的窗玻璃后面去。他们谈着天竺葵和仙人掌，但每当燕妮出现时，他们就会说："现在燕妮去跳芭蕾舞了。"

要是我母亲出于家庭主妇的原因，或者说因为她在走道上聊天耽误了一分钟，没有看见燕妮出场，我就会听见她出口骂道："现在我可是耽误了看布鲁尼斯家那个燕妮的时间。明天我要把闹钟调到四点一刻，要不，就调到更早一点的地方。"

燕妮的外貌打动了我母亲的心："她变成了一根芦笋，这双小手圆圆的。"虽说图拉瘦得不一样，但也是同样瘦削啊。图拉轻飘飘的身材叫人害怕，燕妮的身段使人沉思。

亲爱的表妹：

我们上学时经过的道路两边形成了一个引人注目的队列。海伦妮-朗格学校的女学生们和我同路到新苏格兰。在马克斯-哈尔伯广场，我得往右上方走，而那些姑娘则走狗熊路，往基督教堂方向走。因为图拉在我们家半明半暗的走道上等，而且还强迫我同她一道等，等燕妮离开那座股票房。这时，燕妮走在了前面，她走在我们前面十五步，有时候只有十步。我们三个人都尽量保持一段距离。要是燕妮有一根鞋带散了，图拉也得把一根鞋带重新系上。我在往右手拐弯之前,在马克斯-哈尔伯广场边的广告柱后面停下来,用目光注视着她们俩。图拉在燕妮后面。可是,从来没有出现过一次坚持不懈地进行追猎的景象。相反,可以直言不讳地说:图拉尾随燕妮,但并不想赶上这个走起路来上身僵直、矫揉造作的女孩。有时候,伴着升到半空的朝阳,燕妮让她的影子长长地、像木桩那样细长地落在身后;这时,图拉正用自己的影子延长燕妮的影子,她寸步不离地跟随着燕妮影子的脑袋。

图拉给自己提出了这项任务,她不仅仅在上学路上跟在燕妮背后,甚至在四点一刻,当邻居们说"现在燕妮去跳芭蕾舞了"时,她也从楼梯间溜出来,跟在燕妮后面。

开始时,图拉只是在到达有轨电车站之前同燕妮保持一段距离,每当有轨电车丁零当啷地驶往奥利瓦方向时,她便往后转。紧接着,她就把我的芬尼铜币拿去,付有轨电车的车费。图拉不借钱,她拿钱。在波克里弗克母亲的橱柜里,女儿也是不问一问就伸手去拿东西。她与燕妮在同一部电车的拖车里,不过,图拉站在后面的平台上,燕妮站在前面的平台上。她们沿着奥利瓦宫中花园往前走,仍然保持着习以为常的距离,只是在狭长的玫瑰巷里,距离才稍微缩短一些。图拉在"芭蕾舞女教练拉娜·博克-费多洛娃"这块搪瓷牌子旁边站了一个小时之久,没有一只从身边溜过的猫能分散她的注意力。芭蕾舞课下课后,她掩着脸,让一群闲谈着、摇晃着练功用品包的芭蕾舞女学员从身边走过。所有的女孩都用轻度的外八字脚走路,在茎秆一样的脖子上支撑着过于细小的脑袋。虽说现在正是五月份,玫瑰巷却有片刻工夫散发出粉笔味和针织紧身衣的酸味。走在钢琴演奏家费尔斯讷-伊姆布斯前面的燕妮正迈进花园大门。这时,图拉一等到她们两人拉开适当的距离,便会立即迈出步子。

这是何等模样的三搭档啊!那个弓着腰、穿着护腿鞋的伊姆布斯和这个脖颈上拖着暗黄色辫子的孩子总是走在前面,图拉隔着一段距离尾随在后。有一次,费尔斯讷-伊姆布斯环顾四周。燕妮并没有环顾四周。图拉经受住了钢琴演奏家的目光。

有一次，伊姆布斯放慢了脚步，一面走，一面折下山楂树的一根嫩枝。他把这根嫩枝别在燕妮胸前。这时，图拉也同样折下一根山楂嫩枝，不过她并没有别在自己胸前，而是在她快步往前赶并重新达到原来的距离之后，把它扔进了一个不长山楂树的园子里。

有一次，费尔斯讷-伊姆布斯停下步子，燕妮停下步子，图拉也停下了步子。当燕妮和图拉待在原地时，钢琴演奏家极其果断地往回走，朝着图拉走了十步，走到图拉面前，高高地扬起右臂，摆动着艺术家蓬乱的长发，伸出钢琴演奏家的手指，指着宫中花园的方向说："你就不能安静下来吗？难道你就不做家庭作业？走，走开！我们再也不想见到你！"他再一次极其勇敢地往回走，因为图拉既不答话，也不听从那个宣扬宫中花园的食指指挥。伊姆布斯又回到了燕妮的右面。事情进行得并不顺利，在钢琴演奏家教训图拉时，他的头发乱得一团糟，必须梳理才行。现在头发又整整齐齐地往下飘垂了。费尔斯讷-伊姆布斯迈开了脚步。燕妮迈的是带外八字的鸽子步。图拉保持着一段距离。三个人都越来越接近宫中花园入口处对面的有轨电车站。

亲爱的表妹：

你们的样子在施加压力。街上的行人都小心翼翼，避免陷入燕妮和图拉之间的那段距离当中。在熙熙攘攘的街道上，两个孩子的行动令人惊异。由于一前一后，毫无掩饰，拉开距离走，她们才得以在一条商业街拥挤的人群中形成一个流动着的空隙。

图拉跟在燕妮后面走时从来不带我们的哈拉斯。但我却加入了这两个人的行列，在上学路上，同图拉一道离开，同她肩并肩沿着埃尔森大街往上走，我们前面那个莫扎特式的辫子是燕妮的辫子。在七月份，老出租房屋之间的阳光特别灿烂。在横跨施特里斯巴赫河的桥上，我摆脱图拉，快步走到燕妮左边。那是一个金龟子很多的年份。它们激动地悬在空中，在人行道上到处乱爬。有几个金龟子已经被人踩死，我们踩死另外的金龟子。后来，那些金龟子干枯的残骸老是沾在我们的鞋底上。我在燕妮身边——她费尽力气不踩上金龟子——自告奋勇地去背她的练功用品包。她把包递给我。这是一个天蓝色的布包,包外看得出尖足舞鞋的鞋尖。在小锤公园后面——一群群金龟子在栗树之间飞舞——我放慢了脚步,一直到我背着燕妮的练功用品包在图拉身边与她同步而行。在下跨铁道后面,在每周集市空空的货摊之间,在潮湿的铺石路面和清道夫呼呼作响的扫帚之间,图拉求我把燕妮的包交给她背。既然燕妮从不环顾四周,所以我也就允许图拉把燕妮的包一直背到最繁华的街道上。在电影院前,燕妮仔细地观看照片。在那些照片上,有一位女电影演员颧骨宽阔,穿着一件医生用的白色工作服。我们观看另一个橱窗里的照片。节目广告上写着:一位小演员微笑六次。快到有轨电车站时,我又把那个练功用品包拿回来,同燕妮和燕妮那个包一道登上驶往奥利瓦的有轨电车的拖车。在行驶中,金龟子啪啪地撞击在前平台的玻璃窗上。过了"白羔羊"车站之后,我带着包离开燕妮,去看后平台上的图拉,不过没有把包交给她。我为她付车费,因为当时我只要把我父亲木工作坊的木柴卖掉,就能攒到零钱,我干这种事很在行。过了"缔结和约路"车站之后,我又回到燕妮身边,我也想替她付车费,可是她却出示了她的月票。

亲爱的表妹:

还在暑假期间就已经听说,市立剧院的芭蕾舞教练施特内克先生把燕妮招进了儿童芭蕾舞团。她要参加跳圣诞节童话中的舞蹈,排练可能已经开始。据说,这个剧本在本年叫作《冰雪女王》,而燕妮——人们可以在《前哨》上,也可以在《最新消息》上看到这样的报道——将要跳冰雪女王,因为冰雪女王并不是讲话的角色,而是一个跳舞的角色。

燕妮现在不仅仅乘二路有轨电车到奥利瓦去;她一个星期有三次乘五路有轨电车去煤炭市场。就像马策拉特先生在他的书中描绘的那样,从塔楼往外一望,市立剧院就在那里。

为了凑足图拉和我的有轨电车车费，我不得不劈很多木柴，并悄悄把木柴卖掉。我父亲严格禁止我做这种买卖，可是工长支持我。有一次我迟到了，我就让我的鞋跟在拉贝斯路的铺路石子上跑得啪啪响，快到马克斯-哈尔伯广场时，我赶上了这两位姑娘。有人把我给排挤掉了。殖民地农副产品经销商的儿子矮小粗壮，他忽而在图拉近旁，忽而在燕妮身边。有时候，他竟然做出平时没人敢做的事情。他拼命挤到空无一人的距离当中去。不管是在图拉近旁，在燕妮身边，还是在她们两者之间，儿童铁皮鼓老吊在他的肚皮前。当两位苗条少女行进的节奏要求敲鼓时，他就把铁皮鼓敲得更响。听说他母亲前不久刚去世，死于食鱼中毒。她是一位漂亮的太太。

亲爱的表妹：

只是在夏末时节我才听到你同燕妮讲话。整整一个春天和一个夏天，燕妮那个从一个人手里传到另一个人手里的练功用品包，已经代替了人们之间的对话。要不然就是那些被燕妮避开、被你踩死的金龟子。在万不得已时，就是我或者费尔斯讷-伊姆布斯朝背后丢下一句话，或者说把一句话捎来捎去。

当燕妮离开股票房时，图拉就拦住她，但又不是特意要对燕妮讲点什么，而是顺便跟燕妮搭一下腔："我可以背你那个装着银鞋子的包吗？"燕妮一言不发地把包递给图拉，不过还是像图拉顺便跟她搭腔那样，远远地顺便瞟了图拉一眼。图拉背着包，但她并没有背着包同燕妮并肩而行；她继续保持着一段距离，当我们乘二路有轨电车去奥利瓦时，她背着燕妮那个包站在拖车的后平台上。我想付钱，但显然是多此一举。只是到了玫瑰巷的芭蕾舞学校门前，图拉才说了声："谢谢！"把包还给了燕妮。

这种情况就这样一直延续到秋天。我从没看见她背燕妮的书包。她只背那个练功用品包。每天下午她都穿着长袜子，准备着。她通过我打听到燕妮什么时候排练，什么时候训练。她站在股票房门口，什么也不用问，便一言不发地伸出手来，抓住包带上的搭环，背着包尾随在后面,注意保持同样的距离。

燕妮有好几个装练功用品的包:一个葱绿色的包,一个朝霞一般绯红的包,一个天蓝色的包,一个丁香花似的褐色包,一个像豌豆一样黄色的包。她换来换去,没有规律。当燕妮在十月份的一天下午离开芭蕾舞学校时,图拉对燕妮连瞟也没有瞟一眼便对她说:“我想看一看这双鞋,看它是不是真的用银子做的。”费尔斯讷-伊姆布斯反对这样做,可是燕妮点头同意,而且用温柔的目光促使钢琴演奏家的手挪到一旁。图拉从像豌豆一样黄的包里取出那双用丝带捆成一个整整齐齐小包的尖足舞鞋。她没有打开这个小包,而是摊开手,把它放到齐眉毛的高度,让她狭窄的眼睛顺着鞋子,从鞋后跟的贴皮看到坚硬的鞋尖,仔细检查鞋子上银子的含量,感到这双鞋子尽管已经穿旧,而且其貌不扬,但银子的成色还是足够的。燕妮打开包,图拉让尖足舞鞋在黄布包里消失不见了。

十一月末,在首场演出前三天,燕妮第一次同图拉讲话。她穿着一件灰色粗呢雨衣,从市立剧院的入口处出来,伊姆布斯没有陪她。她在图拉的面前停下来。当她把葱绿色练功用品包递给图拉时,对图拉甚至连瞟都没瞟一眼便说:“我现在知道耶施肯塔尔森林里那个铸铁人叫什么名字了。”

“他的书上写的东西同我以前说的不一样。”

燕妮想卖弄自己的知识:“这个人并不叫库登佩希,他叫约翰内斯·古滕贝格。”

“书上写着,你要在大伙儿面前发狂般地跳芭蕾舞。”

燕妮点点头:“也许是这样吧,可是这个约翰内斯·古滕贝格在美因茨市发明了印刷术啊。”

“说真的,我就是这样讲的。这个人什么都懂。”

燕妮还知道:“他死于一四六八年。”

图拉想知道:“你到底有多重?”

燕妮详细地回答道:“我两天前称过,有六十七磅二百三十克。你究竟有多重呢?”

图拉撒谎道:“六十六磅九百九十克。”

燕妮:“穿着鞋?”

图拉:“穿着体操鞋。”

燕妮:“我没穿鞋,只穿紧身衣。”

图拉:“那我们就一样重了。”

燕妮很高兴:“差不多一样重。在古滕贝格面前我就再也不用害怕了。要是你和哈里想来的话,这儿有两张首场演出的票给你们。”

图拉拿了票。有轨电车开到门口。燕妮像往常一样在前面上车,这时图拉也在前面上车。我本来就是在前面上车的。在马克斯-哈尔伯广场,燕妮首先下车,然后是图拉,我尾随在后。沿着拉贝斯路往下走,她们俩没有拉开距离,而是肩并肩地走,看起来就像是朋友。她们允许我随后把绿色练功用品包给她们送上去。

亲爱的表妹:

你得承认,这次与燕妮有关系的首场演出简直好极了。她转了两个干净利落的圆圈,敢于跳大巴斯克步,这种舞步就连经验丰富的芭蕾舞女演员也望而却步呢。她的脚非常漂亮地“朝外”伸,她的“踢腿”使舞台显得狭窄。她在跳跃时慢慢跳起,好“记录下来”,所以就有了“空中悬浮”的动作。很难发现燕妮的脚面太小。

她扮演冰雪女王,穿一件银色针织紧身衣,戴一顶冰雪银冠,披一条可能是象征冰冻的面纱。燕妮扮演冰雪女王所做的一切,立即就使人目瞪口呆。冬天同她一道来临。冰柱音乐宣布她的各次登场。这个芭蕾舞团、雪花和三个滑稽的雪人,都听从她那寒冷刺骨的命令。

剧情我想不起来了。不过,在三幕当中好像有一只会讲话的驯鹿。这只鹿得拉着一个装上镜子的雪橇,冰雪女王就坐在雪橇里的雪垫上。驯鹿用诗一样的语言讲话,跑起路来比风还快,小小的银铃在幕后作响,宣告冰雪女王的到来。

正像节目单上见到的那样，这只驯鹿由瓦尔特·马特恩扮演。这是他的第一个比较重要的角色。听说紧接着他就受聘去什未林市立剧院了。他把驯鹿演得非常成功，第二天就得到了报刊的好评。不过，两种报纸上真正赞美的是燕妮·布鲁尼斯。一位评论家认为，要是燕妮愿意，她就可以作为女王，把正厅的前排座位和两层楼座都冻成冰，冻上千年之久。

鼓掌把我的双手鼓得发热。图拉在演出后不鼓掌。她把节目单折成很小，在最后一幕时把它全部都吃掉了。布鲁尼斯参议教师坐在我和我们班其他芭蕾舞迷之间，在三幕演出当中和第二幕结束后休息时，他把一纸袋麦芽止咳糖块吮得精光。

在演员谢了十七次幕之后，费尔斯讷-伊姆布斯、布鲁尼斯参议教师和我在燕妮的更衣室前等候。图拉已经走了。

亲爱的图拉：

那个扮演了驯鹿、能把棒球打成高球、把拳球打成狡诈的回球的演员，那个打曲棍球、作为滑翔飞行员能在空中待十二分钟的演员和运动员，那个总是挽着别的女士手臂的——而她们全都愁眉苦脸，精疲力竭——演员和滑翔运动员，那个散发赤色传单并把雷克拉姆袖珍本、侦探小说和《形而上学导言》[①]有计划、有步骤地乱读一气的演员和求爱者——其父亲是磨坊主，能预卜未来，其中世纪的祖先名叫马特尔纳，是个可怕的叛乱者——那个发育良好、冥思苦想、粗壮结实、糟糕蹩脚、头发不长、没有音乐天赋、喜欢抒情诗、孤独健壮的演员和冲锋队队员，那个在一月份的一次行动后提升为下级指挥员的冲锋队下士，那个在合适和不合适的场合一有机会就能把牙齿咬得咯咯作响，因而也就是在清清楚楚、不容忽视地询问来世的演员、运动员、求爱者、玄学家和下级指挥员，那个在燕妮跳“冰雪女王”这个舞时真想把牙齿咬得咯咯作响的人，那个冲锋队队员，那个把牙齿咬

① 《形而上学导言》是海德格尔的哲学著作。

得咯咯作响的人和演员，还在他作为“青年男主人公”去什未林市立剧院应聘之前，就已经出于这样和那样的原因沉湎于醇酒之中了。

埃迪·阿姆泽尔进入雪人体内，以便作为赫尔曼·哈泽洛夫离开雪人。他没有成为酒鬼，他开始抽烟。

你知道他为什么自称哈泽洛夫，而不称德罗塞尔、芬克或者施塔尔吗？在燕妮和你，即你们保持了整整一年距离这段时间，这个问题使我冥思苦想，我在解释这些名字的思考中进入梦乡。在我料想到阿姆泽尔现在有别的称呼之前，我对斯特芬路那幢空荡荡的、根据长期租赁合同仍然为阿姆泽尔空着的别墅进行了一次也许是事实上的但肯定又是想象中的访问。人们应当假定，瓦尔特·马特恩这个忠实的三房客也许很难搬出这幢房子——他很可能还有印象——当时我感到——我们就假定是这样吧——我从园子进去，越过阳台，走进了阿姆泽尔过去的工作室。我大概压坏了两块窗玻璃。很可能我有一支手电筒。我所寻找的东西，我只能在文艺复兴时期的斜面桌里找到，而且我也找到了这些东西；或者说，我很可能找到了这些东西——一些重要的草稿。我头上仍然挂着阿姆泽尔去年制作的稻草人产品。我控制住自己，不怕怪影，或者说我还不是怕得要命。这些草稿都是用大写字母写满思想活动的突然转弯和名字的草稿纸，它们就好像是为我留在那儿似的。阿姆泽尔在一页纸上试图利用Steppenhuhn（荒原鸡）这个词给自己取一个名字，取名为Stephun，Steppuhn，Steputat，Stepius，Steppat，Stepoteit，Steppanowski，Stoppka，Steffen。因为Steppenhuhn这个词如此之快地把他带到了他匆匆离去的斯特芬路附近，所以当他放弃这个词时，他就同时试着用鸟儿的名字Sperling、Specht和Sperber[1]取名，叫作：Sperla，Sperlinski，Spica，Sperluch，Spekun，Sperballa，Spercherling，Spechling。在这一个未获成功的系列之后，接踵而来的是“星期天”这个词的一种创造性的发

---

① Sperling为麻雀，Specht为啄木鸟，Sperber为雀鹰。

展①，取名为：Sonntau，Sonntowski，Sonatowski，Sopalla，Sorau，Sosath，Sowert，Sorge。他又放弃了这一打算。他没有继续使用 Rosin、Rossinna 和 Rosenoth 这个系列。很可能他是想找一个同阿姆泽尔的 A 对称的字，于是他从 Zoch 开始，把 Zocholl 放在 Zuchel 后面，从 Zuber 想到 Zuphat，对于漂亮的名字 Zylinski 失去了兴趣，因为诸如"新的名字和牙齿都是金不换"或者"只要有名字，我也就有牙齿"这样的惊叫向我这个毕竟是可以想象的侦探表明：他感到要另外取一个合适的名字是多么困难。在两个由 Krisun-Krisin 和 Krupat-Krupkat 尚未充分展开的系列之间，我自己终于找到了一个名字，而且在这个名字下面画了一条线。没有一个系列帮上他的忙。这个名字从空中跳到了纸上。它的出现毫无目的，顺理成章。它虽然奇特，但是在每一本电话簿里都可以找到。与其说它可以追溯到碰上苍鹰，还不如说可以追溯到逃跑时突然改变方向的兔子②。在遇到俄语的或者万一遇到波罗的语族的言语障碍时，这双重的"f"也是允许的。这是艺术家的名字，是间谍的名字，是假名。名字可以使人铭记在心。人们使用名字，每个人都有大号。

这时，我心中装着哈泽洛夫这个名字离开了埃迪·阿姆泽尔那间镶上了橡木护墙板的工作室。我可以指天发誓，在我来到这里打坏窗玻璃之前，没有人给这间工作室通过风。天花板下的所有稻草人都喜欢在衣兜里放些樟脑丸。难道说瓦尔特·马特恩扮演了家庭主妇的角色，使阿姆泽尔留下来的东西免遭毁坏？

我真该把草稿带走，作为今后的证明。

亲爱的图拉：

我们在学校里就已经把那个演员叫"咬牙人"，后来在他那个冲

① 星期天在德文中为 Sonntag。

② 在德语中苍鹰写作 Habicht，兔子写作 Hase，哈泽洛夫这个名字则写作 Haseloff。

锋队中队里，人们也总是这么叫他。“咬牙人已经到了吗？我们在犹太教堂上面的米尔肖路搜捕，咬牙人应该带三个人警戒费尔德街车站。咬牙人一离开乡公所，就应该大声咬三次牙。”那个演员，那个忙忙碌碌的咬牙人，再也不是在某个时候喝酒，而是经常喝酒，借此大大提高他把牙齿咬得咯咯响的技巧。他很难做到从容不迫地斟酒；他的早餐以杜松子酒开始。

这时，人们把他撵出了冲锋队，但是并没有抓他。因为他酗酒——在那里大家都酗酒——因为他喝醉酒以后偷了钱，人们把他撵了出去。开始时冲锋队中队长约亨·萨瓦茨基护着他，因为两人交情很深，他们肩并肩地站在柜台边，用同样的液体喝得烂醉如泥。只是当这件事在朗富尔冲锋队八十四中队闹得乱哄哄时，萨瓦茨基才搞了个名誉法庭。那七个人，他们全都为这个低级指挥官作证，证明马特恩是第一次伸手去拿单位钱箱里的钱。证人们说，他在喝得酩酊大醉时曾经夸下海口。有人提到三百五十古尔登。马特恩把这笔钱全都花在杜松子酒上了。萨瓦茨基插话说，一个人喝醉以后自个儿胡说八道的话不能当作证据。马特恩夸耀说，尽管有人对他不大满意，但是“如果没有我，你们在卡尔布德就抓不到那个布里尔”。另外，他还直截了当地担保自己所做的一切：“再说，你们，你们所有的人，都一起喝得醉醺醺的。我没有偷，我只不过是在设法使气氛变得活跃起来而已！”

现在，约亨·萨瓦茨基不得不做一次简短的讲话。听说他在搞掉瓦尔特·马特恩时哭了一场。讲话当中谈到友谊：“可是，我现在再也不能容忍任何一个猪猡待在我这个中队了。我们当中没有一个人愿意让自己的优秀同事完蛋。可是，同事的偷窃行为是糟糕透顶的行为。没有一种贝西尔洗衣粉，没有一种酪皂，能把这个污点洗干净！”听说他把手搭在瓦尔特·马特恩肩膀上，用哭泣的声音劝告他尽可能悄悄溜走。他可以去德意志帝国，在那里参加党卫军：“离开这个中队——可是千万别待在这里！”

在这以后，听说他们——九个人身着便装——进了一次“小锤公园”饭店。他们坐在柜台边，没有穿防雨大衣，也没有把脸蒙起来。他们喝着啤酒和烧酒，还吃着切成块的血肠，开始唱起歌来：“我有一个同志……”听说马特恩叽里咕噜地念了几首乱七八糟的诗，对动机的本质[1]道出了一些不吉利的话。九个人当中，总有一个人上卫生间。但是，没有图拉作为越变越薄的日历本坐在高腿的小椅子上，没有图拉眼巴巴地盯着卫生间的门，没有发生厅内大战。

亲爱的图拉：

瓦尔特·马特恩没有去德意志帝国。演出季节持续不断，一直到二月份，上演剧目表上总有《冰雪女王》；驯鹿必须同冰雪女王一道上场。马特恩已经不是冲锋队队员了。他成为他早已忘得精光的但是从接受洗礼开始就已命中注定了的天主教徒。在这里，酒帮了他的忙。一九三八年五月，上演比林格尔[2]的剧本《巨人》；这个使多纳塔·奥普费尔库赫生了儿子的马特恩受到多次罚款，因为他喝得晕乎乎地去参加排练。演出季节结束时，他在河中小岛上、海港城市里和茅草堤坝上四处漂泊。见到他的人都听到他的诉说。他不仅仅在码头上、在仓库之间表演那习以为常的把牙齿咬得咯咯响的技艺，他还引经据典，自吹自擂。只是在今天，在我能够查阅一些书本时，我才零零碎碎地得到了一些马特恩当作名言集锦凑拢到一起的东西。他把基督教礼拜仪式的经文、一个绒球帽的现象学和世俗的乱七八糟的抒情诗混合成一道色拉，还必须调上最便宜的杜松子烧酒。尤其是那些抒情诗——有时候我尾随在他后面——总萦绕在我的耳际，不断鸣响。这时，死者的鬼魂坐在筏子上。诗中谈到瓦砾和狂饮欢闹的宴席。我这个好奇的孩子对“紫罗兰波浪”这个词猜来猜去。马特恩确定了最终目标。好心肠的码头工人遇到风从侧面刮来，没有胶合板可装时，就侧耳倾听：“……为时已晚。”装卸工人点头称

---

① 《论动机的本质》是海德格尔的一篇文章。

② 比林格尔（1890—1965），奥地利诗人，剧作家。该剧于1937年发表。

是。“哦，灵魂，已经彻底腐烂……”他们拍着他的肩膀。他感谢他们：“为了该隐和亚伯，上帝穿云破雾四处漫游，在这两个人四周是一种什么样的兄弟之情啊——这里的云雾是有因果关系的，可恶的云雾，这就是晚年的自我①。”

当时我只预感到，这里所说的该隐和亚伯指的是谁。我懒洋洋地尾随在他身后。他在茅草堤坝上的吊车之间跌跌撞撞地走着，满嘴都是验尸、恕罪和对死者的赞美诗。在那儿，就在那儿，后面是克拉维特尔造船厂，在感觉到莫特瓦河气息的地方，圣母马利亚在他面前显现。

他坐在一个系缆柱上，已经多次打发我回家去，可是我不想吃晚饭。在他那个以及其他那些没有人坐的系缆柱旁，牢牢地拴着一艘中等大小的瑞典货船。这是一个乱云飞渡的夜晚，因为这艘货船在上下颠簸，莫特瓦河对它是又推又拉。那个瑞典人套在系缆柱上的所有钢索都在嚓嚓作响。可是他却希望声音更大一些。他唱出了晚年的自我，唱出了所有的恕罪，哀悼死者的赞美诗，现在他要用钢索把它收回来。他穿着风衣和灯笼裤，一动不动地坐在系缆柱上，在喝酒之前把牙齿咬得咯咯作响。他一放开酒瓶的瓶颈，便继续哼那同一首歌，他的牙齿越来越不锋利。

他坐在偏远角落的茅草堤坝旁，坐在位于莫特瓦河与死维斯瓦河交汇处的波兰之角上。这是一个便于把牙齿咬得咯咯响的地方。从舒伊滕木板小桥旁的米尔希彼得开过来的渡船把他、我和造船厂的工人渡到对岸去。在渡船上，不，在狐狸土堤上，在雅各布土堤上，在经过煤炭厂时，他开始咬牙齿，但最初是坐在系缆柱上喝酒，然后才把牙齿咬得咯咯作响，唱道：“发出奇异声响的长号②……”那个声音低沉的瑞典人附和着。莫特瓦河又挤又拉，同维斯瓦河缓缓流出

① 这里的引文摘自德国作家戈特弗里德·贝恩（1886—1956）于1922年发表的《晚年的自我》一诗。其中该隐与亚伯暗指马特恩与阿姆泽尔之间的关系。

② 字下加黑点者原文为拉丁文。

的水混在一起。那些造船厂在推波助澜，正下夜班。身后的克拉维特尔造船厂，米尔希彼得后面的造船厂，再远一点的席豪造船厂和车厢制造厂，都是如此。就连那些正在吞食自己的乌云也都在帮他的忙，而我帮忙，则是因为他需要听众。

懒洋洋地尾随在后，充满好奇心，倾听——这一直是我的长处。

现在，当铆钉锤沉默下来时，当所有的造船厂都不约而同地、短时间地屏着气时，剩下的就只有马特恩的牙齿和闷闷不乐的瑞典人发出的声音了。这种情况一直持续到风从基尔沟那边吹来。在那里，在英吉利防波堤上，牲畜正被赶进屠宰场和棚圈。在日耳曼面包厂的四层楼房里一片寂静，却又灯火通明。马特恩已经把瓶里的酒喝得精光。瑞典人溜走了。我警觉地待在一节货车的小调度室里。有工具棚、仓库、装卸台和装货吊车的茅草堤坝斜着伸向棕色骏马堡垒，渡船在那里灯火辉煌地慢慢驶向布拉班克灭火场。他只还把牙齿咬得咯咯作响，再也不听钢索的摆布了。如果他不听铆钉锤的敲击声，他又可能听什么呢？是听嗓子沙哑的牛叫，还是听敏感的猪叫？难道他在谛听天使的声音？奉献自由创作。他是在阅读一行行桅头灯、左转灯和右转灯吗？他是在勾画微不足道的东西，还是在确定最终的目标？最后的玫瑰、鬼魂筏子、东边的卵石、船歌、冥府升腾、验尸过程、印加人的台地和月宫是否也在显现？茅草堤坝当然也参与其间，在两次擦去字迹之后，仍然清晰可见。它在炼铅厂和泵站上舔着市立盐仓，从侧面对着老城、胡椒城和新城，也就是说，对着圣约翰内斯教堂、圣卡塔琳娜教堂。圣巴托罗缪教堂和圣马利亚教堂的剪影撒尿，直到一个女人穿着月色朦胧的衬衣出现。这个女人肯定是从布拉班克乘渡船来的。她走过一个又一个航标灯，沿着茅草堤坝往上溜达，消失在码头上那些像鸟儿脖子似的吊车后面，紧接着，在调车岔道之间飘然而过，然后又在一盏灯下重新活跃起来。他把牙齿咬得咯咯作响，越来越贴近紧靠他那系缆柱的女人："非常欢迎你！"但是，就像她在他面前缩着身子，有一道微光在衬衣下面护着她一样，他并没有站起身来，而是纹丝不动地坐在那儿嘟囔着："你，你说说，要在这儿干什么？你在找我，走得很累了……那你就听我说吧，玛丽亚：你知道他待在哪儿吗？非常欢迎你，可是你现在得说说，我有什么过错，这是在挖苦他，这种事我可没法忍受。他百无禁忌，原来如此。本来我只是想训他一通：Cofutatis maledictis[①]……可是现在他走了，给我留下一些破旧的衣物。我在这些衣物当中放了樟脑丸，你想象得到，我在那些该死的破烂当中都放了樟脑丸！玛丽亚，你坐。这用的是从银行取出来的钱，这是真的——可是他呢？他在哪儿呢？难道说他跑到瑞典去了？要不，就是跑到他放着现钱的瑞士去了？是巴黎吧？他适合待在那儿。要不就是到荷兰了？到海外了？现在你总算坐下来了。这一天会变得泪如泉涌……还是小孩时——我的上帝，这个胖墩儿——就老干这些过头的事。有一次他想要圣三位一体教堂下面的一个骷髅。他觉得什么事都可笑，老是魏宁格，所以我们也有他的书。他在哪儿呢？我得找到他。你给我讲吧。非常欢迎你。可是，你要给我讲。日耳曼面包厂正下夜班。你看见了吗？谁会把所有这些面包吃掉呢？给我讲吧。那不是铆锤的声音，这些是。你坐。他在哪儿？”

但是，那个身穿鲜艳衬衣的女郎却不想坐下。她站在石子路上，同我有两只手的距离，准备好了一句格言：“赐他们以安宁吧。你的情况很快就会好转。你将真心实意地漫游，会在什未林剧院演出。不过，在你动身去什未林之前，有一条狗会成为你的绊脚石。别害怕。”

坐在系缆柱上的他想详细了解这件事：“一条黑狗？”

穿着大肚子衬衣的她说：“一条冥府的看门狗。”

牢牢钉在系缆柱上的他说：“它是木工师傅的吗？”

她劝他：“当那条狗献身于地狱，任凭撒旦来训练时，它怎么会属于一个木工师傅呢？”

他回忆道：“埃迪叫它普鲁托，但只不过是闹着玩儿。”

她用食指指着他说：“它会成为你的绊脚石！”

---

① 拉丁文，原意为：驳斥造谣中伤。此处意为：在被诅咒者遭到拒绝之后。

他想回避:“让它得犬瘟热!”

她给他出主意:“随便哪家药房都可以买到毒药。”

他想逼她说出来:“不过你先得说说,埃迪在哪儿……”

她的结束语就是:“阿门!”

我在货车上的一个小调度室里,比他们俩都更清楚:他在抽烟,现在叫别的名字。

亲爱的图拉:

很可能圣母马利亚回家时坐渡船去煤气厂旁边的米尔希彼得了;瓦尔特·马特恩同我一道在布拉班克过河。可以肯定,他比以前还要虔诚地信仰天主教。威士忌酒和杜松子酒都醉不倒他,他甚至喝起了便宜的苦艾酒。因为喝了加糖的甜酒,他的牙齿变钝了,很可能有两三次,在可以听见讲话的距离,他冲着圣母马利亚把牙齿咬得咯咯作响。那时他在河中小岛上,在布赖滕巴赫桥两侧的木板房之间,或者像往常一样,在茅草堤坝上。他们几乎没有商讨新的问题。他想知道某人待在什么地方;她要唆使他扑到那条狗身上去:“过去他拣马钱子,可是现在,药剂师格赖恩克在新市场有了一家药房,这家药房什么都卖。它卖腐蚀性、麻醉性和浓毒性的毒药,譬如砒霜,这是一种从矿石当中提炼出来的光滑发亮的白色粉末,一种普通的含砷的酸,一句话:是灭鼠药。要是不存起来的话,剩下的药可以给一条狗用。”

所以,就出现了这种事:瓦尔特·马特恩又重新——而且是在过了好长一段时间之后——在我们的出租房屋里露面。但这并不是说,他直接就跌跌撞撞地跑到了我们的木工作坊院子来,望着我们的檐沟怪声大叫。他敲费尔斯讷-伊姆布斯家的房门,一进门便倒在并不牢实的沙发上。钢琴演奏家沏上茶,耐着性子忍着,这时,马特恩开始向他打听:“他在哪儿?哎呀,您别装模作样。您肯定知道他在哪儿。他不可能化为乌有,绝不可能。要是有人知道他的下落的话,那就是您。快说!”

在半开着的窗户后面，我不敢肯定，钢琴家是否比我更清楚。马特恩在威胁。他在沙发上把牙齿咬得咯咯作响，伊姆布斯紧紧抓住一沓乐谱。马特恩在有绿色电灯光的音乐室里跌跌撞撞。有一次他抓住金鱼缸，把一些水洒向有花的裱糊纸，却没有觉察到，他洒的只是一些水。可是，当想要把大沙钟同他的烟斗一起摔坏时，他却抓住了瓷器芭蕾舞女演员。那条保持平衡的阿拉贝斯克腿在失去平衡之后，掉到了柔软的乐谱上面。马特恩表示歉意，答应要修好损坏的地方。可是，伊姆布斯却亲手用一种叫作“万能胶”的黏合剂把它补好了。瓦尔特·马特恩想帮忙，可是钢琴家在房间里把身子弯得很低，拒绝他帮忙。钢琴家给他冲茶，拿照片给他试看。燕妮穿着硬撅撅的芭蕾舞裙，站成阿拉贝斯克舞姿，近似于瓷器芭蕾舞女演员，不过腿没有受伤。马特恩看得更多的不是这张照片，因为他嘟嘟囔囔地说的并不是穿着银色舞鞋、立在足尖上的东西。常见的问题是：“在哪儿？我可不是好对付的。赶快动身，什么话也别留下。快走，别磨蹭。我曾经四处打听，甚至在木工巷和希温霍尔斯特都打听过。那个女人，那个黑德维希·劳在这个时候已经结了婚。她说，她已经断绝了同他的各种联系，已经断绝了……”

瓦尔特·马特恩砰的一声撞开半掩着的音乐室窗户，拼命爬过外窗台，把我推到丁香花丛中去。我刚站定，他就已经接近那个弄得乱糟糟的半圆圈了。这个半圆圈表示那根链条的有效范围，这根链条在白天把我们的哈拉斯拴在木材仓库。

哈拉斯仍然喜欢咬人，仍然是那么黑，只是在眼睛上方有两个灰白色的小岛。上唇的下垂部分也合得没有从前那么紧了。瓦尔特·马特恩刚离开丁香花小园圃，哈拉斯便跑出了茅屋，把链条拉得紧绷绷的，一直接到那个半圆圈。马特恩敢于走到离哈拉斯一米远的地方。哈拉斯在喘气，马特恩在找一个词儿。可是这当儿，圆锯或者凿榫机的声音传到了他耳里。瓦尔特·马特恩在圆锯和凿榫机的声音之间找到了那个词儿，他把它捡起来嚼得粉碎，趁它还含在牙齿之间尚未消失时，对我们的黑牧羊犬说：“纳粹！”他对着我们的哈拉斯说道:“纳粹!”

亲爱的图拉:

这种拜访持续了一个星期,或者说一个多星期。马特恩带来了那个词;哈拉斯头朝前站着,因为木材仓库把它拴住了。我们——你、我以及有时候还有燕妮,我们这些占地不多的人就住在这个木材仓库里。我们眯缝着眼睛,跪在窥视裂口后面。在外面,马特恩也同样跪下来,这时狗在立正。人脑袋对着狗脑袋,两者之间隔着一个孩子头大小的空间。这儿,是时高时低但却是强忍着的狺狺声;那儿,海沙的沙沙声压过砾石的嚓嚓声,紧接着就是那个词:“纳粹,纳粹,纳粹!”

幸好,除了我们在木材仓库里的人,没有人听见这个压低声音说出来的词。可是,朝向院子的窗户全都在偷看。“这个演员又来了。”每当瓦尔特·马特恩来看我们的哈拉斯时,邻居们总要从一个窗户到另一个窗户地传说。奥古斯特·波克里弗克倒是该把他从院子里撵走,可是就连工长也认为,他跟这种事毫不相干。

这时,我的木工师傅父亲径直穿过院子。他把一只手放在口袋里;我敢肯定,他手里拿着榫凿。他在马特恩身后停下来,把空着的那只手郑重其事地放到马特恩的肩膀上。他大声嚷着,好让站在出租房屋窗户前的人和站在各个楼层窗口的伙计都听到:“您马上住口,别惹狗!您离开这儿!您又喝醉了。您应该感到害羞!”

我父亲用他那木工师傅的手一抓,就把马特恩提了起来。马特恩无法让自己咄咄逼人,用地道的演员方式神秘莫测地盯着他。我的父亲圆睁双眼,炯炯有神,相形之下,马特恩的目光显得呆滞。“好啦,您只管瞧吧,那儿是院子大门!”可是,马特恩却穿过丁香花小园圃,往钢琴家费尔斯讷-伊姆布斯的音乐室走去。

有一次,马特恩没有经过钢琴家的住宅离开我们的木工作坊院子。这时,他在院子大门口对我父亲说:“您的狗得了犬瘟热,您还没有发现?”

我父亲口袋里揣着榫凿，说："这件事有我哩，您就不用操心了。这条狗没有得犬瘟热，倒是您喝得酩酊大醉。您休想再到这儿来！"

木工伙计在他背后大声怪叫，我们手拿水平尺和旋转式钻机威胁他。尽管如此，我父亲还是请来了兽医。检查结果表明：哈拉斯没有得犬瘟热。无论是眼睛还是鼻子，都不分泌黏液，没有任何东西使眼睛变得模糊，进食后也不呕吐。尽管如此，还是给它灌了酵母药剂："天知道是怎么回事！"

亲爱的图拉：

那时，一九三七至三八年的演出季节可能已经结束，燕妮给我们讲："他现在在什未林剧院工作。"他在什未林没待多久，就到莱茵河畔的杜塞尔多夫去了。就连这件事，我们也是从燕妮那儿听到的。因为他们在什未林很快就把他解雇了，他无法再到杜塞尔河畔或者别的地方演戏。"这种事到处都在传。"燕妮说。在下一封信里顺理成章地写着：他在电台工作，当少儿节目播音员；他订婚了，不过这长不了；他仍然不知道埃迪·阿姆泽尔在哪儿，不过他可以肯定，这个人在某个地方；另外，他不再醉酒了，而是重新从事体育活动，像从前在五月份那样，打曲棍球，甚至打拳球；他同朋友们交往，这些人全是过去的朋友，他们同他一样感到厌烦；可是天主教教义全是他妈的胡扯蛋——信中写道——他在那儿，在诺伊斯和玛丽亚·拉赫结识了几个神父，简直令人作呕；也许很快就会爆发战争；瓦尔特·马特恩想知道那条黑狗是否还在——可是费尔斯讷-伊姆布斯没有答理他。

亲爱的图拉：

这时，马特恩坐火车来到朗富尔，看一看我们的哈拉斯是否还在。他突如其来但又是不言而喻地站在我们的木工作坊院子里——打他上一次来过之后，仿佛不是过去了几个月似的——他穿得干干净净，整整齐齐。他围着一条英国围巾，扣眼里插着一朵红丁香花，短发，喝得酩酊大醉。他在火车上事事小心，或者说在老远的地方就不动声色。他再也不跪在哈拉斯面前，也不从牙缝里挤出那个小词儿。他朝院子里叫唤着。他指的不仅仅是我们的哈拉斯；这个词卡在站立于窗口的邻居们、我们的伙计、工长和我的父亲的喉咙里。因此，所有的人都消失在他们那两间半的住房里。伙计们在安装门窗上的合叶。工长开动了圆锯。我父亲去开凿榫机。听说没有人愿听到这个词。奥古斯特·波克里弗克在搅拌木工胶。

最后只剩下哈拉斯，瓦尔特·马特恩对我们的哈拉斯说：“你这只黑色的天主教猪猡！”他发狂般地发泄着，“你这只天主教纳粹猪猡！我要把你剁成狗肉丸！你这个多明我会修道士！你这只基督狗！我活了二十二个狗年月，还没有做任何永垂不朽的事情……你就等着瞧吧！”

这个年轻人片刻不停地对着凿榫机和圆锯大吼大叫。费尔斯讷-伊姆布斯抓住这个暴跳如雷的年轻人的衣袖，把他扶进音乐室，给他倒上一杯茶。

在许多住宅里，在各个楼层，在机器间，都在念警方的通告，但是没有任何人说他的坏话。

亲爱的图拉：

瓦尔特·马特恩从一九三九年五月到一九三九年六月十七日，都被拘留在杜塞尔多夫警察局的地下室里。

把这件事当作流言蜚语低声告诉我们的不是燕妮；我闭门研究，从文件上证实了这件事。

他在杜塞尔多夫的马利亚医院躺了两个星期，因为有人在警察局的地下室里把他的几根肋骨打断了。他得扎好长一段时间的绷带。他要笑出声来并不感到吃力，但却不能笑。他的牙齿一颗也没有被打掉。

这些细节，我用不着闭门研究，所有这一切，在一张风景明信片上明显可见。这张明信片在建筑的正面表明，那是杜塞尔多夫的兰贝尔图斯教堂,当然没有提到警察局的地下室。这张明信片的收信人不是钢琴家费尔斯讷-伊姆布斯,而是奥斯瓦尔德·布鲁尼斯参议教师。

是谁把瓦尔特·马特恩送进了警察局地下室呢?什未林市立剧院总监并没有告发他。之所以要解雇他,并不是因为他政治上不可靠,而是因为他老是醉醺醺的,不能在什未林继续当演员。我没费吹灰之力就了解到了这个得花好大力气才能研究清楚的情况。

那么,为什么瓦尔特·马特恩在拘留所里又只待了五个星期呢?为什么只是几根肋骨被打断,而牙齿却安然无恙呢?如果他不是自愿报名参加德国国防军的话,那么,他恐怕是出不了警察局地下室的。他那但泽自由市的护照救了他。他身穿便服,仍然隐隐作痛的肋骨上揣着入伍服役的通知书,被送回了他的故乡。他在那里,到朗富尔-霍赫施特里斯的警察局营房报到。在允许他们穿上军服之前,瓦尔特·马特恩和几百个来自德意志帝国的老百姓有足足八个星期不得不同吃一锅饭。战争尚未发生。

亲爱的图拉:

在一九三九年八月,两艘班轮已经停泊在韦斯特普拉特对岸了;在我们的木工作坊里,已经在把军用棚屋和双层床的成品件拼起来。八月二十七号,我们的哈拉斯快要死了。

有人毒了它,因为哈拉斯并没有得犬瘟热。瓦尔特·马特恩曾经说过:“这条狗得了犬瘟热!”就是他给它吃了灭鼠药——砒霜。

亲爱的图拉:

你和我,我们都可以做证,证明是他干的。

那是从星期六到星期日的一个夜晚,我们坐在木材仓库里,坐在你的藏身之处。厚木板、四棱形木料和胶合板经常运来运去,你的住所居然一点事儿也没有,你是怎么安排的呢?

很可能奥古斯特·波克里弗克知道他女儿的藏身之处。在运送木料时，他独自一人坐在仓库里，指挥插进长木料，注意别让一堆平放的厚木板把图拉的庇护所盖住了。没有一个人，就连他也不敢动一动她住所里的财产。没有人戴她的刨花假发，睡她的刨花床，把编织的薄木片盖在自己身上。

晚饭后，我们搬进了木材仓库。本来我们想带燕妮去，可是燕妮累了。我们非常理解她，在下午训练和排练之后，她必须早早上床，因为甚至连星期天她也要排练。要排练《被出卖的新娘》，到时候有很多波希米亚舞要跳。

所以，我们俩坐在黑暗当中，玩不讲话游戏。图拉赢了四次。奥古斯特·波克里弗克在外面解开了狗脖子上的链条。它用爪子抓仓库的墙壁，抓了好久。它轻声哀鸣着，想到我们这儿来，可是我们想单独待在一起。图拉点燃一支蜡烛，戴上她的刨花假发。她的手在火焰的映照下恰似羊皮纸做成的。她坐在蜡烛台后面裁缝的座位上，把刨花假发朝前飘垂的头挪到火焰上去。我多次讲："该停了，图拉！"好让她能继续玩她那干燥得一点火就着的小把戏。有一次，一大块薄木片发出噼噼啪啪的响声，不过，木材仓库并未发生冲天大火而化为灰烬，也并未提供"朗富尔木工作坊损失惨重"这样的本地新闻。

现在，图拉用双手取下假发，而我则必须躺到用刨花铺成的床上去。她用编织起来的被子盖在我身上。这床被子全是特别长的刨花，是伙计维施内夫斯基从长木料上刨下来的。我是病人，所以必须觉得自己是在生病。本来嘛，我做这种游戏，年龄显得太大了。可是图拉喜欢当医生，更何况有时候生病也给我带来乐趣。我沙哑着嗓子说："大夫先生，我觉得自己病了。"

"我不信。"

"可是大夫先生，我到处都不舒服。"

"哪儿是到处？"

"到处，大夫先生，到处！"

"这一次是脾脏吗？"

“脾脏、心脏和肾脏。”

图拉用放在薄木片被子上的手触诊道：“那么您患的就是糖尿病。”

现在我不得不讲：“我还发烧哩。”

她已经在拧我这个胖小子了：“这儿？是这儿吗？”

按照游戏规则，而且也因为真的很痛，我叫了起来。现在，我们又换了一个花样来重复这种游戏。图拉可以钻进薄木片被子里去，因为她生病，所以我必须把我的小拇指放在她嘴里测温度。现在，就连这个游戏也完了。我们玩了两次相互瞅着、不准眨眼睛的游戏。图拉又赢了。因为没想出别的游戏来，所以我们现在又玩一次不讲话游戏。图拉赢了一次，现在我赢了，因为图拉在做游戏时打破了沉默。她从呆板的、光线由下往上照着的脸上，用十根皮薄如纸的淡红色手指发出嘘声：“有人在屋顶上爬，听到了吗？”

她吹灭了蜡烛。我听见木材仓库屋面油毛毡的嚓嚓声。这是一个很可能是穿着胶底鞋、走起路来一步一顿的人干的。哈拉斯已经在发出狺狺声。胶底鞋顺着油毛毡一直走到屋顶边缘。我们——图拉在前面——顺着相同的方向，往厚木板上爬。他正好站在狗舍上面。我们在他下面，在屋顶和码起来的厚木板之间只有很小的空间。他坐着，让双腿在檐沟上面晃来晃去。哈拉斯仍然在下面发出狺狺声。我们透过屋顶和仓库边缘之间通风的裂缝偷看。图拉的小手可以穿过裂缝拧他的这一只或者那一只腿。现在，他低声说道：“听话，哈拉斯，听话。”我们没看见那个低声说“听话，哈拉斯，听话”和“你趴下，趴下”的人，只看见他的裤子；但是，他背对一弯新月而投到院子里的那个影子，我敢打赌，那是瓦尔特·马特恩的影子。

马特恩扔到院子里的是肉。我对图拉耳语道：“肯定是投毒。”可是，图拉一动也不动。现在，哈拉斯用嘴碰肉块，而这时，马特恩在屋顶上给下面的狗打气：“现在吃呀，吃呀，吃呀！”哈拉斯扯着肉块，把它抛开。尽管它是一条老狗，已经有十三年零几个月的狗龄，但它并不想吃，它想玩。

这时,图拉从屋顶与仓库墙壁之间的缝隙里不止一次轻声地说,更确切地讲,是用平常呼唤“哈拉斯”的声音说:“抓住,哈拉斯,抓住!”而我们的哈拉斯先是歪着脑袋,然后才狼吞虎咽,吃了一块又一块。

胶底鞋在我们头上嚓嚓嚓地匆匆穿过屋面油毛毡,朝邻近的院子走去。我敢打赌,这就是他。如今我知道:这就是他。

亲爱的图拉:

我们带着你的钥匙走进屋子。哈拉斯还要吃肉,没有像往常那样跟着我们跑。在楼梯间,我拍掉身上的锯末,缠住你不放:“为什么让哈拉斯吃肉,为什么?”

你在我前面,在离我一层楼的地方说:“它并没有听他的话呀,是不是?”

我在你后面十级台阶远的地方说:“可要是里面有毒呢?”你站在已经比我高了一个楼梯平台的地方说:“那它就死了。”

我隔着拾级而上的楼梯扶手说:“可是为什么?”

“就是为这个!”图拉带着鼻音笑着走了。

亲爱的图拉:

我无牵无挂地睡了一夜,没有做特别的梦。第二天,我父亲把我叫醒。他非常伤心地哭着说:“我们可爱的哈拉斯死了。”就连我也哭了起来,赶忙穿上衣服。兽医来了,出具了一个证明:“该狗本来还可以活三年,真可惜。”我母亲说:“这个演员过去是共产党,老在院子里逛来逛去的。这件事不是他干的,还有谁?”当然,她是边说边哭。有人怀疑费尔斯讷-伊姆布斯。

在佩隆肯与布伦陶之间的警察局警犬墓地里,哈拉斯得到了它那参观者络绎不绝的墓穴。我父亲告了状。他提到瓦尔特·马特恩和那个钢琴家。伊姆布斯遭到盘问,可是他在案发时正同参议教师布鲁尼斯下棋,鉴赏云母石,还喝了两瓶摩泽尔葡萄酒。瓦尔特·马特恩也同样准备了不在犯罪现场的证明。对他提出的诉讼陷入了僵局。两天之后，战争在但泽、在朗富尔，也在其他地方开始了。瓦尔特·马特恩挺进波兰。

图拉，不是你——

不过，我可是差一点儿就见到元首了。他用啪啪声和隆隆声宣告自己的到来。所有的大炮在九月一号几乎都朝着四面八方射击。两个木工伙计把我带到我们出租房屋的屋顶上。他们在光学仪器发售商塞姆劳那里借了一个望远镜。战争看起来滑稽可笑，令人失望。我只看到射击——奥利瓦森林冒着一团团絮棉似的云雾——我从来就没有见到弹着点。只是当俯冲轰炸机掠过新航道，后面拖着一缕青烟，在望远镜里显示出那就是韦斯特普拉特时，我才相信，这并不是闹着玩儿。可是，我刚从屋顶上偷偷往埃尔森大街上一看，便清清楚楚地看到买东西的家庭主妇、在阳光下四处乱跑的小孩和猫儿，我弄糊涂了：也许我们只不过是玩玩而已，明天新学期又要开始。

可是喧闹声大得惊人。那些俯冲轰炸机——十二架罗圈腿式轰炸机，肯定会让我们的哈拉斯变得沙哑；可是我们的哈拉斯已经死了。这条牧羊犬并非死于犬瘟热，有人用放了毒药的肉毒死了它。那时，我父亲流下了男人特有的泪水，让他那外层颜色欠佳的雪茄冷冰冰地含在嘴里。他若有所失地同无所事事的木工学徒站在裂开的桌旁，无法从挺进波兰的德意志帝国部队那儿得到安慰。甚至就连广播电台的消息，就连特切夫、霍伊尼采和图霍拉——可以说科施奈德赖——都已掌握在德国人手中，也未能给他带来丝毫安慰，尽管他的妻子和波克里弗克一家，也就是所有出生在科施内夫伊的人都在对着木工作坊院子大声欢呼。他们欢呼着："现在占领了佩茨廷，又占了施朗根廷，还有利希特瑙和格兰瑙。弗里德里希，你听，几个钟头前他们就已经开进了奥斯特尔维克！"

对于木工师傅来说，真正的安慰是在九月三号才由一个身穿军服的摩托车手带来的。信使带来的信上说：元首和帝国总理莅临被解放的但泽市，希望认识该市立下功勋的市民，也希望认识木工师傅弗里德里希·利贝瑙，因为正是用他的牧羊犬哈拉斯配种，产下了元首的牧羊犬亲王。亲王这条狗现在也在城里。木工师傅利贝瑙可能在某个时候到达措波特疗养大楼前，在那里向值勤的副官——党卫军分部首脑某某求教。用不着带哈拉斯这条狗，不过，允许带一名家属，最好是带一个孩子陪同前往。要求出示身份证。要身穿制服，或者是干净的日常便服。

我父亲选了他星期天才穿的服装。我这个必不可少的家庭成员反正三天来都是穿少年队的队服，因为到处都在出事。我母亲给我梳理头发，一直梳到头皮发痒。父亲和儿子都收拾得整整齐齐。当然，我们离开住宅时，楼梯被所有的邻居挤得水泄不通。只有图拉不在场，她在新航道搜集榴弹碎片。可是在外面，所有的窗户都充满了好奇和羡慕的目光。在斜对面的股票房里，布鲁尼斯住宅的一扇窗户洞开着，身材苗条的燕妮神情激动地向我挥手，但是参议教师布鲁尼斯却没有露面。我久久地惦念着他那长满结节的脸。当我们已经在空着的公务车上，在身穿制服的司机后面坐下来时，当埃尔森大街走完时，当我们将玛丽亚街、小锤公园和栗子路扔到后面时，当我们走到繁华的街道上，然后来到措波特大道上，朝着措波特方向迅速驶去时，我脸上仍然没有任何表情。

除了坐公共汽车，这是我第一次坐真正的小汽车。还在路上，我父亲就弯下腰来，冲着我的耳朵大声讲道："这是你一生中的一个伟大时刻。把眼睛睁得大大的，你就会什么东西都看得见，以后就可以给人讲这些事了。"

我把眼睛睁得很大，迎面吹来的风把眼泪都给吹出来了。就是现在，在我完完全全按照父亲的意思，也同样按照布劳克塞尔先生的意思，讲述我圆睁双眼将它们吞下去，然后作为回忆积累起来的事情时，我的眼睛仍然感到疲劳，变得潮润。当时我担心，我很可能泪眼模糊，看不清元首。如今我必须尽力，别让那时的任何东西由于泪眼蒙眬而变得模糊不清。当时那些东西笨手笨脚，身穿制服，旗帜飘扬，阳光照耀，具有世界意义，汗流浃背，实实在在。

当我们从公务车上下来时，措波特疗养大厦和格兰德饭店使我们变得非常渺小。疗养地的花园已被封锁；我们——这些居民就站在那后面，他们的声音已经沙哑。就连通往大门的宽阔斜坡也由双岗把守，不让通过。元首不得不三次停下车，从旁边伸出手来，挥动着一张纸。我忘了讲大街上的旗帜。在我们这儿，埃尔森大街上已经挂满了长长短短的卐字旗。一些穷人，或者说一些俭省人，这些人不能或者不愿做正规的旗子，便把小纸旗塞进栽花的木槽当中。一个旗架空着，它危及所有插上旗子的旗架，这个旗架是参议教师布鲁尼斯的。不过我相信，在措波特，所有的人都升了旗。不管怎样，看起来是如此。有人在格兰德饭店三角墙上那扇圆形窗户通往饭店正面的右角上栽了一根旗杆。那面卐字旗经过五个楼层，直挂到接近大门的地方。这面旗子看起来很新，几乎没飘动，因为饭店的大门一侧背风。要是我肩上扛着一只猴子就好啦，这只猴子也许会顺着旗杆往上爬，爬五层楼高，爬到旗子最上面。

一个身穿制服、歪戴着缩了水而显得太小的鸭舌帽的巨人在饭店大厅里接待我们。他领着我们经过使我膝盖发软的地毯，斜穿大厅，穿过这个闹哄哄的地方。人们来来往往，轮流换班，相互通报，递交东西，接受东西——全是胜利和有若干个“零”的俘虏数字。有一个阶梯通向饭店的地下室。在右手边，给我敞开了一道铁门：在格兰德饭店的防空掩蔽所里，已经有好几个立下功勋的市民在等待。在我们身上进行了搜查，在电话查问之后，允许我保留我的少年队旅行刀。我父亲必须交出他那把精致的小折刀，平时他用这把刀切断他那外层颜色欠佳的雪茄烟上的凹痕。在立下功勋的市民当中，有那位来自奥拉的勒布先生，在那时因为同样的目的从许德尔考来的特克拉就是他的狗。特克拉同哈拉斯产下了亲王。所有这些立下功勋的市民，也就是我父亲，勒布先生，几位戴着金色党徽的先生，四五个身穿制服但是都比我大的男孩，我们大家都静悄悄地站着，在进行预习。电话铃响了多次：“没问题，是的，队长，可以进行！”在我父亲交出他的小折刀之后大约十分钟，他又得到了小刀。那个巨人和值勤副官说了一声“大家注意听”之后，开始进行解释：“元首现在不能接见任何人。有许多伟大的重要任务要完成。现在必须往后退，保持沉默，因为在所有的战线，武器都在代表我们大家讲话，这就是说，也代表您和您以及您！”

他立即开始非常熟练地散发元首那明信片大小的照片。亲笔签名使这些照片成为无价之宝。我们已经有了这样一张亲笔签名的明信片；可是第二张明信片——这张明信片就像第一张那样，放到玻璃下面，放进了一个镜框里——表现的是一个比第一张明信片更加严肃的元首：他身着军灰色服装，没有穿巴伐利亚民族服饰的上装。

大家已经从防空掩蔽所里蜂拥而出，有的感到轻松，有的感到失望。这时，我父亲同值勤副官打招呼。我真佩服他的勇气；不过，在木工同业公会和手工业者同业公会中，他也是以此出名的。他出示纳粹党省党部首脑的一封陈年旧信——当时哈拉斯还乐于交配——给这位副官作了一次有关该信前后情况的简短、实际的报告，机械地背诵出哈拉斯的谱系来——佩尔昆、森塔、普鲁托、哈拉斯和亲王。副官看来兴致勃勃。我父亲最后说：“既然现在牧羊犬亲王正在措波特，我请求允许我看一看这条狗。”结果允许我们看一看；就像允许我们一样，也允许那位怯生生地站在一旁的勒布先生看一看。在饭店大厅里，这位值勤副官向另一位同样魁梧的、身着制服的军官挥手，要他过来，给他作了一些指示。第二个巨人有一个登山运动员的脸膛，他对我们说：“你们跟我来。”勒布先生踮着低帮鞋的鞋尖走过地毯。我们穿过一个大厅，在厅里有十二台打字机在发出嗒嗒声，有更多的电话在使用。一条通道好像没有尽头，走了好多道门。人们迎面而来，夹着公文，赶紧让开。勒布先生对每一个人都打招呼。在一个门厅里，六把有圆形雕饰的沙发椅围着一张沉重的橡木桌子。木工师傅的目光在拍击着这些家具。是贴木板和镶嵌细工。三面墙壁全装上了厚重的框架，画着果品、狩猎生活和农村生活情景的美术作品。第四堵墙安装的是玻璃，像天空一样明亮。我们看见格兰德饭店的温室，看见古里古怪的、难以置信的、禁止栽种的植物。这些植物很可能都在吐露芬芳，不过我们隔着玻璃，什么也没有闻到。

在温室中间，坐着一个身穿制服的人。他很可能被植物的芳香弄得疲倦了，这个人同我们的巨人相比，显得矮小。在他脚旁，有一条发育得很充分的牧羊犬在玩一个中等大小的花盆。盆中原有的花草——一种浅绿色的纤维状植物，连根和厚实的土壤在一起，就摆在旁边。这条牧羊犬在转动空花盆。我们觉得听见了转动的声音。站在我们身旁的这位巨人用指节敲着玻璃墙。狗立即停止了嬉戏。门卫扭过头来，上身并没有动一动，便像一个老熟人似的冷笑了一下，然后站起身，大概是想向我们走来，然后又坐了下去。温室的外层玻璃正面使人可以看到奇妙的景色——看到疗养地花园梯地，已经停止使用的巨型喷泉，设计很宽、逐渐变窄而最终变得很厚的木板小桥，有许多同样类型的旗子，但是除了双岗，没有人。波罗的海举棋不定：它忽而绿、忽而灰，它徒劳无益地尝试着闪烁蓝光。不过这条狗是黑的，它四条腿站着，歪着脑袋。这正是我们的哈拉斯，像它还年轻的时候。

"像我们的哈拉斯！"父亲说。

我说："就是我们的哈拉斯。"

勒布先生补充道："可是它这长长的臀部却是从我的特克拉那儿传下来的。"

我父亲和我都说："这个我们的哈拉斯也有。它有一个长长的、稍微有点下垂的臀部。"

勒布赞赏道："上唇的下垂部分并拢得多紧，多合适啊，就像我的特克拉一样！"

父亲和儿子齐声说："我们的哈拉斯也并拢得很紧。脚趾也一模一样。还有耳朵的姿态，就像一个模子铸出来的！"

勒布先生只看到他的特克拉："我敢说——人们可能弄错了——元首这条狗的尾巴同我的特克拉的一样长。"

我代表我父亲讲道："我敢打赌，元首这条狗同我们的哈拉斯一样，直到前肩隆起的地方，都是六十四厘米。”

我父亲敲敲玻璃墙。元首的狗叫了两声，同哈拉斯的叫声完全相同。

我父亲想透过玻璃墙打听：“对不起！您可以给我们讲讲亲王直到前肩隆起的地方有多少厘米吗？厘米？对，到前肩隆起的地方。”

温室里那个人告诉我们，元首这条狗直到前肩隆起的地方有多高。他伸出十个指头，比了六次，他的右手只伸出四个指头，比了一次。我父亲好心好意地拍着勒布先生的肩膀说：“这可是一条公狗，要比母狗高四五厘米。”

我们三个人对于温室那条狗的毛看法一致——那是短毛，每根毛都是笔直的，每根毛都紧紧地贴在身上，又硬又黑。

我父亲和我同声说：“像我们的哈拉斯！”

勒布先生毫不动摇地说：“像我的特克拉！”

我们那位身穿制服的巨人认为：“好啦，你们都别摆谱了。它们看起来多少总有点相似，都是牧羊犬。元首在山上大院里有满满一狗舍牧羊犬哩。这一次他带了这条狗。有时候，他带别的狗，换来换去的。”

我父亲想给他作一次报告，讲讲我们的哈拉斯及其来历，可是这个巨人摆手表示拒绝，而且还弯着戴表的胳膊。

元首那条狗又在玩空花盆了。我在离开时大着胆子敲敲玻璃墙，但这时它甚至连头也不抬一下。就连温室的那个人也宁肯望着波罗的海。

我们退走时穿过柔软的地毯，从画有果品、农村生活情景和狩猎生活的美术作品旁边走过——一些短毛大猎犬在舔死兔子和野猪，没有画牧羊犬。我父亲摸摸家具。整个大厅都是打字机和电话机。饭店大厅无法通行。我父亲牵着我的手。本来，他该牵着勒布先生的手——勒布先生走路时老被人撞着。大衣和头盔上满是灰尘的摩托车手跌跌撞撞地穿过衣着整齐的人群。这是些传令兵，他们的包里揣着种种捷报。莫德林是否已经阵亡了？传令兵们交出包，躺到宽阔的沙发椅上。军官们一边给他们递火抽烟，一边闲聊着。我们的巨人推着我们从五层楼长的旗子下挤过去，出了大门。我肩膀上始终没有想要往上爬的猴子。我们被领着通过了所有的警戒线，然后被允许离开这里。警戒线后面的居民想知道我们是否见到了元首。我父亲摇着木工师傅的头说："没有，先生们，没有看见元首。不过我们看到了他的狗，那条狗黑乎乎的，给你们讲，就像我们的哈拉斯一样黑。"

亲爱的图拉表妹：

没有空着的公务车把我们送回朗富尔。我父亲、勒布先生和我乘市郊列车回家。我们先下车，勒布先生坐着车继续往前走。他答应有机会来看我们。我感到丢脸的是我们必须徒步穿过埃尔森大街。尽管如此，这毕竟是一个美好的日子。我按照父亲的愿望在访问措波特的当天就写了一篇作文。我必须把这篇作文交给布鲁尼斯参议教师看，我在这篇作文头上加了一个标题：《我最美好的一天》。

当布鲁尼斯参议教师把这篇作文修改后发还给我时，他从讲台上往下说："观察得非常仔细，简直到了令人叫绝的地步。在格兰德饭店，的确是挂着几幅价值连城的表现狩猎生活、果品以及土里土气的农村生活情景的画，作者大多数都是十七世纪的荷兰大师。"

他不让我朗读这篇作文。相反，这位参议教师却在狩猎生活和农村生活情景上面耽误了不少时间。他谈到风俗画和他喜欢的画家阿德里安·布劳尔①。然后，他的话题又回到格兰德饭店、疗养大厦和赌场上来。"红色大厅总是显得特别漂亮和富丽堂皇。过不久燕妮就要到这个红色大厅去跳舞。"他故弄玄虚地低声说道，"只要他们一走，只要这些目前比比皆是的军人阶层溜之大吉，只要他们连同那些武器的喧嚣声和获胜后的狂喜一道悄悄溜走，溜到另一个疗养

① 阿德里安·布劳尔(1605/1606—1638)，又译勃罗威尔，佛兰德斯风俗画家。

地去，疗养院院长就要同市立剧院经理联合举办一次小型的却是纯粹的芭蕾舞晚会。”

“我们可以观看，可以参加吗？”四十个学生问。

“这是一次为慈善事业举办的活动，所得收益要用于寒冬赈济。”布鲁尼斯同我们一道感到苦恼的是，燕妮只是在没有外人的聚会上跳舞：“她要上两次场，甚至在著名的四人舞中上场，当然是按照儿童简易本来跳，尽管如此，也不简单！”

我同我的作文本一道，又回到了书桌旁。“我最美好的一天”已经过去好久了。

无论是图拉还是我，都没有——

看见燕妮跳芭蕾舞。但是她肯定跳得不错，因为从柏林来的人当即就要聘她去跳舞。芭蕾舞晚会在圣诞节前不久举行。观众是通常所见的党内知名人士，不过除此之外，还有科学家、艺术家、海军和空军的高级军官，甚至还有外交官。布鲁尼斯说，演出结束的掌声刚完，一位衣着入时的先生就立即走过来。这位先生吻了燕妮的双颊，想把她带走。他给他——布鲁尼斯看了他的名片，证明他是柏林德国芭蕾舞团——过去是“快乐带来力量①芭蕾舞团”——的首席芭蕾舞教练。

但是，布鲁尼斯拒绝了这一要求。他虚与委蛇，答应芭蕾舞教练以后再说，因为燕妮太孩子气，还没发育成熟。熟悉的环境，学校和家庭，优秀古老的市立剧院和拉娜夫人，也许还得抚育她好几年。

这时，我在休息大院里走到奥斯瓦尔德·布鲁尼斯参议教师身边。他像往常一样，忽而左边，忽而右边，吮着他的麦芽止咳糖块。我说：“参议教师先生，这位芭蕾舞教练究竟叫什么名字？”

“这个——我的孩子——他没告诉我。”

“可是您不是说，他把一种名片之类的东西给您看了吗？”

---

① 纳粹的一种娱乐和休养组织。

布鲁尼斯参议教师双手一拍说:“对呀,那张小卡片! 可那上面到底写了什么呢? 忘了,我的孩子,我忘了!”

这时我就猜道:“他可能叫斯特普恩、斯特波泰特或者斯特潘洛夫斯基吧?”

布鲁尼斯高高兴兴地吮吸着他的糖块说:“不沾边儿,我的孩子!”

我试图用别的鸟儿名称来猜测:“他可能叫施佩拉,或者施佩林斯基,要不就是施佩巴拉?”

布鲁尼斯咯咯地笑:“另外猜,我的孩子,另外猜!”

我喘了口气:“那么,他就叫佐里乌斯,要不就叫楚赫尔、楚霍尔或曲林斯基。也就是说,如果他不叫这个名字或者那个名字,也不叫克里辛和克鲁普卡特,那就只剩下一个名字了。”

参议教师跳跳蹦蹦的,从一只脚跳到另一只脚。麦芽止咳糖块也跟着跳来跳去。“这最后的名字是什么?”现在我朝他低声耳语,他不再跳了。我轻声重复着这个名字,他眨了眨杂乱的眉毛下的那双惊恐万分的小眼睛。现在我安慰他说:“我在格兰德饭店的门房那儿打听过,他给了我答复。”现在铃响了,休息已经结束。虽然布鲁尼斯参议教师又想高高兴兴地吮吸糖果,但他在自己的口腔里再也找不到麦芽止咳糖块了。现在,他好不容易才用手指从上衣口袋里掏出一块新的糖块来,并且也给了我一块糖。他说:“你很好奇,我的孩子,非常好奇。”

亲爱的图拉表妹:

这时,我们在庆祝燕妮十三周岁生日。参议教师有权给这个弃婴确定生日。我们在元月十八日,也就是普鲁士国王宣布登基而成为德国皇帝那一天,庆祝这个生日。外面是寒冬,可是燕妮却想要一个冰冻布丁圆蛋糕。善于熬制糖块的布鲁尼斯参议教师在面包师科施尼克那儿,按照自己的配料制作了冰冻布丁圆蛋糕。这是燕妮念念不忘的愿望。要是有人说:“你想吃点东西吗? 我可以给你拿来。

你在圣诞节时，在过生日时，在庆祝首场演出时，想要什么东西?”那么她总是想要冰冻甜食，要可以舔的冰冻甜食，要冰淇淋!

虽然我们也喜欢吃冰冻甜食，可是我们的愿望瞄准的是别的东西。譬如说图拉吧，她比燕妮要小整整半岁，可是她开始希望有一个孩子。燕妮和图拉这两个人在向波兰进军时，几乎没一点乳房。只是在第二年夏天，在远征法国和敦刻尔克包围战①之后的几个星期内，她们才有了变化。两个人在木材仓库里摸着自己的身体，感到最初像被马蜂、后来像被大黄蜂螫了似的。这些肿块总不消退。图拉已经意识到这些肿块，燕妮也十分惊奇地带着它们四处走动。

我不得不慢慢作出决定。本来我更愿意待在图拉身边，可是图拉却想——我们很难单独待在木材仓库里——同我生一个孩子。这时我就亲近燕妮，她充其量不过是要一根十芬尼的冰棍，或者在托斯卡尼要一杯三十芬尼的冰淇淋，要一份很有名气的冰冻甜点罢了。只要我陪她到冰库里面去，我就可以给她带来极大的快乐;那个冰库位于股票池旁边，在小锤公园后面，属于股票啤酒厂，但又是在把啤酒厂满是碎玻璃片的所有建筑物圈起来的砖墙外面。

冰库成正方形，股票池成圆形。柳树的根部泡在水里。施特里斯巴赫河从霍赫施特里斯河流来，流入股票池，再穿过池子，从池里往外流，把朗富尔市郊分成两半，在勒格施特里斯离开朗富尔，在布罗施克申路流入维斯瓦河。在一二九一年，施特里斯巴赫河，即“Fluuium Strycze”，作为奥利瓦修道院的产业和市区之间的界河，破天荒第一次在文献上被提到，而且获得了认可。施特里斯巴赫河并不宽，也不深，却有很多欧洲医蛭。就连股票池中，也有不少欧洲医蛭、青蛙和蝌蚪。以后还要谈到股票池中的鱼。在大多是平静无波的水面上，蚊子在嗡嗡作响，蜻蜓停着不动，池水清澈透明，蜻蜓的生命受到威胁。只要有图拉在场，我们就得从流入的施特里斯巴赫河

---

① 敦刻尔克，法国北部海港，1940年，被德军围困的英国远征军和其他盟军部队由此撤往英国。

中捞出欧洲医蛭，放进一个罐头盒中。有一个天鹅之家摇摇晃晃，斜陷在岸边淤泥中，正在腐烂。几年前，有一个季节，股票池上曾经有过一些天鹅，后来它们都死了，只留下这个天鹅之家。在历届政府治理下，总有一些长达一栏的文章和愤愤不平的读者来信大谈特谈股票池，说是蚊子的缘故，因为天鹅已经死去，应该把它填平。可是后来，股票啤酒厂为市立养老院捐献了一些东西，于是这个池子也就没有填平。战争期间，对于池子来说，不存在危险。它获得了另外一个名称。它不仅叫股票池，而且还叫小锤公园旁的消防池。防空部门发现了它，在他们的突击任务卡之中把它纳入了计划。可是，天鹅之家既不属于啤酒厂，也不属于防空部门。这个天鹅之家比我们哈拉斯的狗舍稍大一点，它属于图拉。她几个下午、几个下午地待在里面，而我们就把装满欧洲医蛭的罐头盒给她递进这个小屋子去。她解开衣服，把这些欧洲医蛭放在肚子上，放在两条腿上。这些水蛭的身子在膨胀，就像血肿似的，呈蓝黑色。它们轻轻地抖动着，抖动的次数越来越少。一旦它们吸饱血，轻而易举就能拿掉时，脸色粉白的图拉就把它们扔进第二个罐头盒里去。

我们也得放欧洲医蛭，我放三条，燕妮放一条，放在上臂，而不是放在腿上，因为她还要跳舞。图拉用剁碎的荨麻和股票池里的水，在小小的柴火上煮她的和我们的水蛭，直到水蛭煮熟、爆开。尽管有荨麻一起煮，仍然把汤染成了棕黑色。我们不得不喝这种污浊的汤汁，因为图拉很看重煮水蛭这种事。当我们不想喝这种汤时，她就会说："那个犹太鬼和他的朋友甚至还是歃血为盟的弟兄呢，那个犹太鬼曾经给我讲过。"这时，我们就把沉到底下的渣滓全部喝光，然后感到我们大家都亲如手足。

可是有一次，图拉差一点把我们这种兴致给搅了。她煮好汤之后，吓唬燕妮说："要是咱们现在喝汤，咱们俩每人都会生一个孩子，而且都是他的。"可是我并不想做父亲。燕妮认为这种事对她来说为时尚早，她最最想做的事是跳舞，在柏林跳，在各地跳。

有一次，在我和图拉之间因为生孩子的事出现了相当紧张的对立情绪。这时,图拉在天鹅之家强迫燕妮往身上放九条欧洲医蛭:“要是你不马上做这件事,我那个在法国打仗的大哥马上就会流血而死。”燕妮把九条欧洲医蛭全都放在身上,到处都是。她面色苍白,然后就昏了过去。图拉溜走了,我用双手把欧洲医蛭扯掉。因为它们还没有吸饱血,全都粘在身上。有几条爆了,在这之后,我还得给燕妮清洗。她身上接触到水,又苏醒过来,但仍然没有血色。她马上就想知道,图拉在法国的哥哥西格斯蒙德·波克里弗克现在是否得救了。

我说:“现在肯定得救了。”

乐于牺牲自我的燕妮说:“那我们每隔几个月就重复一次这种事。”

我劝告燕妮:“我在报上看到,他们现在到处都有库存血。”

“啊,原来是这样。”燕妮说着,感到有点失望。我们坐到天鹅之家旁边,坐到太阳下面。在一平如镜的股票池中,映照着冰库大楼宽大的正面。

图拉,对你——

我要讲讲你所知道的事情。冰库大楼是一座平顶的盒式建筑物。他们把这座大楼的各个角落都用油毛毡包了起来。它的门是油毛毡门。没有窗户。这是一个没有白点的黑骰子。我们总得目不转睛地盯着它。它同库登佩希毫不相干;尽管它不是用铸铁而是用油毛毡包起来的,尽管燕妮再也不怕库登佩希,而且老想走到冰库大楼里去,不过,很可能是库登佩希把它放到那儿去的。当图拉说“现在我想要个孩子,马上就要”时,燕妮就会说:“我很想看看冰库里面的情况,你也去吗?”我既不想要孩子,也不想进冰库;我的情况如今也差不多如此。

冰库大楼同我们木工作坊院子里空荡荡的狗舍一样,散发出一种气味。只不过狗舍没有平屋顶罢了,尽管有油毛毡,它还是散发出迥然不同的气味——仍然发出哈拉斯的气味。虽说我的木工师傅父亲并不想养一条新的狗，却没有让人把狗舍劈成小木头，相反，当所有的伙计站在木材刨台边开动机器，所有的机器都在刨木材时，他往往站在狗舍前凝视着它，长达五分钟之久。

冰库大楼映照在股票池中，使池水变得阴森森的。尽管如此，池里仍然有鱼。嘴唇凹陷的嘴里含着口嚼烟草的老人在小锤公园岸边垂钓，傍晚时分钓到手掌般大小的拟鲤。他们不是把拟鲤又扔回池里去，就是把它们送给我们，因为人们本来就不能吃拟鲤。它们全身浸透了腐臭气味，就是在干净水中，也去不掉它们身上的臭味。有两次从股票池里打捞出尸体来。在施特里斯巴赫河的出水口前，一道铁质的堰闸挡住漂木。尸体就在那儿漂到岸边。有一次是一个老头，有一次是一个佩隆肯的家庭主妇。每次我都去迟了，没有看到尸体。就像燕妮要求走进冰库，图拉希望有个孩子那样，我很想看一具真正的尸体。可是，如果在科施奈德赖有亲戚去世——我母亲在那儿有婶婶和堂姐妹们——我们赶到奥斯特尔维克时，棺材往往已经盖起来了。图拉断言，在股票池池底有小孩，是捆上石头沉下去的。而实际情况是股票池为小猫、小狗提供了葬身水底的场所。就连比较大的猫有时候也在随波逐流，全身肿胀地漂来漂去，最后在堰闸边被挡住，被城市管理员——此人就像帝国邮政部长一样，名叫奥内佐尔格——用带钩的竿子捞起来。可是，股票池并非因为这个原因才发臭，它之所以发臭是因为啤酒厂的废水流进池中。一块木牌上写着："禁止游泳"。我们不游，只有那些印第安人村的男孩子才不管三七二十一在这儿游泳。那些人身上总有一股股啤酒味，甚至在冬天也是如此。

池子后面的园林移民区一直延伸到飞机场，所有的人都这样叫这一地区。在移民区内，住着多子女的码头工人、孤苦伶仃的祖母们和已经退休的泥瓦工工头。我从政治的角度猜出了印第安人村这个名字的原委：因为从前，在战前很久的时候，有很多社民党人和共产党人曾经住在那里，印第安人村很可能就是由"赤色村"演变来的。在瓦尔特·马特恩还是一名冲锋队队员时，在印第安人村至少有一个席豪移民区的工人被杀害。在《前哨》上面写着："印第安人村谋杀案"。可是杀人凶手——很可能是九个身穿防雨大衣的蒙面人——却从未被抓获。

既不是图拉的——

也不是我的股票池故事——我这种故事实在太多，必须克制自己——超过了那些以冰库为中心的故事。听说，杀害席豪移民区工人的那些凶手当时就在冰库里寻找避难所。从那时起，就有八九个给冻住了的杀人犯坐在冰库里，坐在冰库最冷的地方。很多人——只有我没有——都猜想那个销声匿迹的埃迪·阿姆泽尔是在冰库里。孩子不肯舀汤喝，母亲们就用这个黑乎乎的、没有窗户的"色子"来吓唬他们。人们都这样传说，说小马策拉特不肯吃饭，他母亲就把他关进冰库，关了几个钟头，惩罚他，从此以后他就连一厘米也不会长了。

因为冰库里面有一种神秘莫测的东西，所以只有当运送冰块的车子开到门口，装运嚓嚓作响的冰块时，它的油毛毡门才会打开。每当我们为了显示勇气，从洞开的门口跳过去时，冰库就会向我哈气，而我们也不得不跑到太阳下面去。尤其是图拉害怕冰库，她不敢从开着的冰库门口走进去。她一看到那些腰系黑色皮围裙、面孔紫红、走起路来踉踉跄跄的人，就要躲避。当运冰工用冰钩把冰块从地窖里拖出来时，燕妮就会朝那些人走去，请求他们让她摸一下冰。有时候他们允许她这样做。然后，她就把一只手放到一块冰上去，放了好久，后来还是一个四方脸膛的男子把她的手拉开："现在够了。你是想把手粘在上面呀！"

后来，在运冰工当中甚至还有法国人。他们完全像本地运冰工一样，用肩膀扛冰块。他们同样是四方脸，面孔紫红。人们把他们叫作外国工，但不知道是否允许同他们讲话。可是，在女子中学学了法语的燕妮却向一个法国人打招呼："您好，先生！"

这个人彬彬有礼地说："您好，小姐！"

燕妮行屈膝礼:“对不起,先生!我可以进去几分钟吗?”

这个法国人做了一个邀请动作:“请进,小姐!”

这时,燕妮又行了一个屈膝礼:“谢谢,先生!”随后就让她的手消失在那个法国运冰工的手里。冰库接纳了两个手牵手的人。其余的运冰工都哈哈大笑,开着玩笑。

我们没有笑,而是开始轻声数着:“二十四、二十五……要是她在我们数到两百时还不出来,我们就大叫救命!”

他们在数到一百九十二时依然是手牵手地出来了。她左手拿着一块冰,再一次向她的运冰工行了一个屈膝礼,然后便同我们一道走到太阳下面。我们冷得瑟瑟发抖。燕妮用灰白色的舌头舔着冰块,又把冰块递给图拉舔。图拉不肯舔。我舔了,冷得要命的冰就是这种滋味。

亲爱的图拉表妹:

在发生你的欧洲医蛭和燕妮晕倒这件事时,在我们因为这件事,也因为你老缠住我要生一个孩子而发生争吵时,在你很少同我们一道去股票池时,在我们——燕妮和我不想再爬进木材仓库到你那儿去时,在夏天已经过去,学校开学时,燕妮和我不是坐在印第安人村园圃篱笆前的莳萝丛中,就是坐在天鹅之家旁边。我目不转睛地盯着冰库,好帮助燕妮,因为燕妮只能识别没有窗户的黑“色子”。在我眼中,冰库比栗子树后面的股票啤酒厂大楼显得更为清晰。也许是这个建筑群像城堡似的屹立在昏暗的砖墙后面的缘故吧。肯定有一些闪闪发亮的缸砖镶在机器间高高的教堂窗户四周。尽管如此,从四面八方看,敦实的烟囱仍然耸立在朗富尔上空。我可以指天发誓:股票烟囱戴着一顶莫可名状的骑士头盔。它受到风的摆布,冒出黑色的滚滚浓烟,一年必须清扫两次。每当我闭上眼睛时,办公大楼就从栽满碎玻璃的围墙上用浅砖红色的目光看着我。我想,可能是双套胶轮马车在定期离开这个啤酒厂院子。那是一些膘肥体壮的比利时短尾马。啤酒马车夫和他的副手腰系皮围裙,头戴皮帽子,面孔呆滞、紫红。马鞭放在马笼头里。围裙里面是运货单和皮夹,还有半路上用的口嚼烟草。金属纽扣在饮马器具上碰出一些点纹。每当前轮或者后轮绊到啤酒厂大门的铁门槛上时,啤酒箱就会跳起来,发出丁零当啷的响声。大门的门拱上用铸铁字母写着:潮湿的内脏——洗瓶厂。十二点半时,汽笛鸣响。一点钟时,汽笛又响了起来。洗瓶厂的木琴也进入合奏。现在,这部总谱已经丢失,然而气味却留存人间。

当东风使啤酒厂烟囱顶上的头盔改变方向,将滚滚黑烟经过栗子树上空,经过股票池、冰库和印第安人村上空,往飞机场方向扩散时,就会下酸雨。把发酵过度的渣从铜锅里清除掉,那些放得过久、已经变味的东西是:烈性黑啤酒、比尔森啤酒、麦芽、大麦、三月份酿造的啤酒、啤酒原料和普通啤酒。另外还有废水。尽管老听人讲,它们流到别处去,但是,股票啤酒厂的出水口仍然通向股票池,使它变酸、变臭。因此,我们在喝图拉的欧洲医蛭汤时,喝的是一种苦涩的啤酒汤。谁踩死一只癞蛤蟆,谁就同时打开了一瓶烈性黑啤酒。有一个喃喃自语、嘴里含着口嚼烟草的人给我扔过来一条手掌那么长的拟鲤,我在天鹅之家旁掏出这条拟鲤的内脏,有肝脏、牛奶和残渣——熬坏了的麦芽止咳糖块。当我让它在劈啪作响的小火上烤得松软时,它就像酵母一样,对于燕妮来说,它是在发酵,它的表层发酵,味道——我在里面塞了很多鲜莳萝——就像去年的黄瓜臭水。燕妮只吃了一点点鱼。

可是,当风从飞机场那边吹过来,把池子上面的水汽连同啤酒厂烟囱里的浓烟一道吹向小锤公园和朗富尔火车站时,燕妮就会站起身,把目光从塞满冰块的油毛毡色子上收回来,在莳萝丛中显示出屈指可数的几下舞步。她在跳芭蕾舞时身轻如燕,体重减轻了一半。她用几次小步跳跃和优美的鞠躬结束了她的演出。我情不自禁地像在剧院里一样鼓起掌来。有时候我也送给她一束莳萝,我在莳萝茎上套了一个啤酒瓶橡皮垫圈。这些从不枯萎、总是红艳艳的鲜花几百朵几百朵地漂浮在股票池的水面上,形成一些“岛屿”,然后被人搜集起来。我在向波兰进军与占领克里特岛期间①收集了两千多个啤酒瓶橡皮垫圈，在清点数字时感到自己真是发了大财。有一次，我给燕妮做了一串橡皮垫圈做的项链，她把这串项链像真正的首饰一样戴在脖子上。我为这种东西感到害羞："这些东西你上街别戴，只在池子边或者家里戴。"

然而在燕妮眼里，这串项链并不是蹩脚货："我就是要戴，因为这是你做的。你知道，它使人感到很亲切。"

这串项链并不难看。本来，这是我为图拉做的。但是，图拉很可能会把它扔掉。当燕妮在莳萝丛中翩翩起舞时，项链甚至显得非常漂亮。她跳完舞老是说："现在我可累了。"随即扫了冰库一眼，"我还得做作业。明天我们要排练，后天也要。"

我凭借身后的股票池试探着："你后来没有听到过关于柏林来的那个芭蕾舞教练的消息吗？"

燕妮回答道："哈泽洛夫先生最近从巴黎寄了一张明信片来。他说，我必须锻炼我的脚面。"

我缠住不放："这个哈泽洛夫先生，他的情况到底怎么样？"

燕妮用略带责备的口气说："这种事你可是问过我有十次啦。他很瘦很高，衣冠楚楚，老叼着长长的香烟——他从来不笑，要不然，充其量只是用眼睛笑一笑。"

我胸有成竹地重复道："那么，要是他有朝一日用嘴巴来笑或者说话呢？"

燕妮说："那就显得可笑，而且还有点叫人害怕，因为他讲话时要露出满口的金牙。"

我说："是真金的吗？"

燕妮说："我不知道。"

我说："问他一下吧。"

燕妮说："这会使我感到难堪。那些牙齿可能是用假金子

---

① 指1939年9月1日到1941年6月。

做的。”

我说：“你的项链也是用瓶子上的橡皮垫圈做的呀。”

燕妮说：“那好吧，我就给他写信问一问。”

我问：“今天就写吗？”

燕妮说：“我今天太累了。”

我说：“那就明天吧。”

燕妮说：“我究竟该如何打听呢？”

我给她口述这封信的内容：“你干脆这么写：哈泽洛夫先生，我还要问的是您的金牙齿。那些金牙齿是真的吗？您过去是否有别的牙齿？如果您曾经有过别的牙齿，那么，那些牙齿又在哪儿呢？”

燕妮写了这封信，哈泽洛夫先生立即就回信说：金子是真的；过去他曾经有过又小又白的牙齿，有三十二颗；他把那些牙齿扔掉了，扔进了身后的灌木丛中，后来镶了新牙，镶上了金牙齿；这些金牙比三十二双芭蕾舞鞋还要贵。

这时我对燕妮说：“现在你数一数，看看你的项链有多少个橡皮垫圈。”

燕妮数完之后感到困惑不解：“多凑巧啊，也是三十二个，不多不少！”

亲爱的图拉：

你带着你那划破的双腿，又走了过来。这种事是难免的。

九月底，莳萝草正在抽芽，大地一片枯黄，股票池涟漪起伏，把一团肥皂泡沫抛向岸边。九月底，图拉来了。

印第安人村把她和七八个小伙子吐了出来。有一个人抽着烟斗。他站在图拉身后，当一堵挡风的墙，然后给她烟斗。她一声不吭地抽着。他们慢悠悠地故意绕着弯路，逐渐靠近了，然后停下步来，望望天空，望望我们，随后便转过身去，走了，隐没在印第安人村的篱笆和刷得雪白的村舍后面。

有一次，傍晚时分——我们背着光，啤酒厂烟囱的头盔戴在一个鲜血直流的骑士那淌着鲜血的头上——他们出现在冰库旁边，沿着正面的油毛毡墙鱼贯而行，穿过荨麻地。在莳萝丛中，他们走成一排。图拉把烟斗递给左边的人，对着蚊子说："这些人忘了锁门。燕妮，你不想走进去，看一看里面是怎么回事吗？"

燕妮十分友好，总是很有教养地说："啊，不！已经很晚了。另外，我也有点累了。你知道，咱们明天有英语课，还有，在训练时我必须精力充沛。"

图拉手中又拿着烟斗说："那就不去吧。咱们就去看门人那儿吧，好让他锁门。"

可是燕妮已经站起了身，而我也不得不站起身来说："你一块儿走吧，不成问题。再说，你也累了，你刚才就这样说过。"燕妮再也没有倦意，她只想往里瞧上一眼："里面确实很有意思，哈里，你瞧！"

我在她旁边走着，进入荨麻地。图拉在前面，其余的人在我们后面。图拉的拇指指着那道油毛毡门。这道门开着一条缝，几乎叫人透不过气来。这时我不得不说："你千万别一个人进去。"身材苗条的燕妮站在缝隙处彬彬有礼地说："你真好，哈里。"

除了图拉，还有谁——

在燕妮身后把我推进了门缝里。我已经忘了曾经握手言定，指天发誓，要在外面保护你和小伙子们。当冰库的气息支配着我们时——再加上燕妮的小拇指同我的小拇指钩在一起——当冰凉的肺部带领我们往前走时，我知道：现在图拉要么是独自一人，要么是同捣蛋鬼们一道，已抽着烟斗离开这里，走向守门人了。她不是去那里取钥匙，就是去接守门人，并连带取钥匙。这一伙人用九个声音嚷嚷着，好让守门人在他锁门时听不见我们的声音。

因此——或者说因为燕妮的手指钩住了我的手指，我没法大声呼救。她领着我安然无恙地通过沙沙作响的黑色通风管。从四面八方，甚至从上面和下面，都使我们不会发生呼吸困难，这种情况一直持续到再也无法前进的时候。这时，我们经过了好多入口和楼梯，这些地方都用红色方位小灯标出。燕妮用完全正常的声音说:“请注意,哈里,现在有台阶,往下走,十二级台阶。”

尽管我已经考虑到了,要一个台阶一个台阶地走下去,走到底层,但我仍然被一股来自下面的吸引力吸住,砰的一声落了下去。燕妮说:“好啦,现在我们到了第二层地窖,我们必须往左边走,那儿可以通第三层地窖。”这时,尽管我浑身发痒,但我却宁愿待在第二层。这是刚才走荨麻地时引起的。可是现在,这种气息从四面八方吹来,凝聚在皮肤上。每个方向都在发出咔嚓声,不,是嚓嚓声,简直就是嚓嚓声。冰块垛成堆,全副牙齿磨得嚓嚓作响,牙齿上的珐琅质已经碎裂,铁器呼出的气有一股发酵味,太热,有胃酸味,时而干燥,时而潮湿。大概不会有油毛毡了。酵母在发酵。醋在蒸发。蘑菇在猛长。“小心,台阶!”燕妮说。这是在谁的有麦芽苦味的喉咙里?是什么地狱的三层地窖让黄瓜敞放着,任其腐烂?哪个魔鬼在零度以下硬逼着我们?

这时,我既想大声叫喊,又想低声耳语:“要是我们不……他们会把我们锁在里面。”

可是,燕妮依旧一本正经地说:“上面总是在七点钟锁门!”

“我们在哪儿?”

“现在我们在第三层地窖。这儿放着冰块,这些冰块已经有好多年了。”

我的手想详细了解情况:“多少年?”然后往左边伸出去,寻找那种东西,果然找到了,而且黏在很久以前的大牙齿上:“我黏住了!燕妮,我黏住了!”

这时,燕妮的手放到了我黏住的手上。我立即把我的手指从巨大的牙齿上缩回来,紧紧抓住燕妮这只炽热的胳膊,这只由于跳舞长得亮丽动人的胳膊,这只能够躺在空中、在空中睡觉的胳膊——当然,另一只胳膊也能这样做。两人被冰块中的气息摩擦得热乎乎的。腋窝里也是如此。这是八月份的事。燕妮咯咯笑着:“你不该挠我痒痒,哈里。”

可是我愿意这样做:“只管抓住,燕妮。”

她允许我这样做,而且还开口说了:“有点儿累,哈里。”

我不相信会有这种事:“这儿有条长椅,燕妮。”

她毫不怀疑地说:“为什么这儿就不该有长椅,哈里?”因为她这样说了,所以那儿就有了一条长椅,是用铁做的。可是因为燕妮要往上面坐,所以她坐的时间越长,这张铁椅就越会变成舒适的、业已坐坏的木椅。现在,燕妮在冰库的第三层地窖用早熟和担心的语气对我说:“现在你再也不会受冻了,哈里。你知道,我曾经在一个雪人身体里躲藏过。我在那里面时学到了很多东西。所以,在你无法摆脱寒冷时,你就要抓住我,你明白吗?而要是你仍然感到冷的话——因为你从来没有在一个雪人身体内待过——那你就要吻我,你知道,这样做管用。我甚至可以把我的衣服脱给你,因为我用不着,确实用不着。这时候你根本不用客气。这儿反正也没有别人。我在这儿就像在家里一样。你可以把它当作围巾围在脖子上。在这以后,我要睡一会儿,因为我明天要到拉娜夫人那儿去,后天还要训练。更何况我确实有点儿累,你是知道的。”

我们就这样在铁质的长椅上坐了整整一夜。我紧紧抓住燕妮。她那干燥的嘴唇并不好看。我把她的棉布衣服——但愿我知道,这是有点纹的,有条纹的,有方格纹的吧?——把她夏天穿的短袖衫围在我肩上,围在脖子四周。她虽然没有穿衣服,但却穿着内衣,躺在我怀里。我的双臂并不感到疲乏,因为燕妮很轻,即便是睡觉时也如此。我不睡觉,免得她从我手中滑下去。因为我从来就没有在一个雪人身体内待过,所以要是没有这两片不干燥的嘴唇,没有这件棉布衣服,没有怀里这轻轻的重量,没有燕妮,我也就注定完蛋了。四周都是咔嚓声、叹息声和嚓嚓声,我置身于冰块的气息中。冰块既哈着气,又吸着气,我受到冰的支配,时至今日,仍然如此。

虽然如此,我还是活到了第二天。早晨,在我们头上的地窖里发出阵阵嘈杂声。这就是那些身系皮围裙的运冰工。穿上衣服的燕妮想知道:“你也睡了一会儿吗?”

“当然不会睡。总得有一个人瞧着点儿。”

“你呀，你想想看，我做了一个梦，梦见我脚面的情况更好了，最后，我能转三十二个弗韦泰。这时，哈泽洛夫先生笑了。”

“用金牙齿？”

“在我单腿转呀、转呀的时候，他用所有的牙齿笑。”

我们一边低声耳语着，一边圆着梦，毫不费劲地就到了第二层地窖，然后再拾级而上。红色方位小灯显示出垛成堆的冰块之间的道路、出口和出口的方形光线。可是燕妮拉住了我。别让人看到我们，因为，“要是他们抓到我们，”燕妮说，“那以后就再也不会让我们进来了。”

在门口耀眼的四方形光表明再也没有系着皮围裙的人时，在膘肥体壮的比利时马拉动车子时，在胶轮运冰车骨碌着渐渐远去时，我们在下一部运冰车开到门口之前赶紧从门口钻了出去。太阳从栗子树林里斜照在冰库上。我们紧贴着油毛毡墙根走过。一切都散发出与昨日不同的气息。我的双腿又陷进了荨麻丛中。在小锤路，当燕妮背诵她那些不规则的英语动词时，我开始害怕起木工师傅那只在家里等着要揍我的手来。

你知道——

我们在冰库里过夜带来了一些后果：我挨了揍；接到参议教师布鲁尼斯通知的警察提出了一些问题；我们的年龄更大了，从此以后把股票池连同它那些气味留给了那些十二岁的孩子。在有人再一次收集旧货时，我把自己搜集的啤酒瓶橡皮垫都廉价处理了。燕妮是否把瓶盖橡皮垫收藏起来了，我不知道。我们彼此之间都尽力回避。当我们在埃尔森大街上无法回避时，燕妮便会满脸通红。图拉在楼梯上或者在我们的厨房里一遇到我——她不得不在那儿拿盐巴或者借锅子——我都会面红耳赤。

你还记得吗？

包括圣诞节在内，至少有五个月我再也不搜集东西了。在这段时间里，在向法国进军和向巴尔干进军之间的空隙①中，我们木工作坊的伙计越来越多地被应征入伍。后来，战争也在东部开始后，就用乌克兰人来当辅助工，用一个法国人来代替木工伙计。木工伙计维施内夫斯基在希腊阵亡。阿图尔·库莱泽伙计一开始就阵亡于伦贝格。后来，我的表兄，图拉的哥哥亚历山大·波克里弗克——据说，他不是阵亡，而是淹死在一艘潜水艇里。这时，大西洋战争已经开始。波克里弗克一家人，就连木工师傅和他的妻子，每个人都戴着黑纱。甚至连我也戴上了黑纱，而且还为此感到非常自豪。每当有人向我打听我戴孝的原因时，我就说："我的一个表兄，我非常亲近的表兄，在前往敌占区的加勒比海航行时没有返航。"其实我对亚历山大·波克里弗克差不多是一无所知，甚至连加勒比海也是吹牛。

还发生了什么事?

我父亲得到一大沓订单。在他的木工作坊里，现在只制造赫拉半岛海军营房用的门窗。他无缘无故便突如其来地喝起酒来，而且有一次，在一个星期天上午还揍了我母亲一顿，起因是她站在他要站的地方。但他对自己的工作却从不疏忽。他继续抽着外层颜色欠佳的雪茄烟，这些烟是他在黑市交易中用门上的小五金换来的。

另外又发生了什么事?

他们把你父亲选为了党小组长。奥古斯特·波克里弗克把全部心思都花在了党的琐碎事务上。他让一位党内医生给他开了一张病假条——是常见的膝关节半月板损伤——想在我们木工作坊的机器间作培训报告。可是我父亲不允许这样做。于是，家里的陈年旧事又被翻了出来。这涉及我的外祖父母在奥斯特尔维克的两摩尔根牧

① 德军向法国进军于1940年6月22日结束；挺进巴尔干于1941年4月6日开始；1941年6月22日开始进攻苏联。

场。我母亲的嫁妆扳着指头一算就一目了然。我父亲不同意这种说法,他认为是他在替图拉支付学费。奥古斯特·波克里弗克用拳头敲着桌子说:他可以让党给图拉预付学费,好啦!他奥古斯特·波克里弗克会安排举行培训报告的事情,他下班以后就办。

那么夏天你在哪儿?

走了,布勒森,同四、五年级的中学生在一起。凡是找你的人,都发现你在一艘废弃的波兰扫雷艇上。这艘艇在接近海港的入口处搁浅了。那些四、五年级的中学生潜入废弃的船舱,把不值钱的东西拿出来。我水性不好,从来不敢在水下睁开眼睛。所以我在别的地方找你,从来不在船上找,更何况我身边还有燕妮,而你一直耿耿于怀的那件事依然是想要一个孩子。难道说他们要在废船上让你怀上一个?

从你的神态什么也看不出来。要不,就是印第安人村那些小伙子干的?他们在你身上没有留下任何痕迹。难道是我们木工作坊里那两个长着总是胆战心惊的土豆脸的乌克兰人?他们俩当中,没有人把你带进仓库,尽管如此,你父亲还是盘问了他们。那一个名叫克勒巴的人,因为他老是讨面包吃,奥古斯特·波克里弗克在整流器与凿榫机之间,用一把水平尺把他揍了一通。这时,我父亲把你父亲赶了出去。你父亲用告状来威胁;可我父亲不仅在手工业同业公会,甚至在党内也有一些威望。他告发了。人们组成了一个荣誉法庭。奥古斯特·波克里弗克和木工师傅利贝瑙只好握手言和。那两个乌克兰人换成了另外两个人——这已经足够了——听说,人们把原先那两个乌克兰人带到施图特霍夫①去了。

这是你的缘故——施图特霍夫!

这个小词儿越来越有分量。“你大概是想去施图特霍夫

---

① 这里指战争开始后建立的施图特霍夫集中营。

吧?”——“要是你不住嘴的话,你会去施图特霍夫的。”一个神秘的词活跃在出租房屋中,它顺着楼梯上上下下,它坐在厨房里的饭桌旁,它也许是一个玩笑,而有些人也笑着说:“现在他们在施图特霍夫制造肥皂,人们都已经不愿再洗澡了。”

我们俩从未到过施图特霍夫。

图拉甚至连尼克尔斯瓦尔德也不熟悉。一次少年队野营把我带到施特根;不过,把薪金预付给我而且宣称我给图拉的书信很重要的布劳克塞尔先生,却很熟悉维斯瓦河与新潟湖之间这一地区。想当初,施图特霍夫是一个富有的村庄,大于希温霍尔斯特和尼克尔斯瓦尔德,小于县城诺伊泰希。施图特霍夫有两千六百九十八个居民。战争刚开始,就在村子附近建立了一个集中营。后来,这个集中营不得不一再扩大,这时,那些居民都赚了钱。在集中营里,甚至连铁轨都铺好了。这些铁轨同河中小岛上通往但泽下城车站的轻便铁路相连。大家都知道这件事。谁忘了,谁就会想到但泽-西普鲁士省但泽凹地县的施图特霍夫,想到相关的但泽地方法院。这个地方由于漂亮的桁架教堂而著名,它比幽静的疗养地、比那个古老的德国人移民区更受人喜爱。在十四世纪时,条顿骑士团把这块凹地的水排干。在十六世纪时,勤劳的门诺派教徒从荷兰来到这里。在十七世纪时,瑞典人多次洗劫河中小岛。一八一三年,拿破仑的撤退路线横穿凹地。在一九三九年与一九四五年之间,在但泽凹地县施图特霍夫集中营里死去了很多人,有多少,我不知道。

学校不是把你,而是把我们——

实科中学四年级学生弄到尼克尔斯瓦尔德,弄到施图特霍夫附近。党购买了那个旧的萨斯科申乡村寄宿学校,把它改建成最高统帅部培训中心。尼克尔斯瓦尔德的路易丝磨坊与海滨森林之间的一块地,有一半是从磨坊主马特恩手里,有一半是从尼克尔斯瓦尔德乡政府手里买下的。人们在那里,在高高的瓦屋顶下建造了一幢一楼一底的房子。我们就像在萨斯科申那样,在尼克尔斯瓦尔德打棒球。每个班都有会打高球、能把球打到天上去的体育尖子,都有遭到无情的皮球包围和折磨的替罪羊。早上要升旗,傍晚要降旗。饭菜很糟。尽管如此,我们都长胖了,河中小岛上的空气有营养。

我总要在比赛间隙观察磨坊主马特恩。他站在磨坊与住房之间。左边有一个面粉袋紧贴住他的耳朵。他在倾听黄粉蚺幼虫讲话,展望未来。

假定我在同歪身子的磨坊主进行一次谈话。因为他听觉不好,所以我也许是在大声说:“马特恩先生,有什么新闻?”

他明确地回答道:“在俄国,冬季会提前到来。”

我希望尽可能地多了解一些情况:“我们还能够打到莫斯科吗?”

他预言道:“我们当中很多人也许还能打到西伯利亚。”

现在我可以换一个题目了:“您认识一个人吗?这个人名叫哈泽洛夫,通常都住在柏林。”

他听面粉袋里面的声音听了好久:“我只听到一个人的情况,这个人过去叫别的名字,所有的鸟儿都怕他。”

我有充分的理由感到好奇:“他嘴里安着金牙,从来不笑吗?”

磨坊主的黄粉蚺幼虫从不直接讲出来:“因为他有一次感冒了,嗓子一直沙哑,尽管如此,他还是接连不断地抽很多支烟。”

最后,我语气肯定地说:“他就是这样!”

磨坊主清清楚楚地看到了未来:“他依旧这样。”

既然在尼克尔斯瓦尔德没有图拉,没有燕妮——

所以,报道四、五年级中学生在尼克尔斯瓦尔德的冒险,就不能说是我的任务。夏天反正就要结束了。

秋天给学校带来了一些变化。从前的海伦妮-朗格学校,即现在的古德龙学校,变成了一座空军营房,所有的女生班都合并到我们这所散发着男孩气味的实科中学来了。采取轮班的方式上课:上午女孩，下午男孩；然后再倒过来。有一些教师，其中也有奥斯瓦尔德·布鲁尼斯参议教师，同样得在女生班上课。他给图拉和燕妮那个班上历史课。

我们再也没有见面。因为我们轮班上课，所以我们不费吹灰之力就可以相互回避。燕妮再也用不着脸红，我也不会面红耳赤，例外的情况成为值得一谈的事情。

有一次，正值中午时分——我走得太早，右肩上背着书包——在乌法根路的欧洲榛子树下，燕妮·布鲁尼斯向我迎面走来。她可能上了五节课，出于我不清楚的原因在实科中学里多待了一会儿。但不管怎样，她从学校里走了出来，同样是把她的书包挎在右肩上。因为前一天刮了一阵风，所以脚下已经落了一地绿色的、有几个还是浅褐色的欧洲榛子。燕妮穿一身有白色袖口翻边的深蓝色毛料衣服，戴一顶深蓝色软帽，但不是巴斯克帽，而是一顶四角帽。燕妮离我还有五棵榛子树时，她的脸唰的一下变红了，把书包从右肩换到了左肩。

乌法根路两旁的别墅好像没有人住似的。到处都是银枞和垂柳、槭树和桦树，它们让树叶一片又一片地飘然落下。我们十四岁，相互迎上前去。她比我记忆中的燕妮更苗条。

因为跳了很多芭蕾舞，她的双脚呈外八字。既然她知道他来时自己会脸红，她为什么要穿蓝衣服呢？

因为我走得太早，因为她满脸通红，红到帽檐，因为她把书包换了位置，我便停下步来，同样地把书包换了位置，伸出我的手去。她让她的手短时间地、无动于衷地、惶恐不安地放到我的手心里。我们站在尚未成熟的榛子之间。有几个榛子已经被踩烂，要不就成了空壳。当一只鸟儿停在一棵槭树上时，我开口道："咳，燕妮，这么晚才走？你有榛子没有？要不要给你几个？吃起来一点味儿也没有，这就是刚结的榛子。你平时干什么呢？你家老爷子可是很硬朗的，现在仍然硬朗。最近，他又有满满一袋云母石，至少有五公斤，或者至少也有四公斤，各式各样的都有。这把年纪了还在走路，而且坚持不懈。我还想问的事情是:芭蕾舞跳得怎么样?你旋转多少圈?脚面怎么样,好些了吗?我也许还有兴趣到‘老咖啡磨坊’去一趟。你们从维也纳请来的那个第一女独舞演员怎么样?我听说,你也参加假面舞会。很可惜我不能来,因为我——可是听说你过得不错,我感到高兴。你是不是又去过冰库呢?可别这样。只不过说句笑话而已。而我却记忆犹新,因为我父亲老跟着我。你那串项链还在吗?我指的是用啤酒瓶橡皮垫做的项链。柏林有消息来吗?你又听到过关于他们的消息?”

我闲扯着,谈论着,重复着。我用鞋跟把榛子弄得喀吧喀吧响,用灵巧的手指把压得半碎的核从碎壳里面抠出来,拿给她和我自己。燕妮老老实实地吃着像肥皂般滑腻的榛子,这些榛子会使得牙齿变钝。我的手指黏住了。她呆呆地站着,依然满脸通红,轻声地、单调乏味地、百依百顺地回答着。她的眼睛患有广场恐惧症。她的目光停留在桦树、垂柳和银枞上面:“哦,谢谢,我家老爷子很好。只是上课太多。有时候我得帮着改作业。另外,他抽烟抽得太厉害。不过,我一直都在拉娜夫人那儿。她的舞蹈课教得确实好,她因为这样而名扬四海。跳独舞的人从德累斯顿和柏林来到这里,请她校正姿势。她是从小就开始上俄国学校的。你知道,她在普列奥布拉仁斯卡①和特雷菲洛娃②那儿偷偷看会了不少动作。尽管她四处漂泊,东游西荡,这里学一点儿,那里学一点儿,却始终在跳舞,而且学会的还不仅仅是技巧。你真不该去看‘假面舞会’。你知道,我们这儿缺少尺度。是呀,哈里,我肯定记得。可我再也没有在雪人体内待过了。我曾经读到过这样的话,说人们不能够或者不应该重做某些事情,要不然他们就会消失得无影无踪。不过,你的项链我有时候还会戴的。确实,那个哈泽洛夫先生又写了信来,当然是写给爸爸的。他真是一

① 普列奥布拉仁斯卡(1870—1962),俄-法女舞蹈家、芭蕾舞教育家,1914—1921年在彼得格勒授课。

② 特雷菲洛娃(1875—1943),俄国女舞蹈家,1917年起任巴黎芭蕾舞学校校长。

个可笑的家伙，他写了上千个别人没注意到的细节。可是爸爸却说，他在柏林很有成就。他在做所有力所能及的事情，甚至搞舞台布景。他的训练应当说是很严格的，但是很有成效。他同本来就领导着芭蕾舞团的内罗达一道走遍巴黎、贝尔格莱德和塞萨洛尼基。但他们不只是为士兵跳舞。可是爸爸却说，这对我来说还为时太早。”

这时，地上再也没有榛子了。还有几个学生已经从我们身旁走过。有一个人在嘲笑我们，这个人我认识。燕妮让她的右手霎时间就在我的左手中消失得无影无踪。有片刻工夫，我转动着她的手背，那是五根光滑、轻盈的手指。她在无名指上戴着一个做工粗糙的灰黑色银戒指。我也不问一问，就把她的戒指脱了下来。

无名指上空无一物的燕妮说：“这是安古斯特里，就是这样叫法。”

我擦着戒指说：“为什么叫安古斯特里？”

“这是吉卜赛人的语言，就是戒指的意思。”

“你早就有戒指吗？”

“这件事你可不能对任何人讲。当我被人找到时，这个戒指在我的枕头里。”

“你从哪儿知道它叫这个名字的？”

燕妮脸上的红晕时增时减：“那个把我扔下就走的人，当时就是这样给戒指取名的。”

我说：“一个吉卜赛人？”

燕妮说：“他叫比丹登格罗。”

我说：“那你可能也是一个吉卜赛人。”

燕妮说：“肯定不是，哈里。那些人可都是黑头发。”

我提出了证据：“可是他们都会跳舞！”

我把一切都讲给图拉听——

她、我和另外的人都狂热地迷恋着这个戒指。我们相信银子可以变戏法，当谈话涉及燕妮时，我们都不把燕妮称作燕妮，而是称作安古斯特里。那些从一开始就醉心于燕妮那双银色芭蕾舞鞋的同学，现在肯定也非常迷恋安古斯特里。只有我在燕妮和安古斯特里面前能够保持平静，充其量也只是感到好奇而已。大概是我们在一起的共同经历太多的缘故吧。更何况我从一开始就受到图拉的影响。作为女中学生，图拉穿着相当干净的衣服，但身上仍然有一股骨胶味。我沾上这种气味，几乎无法抗拒。

图拉说："下次把她的戒指偷走。"这时，我打手势表示拒绝。当我埋伏在乌法根路上等待燕妮时，我只是打算在半路上把她的银戒指从手指上取下来。因为我拦住她的去路，所以她每星期有两次要满脸通红。每一次她都不戴安古斯特里，而是在脖子上戴着那串用啤酒瓶橡皮垫做的傻里傻气的项链。

可是为哥哥亚历山大服孝的图拉——

仍然惦记着燕妮很快就得服孝这件事。在四一年晚秋——关于东线战果的特别报道没有了——实科中学已经能够举出二十二个阵亡的实科中学生来。镌刻着姓名、日期和职位的大理石石板挂在叔本华与哥白尼雕像之间的大门上。在阵亡者当中有一个骑士铁十字勋章获得者。有两个骑士铁十字勋章获得者还活着。他们每次休假都要来看望自己的母校。有时候，他们在礼堂里做简短的或冗长的报告。

我们一动不动地坐着，老师们点头称是。报告之间可以提问题。学生们想知道他们得击中多少脾气暴烈的人，得击沉多少吨位的船舶。因为我们所有的人都希望以后有一天能获得骑士铁十字勋章。老师们要么提出一些实实在在的问题——给养供应是否一直都井井有条——要么就卖弄一些激烈的言辞，谈到坚持到底和最后胜利。奥斯瓦尔德·布鲁尼斯参议教师问一个骑士铁十字勋章获得者——我想，他是一名空军——当他第一次看到一个死人时，不管这个人是朋友还是敌人，他脑海里想的是什么。这个歼击机飞行员的回答我已经忘得一干二净。

布鲁尼斯向瓦尔特·马特恩上士提出同样的问题。马特恩因为不是骑士铁十字勋章获得者,所以只能走下讲台,在我们班作一个关于“东线高炮部队战斗情况”的报告。就连这个获得一级和二级铁十字勋章的上士的回答我也忘得干干净净。我只看见他身穿军灰色衣服,既骨瘦如柴,又粗壮结实,用两只手紧紧抓住桌面,对我们看也不看一眼,用他的目光盯着教室后壁上的一幅印刷的油画。这是一幅菠菜绿的托马①风景画。凡是他呼吸之处,空气都稀薄。我们想知道一些有关高加索山的情况,但他却滔滔不绝地谈论毫无价值的事情。

作完报告之后没几天,瓦尔特·马特恩又去俄国了。他在那里受了伤,这伤使得他无法参加高炮部队的战斗。他走路时,腿稍微有点跛,于是就被调回老家的高炮部队,先是到柯尼斯堡,然后到了但泽。他在布勒森-格勒特考海滨炮兵连和皇帝港炮兵连培训空军助手。

大家对于他是既喜欢又害怕,他成了我学习的榜样。每逢上士看望我们,站在讲台上作报告时,唯有布鲁尼斯参议教师露出一副讥讽的面孔,请马特恩别作关于奥廖尔战斗的报告,而是念艾兴多夫的一首诗,譬如:“阴暗的山墙,高高的窗户……”对他提出怀疑。

我不记得有参议教师认认真真给我们上课的事情。我猛然想起了几个作文题:不是《祖卢人的婚礼准备工作》,就是《一个罐头盒的命运》,或者是《当我还是一块麦芽止咳糖块,在一个小女孩嘴里越变越小时》。在参议教师看来,重要的事情大概莫过于驰骋我们的想象力罢了。既然在四十个学生当中,通常情况下只有两个学生有想象力,那就要允许三十八个四、五年级的中学生在一边打瞌睡。而这时,两个学生——另外一个人和我——却在探讨罐头盒的命运,瞎说一通祖卢人有其独特的婚礼习俗,探听一块在一个女孩嘴里越变

① 托马(1839—1924),德国浪漫主义画家。他画的黑林山和其他山脉的风景画被复制出版,广泛流传。

越小的麦芽止咳糖的情况。

这个题目使我、我的同学和布鲁尼斯参议教师忙活了十四天之久，或者是更长的时间。他缩成一团，百无聊赖地坐在已经破损的讲台后面，为了赋予我们以灵感，还模仿吃糖、吮吸和吸糖汁的动作。他让想象中的一块麦芽止咳糖从一边腮帮跑进另一边腮帮，差一点把它吞下去。他闭着双眼消耗它。他让糖块说话，让它讲述。简言之，布鲁尼斯参议教师在一个糖果短缺并由国家控制的年代，加倍地嗜好糖块，热衷于糖块。当他口袋里没有糖块时，他便给自己虚构出这种东西来。我们所描述的也是同样的题目。

大致从四一年秋天开始，向所有的学生分发维生素药片。这些药片叫作采比翁药片，保存在用棕色玻璃制成的大药瓶里。在过去书脊挨着书脊摆放《迈尔会话辞典》的会议室里，如今摆着写上了标签的玻璃瓶——从中学一年级到高年级——排成一行，每天都由有关的班主任把它们搬进教室，发给开战后第三个年头缺乏维生素的中学生。

每当布鲁尼斯参议教师抱着药瓶走进教室时，他都已经在吮吸，在享用老人嘴巴四周的甜食了。这种情况当然引人注目。一节课起码有一半的时间用来分发采比翁药片，因为布鲁尼斯不让大家把这个瓶子一个课桌、一个课桌地传下去。他严格按照点名册上的字母顺序，让学生们走上前来。他很费劲地把手伸进玻璃容器里，做出一副似乎是在为每个人抓某种特殊物品的样子。紧接着，在他满是皱纹的脸上浮现出胜利的微笑。他从也许是五百片采比翁药片中取出一片药来，把它像经历一幕难度很大的魔术表演后得到的结果一样展示一番，然后才把它发给学生。

我们大家都知道，布鲁尼斯参议教师又有了满满两个衣袋的采比翁药片。这些东西甜中带酸，有点柠檬味，有点葡萄糖味，有点药味儿。既然我们喜欢吮采比翁药片，所以，对所有的甜食都爱得发狂的布鲁尼斯就有理由把他的两个衣袋都塞得满满的。每天在从会议室到我们教室的路上，他都要抱着棕色药瓶走进教师洗手间，过一分钟后又出现在走廊上，嘴里吮着药片往前走。采比翁药片的粉尘弄得他上衣的衣袋盖上全是白粉。

我想说：就连布鲁尼斯都明白我们知道这些事。上课时他老是走到黑板后面去，在那里把甜食塞进嘴里，然后再走到全班同学面前，给我们展示他那忙活的嘴巴："我假定你们什么都没有看见；假如说你们看到了什么，那就是你们看错了。"

奥斯瓦尔德·布鲁尼斯像别的参议教师那样，总是得大声打喷嚏。他像他的同事那样，在遇到这种情况时要掏出那块大手绢来。与他的同事们相反，他总是让全部破碎的采比翁药片同手绢一道从衣袋里掉出来。于是，我们就抢救那些在上了油的地板上滚动着的东西。一群弯着腰在热心收集的学生把半片药、四分之一片药交给参议教师。我们说——这句格言变成了惯用语："参议教师先生，您刚才丢了好些云母石。"

布鲁尼斯很有分寸地回答："如果是一些普通的云母片麻岩，那你们自己可以留下；如果找到的是一种或者好些双层云母片麻岩，那就请你们把它还给我。"

这种事已经讲好了。我们只找到双层云母片麻岩。布鲁尼斯在检验时让这些片麻岩消失在残存的棕色齿根之间，从一边腮帮跑进另一边腮帮，直到他确信："实际上，我们找到的是好些极为罕见的双层云母片麻岩。我们又找到了这些片麻岩，多让人高兴啊！"

后来，布鲁尼斯参议教师放弃了所有通往采比翁的弯路。他再也不走到黑板后面去，再也不谈业已丢失的双层云母片麻岩了。当他从会议室走到我们教室时，他在路上不再抱着药瓶走进教师洗手间，而是在课堂上瘾头十足地公开克扣我们的采比翁药片。那双手尴尬的颤抖引人注目。在一句话当中，在艾兴多夫的两节诗之间，他感到：他用手指掏出的不是一片采比翁，他用三根有结节的手指抓到的是五片采比翁。他把五片药全都扔进贪得无厌的嘴里，吧唧吧唧地吃起来，使我们都不得不掉转目光。

不，图拉：

我们并没人告发他。但确实又有好些人告状。不过，我们班上没人告过状。虽然后来有几个学生，其中也有我，作为证人在会议室做证，但我们都很克制。我们在万不得已时才说，尽管确有其事，参议教师先生在课堂上是吃过甜食，但吃的不是采比翁药片，而是普通的麦芽止咳糖块。布鲁尼斯参议教师一直就有这个习惯，还在我们读中学一二年级时就有，当时还根本谈不上采比翁药片。

我们的证词并不管用。在逮捕布鲁尼斯时，从他的衣袋衬里中找到了采比翁粉。

最初听说是我们校长——高级参议教师克洛泽告的状，有几个人猜测是林根贝格——一个数学教师干的，后来这件事传开了。古德龙学校的女生们，布鲁尼斯上历史课那个班的女孩子，说了他的坏话。在我能想到这肯定是图拉所为之前，已经有人提到图拉·波克里弗克了。

那就是你呀！

为什么这样做？因为要这样做，所以这样做！十四天后，布鲁尼斯参议教师不得不把我们班交给霍夫曼参议教师，他再也不上课了；不过他并未坐牢，而是待在埃尔森大街钻研他的云母石。十四天后，我们再一次见到了这位老爷子。我们班两个学生和我被叫进会议室。已经有两个七年级的中学生和古德龙学校的五个女孩在那儿等着，女孩当中就有图拉。我们都使劲儿冷笑，太阳光掠过架子上的所有棕色药瓶。我们都站在柔软的地毯上，不能坐下。墙上的古典作家们都文人相轻。在长会议桌的绿天鹅绒上方，灯光在尘土中翻腾。门上加了润滑油。布鲁尼斯参议教师被一个身着便服的先生——不过此人并非教师，而是一个便衣警察——带了进来。高级参议教师克洛泽跟在这两个人后面。布鲁尼斯亲切友好、心不在焉地向我们点点头，擦着那双棕色的、有结节的手，露出一丝嘲讽的神情，仿佛他要转向那个题目，讲述祖卢人的婚礼准备工作，讲述一个罐头盒的命运，讲述一个女孩嘴里的麦芽止咳糖块。可是，讲话的是那个身着便服的先生。他称这次在会议室里的碰头是一次必不可少的对质。他慢条斯理地向布鲁尼斯参议教师提出那些耳熟能详的问题，内容涉及采比翁和从药瓶里取出采比翁药片。布鲁尼斯遗憾地摇头否认这些问题。先是七年级学生接受询问，然后是我们。既有提供罪责的材料，也有去除罪责的材料。我们的回答结结巴巴，矛盾百出："不，我没有看到这件事，只是听人说。我们总认为是这样。只是因为他喜欢吃糖，所以我们这样假定。他当着我的面没有拿。可是肯定他……"

我不相信自己是最后说这番话的人。这些话说的是："布鲁尼斯参议教师肯定尝过三次至多四次采比翁药片。可是，这种小小的欢乐是我们给他的。我们知道他喜欢吃甜食，一直就喜欢。"

在一问一答的过程中，我发觉布鲁尼斯参议教师是多么愚蠢，多么无奈，忽而左、忽而右地翻遍他的上衣口袋啊！这时，他激动不已地润了润嘴唇。身着便服的那位先生既不翻口袋也不舔嘴唇。他先是在高高的窗户边同高级参议教师克洛泽讲话，然后又招手让图拉走到窗前。她穿一条黑色百褶裙。要是布鲁尼斯带着他的烟斗就好了，可他却把烟斗放在大衣里了。那位身穿便服的官员流里流气地对着图拉低声耳语。我心急如焚，好像鞋底在柔软的地毯上燃烧起来了似的。参议教师片刻不停的双手和他的舌头孜孜不倦地动着。现在，身穿黑色百褶裙的图拉正挪动脚步。在她停下步来之前，衣料在窸窣作响。她用双手抱着一个棕色药瓶，里面放着半瓶采比翁药片。她把瓶子从架子上抱起来，没有人阻拦她。她穿着百褶裙，眯缝着双眼，把眼睛眯得更小，绕着又长又空的绿色会议桌一步一步地走着。所有的人都盯着她的背影，布鲁尼斯看着她走来。她在离参议教师一臂远的地方停下步来，把玻璃瓶搁在胸前，只用左手抱着，用右手把瓶盖揭开。布鲁尼斯在衣服上把双手揩干。她把瓶盖放到一边，放在会议桌的绿色毡毯上。一道太阳光射到瓶盖上面。参议教师的舌头不再转动，但是却一直伸在外面。她用一只手再一次抱起玻璃瓶，而且把它举得更高，穿着她的百褶裙，踮起脚尖走路。图拉说："请吧，参议教师。"

布鲁尼斯并未反抗。他没有把双手藏在上衣口袋里。他并未把头扭过去，没有把那满口棕色齿根的嘴巴转过去。没有人听见说："别胡闹！"布鲁尼斯参议教师匆匆忙忙地抓了一把药片。当三根手指从玻璃瓶里缩回来时，手指间夹起了六七片采比翁药片。有两片掉进瓶里，有一片掉到浅褐色的天鹅绒地毯上，滚到会议桌下；他把手指之间还能夹住的药片塞进嘴里。不过，这时他为掉到桌子下消失不见的采比翁药片感到惋惜。他跪下身去。他在我们、校长、身着便服的官员和图拉面前跪下双腿，用摸索着的双手在桌旁和桌下寻找。如果他们——校长和身着便衣的官员没有来的话，很可能他已经找到了那片药，把它送到了他那嗜好甜食的嘴里。他们从左右两边挽住他的胳膊，扶他站起身来。一位七年级中学生把上了润滑油的门打开。"现在，我不得不认真地请求您，同事先生！"克洛泽高级参议教师说。图拉弯下身子，去找会议桌下那片药。

几天以后，我们再一次受到盘问。我们一个接一个，依次进入会议室。采比翁药片事件持续的时间并不长。七年级学生记下了参议教师的格言，这些格言涣散人心，有不良影响。大家异口同声说道：他是共济会会员。那时没有人知道共济会会员是什么玩意儿。我克制住自己。我那个木工师傅父亲劝我这样做。也许我不该讲参议教师那个老是空着的旗座，可他是我的邻居啊！谁都看见，在所有的人都挂旗时他不挂旗。我说："譬如在元首生日那天，大家都挂旗，尽管布鲁尼斯参议教师有一面旗，但他从来就不挂。"这时，身穿便服的官员已得到了情报，正在不耐烦地频频点头。

燕妮的养父被拘留待审。听说，他们没过几天又把他放回了家，以便在这以后最终把他带走。钢琴演奏家费尔斯讷-伊姆布斯每天都到出租房住宅来，看望留在家里的燕妮。他对我父亲说："现在他们把这位老爷子带到施图特霍夫去了。但愿他能挺得过去！"

波克里弗克一家子和利贝瑙一家子——

你们一家和我们一家,因为你哥哥亚历山大去世已经一周年,所以大家都取下了黑纱。这时,燕妮让人把她的衣服染成了黑色。一位青少年福利救济会的女工作人员每个星期来一次,探视斜对面那个房子。燕妮身穿黑色丧服接待她。开始时,听说燕妮到了一家福利救济院;参议教师的住所要腾出来。可是身穿黑色丧服的燕妮找到了说情的人。费尔斯纳-伊姆布斯写了好多信;古德龙学校的女校长写了一道呈文;市立剧院的经理拜访了纳粹省党部负责人;拉娜·博克-费多洛娃夫人有关系。因此便出现了这种情况:燕妮继续上学,继续参加芭蕾舞训练,继续参加排练,不过总是穿着黑色丧服。但这并不是意味着她头上戴着黑色软帽,身上穿着肥大的黑色大衣,脚上穿着黑色棉袜,一步一步地挪动着,在大街上露出一张哭红的脸。这张脸有点苍白——很可能是由于穿了黑色丧服的缘故——上半身纹丝不动,脚上的鞋按照芭蕾舞动作的要求呈外八字。她背着书包——这个书包为棕色,用人造革制成——去上学。她背着原来是葱绿色、绯红色和天蓝色而现在已经染成黑色的练功用品包,去奥利瓦或者剧院。她到得准时,在埃尔森大街上留下的是顺从的而不是倔强的外八字。

尽管如此,仍然有那么一些人,他们给燕妮·布鲁尼斯讲,身上每天穿着黑色就是不顺从的颜色。在那些年代,只有那些有书面证明并加盖公章的人才允许穿丧服。这些人可以哀悼阵亡的儿子和去世的祖母;可是但泽-诺伊加尔滕警局刑事警察科的简短通知却说:由于参议教师布鲁尼斯反对国民福利的不光彩行为和罪行,不得不将他监禁起来。这个通知不能视为经济部的文件,因为只有在那里,在服装卡发放处,才有服丧时的丧服配给证。

“她到底在干什么呀?他还活着啊。可是,人们觉得他已经不在人世了。她这样做对他肯定没有丝毫帮助,而是恰恰相反。要是有人给她讲,这样做其实无济于事,只会引起人们的注意就好啦。”

邻居们和青少年福利救济会的那位女工作人员同费尔斯纳-伊

姆布斯商量。钢琴家想动员燕妮脱下丧服。他说,外表并不重要,只要她心中悼念,就足够了。他感到同样悲痛,因为人们夺走了他的一个朋友,唯一的朋友。

可是,燕妮·布鲁尼斯坚持外面穿黑色丧服,继续作为一种控告走遍朗富尔,走过埃尔森大街。有一次在开往奥利瓦的二路车站,我同她打招呼。她当然是满脸通红,在绯红的面颊周围有一圈黑边。倘若我凭着记忆给她画一幅肖像的话,那么,画上的她有一双浅灰色的眼睛,两道投下阴影的睫毛,一头褐色的、从中间分开的头发,头发从额头上顺着两条软弱无力的曲线平整而呆板地贴在面颊和耳朵上,在脑后编成一条挺直的辫子。我会把又长又瘦的面庞画得像象牙一样苍白,因为面红耳赤始终是例外的情况。这是一种适用于悲痛的面貌,是《墓地》一场中的吉赛尔①。她那毫不引人注目的嘴巴只是在有人提出问题时才讲话。

我在有轨电车站说:"燕妮,你老穿丧服真的有必要吗?更何况布鲁尼斯爸爸说不定今天或者明天就会回来。"

"尽管他们并没有写明他死了,但对于我来说,他已经死了。"

因为有轨电车还没有来,于是我便寻找一个话题:"那你到底是不是经常独自一人待在家里呢?"

"伊姆布斯先生经常来。然后,我们就把那些石块分门别类,写上标签。你知道,他留下了好多材料没有分类。"

我想走了,可是她那趟电车还没来:"你可能再也不会去看电影了,是不是?"

"爸爸还活着时,我们有时候在星期天上午去乌法宫。他最爱看科教片。"

我坚持要看正片:"难道你就不想同我一道去看电影吗?"

燕妮那趟淡黄色的有轨电车来了。"如果你想去的话,我愿意去。"

---

① 吉赛尔是亚丹(1803—1856)同名歌剧中的女主人公,在婚前死亡的少女。

身穿冬大衣的人们走下电车。“只要我们能去看一部严肃的电影，那就用不着非得是一部有趣的电影不可，是不是?”

燕妮登上电车：“他们在电影院放映《摆脱锁链的双手》①。这部影片只有十六岁的人才能看。”

要是图拉说：

“买一张正厅后排二号的电影票。”那个女售票员肯定就要看图拉的证件；可我们不用证明自己的身份，因为燕妮穿着黑色丧服。我们身穿大衣坐着，因为电影院里供暖情况很差。见不到一个熟人。我们不能讲话，因为集成曲音乐没有停下来。与此同时，幕布呼呼呼地升起，伴随着信号式的动机乐曲出现，开始放映新闻周报，电影院里一片漆黑。这时，我才把胳臂搭在燕妮肩上。因为重炮轰击列宁格勒至少有三十秒钟之久，所以我的胳膊放在燕妮肩上的时间并不长。在我们的歼击机击落一架英国轰炸机时，燕妮什么也不想看，把前额紧紧地贴在我的大衣上。我再一次让我的胳臂不断地抚摩，但两只眼睛却盯着歼击机，数着进军昔兰尼加时隆美尔②的坦克数目，注视着一枚鱼雷破浪前进的轨迹，看着油轮在光学仪器的十字线中摇晃。当鱼雷击中油轮时，我颤动了一下，然后又把正在爆炸的油轮的闪光和颤动传给燕妮。当新闻周报的摄影机拍摄元首的大本营时，我低声耳语道：“注意，燕妮，元首马上就会来，也许那条狗也在场。”当只有凯特尔③、约德尔以及别的人围着他站在砾石路上的树木之间时，我们俩都感到失望。

当电影院里重新亮起灯来时，燕妮脱下了大衣，而我却没有。科

---

① 根据德国作家埃里希·埃贝迈尔(1900—1970)同名小说改编的电影。

② 隆美尔(1891—1944)，德国元帅，这里指1941年3月24日至4月12日进军非洲昔兰尼加的战斗。

③ 凯特尔(1882—1946)，自1938年起任德国国防军最高统帅部参谋长，在纽伦堡被处决；约德尔(1890—1946)，自1939年起任德国国防军最高统帅部参谋长，同样在纽伦堡被处决。

教片演的是狍子和赤鹿,这些动物在冬天必须喂养,要不然就会饿死。燕妮不穿大衣显得更加苗条。狍子并不胆怯。山上的冷杉覆盖着白雪。在电影院里,不仅仅燕妮的丧服套头衫,所有的衣服都是黑色。

本来,在放科教片时我就想抚摩她,可是,实际在正片开始放映之后,我才这样做。《摆脱锁链的双手》并非那种有枪战和手铐的侦探片。那双手是一位女雕塑家的。她爱上了一位雕塑教授。实际上她的名字叫布里吉特·霍尔奈。差不多就像银幕上她老抚摩他那样,我在电影院里也同样抚摩燕妮。她紧闭双眼,这一点我看到了。银幕上那双手一再把泥团揉成赤裸裸的手指和嬉戏的跳蚤。燕妮的皮肤又冷又干燥。既然她夹着大腿,那我就认为,她必须把腿分开。她立即就把腿分开了,然而却让两眼盯着正在放映的正片。她的嘴巴比图拉的嘴巴还要小;这一点是过去我想知道的。当我再抓住第二根手指时,燕妮掉过头来,目光离开了正片:"请别这样,哈里。你会给我带来痛苦。"我立即就住手了,不过,却把另一只胳臂放在了她身上。霍尔奈低沉、沙哑的声音充斥着观众稀稀落落的放映厅。电影结束前不久,我闻了闻我的手指,手指上散发出一股我们上学路上那种尚未成熟的榛子味——苦涩、肥皂般的油腻和霉烂的气味。

我们回家的路使我变得实在起来。在沿着火车站大街往下走时,我说,这部影片太好了;不过,在新闻周报当中人们往往只能看到一些千篇一律的东西;演狍子,真是相当无聊;明天又要去上讨厌的学;布鲁尼斯爸爸肯定会万事顺意。"在柏林,人们对这件事到底是怎么样说的?你把全部情况写信告诉了哈泽洛夫吗?"燕妮也觉得正片不错;那个霍尔奈确实是一个伟大的女艺术家;她也希望如此,尽管她确实感到已经……但她还是希望布鲁尼斯爸爸会有好的结局;可是从那以后,哈泽洛夫先生已经写过两封信;他不久就会来,而且把信也带来:"他认为,朗富尔对我来说再也不是合适的地方。伊姆布斯先生也有同感。要是我在柏林的芭蕾舞团工作,你会不时给我写信吗?"

燕妮的答复使得我欢欣鼓舞。希望知道她和她那身黑色丧服很快就要远走高飞的心情，促使我想到一些友好的话语。我好心好意地把手搭在她的肩膀上，绕着弯儿走昏暗的小街，同她一道在二三月的天气中驻足于蓝色防空灯下。我把她推向下一盏灯，压得她紧紧贴在屋前小花园的铸铁栏杆上，劝她同哈泽洛夫一道去柏林。我一再向她保证，不仅仅是偶尔才写信，而是要定期写。最后我命令她离开朗富尔。燕妮把所有的事情都托付给我："要是你不愿意我离开你，那我就留在你身边；可是如果你觉得哈泽洛夫先生的话有道理，那我就走。"

这时，我便援引那个被带到施图特霍夫去的人的话："哼，我敢打赌，要是布鲁尼斯爸爸在这儿的话，他也会同我一样说：到柏林去吧！对你来说，再没有比这更好的了。"

在埃尔森大街，燕妮对于这一次邀她去看电影表示感谢。我匆匆忙忙地干吻了她一下。她最后那句话仍然是："现在我可是有点累了，另外，还得做明天的英语作业。"

我感到高兴的是她不想把我带进参议教师那个空荡荡的住宅去。在装满已经分门别类的云母石的箱子之间，在未经煮沸消毒的烟斗之间，我会拿她怎么办？又会怎样对付头脑中那些对燕妮一无所求、对图拉却要求甚多的愿望呢？

亲爱的表妹：

后来，在复活节前不久下了雪。雪很快就融化了。与此同时，你开始同从前线归来的度假者干起傻事来，不过没有生孩子。后来，过了复活节后不久，有了空袭警报；不过炸弹并没有落在我们那儿。五月初，哈泽洛夫来接燕妮。

他坐在一辆黑色奔驰车里，坐在司机后面，把车开到屋子门前，下了车。他瘦长、机灵，举止不凡。他肩上披一件过于肥大的、有引人注目的大方格纹的大衣。他搓着戴上了白手套的手，打量着股票房的正面，敲着我们的房门，每一层楼都敲。我从窗帘后面露出半个脸来，然后退回屋里，一直退到地毯边缘。我母亲把我叫到窗前：“你瞧瞧那个人！”

这个人我认识。他刚来时，我第一个看到他。这个人把牙齿朝我扔过来，扔进榛子树丛中。这个人在新生后不久就坐着火车走了。这个人开始抽烟，而且现在仍然抽，戴着白手套抽。我把他的牙齿放在小皮夹子里。这个人走的时候瘪着个嘴，他回来时满口金牙。他笑着，顺着埃尔森大街往上走一段路，再往下走一段路。他笑着，走着，所有的东西都看得清清楚楚。他看见街道两旁的房子，看见偶数和奇数的房号，看见够吐一口唾沫那么宽的屋前花园，看见三色堇。他对一切都看不够，常常沉湎于欢笑之中。他向所有的窗户显示他那满口金牙的哈泽洛夫嘴巴。他用三十二颗金牙发出没有声响的笑声，仿佛在这个鸡蛋形的世界上，除了我们的埃尔森大街就没有展示牙齿的更为滑稽的理由似的。可是这时，费尔斯讷-伊姆布斯恭恭敬敬地离开了我们的房子。在春光明媚的五月和阳光灿烂的日子里，位于过多金牙上的帷幕落下了。从我们窗帘后面走出来的那两个五短身材的人用四只手相互问候，好像他们在庆祝重逢似的。司机在奔驰车旁活动腿脚，他什么都不想看。可是，所有的窗户都是包厢。那些总长不大的调皮鬼围绕着这次重逢形成了一个圈子。我和檐沟上的那些麻雀都明白：他又回来了，挽着钢琴家的胳臂，穿过那些还在长个子的调皮鬼围成的圈子，把钢琴家推进股票房，毕恭毕敬地给他撑开门，也不瞧瞧后面便跟着他进了门。

燕妮把她那两口箱子收拾好了，因为在这儿待的时间已不到半个小时。然后，她同费尔斯讷-伊姆布斯和哈泽洛夫一道离开了股票房。她身穿黑色丧服走了。她手指上戴着安古斯特里，却并未戴我的啤酒瓶橡皮垫项链；那串项链放在一口箱子的衣服中间，伊姆布斯和哈泽洛夫把那两口箱子交给了司机。那些调皮鬼在说黑色奔驰车上那个矮人的坏话。燕妮犹豫不决地站着。司机脱帽致敬。哈泽洛夫想轻轻地把燕妮推到汽车后座上去。他把大衣领子高高竖起，不再向埃尔森大街展露他的面容。他很着急。可是燕妮还不想上车,她指着我们的窗帘,在伊姆布斯和哈泽洛夫还没来得及拦住她时,她就已经走进了我们那栋房子。

凡是我要做的事,我母亲都做。我在窗前对我母亲说:“响门铃时千万别开门。她到底想干什么呢?”

门铃响了四次。我们的门铃安的不是按钮,而是一个旋钮。我们的旋钮门铃不只是发出刺耳的声音,它还咯咯地响了四次,但我母亲和我并未离开窗前的座位。

我们的门铃重复了四次的响声将永远萦绕在我耳际。

“现在她走了。”我母亲说,可我却凝视着我们饭厅里那些用胡桃木、梨木和橡木做成的满师考试试件。

就连那部疾驶而去、越来越小的汽车隆隆的马达声也留在了我的耳朵里,并且很可能会继续留在那里。

亲爱的图拉表妹:

一星期之后,从柏林寄来了一封信;这是燕妮用她的自来水笔写的。这封信使我感到很高兴,仿佛这是图拉给我写的,而且是亲笔信。可是图拉却给一个水兵写信,而且是亲笔信。我拿着燕妮的信四处跑来跑去,给所有的人讲,我的女朋友从柏林给我写信来了,讲燕妮·布鲁尼斯,或者她新近给自己取的名字——燕妮·安古斯特里,因为那位哈泽洛夫,即她的芭蕾舞教练,以及内罗达夫人——主管昔日的“快乐带来力量芭蕾舞团”,即现在的德国芭蕾舞团的一位国家顾问,都劝她取一个艺名。训练已经开始,甚至还排练按照德国古代音乐编排的四对舞。内罗达夫人其实是英国人,是她发掘出了这种音乐。另外,这位内罗达还是一位古怪的夫人,譬如:“当她要外出、要进城或者要出席一个正式的招待会时,她就穿一件价格昂贵的皮大衣,但里面不穿衣服,而是穿一件训练时穿的针织紧身衣。不过,她买得起这种紧身衣。她有一条狗,一条苏格兰狗,这条狗的眼睛同她的眼睛一模一样。有些人认为她是一个间谍。但是,我可不相信有这种事,我的朋友也不相信。”

隔不了几天，我就给燕妮写了一串满纸陈词滥调和直抒心愿的情书。每一封信我都得写两次，因为在第一稿中粗心大意之处比比皆是。我过于频繁地写道："相信我吧，图拉！"我写着，"图拉，为什么？今天早晨，图拉。要是你愿意，图拉。我喜欢你，图拉。我梦见了图拉。梦见图拉把东西吃光了，图拉粘住了，图拉谈恋爱，图拉生一个孩子。"

燕妮用纤巧、工整的笔迹准时给我回信。她让信纸的边缘都空着，在两页蓝色信纸的正反两面整整齐齐写满了对我那些建议的回复和对她那个环境的描述。对于我要图拉做的事情，燕妮全都答应，只是生孩子的事现在还为时过早——这也是为了我——每个人都得先在自己所从事的职业中作出点成绩来，她是在舞台上，而我则是作为历史学家，我愿意成为这样的人。

她写到内罗达时说，这位不寻常的夫人拥有世界上规模最大的芭蕾舞图书馆，甚至有伟大的诺维尔①的一份原始手稿。她说哈泽洛夫先生是一个尽管有时候也可笑但脸色却有点阴沉的怪人。每当他那严格异常却又是构思奇特的训练一结束，这个人便会在地下室他的工作室中制作一些稀奇古怪的与人相似的机器。燕妮写道："其实他也并非死抱着古典芭蕾不放，因为往往在训练时，但凡有什么事情不如他的意，他就会用不堪入耳的话讽刺挖苦，嚷道：'明天我要把所有这些玩偶都给辞了。他们该把你们塞到弹药厂去。要是你们不能像我的机器那样做上哪怕是一个干净利落的旋转动作，你们的榴弹就会旋转！'他断言，他那些放在地下室里的假人呈现出一种姿态，一种虔诚、优美的姿态，他的假人总是外八字脚，过不久他就会把他的一个假人放到最前面，放到把杆前，到那时你们会妒忌得脸色发白，才明白古典芭蕾是怎么回事，你们这些小胖子和小丫头！"

哈泽洛夫先生就是这样称呼那些男女舞蹈演员的。在燕妮最近

---

① 诺维尔(1727—1810)，法国舞蹈家、舞蹈编导和理论家。以其《舞蹈和舞剧书信集》和"情节芭蕾"引起了芭蕾舞创作中的几次突破性的变革。

给我寄到埃尔森大街来的一封信中,我发现信末附言中有关于这样一个人物形象的描绘,在那里用铅笔画着一个人物草图。她站在把杆前,给那些小胖子和小丫头示范一个符合规定的手臂姿态。

燕妮写道:“人们很难相信会有这种事,我从那些机器人——顺便说一句,他们既不是小胖子,也不是小丫头——那里学到了很多东西。首先,我现在有了真正的芭蕾舞脚背。我感到伸展手臂时的轨道——拉娜夫人忽略了这一点——非常清晰。在我走路和站着时,无论是擦鞋还是拿起一杯牛奶,往往都在空中留下一道轨迹。甚至就连我打哈欠时——因为晚上我们大家都累得要命——我把手一拿到嘴前,就注意到这道轨迹。可是现在我想结束这封信了。在我入睡时,我会非常非常爱你,明天早上醒来时也是这样。请你看书别看得太久了,要不然会伤害你的眼睛。永远爱你的燕妮。”

亲爱的图拉:

我试图用这样一封燕妮的书信架起一座桥梁,一座通向你的桥梁。在我们出租房屋的楼梯间,我们相互之间并不回避,我不用防止那种习以为常的面红耳赤:“瞧瞧吧,燕妮又给我写了信来。你感兴趣吗?她相当可笑地写到爱情以及诸如此类的事情。要是你想笑一笑,那就一定得看看她胡诌些什么东西。就像那枚戒指那样,她现在名叫安古斯特里。她很快就要随剧团去外地巡回演出。”

我把这封拆开的信像某种无关紧要、有点好玩的东西那样递给她。图拉用一只手指敲点着这张纸说:“你终究还得考虑考虑别的事情吧。不要老是胡说八道,说那些狗屎芭蕾。”

图拉披着芥子般的褐色头发,一缕一缕地下垂齐肩。普茨希那个水兵为她慷慨付账的电烫头发仍然依稀可见。在左眼上方垂着一绺头发。她在鄙夷不屑地猛吐一口气的同时,用一种机械性的动作——哈泽洛夫的假人做此动作时恐怕都无法比她更机械——把这绺头发往后一甩,然后猛烈一耸瘦骨嶙峋的肩膀,又把它甩到同一只眼睛前面。不过,她还没有涂脂抹粉。半夜后,希特勒青年团执勤巡逻时先是在火车总站，紧接着又在乌法根公园的一条长椅上，把她和新苏格兰士官学校的一个中士拿获。从那时起，图拉不管在哪儿都已经涂脂抹粉了。

她被赶出了学校。我父亲谈到扔出去的钱。尽管有执勤巡逻的告发，古德龙学校的女校长仍想让图拉留校察看。据说图拉对这位女校长讲道："校长，您只管把我赶出去好啦。我的事反正已经到了这种地步。我很想同随便哪个人生个孩子，这种事总有一天要发生的，不是在朗富尔，就是在别的地方。"

为什么您想要一个孩子？嗯，因为想要，所以想要！图拉被赶出了学校，却并未生孩子。她白天待在家里听收音机，晚饭后就出门了。有一次，她给母亲和自己带回六米最好的海军布。有一次，她带回一张来自北冰洋前线的狐皮。有一次，她偷来一巴仑①降落伞绸。她和她母亲穿着来自全欧洲的内衣。当劳工局的人来到家里，想把她安置到发电厂时，她让霍拉茨大夫给她开了张病假条，说她贫血，肺部有阴影。图拉得到了特殊食品卡和病假津贴，但数量不多。

当费尔斯讷-伊姆布斯同巨大的沙钟、瓷制芭蕾舞女演员、金鱼、几捆乐谱和一些发黄的照片一起迁往柏林时——哈泽洛夫称他为芭蕾钢琴演奏家——图拉给了他一封信，一封写给燕妮的信。我永远都没法知道图拉用她的自来水笔写了什么，因为燕妮在下一封信中只是提到，费尔斯讷-伊姆布斯已平安到达，图拉给她写的信非常友好，她向图拉表示衷心的问候。

这时我又成了局外人，这两个人有了一些共同的语言。当我遇到图拉时，我再也不面红耳赤了，而是面如死灰。尽管我仍然离不开你，但是我慢慢学会了憎恨你和你的胶粘剂；这种憎恨——一种可以使你变得衰老的忧郁症——使我更易于同图拉交往。我既友好又傲慢地给她出一些好主意。这种憎恨从未让我动手打人；因为首先，我在观察自己，直到沉入梦乡；其次，我看书的时间太多；第三，我是一

① 计量单位。一巴仑等于十二匹。

个用功的学生，差不多是一个追逐名利的人，这种人没有工夫去尽情放纵自己的憎恨；第四，我为自己构筑了一个圣坛，燕妮身穿芭蕾舞裙，伸开双臂，就站在这个圣坛上；更确切地说，我把燕妮写的信堆叠起来，想同她订婚。

被爱着的图拉：

当人们坐在燕妮对面，或者在她身边走时，虽然她很有教养，也非常懒散，但她善于极其轻松愉快地用幽默、粗俗的笔调写那些信。她那只眼睛从外表看来在睫毛下显得忧伤和愚蠢，从内在方面看却具有洞察事物的才能。尽管那些人穿着银色芭蕾舞鞋踮起脚尖，在舞台灯光照耀下表示一只垂死的天鹅，但他们跳得枯燥乏味，因而可以击掌叫停。

她就是用这种方式给我描述哈泽洛夫给他的小胖子和小丫头上的一堂芭蕾舞课的。课堂上要排一场芭蕾舞剧。这场芭蕾舞剧应当叫《稻草人》，要不然就是《那些稻草人》或者《园丁和稻草人》。

这时，训练既不在扶把练习时进行，也不在室外进行。费尔斯讷-伊姆布斯没完没了地弓着背坐着，徒劳无益地重复着肖邦的那支曲子。这时，窗前的松树在雨中矗立着，松鼠和普鲁士的昔日在树上比比皆是。上午有空袭警报，训练在安放供暖锅炉的地下室里进行。现在，穿着黑色针织紧身衣的小丫头们在长长的芭蕾舞把杆旁显得无精打采。小胖子们挤眉弄眼，心不在焉。这种情况一直持续到哈泽洛夫伸直双腿突然跳到钢琴上时才结束，这是钢琴家费尔斯讷-伊姆布斯非常熟悉而且不会给钢琴造成丝毫损坏的一个过程，因为哈泽洛夫很善于慢慢地纵身向上，立定跳远，然后小心翼翼地坐在褐色钢琴盖上，而不会使硬质乐器的内部零件发生震动。现在，小胖子们和小丫头们全都苏醒过来，因为他们都明白，哈泽洛夫怒气冲冲地往钢琴上纵身一跳意味着什么，接踵而来的会是什么事情。

哈泽洛夫从上面，不过并非直接地，而是冲着把大厅正面变成窥视镜的大型芭蕾舞镜，对小胖子们和小丫头们提出警告：“难道说非得要这个小毛刷领舞不行？是缺乏人生乐趣吗？是不是要下面的老鼠来咬天鹅？是不是又非要哈泽洛夫取出他的小纸袋不可？”

他再一次构思他那声名狼藉的扶把练习——全蹲，在一位、二位和五位上全蹲，每一位置上做两次，做八次伸展脚位的代嘎热和十六次在二位上的快速代嘎热，做八次小绷脚擦地代嘎热，强调脚尖向外轻轻擦地。可是，只有小丫头们才强调脚尖向外，在地上擦出小小的斑点。不管是那个受到威胁的小纸袋还是肖邦——同费尔斯讷-伊姆布斯联手——都无法帮助小胖子们获得人生的乐趣，完成好干净利落的屈膝动作。他们好比勺子上的面团，拌得要稠不稠的色拉油，土耳其蜂蜜黏得可以拉成丝。这些男孩或者小胖子就这样伸着懒腰——他们是韦尔夫兴、马尔策尔、施米特兴、泽尔热、戈蒂、埃贝哈德和巴斯蒂安——睫毛直眨巴，在半脚尖踮起做渐蹲的腿部练习时稍稍叹口气，在单脚画圆圈呈二位时就像喂食前的天鹅一样，扭着脖子，七个昏昏欲睡的小胖子恭恭敬敬地等待着哈泽洛夫的第二次跳跃，这次跳跃在他们跳大踢脚时便接踵而来。

哈泽洛夫的跳跃再一次以立定跳远的方式出现。这次跳跃使他离开钢琴盖，越过钢琴家雪白的头发，伸长膝盖，以令人钦佩的高度和长度落在大厅当中，落在镜子对面。他在这块玻璃面前毫不掩饰，非常奇怪地把那个事先提到的小纸袋取出来。这个上面尖尖的小纸袋，锥形小纸袋，这个出了名的小纸袋，受人敬畏的小纸袋，这个非常讨人喜欢的小纸袋，这个像粉末一样柔软、做工精致而且大小合适的小纸袋，这个八分之一磅的小纸袋，他把它专门从上衣胸前的内袋中取出来，命令所有的女孩或者小丫头离开芭蕾舞把杆。他打发她们到发出轰隆声、把面庞映照得通红的小圆铁炉旁的角落里去。她们在那里尖声嚷嚷着挤在一起，转向墙壁，而且还要用苍白的手指蒙住眼睛。就连费尔斯讷-伊姆布斯也用一条丝围巾遮住了他的狮子头。

就在难为情地蒙住双眼和遮住了头后，哈泽洛夫命令道：“朝正前方扶把！”七个男孩和小胖子相互脱去了对方的衣服。他们非常激动地把红色、玫瑰红色、蛋黄色和草绿色羊毛针织紧身衣从男孩子身上脱下来。“准备!”哈泽洛夫用训练有素的手指打着榧子。他们把小脑袋转向墙壁,不断地眨巴着睫毛,沿着芭蕾舞把杆站成一行,十四只手抓着那根被抓坏了的木质把杆。七个躯干在盲目弹出的肖邦钢琴曲伴奏下伸开双臂,弯下身子,把膝盖挺直,让同一个皮肤柔嫩的男孩屁股往供暖情况良好的训练厅里撅上七次。

这时,哈泽洛夫在第一个屁股旁边做出了开始的姿势。他左手拿着锥形小纸袋,就像从空中抓来一样,右手的手指间夹着一把小毛刷,把这把既珍贵又结实的獾毛小修面刷放进锥形小纸袋里,在费尔斯讷-伊姆布斯伴奏下,嘴里兴致勃勃地吹起了一支优美动听的波兰舞曲。他往往由于镜子的缘故而不断变换位置,从一个男孩屁股走向另一个小胖子屁股。

此外——因此这简直是浪费——他把蘸上粉末的獾毛小修面刷从小纸袋里取出来,取了七次,把蘸上的粉末刷进男孩子们的屁股眼里,刷进小胖子的屁股里,刷了七次。成功啦!

这不是脚气粉。刷进去的不是安眠药粉,不是苗条药粉,不是防狮药粉,不是发酵粉,不是滴滴涕,不是奶粉,既非可可粉,也非绵白糖,不是小面包的面粉,不是费眼力的细小字体,也不是白垩粉。这是胡椒粉,是磨得很细的黑胡椒粉,哈泽洛夫用小毛刷蘸这种粉,不厌其烦地蘸了七次。最后,他在离镜子极近的地方以慢速旋转结束了他的教学演出,站定,满口金牙的嘴巴对着大厅,大声嚷道:“好啦,我的孩子们!先是小胖子,然后是小丫头!往一位运动,全蹲,两臂成花环状!”

不再盲目的伊姆布斯刚把他那弹奏肖邦乐曲的手指放到琴键上,那些五颜六色的羊毛针织紧身衣好像自行闪电般地掉了下来,罩到了七个涂上胡椒粉的男孩屁股上。一次练习就取得不少进步。这些进步表现为敏捷的步伐,大踢腿,手臂的舒展。睫毛默然不语,线条在苏醒,美直淌汗水;哈泽洛夫让那把獾毛小修面刷消失得无影无踪,不知扔到了什么地方。

胡椒粉效用相当久，所以在卓有成效的练习之后，那些身上没有胡椒粉的小丫头和这些由于胡椒粉而变得生气勃勃的小胖子，能够按要求排练稻草人芭蕾舞剧第三场，从一群稻草人毁坏园圃到双人舞。

因为后来这台大型演出如此饶有风趣地达到了普鲁士传统军乐的水平——高高踮起脚尖的、地地道道的乱七八糟——哈泽洛夫用三十二颗金牙宣布演出结束。他挥动手巾，命令费尔斯讷-伊姆布斯关上琴盖，将肖邦的乐曲和普鲁士进行曲埋葬在公文包里，然后宣布评分："韦尔夫兴，好。施米特兴，好。所有的小胖子和小丫头都好！马尔策尔和燕妮，特别好。你们再待一会儿。咱们排演园丁之女和王子，第一场踮起半个脚尖，没有音乐。你们其他人准时上床，别来溜须拍马。明天早上，整个芭蕾舞团排演《诱拐园丁之女》和《终场》。"

亲爱的图拉：

我试图复述燕妮那封信的内容。就像在燕妮所有的书信中一样，在那封信中写着：尽管哈泽洛夫非常克制地、颇具讽刺意味地向她献殷勤，但是她却强烈地、继续不断地、坚定不移地爱着我。因此，我一点儿也不用害怕。另外，尽管只有两天时间，她还是要到朗富尔来："住房现在必须腾出来，所以我们想把家具和收集的石块保管起来。你无法想象，我们在得到搬家许可之前，不得不写些什么样的信啊！不过，哈泽洛夫善于同那些人打交道。当然，他认为这些家具在朗富尔更安全一些，因为柏林遭到轰炸的次数越来越多。无论如何他都要把云母转移到乡下，转移到下萨克森去。他认识那儿的农民和一个矿长。"

亲爱的图拉：

一辆家具搬运车首先开到斜对面的房门口。十五家租房的住户占据了我们那栋房子的窗户。然后，奔驰车在家具搬运车后面不声不响地拼命往前挤，不过仍然留出了装车的空地。司机脱下帽子，及时地站在门口。燕妮身穿黑色皮大衣，可能是鼹鼠皮做的，头缩在高高立起的衣领中，站在人行道上，匆匆抬起双眼，望着我们的窗户。这是一位不能感冒的女士。哈泽洛夫身穿有棕色皮领——海狸鼠皮领的黑色双排扣大衣，抓住燕妮的胳膊。这个扳道工，这位比燕妮矮半个头的伟大的歌舞团经理，就是满口金牙的赫尔曼·哈泽洛夫。但是他既不笑，也不打量我们这栋房子。在他眼里，埃尔森大街并不存在。

我父亲隔着报纸说："你们已经通了那么久的信，你可以心安理得地去帮着搬家。"

我差一点儿没抓住燕妮那只藏在皮大衣肥大衣袖中的手。哈泽洛夫只是匆匆地瞟了一眼。"噢，"他说，然后又说，"秀气的小胖子。"接着，他便像指挥芭蕾舞团一样，指挥起家具搬运工来。我帮不上忙，也上不了楼，进不了住宅。家具很重，大多为深棕色，全部用橡木做成。装运家具很有趣，因为有哈泽洛夫指导，一堵墙那么宽的书橱变得轻飘飘的。当燕妮的"房间"离开股票房时——那是用浅色桦木框起来的毕德迈耶尔派绘画——这些作品便在四方形人物的头上飘来飘去，悬浮在空中。在门厅衣帽间与佛兰德箱子之间，哈泽洛夫侧过脸来看着我。他没让那些包装工花多少工夫去包装家具，便邀请我和燕妮到火车总站旁的埃登饭店去用晚餐。他们俩就住在那里。敞开着的笨重木箱堆放在人行道上最后一批厨房用的椅子之间。我答应道："七点半。"忽然，好像是哈泽洛夫策划好了似的，天上的阳光破云而出，使敞开的木箱里的云母光彩熠熠。就连并不在场的参议教师的气息也扑鼻而来——从烟斗冒出的冷烟也在一起搬迁。但是，一部分云母片麻岩不得不留在原地。八九箱东西把家具搬运车塞得满满的，还剩下两箱。这时，我便在哈泽洛夫的家具包装工芭蕾舞剧中粉墨登场了。我表示愿意在我们的地下室里腾出地方，来堆放云母片麻岩和云母花岗岩，堆放黑云母和白云母。

我在机器间问我的父亲同不同意。我父亲很爽快地答应下来，使我感到意外。他说:“去干吧,我的孩子。在第二个地下室窗户的小五金旁边还有一大块空地。把参议教师先生的木箱存放在那里吧。这位老先生把他的一生都花在搜集石块上了,这本身就很有意思。”

亲爱的图拉:

木箱放到了我们的地下室里。晚上,我坐在埃登饭店的小餐厅里,坐在燕妮身边,哈泽洛夫对面。据说你下午在城里同燕妮见了面,哈泽洛夫不在。为什么?就这么回事!我们几乎没有讲话,哈泽洛夫在燕妮与我之间看出了点什么名堂。听说你们是在沃尔韦贝尔巷的魏茨克咖啡店会面。你们有什么可商量的?有各种各样的事情!燕妮的小拇指和我的小拇指在桌子下钩在一起。我敢肯定,哈泽洛夫注意到了这一点。魏茨克咖啡店有什么可吃的?燕妮能吃到的是质量很差的糕点和像水一样的冰淇淋。在埃登饭店有海龟肉汤,罐头芦笋,维也纳煎肉排,后来,按照燕妮的愿望,来了份半冻食品。很可能我乘车跟踪了你们,一直跟到煤炭市场,看见你们在魏茨克咖啡店里坐着,说着,笑着,沉默着,哭着,为什么?就这么回事!吃完饭,我注意到哈泽洛夫绷紧的或者说是呆滞的脸上有上千个灰白色雀斑。过去的埃迪·阿姆泽尔在肥胖的脸上曾经有过雀斑,数量比这少,但是比这大,是带褐色的真正雀斑。你们至少在魏茨克咖啡馆闲聊了两个小时,在九点半时,我不得不说:“我曾经认识一个人,他长得很像您,不过是叫别的名字。”

哈泽洛夫招手唤来招待员:“请来一杯热柠檬汁。”

我绞尽脑汁:“这个人先是叫作斯特普恩,后来叫作施佩巴拉,以后又叫作施佩林斯基。您认识这个人吗?”

这位着了凉的哈泽洛夫得到了他的热柠檬汁:“谢谢,付账。”

招待员站在我身后算账。“这个人我认识,他有几分钟甚至名叫楚霍尔,然后叫曲林斯基。后来他找到一个名字,到现在都叫这个名字。您想知道这个名字吗?或者说你想知道吧,燕妮?”

哈泽洛夫把两个白色药片放进茶匙里，付钞票，而且用账单遮住脸："就这样吧！"

在我想要说出这个人叫什么名字时，哈泽洛夫把药片服了下去，喝了很久柠檬汁。这时已经很晚了。燕妮很累。只是在饭店大堂，在燕妮吻我之后，哈泽洛夫才露出他的几颗金牙，沙哑着声音说："您很有天分。您知道很多名字。我会帮助您，今天或者后天，给您再举出一个名字来。这就是用 x 来书写的 Brauxel，或者像 Haksel 一样，写成 Brauksel，或者像 Weichsel 一样，写成 Brauchsel。记住这个名字和它的三种书写方式吧。"

说完，两人文质彬彬地、故意慢条斯理地走上楼梯。燕妮往四下张望，张望，张望；甚至当我已经不在大堂，而满脑子装着三个布劳克塞尔时，燕妮仍在张望。

亲爱的图拉：

有那么个人，在我找你时，我已经找到这个人了。在我给你写信时，此人向我建议，应该怎样给你写信。此人叫人给我寄钱来，好让我可以给你写信，无忧无虑地写。此人拥有一座位于希尔德斯海姆与萨尔斯特德之间的矿山，或者说只是在管理这座矿而已，或者说占有比较多的股份，或者说整个矿山都是骗局，都是伪装，都是第五纵队——尽管他名叫 Brauxel，Brauksel，Brauchsel。布劳克塞尔的矿山不开采矿石，不采盐，不采煤。布劳克塞尔的矿山开采别的东西。这种东西我叫不出名字来。我只能不断而且必须不断地给图拉讲，我必须遵守二月四号这个日期。我必须堆积白骨山。我必须开始写末尾的童话，因为布劳克塞尔拍加急电报来讲："宝瓶座行星会合日期临近。堆白骨山，准备并开始流产。把狗放走，及时结束。"

从前有个女孩叫图拉——

图拉有一个干干净净的额头。可是没有任何东西是干净的，就连雪也不干净。没有一个少女是干净的，甚至连猪都不干净。

魔鬼从来就不那么干净。没有一点泥土是干净的。每一把小提琴都明白这一点。每一颗星星都在发出寒光。每一把小刀都在削去果实的表皮。就连土豆也不干净,它有眼睛,这些眼睛必须用针来刺。

可是盐呢?盐是干净的!没有任何东西,就连盐也不干净。只是放在纸袋里时,盐才干净。然而盐是堆放起来的。还有什么东西堆放在一起?堆放的东西是要洗的。没有任何东西洗得干净。看来原料是干净的吧?原料消过毒,但并不纯。观念,这纯洁吧?一开始就不纯。耶稣基督不纯。马克思、恩格斯不纯。遗骸不纯。圣饼不纯。没有一种思想能保持纯洁。就连艺术的繁荣也不纯。太阳有黑斑。所有的天才都要来月经。哄堂大笑建筑在痛苦之上。在咆哮的深处隐伏着沉默。靠在角落里的是圆圈。不过圆圈,这总是地道的!

没有一个圆闭合得天衣无缝。因为如果圆是地道的,那么,就连雪也是干净的,少女是干净的,猪、耶稣基督、马克思和恩格斯、微不足道的遗骸、一切痛苦、哄堂大笑、左边的咆哮、右边的沉默、完美无缺的思想、不再是血友病人的圣餐饼和不排出污物的天才,都是干净纯正的;所有角落都是纯粹的角落,虔诚的圆圈形成了圆环,所有这一切都纯正,有人情味,肮脏,有咸味,魔鬼般的残忍,基督般的仁慈和有马克思主义的意味,哈哈大笑着,咆哮着,唠唠叨叨地重复着,沉默着,神圣,滚圆,地道,有棱角。那些新近垒起来的白色山丘即使没有乌鸦,也在十分明显地增高,成了金字塔。可是,那些并不干净的乌鸦昨天就已经在嘎嘎地叫,就像没有加润滑油似的。没有任何东西是纯的,没有一个圆圈地道,没有一块骨头干净。那些垒起来变得明显可见的山丘要熔化、煮开、沸腾,制成干净、便宜的肥皂;然而就连肥皂也洗不干净。

从前有一个女孩,此人名叫图拉——

让她那额头上许许多多、大大小小的脓疱长起来又瘪下去。她的哈里表兄长期同自己的脓疱搏斗。图拉从来不擦药酒,不用偏方。在她的额头上既没有清洁过敏性皮肤的杏仁粉,也没有气味难闻的硫黄,黄瓜牛奶和锌软膏在那里也没有立足之地。她平心静气地长着她的脓疱,因为额头依旧天真烂漫,向外凸出。她把军士们和士官们拖进夜间漆黑一片的公园里,因为她想要一个孩子,可是又没有怀上。

在图拉同各个兵种、各种职级的人徒劳无益地尝试过一番之后,哈里劝她同不穿军服的中学生试一试。他最近穿着空军蓝的衣服,不再住埃尔森大街,而是在风和日丽的游泳季节住在布勒森-格勒特考海滨炮兵连的一个棚屋里。这个炮兵连是一个加强连,有十二门八点八厘米口径的高射炮和一批四管高射机关枪,在沙丘后面布防。

一开始,哈里就被分配到一门有十字形活动炮架的八点八厘米高射炮上当瞄准手。瞄准手必须用两个曲柄操纵引爆装置瞄准器。哈里干这种事一直干到他结束防空助手的生涯。这是一个优越的职位,因为在九个炮手当中,只有瞄准手是唯一允许坐在高射炮小凳上的炮手。在高射炮必须迅速转动方向时,这个职位可以免费运行,不会在十字形炮架的铁器上碰伤胫骨。在进行高射炮训练时,哈里坐在高射炮上,背靠着炮口。在他摇动曲柄,用两根扫瞄指针跟踪两根瞄准指针时,他正在冥思苦想,在图拉与燕妮之间左右摇摆。他做这种事很麻利。扫描指针在追赶瞄准指针,图拉在追赶燕妮。炮手哈里·利贝瑙操纵的引爆装置瞄准器使正在进行训练的上士十分满意。

从前有一位上士——

此人能够把牙齿咬得很响,咬得咯咯作响。他除了别的勋章,还戴着那枚银质伤员徽章。因此,他一瘸一拐的,在布勒森-格勒特考海滨炮兵连的棚屋之间很容易就被人记住了。都说他既严厉又公正。他受到大家的钦佩,有人还模仿他的动作。他到沙丘上去打海滨野兔时,总要选一个大家称为施丢特贝克的防空助手作陪同。上士在打海滨野兔时要么一声不吭,要么气喘吁吁地摘引同一哲学家①的言论。施丢特贝克跟着他说,创造了一种带有哲理味的中学生语言。这种语言很快就被很多巧舌如簧、鹦鹉学舌的人说开了。

施丢特贝克在多数语句前面都要加上这样的引言:“我,作为苏格拉底的大弟子。”凡是在他站岗时观察他的人,都会看到他用一根棍子在沙地上画着。他用挥洒自如的棍子勾画“公开性”尚未溢于言表的本质的到来,因而也就是直截了当地勾画“存在”。不过,要是哈里说“存在”,那么施丢特贝克就会毫不耐烦地纠正道:“你又在讲实存了!”

甚至在日常生活中,这些哲学术语都在进行苏格拉底大弟子式的跳跃,用上士通过自强不息的努力获得的知识,来衡量每一个平庸的动机和对象。半生半熟的带皮土豆——给厨房的供应很糟糕,对厨房的领导还要糟糕——被称为忘记存在的布尔文。要是有人使某人想起几天前流逝的东西,承诺的东西,或者坚持的东西,那就会得到脱口而出、斩钉截铁的回答:“谁还会去想已经想过的事情!”或者说得更确切些,是业已流逝的东西,承诺的东西,坚持的东西。每天的例行公事——就像炮兵连里的生活所要求的那样——比方说一种近乎严厉的惩罚性体操,令人厌烦的试验性警报,或者使手指上发出臭味的擦枪,都用一句从上士那里学到的套话来结尾:“存在的本质就寓于其存在之中②。”

而恰恰是“存在”这个小词儿处处都适用:“我会有一支香烟(存在)。有电影(存在),谁一道去看?要是你不马上住嘴,我就揍你一个(存在)耳光。”

谁开了病假条,谁就会躺在草褥上(存在)。周末休假叫作(存

① 此处指海德格尔。

② 出自海德格尔《存在与时间》。

在)休息。如果某人追求一个姑娘——就像施丢特贝克追哈里的图拉表妹那样——那么他就在归营号过后吹嘘，他碰到过这个姑娘(的存在)几次。

甚至就连它，连这个存在，施丢特贝克也试图用一根棍子把它画到沙地上。这个存在每一次都显得不一样。

从前有一个防空助手——

人称施丢特贝克的人应该同哈里的表妹生一个孩子，而且很可能也试图这样做。每逢星期天，布勒森-格勒特考炮兵连对外开放，图拉都穿着高跟鞋来到这里，带着她的大鼻孔和长满脓疱的额头在八点八厘米高射炮之间散步。或者说她穿着高跟鞋，在上士和这个防空助手之间忸怩作态地走着，走进沙丘，这样，两个人就可以让她怀上孩子。可是，上士和防空助手首先给自己提供的是另一些(存在的)证据——他们打海滨野兔。

从前有一个表兄——

此人名叫哈里・利贝瑙，只会冷眼旁观和鹦鹉学舌。这时，他两眼半睁半闭，平躺在被风刮弯的喜沙草之间的海沙上面。当三根手指划过沙丘顶时，他变得更加扁平。四方脸的上士背着光，重重地但又是小心翼翼地搂住她的肩膀。图拉右手提着她的高跟鞋，左手捏着一只流着血的海滨野兔的后脚。施丢特贝克在图拉右边——不过没有碰到她——提着枪口朝下的卡宾枪。这三个人没有发现哈里。他们露出颈子和肩膀，一动不动地伫立着，因为他们一直背着光，站在沙丘顶上。图拉把头凑到上士的胸部。她承受他的胳臂，恰似承受一根横梁。施丢特贝克虽说站在一旁，但却属于这一伙人，他一动不动地在暗中监视这种“存在”。这是一幅既漂亮又清晰的画，这个画面使平躺在喜沙草丛中的哈里痛苦万分，因为他对落日余晖中的三个人所起的作用比那只流着血的海滨野兔还要小。

从前有一幅小小的画——

表现的是日落西山时的痛苦。防空助手哈里·利贝瑙命中注定不会再见到这种情景,因为从今天到明天,他都得收拾行李。一个玄妙莫测的决定把他——施丢特贝克、另外三十个防空助手和上士调到另一个炮兵连去。再也没有坡度平缓、形同波浪的沙丘了。再也没有平静无波、举止娴雅的波罗的海了。喜沙草俯首帖耳,音调铿锵。在风和日丽的时候,在吹响晚点名号之前,矗立着的不再是阴森的十二门八点八厘米的高炮了。背面再也没有使人感到亲切的布勒森木头教堂,没有布勒森渔民黑白相间的母牛,没有挂在杆子上晾干、供人照相的布勒森渔网了。再也不会有太阳在海滨野兔身后为他们慢慢西沉。那时,这些兔子在沙丘顶上前脚离地,端坐在后脚上,正竖着耳朵朝拜不受欢迎的太阳。

在皇帝港炮兵连没有这样虔诚的动物,只有老鼠,但老鼠崇敬的是恒星。

要去炮兵连得从下城与霍尔姆之间的一个港区特罗伊尔出发,走三刻钟之久的沙路,穿过通往维斯瓦河河口的霍尔茨费尔德尔。留在后面的是帝国铁路机车修理厂稀稀落落的车间,是沃雅恩造船厂后面的木屋。在这里,在伸向特罗伊尔有轨电车站与皇帝港炮兵连之间的地方,老鼠早已捷足先登,占据了位置。

可是,弥漫在炮兵连上空甚至在刮猛烈的西风时也寸步不移的那股气味,却并非来自老鼠。

哈里刚搬进炮兵连,第一天夜里他的两只体操鞋就全被咬坏了。根据勤务条例规定,任何人不得光脚离开床铺。那些老鼠比比皆是,它们越来越肥。它们到底吃了什么?它们被斥为始作俑者,不过它们并不叫这个名字。炮兵连装上了铁皮窄柜来防老鼠咬。很多老鼠被打死了,但这是毫无计划的行动。这样做无济于事。这时,那个上士——他作为军士长帮助这个炮兵连,每天早上都向他的胡弗纳格尔上尉报告,有多少一等兵和军士、多少防空助手和乌克兰战地志愿服务队队员集合——在发布一天内有效的日令,因此,老鼠大大减少了。然而，弥漫在炮兵连上空的那股气味却并未减弱，因为它并不来自那些始作俑者。

从前有一道日令——

这道日令答应悬赏打死啮齿目动物。那些二等兵和一等兵，那些头发花白的老人，打死三只老鼠便得到一支香烟。那些乌克兰战地志愿服务队队员要是能提交十八只死老鼠的话，一盒马合烟就归他们了。那些防空助手打死五只老鼠得到一卷水果卷糖。但是有些一等兵，他们用三支香烟跟我们换两卷水果卷糖。我们不抽马合烟。根据这道日令，整个炮兵连分成若干个狩猎小组。哈里所属的那个小组在只有一个入口和没有窗口的盥洗室里划定了自己的狩猎区。人们首先打开盥洗室的门，把吃剩的饭菜放到盥洗室的水沟里，然后堵死两个出水口。在这之后，我们就在棚屋教室的窗户后面等着，一直等到黄昏。很快，人们就看到那些长长的影子顺着棚屋发出音调相同的尖叫声，拥向盥洗室门口。没有笛声引诱，只有洞开的大门的吸引力。在附近只备有冷冰冰的大麦糁儿和球茎甘蓝梗儿。把煮过十次的牛骨头和两把有霉斑的麦片——这些东西是厨房扔出来的——撒到门槛上，引诱老鼠。其实，这些老鼠没有麦片也可能会来的。

在盥洗室已经有足够的猎获物时，从对面的棚屋教室里嗖的一下钻出五个足登高统水靴的小伙子。他们手拎棍棒，棒尖上装有接到上面去的铁钩。盥洗室吞没了这五个人。最后一个人把门关上了。只能待在门外的是：那些姗姗来迟、被人遗忘的老鼠，那股弥漫在炮兵连上空的气味，那个隐藏起来的月亮，那些闪闪发光的星星，那台在与世界密切相关的军士棚屋中高声大叫的收音机，船只存在的声音。这时，盥洗室里响起了自己的音乐。再也不是音调相同的音乐，而是高八度、低八度的跳跃，这种音乐具有大麦糁儿的尖锐，球茎甘蓝的柔和，既冷漠又微弱，是弹拨出来的，带鼻音，非本嗓儿。这时，灯光骤然之间亮了起来，五只手电筒用左手拿着，驱走了黑暗。

有叹两口气的工夫，一片寂静。现在，铅灰色的动物因为受到惊吓，正在灯光下腾跃，腹部朝前，在罩着铁皮的洗碗槽上滑行，在地面砖上发出沉重的噼啪声，在用麻屑堵塞的出水口前挤来挤去，想蹿上混凝土墙脚，去抓褐色的木头。它们用爪子紧紧抓住，又从上面滑下来，发出嚓嚓的声音，但仍不想放弃大麦糁儿和菜梗。它们宁要牛骨头，而不要自己的毛，不要这身光滑的、涂上蜡的、防水的、完好无损的、漂亮的、贵重的、衰弱的、经过几千年梳刷的毛。现在，铁钩不管三七二十一，直往皮毛里戳。不行，老鼠血不容易去掉。除了用靴子蹭别无他法。钉住了，同一个铁钩钉住两样东西——“存在”与“共存”。这两样东西在跳跃，这就是音乐！这就是自挪亚①时期以来的那首小曲。那是些真实的和虚构的老鼠故事。故事中讲到世态、举止和降临，讲到被吃光的运粮船，讲到粮库被掏空，讲到允许毫无价值的东西存在，讲到埃及的歉收年。当巴黎被围困时。当思维离开形而上学时。当困难奇大无比时。当老鼠上岸时。当老鼠再来时。当它们自己就是稳坐椅上的小孩和老翁时。当它们打心眼儿里否定这个年轻妇女的新生儿时。当它们袭击猫儿而被吃鼠者吃得只剩下发亮的牙齿时——这些牙齿如今还呈珠子状穿在线上放在博物馆里。当它们啃食《圣经》而且像《圣经》上写的那样鼠丁兴旺时。当它们取出钟的内脏，驳斥时光时。当它们在哈默尔恩②被宣布为圣徒时。当它们觉得好吃的毒药发明出来时。当鼠尾与鼠尾连接成一根绳子，测出水井的深度时。当它们变得聪明，能诗能文，而且出现在剧院中时。当它们引导超验和急于阐释超验时。当它们啃着这道彩虹③时。当它们寻到世界入口并使地狱透进光线时。当老鼠们来

---

① 按照《圣经》的说法，挪亚为洪水后人类的始祖。洪水降临时，挪亚全家及各类动物进入所造的方舟避祸。

② 哈默尔恩是德国下萨克森一县城。传说中当地老鼠为患，一捕鼠人用笛声将全城老鼠诱出捕灭，后因该城拒付报酬，捕鼠人拐走了所有的儿童。

③ 按照《创世记》第九章十一至十五节的说法，虹是上帝与人类重新立约的象征，上帝以此来保证洪水不再毁坏一切有血肉的动物。

到天国并使神圣的泽塞玲感受到管风琴的好处时。当老鼠们在太空尖叫着迁移到没有老鼠的星球上时。当老鼠们为了它们自身的缘故而存在时。当一道日令公布于众时——这道日令答应，打死老鼠奖赏劣质烟、卷烟和又甜又酸的覆盆子卷糖——老鼠故事呀老鼠故事：这时，老鼠们钻到了各个角落。凡是碰不到它们的地方，就会碰到混凝土。它们在逃跑，拖着细绳似的尾巴，皱着鼻子，往前逃跑。它们在进行软弱无力的攻击。必须同舟共济。这时，手电筒光先是轻轻地射下来，然后艰难地转动；手电筒在转动。可是，手电筒一直在发出刺眼的光，这时，光线相互交叉，以便再次挖掘出从已经悄悄被掏出的山里嗖的一下钻出来的东西。每根棍棒都在点数：十七、十八、三十一；可是第三十二只老鼠仍在跑，跑掉了。它又出现在那儿了，有两个铁钩钉得太迟，有一根棍棒又出手太早。这时，那只老鼠拼命地咬呀、咬呀，它使得哈里不知所措。他的胶靴底在湿漉漉的瓷砖上滑来滑去。他向后一仰，轻轻地摔了下去。他大声叫嚷着。而这时，其他人却在捂着嘴笑。哈里冲着那些湿透了的皮毛，那些捕获物，那一层层抽搐着的战利品，那些贪食的一代代老鼠，那没完没了的老鼠故事，那些收进来的大麦糁，那些球茎甘蓝梗，嚷道："我被咬了，被咬了，被咬了……"可是并没有老鼠咬他，只不过是当他摔下去，不是重重地而是轻轻地摔下去时，他受到了惊吓。

这时，盥洗室内已经安静下来。只要是还剩下一只耳朵的人，就会听到那台与世界密切相关的收音机在军士棚屋中高声大叫。有几根棍棒还在无精打采地瞄准目标，痛击尚未死去的、仍在颤抖的家伙。也许是棍棒不能突然一下子因为一片寂静就停止挥舞吧。在棍棒之中仍然有一些死里逃生者。它们想钻出去，保全性命。可是，不仅在安静下来时，甚至在棍棒也停止挥舞时，仍然没有收工；这种挥舞棍棒的间歇使哈里·利贝瑙感到满意。因为他是轻轻摔下去的，所以不得不长时间地往一个空大麦糁碗里呕吐。别人不让他在老鼠之间把胃排空。这些老鼠要点数，要穿起来，把尾巴打成结，接到一根扎花用的金属丝上去。那是四根紧紧挨着的扎花金属丝，上士同做簿记的军需官在早点名时就可以点清这些扎花金属丝。结果是：一百五十八只老鼠，往上凑成整数，三十二个水果卷糖。哈里这个捕猎小组拿一半的卷糖换了香烟。

那些穿在一起的老鼠——当天上午就得把它们埋在茅坑后面——还散发出一股潮湿的气味，一股泥土味，浸透着酸味，就像一个打开的马铃薯窖。弥漫在炮兵连上空的这股气味充满着别的内容——没有老鼠呼出这种气味。

从前有一个炮兵连——

这个连队位于皇帝港附近，因此名叫皇帝港炮兵连。该炮兵连同布勒森-格勒特考炮兵加强连，同霍伊布德、佩隆肯、齐冈肯山、纳尔维克-拉格尔和老苏格兰的炮兵连一起，保卫但泽市及其港口的空域。

哈里在皇帝港炮兵连服役时只有两次警报，可是每天都要驱赶老鼠。有一次，在奥利瓦森林上空，有一架四引擎轰炸机被击落，佩隆肯和老苏格兰的炮兵连都参加了这次击落敌机的行动。皇帝港炮兵连虽然空手而归，但在清除炮兵连驻地的老鼠方面却展现出不断扩大的战果。

哦，这种"置身其中"正在超越，成为世界构想！哈里这个捕猎组是一个战绩卓著的捕猎组。不过所有的小组，就连在茅坑后面干活的那些乌克兰战地志愿队的队员，也都被没有参加任何小组的施丢特贝克超过了。

他在光天化日之下抓到老鼠，而且往往是在众目睽睽之下。他在多数情况下是趴在厨房棚屋前，紧挨着水沟盖子。他用长长的胳膊撑在一个污水沟里，这条沟使施丢特贝克能够从特罗伊尔与市郊可以净化污水的梯地之间的下水道里抓出大批老鼠来。

哦，形形色色的为什么啊！为什么是这样，而不是别样？为什么是老鼠，而并非类似的东西？为什么总有点什么，而不是毫无收获？这些问题已经包含了对于一切问题的最初与最后的原始回答："老鼠的本质就是在世界构想中或者下水道里的老鼠超验逃跑的三重扩散。”

尽管一只重重的、像电焊工戴的皮手套保护着施丢特贝克那只在敞开的污水沟里等待着的右手，但人们却不得不佩服他。其实大家都在等待，满以为有四五只老鼠会把他的手套撕成碎片，会撕破他光着的手。可是，施丢特贝克却泰然自若地趴着，眯缝着双眼，嘴里含着他的覆盆子卷糖——他不抽烟——每两分钟就用骤然抬起的皮手套把一只老鼠的头使劲扔到污水沟盖别具一格的边缘上。在上一次掼死老鼠与下一次掼死老鼠之间，他用自己的但又是被上士的语言熏陶得发音含混的舌头，低声耳语着鼠话和本体论的老鼠真理。所有的人都认为，是这些鼠话和老鼠真理把这些猎获物引诱出来，让他用手套抓住它们，使他能够抓到大批老鼠。当他在下面收获猎物，在上面把猎物垛成堆时，他的话音在回响：“老鼠藏身于鼠类之中，躲避起来①。老鼠就这样，在亮光之下用歧途来迷惑鼠类。因为鼠类误入歧途，老鼠就在这歧途上乱碰乱撞，因而酿成了错误。这种错误便是所有故事的核心领域。”

有时候，他把尚未抓到的老鼠称为迟到者。在他那里，那些被垛成堆的老鼠叫作提前到达者或者“实存者”。要是施丢特贝克干完活以后见到这一堆码好的战利品，他就会用差不多是亲切温和的规劝口吻说：“可能在西方没有鼠类，老鼠仍然存在。可是如果没有老鼠，鼠类却无法存在②。”他一个小时抓住二十五只老鼠，只要他愿意，也许还能抓到更多的老鼠。施丢特贝克利用一根扎花用的金属丝，就连我们在把老鼠穿起来时也使用这同一根金属丝。他将这种把尾巴接起来、每天早上可以点数的示范叫作他的“生存联系”。他

---

① 此处源于1950年出版的《林中路》一书，参见该书第310页：“存在藏身于实存之中，躲避起来。”

② 此句参见《什么是形而上学》第26页：“……可能在西方没有实存，存在依然存在。”这些话并不局限于海德格尔的作品。在格拉斯的《母老鼠》中证明了“鼠类”是人类敌人形象在各自敌对者身上的投影。

以此挣得大量覆盆子卷糖。有时候,他也送给哈里的表妹一卷糖。好像是为了使鼠类平息下来,他往往郑重其事地把三个卷糖扔进厨房棚屋前敞开的污水沟里。一场中学生之间的争吵给这些观念放了一把火。我们从来就不敢讲,这条下水道是否该称为世界构想或者歧途。

不过,正像施丢特贝克在提到他那“收益丰厚”的污水沟时说的那样,弥漫在炮兵连上空的这种气味既不是世界构想也不是歧途所特有的。

从前一个炮兵连——

从黎明时的鱼肚白到黄昏时的灰白色,乌鸦们片刻不停、忙忙碌碌地在那个炮兵连上空盘旋。不是海鸥,而是乌鸦。在原来的皇帝港上空和林区上空有海鸥,在炮兵连上空没有。要是在某个时候海鸥们侵入了这一地区,那么在此之后,一团怒气冲冲的黑云就会立即掩盖这一为时短暂的事件。当二等兵、一等兵、乌克兰战地志愿队队员和防空助手们进行有奖捕鼠时,从军士直到胡弗纳格尔上尉,各种军阶的人都有闲空去做别的事情。他们用枪打——不过不是为了悬赏的奖品,只不过是为了开枪而开枪,为了打中而打中罢了——炮兵连上空成群的乌鸦当中一些单个的乌鸦。尽管如此,乌鸦仍然待在那里,数量并未减少。可是,那气味仍然弥漫在炮兵连上空,充斥于棚屋与炮兵阵地,在高射炮指挥仪与避弹壕沟之间经久不散。关于这种气味,所有的人和哈里都清楚:既不是老鼠也不是乌鸦发出这种气味;它不是从污水沟里升起,所以,也就不是从歧途中产生。无论风是从普茨希还是从迪尔绍,是从滨外沙洲还是从大海上吹过来,都散发出这种气味。一座近于白色的山丘位于炮兵连南边的铁丝网后面,在一个砖红色工厂之前。这个工厂有一半被遮住了,从又粗又矮的烟囱里吐出黑色的滚滚浓烟,其烟尘很可能就沉积在特罗伊尔或者下城里。通往河中小岛车站的铁路到山丘与工厂之间为止。堆叠得整整齐齐的圆锥形山丘略高于一台生锈的簸动输送机,就像这种输送机在煤场里、钾盐矿旁用来堆放多余的废物时那样。在山脚，在可以移动的铁轨上，一动不动地停放着一些倾卸运货车。太阳照到山丘上时，山丘泛着微光。当天幕低垂，下着丝丝细雨时，它的轮廓就特别明显。撇开栖息在那里的乌鸦不谈，这座山丘倒是干干净净的；可是当这个最后的童话开始时，据说就没有任何东西是干净的了。在这种情况下，就连皇帝港炮兵连旁边的这座白色山丘也不干净，而是一座白骨山。形成这座山丘的白骨在批量制作标本之后，就一直覆盖着烟尘。因为惶恐不安的黑乌鸦们没法不栖息在白骨之上，所以便出现了这种事：那只无法移动的钟就笼罩在炮兵连上空，在每个人也在哈里口腔中散布一种滋味，这种滋味甚至在过多享用带酸味的水果卷糖之后，也不会失去其丝毫的浓重甜味。

有人谈到白骨山，可是大家都看到它，闻到它的气味，尝到它的滋味。凡是离开房门朝南敞开的棚屋的人，心目中都会想到这座圆锥形山丘。谁像哈里那样作为瞄准手，高高地坐在高射炮旁，在训练时按照周围的指挥仪的命令转动高射炮和引爆装置瞄准器，谁就会——仿佛高射炮上的指挥仪和白骨山在对话似的——被转到一幅画面前。这个画面展现的是一座白色山丘和冒着滚滚浓烟的工厂，闲置不用的簸动输送机，一动不动的倾卸运货车以及灵活移动的乌鸦群。没有人谈到这个画面。凡是极其形象地梦见这座山丘的人，在喝早咖啡时往往都会讲：他梦见了某种滑稽可笑的事情，梦见上楼或者被学校开除。很可能在平时交谈中，一个迄今为止空洞无物的概念获得了某些含糊其词的解释，而这些解释也许就来自这座尚未命名的山丘。哈里忽然想起了一些话，这些话就是：地方——急切——清除；尽管工厂准备开工，但是在白天，工人们却从未推动铁轨上的倾卸运货车，使这个地方变小。铁轨上没有货车在运行，没有货车从河中小岛车站开来。那台簸动输送机在白天不给“急切”以丝毫可以狼吞虎咽的东西。可是在夜间训练时——那些八点八厘米口径高炮的炮管有一个小时之久，必须追踪一架被四个探照灯捕捉到的训练用靶机——所有的人和哈里都第一次听到工作时的嘈杂声。虽然工厂掩盖在夜幕之中，但是在铁轨上，红色灯和白色灯却在晃动。货车牵连不断。簸动输送机响起了一成不变的嗒嗒声。倾卸运货车靠在一起，铁锈碰着铁锈。各种声音，各种命令，哄堂大笑——在“清除”地区有一个钟头之久热闹非凡，而这时，那架训练用的靶机再次从海的一面飞向城市。它从探照灯光中溜掉了，然后又被捕获到，成了柏拉图式的目标。瞄准手试图摇动曲柄，用两根扫瞄指针跟踪两根瞄准指针，不断地清除那个正在溜走的“实存”，操纵引爆装置瞄准器。

第二天，尽管所有的人和哈里都只字不提那座山丘，但他们都感到，好像那个地方变大了。有人造访乌鸦们。那股气味依然如故。虽说所有的人和哈里都已经话到嘴边，却没有人问及这股气味的成分。

从前有一座白骨山——

自从哈里的表妹图拉朝着山丘的方向把这个词吐出口以来，这座山就叫这个名字。

“那是一座白骨山。”她说着，用拇指来帮忙。有不少人，还有哈里，都反对这种说法，却又没说清楚在炮兵连南边堆积如山的东西是什么。

“那是白骨山，敢打赌吗？而且是人骨头，对吧？这件事谁都清楚。”图拉主要是想同施丢特贝克打赌，而不是同她表兄。他们三个人，还有别的人，都在吮水果卷糖。

尽管是刚刚说出来，施丢特贝克的回答却早在几个星期前就已经准备好了：“我们必须把在‘存在’的坦诚中堆积如山以及散布忧愁和至死不变看成是存在的全部本质。”

图拉希望进一步了解这件事：“那我就告诉你吧，这些骨头是直接从施图特霍夫运来的，敢打赌吗？”

施丢特贝克无法确定那些东西来自何处。他摆手拒绝，很不耐烦地说：“可千万别一个劲儿地胡扯你那些四处推销的自然科学概念。也许人们可以说,‘存在’明目张胆地来到了这里。”

可是,在图拉继续坚持是施图特霍夫,而且叫出这种“明目张胆”的名字时,施丢特贝克用一个动作很大的、为炮兵连和白骨山祝福的手势,避开了给他提出来的打赌要求:“这就是所有故事的核心领域!”

值勤之后,甚至在打扫卫生和缝缝补补的时候,继续打老鼠。军士以上军阶的人打乌鸦。炮兵连里弥漫着那种气味,那种气息经久不散。这时,图拉不是冲着在一旁的沙地上画着各种图形的施丢特贝克,而是冲着手持卡宾枪放了两次空枪的上士说:“这是地地道道的人骨头,而且是大量的,敢不敢打赌?”

这是可以接受探望的星期天。探望者大多数是父母。他们身着便服,拘谨地站在自己长得太快的儿子旁边。哈里的父母没有来。十一月还没完,在低低的云天和大地以及他们的棚屋之间,总挂着一帘雨幕。哈里在图拉和上士周围那一群人那儿。上士第三次给他的卡宾枪压上了子弹。

“咱们打赌,这是……”图拉说着,把一只苍白的小手伸过去击掌。没有人愿意击掌。这只手独自待着。施丢特贝克的棍子在勾画世界蓝图。在图拉的额头上长满了脓疱。哈里的双手玩弄着裤兜里的骨胶块。这时,上士发话了:“咱们打赌,这不是……”他也不瞧一瞧图拉,便击掌敲定。

就像得到一个业已拟好的计划似的,图拉立即转过身去,在炮兵阵地之间宽阔的杂草地带取道而行。尽管天气潮湿阴冷,她身上却只穿着套头毛线衫和百褶裙。她迈着裸露、笨拙的双腿,两臂交叉,放在背后,平淡单调的头发一缕一缕地下垂着,同最新式的电烫头发相去甚远。她走着走着,越变越小,在潮湿的空气中清晰可见。

所有的人和哈里首先想到:因为她准确无误地一直往前走,她会笔直穿过铁丝网篱笆;可是在紧靠铁丝网的地方,她却趴下身去,撩起炮兵连驻地与工厂厂区之间那道篱笆最下面的铁丝,似乎不费吹灰之力就滚了过去,然后又站在密密麻麻、深及膝盖的褐色野草之中，再次往前走，不过现在就像是在克服阻力似的，走向乌鸦栖息的那个山丘。

所有的人和哈里都望着图拉的背影，忘记了嘴里面的覆盆子卷糖。施丢特贝克的棍子在沙地上举棋不定，一种咯咯作响的声音在不断增大。有人在牙齿之间咬着谷粒，发出这种声响。只是在图拉站在那座山丘跟前，在乌鸦们懒洋洋地飞上天空，图拉弯下腰来时——她这时在正中间弯下腰来——只是在图拉转过身来，往回走，而且走得很快，快得使所有的人和哈里都感到担心时，上士牙齿之间咬得咯咯作响的声音才逐渐消失；紧接着是一片寂静，死一般的寂静。

她返回时情况还不错。她两手之间抱着的东西同她一道，从铁丝网篱笆的铁丝下面滚到了炮兵连驻地。有两门八点八厘米口径的高射炮按照指挥仪最后的指令，同剩下的两门炮一样，正好以同样的角度指向西北。图拉在这两门炮之间变得更高大了。学校课间休息的时间同图拉往返这段路的时间一样长。在五分钟的时间内，她缩小成玩具般大小。等到她重新站起来时，却差不多已经长大成人。另外，她的额头上已经没有脓疱，不过，她所搬来的东西却已经能够说明问题了。施丢特贝克开始勾画一幅新的世界蓝图。上士再一次将砾石咬得咯咯作响，现在咬的是很粗的砾石，而且是在牙齿之间。寂静为了自身的缘故，用嘈杂声来突出其沉静的效果。

当图拉带着礼物站在所有的人面前，站在她表兄身边时，她语气平淡地说："我说什么来着？赢了还是没赢？"

上士张开的手揍到了她的左脸，从太阳穴到耳朵，直到下巴。她的耳朵并没有掉下来。图拉的脑袋也几乎没有变小。可是，她却让带回来的头盖骨落到了她站立的地上。

图拉用两只潮湿发黄的手擦着她那挨揍的一侧面颊，但并没有跑开。她额头上长满了同从前一样多的脓疱。那个头盖骨是一个人的头盖骨，当图拉把它掉到地上时，它并没有破碎，而是在野草丛中跳了两下。上士似乎是在看别的东西，而不仅仅是看头盖骨。有几个人的目光越过棚屋屋顶，在往远处看。哈里无法移动目光。这个头盖骨缺一块下颌骨。先生和这个小个子脱粒者开着玩笑。每天值得笑的地方，不少人都哈哈大笑。施丢特贝克试图让这件事显现在沙地上。他那双小眼睛看着这个“实存”。这个“实存”十分灵巧地控制住了自己。接着，便突如其来地出事了，因为上士手持上了保险的卡宾枪高声叫道：“混蛋！赶快滚回营房去整理内务！”

所有的人都在磨磨蹭蹭地偷偷溜走，而且是绕着弯路。玩笑已经冻结。在棚屋之间，哈里转过头来，但肩膀却无法一道转过来。上士呆呆地站着，他的脸呈四方形，手里提着卡宾枪，就像在演戏一样，头脑清醒。在他身后是安静，地方、急切、清除、所有故事的核心领域和存在与实存之间的差别——本体论的差别都保持着安静。

可是，厨房棚屋里的乌克兰战地志愿队队员却站在土豆皮上面闲扯。军士们的收音机在播送听众点播乐曲音乐会。星期天来探望的人在低声告别。图拉轻松愉快地站在她表兄身边，揉着她那挨了揍的面颊。那只正在进行按摩的手使她的嘴变了形。她这张变了形的嘴巴在对着哈里发牢骚：“我怀孕了。”

哈里当然要说：“谁的？”

不过这对她并不重要：“我怀孕了，咱们打个赌吧？”

哈里不愿意，因为图拉每次打赌都赢。在盥洗室门口，他用拇指指着半开的房门说：“那你得马上洗手，用肥皂洗。”

图拉乖乖地去洗了——因为没有任何东西是干净的。

从前有一个城市——

这个城市在奥拉、席德利茨、奥利瓦、埃毛斯、普劳斯特、圣阿尔布雷希特和新航道港附近有一个郊区，这个郊区名叫朗富尔。朗富尔既是那么大，又是那么小，所以，凡是在这个世界上发生的或者可能发生的事情也在朗富尔发生，或者说可能在朗富尔发生。

在这个位于小菜园、练兵场、净化污水的梯田、向上隆起的墓地、造船厂、运动场和兵营之间的郊区，在朗富尔，这里居住着大约七万二千居民，有三个中型教堂和一个小教堂，两所文科中学，一所女子中学，一所初级中学，一所职业与家政学校，公立学校一直少得可怜，但却有一个有股票池和冰库的啤酒厂，在朗富尔，有巴尔蒂克巧克力厂、飞机场、火车站和著名的技术大学，两个大小不同的电影院，一个有轨电车停车场，一个总是爆满的体育馆和一座烧毁的犹太教堂，使得其名声大振，在管理着一个市立救济与孤儿院和一个设置在风景如画的海利根布龙的盲人学校的、著名的朗富尔郊区，在自从一八五四年起被并入较大行政区的朗富尔，在地处耶施肯塔尔森林——森林中矗立着古滕贝格纪念碑——下面的环境幽雅的朗富尔，在有电车路线通往布勒森疗养地、奥利瓦主教府和但泽市的朗富尔，因此也就是在但泽-朗富尔，在一个由于马肯森轻骑兵和最后那位王储而闻名遐迩的郊区，在施特里斯巴赫河横贯全境的这个郊区，住着一位姑娘。这位姑娘名叫图拉·波克里弗克。她已经怀孕，但又不知道孩子的父亲是谁。

在同一个郊区，甚至在埃尔森大街的同一幢出租房屋里——埃尔森大街与赫尔塔-路易丝街一样，通过拉贝斯路同马利亚街连接起来——住着图拉的表兄；这个人名叫哈里·利贝瑙，在皇帝港高炮连服役，当防空助手。他不是那种想使图拉怀孕的人，因为哈里只是在小脑袋中想象其他人实实在在做着的事情。他是一个十六岁的男孩，心里胆怯，遇事往往都隔着一段距离，袖手旁观。这是一个知识渊博的人，这个人阅读一些将历史和哲学内容乱七八糟地糅合在一起的书籍，精心修饰他那呈波浪形的、中等褐色的漂亮头发。这是一个很好奇的人，这个人用灰色的但又不是冷灰色的眼睛反映一切，认为自己光滑的但又不是弱不禁风的身体缺乏抵抗力，有细孔。这是一个随时随地都谨小慎微的哈里，这个人不信奉上帝，却崇尚虚无，尽管如此，却不愿让人摘除他那敏感的扁桃腺。这是一个多愁善感的人，这个人喜欢吃有一层杏仁屑、黄油和糖的奶油点心，吃撒上罂粟子的糕点，吃椰子夹心软糖，而且志愿——尽管他游泳很糟糕——报名参加海军。这是一个无所作为的人，这个人试图用他那练习本上冗长的诗歌“谋害”自己的父亲，即木工师傅利贝瑙，而且把自己的母亲称为厨娘。这是一个敏感的男孩，这个人无论站着还是躺着，为了他表妹的缘故都要出汗，尽管浑身上下包得严严实实，却片刻不停地想念一条黑色牧羊犬。这是一个拜物教徒，这个人出于种种原因，在小皮夹子里带着一颗珍珠白的门牙。这是一个空想家，这个人大肆撒谎，脸红时就轻声讲话，相信各种各样的事情，把持续不断的战争视为对课堂的补充。这是一个男孩，一个少年，一个穿上制服的中学生，这个人崇拜元首，崇拜乌尔里希·封·胡腾①，崇拜隆美尔将军，崇拜历史学家海因里希·封·特赖奇克，有很长一段时期崇拜拿破仑，崇拜气喘吁吁的演员海因里希·格奥尔格，曾经崇拜过萨沃纳洛娜，后来又重新崇拜路德，一段时期以来崇拜哲学家马丁·海德格尔。凭借这些榜样的帮助，他得以把中世纪的比喻杂糅进一座实际存在的、由人的白骨堆积而成的山丘。他在自己的日记中提到这座白骨山时把它称为祭坛。这座白骨山实际上是在特罗伊尔与皇帝港之间对着苍天呼叫，之所以要建立这座祭坛，是为了给圣洁的事物罩上光环，使之光芒四射，让圣洁的事情在光天化日之下发生。

除了写日记，哈里·利贝瑙还同一位女朋友保持着一种往往是拖拖拉拉的然而又是兴致勃勃的通信关系。这位女朋友的艺名叫作燕妮·安古斯特里，受聘于柏林的德国芭蕾舞团，在帝国首都或者占领区的巡回演出中，首先是作为芭蕾舞团团员，其次才是作为独舞者登场演出。

如果防空助手哈里·利贝瑙要外出的话，那么，他就是去电影院，而且是带着身怀六甲的图拉·波克里弗克一同前往。图拉没怀孕时，哈里有好多次试图说服她同自己一道去看电影，但都是白费力气。现在，当她在朗富尔对任何人都讲“有人使我成了大肚子”

---

① 乌尔里希·封·胡腾（1488—1523），又译胡登，德意志人文主义者，骑士阶层的思想家。

时——此刻还看不出任何迹象来——她变得比较好说话了。她对哈里说:“要是你愿意付钱的话,我没意见。”

他们在朗富尔的两家电影院里看了好几部影片。在电影院里首先放映新闻周报;图拉穿着一件用海军布做的、又肥又大的大衣,这是她让人专门为她这种情况缝制的。当被雨水弄坏的银幕上映出采摘葡萄的场面,以及采摘葡萄的妇女身上挂满葡萄、戴着葡萄根瘤蚜花环、束着紧身围裙微笑时,哈里试图抓住他表妹的手。但是图拉避开了,而且还轻声责备道:“别这样,哈里。现在这样做已经没有用了。你早就该来。”

哈里在看电影时身上总带着一些有酸味的水果卷糖,这是在他们炮兵连里,一旦人们打死一定数量的老鼠之后获得的报酬。因此,这些水果卷糖叫作老鼠卷糖。在前面放映发出隆隆声的新闻周报时,哈里把卷糖上的纸和锡箔剥下来,把拇指指甲伸到第一个和第二个卷糖之间,递给图拉。图拉用两只手指拿起卷糖,两只眼睛盯着新闻周报,嘴里已经吮得啪嗒作响。当中旬的泥泞时期开始时,她低声耳语道:“在你们那儿,所有的东西都有臭味,甚至连这些水果卷糖都发出篱笆后面那些废物的臭味。你们应该要求换一个新的炮兵连。”

可是哈里却有别的愿望,这些愿望在电影院得以实现:去你的吧,泥泞时期。在冰海前线没有任何准备过圣诞节的迹象。人们在清点所有被烧毁的T34型坦克。潜水艇成功地闯入敌方海域。我们的歼击机起飞迎击具有毁灭性威力的轰炸机。出现了新的音乐。另外一位摄影师拍摄的是元首大本营。那里环境静谧,光线透过秋天的树叶照射下来,时间为午后,地上铺着砾石。“嗬,你瞧!它在那儿跑着,站着,摇着尾巴,在他和那个飞行员之间。当然,它就是——就是我们的狗。这条狗是我们那条狗配的种,依我看,像是从一个模子里铸出来的。亲王,这是亲王,我们的哈拉斯把这个亲王……”

元首兼帝国总理戴着帽舌压得低低的帽子,双手抱在一起,放在身前同一位空军军官——是鲁德尔[1]吧？——聊天，在元首大本营的树林之中漫步。这时，有足足一分钟之久，允许一条看来是黑色的牧羊犬待在他靴子旁边，在元首的靴子上擦痒，让人从侧面拍拍它的脖子——元首之所以把抱着的双手松开一下，是为了在新闻周报描述主人与狗之间的亲切友好关系之后，立即又把双手抱在一起。

在哈里乘末班有轨电车去特罗伊尔之前——他必须在火车总站换乘去霍伊布德的有轨电车——他要把图拉送回家。两人轮着讲话，谁也不听谁的。她谈的是正片，他说的是新闻周报。在图拉讲述的电影中，有一位农家少女在采蘑菇时被人奸污，所以就投水自杀，这一点图拉是无法理解的；哈里试图用施特尔特贝克尔[2]的哲学术语把新闻周报上的事件描绘得栩栩如生，与此同时还进一步断定："这种狗的存在，这种存在——此乃事实——在我看来，意味着实存的狗被抛进它的此在；更确切地说，这样一来，它在此世的存在就是狗的此在；如今，此在无论是木工作坊大院还是元首大本营，甚至于离开所有不文明的时代，都无关紧要，因为未来狗的存在不会晚于昔日狗的此在，这种存在不会早于插手这种狗的现在。"

尽管如此，图拉在波克里弗克家的住所门前仍然说："从下星期开始，我就怀孕两个月了，在圣诞节期间，那时候肯定有东西可看。"

哈里又去他父母的住所探望了一刻钟。他要拿干净衣服和一些食品。他那个当木工师傅的父亲两腿肿胀，因为他成天都得东奔西跑，从一个建筑工地跑到另一个建筑工地。他坐在厨房里洗脚，两只脚又大又有结节，在洗脚盆里可怜兮兮地动着。木工师傅的叹息声并未表露出，是洗脚的舒适还是令人别扭的回忆使得他叹息。哈里的母亲手里已经拿着毛巾。她跪下身来，取下看书时戴的眼镜。哈里从桌旁拖出一张椅子，坐到父亲和母亲之间说："要不要我给你们

---

① 鲁德尔(1916—1982)，"二战"时屡建战功的纳粹战斗机飞行员，战后因站在极右派一边而臭名昭著。

② 相传其1370年出生于现德国的吕根岛，为海盗首领，好劫富济贫，主张天下均平。

讲一个令人难以置信的故事?”

当父亲从洗脚盆里抬起一只脚,母亲用毛巾很内行地裹住他的脚时,哈里开始讲道:“过去有一条狗,它的名字叫作佩尔昆。这条狗产下了母狗森塔。森塔产下了哈拉斯。哈拉斯这条公狗配种后产下了亲王。你们知道,我刚才在哪儿见到了我们的亲王?在新闻周报里,在大本营,在元首和鲁德尔之间,在室外,非常清楚。就连我们的哈拉斯好像也在场。爸爸,你一定得看看。要是这使你感到累赘的话,你可以在正片开始之前走出电影院。没二话可说,这个新闻周报我肯定还要看一遍。”

木工师傅的一只脚已经擦干,但还在冒热气。他心不在焉地点了点头。他说,他当然感到高兴,要是能找到时间的话,他会去看这个新闻周报。他太累了,无法高声大叫表示高兴。尽管如此,他仍然花了好大的劲儿,而且后来还用两只已经擦干的脚让他的欢乐大声地表现出来:“哦,我们哈拉斯的亲王。他,新闻周报里面的元首,轻轻地拍了拍它。人们也都在场。真想不到。”

从前有一个新闻周报——

这个新闻周报演的是中旬的泥泞时期,冰海前线的圣诞节准备工作,一次坦克大血战的结果,一家兵工厂里哈哈大笑的工人,挪威的灰雁,收集废旧物品的少年队,大西洋防线的哨兵,以及在元首大本营内的一次访问。所有这一切以及别的东西不仅能在朗富尔郊区的两家电影院里看到,而且在希腊的塞萨洛尼基也能看到,因为从那里来了一封信,这封信是燕妮·布鲁尼斯写给哈里·利贝瑙的。燕妮·布鲁尼斯现在用的艺名是燕妮·安古斯特里,她正在为德国和意大利士兵演出。

“想不到吧,”燕妮写道,“这个世界真小。昨天傍晚——算是破例,我们没有演出——我同哈泽洛夫先生一道去看电影。我在新闻周报里看到了谁呢?我肯定不会弄错。而且就连哈泽洛夫先生也认为,那条黑色牧羊犬在大本营一幕中至少待了一分钟之久。它只能是亲王，是你们哈拉斯的亲王！

“虽然哈泽洛夫先生除了在我给他看的照片上见过，很可能从未见过你们的哈拉斯，但他同样具有丰富的想象力，不仅仅是在艺术上。另外，他还想得到很详细的报告。也许正因为如此，他才在这里的宣传连提出了这个申请。他想要该新闻周报的一个拷贝作为直观教具。很可能他会得到这个拷贝，因为哈泽洛夫先生到处都有关系，他差不多是从来不会遭到拒绝的。你——以后咱们就可以看到这个新闻周报，在战后只要咱们愿意，就可以一起看。要是咱们有朝一日有了孩子，咱们就可以给他们解释银幕上发生的事情，讲过去是什么样子。

“这儿很无聊。我看不到丝毫希望的踪迹，只看到雨下个不停。很可惜，我们不得不把好心的费尔斯讷-伊姆布斯留在柏林。尽管我们在巡回演出，学校仍然继续上课。

“你大概想不到吧——你肯定知道这件事——图拉快生孩子了。她在给我的一张明信片上写了这件事。尽管我有时候想，根本没有一个关心她的男人，也没有合适的职业，她的日子会很难的，但我还是为她感到高兴……”

不暗示这种不习惯的气候使她多么困倦，不暗示她是如何强烈地——甚至是从遥远的塞萨洛尼基——爱着她的哈里，燕妮就不结束这封信。在结尾时，她请求哈里尽量多照顾他的表妹，把她照顾好：“你知道，在这种情况下，她需要有依靠，尤其在她父母家里的关系不大正常时，更是如此。我会给她寄一个小包裹去，寄希腊蜂蜜。另外，我把两件差不多还是新的套衫拆开了，这是我不久前才在阿姆斯特丹买到的。一件浅蓝色，一件淡红色。我至少可以用这个给她织四条婴儿穿的宝宝裤和两件婴儿在床上穿的宝宝服。在排练当中，甚至在演出时，我们有的是时间。”

从前有一个孩子——

尽管已经给他织好了婴儿穿的宝宝裤，他还是无法出生。这倒不是图拉不想要孩子。虽说人们从她的外表什么也看不出来，可她却已经变得温和善良，甚至多愁善感，自以为要当母亲了。再说，那儿也没有这样一种父亲，会掉过脸去嘟囔着：我不要孩子！因为所有适合当父亲的人从早到晚都在忙着自己的事。这里只提一提皇帝港炮兵连的那个上士和防空助手施丢特贝克。上士用他的卡宾枪打乌鸦，只要一打中靶心，他就把牙齿咬得咯咯作响；施丢特贝克把他的舌头低声嘟囔着的东西无声无息地画到沙地上。他画歧途，画实体论的差别，画形形色色的世界蓝图。这两个人在这种生存的忙忙碌碌中，怎么能找出时间去想一个孩子，想到那个促使图拉·波克里弗克变得温和但又未使她那专门缝制的大衣隆起来的孩子呢！

只有哈里这个收信人同时又是写信人说："你感觉如何？你在早饭前情况还是一直不好吗？霍拉茨大夫怎么说？别搬重东西，免得受伤。你真的不该再抽烟了。要不要给你买麦芽啤酒？在马策拉特那儿凭粮食制品票证可以买到酸黄瓜。千万别激动。以后我一定会照顾这个孩子。"

有时候，他好像要代替那两个适合当父亲却又始终不露面的父亲，给这个未来的母亲当丈夫。这时，他便神情忧郁地凝视着想象中的问题，按照上士的方式将未经训练的牙齿咬得咯咯作响，用干枯的棍子把施丢特贝克的象征画到沙地上，用施丢特贝克的哲学术语——这些术语虽然有些变化，但很可能仍然是上士的语言——闲谈道："图拉，注意，我要给你说明这一点。也就是说，孩子存在的平均日常琐事可以确定为已经产下的、正在勾画的、在此孩子世界的存在，对于这种存在而言，在此世的孩子存在中和在与其他人一道的孩子存在中，涉及最奇特的孩子存在能力本身。明白了吗？没有？那就再来一遍吧……"

但是，不仅仅是这种他天生就有的模仿欲促使哈里使用这些格言，一有机会，他就穿着合身的防空助手制服走到波克里弗克家那间同时也作为居室的厨房当中，给图拉那个牢骚满腹的父亲——来自霍伊尼采与图霍拉之间那个地区的一个吝啬的科施奈德人，作有自我意识的报告。他除了承认自己就是孩子的父亲，把一切都承担了下来，甚至愿意——“我清楚自己在做什么！”——做他那身怀六甲的表妹未来的丈夫。尽管如此，他还是对此感到高兴：奥古斯特·波克里弗克并没有要求他信守诺言，而是找到了使自己感到忧虑的理由——奥古斯特·波克里弗克应征参加了德国国防军。在奥克斯赫夫特附近——他只是在家里才派得上用场——他必须守卫营房设施。他有了一项工作，这项工作在漫长的周末休假时给他提供了机会，给一个大家庭——就连木工师傅及其妻子都不得不竖起他们的耳朵——讲述没完没了的游击队员故事。因为在一九四二年冬天，波兰人开始扩大他们的军事行动区域。如果说他们以前只是把图霍拉草原搅得不安宁的话，那么，现在科施奈德赖已经有了游击队员活动的报告，甚至在但泽湾直至赫拉半岛下端那林木茂密的腹地，他们都进行了多次袭击，威胁到了奥古斯特·波克里弗克。

可是，把张开的手放在仍然扁平的腹部的图拉，却从未想到有阴险毒辣的、从背后放冷枪的人和突击队。她往往在鹊巢西边的夜间火力袭击中爬起床，显而易见地离开那间同时也作为居室的厨房，致使奥古斯特·波克里弗克简直没法押送他那两个俘虏，没法使戒备森严的汽车停车场免遭浩劫。

图拉每次离开厨房，都到木材仓库去。她的表哥除了像在还允许他背着书包上学的那些年代里一样，跟着她到那儿去，还能做什么呢？在长长的木料之间，仍然保留着她的藏身之处。方形厚木板在放进仓库时仍然留下一个空间，其大小刚好容得下图拉和哈里。

这时，一个怀上孩子的十六岁的母亲和一个防空助手及可望得到入伍通知的志愿兵，正坐在一个孩子们的藏身之处。哈里不得不把手放在图拉的肚子上说：“我已经感到动静了。非常清楚。现在又在动。”图拉在制作微型刨花假发，用柔软的椴木碎片制作刨花玩具娃娃，而且像往常一样扩散着她的骨胶气味。这个小人儿一完成，肯定就会带有母亲身上那股无法驱走的气味；不过在几个月之后，在长齐了乳齿时，以及再晚一点，到了在沙箱里游戏的年龄，到那时就将证实:这个孩子是经常地、小心翼翼地把牙齿咬得咯咯作响呢,还是宁肯在沙地上画素描的小人儿和世界蓝图。

既不是骨胶气味,也不是把牙齿咬得咯咯作响的上士或者画着画的施丢特贝克! 这个小人儿不愿意;有一次露天散步时——哈里用假想的父亲表情说,怀上孩子的母亲必须经常地、长时间地到室外去;图拉照哈里的话办了——这个小人儿让人留心到他不愿意按照母亲的方式散发出骨胶气味,不愿意继续保持父亲那种把牙齿咬得咯咯作响或者画世界蓝图的习惯。

哈里享有周末休假——存在间隙。因为十二月份空气清新,表兄和表妹想去奥利瓦森林,只要图拉走到战壕那里不会感到太累就行。二路有轨电车挤满了人。因为没有人给图拉让位子,图拉很生气。她多次地碰哈里。可是,这个有时候显得胆怯的防空助手不愿声张,不肯要求别人为图拉让座。在她面前,弯着浑圆的膝盖,坐着一个半睡半醒的步兵二等兵。图拉向他发出嘘声,看他是否见到她满怀希望。二等兵立即将他坐着的浑圆膝盖变成了站立的、有褶皱的膝盖。图拉坐下,那些素昧平生、来来去去的人投来亲切的目光。哈里感到难为情,因为他没有要求别人让座;另外,还使他感到难为情的是图拉大声要求别人让座。

有轨电车已经把在霍恩弗里德贝格路拐的那个大弯抛到了后面,现在正在笔直的轨道上摇晃着,经过了一个又一个车站。他们已经约定:两个人都在"白羔羊"车站下车。刚过"缔结和约"站,图拉就站起身,紧紧跟着哈里,在厚厚的冬大衣之间挤过去,挤向后面上下车的平台。电车的拖车还未到达"白羔羊"车站的安全岛——据说车站附近有一个备受青睐的旅游饭店——这时,图拉已站在上下车平台最下面的踏板上,迎着风,眯着眼睛。

"别胡闹。"哈里在她上面说。

图拉老喜欢从有轨电车上往下跳。

"等一下,等它停稳。"哈里不得不从上面说道。

从很小的时候起,跳上跳下就是图拉的一种小小的乐趣。

“别跳,图拉,注意!”但是哈里并未抓住她。

大约从八岁起,图拉就从行驶着的有轨电车上往下跳。她从未摔倒过。她从来不敢像蠢家伙和轻率的人那样,背对行驶的方向往下跳。从本世纪初起,二路有轨电车的拖车便在火车总站与奥利瓦郊区之间行驶。就是在这趟有轨电车的拖车上,她也不是从前面的平台上,而是从后面的平台上往下跳。她身轻如燕,十分灵活地迎着有轨电车行驶的方向纵身一跳,着地时鞋底在砾石上嚓的一下滑过去,再懒洋洋地跳两下。

图拉对紧跟在她后面往下跳的哈里说:“你老是说不吉利的话。你以为我愚蠢?”

他们走田间小路,这条路在“白羔羊”饭店侧面,与笔直的有轨电车路线垂直,从那里拐弯,通向蜷伏在山冈上的黑魆魆的森林。太阳犹如老处女似的,显得谨小慎微。一次,大约是在萨斯佩举行的射击训练把单调乏味、杂乱无章的点射向午后的旷野。“白羔羊”旅游饭店已经关上了大门,遭到厄运,被钉得死死的。据说,人们因为老板经济上的违法行为——进行鱼罐头的非法交易——把他关押起来了。被风吹散的雪积在田野的垄沟里和冰冻的航道上。在纷纷扬扬的雪花面前,乌鸦从一块田间乱石飞向另一块田间乱石。图拉在高高的蓝天下显得矮小。她挺着肚子,先把大衣撩起来,然后又把大衣放下去。在十二月份的新鲜空气中,她的面部仍然没有血色。在一张皱缩、苍白的小脸上,两个鼻孔鼓得大大的。幸好图拉穿的是滑雪裤。

“现在我可有点麻烦了。”

“出了什么事?我一个字也听不明白。你身体不舒服?想坐一坐?要不就走到森林里去?你倒是说说,出了什么事?”

哈里非常激动,他什么都不明白,什么都不理解,想象不到,也不想知道。图拉的鼻子皱了起来,鼻根冒出细小的汗珠,这些汗珠无法往下滴。他把她拖到最近的一块田间乱石处——乌鸦们放弃了这块岩石——然后又到了一台压路机旁,压路机的车杠直刺十二月的天空。可是刚到森林边缘,在那些乌鸦再次搬家之后,哈里却扶住他表妹,让她靠在一根光滑的山毛榉树干上。她呼吸急促,呼出白色的雾气。就连哈里也气喘吁吁地呼出白色的雾气。远处的射击训练一直在把尖尖的铅笔点射到附近的纸上。乌鸦们在酥松的、一直延伸到紧靠森林边缘的农田里歪着脑袋注视着。“幸好,我穿着裤子,要不然,我到不了这儿。一切都过去了!”

两个人在森林边缘喘着气,呼出的气随风吹散。他们犹豫不决。“要不要我来?”图拉首先脱下她那件用海军布做的大衣。哈里把大衣叠得整整齐齐的。她自己解开裤带,哈里小心翼翼,惊恐万分,十分好奇地处理剩下来的事情。手指般大小的两个月婴儿躺在那儿,躺在女用紧身短衬裤里。看得出来,是在那儿。海绵在透明的胶体里,就在那儿,在流着血的也是无色的液体里,就在那儿,通过那儿那条世界通道。这是一只拿着东西的小手,这只小手没有保存下来,它的前面部分黏附着,那儿是一部分。她愁眉苦脸地待在那儿,待在风头如刀的十二月寒风中。创造一种东西作为馈赠的想法开始时热气腾腾,但很快也就冷却下来了。创造就是奠定基础,图拉的手帕也搭上了。是在什么当中发现的?从头到尾由谁来确定?偏见,不揭示这个世界,就不会有偏见。因此把女用紧身短衬裤脱掉了。把滑雪裤弄得高高的。没有拣出婴儿来,这是一次关键性的展示。躺在那儿,先是热乎乎的,然后是冷冰冰的。在奥利瓦森林边上,不准继续往下做这种事本身就为进行最后的责备打开了一个缺口:“别站在那儿!马上就开始!打开一个窟窿!不是这儿,是那儿。”啊,这可是我们自己在干这种事,是我的孩子,如今是在树叶当中,是在冻得并不厉害的地上,因为可能性高于现实性。看来,这种可能性就是这样一种东西,这种东西在一开始和多数情况下都偏偏不显露出来,它在那种一开始和多数情况下显露出来的东西面前隐蔽起来。但与此同时,它在本质上又是某种在一开始和多数情况下显露出来的东西。尽管如此,这却是它的含义和土壤,这种土壤并不上冻,它在取自空军被服装备仓库的鞋跟下面是松软的,好让婴儿生到它那儿。现在已生到它那儿了。可是那儿只有构想。在那儿要除去害虫。只有中性的人,只有“人”——而中性的“人”像“中性的那儿”一样不在那儿,所以,这种气氛就把“此在”带到“他的孩子在那儿”这一情况前,在不感到厌恶的情况下把它放到里面去,而且只用手指,用不戴手套的手指放。啊,令人销魂的淫乱结构啊!只有到死方才尽兴,也就是说,所有的东西都重叠在一起,上面有少许树叶和空壳的山毛榉果实,以免乌鸦——或者说如果有狐狸来的话——让森林管理员、用魔杖寻找地下水源者、骗子、挖掘财宝的人、巫婆——如果有的话——来收集堕胎的胎儿,用它做成蜡烛或者磨成粉,撒在门槛上,做成包治百病和什么病也治不了的软膏。因此,要把田间乱石放在上面,埋在地里。这就是地方与流产,工具与杰作,母亲与孩子,存在与时间,图拉与哈里。她从有轨电车上跳下,没有跌倒。在圣诞节前不久,虽然敏捷,却在摇晃,在两轮明月前,通过同一个窟窿钻出来。失败了!没完没了的失败。真是一派胡言!真倒霉!误入歧途。娼妇!绝非超验的,而是粗俗的,存在的,公开的,不把牙齿咬得咯咯作响的,非施丢特贝克式的。下班了。铸成了错误。这是软壳蛋?不是苏格拉底的大弟子。有一点担心。没这回事!这是一个迟结的果子,它越变越细,悄悄溜掉,溜之大吉。“闭上你的臭嘴。真糟糕!看来我非出这种事不可。胡说!这个孩子应该叫康拉德,这是按照他的意思确定的。按照谁的意思?嗯,按照他的意思。图拉过来,咱们走。对,出发,过来,咱们走。”

表兄和表妹用一块大石头和好多块小一点的乱石盖住那个地方,防止乌鸦、森林管理员、狐狸、挖掘财宝的人和巫婆来盗走。在这之后,他们走了。

他们走路时,为了稍微轻松一些,一开始哈里可以用胳膊搀着图拉。在远处进行训练的射手仍然在杂乱无章地给已经注销的下午画上虚线。他们嘴里都淡而无味,不过,哈里在他的上衣口袋里还揣着一卷带酸味的水果卷糖。

当他们站在“白羔羊”车站上,从奥利瓦方向开来的黄色有轨电车越变越大时，图拉那苍白的脸便对着他那容光焕发的脸说："咱们等它开动时，你先跳上前面的平台，我跳上后面的平台。"

从前有一次流产——

这个早产儿名叫康拉德，没有人听到他的情况，就连燕妮·布鲁尼斯都不知道。这时，燕妮·布鲁尼斯作为燕妮·安古斯特里，正在塞萨洛尼基，在雅典，在贝尔格莱德和布达佩斯，脚登尖足舞鞋，为身强力壮的和恢复健康的士兵跳舞，正在用带波纹的毛线编织玫瑰色和蓝色的小玩意儿，这些东西都是为一个女友的婴儿——一个应当叫作康拉德的婴儿编织的；在这位女友的那个小弟弟游泳时淹死之前，人们都是这样称呼他的。

在飞进哈里·利贝瑙屋里的每一封信中——一月份有四封，二月份只有三封——燕妮都要写一些有关正在慢慢织成的羊毛织品的事情："这一阵我又勤快起来了。排练时间拖得很久，因为灯光出故障，这里的舞台管理人员做出一副好像什么话都听不懂的样子。有时候，布景变动一拖再拖，真会使人想起'破坏'来。由于在这里到处都在磨洋工，不管怎样，我倒是有很多时间织毛衣。一条婴儿穿的宝宝裤已经完成，我还得把齿形花边钩织到第一件宝宝服的领口上去。这些事使我感到多么开心，你简直想象不到。有一次，哈泽洛夫先生在衣帽间出乎意外地发现了我那条差不多已经完工的宝宝裤，他简直惊呆了，尤其是在我故意让他心神不定地等着，不讲我这是为谁编织的时候，更是如此。

"从那以后，他肯定以为我怀孕了。譬如说在练习时，他有时候目不转睛地盯着我，一盯就是好几分钟，真叫人害怕。不过平时他倒是和蔼可亲，颇体贴人的。我过生日时，他送给我有毛皮里子的手套，尽管天气还很冷，可我手指上从来不戴任何东西。除此之外，他还花了不少工夫。譬如说，他多次泰然自若地谈到布鲁尼斯爸爸，仿佛爸爸时时刻刻都会回来似的。但是我们俩都非常清楚，这种事是永远也不会出现的。"

就这样，燕妮每个星期都要喋喋不休地写上一大篇信纸。二月中旬，她除了报告已完成第三条宝宝裤和第二件宝宝服，还报告了布鲁尼斯参议教师的死讯。燕妮没有另起一段，便客观地继续往下写道："现在，正式通知终于来了。他于一九四三年十一月十二日在施图特霍夫集中营去世。死亡原因写的是：心力衰竭。"

在她的签名，在那个一如既往的"永远是你忠实的、有点疲倦的燕妮"之后，接踵而来的是信末附言，写的是一则专为哈里写的新闻："另外，那个有元首大本营和你们哈拉斯那条狗的新闻周报现在已收到。哈泽洛夫先生把那个插曲至少看了十遍，甚至看了慢动作，好给这条狗画速写。我耐着性子才看了两遍。你可千万别为这件事生我的气啊，爸爸去世的噩耗——一切都是白纸黑字，千真万确——使得我相当痛苦。有时候我真想大哭一场，可是我又不能哭。"

从前有一条狗——

这条狗名叫佩尔昆，属于一个在维斯瓦河口打工的立陶宛磨坊工。佩尔昆在磨坊工死后还活着，而且产下了森塔。属于尼克尔斯瓦尔德一个磨坊主的母狗森塔产下了哈拉斯。属于但泽-朗富尔一个木工师傅的这条公狗同母狗特克拉交配，特克拉属于一九四二年年初去世的勒布先生。但是，由配种的公牧羊犬哈拉斯和母牧羊犬特克拉产下的亲王却创造了奇迹。它被赠送给元首和帝国总理祝寿，而且作为他的爱犬上了新闻周报。

狗的育种人勒布下葬时，木工师傅参加了葬礼。佩尔昆死去时，登记入册的是一种常见的狗病。森塔则非得用枪打死不可，因为它变得歇斯底里，造成了损失。根据种畜登记簿的记载，特克拉死于衰老。可是产下元首爱犬亲王的哈拉斯，却出于政治原因被人用放了毒的肉毒死了，埋在狗公墓里，留下一个空荡荡的狗舍。

从前有一个狗舍——

一只名叫哈拉斯的黑牧羊犬，直到被毒死时为止，一直住在这个狗舍里。从它死后，这个狗舍就在木工作坊院子里空着，因为木工师傅利贝瑙不想再买一条狗；在他看来，哈拉斯是无与伦比的。

人们经常看见一个魁梧的男子，在他去木工作坊机器间的路上站在狗舍前踌躇，在那里待上抽几口雪茄烟或者更长一点的时间。哈拉斯拉紧链条，它用两条前腿在地上垒起的那道土堤已经被雨水和辅助工的木板鞋弄平了。可是，这个敞开的狗舍却依旧散发出一只狗的气味。这只对自己的气味情有独钟的狗在木工作坊大院以及朗富尔各处，都留下了自己的气味标记。尤其是在八月份炎热似火的骄阳下，或者在潮润的春风中，狗舍散发出强烈的哈拉斯的气味，诱来不少苍蝇。没有装饰品来装饰一个生气勃勃的木工作坊大院。狗舍屋顶的油毛毡已经在可能是动来动去的油毛毡钉子四周散开。这是一幅令人伤感的景象，空空荡荡，往事如潮：有一次，哈拉斯还被牢牢地拴在链条上，木工师傅的外甥女住在狗舍里，在这条狗身边待了一个星期之久。后来，摄影师和记者来到这里，给狗拍照，描写它。由于这个著名的狗舍，木工作坊大院在好多报纸上被人称作具有历史意义的场所。许多知名人士，甚至还有外国人，都来到这里，在这具有历史意义的场所驻足五分钟之久。后来，有一个名叫阿姆泽尔的胖墩儿，用画笔和钢笔花了好几个小时来画这条狗。这个人叫唤哈拉斯时不是按它的名字叫哈拉斯，而是叫普鲁托。木工师傅的小外甥女也不叫它哈拉斯，而是骂它“犹太鬼”。那时，阿姆泽尔被赶出了木工作坊大院。有一次差一点儿出了事故，但只是住在右后面底层住宅里的一位钢琴教师的衣服被撕得粉碎，结果只好赔钱了事。有一次，或者说是好几次，有人烂醉如泥，跌跌撞撞地来到这里，出于政治上的原因对哈拉斯破口大骂，骂声震天，比圆锯和凿榫机的声音还要大。还有一次，那个能把牙齿咬得咯咯作响的人，把放了毒的肉从木材仓库的屋顶直接扔到了狗舍门口。这块肉没有留下来。

往事如烟。在这种情况下，没有人会试着去猜测一个面对着空荡荡的狗舍犹豫不决地放慢脚步的木工师傅的种种想法，有可能他正在回首往事。有可能他想到木材价格。有可能他没有丝毫明确的想法，而是抽着他那外层颜色欠佳的雪茄烟，时而沉浸在回首往事之中，时而沉浸在木材价格之中。这种动作持续了半小时之久，持续到工长小心翼翼地把他叫回去为止：得给海军营房裁截预制件。这个空荡荡、往事如潮的狗舍不会跑掉。

不，这条狗从未得过病，它长着清一色的黑毛，无论表层的长毛还是底层的茸毛，都是黑色。和它在警务活动中表现良好的另外五条同胎狗兄狗妹一样，它的毛并不太长，茸毛很密。它上唇的下垂部分干燥，闭得严实。挺直的脖子没有垂肉。臀部很长，略微下垂。两耳总是立着，稍微有些倾斜。再说一遍：哈拉斯的每一根毛都是笔直的，紧紧地贴在身上，显得粗硬、黝黑。

木工师傅在狗舍的木地板之间找到了几根狗毛，如今这些都已变脆，没有光泽。有时候，在下班之后，他弯着腰，在用泥土取暖的小屋里翻来翻去，根本不管那些待在窗户前观看的房客。

可是，当有一天木工师傅把他那个除了零钱还放着一束死狗毛的小钱包丢掉时，当木工师傅想在新闻周报中看到哈拉斯产下的那条元首爱犬，但在他眼前映出的却是没有元首爱犬的最新的新闻周报时，当利贝瑙木工作坊第四个昔日的伙计战死的噩耗传来时，当木工师傅的木工刨台上再也不准制作沉重的栎木碗橱，不准制作胡桃木餐具柜，不准制作可以在别具风格的桌腿上拉出来的餐桌，而只能把编上号的松木板敲在一起，为营房棚屋制作零部件时，当一九四四年进入第四个月时，当据说“他们现在甚至把布鲁尼斯老先生也弄得精疲力竭”时，当被迫撤离敖德萨而被围困的捷尔诺波尔再也守不住时①，当倒数第二局的锣声敲响时，当粮票再也无法兑现它许诺的东西时，当利贝瑙木工师傅得知他的独生子自愿报名参加海军时，当这一切，丢失的钱包和闪烁得厉害的新闻周报，阵亡的木工作坊伙计和简陋的棚屋部件，被迫撤离的敖德萨和骗人的粮票，布鲁尼斯老先生和他自愿参战的儿子，加在一起得出一个总和时——当这个总

① 敖德萨和捷尔诺波尔皆为苏联城市。这里指的是 1944 年 4 月 10 日和 15 日。

和凑成整数，想要一笔勾销时，木工师傅弗里德里希·利贝瑙离开他的账房间，拿起一把崭新的、还涂着油脂的斧子，在一九四四年四月二十日下午两点钟，穿过木工作坊大院，叉开两腿，站在被毒死的牧羊犬哈拉斯空荡荡的狗舍前，一声不吭，独自一个人不快不慢，左右开弓，将这个建筑物砍了个稀烂。

可是，因为四月二十日正值元首和帝国总理五十五岁大寿庆典，而十年前，哈拉斯家族的幼犬亲王就送给了这位元首，所以，所有站在出租房屋窗户里和木工作坊刨台后面的人都明白，这里砍碎的不仅仅是烂木头和百孔千疮的油毛毡。

在这次行动之后，木工师傅不得不病倒在床整整两个星期之久。他劳累过度了。

从前有一个木工师傅——

此人代表别人，用训练有素的砍法左右开弓，将一个狗舍砍了个稀烂。

从前有一个谋杀犯，此人试着将一个炸弹放在他的公文包里①。

从前有一个防空助手，此人迫不及待地等着他参加海军的入伍通知；他要潜水，击沉敌舰。

从前有一个芭蕾舞女演员，此人在布达佩斯、维也纳和哥本哈根为一个婴儿编织宝宝裤和宝宝服。可是，这个婴儿早已被埋在奥利瓦森林边缘，上面压着田间乱石。

从前有一个身怀六甲的母亲，此人从行驶着的有轨电车上往下跳。尽管她动作敏捷，并未背对行驶的方向往下跳，但她却失去了两个月大的孩子。这时，这个身怀六甲的母亲又成了肚子扁平的姑娘，她接下了工作。图拉·波克里弗克——这种事可想而知——成了有轨电车售票员。

---

① 这里指的是克劳斯·格拉夫·申克·封·施陶芬贝格（1907—1945），他在1944年7月20日曾企图暗杀希特勒。

从前有一个警察局长,此人的儿子被所有的人称作施丢特贝克。施丢特贝克希望有朝一日成为哲学家,他差一点儿当上父亲。他在沙地上勾画了这个世界的蓝图,在这之后,他组建了一个少年团伙,这个团伙后来以“撒灰帮”的名字闻名于世。他不再在沙地上画一些符号,而是画经济部,画圣心教堂,画最高邮政管理机构,这些地方都是地地道道的有棱角的建筑物。后来,他为了撒灰帮自身的缘故,在夜晚把他们带进这些建筑物。有轨电车售票员图拉差不多算是这个帮派的一员了①。她表兄不属于这一帮派。当这个帮派在波罗的海巧克力糖果厂的库房聚会时,他充其量为他们望望风而已。据说,这个帮派的固定财产是当作吉祥物的一个三岁孩子,此人被称作耶稣②,其寿命比这个帮派更长。

从前有一个上士,此人把防空助手培养成为高射炮手和准哲学家。他走路有点跛,能把牙齿咬得咯咯作响,差一点当上父亲。不过,他先是被推上一个特别法庭,然后又被推上军事法庭,干脆被降级,送进一个惩罚营,因为他喝得酩酊大醉,在皇帝港炮兵连的棚屋之间用一些俗语来侮辱元首和帝国总理。在那些俗语中出现这样一些话,比如:存在遗忘、白骨山、忧愁结构、施图特霍夫、托特瑙③和集中营。当人们在大白天把他带走时,他莫名其妙地怪声大叫道:“你这条存在的狗!阿雷曼族的狗!你这条戴着尖顶帽、穿着搭扣鞋的狗!你是怎样捉弄矮个子胡塞尔的④?你是怎样对付胖子阿姆泽尔的?你这条苏格拉底大弟子式的纳粹狗!”尽管他腿瘸,却因为这些不押韵的颂歌,不得不首先到了日益临近的东线,后来,在遭到敌人入侵之后,便在西线排雷;不过,这个被降级的上士并未挨炸。

---

① 在《铁皮鼓》中图拉化名为卢齐·伦万德。

② 这里指的是《铁皮鼓》中的主人公奥斯卡·马策拉特。

③ 在黑森林的托特瑙有海德格尔的茅屋。

④ 根据保罗·许内尔费尔德对海德格尔的描述:“他看起来像是一个阿雷曼族农民;可以看见他在夏天的日子里戴着防太阳晒的白色尖顶帽,穿着白上衣、短裤和有搭扣的鞋,站在茅屋前。”现象学是由胡塞尔创立的哲学流派。

从前有一条黑色牧羊犬，此犬名叫亲王，它随着元首大本营一道，被迁往拉斯滕堡，迁往东普鲁士。它很幸运，没有触到地雷；可是，它正在追撵的一只野兔却跳到了地雷上，只剩下一些残骸。

就像过去在温尼茨亚东北部的“狼人”军营一样，东普鲁士的元首大本营与布上地雷的森林毗邻，元首及其爱犬隐居在“狼壕”的A号禁区内。为了让亲王有活动场地，驯犬师——一个党卫军大队长，此人战前有一个远近闻名的养狗场——可以牵着它在一号和二号禁区遛一遛；可是元首却不得不待在狭窄的A号禁区内，因为他要不断地同人讨论局势。

元首大本营的生活枯燥乏味。老是清一色的棚屋，元首警卫营、德国国防军最高统帅部或者前来商谈局势的客人就住在里面。在二号禁区营门口，那熙熙攘攘的人群倒是可以调剂一下生活。

在那里发生了一件事：一只家兔在禁区外跑到两个岗哨之间，在人们的哄堂大笑中被赶走，让一只黑色牧羊犬忘记了在养狗场里受训时的训练科目：亲王挣脱链条，从仍然在哈哈大笑的岗哨旁嗖的一下窜过去，跑出大门，拖着皮带穿过营房大门的行车道——兔子皱着鼻子，这种事没有一条狗忍受得了——想要追赶一只皱着鼻子的兔子。幸好这只兔子遥遥领先，因为当兔子逃进布了地雷的森林，随着地雷的爆炸被炸得粉身碎骨时，尽管这条狗已经陷进布雷区内好几步远的距离，但这次爆炸却几乎没有伤到它。驯犬师小心翼翼地牵着它一步一步地往回走。

报告呈送上去，而且是通过官方途径——党卫军支队长费格莱茵①签上了意见，由希特勒过目——在这之后，驯犬师被降级，送到惩罚营，与被降级后不得不去排雷的上士在同一惩罚营里。

这个昔日的驯犬师在莫吉廖夫东边走出了不幸的一步；而那位

① 费格莱茵是希姆莱在元首大本营的私人代表，其级别与将军等同，与希特勒情妇埃娃的姐妹结婚；因试图逃跑，于1945年4月29日被希特勒枪毙。当时，希特勒已经得知希姆莱的投降建议，认为费格莱茵亦是知情者。

上士则不然，当惩罚营被调往西部时，他带着一条虽然瘸但又是幸运的腿，跑到盟军那边去了。他从一个战俘营转到下一个战俘营，最终在一个英国反法西斯战俘营中安下身来；因为他可以用士兵证证明自己的身份，士兵证上记载着一些一般性的禁闭以及他被降级的原因。紧接着，在《众神的黄昏》[①]音乐唱片已经准备好时，他与志同道合者一起组织了一个战俘营剧团。在即兴加入台词的舞台上，他——一个职业演员，在德国古典作家的剧作中扮演主角：一个有点瘸脚的纳旦和一个把牙齿咬得咯咯作响的葛茨[②]。

可是那个谋杀犯，那个在几个月前就已经用炸弹和公文包结束了他的排练的谋杀犯，却没能进入反法西斯分子战俘营。就连他那失败的谋杀事件也没有在战俘营内引起反响。因为他并非职业杀手，未经专门训练，也没有孤注一掷，在炸弹清清楚楚地表明不成问题之前，他就偷偷溜掉了，想在谋杀成功之后执行一些伟大的任务。

在元首商讨局势时，他站在瓦尔利蒙德将军和阿斯曼海军上校之间，不知道该把公文包放到何处。军需部的一个联络军官结束了他关于发动机燃料问题的报告。然后，又有人列举了诸如橡胶、镍、铝土矿、锰和钨等紧缺物资。到处都缺滚珠轴承。外交部有人——那是赫维尔公使吧？——提出一个问题：东条内阁辞职之后，在日本会出现什么样的局势？那个公文包一直没有找到合适的位置。谈到第十军在撤出安科纳[③]之后的重新部署，第十四军在利窝那沦陷后的战斗力。施蒙特将军要求发言，可是谈的一直都是铒。该把公文包放在哪儿呢？一个刚刚得到的消息使围在地图桌四周的人群顿时激动起来：美国人侵入了法国的圣洛！快！要在讨论东线，比方说在讨论比亚韦斯托克西南的局势之前采取行动。这个谋杀犯漫无目的地将装有炸弹的公文包放到地图桌下面。标上复杂记号的总参谋部

---

① 《众神的黄昏》，一译《神界的黄昏》，是瓦格纳所作的三幕歌剧。

② 纳旦为莱辛剧本《智者纳旦》中的主人公；葛茨为歌德的剧作《铁手葛茨·封·贝利欣根》中的主人公。

③ 安科纳与利窝那皆为意大利城市。

地图就摆在桌子上。约德尔先生、舍尔夫先生、施蒙特先生和瓦尔利蒙德先生静悄悄地站在桌子四周或者在四周踮着靴尖走来走去；元首的黑色牧羊犬烦躁不安地在桌子四周窜来窜去，因为他的主人同样烦躁不安，时而站在这儿，时而站在那儿，时而否定那个，时而又态度强硬地要求这个，老是在喋喋不休地谈着缺少十五点二厘米的榴弹炮，然后又谈到性能优良的二一式斯科达榴弹炮。“如果我有向四周发射的火力，就是没有一长串的活动炮架，也可以部署海岸防御工事，譬如在圣洛。”这记性真糟糕！名字、数字和距离乱七八糟，一塌糊涂。另外，他一直在走来走去，不管走到哪里，狗都在脚边，却唯独没有靠近公文包，没有靠近施蒙特将军和瓦尔利蒙德将军脚边。

一句话，谋杀犯出了毛病，可是炸弹并未出毛病，它准时爆炸，结束了几个军官的前程，却既未夺去元首的性命，也未干掉元首的爱犬。因为桌子下面的地盘就像属于所有的狗一样，是属于亲王的。它闻到了乱放的公文包，很可能听到了某种可怕的东西在滴答滴答地响。无论如何，匆匆的一闻促使它要便溺，而训练有素的狗却只准在室外便溺。

一个站在棚屋门口殷勤服务的副官注意到狗要便溺，便把门打开一道缝——其宽度足够亲王进出——然后不声不响地关上房门。但是他的体贴入微并未得到好报，因为当炸弹说“现在！”说“结束！”说“下班！”说“够了！”时，当现在已仓促逃跑的谋杀犯公文包里的炸弹说“阿门”时，它除了击中其他人，还多次击中了这位副官，然而却一次也没击中元首及其爱犬。

防空助手哈里·利贝瑙——后来从谋杀犯、总参谋部地图和安然无恙的元首形象那个大世界回到了朗富尔郊区——从音量调得很大的收音机里听到了这次失败的谋杀。收音机里还提到谋杀犯及其同伙的名字。这时，哈里着实为牧羊犬哈拉斯的后代亲王担忧，因为没有专门报道，报纸上只字未提，甚至连街头巷尾低声耳语的谣传都没有透露，这条狗是否已经牺牲，或者说像它的主人一样顺应天意，幸免于难。

只是在后来,有一个新闻周报——哈里口袋里揣着征兵令,身上再也不穿防空助手制服,他回家辞行,老去看电影,因为亲王如果被炸死,到现在刚好七天了——这个德意志新闻周报完全是顺便地报道了一下牧羊犬亲王的情况。

映出元首大本营时,被炸毁的棚屋和活着的元首是分开报道的。元首的帽檐拉得很低,他那张压在帽檐下的脸显得有点臃肿,不过同往常类似的是,一只公牧羊犬竖着耳朵,黑乎乎的,在元首靴上蹭来蹭去。哈里不费吹灰之力就认出它就是木工师傅那条狗。

然而,那个笨手笨脚的谋杀犯却被处决了。

从前有一个小女孩——

此人被森林中的一个吉卜赛人硬塞给一位参议教师,当时,这位教师在一家倒闭的工厂里整理云母石,他名叫奥斯瓦尔德·布鲁尼斯。这个女孩受洗取名为燕妮,逐渐长大,越长越胖,越长越胖。燕妮显得圆滚滚的,很不正常,因此也就不得不吃很多苦头。很早,一位名叫费尔斯讷-伊姆布斯的钢琴教师就给这个胖乎乎的女孩上钢琴课。伊姆布斯有一头雪白的波浪形头发,每天都要花上整整一个钟头的时间来梳理。为了防止燕妮越长越胖,根据他的建议,人们在一所正规的芭蕾舞学校里给燕妮上芭蕾舞课。

可是燕妮仍在不断长胖,可望长得同布鲁尼斯参议教师最喜欢的学生埃迪·阿姆泽尔一样胖。阿姆泽尔同他的朋友一道,经常去参观参议教师的云母石收藏品,而且当燕妮在钢琴上乱弹音阶时也在场。埃迪·阿姆泽尔长有很多雀斑,体重两百零三磅,会讲一些滑稽事情,画起画来,三下五下就能画得惟妙惟肖,此外,唱起歌来声音清脆——他甚至还在教堂里唱诗。

在一个冬天的下午,到处白雪皑皑,新的雪花一而再、再而三地下个不停。燕妮在埃尔布斯山后面,在靠近阴森森的古滕贝格纪念碑的地方,被嬉戏的孩子们变成了一个雪人。

无独有偶,在同一时刻,在埃尔布斯山的另一侧,滑稽可笑的胖阿姆泽尔同样变成了一个雪人；不过，并不是嬉戏的孩子们把他变成了雪人。

可是这时，四周突然开始了融雪天气。这两个雪人融化了，在古滕贝格纪念碑附近放出一个跳舞的苗条少女，在山的另一侧放出一个身材细长的小伙子。此人在雪地里寻找他的牙齿，而且也找到了牙齿，但紧接着，又噼噼啪啪地把它们扔进了灌木丛中。

这个跳舞的苗条少女回到家中，冒充自己是燕妮·布鲁尼斯，害了一场小病，很快就恢复了健康，然后便以卓有成效的方式开始了一个芭蕾舞女演员的艰辛历程。

然而，那个身材细长的小伙子却拎着埃迪·阿姆泽尔小小的旅行箱，作为哈泽洛夫先生，乘着火车从但泽出发，经过施奈德米尔，到柏林去了。在那里，他让人给他嘴里安上了新牙，试图治好在雪人体内得的重感冒，却留下了他的慢性嘶哑症。

这个跳舞的苗条少女必须继续上学，刻苦进行芭蕾舞练习。当市立剧院的儿童芭蕾舞团参加演出圣诞节童话剧《冰雪女王》时，燕妮获准跳冰雪女王，得到评论家们的赞誉。

这时，战争爆发了。但是，什么也没有变化，充其量只是芭蕾舞的观众有所不同而已。燕妮获准在措波特疗养大厦的红色大厅为高级军官、党的头面人物、艺术家和科学家们跳舞。那位来自阿姆泽尔雪人、患有慢性嘶哑症的哈泽洛夫先生当时在柏林当芭蕾舞教练，所以也就作为应邀的社会名流，坐在疗养大厦的红色大厅里。在最后响起经久不息的掌声时，他自言自语道："这个击腿跳令人惊异。胳膊舒展得漂亮极了。瞧，做慢动作时这种线条！看起来有点冷漠，但完完全全是古典式的。技巧规范，但过于做作。脚背太低。确实有天资。必须同这个孩子合作、合作，使出浑身解数！"

只是在参议教师奥斯瓦尔德·布鲁尼斯因为一桩刑事案件——他把配给学生的维他命药片放进了自己嘴里——被刑事警察科传讯，被国家秘密警察逮捕，被送到施图特霍夫集中营之后，芭蕾舞教练哈泽洛夫才找到机会把燕妮接到柏林去。

他们依依惜别朗富尔郊区。她身穿黑色丧服，爱上了一个名叫哈里·利贝瑙的中学生。她给他写了很多信。她那工整的笔迹讲述芭蕾舞团团长——神秘莫测的内罗达夫人，讲述同她一道迁往柏林的钢琴演奏家费尔斯讷-伊姆布斯，讲述跳双人舞的搭档小芬希尔，讲述那个身患慢性嘶哑症、总用一点令人恐惧的办法领导着练习和排练的芭蕾舞教练哈泽洛夫。

燕妮写了获得的进步和小小的倒退。总的说来，她的情况一天比一天好，只是有一个地方卡了壳，没法改进。尽管燕妮的击腿跳备受称赞，但她的脚背仍然过于平坦，这使芭蕾舞教练和这位芭蕾舞女演员感到痛心，因为每一位真正的芭蕾舞女演员——自路易十四时代以来就是如此——都必须有漂亮的高脚背。

排练了好几个芭蕾舞剧，其中有德国早期的四对舞和芭蕾舞巨匠佩季帕①保留剧目中常见的精彩节目，为占领了半个欧洲的士兵们演出。漫长的旅行把燕妮带往世界各地。燕妮从世界各地给她的朋友哈里写信，哈里有时候也给她回信。在排练的间隙和演出期间，燕妮并没有傻乎乎地坐在那儿翻阅画报，她在一个劲儿地为一位即将分娩的女同学编织婴儿衣物。

在芭蕾舞团于四四年夏天从法国回来之后——这个团受到入侵者的袭击，丢失了好些舞台装饰和一部分服装——芭蕾舞教练想排一个三幕芭蕾舞剧。从孩提时代起，他就已经在东弄西弄地搞这个剧了。如今，经历了在法国的那场浩劫之后，他便急急忙忙地实现他孩提时代的梦想，因为在八月份，这个芭蕾舞剧就要以《稻草人》或者《稻草人的起义》，要不就是以《园丁的女儿与稻草人》的剧名首次上演了②。

因为没有合适的作曲家，他就让费尔斯讷-伊姆布斯对斯卡拉

---

① 佩季帕(1818—1910)，又译彼季帕。舞蹈家、编导。

② 以此命名的一个芭蕾舞歌剧脚本由阿里贝尔特·雷曼谱曲，于1970年在柏林首次上演。

蒂和韩德尔①的作品进行改编，搞一个大杂烩。那部分在法国遭到毁坏或遭到严重损坏的服装也就随随便便地用到了新芭蕾舞中。同样属于哈泽洛夫宣传连、在入侵开始时就遭到损失的一个侏儒剧团②剩下的人员，作为不说话的杂技配角演员，被吸收进了芭蕾舞剧中。它要成为一种情节芭蕾舞剧，在巨大的魔术舞台上，人们戴着面具，有叽叽喳喳叫着的机器和活动的机器人。

燕妮给哈里写道："第一幕表现的是凶神恶煞的老园丁姹紫嫣红的园圃，这个园圃遭到蹦蹦跳跳的鸟儿劫掠。园丁的女儿——那就是我——几乎是同鸟儿们联合起来，戏弄凶神恶煞的老园丁。成群的鸟儿围着他飞来飞去，这个园丁在跳一种剧烈、可笑的独角舞。在园圃的栅栏上钉了一块牌子，牌子上写道：'征聘稻草人！'随后，一个眉清目秀、衣衫褴褛的年轻人用大换脚跳的方式跳过栅栏，前来报名。他表示愿意担任稻草人的职务。在跳来跳去和反复考虑之后——做击打动作、击腿跳和前后交替的移位打脚小跳——凶神恶煞的老园丁宣布同意，随即便从左边下场。现在，这位年轻人——向四面八方跳追赶步和滑步——轰走所有的鸟儿，最后来了一个特别调皮的阿姆泽尔式空中旋转动作。当然，年轻、美貌的园丁女儿——也就是我——爱上了这个年纪轻轻、弹跳能力强的稻草人。他们在凶神恶煞的老园丁的大黄灌木丛之间跳双人舞，做一些抒情、徐缓的动作，显示文雅优美的线条和平衡稳定的舞姿，做散步式的阿蒂迪德姿势。园丁的女儿假装害羞，往后退缩，然后顺从，最后再一次用大换脚跳的方式越过栅栏被人拐走。我们俩——顺便说一下，小芬希尔扮演这个年轻人——从右边下场。

"在第二幕中——就像你马上就会看到的那样——显示出了这个年轻人真诚的禀性。他是所有稻草人的行政长官，统治着一个地下王国，在这个王国中，各种气质的稻草人孜孜不倦地旋转着。他们

① 斯卡拉蒂（1685—1757），意大利作曲家。韩德尔（1685—1759），德国作曲家。

② 指《铁皮鼓》中的贝布拉等人。

在这里排成跳跃式队列，在那里济济一堂，汇成稻草人的博览会，向一顶旧帽子献祭。我们的侏儒们以老贝布拉为首，组成了一个忽而长、忽而短但总是相互交叉、缠在一起的侏儒稻草人。现在，他们由于故事内容不同，在明显地变换着。他们是：毛发蓬乱的日耳曼人、穿扎腿灯笼裤的雇佣兵、皇帝的信使、被蛀虫蛀坏衣服的托钵僧、没有脑袋的机械骑士、身患癫痫症的鼓胀修女、来自丛林的齐滕以及吕措那一群鲁莽的人。在那里，立式多臂衣架在漫游。在那里，不少柜子吐出统治者家族以及宫廷侏儒。在那里，所有的人都变成了风车：僧侣、骑士、修女、信使和雇佣兵、普鲁士特种兵和纳茨默尔重骑兵、墨洛温王朝的人和加洛林王朝①的人。我们的侏儒在此期间动作犹如黄鼠狼一样敏捷，眨眼之间变成了风车。风使风车发狂似的转动，可是并未磨谷粒。虽然如此，磨坊的大木箱却装得满满的。里面装的是破布'内脏'、高级烟雾和旗帜'色拉'。帽子金字塔和裤子粥搅和成面糊，所有的稻草人都在呼噜噜地吃这种面糊。在那里，嘎嘎作响，啪啪作响，呜呜作响。人们在用暗号吹口哨。呻吟之声止息。十个修道院长在打嗝儿。修女在打屁。蠢婆娘们和侏儒们在发怨言。听得见持续不断的嘎嘎声，把什么东西草草埋掉，呼噜噜地喝完面糊，然后是怪声大笑。丝绸在歌唱。天鹅绒在哼哼。一只腿站着。两人共穿一件上衣。裹在裤子里。他们戴着帽子引人注目地走着。他们从口袋里掉下来。他们在土豆口袋里繁殖。咏叹调缠在帷幕之间。昏黄的灯光划破夜空。独立自主的脑袋。跳动的电灯按钮。万事俱备的洗礼。还有一些神灵，他们是：波特里姆波斯、皮柯洛斯和佩尔库诺斯，其中还有一条黑狗。可是所有稻草人的行政长官，也就是小芬希尔，却把被抢走的园丁女儿置于正在进行训练的、做体操的、完成复杂动作的反复考虑之中——非古典式演奏声的轻微颤动同变化多端的布雷舞步相互交替。而我，也就是园丁的女儿，穿着令人恐惧的尖足舞鞋也感到害怕。在对这个年轻人和行政长官充满柔

① 墨洛温王朝和加洛林王朝是法兰克人于476—887年建立的王朝。

情蜜意之时——当然只是在舞台上——我非常害怕。在那些丑陋的稻草人给我披挂散发出樟脑味的新娘服饰,戴上咯咯作响的核桃壳花冠之后,我就随着庄严的、叮叮当当作响的宫廷侍从音乐——侏儒们身穿拖地长裙——跳起了惶恐不安的君王独舞。在跳舞时,我,也就是戴上花冠的园丁女儿,使所有的稻草人,那些单个站着或者成群站着的稻草人跳着跳着,都接二连三地坠入了梦乡。最后使小芬希尔,也就是行政长官也坠入了梦乡。只有那条毛发散乱的黑狗,行政长官的那个贴身随从,才心神不定地跑到散开的侏儒们之间,但并没有发现那十二条魔腿。在那里,我作为园丁的女儿做完阿拉贝斯克舞姿,再一次俯身看着坠入梦乡的行政长官,轻轻地给他一个芭蕾舞女演员痛苦的吻——做这种事时,我决不会接触到小芬希尔——然后便逃之夭夭。黑狗狂吠起来,但已经为时太晚。侏儒们在哇啦哇啦乱唱,但已唱得太迟。稻草人的机械装置开始运行,但已经太晚了。行政长官一觉醒来,但是已经太晚了。第二幕结束时,出现了一个充满激情的结局:又是跳跃又是杂技,为了赶走土耳其军队,还奏出火药味十足的音乐。那些忙忙碌碌、激动不已的稻草人开始上路,而把令人担心的糟糕情况留给第三幕。

"第三幕再一次展现凶神恶煞的老园丁的园圃。他愁容满面,任凭鸟儿们摆布,徒劳无益地转着圈子。这时,凶神恶煞的老园丁的女儿羞答答地——我必须装作忽而悔恨、忽而倔强的样子——披挂着破烂的新婚服饰回来,跪倒在园丁父亲脚下。她紧紧地抱着他的膝盖,想扶着它站起身来。父女俩跳双人舞,用舞蹈动作表示竭力站起身来散步。最后老头子凶相毕露,他把我——他的女儿赶出了家门。我再也不想活了,但是又不能死去。这时,一阵狂风从后面呼啸而来,稻草人和鸟儿稀奇古怪地联合起来了。一种随风飘动、叽叽喳喳、嗡嗡颤鸣、嘎嘎作响、呲呲出声的狂热席卷舞台,借助无数稻草人的夹具把一个巨大的鸟笼抬起来,把园圃碾得平平的,利用灵活敏捷的侏儒捉住园丁的女儿。行政长官欢呼起来,因为他看见我待在鸟笼里。我那条毛发散乱的狗黑乎乎地、速度飞快地转着圈儿。上千种声部的狂热——每个关节都充满着胜利——同我一道吧唧吧唧地跑走了，发出尖锐刺耳的声音。留下来的是七零八落的园圃。留下来的是一个衣衫褴褛、一瘸一拐的人——凶恶的老园丁。戏弄人的鸟儿们又飞回来——跳猫步、巴斯克步——把老人团团围起来。现在他疲惫不堪，犹如要防御一般，抬起裹着破布片的双臂。瞧，只是这第一个动作就使鸟儿们惊恐万分，把它们轰走了。他变成了一个稻草人，从此以后，他便集园丁与稻草人于一身。在跳他那令人毛骨悚然的稻草人独舞时——哈泽洛夫先生考虑跳这个角色——最后一幕的终场幕布降了下来。"

燕妮带着非常同情的口气给她的朋友哈里描述过的这个芭蕾舞剧，排练得如此无懈可击的这个三幕芭蕾舞剧——哈泽洛夫先生亲自设计了音量很大的机械装置和口吐唾沫的自动装置——这个稻草人芭蕾舞剧从未上演过。观看彩排的两位帝国宣传部的先生觉得第一幕很美，大有希望。他们在演第二幕时才第一次轻轻地咳了一下。第三幕一结束，他们便立即站起身来。总的说来，他们感到逐渐展开的情节过于沉闷，过于含沙射影。缺少乐观的精神。两个人都这样异口同声地说："前线的士兵想要看点轻松愉快的东西，而不想看阴森恐怖、隆隆作响的地狱。"

进行了反复磋商，内罗达夫人也用上了对自己有利的种种人事关系。最高层人士已经表现出一种倾向，表示要友好地对待一部新稿本。这时，在哈泽洛夫能够给这个剧本添上一个轻松愉快的、适合前线情况的结尾之前，一次空袭把芭蕾舞团的服装和舞台装饰全毁了。就连歌舞团也不得不为许多损失而叫苦不迭。

虽说按理在空袭警报时必须中断排练，可是人们却又排练了一次。园丁的女儿跳着舞，使稻草人、冥府看门狗、所有的侏儒和那位行政长官都坠入梦乡——燕妮把这件事做得漂亮极了，只是她的脚背还不够高，作为小小的然而却是有碍观瞻的瑕疵引人注目。这时，哈泽洛夫刚好想要安排新的正面情节：燕妮要把所有的稻草人和那位行政长官都铐上，然后要他们供尘世也就是供先前凶神恶煞而现在品行端庄的园丁差遣。就在燕妮独自一人拿着那些笨重手铐的一刹那间——再加上用的是新脚本，她站在舞台上举止无措——强爆炸力的薄壳空投炸弹击中了作为排练场的无线电塔展览厅。

放有灵敏的机械装置、轻便服装和活动布景的仓库塌了下来，永远塌了下来。它把用十个指头为所有排练伴奏的钢琴演奏家和艺术家费尔斯讷-伊姆布斯压到了钢琴上，永远压到了钢琴上。四个芭蕾舞女演员、两个男演员、侏儒基蒂和三个舞台管理人员受了伤，谢天谢地，只是轻伤。不过，芭蕾舞教练哈泽洛夫连皮都没有擦破一点儿。烟雾和灰尘刚散开，他就用嘶哑的叫喊声寻找燕妮。

他找到她时，她正躺着，不得不把她的双脚从一根梁下面拔出来。人们最初担心会出现最糟糕的事情，担心这位芭蕾舞女演员已经死去。实际上，这根梁只不过压着了她的右脚和左脚而已。现在，当两只尖足舞鞋对胖起来的双脚来说已变得太窄时，给人造成了这样的印象：燕妮·安古斯特里终于有了每一个芭蕾舞女演员都应当有的那种理想的高脚背。啊，你们这些用气呵成的仙女们，你们飘过来吧！吉赛尔和葛蓓莉娅或者打扮得像新娘，或者在用搪瓷眼睛哭泣。格里西和塔里奥尼，卢西勒·格拉恩和范妮·塞里托，想编织她们的四人舞，把玫瑰花撒在可怜的脚上。加尼埃①宫殿里的所有灯光都应发挥作用，以便在大隘道里把金字塔的小石块砌得天衣无缝。第一轮和第二轮四人舞，充满希望的权威们，小独舞演员和大独舞演员，首席女舞蹈演员和愤世嫉俗、无法企及的舞星，都要顺应歌剧院的环境。跳吧，加埃塔诺·维斯特里斯②！受到赞美的卡玛戈③仍然在做很有力量的分八“动”击腿跳。慢慢放弃蝴蝶和黑蜘蛛吧，“舞圣”和“玫瑰精”瓦斯拉夫·尼任斯基。不安分的诺维尔中断了

① 加尼埃（1825—1898），法国学院派建筑师，以设计巴黎歌剧院著名。此处和这一句的大隘道都是指巴黎歌剧院。

② 加埃塔诺·维斯特里斯（1729—1808），意大利舞蹈家。

③ 卡玛戈（1710—1770），法国芭蕾舞女舞蹈家。

旅行，在这里下了车。拆除悬空的机械装置，让月光可以像仙女一般轻轻地一闪而过，变得冷却吧。凶神恶煞的佳吉列夫①把有魔力的手放在机械装置上。忘记这种长期的痛苦，忘记你的千百万观众吧，安娜·巴甫洛娃②。再把你的血吐到烛光照耀的琴键上吧，肖邦。转过身去吧，贝拉斯特里加和阿希斯波萨③。垂死的天鹅④又沉醉了一次。现在你就躺在她身边吧，彼图什卡。这是最后的位置。全蹲。

在这种情况下，燕妮要继续生活下去，要艰难地生活下去，而且不再踮起脚尖跳舞。人们不得不截去她——这种事写起来是多么难啊——两只脚的脚趾。他们给她一双粗陋的鞋，让她那双剩下的脚穿。燕妮迄今仍然热恋着的哈里·利贝瑙收到一封客观描述的、用打字机写成的信，也是最后一封信。燕妮请他也别再写信。现在这种事已经结束。他应当试着忘记，忘记一切，几乎是一切。“就是我也要尽量不再去想我们的事。”

几天之后——哈里·利贝瑙正收拾他的行李，他要去当兵——收到一个小邮包，一个充满伤心内容的小邮包。哈里那些似梦非梦的信件用丝线捆住，捆成一个个的小包放在那儿。还有已经织好的粉红色和蓝色羊毛宝宝服和宝宝裤。他还找到一串用啤酒瓶盖橡皮垫圈穿成的项链。这是当他们还是孩子，在只有啤酒瓶盖橡皮垫圈而没有莲花漂浮在水面上的股票啤酒池边玩耍时，哈里送给燕妮的。

从前有一趟有轨电车——

这趟电车从朗富尔的黑雷桑格尔开往下城的草地巷。这是五路有轨电车，像在朗富尔和但泽之间行驶的所有有轨电车一样，五路有

① 谢尔盖·佳吉列夫（1872—1929），俄国芭蕾舞剧院经理。

② 安娜·巴甫洛娃（1881—1931），享有世界声誉的俄国芭蕾舞女舞蹈家。

③ 这里的人物以及下面的彼图什卡均为芭蕾舞剧中的形象。

④ 《天鹅之死》是1905年根据圣桑的音乐为安娜·巴甫洛娃改编的独舞。

轨电车也在火车总站旁边停车。据说,这趟曾经是特别有轨电车的司机名叫莱姆克,主车上的售票员名叫埃里希·文策克,那辆特别有轨电车拖车上的女售票员名叫图拉·波克里弗克。她不再去奥利瓦的二路有轨电车上上班了。她每天坐着五路有轨电车来来去去九个小时。她灵活,还有点莽撞,好像天生就适应干这一行似的。因为有轨电车在下班时间超载时在车厢内无法穿行,她就凭借适当的车速,从前面的上下车平台跳到后面的上下车平台。当图拉·波克里弗克售票时,所有乘她那趟车的人都得交钱买票,就连她的表兄哈里也得交。

据说有一次,那趟特别有轨电车本来应该在二十二点十七分到达火车总站,但是,在图拉·波克里弗克于二十二点零五分从终点站黑雷桑格尔拉铃开车之后,也就是在两分钟之后,在马克斯-哈尔伯广场,有一个十七岁的小伙子跨上了电车。此人把一只八个角都用皮革加固了的纸板箱推到拖车后面的上下车平台上,随即点燃了一支烟。

有轨电车空荡荡的,而且一直都相当空。在帝国移民区车站,上来一对上了年纪的老夫妇。这对老夫妇在体育馆又下去了。在哈尔伯林荫大道车站,有四个红十字会护士走进拖车。在霍伊布德车站,有换车的人补票。在主车内,人要多一些。

当有轨电车女售票员图拉·波克里弗克在拖车后面的上下车平台上写她的行车日志时,那个十七岁的小伙子在他那只左右摇晃的纸板箱旁笨手笨脚地抽着烟。因为这两个人——手拿行车日志的她和不惯抽烟的他相互认识,甚至还是亲戚——是表兄和表妹,因为两人即将生离死别,所以,这辆五路有轨电车成了一辆特别的电车。除此之外,它的一切都按计划进行。

图拉在"妇产医院"车站拉铃开车之后,合上行车日志问道:"你要出远门?"哈里·利贝瑙上衣胸前的口袋里揣着征兵令,完全按照不可避免的离别场面常有的方式回答说:"尽可能走得远远的。"

图拉的行车日志——一件平淡无奇的道具,插在业已磨损的木盖之间:“难道我们这儿就再也不讨你喜欢了?”

因为哈里知道图拉不在二路有轨电车上班,所以他决定乘坐五路电车,把它作为告别之行:“我必须到普鲁士人那儿去。没有我,他们就会没完没了。”

图拉啪嗒一声把木盖关上:“你是想去参加海军吧?”

哈里递给图拉一支烟:“如今在他们那儿再也不会出什么事了。”

图拉把“六月”写进行车日志的格层中说:“要留神,他们会把你塞进步兵里去。在那儿他们什么都不认。”

哈里把充满离情别绪的对话掐头去尾后说道:“很可能。我根本不在乎。最重要的是离开这儿,走出门去。”

这趟挂有拖车的特别有轨电车左右摇晃着,穿过林荫大道。迎面而来的有轨电车从旁一掠而过。两人都没往外看,因为深蓝的防空保护色使拖车的所有窗玻璃都不透明。因此,他们只好持续不断地四目相视。然而没有人会在某个时候听说,当哈里瞧着图拉,好像是要把她储存下来时,图拉是怎样看着她表兄哈里的。图拉,图拉,图拉!她额上的脓疱已经结痂。为此,她披着一头新近做的电烫头发,而且是用自己挣的钱做的。谁要是不漂亮,谁就必须为自己想点办法。可是,骨胶和木工胶气味却一直伴随着她,一直到最后一次,同她一道在黑雷桑格尔与草地巷之间跑来跑去。与此同时,车厢里的四个红十字会护士也在低声说着话。哈里虽有满口煞费苦心、精心琢磨过的漂亮话语,可是没有一句动听的话愿意打头阵。过了“四季”车站之后,他才费心费力地问:“你父亲到底怎么样?”可是图拉耸耸肩,只是用备受欢迎的反问回答道:“你父亲呢?”

尽管哈里父亲的情况并不特别好,但这时,就连哈里也只好耸耸肩膀了。木工师傅因为双脚发肿,只好放弃送儿子去火车站的打算。没有哈里的父亲陪同,哈里的母亲从来不外出。

在哈里告别时,毕竟还有一个家庭成员是证人。有轨电车的缝隙对他表妹很合适。在电烫头发上斜戴着一顶船形帽。快到奥利瓦大门时,她从车票箱里扯下两个空车票本:“你要一本吗?”

这是告别的礼物!哈里接过两个纸板封面。在封面上有金属夹子把撕掉车票后残存的一指厚纸条夹住。他的手指立即变得像孩子似的,伸出去讨这两个窄窄的纸本。图拉咯咯地笑着,几乎是富有同情心地笑着。可是,这时她忽然想起了持续不断的告别时忘记了的东西。她表兄还没有付车费。哈里摆弄着空票本,还没有买正式车票。图拉指着票本和哈里易于满足的、摆弄着的手指说:“你可以保留下来,不过得付钱。一张单程票和一张行李票。”

哈里在把他的钱包重新放进后裤袋之后,在上下车平台玻璃上的防空保护色中找到一处没有颜色的窥视缝:这是有人用指甲划出来的,好让哈里再也不盯着他表妹,而能够用一只眼睛饱览业已临近的城市的全貌。月光专门为他照明。他数着那些塔楼,一个也不遗漏。所有的塔楼都迎面而来,越来越大。这是一段什么样的剪影曲线啊!他使劲看那砖结构的哥特式建筑,致使泪水涌上了他的眼帘。是泪水吗?只有一滴眼泪,因为这时图拉已经在报出他的车站了——“火车总站!”哈里把两个空票本放进衣袋里。

在他抓住纸板箱的把手时,图拉向他伸出了一只小手。她手上的拇指有一个红色橡胶套保护,这样在换钱时才安全。图拉的另一只手抓着拉铃的绳子在等待:“留心,别让他们把你的鼻子给打掉了。你要听话!”

这时,图拉的表兄听话地把头点了又点,甚至在图拉已经拉铃开车之后,他还在点头。他为她点头,她为他点头。他站在火车站前的广场上——而她在正开动的五路有轨电车上,他们都变得越来越小。

当哈里·利贝瑙坐在特别快车里他的箱子上,在从但泽到柏林途中摆弄着空车票本时,一支科施内夫伊小曲仍然萦回在他耳际,这也就不足为奇了。这支曲子和着列车行驶在轨缝处发生撞击的节奏,唱道:“杜勒尔,杜勒尔,图拉。杜尔,杜尔,图拉。图拉,图拉,杜尔。”

从前有一支小曲——

这支小曲涉及爱情，它短小、易记。它节奏鲜明，很容易记住。所以，哈里·利贝瑙这个带着两个讨来的车票本外出、学习担惊受怕的坦克部队特种兵，在跪着、站着和躺着时，在睡觉时，在喝豌豆汤时，在擦步枪时，在匍匐前进、跳跳蹦蹦和思想开小差时，在戴着防毒面具时，在拉真正的手榴弹引线时，在接岗前集合了解职责时，在可怜巴巴的哭泣和流汗时，在脚上有水疱时，在戴钢盔时，在屁股蹲到茅坑上时，在法林波斯特尔举行入伍宣誓时，在徒手下跪时，在寻找标尺缺口中的准星时，也就是说在拉屎、宣誓和射击时，同样，在擦靴子和在牙齿间领受咖啡时，这支小曲时时处处都适用。当他把一颗钉子敲进他在兵营里的窄柜，挂起一幅带框的照片——元首同黑色牧羊犬——时，敲击面和钉头就唱道：杜尔，杜尔，图拉！第一次练习上刺刀时，他的三个动作实施过程就是：图拉，图拉，杜尔！当他不得不在克诺痕豪尔二号仓库后面站夜岗，而睡意又用张开的手打他的胭窝时，他便有节奏地叫醒自己：杜勒尔，杜勒尔，图拉！他把恰如其分的图拉歌词强行塞进每一支进行曲，而不管它是涉及埃里卡、罗斯玛丽、安努什卡还是深至深棕色的欧洲榛子。当他给自己捉虱子时，当他夜复一夜——直到在蒙斯特的这个车队把虱子除掉为止——搜索着内裤和内衣的线缝，用指甲来掐时，他咔嚓咔嚓掐死的不是三十二只虱子，而是被战胜的三十二个图拉。甚至在吹起床号前的外出给他提供机会，第一次而且是很快地将他的阴茎伸进一个真正的姑娘体内时，他既不选择一个防空女助手，也不选择一个护士小姐，而是在吕内堡秋天的公园里与一位吕内堡的有轨电车女售票员性交。这个女人名叫奥尔特鲁德，可他在性交时却叫她图拉，图拉，图拉！这使得她并不怎么开心。

他每星期给图拉写三封情书。图拉之歌、入伍宣誓、虱子和吕内堡，所有这一切在情书中都没有反映出来。故事发生在一月、二月、三月;可他却在寻找为图拉写的永恒的话语。第四骑兵旅在普拉滕湖①与多瑙河之间打退了敌人的反攻;可他给他表妹描述的却是吕内堡原野的绮丽风光。这次减轻防守压力的进攻没有推进到布达佩斯,而是停留在普雷斯堡后面。他不遗余力地把吕内堡原野同图霍拉原野作比较。在巴斯托涅地区②有些小小的收获;他在那里给图拉寄了一小口袋紫罗兰色包装的、充满深情问候的刺柏果。在博洛尼亚③处于战备状态的第三百六十二步兵师只能在后撤的主要战线抵挡坦克进攻;可他却写了一首诗——到底为谁而写?——在这首诗中,杜鹃花在一月初仍然开放。紫罗兰!紫罗兰!在白天,在帕德博恩,在比勒费尔德,在科布伦茨,在曼海姆地区,成千颗美国人的炸弹对准目标倾泻而下。他对此无动于衷,仍在阅读勒恩斯④的作品。勒恩斯对他写信的文体产生了影响,给那首已经动笔的图拉诗染上了紫罗兰的色彩。在巴拉努夫⑤举行大规模进攻时,他头也不抬一下,便用他那支中学生的自来水笔写下了这一句既非蓝色也非红色的话。被迫撤离塔尔诺桥头堡——敌人突破后直插腹心地带,可这时,哈里·利贝瑙这个受过训练的坦克部队特种兵却在寻找一个对着图拉指天发誓的谐韵词。经过库特诺⑥向莱斯劳推进——突破霍恩萨尔察防线,但这时,蒙斯特北区行军连队中的这位坦克部队特种兵仍然没有找到适合他表妹的诗句。坦克先头部队到达贡宾嫩,越过红河⑦。这时,坦克部队特种兵哈里·利贝瑙带着行军命令和行军给养,却没有带着那种必不可少的言辞往卡托维茨⑧方向开拔。

---

① 普拉滕湖,位于匈牙利。

② 巴斯托涅,比利时城市,1944 年曾在此发生激战。

③ 博洛尼亚,意大利城市。

④ 勒恩斯(1866—1914),德国小说家、诗人。诗作以细腻的笔触描写充满生机的大自然。

⑤ 巴拉努夫,波兰地名。

⑥ 库特诺,波兰城市。

⑦ 贡宾嫩和红河均在苏联境内。

⑧ 卡托维茨,波兰城市。

在那里，他应当遇到当时从北部多瑙河前线调往上西里西亚的第十八坦克师。格莱维茨和奥珀伦①失守——他没有到达卡托维茨，因为一道新的行军命令要把后来领到行军给养的坦克部队特种兵哈里·利贝瑙引向维也纳。在那里，给他提供了一种可能性，使他能够找到从东南部撤退下来的第十一防空师，很可能还找到那个适合于图拉小盆的小盖子。这条主要战线在柯尼斯堡以东二十公里。在维也纳，坦克部队特种兵哈里·利贝瑙爬上斯特凡大教堂，在不阴不晴的天空下满怀期望地等待着，等什么呢？敌人坦克的先头部队已经到达奥得河，在施泰瑙形成桥头堡，哈里从现在开始寄出未写诗的风景明信片，他没找到对他许了愿的那个防空师的报名地点。阿登山脉战役已经结束。布达佩斯还在坚守。在意大利，战事极少。舍勒尔大将接管了中部地区②。勒岑③的封锁线被突破。在格洛高的防守取得了成果。敌人进攻的先头部队进入普鲁士人占领的荷兰。这就是地理学！别尔斯科——普什奇纳——拉蒂博尔④。谁知道齐伦齐希⑤在哪儿？因为有一道新的行军命令要把刚得到给养的坦克部队特种兵哈里·利贝瑙带到那里，带到屈斯特林⑥西北部。可是他在皮尔纳就被收编，被分配到一支没有名称的增援部队中。这支部队得在一个已经腾空的公立学校里待命，等到第二十一坦克师从屈斯特林调往布雷斯劳北部地区。这是一支即将投入战斗的后备部队。哈里·利贝瑙在学校地下室里找到一本百科词典，可是他没有要。诸如苏拉和阿布杜拉这些名字同图拉押韵，毫无道理。答应要来的坦克师没有来。可是布达佩斯却失守了。格洛高被封锁。这支后备部队已同坦克部队特种兵哈里·利贝瑙一道盲目开拔。每天每

① 格莱维茨和奥珀伦均为波兰城市。

② 舍勒尔（1892—1973），战争末期被任命为德国陆军总司令。

③ 勒岑和格洛高是波兰城市。

④ 以上三城均在波兰境内。

⑤ 齐伦齐希是波兰城镇。

⑥ 屈斯特林是波兰城市；皮尔纳是德国城市。

日都准时供应一汤匙四种水果的果酱，三分之一个粗面黑面包，十六分之一公斤罐头肥肉和三支香烟。舍勒尔下达命令①，作战人员鉴定人满天飞。春天突然来临。蓓蕾在特罗保与格武布斯济泽②之间绽开。哈里在黑水河吟了四首春天的诗。在萨甘，坦克部队特种兵哈里·利贝瑙在该城北部越过布布尔河前不久，结识了一位西里西亚姑娘，此人名叫乌拉，塞给他两双羊毛短袜。在劳班，从西线撤下来，开往西里西亚的第二十五坦克部队特种兵师接纳了他。

现在他终于明白，哪儿是他的归宿。再也不会有行军命令，让他去寻找找不到的部队了。他苦思冥想，吟诵着诗句，同坦克部队另外五个特种兵一道蹲在坦克的重炮上。这门重炮在劳班与萨甘之间，不过总是在后方转来转去。至于书信嘛，他是一封也没收到。但这并不妨碍他继续给他表妹图拉写信。图拉现在若不是同被封锁的维斯瓦河军团所属的几个部队一道待在但泽-朗富尔，就是在当有轨电车售票员，继续上班，因为有轨电车要一直开到下班。

从前有一门坦克上的重炮——

Ⅳ型坦克是老式坦克，这种坦克应当在主要战线后面山峦起伏的西里西亚进入阵地。为了进行防空伪装，它同它那四十多吨的重量在两条履带上往后退，退到只有一把挂锁锁住的木棚里。

可是因为这个木板棚属于一个西里西亚玻璃吹制工，所以，木板棚里有五百多件玻璃产品放在架子上和麦秆上。

在履带上往后退着开进来的坦克上的重炮与西里西亚人的玻璃制品之间的相遇导致了两种结果。第一，这辆坦克造成了玻璃制品的巨大损失；第二，玻璃制品破碎时发出各种不同的声音，引起的后果是：作为步兵警卫分配到坦克重炮上服役，因而也就站在噼噼啪啪

① 舍勒尔为了固守前线地带，让所有能够支配的人员甚至军厨都投入了战斗。作战人员鉴定人专门鉴定谁能上前线，谁不能上前线。

② 特罗保是捷克城市；格武布斯济泽是波兰城市。

直响的玻璃仓库旁的坦克部队特种兵哈里·利贝瑙，这时找到了一种新的语言。从此以后，他再也没有紫罗兰色的忧伤了。他再也不去寻找和图拉这个名字同韵的词，再也不用中学生的情感和真挚的感情写诗了。自从仓库里犹如枪弹般噼噼啪啪的响声萦回在他耳际那一时刻起，他只往日记里写一些简简单单的句子：坦克倒退着开进玻璃仓库。战斗比上课还要无聊。大家都在等待创造奇迹的武器。战后我要经常看电影。昨天我看见了我的第一个死者。我在我的防毒面具滤毒罐里装满了草莓果酱。我们要开拔。我还没有见到过俄国人。有时候我不再想到图拉。我们的军厨走了。我老看那一本书。难民堵塞了公路，他们什么都不信了。勒恩斯和海德格尔在好多问题上都束手无策。在博莱斯瓦维茨，有五个士兵和两个军官吊在七棵树上。今天早上，我们向一片树林射击。有两天我什么东西都没法写，因为我们碰上了敌人。很多人已经不在人世。战后我要写一本书。我们要往柏林开拔。元首在那儿战斗。现在我属于文克特种任务混合战斗队。我们应当拯救帝国首都。明天就是元首生日。那条狗是否还在他身边呢？

从前有一个元首和帝国总理——

此人在一九四五年四月二十号度过了他五十六岁的生日。因为在那一天，首都的中心，也就是政府区及总理府，有时遭到炮击，所以简短的庆祝会在元首的地下室里举行。

还是那些经常来此聚会、讨论局势——晚间局势和午间局势——的熟悉面孔参加宫中觐见。他们是：陆军元帅凯特尔、冯·约翰中校、海军少校吕德-诺伊拉特、海军将领福斯和瓦格纳、克雷布斯将军和布尔格多夫将军、封·贝洛夫上校、副元首鲍尔曼、外交部的赫维尔公使、布劳恩小姐、元首大本营速记员赫尔格泽尔博士、党卫军大队长冈舍、莫雷尔博士①、党卫军支队长费格莱茵和戈培尔先

① 莫雷尔是希特勒的私人医生。

生偕夫人以及全家六个孩子。

在祝贺者表示他们的祝贺之后，元首和帝国总理环顾四周，在寻找什么，仿佛还缺少最后一个必不可少的祝贺者似的：“狗在哪儿？”

参加生日聚会的人们立即开始寻找元首那只爱犬。到处都在呼唤：“亲王！”“亲王，过来！”尽管这一地区也留下了不少遭到炮击的痕迹，但元首的私人副官——党卫军大队长冈舍还是找遍了总理府的花园。在地下室里，出现了许多荒唐的猜测。每个人都可以提出种种建议。只有党卫军支队长费格莱茵一个人看清了这个局面。他抓起电话——立即受到封·贝洛夫上校的支持——抓起那些把元首地下室同所有的司令部和总理府四周的警卫营联系起来的电话说：“告诉所有的人！所有的人！元首爱犬失踪了。名字叫亲王。猎犬。德国黑牧羊犬亲王。给我接措森。指示所有的人：元首爱犬失踪了！”

紧接着在讨论局势时——刚收到的消息证实：敌人坦克的先头部队已经推进到科特布斯以南，侵入卡劳——协调了保卫首都的所有计划同当即确定的“陷阱”军事行动的关系。因此，施普伦贝格南部的第四坦克军暂时推迟反攻，保卫施普伦贝格-森夫滕贝格公路，防止元首爱犬冲过公路。同样，施泰讷小分队把准备从埃伯斯瓦尔德地区往南举行减轻压力攻击的进攻地区变成了分为纵深排列的防御地区。在按计划实施军事行动的范围内，空军第十六军所有能够动用的飞机都开始地面侦察，以标明元首爱犬亲王的逃跑路线。此外，根据“陷阱”军事行动计划，主要战线挪到哈韦尔河后面。由后备部队中抽人组成元首爱犬搜索队，这些搜索队必须同部分由摩托化连、部分由自行车连组成的元首爱犬搜索小分队通过无线电话保持联系。霍尔斯特军团在挖战壕。与此相反，文克将军指挥的第十二军开赴前线，从西南部进行减轻压力的进攻，切断元首爱犬的逃路，因为元首爱犬很可能要去投靠西方的敌人。为了使“陷阱”行动付诸实现，第七军就必须摆脱美军的第九军和第一军，在易北河与穆尔德河之间的地区形成西部防线。在于特博格——托尔高一线，元首爱犬陷阱取代了计划中的反坦克壕。第十二军、布卢门特里特军团和第三十八坦克军团隶属于国防军最高统帅部。这个统帅部即刻从措森迁往万湖，在布尔格多夫将军领导下组成了一个“陷阱行动指挥部”，即 FOW。

尽管重组工作进展顺利，但是，除了习以为常的报告——苏军进攻的先头部队已到达特罗伊恩布里岑-柯尼斯武斯特尔豪森防线——没有收到有关元首爱犬逃跑路线情况的消息。

十九点四十分，在讨论晚间局势时，陆军元帅凯特尔同参谋长施泰讷通了一个长途电话：“按照元首命令，估计第二十五坦克特种兵师会填补科特布斯战线空缺，防止爱犬突围。”

接着，便接到答复，施泰讷小分队参谋部报告：“根据四月十七日指示，第二十五坦克特种兵师已经撤出鲍岑地区，将该地区移交给第十二军。可动用的剩余部队正准备对付爱犬突围。”

终于，在四月二十一日清晨，在紧靠进行激烈争夺战的菲斯滕瓦尔德——施特劳斯贝格——贝尔瑙战线的地方，有一条黑色牧羊犬被枪弹击中。可是这条狗运到了元首大本营，经莫雷尔博士仔细检查后证实，它并非追击的目标。

接着，按照“陷阱行动”指挥部指示，把元首爱犬的尺寸告知所有在大柏林地区执行勤务的部队。

在吕本与巴鲁特之间的密集火力得到了苏军坦克先头部队同样意图的支持。尽管下着蒙蒙细雨，森林火灾却在不断蔓延，形成一道阻止狗前进的天然路障。

四月二十二日，敌人的坦克越过利希滕贝格-下舍恩豪森-弗罗瑙战线，进入帝国首都最后的防区。两个关于在柯尼斯武斯特尔豪森地区抓到了狗的报告经证实都不确切，因为抓到的两条狗都不能视为猎犬。

德绍和比特费尔德失守。美军坦克试图在维滕堡渡过易北河。

四月二十三日，纳粹省党部头目和帝国国防委员发表戈培尔博士的声明：“元首留在帝国首都，担任进行决战的所有武装力量的最高指挥。元首爱犬搜索队及其后备部队从现在起只听元首调遣。”

“陷阱行动”指挥部报告:“业已失守的克佩尼克火车站在反攻时重新收复。第十元首爱犬追捕小组和第二十一元首爱犬搜索队负责保卫普伦茨劳林阴大道沿街地区的安全,他们堵住了敌人的入侵。此外,还缴获了两台苏军捕犬器。由此可以肯定:东线的敌人已经获悉‘陷阱’军事行动。”既然敌人的电台和报纸一再散布有关元首失去爱犬的歪曲的、煽动性的消息,因此,“陷阱行动”指挥部自四月二十四日起,按照此前确定的语言规则,使用新密码发布元首指示。赫尔格泽尔博士记下了这样的话:“猎犬亲王的露面由什么来校正?”

“元首爱犬的初次露面由远距离感觉器官来校正。”

“把由远距离感觉器官校正的元首爱犬视为何物?”

“把由远距离感觉器官校正的元首爱犬视为虚无缥缈之物。”

接着,有人对所有的人说:“把由远距离感觉器官校正的虚无缥缈之物视为何物?”

接着,施泰讷小分队参谋部从利本维达指挥所回答道:“这个由远距离感觉器官校正的虚无缥缈之物在施泰讷小分队那一地区被视为虚无缥缈之物。”

接着,元首对所有的人说:“难道这个由远距离感觉器官校正的虚无缥缈之物是一种物品,竟然是一种存在之物?”

接着,从文克军团指挥部立即传来了回答:“这个由远距离感觉器官校正的虚无缥缈之物是一个窟窿。该虚无缥缈之物是第十二军中的一个窟窿。该虚无缥缈之物是一个黑色窟窿,这个窟窿刚好从旁边跑过。该虚无缥缈之物是第十二军中一个游动的黑窟窿。”

接着,元首对所有的人说:“这个由远距离感觉器官校正的虚无缥缈之物在游动。这个虚无缥缈之物是一个由远距离感觉器官校正的窟窿。该窟窿已经确认,可以查询。一个由远距离感觉器官校正的游动黑窟窿显现的是这个初次露面的虚无缥缈之物。”

接着,“陷阱行动”指挥部补充道:“首先而且是多半得查询由远距离感觉器官校正的虚无缥缈之物与第十二军之间的碰头方式,查出其碰头结构。应当首先而且立刻查询柯尼斯武斯特尔豪森地区的突破口，查出它们的内涵。正在使用的尻带同正形成套子的陷阱一号器具和陷阱附件必须隐蔽，等待这个由远距离感觉器官校正的虚无缥缈之物到来。为了弄到经过检查的、正在发情的母狗，事先就要防止未到手之物绕弯路，因为由远距离感觉器官校正的虚无缥缈之物天生就爱而且总是乐于交配。”

据来自新巴贝尔斯贝格－策伦多夫－新克尔恩包围战前线的紧急报告称：“该虚无缥缈之物出现在敌人的坦克与我方先头部队之间。此虚无缥缈之物用四条腿走路。”紧接着，元首直接说：“继续设身处地地想象虚无缥缈之物。考虑到最后胜利，必须证实这个由远距离感觉器官校正的虚无缥缈之物的全部活动，这样做也是考虑到今后这些活动会按照所观察到的景象固定下来，雕成大理石像或者变成贝壳化石。”

所以，只是在四月二十五日，第十二军的文克将军才从瑙恩－克青地区回答道：“正在不断想象和证实虚无缥缈之物。这个由远距离感觉器官校正的虚无缥缈之物在前线的各个区段都显示出一种恐惧。这种恐惧已经到来。这种恐惧使我们惊得目瞪口呆。完毕。”

霍尔斯特战斗队和施泰纳战斗队所作的任务执行情况报告看来引起了恐惧。在此之后，按照元首指示，“陷阱行动”指挥部发言人紧接着便在四月二十六日的讲话中对所有的人说：“既然恐惧不可能抓住虚无缥缈之物，从现在起，即刻用讲话或者歌曲来驱走恐惧。由远距离感觉器官校正的虚无缥缈之物今后决不会否定。绝不允许帝国首都的任何地区由于恐惧而变得软弱无力。”

既然所有战斗队的任务执行情况报告还在继续造成恐惧情绪，于是便对所有的人发出了关于四月二十六日元首指示的补充说明：“第十二军必须给帝国首都的灰色情绪展示一种针锋相对的情绪。虚无缥缈之物在施特格利茨和滕珀尔霍夫战场南部边缘出没必然勾画出它在前沿阵地活动的轨迹。考虑到这个由远距离感觉器官校正的虚无缥缈之物，德国人民的决战已经势在必行。”

根据布尔格多夫参谋部的补充指示，“陷阱行动”指挥部向空六军发出指示：“现查明在特格尔与西门子城之间，在坦克先头部队前沿有游动的虚无缥缈之物。”根据明确无误的报告，空六军说：“有人望见虚无缥缈之物正在西里西亚火车站和格尔利茨火车站之间游动。这个虚无缥缈之物既非一种物品，也绝非一种存在之物，因而也不是一条狗。”

接着，按照使用新式语言规则的元首指示，由贝洛夫上校签字，发言人直接向空六军发出通知：“在深入观察这个虚无缥缈之物时可以看出，这条狗已经超越实存，从现在起被称为超验！”

二十七日，勃兰登堡失守。第十二军到达贝利茨。越来越多的否认正在外逃的元首爱犬亲王及其假名“虚无缥缈之物”和“超验”的报告来自各个区段，堆积如山。根据这些报告，十四点十二分对所有的人发布了元首令：“从现在起，对于游动着的超验的任何失职行为都将立即受到临时军事法庭惩处。”

因为尚未得到任务执行情况的报告，再加上就连在政府所在地也查出有造成恐怖情绪的倾向，因此便采取了有力措施，并且对外宣称：“对于由远距离感觉器官校正的超验的主要失职行为，首次而且是在关键性时刻暴露了下列军官的过去。”（后面是姓名和军衔。）元首一再询问：“文克的先头部队在哪里？文克的先头部队在哪里？文克在哪里？”只是现在，在元首一再追问之后，第十二军的文克指挥部才于四月二十八日回答道：“在施维洛夫湖南部固守。同空六军合作，由于天气恶劣，无法看清超验。完毕。”

未发现超验的报告来自哈勒大门，来自西里西亚火车站和滕帕尔霍夫战场。这一地区分裂成许多小块地段。犬类阻击阵地亚历山大广场必须询问敌人坦克先头部队前十二条腿的超验。普伦茨劳地区三头超验①的出现同亚历山大广场这阻击阵地相矛盾。与此同时，送来了第十二军呈送元首大本营的报告：“受轻伤的坦克特种兵

① 此处指亲王。它同哈拉斯一样，都具有冥府看门狗刻耳柏洛斯三个头的特征。

声称,在施维洛夫湖旁的别墅花园里看见过非超验的狗,喂过这条狗,还用亲王这个名字唤过它。”

接着,是进一步的查问,元首直接问:“这个坦克特种兵的名字?”

接着,十二军回答:“坦克特种兵哈里·利贝瑙,在领取食物时受轻伤。”

接着,元首直接问:“坦克特种兵利贝瑙现在何处?”

接着,十二军回答:“坦克特种兵利贝瑙已经离开野战医院,转移到西线。”

接着,元首直接下令:“结束转移。将坦克特种兵用空六军飞机空运到总理府花园。”

接着,十二军的文克将军直接向元首报告:“人们逐渐注意到,大柏林正从天而降的爆炸直至超验关注的有限性使末日结构显露出来。”

接下来是元首讲话:“寻找狗的问题是一个形而上学的问题,它危及全体德国人民。”在元首这段话之后,接着就是那个著名的元首指示:“柏林仍然属于德国人。维也纳会再次属于德国人。而这条狗绝不会被否定。”

接着,收到紧急报告:“敌人坦克已经侵入马尔兴。”紧接着,有尚未译成密码的无线电信直接向总理府报告:“敌方电台散布消息说:在易北河东岸看见狗。”

接着,在遭到围攻的克罗伊茨贝格区和舍内贝格区,苏军的传单得到确证。按照传单上的说法,外逃的元首爱犬已被东线敌人捕获。

关于这一点,四月二十九日的局势发展表明:在沿着波茨坦大街以及在贝勒-阿利安策广场附近进行激烈的逐屋争夺战时,元首爱犬搜索队擅自解散。苏军广播喇叭播出真正的、扩大了的狗吠声,起到了使军心日益瓦解的作用。贝利茨再次丢失。再也没有接到第九军的报告。十二军试图继续对波茨坦施加压力。这时,在这个具有历史意义的地区正流传着关于狗已死去的谣言。有不少关于易北河畔劳恩堡桥头堡四周英军犬类阻击阵地以及关于美军在菲希特尔山脉捕获该犬的报道,但依旧没有证实。因此,元首用新的语言规则对所有的人发布的最后指示宣称:“这狗自己——本身——过去在这儿,现在在这儿,今后仍然在这儿。”

接着,克雷布斯将军致电约德尔大将:“倘若此犬阵亡,请预先告知继任元首爱犬事宜。”

接着,根据四月三十日的局势发展情况,“陷阱行动”指挥部解散。因为在超验中以及在有历史意义的地区捕犬一无所获,所以国防军最高统帅部将第十二军撤出波茨坦-贝利茨地区。敌人坦克侵入舍内贝格。

接着,由鲍尔曼签署,致电德尼茨海军元帅:“元首指定您——海军元帅先生接替前任帝国元帅戈林的职位,作为他的继任者。书面委任状以及元首爱犬谱系已经发出。”

接着,元首的计划得到了始料未及的结果。接着,瑞典非正式的报道并未遭到否认。据该报道称,元首爱犬乘着潜水艇远涉重洋,被带到了阿根廷。苏军的敌意报道称:“在一个毁掉的芭蕾舞团储存室里,找到一只十二条腿的黑狗被撕碎的毛皮。”与苏军报道相矛盾的是巴伐利亚解放委员会关于埃尔丁广播电台任务执行情况的报道:“已将慕尼黑统帅部前的黑狗尸体作为物证保存起来。”与此同时,各种报道纷至沓来。这些报道声称:元首爱犬尸体已漂到岸边,首先是在波的尼亚湾,其次是在爱尔兰东海岸,第三是在西班牙的大西洋沿岸。由布尔格多夫将军记录,收入元首遗嘱中的元首最后猜测表明:“牧羊犬亲王会试图到达梵蒂冈。如果庇护十二世提出要求,立即就应提出异议,并暗示《圣经》的附录部分。”

接着,便是世界的黄昏。世界时爬到了武器世界的废墟上。五月一日的局势发展表明:“勇敢的卫戍部队通过补充,业已解散的元首爱犬搜索队得以壮大,正在帝国首都市中心这块狭窄的地区内战斗。”

接着，元首使用并不适用的方式悄悄告别并留下秘密遗嘱。帝国副元首鲍尔曼致电德尼茨海军元帅："元首于昨日十五点三十分逝世。遗嘱生效，业已寄出。根据四月二十九日指示，元首爱犬亲王——一只毛发中长的黑色牧羊犬为元首馈赠给德国人民的礼物，来件收讫。"

接着，最后一次播音的广播电台都在播送《众神的黄昏》。因为元首的缘故。接着，没有时间为他默哀一分钟。因此，维斯瓦河军团残部，第十二军和第九军残部，霍尔斯特和施泰纳残部，都试图沿德米茨-维斯马战线西部进入英国和美国势力范围。

因此，在帝国首都的政府机构所在地，出现了无线电停止发报。爆炸、毁灭比比皆是，令人恐惧。大规模毁灭，全部毁灭。柏林在支撑。现在正临近末日。末日来临。

可是，笼罩着末日结构的天空并不因此而变得暗淡无光。

从前有一条狗——

此狗属于元首和帝国总理，是他的爱犬。有一天，这条狗从元首身边逃走了。到底为什么？

一般说来，狗不会讲话。可是在这里，在问及到底是为什么时，它讲话了，而且讲了为什么："因为厌烦走来走去。因为没有固定的地点，没有固定的时间。因为到处都埋着骨头，却再也无法找到骨头。因为不准逃跑。因为老待在禁区里。因为自好多个狗年月以来，总是在旅途上，而且每一次都有具体情况，不管怎么样都要用假名。白雪飘飞，持续十八天。在北方举行威悉河演习时，必须同时实施哈特穆特行动，以保卫威悉河演习。红色行动从针对中立小国的黄色事件中脱胎而出，直逼西班牙边境。海狮要制伏阴险的英国，它肯定应使秋季旅行成为现实；但是这次旅行却已告吹。为此，马里塔从侧面发起攻击并占领巴尔干。哦，他把钱付给哪一个诗人啊？谁在为他写作？用圣诞树来对付盟友，可是并未奏效。用巴巴洛萨计划和银狐计划来对付劣等民族，然而并未成功。这种情况把西格弗里德从哈尔科夫带到斯大林格勒。在那里，雷鸣电闪和滚滚冬雷并不帮第六军的忙。现在，腓特烈一世和腓特烈二世应当再试验一次。秋水仙很快就已凋谢。通向德姆扬斯克的陆桥已经倒塌。旋风必然将各条战线荡平。蠢牛带着棚圈的气味四处乱窜。回家！回家！这时，甚至连狗也感到厌烦，不管在库尔斯克新近筹建的壁垒是否会固若金汤，也不管针对前往摩尔曼斯克途中的护航舰队的马步会出现什么情况，仍像一条狗那样忠实地期待着。哎哟！美好的时光已成过去，那时候向日葵往北非移植，那时候墨丘利①在克里特岛上做买卖，那时候老鼠在高加索深山里挖洞。只剩下五月的雷暴、环形闪电和圆台形蛋糕对付铁托的游击队。橡树应当把枭雄②再扶上马。可是西线敌人古斯塔夫、路德维希和马尔德尔二世登陆，给内图诺带来了黎明的曙光。敌人的花朵已在诺曼底开放。猛禽、秋雾和守卫都无法摧残这种花朵。在此之前，炸弹在没有兔子的狼窟里爆炸，虽然没损伤这只狗的丝毫皮毛，却使它变得迟钝了。够了！够了！老是被拖住走来走去。专车，小灶，可就是没有活动场所，四周是茂密的森林。

“哦，狗啊，四处漫游的狗啊！从山间庭院到山崖上的城堡，从措波特的温室到冷杉堡，从黑林山到一号狼谷。看不见丝毫的法国气派，在山间庭院只看见白云朵朵。‘狼人’集中营位于温尼茨亚东北部，在所谓的狐狸成群的小树林中。在乌克兰和东普鲁士之间走来走去。被从狼窟带进狼谷。在那里待了一天之后，被带进山上的山雕窝，而最终只得钻进洞里——往下钻，钻到元首的地下室。日复一日，只有地下室！在见到山雕和狼——仍然是狼之后，每天每日见到的只有地下室！在眺望过朵朵白云，体验过山崖上的城堡之后，在居住过冷杉堡，呼吸过黑林山的空气之后，只能呼吸地下室污浊的空气了！

---

① 墨丘利，罗马神话中的商业之神。

② 枭雄，意大利人对独裁者墨索里尼（1888—1945）的称呼。

“这时，一条狗已经厌烦了。这时，一条狗想跟随失败的牙医，躲在孤立无援的台地后面，参加计划中的西哥特人运动。这可以逃跑。问题尚待解决。再也不像一条狗那样忠实。这时，一条暂时不能而且在通常情况下不能讲话的狗说：我要逃跑！”

当元首地下室里祝寿准备工作取得进展之时，它毫无恶意地穿过总理府内院，悄悄溜走了。就在帝国元帅的车在前面开走的一刹那，它来到站双岗的地方，开始往西南方向跑去，因为它从战况报告中推断出，在科特布斯可能有一个战线缺口。虽说这个窟窿显得那么合适，那么宽大，然而面对苏军坦克的先头部队，这条狗却在于特博格东面回转身来，因而放弃了东哥特人运动，往西方敌人那儿跑去——越过内城的废墟，在政府机构所在地附近转悠，几乎在亚历山大广场丧命，然后被两只发情的母狗带着，穿过动物园，差一点在动物园高炮部队掩体附近被抓住。在那里等待它的是巨大的捕鼠器，可它在凯旋柱周围犹豫了七次，然后穿过排列成行的橡皮管，循着早已过时的家用常备药品的气味，凭着狗的本能，加入了平民运输队，这支队伍正在把剧院用具从无线电发射塔旁的展览馆地区转移到尼科拉斯湖去。可是，我方的广播喇叭以及东线敌人传得很远的喇叭——这是家兔可望给它发出的诱人的声音——使它对别墅区以及万湖和尼科拉斯湖产生了怀疑。往西边走得还不够！然后，它把马格德堡-布尔克的易北河大桥确定为第一个阶段性目标。

它安然无恙地到达施维洛夫湖南岸，到达十二军发起进攻的前沿阵地。十二军应从西南部减轻帝国首都的压力。在已经荒芜的别墅花园里稍事休息之后，一个坦克部队特种兵用还有热气的豌豆汤喂了它，十分亲切地唤着它的名字。紧接着，敌人的炮兵对别墅区进行干扰式炮击，使这位坦克部队特种兵受了轻伤，却放过了这条狗，因为在那儿被捕杀的对象，在那儿用四只匀称、可靠的腿追随事先确定的西哥特人运动的动物，仍然是同一只黑色的德国牧羊犬，敌人就是因为它才进行炮击的。

在五月份一个刮风的日子，这条狗在两个吹起涟漪的湖面之间急促地喘气。太空充满了重大的事件。在长着松树的勃兰登堡沙地西部,正等着将目标捕获。一条水平的尾巴,一张往前伸得很远的嘴,摆动着的舌头,凭着十六倍的四条腿,逃跑的距离缩短了——一条狗在连续不断的分段运动中跳跃前进。所有的东西都被分为十六分之一,这些东西是:风景、春天、空气、自由、松树、美丽的云彩、刚从蛹里钻出来的蝴蝶、鸟儿的歌唱和昆虫的嘤嘤声。正在发绿的小果园,音调悦耳的板条篱笆,兔子在田间出没,山鹑在展翅,无边无际的大自然,再也不是沙箱,而是地平线,是抹在面包上的气味,慢慢变得枯燥乏味的落日,没有骨气的黄昏,偶尔可见坦克残骸传奇性地指向清晨五点钟的天空,月亮和狗,月中狗,狗吃月亮,狗的全貌,正在溜掉的狗,狗的打算,正在投敌的狗,逃走的狗,不把自己算在里面的狗,狗产崽,出身——佩尔昆产下森塔,森塔产下哈拉斯,哈拉斯产下亲王……无论从存在的角度还是从自然科学的角度看,这都是一条至关重要的狗,一条背着风逃跑的狗,因为风像所有的部队一样,也向往西方。这些部队是:第十二军、第九军残部、施特讷小分队和霍尔斯特小分队残部、疲惫不堪的勒尔军团、舍勒尔军团和伦杜利克军团、从利鲍港和温道港徒然撤走的东普鲁士军团和库尔兰军团、能够离开赫拉半岛和维斯瓦河三角洲的吕根岛驻防部队,也就是第二军残部。谁嗅到一点风声,谁就会快跑,就会游泳,就会吃力地搬着东西,抛开东方敌人,迎向西方敌人。平民百姓们步行着,骑着马,坐着当时的游船,穿着短袜一瘸一拐地走着,葬身鱼腹,身上缠着纸币,汽车太少,而行李过多,只好呼哧呼哧地爬行着。看,那个扛着他那袋二十磅面粉的磨坊主,那个带着门上小五金和骨胶味的木工师傅,那些亲戚,各种类型的人和随大流的人,抱着玩具娃娃的孩子们和拿着照相簿的祖母们,虚构的人物和真实的人物,所有、所有、所有的人都看见太阳在西边升起,都以这条狗为榜样。

遗留下来的是:白骨山、万人坑、卡片箱、旗架、党证、情书、私人住宅、教堂椅子和难以搬运的钢琴。

未付清的是:到期该支付的税费、建房互助储金信贷社分期付款的款项、房租欠款、各种账单、各种债务和罪责。

所有的人都希望重新开始生活、储蓄、写信、上教堂、弹钢琴、查卡片和住在私人住宅里。

所有的人都希望忘记白骨山和万人坑，忘记旗架和党证，忘记债务和罪责。

从前有一条狗——

该狗离开它的主人，走了很远的路程。只有小兔子皱起鼻子；可是，没有一个识字的人会相信，这条狗没有到过身边。

一九四五年五月八日清晨四点四十五分①，它几乎是神不知鬼不觉地在马格德堡上游游过易北河，在河的西边找到了一个新主人。

① 1939年9月1日，也正好是在清晨这一时刻，纳粹德国部队炮击但泽-韦斯特普拉特，第二次世界大战开始。

第三篇　马特恩故事

第一个马特恩故事

那条狗站在正中间。在他与狗之间,横着一道新的和一道旧的铁丝网,铁丝网由集中营的一个角落伸向另一个角落。当狗站着时,马特恩正在刮着空罐头盒上的白铁皮。他有一把勺,可是忘了放在哪儿。大家都想帮他弄到一把勺。想帮他的有:那条站在正中间的狗,装满空气的罐头盒,英国人的调查表。现在,布劳克塞尔寄来了预付款,规定好由某些行星的出现和消失所确定的日期。马特恩应该聊聊当时的情况。

开始意味着选择。狗与罐头盒之间的双重铁丝网所能提供的是诸如集中营暴怒症、剥夺个人自由之类的东西。这是图示,不过不再充电。要不,你就向狗求助吧,这样,你就居于中心位置了。唤着它的名字,给它吃得饱饱的,把汤给它倒进白铁罐头盒里,把盒里的空气挤出来。垃圾、狗食比比皆是。这是二十九个土豆年。汤汁令人记忆犹新。你还记得小丸子。全都是索然无味的谎言。戏剧角色和生活。马特恩的干菜。粗糙的过错——盐。全都是谎言。

烹调意味着选择。哪些粮食制品烹调的时间要长一些,是大麦糁儿还是铁丝网?这些东西用勺舀来吃,然而在他与狗之间的匈牙利铁丝网却让人把牙齿咬得咯咯作响。马特恩从来就不喜欢铁丝网和牙齿。放肆地把牙齿咬得咯咯响,已经把他那个仍然叫作马特尔纳的祖父送进了地地道道的牢狱,没有窗户的牢狱之中。

回忆意味着选择。是选这条狗还是那条狗呢?每条狗都站在正中间。是什么东西在驱赶狗?世界上没有那么多石头。蒙斯特兵营——从前谁不知道它呢?——是建立在沙滩上的,就是后来也几乎没有什么变化。棚屋烧光了，出现了尼森式活动房屋①。那里有兵营电影院，有稀稀落落的松树，有永久性的克诺亨豪尔兵营，兵营四周是一道旧铁丝网，后来又增加了一道新铁丝网。从一个英国反法西斯分子集中营里释放出来的马特恩，站在围绕着一个释放战俘营的专用铁丝网后面，用勺舀着大麦糁儿。

他每天两次，从叮叮当当响着的白铁罐头盒里刮着汤糊，然后顺着双层篱笆，跟着它在沙地上留下的足印往前走。你们别转身。咬牙人转过身来。每天两次，总是这条狗不肯吃石头："滚开！逃你的命去！你从哪儿来，就滚回哪儿去！"

因为明天或者后天，为每一个没有狗、希望独自生活的人制作的证件就完工了。

"释放后去哪儿？"

"看一看，布鲁克斯先生，去科隆或者诺伊斯。"

"出生时间、地点？"

"一九一七年四月。等一下，准确地说，是在十九号，生在但泽凹地县的尼克尔斯瓦尔德。"

"上过的学校和学习经历？"

"嗯，先是上普通学校，上一个村里的公立学校，然后上文科中学，直到毕业。在那以后，我本来该上大学攻读国民经济学，可我却在好心的古斯塔夫·诺尔德老头子——一个杰出的话剧演员那儿上戏剧课，还上萧伯纳、圣约翰娜②……"

"这么说，是从事演员职业喽？"

"是的，布鲁克斯先生。剧中出现的角色，我都演过，演过卡尔·莫尔和弗兰茨·莫尔，演过群氓的智慧，群氓的恐惧！有一次在我们美好、古老的'咖啡磨'小店里，在我还是一个学戏剧的学生时，我甚至演过一头讲话的驯鹿。那是一个头脑发热的时期，布鲁克斯

① 这种半圆形瓦楞铁皮活动房在"二战"时多作为临时军用宿舍。

② 即圣女贞德，萧伯纳写过同名剧本。

先生……”

“曾经是共产党员吗？从什么时候到什么时候？”

“也就是说，一九三五年我参加了中学毕业考试。大致从中学六年级起，我就参加了‘红鹰’的活动，紧接着便成了一名登记入册的共产党员，一直到这个党在我们那儿遭到查禁时为止，也就是到一九三四年年底。不过，后来我还继续从事地下活动，散发传单，张贴标语，可是这一切都无济于事。”

“是国社党①或者其中一个组织的成员吗？”

“当了几个月的冲锋队队员，就这样闹着玩儿，就像是在当特务，去熟悉一下店铺里的情况。后来因为我的一个朋友……”

“从什么时候到什么时候？”

“我已经说过，布鲁克斯先生，几个月，从一九三七年夏季到一九三八年春。然后，他们就把我撵出来了。他们使用了冲锋队中队法庭，因为我拒绝服从。”

“哪个中队？”

“要是我知道这个就好啦！事情倒是很快就过去了。全都是因为我的一个朋友是半个犹太人，而我又保护了他，使他免遭暴徒伤害。另外，我朋友认为……由此可见，那些暴徒就是冲锋队朗富尔-诺尔德第八十四中队，属于冲锋队但泽第六旅第一百二十八支队。”

“朋友叫什么名字？”

“阿姆泽尔，爱德华·阿姆泽尔。是个艺术家。可以这样说，我们是一起长大的。他可能显得很可笑。他做舞台布景，机械化的布景。譬如说他只穿已经穿过的衣服和鞋子。他胖得要命，可是很会唱歌。是个顶呱呱的家伙，真的！”

“阿姆泽尔后来怎么样啦？”

“不知道！他只好走了，因为他们把我赶出了冲锋队。后来我曾到处查询，譬如在我们过去的德语教师布鲁尼斯那儿……”

---

① 国社党，全称德国国家社会主义工人党，即希特勒的纳粹党。

“这位教师现在的住址?”

“布鲁尼斯吗? 这个人死掉了,一九四三年就进了集中营。”

“哪个集中营?”

“施图特霍夫,在但泽附近。”

“最后一个和倒数第二个部队单位?”

“直到一九四三年十一月:第二十二高炮团皇帝港高炮连。后来因为侮辱元首和瓦解士气被判决,从上士降为普通步兵,调到第四惩罚营去扫雪。一九四五年一月二十三日在孚日山脉投奔美军第二十八步兵师。”

“还有过其他刑事诉讼吗?”

“有一大堆,布鲁克斯先生。也就是说,首先是我那个冲锋队中队的事情。后来,几乎还不到一年——我到什未林剧院工作,因侮辱元首之类的事被立即解雇。后来,我迁往杜塞尔多夫,有时候可以在广播电台做做儿童节目,除此之外,还在温特尔拉特体育俱乐部的成员那儿打拳球。我在那里被几个体育爱好者告发——要是您知道这种事的话——紧接着便是:拘留待审,骑兵街警察局。他们把我打得进了医院,如果不是战争爆发,及时……哎哟,我差点儿把狗的故事给忘了。那是一九三九年仲夏……”

“在杜塞尔多夫吗?”

“又回到了但泽,布鲁克斯先生。我确实不得不自动报名,要不然他们就会把我抓起来。所以,我就住在霍赫施特里斯过去的警察局营房里。当时我一怒之下,要不就是因为我反感,于是便毒死了一只牧羊犬。”

“这只牧羊犬的名字?”

“名叫哈拉斯,属于一个木工师傅。”

“这条狗有什么特殊情况?”

“就像大家所说的那样,这是一只种犬。这条哈拉斯在一九三五年或者一九三六年产下了一条狗,产下了亲王——就像我站在这儿一样,这是千真万确的!——亲王被送给希特勒祝寿,而且据说——对此会有很多证人——还是他的爱犬。另外——现在，布鲁克斯先生，这个故事变成了秘密——就是森塔，我们的森塔，哈拉斯的妈妈。在尼克尔斯瓦尔德——位于维斯瓦河河口——它在我们家风车的四脚支架下产下了哈拉斯，另外还有几只幼犬，当时我还不到十岁。接着便是一场大火，把风车烧毁了。我们家的磨坊毕竟是一个特殊的磨坊……”

“特殊？”

“就是说，人们甚至称它是尼克尔斯瓦尔德具有历史意义的磨坊，因为普鲁士的路易丝女王在躲避拿破仑的逃难途中曾经在我们家磨坊里过夜。磨坊的风车是一架漂亮的德国四翼老式风车。这种风车是我曾祖父奥古斯特·马特恩建造的。他是著名的自由豪杰西蒙·马特尔纳的直系后裔。马特尔纳于一五一六年被市政长官汉斯·尼姆普奇逮捕，在但泽的牢狱里被处决。可是他的堂兄弟——理发师的伙计格雷戈尔·马特尔纳在一五二四年再次举起了义旗，而且在八月十四号，当时正值多明我会修道士集市，他也同样被处决。我们到底是马特恩一家，我们不能缄默，我们总是畅所欲言，就连我父亲——磨坊主安东·马特恩也能预言未来，因为黄粉蚲的幼虫给他……”

“谢谢马特恩先生。这些说明足够了。明天早上给您释放证。这儿是您的路条。您可以走了。”

穿过有两个铰链的门，好让太阳在外面立竿见影。在战俘营操场上，战俘马特恩，棚屋和尼森式活动房屋，剩下的松树，写满通知的黑板，双重铁丝网篱笆和篱笆另一面那只驯服的狗，都往一个方向投下了影子。您想一想吧！有多少条河流入维斯瓦河？一个人有多少颗牙齿？普鲁士诸神叫什么名字？有多少条狗？有八九个蒙面人吧？有多少名字还在流传？你有多少妻子？你的奶奶在椅子上瘫了多久？当儿子问磨坊主某人的情况怎么样和此人正在做什么时，你父亲的黄粉蚲幼虫低声说什么？它们低声说着——你想一想——那个人嗓子完全沙哑了，可仍然整天一支接一支地抽着香烟。我们什么时候在市立剧院演过比林格尔的《巨人》？谁扮演那个多纳塔·奥普费尔库赫？谁扮演她儿子？评论家施特罗门格尔在《前哨》上面写了些什么？你想想，那上面写着："这个年轻有为的马特恩扮演多纳塔·奥普费尔库赫的儿子。顺便提一下，多纳塔被玛丽·巴尔格黑尔演得马虎极了。儿子和母亲，两个值得注意的、叫人捉摸不透的人物形象……"钱——犬——狗——昆翁！我被释放了。在我的风雨夹克里揣着证件、六百马克、食品配给证和旅行证件！我的海员帆布口袋里装着两条内裤、三件内衣、四双短袜、一双美军军用胶底鞋、两件染成黑色的几乎是新的美国佬衬衣、一件未染色的巴拉斯军官大衣、一顶真正的有绅士气派的康沃尔平民帽、两份K氏行军给养①、一磅罐装英国板烟、十四包骆驼牌香烟，大约二十本雷克拉姆小册子——大多为莎士比亚、格拉贝和席勒的作品——一整套《存在与时间》，另外还有为胡塞尔写的献词、五块高级肥皂和三听咸牛肉罐头……钱啊，我发啦！狗啊，你得胜的权势在哪里②？前进吧，狗！善良的昆翁！

马特恩背着帆布包，步行着，在沙地上迈开步伐。战俘营外面这块沙地没有战俘营里的沙地那么板结。只要不再肩并肩地走就行！因此，马特恩的兴致和他不坐火车都是暂时性的。那条狗掉在后面，感到莫名其妙。投中的和落空的石块不是把它赶到已经翻耕过的田地里，就是把它赶到路上。无精打采投掷的石块使得它夹起了尾巴。它叼来真正的石块——策拉克！

马特恩同不可缺少的狗往法林波斯特尔的方向走完了四公里的沙地。既然一级田间小路不像他那样通向西南部，他就赶着畜生越过田野。凡是知道他右腿在正常地大步往前走的人都不得不承认：他左腿跛得几乎看不出来。这儿所有的地方都曾经是部队的练兵场，而且将永远保留下去——这就是军事演习造成的农田损害。褐

① 美军干粮，以其研制者凯斯命名。

② 此处参见《哥林多前书》。

色的松树林开始了,逐渐变为嫩绿的幼林。林中一块砍光树木的空地给他提供了一根木棍:"滚开,狗! 没有名字的狗。像一条狗那样忠实。坏蛋畜生,滚!"

可是我不能带它走。不会出现赞扬者。他们曾经同所有的人一道唆使我。我该拿这个吉塞尔特怎么办呢? 重温往事吗? 灭鼠药,杜鹃挂钟,和平鸽,破产的威胁,基督徒的狗,犹太猪,家畜,家畜……滚开,狗!

这种情况持续到傍晚,嗓子几乎沙哑。在奥斯滕霍尔茨与埃塞尔之间,满嘴念叨的都是防守和头衔,这些东西不仅是指狗,而且是指周遭环境。在他那寒冷的家乡,一旦有人要被石头砸死,人们从庄稼地里拣出来的是策拉克,而不是石块。这些石块,甚至还有土地和木棍,要打中这个畜生和别的人,要打中一切。一条不愿离开由自己选定的主人的狗,绝不能从狗同神话的关系中学到这么多的东西。世界上不存在它不该看守的冥府,不存在任何一条狗都不喝其水的冥河。忘川,忘川①,人们怎样才能忘记往事? 没有一个地狱没有看守地狱的狗!

一条不愿离开自己所选定的主人的狗,绝不会同时被打发到如此多的国家和城市去。走吧,走得越远越好。到布克斯特胡德去,到杰里科和托特瑙去。这条狗有谁不会去舔呢? 名字,名字——可是它并不进入地狱,不去遥远的城市,不舔陌生人,而是像一条狗那样忠实地跟着自己选定的主人。

你可别转过身来,有一条狗在默默无声地尾随着你。

这时,马特恩劝说曼德尔斯洛的一个农民——他们最后沿着一条叫作莱涅的小河走——也就是劝说下萨克森的一个农民——这个农民让他在上下都是雪白的、真正的床上睡觉,收到他四包骆驼牌香烟——马特恩吃着热气腾腾的油煎马铃薯劝道:"难道你就不需要一条狗吗? 它在外面四处游荡,从早上起就已经跟在我后面了。我

① 希腊神话中阴间的河名,死者饮其水即可忘记过去的一切。

摆脱不了这条狗。它不是一条坏狗，只是相当淘气罢了。”

尽管那个农民认为这条狗并不坏，只不过是有点野而已，但他还是先过了夜，待明早再考虑是否要它。可是第二天，在从曼德尔斯洛到罗滕乌费尔恩途中，这条狗却寸步不离。那个农民在吃早饭时想把狗留下，可是这条狗却不愿意，它已经作出了决定。

施泰因胡德湖看着他们，把他们撮合在一起。在罗滕乌费尔恩与布拉克韦德之间的行军比较轻松，因为有一辆三轮手推车载着他；这条狗必须伸开四肢趴下，好让他也躺下。甚至在威斯特法伦——因为他们这一段路的目的地叫作林克罗德——他们也依然组成这样的一对。狗的数量既未增多也未减少。当他们从林克罗德出发，经过奥特马尔斯博霍尔特到达埃尔门时，他已经在同它分享粗面黑面包和咸牛肉了。然而，当狗狼吞虎咽地吞食小块面包时，一根从下萨克森带来的木棍却砰的一声打在了纠结在一起的皮毛上。

因为两者从埃尔门出发，经过奥尔芬直至埃维尔苏姆，一直保持着适当的距离，所以他在次日，在施特维尔这条小河里用刷子把它的毛刷干净，把它的皮毛，即表层的毛和下层的茸毛都刷得乌黑发亮。一斗烟换来一把旧狗毛刷。“是条纯种狗。”马特恩得到了证实。这一点他自己也看到。他对狗有所了解：“这个我知道，老兄。我毕竟是同一条狗一道长大的。瞧瞧这四条腿吧，不是罗圈腿，踝关节也没有并得很拢。从臀部到背部前面隆起部分的线条，看不见丝毫凸起的痕迹，只是它已经不再富于青春的活力了。要是从上唇的下垂部分看，它闭得并不紧。这儿，眉心上面有两个灰色小岛。可是，这口牙齿还可以用好长一段时间。”

现在开始用炉子里的英国板烟来估价和讨价还价。

“它以后会怎么样呢？我估计它已经十岁。”

马特恩说得更确切一些：“如果不是十一岁的话，那么这种狗会一直活到十七岁，不过应该注意，要好好照料它。”

吃过饭后聊了一会儿世界局势和原子弹，然后就开始讲起威斯特法伦的狗故事来：“在贝希特鲁普，战前很久，那儿曾经有过一条公牧羊犬。这条狗活了二十个狗年岁就慢慢地死了。二十个狗年岁被折合成、说成、写成人类的一百四十个年头。至于我祖父嘛，他倒是讲到过一条产自雷谢德的狗。那条狗可是来自迪尔姆狗舍，不过眼睛差不多已经瞎了，足足有二十二个狗年岁，这等于一百五十四年。您的狗在这儿有十一个狗年岁，折合人类的七十七个年头，由此看来还是一条幼犬。”

这是他的狗，他既不扔石块，也不吆喝，把它打发走，而是严格地把它视为没有名字的财产。“它到底叫什么？”

“它还没有名字。”

“也许您要给这条狗起一个名字吧？”

“我不起名字，要不，你就给它起吧。”

“嗯，那您就叫它格赖夫，或者叫它卢克斯、法尔柯，或者叫它哈索、卡斯托尔、沃坦……我知道有一条公牧羊犬，不管您信不信，那条狗叫雅索米特。”

哦，臭狗屎！谁在这个时候蹲到野外去，拉了一截硬邦邦的狗屎，而且现在还在观察其粪便呢？有人虽然不愿吃狗屎，却把它视为自己拉的屎，这人就是马特恩，瓦尔特·马特恩。此人可以把牙齿咬得咯咯作响，真乃粪便当中的砾石；此人片刻不停地寻找上帝，而充其量只不过是找到了粪便而已；此人踩到了自己的狗——狗屎！可是它却回头对着同一块田地，斜对着垄沟哀鸣，它依然没有名字。狗屎，狗屎！难道说马特恩该把他的狗叫作狗屎吗？

他们没有起名字，就渡过利珀河-威悉运河，走到哈尔德，走进一个中等大小、丘陵起伏的森林区。本来他打算同这条没有名字的狗横穿一直延伸到马尔的混交林——这片混交林应该叫库诺还是叫托尔？——可是后来他们拐到了左边那条路——是叫奥迪法克斯吧？——他们一直往前走，走到已经出了林区，见到迪尔门-哈尔特恩-雷克林豪森铁路线。这里有一些矿山的名字，这些名字也适合用作狗的名字。这些名字是汉尼巴尔、雷根特、普罗斯佩尔吧？在施佩克霍尔恩，主人和没有名字的狗找到了一张床。

查阅资料，逐一清点。刻在花岗岩和大理石上的是名字，名字。这个故事就由这些名字构成。人们也许能够、应该、可以把一条狗叫作托蒂拉，叫作埃策尔或者卡斯帕尔、豪泽尔吧？这一长串名字的第一个名字叫什么？叫作佩尔昆。也许多余的神灵能赐给它波特里姆普或者皮柯洛这样的名字吧？

那些虽说不对外但对于任何一条狗都不适合的名字使人坐卧不安。遇上这种情况，谁会辗转反侧，夜不成眠呢？清早，在接近地面的雾气笼罩下，他们俩顺着铁路的路堤，踏着铺路的碎石，让挤得满满的一趟趟早班列车从身边一闪而过。只见满目疮痍的荒凉景象——这是雷克林豪森吧，要不就是已经到了赫尔内，右面是瓦内，左面是艾克尔。在埃姆舍尔河和莱茵河-赫尔内河运河上架着应急用的桥梁。一些不知姓名的人在晨雾中捡着煤渣。绳轮不是在提升井架中默不作声，就是在不知名字的矿山上面转动。没有嘈杂声。一切都在沉睡之中。像往常一样，充其量只有铺路碎石或者乌鸦在讲话，讲的什么，叫不出名字。一直走到路稍微往右拐时，才有了一个名字。单轨铁路从艾克尔延伸而来，却又不通往许伦。所以，可以在敞开的入口处看到历经风雨的姓名牌上大写的字母：普鲁托岔路。

这个名字已经足够了："到这儿来，普鲁托。普鲁托，坐下。趴下，普鲁托。抓住，普鲁托。听话，普鲁托。趴下，拿来，吃下，普鲁托。快，普鲁托。去找，普鲁托。找我的烟斗，普鲁托！"普鲁托在充当大量搜集粮食和钱币的教父，这个教父同哈得斯或者老皮柯洛斯相似，进行地下交易——肮脏的交易，没有寺院的交易，看不见的交易，井下的交易，弄到大笔养老金，往矿井井窝输入人员。在那里，你只能进去，无法出来。它那里就是落脚的地方。没有人收买它，大家都必须去这个无人尊重的普鲁托那里。只有马特恩和埃勒尔把献给普鲁托①的心、脾和肾摆上圣坛。

他们顺着岔路往前走。轨道之间的杂草说明，这里已经好久没

---

① 罗马神话中的冥王普鲁托，又译普路同。

有走火车了。铁锈使这些铁轨失去了棱角。马特恩时而大声,时而小声地试了试这个新名字。自从他把这条狗据为己有以来,他的嘶哑症已经明显好转。名字的事一帆风顺。先是惊讶,然后便全神贯注地侧耳倾听。这条狗曾受过训练。这不是随随便便的一条狗。普鲁托按照煤矿井窝中间的口哨声站立或者趴下。在半路上,在多特蒙德和奥伯豪森之间,普鲁托表演它所学过的和尚未忘记的东西,只是稍微有点儿压抑感,因为它这些时间都惶恐不安,成了丧家之犬。这真是绝招。雾气已在凝结,在亲手吞食自己。在这里,将近四点半钟时,甚至已经升起了一轮红日。

每天都要测定一次自己的方位这种嗜好总丢不掉。我们到底在哪儿?这是一个重要的角落!左边是沙尔克-诺尔德和威廉矿-维多利亚,右边是瓦内,但没有艾克尔,在埃姆舍尔河沼泽后面是格尔森基尔欣。在这里,在这段有锈铁轨和长着杂草的岔路往前延伸的地方,在几乎炸毁的、已经停止运行的旧式弯腿提升井架下面,是那个普鲁托矿山,就是这座矿山给黑色牧羊犬普鲁托起了这个名字。

到处都在休息,这就是战争所创造的一切。荨麻和黄花植物生长之迅速简直令人难以置信。人们能够想象到的那些皱巴巴的破旧衣物永远留在了地上。T型支架和散热片伸着两指,弯成了弓形,就像一个人肚子疼痛难忍时的模样。人们不应描述废墟,而应当利用废墟;因此,废铁商贩来到这里,把犹如问号一样歪歪扭扭的废旧铁器重新扳直。恰似雪花莲鸣钟宣告春天的来临那样,商贩们将要敲掉废铁上面宁静的气氛,公布巨大的冶炼厂。哦,你们这些胡子拉碴的和平天使啊,你们把变瘪的汽车挡泥板伸展开来,而且在这个小地方,在沙尔克与瓦内之间的普鲁托矿山这样的小地方安家落户!

马特恩和四条腿的“同事”,两者都喜欢这个环境。他们立即进行驯兽练习。那里留下一段高度大约一米三的漂亮颓垣。开始,普鲁托!但是,姿势优美地弯曲前肢和长长的背部隆起部分,长度中等、强壮有力的背部,两条匀称得体的腿臀部,这并不是绝招。跳,普鲁托!黑狗身上顺着背脊的方向没有标志或者鳗纹,这说明动作迅速，有耐力，喜爱跳跃。再来一次，我的小狗，我在墙上再加点东西。两边腿臀部提供了跳跃所需的给养。离开地球。在莱茵-威斯特法伦的天空作一次小小的遨游。软软地着陆，关节已经着陆。好狗，好样儿的狗，经过严格训练的普鲁托。

狗时而在这儿喘息，时而在那儿搜寻。一个伸得低低的鼻子在搜集气味标记——古董。尽管也许可以一目了然地猜到，这就是那些上最后一个早班的人留下的衣服，但在烧焦的矿口建筑物里，狗却对着摇晃的链式升降机和钩子狂吠。响起一阵回音。在被偷得一干二净的废墟里发现猎物时，狂吠是一种乐趣。可是主人在吹口哨，把狗唤到太阳下，唤到游戏场地上。在一台被炸毁的调车机车里，可以找到一顶司炉帽。人们既可以把这顶帽子抛向空中，也可以把它戴到头上。司炉马特恩说："所有这一切都属于我们。我们已经有了这座矿口建筑物。现在我们要占有管理处。人民要掌握生产资料!"

可是，在四壁空空的办公室里没有留下一枚印章。如果不是这么回事的话——"那儿的地面上可是一个洞!"——他们就有各种理由重新走到阳光照耀的游戏场地上去。"可以从那儿往下走啊!"走一段几乎完整无缺的地下室阶梯。"不过得非常小心!"周围很可能埋着一颗前天埋下的地雷。可是在有暖气设备的地下室里没有地雷。"我们想参观一下这个地下室。"他们一小步一小步地挪动着。"我的圣光和那个好好的旧打火机到底在哪儿？我在敦刻尔克找到了。人们看到了比雷埃夫斯、敖德萨和诺夫哥罗德。打着灯笼火把送人回了家。总是发出无线电信号。为什么不在这儿!"

各种黑暗都知道这是为什么。各种秘密都很敏感。每个寻宝者都期望得到更多的东西。这时，他们的六只脚站在塞满东西的地下室里。没有箱子可撬；没有瓶子可以咕嘟咕嘟地倒酒；既没有被移置的波斯地毯，也没有银质调羹；没有教会产业或者宫中财产，只有纸。这不是空白纸，要不然这种纸还可以买卖；也不是两个大人物之间用手工纸书写成的往来函件。上面印出的东西有四种颜色，四万张宣传画还散发出油墨味。每一张都同样光滑平整。在每一张画上，他都戴着压得很低的鸭舌帽，这是神情严肃、凝视呆滞的元首目光。自今晨四点十五分起①。我命该如此。当初，当我作出决定时就已注定。无数生灵涂炭。这是耻辱，可鄙。必要时只好如此。此外别无他法。最终一败涂地。绝不存在会再来一次的可能性。组织一个阴谋集团。此时此刻在凝望着。转折会出现。我在叫你们的名字。我们将要到来。我拥有，我将会拥有，我是我的。我……

马特恩用两根手指从纸堆上揭起的每一张宣传画都飘然而下，然后便落在普鲁托的前腿前面。只有少数几张样品落在脸上。在多数情况下，元首都望着地下室天花板的暖气管。这是神情严肃、凝视呆滞的元首目光。马特恩的那对手指片刻不停地忙碌着，就好像他期待着会从下面一张或者再下面一张符合德国工业标准规定的纸幅尺寸中出现一种新的目光似的。这个人在期待着，只要他……

这时，一阵美妙的歌声开始充满这个鸦雀无声的地下室。元首的目光在这只狗的胸腔中引发出了这种咏叹调。现在是狗在歌唱，马特恩没法制止它。“安静，普鲁托！趴下，不许叫，普鲁托！”

可是，呜呜叫着的狗却让竖着的耳朵耷拉下来。它蜷曲着四条腿，夹着尾巴。这种声音直逼混凝土天花板，穿进爆裂的管道，而马特恩能够同这种声音凑在一起的，只不过是把牙齿咬得咯咯作响的单调声音罢了。这种事只好半途而废。他吐唾沫，往一幅在政治性谋杀前拍下来的肖像上吐唾沫；在神情严肃、凝视呆滞的元首目光之间是牛肺黄油；咽黏液翻着筋斗，击中了他、他、他。不过，这种黏液并没有留下来，因为这条狗长着一根舌头，这根舌头会长时间津津有味地舔元首有毛病的脸，舔他面颊上的鼻涕。吐唾沫再也不会妨碍这道目光。他四方形的小胡子上吊着唾沫——像狗一样忠实地吊着。

---

① 这是希特勒宣布战争开始的三句臭名昭著的话当中的一句，也是 1944 年 7 月 20 日夜间到 7 月 21 日清晨的电台用语，摘自《我的奋斗》第七章的结束语。

然后是对应的行动。马特恩有十根手指,这些手指可以把光滑平整地印着四色脸的东西、放在地上的东西、堆放着的东西和目视着天花板的东西使劲捏成一团,把他、他、他捏成一团。不!狗说。狗的狺狺声越来越大。普鲁托斩钉截铁地说:不!一条狗在表示反对:停下来,立即停下来!马特恩举起的拳头放了下来:“真是乖普鲁托。坐下,普鲁托。好的,好的。别这样看,普鲁托。咱们打一会儿盹,节约一下这道圣光好吗?睡吧,又乖乖地躺在一起好吗?乖普鲁托,乖。”

马特恩吹灭蜡烛。主人和狗就躺在堆起来的元首目光上面。他们在黑暗中呼哧呼哧地喘着粗气。大家都在各自呼吸着。亲爱的上帝在一旁观看。

第二个马特恩故事

他们不再用六只脚行走,六只脚中似乎有一只有毛病,因而不得不跛着走。他们挤在塞得满满的火车里,从埃森经过杜伊斯堡到诺伊斯去,因为一个人总得有一个目标——不管是博士帽还是射手银牌,是天国还是私人住宅,都在通往鲁滨孙、世界纪录和莱茵河畔的科隆的路途中。

这次长途跋涉虽然历尽艰辛,但仍在继续。尽管并不是所有的人,但不少人都在奔波,他们随身带着一袋袋土豆或甜菜。因此——如果说对于甜菜尽可以放心的话——他们并非走进春天,而是走向圣马丁岛。也就是说,由于是十一月份的缘故,虽然穿着散发出异味的大衣显得拥挤不堪,但在充满了人的车厢里面旅行,总比坐在圆圆的车厢顶上,站在摇晃的缓冲器上,或者站在每到一站都必须重新争夺的车厢踏板上要好受一些。并非所有的旅客都有相同的目的地。

还在埃森时,马特恩就已经在为普鲁托操心了。在车厢里面,它那冲人的气味同晚熟的土豆、带着地里潮气的甜菜和旅客的臭气混在一起。

马特恩迎着风，只闻到机车冒出的烟味。他把帆布口袋捆在身上，在格罗森鲍姆火车站和卡尔库姆火车站顶着人流，坚守着车厢踏板。迎着风把牙齿咬得咯咯作响，看来是毫无意义的。过去，当他用全副牙齿同圆锯搏斗时——人们在背后议论，说他甚至在潜水时也能把牙齿咬得咯咯作响——过去，他可能还迎着风高声大叫过。这就是说，他虽然默不作声，但小脑袋里却装满了戏剧角色，匆匆走过萧索凄凉的地区。在德伦多夫，他把帆布口袋竖起来放，给一个弱不禁风、很可能还是个教授的钟表匠让出了踏板上的一小块位置。这个钟表匠要把八块煤砖带到屈佩尔施特格去。在杜塞尔多夫火车总站，他还能拯救这个人，可是在本拉特，一群暴徒却把这位教授连同他的煤砖一道卷走了。只是为了维护正义的缘故，马特恩强迫那个取代了钟表匠的位置而非要把他的厨房用磅秤带到科隆去不可的家伙在勒弗库森转车。他抬起头往里瞧，证实了在车厢里面还站着一只四条腿的狗，而且像一只狗那样忠实地望着车厢分成格的窗户："就是，就是。只是还要等一会儿。譬如说这堆砖看来就是米尔海姆了。砖上面没有刷石灰浆。可是，我们已经从虎耳草丛中看到双重记号，看到魔鬼的哥特式兽角，看到大教堂了。在大教堂所在地，在离那里不远处，还有一座与大教堂类似的世俗建筑物——火车总站。这两者犹如斯库拉与卡律布狄斯、王位与祭坛、存在与时间、主人与狗，同属一个整体。"

现在这肯定是莱茵河了！马特恩在维斯瓦河畔长大。在记忆中，维斯瓦河比莱茵河还要宽。只是因为马特恩一家子老得住在河边——河水的川流不息赋予人们以生活感情——于是便发生了前往科隆的"十字军东征"。这也因为马特恩曾经在这儿待过，还因为他的祖先西蒙·马特尔纳和格雷戈尔·马特尔纳兄弟，还有他的堂兄弟巴尔比尔·马特尔纳经常回来，多数情况下是用火与剑进行报复。这样一来，德赖尔巷和佩特西利巷便化成了灰烬，朗加尔滕和巴尔巴拉教堂在刮东风时被烧得精光。瞧,这里肯定已经有别的人试过他们的打火机了。如今已经很难找到火棉。再说,马特恩的报复也不负任何纵火责任:“我来这儿是为了带着黑狗和一个按照心、脾和肾的模式命名的名单来进行审判。必须把这些名字说出来!”

啊,有酸味的、取掉玻璃的、有穿堂风的、神圣的、天主教的科隆火车总站啊!提着箱子和背着背包的各国人民来到这里,看着你,闻着你,然后又离开这里,奔向四面八方,再也无法忘记你和斜对面的双层石头怪物。谁要想理解人,谁就得在你的候车室里跪下身来;因为所有的人在这里都虔诚笃信,相互之间都在喝着淡啤酒时忏悔。不管他们干什么,无论是张着嘴巴睡大觉,还是搂抱着可怜巴巴的行李,或者为天上的打火石和香烟列举尘世的价格,不管他们遗漏和隐瞒什么,补充和重复什么,他们都在进行彻底的忏悔。在窗口前,在遍地纸屑的候车室里——两人一伙,三人一帮,这是一次非法集会!——甚至在下面,在铺上地砖的卫生间里,啤酒又在那里暖乎乎地流着。男子汉们解开衣扣,假装静悄悄的样子,几乎沉浸在白色搪瓷的海湾里,低声耳语着早就听到过的故事尾声。这些尾声很少是合乎逻辑的,大多数都有一个轻松愉快然而又是意料之中的拐角。要撒尿。撒尿的牡马们用穿在裤子里的两条腿站成空无一物的十字架,站了好久。他们把右手搭在自己的赘生物上——他们大多数人都已经结婚——用左手撑在髋关节的部位,用忧郁的眼睛凝视着,辨认着碑文、献词、自白、祈祷、呼声、诗句和姓名,这些东西都是用蓝铅笔胡乱涂鸦画上去的,是用指甲剪、刺或者钉子刻上去的。

马特恩也这样做。只是他不用左手撑在髋关节的部位,而是在身后牵着一根皮带。这根皮带是在埃森用两包骆驼牌香烟换来的,在科隆把他和狗联结在一起。所有的男人都要站好久,尽管马特恩撒的尿已经不再淋在搪瓷便池上,可是他这个“好久”持续的时间更长。他已经在用手指把一颗又一颗的纽扣——用念主祷文那样长的时间断断续续地——弄进相应的扣眼里。他再也不是空洞无物的十字架,而是一本书的书脊。他那双近视眼凑得非常近地盯着印刷体和手写体。这是求知欲,是阅览室的气氛。这是犹太教学者。别妨碍正在埋头读书的人!知识就是力量。一个天使走过科隆火车总站那巨大的、铺上地砖的、暖乎乎的、发出冲人甜味的、神圣的、天主教的男卫生间。

那里写着:“小心!”永远保留着:“好哇,好哇,拉拉拉拉——烧酒正好传染虎列拉①。”在那里有一个路德教派的钉子胡划着:“如果世界上到处都是魔鬼……”读起来很费劲的是:“觉醒吧,德意志!”大写的字母永垂不朽:“所有的女人都是下贱货!”在那里有一个诗人写着:“不管世态炎凉——我们依然是老朋友。”有一个人说得简明扼要:“元首活着!”可是另外一种字迹更善于表述,它补充道:“而且在阿根廷。”有些简短的惊呼,譬如:“不!不包括我!昂起头来!”这些呼叫又重复了一遍。同样重复的还有再三把尚未坏掉的、长着辐射状绒毛的小面包作为主题的绘画,还有躺着的女人,用曼坦那②的目光注视躺着的基督,也就是说,从脚底板进行观察。最后,在欢呼声“恭贺四六年新禧!”和过时的警告“小心敌人听见!”之间,下面扣上了扣子、上面还敞开着的马特恩读到一个有教名、有地址、不带押韵的或者亵渎神明的注释的名字:“约亨·萨瓦茨基——弗利斯特登——贝格海姆大街三十二号。”

马特恩立即——在前往弗利斯特登的路上他已经带着心、脾和肾——拿出口袋里的一颗钉子,他要写字。这颗钉子在献词、自白和祈祷上面,在长着滑稽可笑的绒毛的小面包和躺着的曼坦那女人上面,重重地、十字交叉地刻下了这首童谣:“你们别转身,咬牙人正在转悠。”

这是一个沿街村庄,位于科隆与埃尔夫特之间。从邮政总局经过明格尔斯多夫、勒维里希、布劳魏勒开往格雷文布罗伊希的公共汽车先要在那里停一下,在比斯多夫后面拐向施托梅尔恩。马特恩用

① 虎列拉即霍乱的音译。前半句为青年男女在跳丰收舞时发出的欢呼声。

② 曼坦那(1431—1506),又译曼特尼亚,意大利文艺复兴初期巴杜亚派画家。

不着问路就找到了。萨瓦茨基穿着胶靴打开门："哎呀，瓦尔特，你还活着呀！这可真是一件意想不到的好事！快进来，要不然，你就根本不想到我们这儿来？"

室内散发出一股煮甜菜的味道。从地下室上来一个裹着头巾的妞儿，她身上的味道也并不使人感到好闻一些。"你知道，我们正好在用甜菜熬糖浆，然后我们把它卖掉。虽说这要费好多工夫，可是每年都可以带来一些收益。这是我女人，她叫英格，是本地人，是个小滑头。到英格这边来，在这儿。这是我的一位朋友，一个同事。我们有好长一段时间待在一个中队。我的老天爷，你到我们这个倒霉地方来干什么。唉，真糟糕，棒棒要举高！你设想一下吧，咱们俩在小锤公园里，关灯——走出餐厅！上，别推三阻四的。你还记不记得古斯塔夫·道和洛塔尔·布德齐斯基？记不记得弗兰茨兴·沃尔施莱格尔和杜莱克兄弟？记不记得维利·埃格尔斯？啊，还有奥托·瓦恩克、霍佩和戴克尔特，还有那个小个子布布利茨？不过，所有这些患难朋友都像约尔德一样忠实，只是你们都喝得烂醉如泥，这种事已经好多次啦——那时候你也喝得醉醺醺的。哎呀，我真有点怕吉赛尔特。我可以请你进另一个房间吗？——好啦，已经到啦，应当待在这儿。现在你讲一讲，你从哪儿回来，而且来得正是时候？后来，你不在我们中队的时候，我们中队就散伙了。然后谁都可以讲：我们当时是盲目的，我们曾经听从你的口哨声出去站岗，一次又一次地出去。这些事都不足挂齿。不过他们愿意这样，尤其是杜莱克兄弟和沃尔施莱格尔。名誉法庭！冲锋队员不偷东西！同志的盗窃行为！——我大哭了一场——你可以相信我，英格——就在他不得不走的时候。瞧，你现在到底又回来了。先休息一下，要不就到下面的洗衣间去，在那儿煮甜菜。你可以躺在躺椅上看。哎呀，真是老笨蛋！我老对英格讲：野草除不尽①。英格，是不是？我简直高兴得像个女人。"

---

① 谚语，意指：我们这种人是不会遭殃的。

在舒适的洗衣间里煮着甜菜，散发出一股甜味。马特恩懒洋洋地半躺半坐在躺椅上，嘴里咬着某种无法吐出来的东西，因为那两个人非常高兴，在旁边用四只手熬制糖浆。她用一个铁铲在洗衣间的大圆木桶内搅动，使劲，使劲，这时，只有一只小手在忙碌；他负责把火烧得均匀。他们的煤砖成堆地垛着，这是黑色金子。她是一个地道的莱茵河地区的人，一个有一双稚气的大眼睛的妞儿，老是不停地左顾右盼。他几乎没什么变化，只是肩膀变得更宽了一点。她只是一个劲儿地瞧，一句话也不说。他喋喋不休地闲扯着陈年旧事："你还记得，可能还想得起，由于冲锋队的缘故开始进军，以及唉，真糟糕，棒棒要举高吧？"她终于该停止继续瞧了，因为我还得同他，而不是同英格太太算笔老账。因为要熬制糖浆，大家都在发愁。夜里，笨蛋们跑到地里去，偷甜菜，把它去皮，切成小块，等等，等等。你们不能这么快就摆脱瓦尔特·马特恩，因为马特恩来到这里，是为了带着黑狗和一个按照心、脾和肾的模式命名的名单进行审判。在这些名字当中，有一个名字可以在科隆火车总站看到。在那里，地上铺着瓷砖，像尿一样热，它躺在平静的搪瓷海湾里。冲锋队中队长约亨·萨瓦茨基领导着同甘共苦的、既备受欢迎又声名狼藉的冲锋队朗富尔-诺尔德第八十四中队。他那些讲话既简明扼要，又充满感情。每当他谈到元首和德国的未来时，他便充满了男孩一般的魅力。他最喜爱的歌曲和最喜爱的烧酒是：《半夜的阿尔贡森林》和总是断断续续、没完没了喝着的杜松子酒。此外，他还是个能干的小伙子。他身体健壮，对人真诚，对共产党感到彻底失望。正因为如此，所以就更为坚定不移地相信一种新的思想。他那些针对社会民主党人布里尔和维希曼的行动，发生在波兰大学生饭店"沃依克咖啡店"的骚动，在斯特芬路曾有八个人紧急出动……

"你说说看，"马特恩从躺椅上迈过横躺着的狗，对着甜菜蒸汽说，"阿姆泽尔到底怎么样啦？喂，你肯定知道。这个人搞一些滑稽可笑的假人。你们在斯特芬路把他叫来教训了一顿，就因为他住在那里。"

在狗看来,这毫无意思。不过,熬甜菜的活儿却停了一小会儿。感到惊奇的萨瓦茨基拿着炉子通条说:“嗬,这种事真不该来问我。那可是你的主意,在那儿待一会儿。我简直弄不明白,更何况这个人同你交情很不错——是不是?”

躺椅对着蒸汽回答道:“这有某些原因,私人的原因,我不想进一步探讨这些原因。可我很想知道的是:你们后来是怎样处置他的。我指的是,你们八个人在斯特芬路抓到他之后……”

英格太太在瞧着,忙活着。萨瓦茨基并未忘记放煤砖:“怎么?还有啊。你到底问到了这件事,我们那时不是八个人,而是九个人,包括你在内一共九个人。你亲手去收拾他,把那里抢得精光。另外,还有更糟糕的事情。可惜我们再也抓不到齐特龙博士了。他跑到瑞典去了。但是,‘可惜’在这儿是什么意思呢?走运的是,连同最后决定和最后胜利的全部魔术已经过去了。别来这一套啦。游过去,只是别责怪别人。那时候我非常生气。因为咱们俩,我的老兄,咱们是一根绳上的蚂蚱。咱们俩谁也不比谁干净,是不是?”

这时,躺椅在嘀咕。普鲁托这条狗像一条狗那样忠实地瞧着。切成小块的甜菜在漫不经心地熬着。别煮甜菜,要不然,你身上就要发出甜菜味。太迟了,他们身上已经发出了同样的气味,他们是:火夫萨瓦茨基,头上长着眼睛的英格太太,无所事事的马特恩,甚至还有不只是散发出狗气味的这条狗。洗衣间里的锅炉已经在咕嘟咕嘟地冒泡:浆熬上几小时,苍蝇死于糖尿病。为了克服阻力,英格太太用铁铲柄在四周搅来搅去。谁也不应该在搅动糖浆时搅起过去的事情。萨瓦茨基往炉里放上最后一些煤砖。必须把甜菜捞起来——上帝的小便里有糖!

然后,是时候了,萨瓦茨基作出决定,把两升大的凸肚瓶排成两行。马特恩想帮忙,可是不让他帮。“不,我亲爱的。不过,要是你不喜欢糖浆,那咱们就上去,喝一杯酒。要喝上几杯庆祝我们的重逢,英格小宝贝,怎么样?”

他们用马铃薯酒庆祝重逢。那里给英格小宝贝备有蛋黄利口酒。萨瓦茨基一家子为自己的种种社会关系已经做好了充分准备。一幅巨型油画《山羊》、两个落地大座钟、三把安乐椅、一张放在脚下的纯毛地毯、一台音量调得很低的大众收音机和一个装上了玻璃的橡木书橱。书橱里装着一套三十二卷本按字母顺序排列的百科全书。A 犹如"abblasen"(吹掉)——蒸汽锅炉马特恩已把汽排空。B 犹如"Bacchanal"(狂饮的闹宴)——现在让我们尽情快乐吧。C 犹如"Cato"(加图)——此外,我认为,咱们还是打开一瓶酒喝个精光吧。D 犹如"Danzig"(但泽)——东边更美,可是西边更好。E 犹如"Eau de Cologne"(科隆香水)——我给你讲,俄国喝起这种香水来,就像喝小花上面的露水一样。F 犹如"Fadenkreuz"(光学仪器上的十字线)——那时候我把子弹压上膛,直射,瞄上了,瞄上了,子弹飞出去了。G 犹如"Galle"(胆囊)——现在别去翻那些陈年老账。H 犹如"Hahnrei"(戴绿帽子的丈夫)——这就是说,在我们这儿没有嫉妒。I 犹如"Inge"(英格)——现在给我们跳个舞吧,不过要东方情调的。J 犹如"Jackett"(西装上衣)——老兄,你倒是脱下你这身猎装呀。K 犹如"Kabale"(阴谋)——你曾经当过演员,现在就当一次吧。L 犹如"Lachgas"(笑气)——英格小宝贝,别咯咯地笑了,这个人在扮演弗兰茨·莫尔。M 犹如"Maas"(马斯河)——直至梅曼河。N 犹如"Nachgeburt"(胞衣)——现在不用哭了,你很可能又会得到一样东西。O 犹如"Oase"(宁静的地方)——让我们在这里建造一座茅屋吧。P 犹如"Palästina"(巴勒斯坦)——人们应当把那些人弄到那儿去,要不就弄到马达加斯加①去。Q 犹如"Quadrat"(正方形)——那我就给你讲吧,三人一道走比四人一起走要好得多。R 犹如"Rabbiner"(犹太教经师)——此人很可能在一张纸条上给我写,我对他很不错。他名叫魏斯博士②,住在马滕布登二十五号。S

① 1938 年纳粹党首脑们曾讨论过一个计划,准备将欧洲所有的犹太人转移到马达加斯加。

② 魏斯博士是朗富尔犹太教堂的经师,大约在 1939 年流亡国外。

犹如“Saalschlacht”(厅堂大战)——我也许参与过十五次厅堂大战,有十次为共产党,至少有二十次为纳粹,但是在多数情况下,我今天还能分得清的只不过是那些场所罢了。它们是:奥拉跑马厅、德拉咖啡店、比格尔草地和小锤公园。T 犹如“Tabak”(烟叶)——我们用十二件有缺陷的针织品换来全套餐具,另外还有那些杯子。U 犹如“Uhr”(表)——这是一块瑞士表,这表有十六钻。V 犹如“Vater”(父亲)——据说我父亲同古斯塔夫一道淹死了,你父亲呢? W 犹如“Walter”(瓦尔特)——现在你已坐在他怀里,只是一个劲儿地瞧,使人感到无聊。X 犹如“Xanthippe”(泼妇)——费尔德本是一个少妇,有可能同她一道去偷东西。Y 犹如“Yankee”(美国佬)——那时候并非没有轮到美国佬,也并非没有轮到汤姆大叔。Z 犹如“Zapfenstreich”(晚点名号)——现在我们大家一起睡觉去。举起酒杯! 夜晚还长。我睡左边,你睡右边,咱们已经把英格小宝贝夹在中间了。可是狗不能上床。这个吉赛尔特就待在厨房吧。然后咱们去吃点东西,东西已经准备好了。要是你还想洗一洗的话,小瓦尔特,那里有肥皂。

三个人躺下了。在这之前,他们喝完了咖啡杯里的马铃薯酒和蛋黄利口酒,英格小宝贝跳完了独舞,马特恩演完了独角戏,萨瓦茨基给自己和那两个人讲完了过去和现在的故事。他们在厨房里给狗准备了一个铺位,自己也赶快用肥皂洗了洗,爬上了适用于航海的双人床。萨瓦茨基一家子把这张床称为婚姻城堡,他们用七瓶两升大的瓶装甜菜糖浆才买下它。从来没有三个人一起睡——要不然,你们三个人都醒着。

马特恩宁愿睡左边。萨瓦茨基作为主人有右边的位子也就心满意足了。中间属于英格小宝贝。啊,昔日的友情在经历三十二次厅堂大战变得冷淡之后,现在又重新在摇摇晃晃的婚姻城堡中得以重温。带着黑狗来到这里进行审判的马特恩用体贴入微的手指量出英格空隙。这时,他碰到了朋友那好心好意的丈夫手指。两人的手指就像当年在比格尔草地,在奥拉的跑马厅,或者在小锤公园餐厅的柜台旁那样，亲亲热热，体贴入微，好心好意地合在一起，感觉到舒舒服服，然后又慢慢分开。这样做使她很开心，居然有这么多名堂和花样。这使朋友们受到鼓舞，马铃薯酒使人昏昏欲睡。要举行一场速度上的比赛，头挨着头比一比。哦，敞开大门的夜晚啊，这时候英格小宝贝必须睡到英格一侧，好让这位朋友从头开始测量她，好让丈夫能够彬彬有礼地从船尾跟上来。尽管她身材娇小，具有莱茵河地区人那种身段优美的特点，但是英格空隙却提供了非常宽敞的居住权和住处。要是不感到惶恐不安就好啦。哦，友情，错综复杂的友情啊！每个人都换上了另一副面孔。种种意图，主导动机，杀人动机，千差万别的求学之路，对复杂和谐的渴求，有如此多的环节！在这儿是谁在吻谁呢？是你还是我？谁还想吹嘘自己的财产？谁在拧自己，好叫对立面也大叫大喊？谁想带着这些按照心、脾和肾的模式命名的名字来这里进行审判？让我们都公平合理吧！每个人都想在朝阳的一面趴一下。每个人都想在美好的一面躺一下。每一张三个人睡的床都需要一个裁判。啊，生活多么丰富多彩啊！天堂拟定了六十九个位置，地狱提供给我们结节，金属小圆圈，平行四边形，香烟头，铁砧，稀奇古怪的回旋曲，天平，三级跳远，僻静的住处，还有在英格空隙冒出来的名字：英格膝盖——吃糖英格——英格叫喊——咬食英格，英格鱼，是的英格，分脚跳英格，呼吸英格，啃食英格——英格疲劳，英格停工，英格休息——醒来英格，睁眼英格，有客来访英格，拿鳕鱼肝来英格，两朋友英格，你的腿我的胳臂英格，他的胳臂你的腿英格——英格三重唱——三位一体英格，请别睡着英格，转过身去英格——如此漂亮英格，已经迟了英格，今天干了很多活儿英格，甜菜英格——糖浆英格——狗困了英格——晚安英格——亲爱的上帝在瞧英格！

现在，他们躺在黑洞洞的、过去是四方形的屋子里，不均匀地呼吸着。谁也没有输，所有的人都赢了。三个胜利者在一张床上。英格抱着她的枕头。两个男人在张开嘴巴睡大觉。听起来好像是他们在锯木头似的。他们在砍伐古滕贝格纪念碑四周整片漂亮的耶施肯塔尔森林,砍倒一根又一根山毛榉。埃尔布斯山已经光秃秃的了。很快就可以看到斯特芬路了,可以看到一个挨着一个的别墅。在斯特芬路的这样一个别墅中,埃迪·阿姆泽尔住在一些装上橡木护墙板的房间里,制作真人大小的稻草人。这一个稻草人表现的是一个睡大觉的冲锋队队员;另一个稻草人表现的是一个睡大觉的冲锋队中队长;第三个稻草人表现的是一个女孩,她从上到下,全身沾满了吸引蚂蚁的甜菜糖浆。当这个普通的冲锋队队员在睡梦中把牙齿咬得咯咯作响时,那位冲锋队中队长通常都在打呼噜。只有那个糖浆女未发出丝毫声响,可四肢却在动个不停,因为身上到处都是蚂蚁。在外面,耶施肯塔尔森林的漂亮、光滑的山毛榉一根接一根被砍掉——再说,这很可能还是一个山毛榉果实的丰年呢——就在这里,埃迪·阿姆泽尔正在他那斯特芬路的别墅里制作第四个真人大小的稻草人,一只活动的、十二条腿的黑狗。为了让这只狗能够汪汪大叫,埃迪·阿姆泽尔给它安上了一个发声的机械装置。现在它正汪汪大叫,叫醒打鼾者、咬牙人和身上蚂蚁横行的糖浆人。

这是厨房里的普鲁托。它想要人家听到它的吠声。三个人都从一张床上翻身爬起来,相互之间也不道一声早安。"千万别三个人一起睡——要不然,你们三个人都睡不着。"

吃早饭时,有牛奶咖啡和糖浆面包。每个人都在啃自己的面包。每个人,每个人,每个人。每种糖浆都太甜。每团乌云都已经下过雨。每个房间都过于四四方方。每张脸上都露出反对的神情。每个孩子都有两个父亲。每个脑袋都在想着别的事情。每个巫婆都更会酿制。有三个星期之久的早餐复早餐。每个人都在啃自己的面包。这出三人剧早已列在上演节目表上。秘密的和半公开的意图就是:将喜剧分为一出独角戏:约亨·萨瓦茨基独自一人熬甜菜。分成一出两人窃窃私语的戏剧:小瓦尔特与英格小宝贝卖一条狗,变得富有和幸福;可是马特恩不想卖,于是两人窃窃私语。他宁肯单独同这条狗在一起,再也不肩并肩地同她待在一起。

这当儿,在四方形的起居室兼卧室外面,也就是在弗利斯特登与比斯多夫之间，甚至也在英根多夫与格莱森之间，同样地，在罗默尔斯基尔兴、普尔海姆与克瓦德拉特-伊兴多夫之间，是战后的寒冬。出于非纳粹化的原因而下着雪。每个人都把物品和事实放到寒冬地区去，好让它们被雪盖住。

马特恩和萨瓦茨基为那些对此毫无过错的生物做了一个小小的鸟笼。他们想把鸟笼支在园子里，从厨房的窗户往外观察。萨瓦茨基回忆道："我只有一次看到这么多雪堆成一堆。那是一九三七年到三八年的事，那时我们去拜访斯特芬路的那个胖墩儿。当时就像今天这样下着雪，一个劲儿、一个劲儿地下。"

后来，他在洗衣间里给那些两升大的瓶子塞上软木塞。这当儿，这一对深居简出的年轻人已经数过露天里的所有麻雀。因此，他们的爱情必然有发挥作用的场所。他们同狗一起从从容容地走过著名的三角形地区，即费利斯特登-比斯多夫-施托梅尔恩地区，却没有看到任何一个值得一提的地方，因为周围雪花飘舞，纷纷扬扬。只有那些在比斯多夫-施托梅尔恩公路沿线——这条公路从贝格海姆-埃尔夫特出发，伸向莱茵河畔的沃林根——矗立着的电线杆使小瓦尔特和英格小宝贝想起，这个冬天就要结束，这场雪即将过去。从前在积雪下面长着甜菜，他们今天仍以这些甜菜所提供的物质为生；他说的是四张嘴全在内，因为狗也得好好饲养；当她说，必须把它卖掉，这条野狗该撵走时，她爱的只是他，他、他、他："要是不这么冷的话，我真想干脆待在这儿，在野外，站着，躺着，在蓝天下，在大自然之中——可是这条狗必须走，听见吗？它让我心烦！"

普鲁托仍然一身黑色。白雪与它相配，巧夺天工。英格小宝贝想哭，可是太冷了。马特恩宽大为怀，他在公路一边积满白雪的电线杆之间说着吉利的事——人们往往只有在告别之前或者即将告别时才这样讲。他甚至对他特别喜爱的诗人①也要发泄一通——中学毕

① 指德国诗人贝恩（1886—1956），后面的词句摘自他的诗歌《迟来的我》。

业生在谈论自我——蜡菊和玫瑰花的残枝败叶。但是他并未沉醉于因果论遗传学，而是及时地转上了存在论的轨道。英格小宝贝喜欢这样。这时，他一面伸手抓住雪片，一面大喊大叫，把牙齿咬得咯咯作响，发出嘘声，从嘴里挤出几句稀奇古怪的话来："我为自己而存在！决不存在世界，而只有世界化。自由是通向自我的自由。自我实存着。这个正在构思中的自我就是在构思中的其中。自我，正处于某种状态的、有倾向性的自我。自我，世界蓝图！自我，创立的本源！自我，可能性——土壤——凭证！自我，基础，建立在堕落的基础上！"

在圣诞节前不久，英格小宝贝体会到了这番莫名其妙的谈话的含义。虽然她已为礼品桌准备了好多既可爱又实用的小礼物，但他还是走了。他走了——"把我带走吧！"——他要自我、自我、自我独自一人同狗一道过圣诞节。"把我带走吧！"——因此，她在离施托梅尔恩不远处的积雪中大声哀求："带我走吧！"虽然她是如此微弱地把自己的声音灌进男人毛茸茸的耳朵，但是每一个字却都在往里灌。每一个音都在逐渐减弱。英格小宝贝停下步来。

此人到这里来，是为了带着黑狗和按照心、脾和肾的模式命名的名字进行审判。现在，在他说出了约亨·萨瓦茨基连同他妻子的名字之后，他便离开这个熬制甜菜的厨房，乘火车到莱茵河畔的科隆去了。在神圣的火车总站，凭着两根发誓报仇的手指，主人和狗一共六条腿，再一次站到了车站中心。

第三个至第八十四个马特恩故事

马特恩就是这样想的：普鲁托和我，我们单独在一起，在巨大的、安静的、有穿堂风的、神圣的、天主教的科隆火车总站候车室里，用香肠和啤酒欢度圣诞节。在人群当中，我们只想到英格小宝贝和英格空隙，想到自己，想到福音。但是情况不一样，每次都不一样。这时，在科隆火车总站铺着地砖的男卫生间，在右边的第六个搪瓷防波堤内，划着一则消息。马特恩扣好纽扣后，在习以为常的、无关紧要的叫喊声与谚语之间，看到这个意味深长的记载：埃里希·胡弗纳格尔上尉，阿尔特纳，莱内路四号。

因此，他们并非孤零零地待在科隆火车总站，而是在藻厄兰地区跟一个家庭一起欢度平安夜。这是一个林木繁茂、丘陵起伏的圣诞节度假地，在这个地区的其余季节大多细雨绵绵，气候阴凉潮湿，这种气候引起一种独特的藻厄兰地方病。与外界接触不多的森林地带的威斯特法伦人往往郁郁寡欢，他们只知道干活儿，酒喝得太多、太快、太无聊。

为了不用立即又坐下来，主人和狗在霍恩林堡就下了车，在平安夜傍晚时分爬上坡去。他们爬得很吃力，因为就连这里也免费降下了大量白雪。在朝向维布林斯韦尔德的霍布雷克山梁上，马特恩通过强人出没的、地地道道的森林，吟诵自己和普鲁托这条狗。弗兰茨和卡尔·莫尔、阿玛丽亚和诸神在轮流呼唤着命运："已经又有一个原告在告发神灵了！——尽管往下讲吧。"一步接着一步。雪在嚓嚓作响，星星在嚓嚓作响，原始枝杈在嚓嚓作响，大自然在嚓嚓作响："你们这些深渊里的毒蛇，难道我听到你们在呲呲作声？"——然而，阿尔特纳尚未熔化的钟却从闪闪发光的莱内山谷里鸣钟宣告战后第二个圣诞节的来临。

莱内路从一家私人住宅通向另一家私人住宅。每一家私人住宅都已经把自家圣诞树上的小火焰点燃了。每个天使都在悄声说话。人们可以打开每一扇门。胡弗纳格尔上尉穿着便鞋，亲自打开门。

这一次散发出的不是甜菜味，而是立即就散发出了浓烈的姜汁烘饼味。便鞋是新的。胡弗纳格尔一家子已经在分送礼物。请求主人和狗在门口的垫子上把六条腿擦干净。看来，这不费吹灰之力，用一个浸入式煮水器就使多罗特娅·胡弗纳格尔太太感到高兴了。十三岁的汉斯-乌尔里希在读卢克纳尔①的《老头儿鱼》。古怪的女儿埃尔克在圣诞节的包装纸上——按照胡弗纳格尔母亲的主意，这种纸本来应当弄平，保存到下一个圣诞节再用——试验一支正宗的鹈鹕牌自来水笔。她用大写字母写下：埃尔克，埃尔克，埃尔克。

马特恩环顾四周，他的上身一动不动。这个环境似曾相识。那就是说，我们在这儿待过。用不着拐弯抹角。稍停一下。任何来客，尤其是他这位在平安夜到这里来进行审判的客人，都会打扰这一家人。这位客人说："喂，胡弗纳格尔上尉吗？想起来了吧？看来你是给搞糊涂了。我很乐于帮助您——第二十二高炮团，皇帝港高炮连。那是美妙的地区，有木材堆、老鼠、防空助手、战地志愿服务队队员和枪打乌鸦，对面的白骨山不管刮什么风都是臭乎乎的，我开展了酸味水果卷糖行动，我是您的上士马特恩。瓦尔特·马特恩上士前来报告，因为我有一次曾经在您的第一流的高炮连里高声大叫，叫喊帝国、人民、元首和白骨山。很可惜，您并不喜欢我的诗。尽管如此，您还是用一支自来水笔把它写了下来。那也是一支鹈鹕牌自来水笔，就像这位小姐这支一样。然后您就向上级报告。接下来是：军事法庭、降级、惩罚营、排雷和送命的差使。所有这些都是因为您用一支鹈鹕牌自来水笔……"

但是，马特恩并未从热乎乎的埃尔克手中夺过这支受到控告的战时自来水笔，这支品行端正的战后自来水笔，并把它捣毁，弄得手指上都是墨水。他妈的！

胡弗纳格尔立刻就明白了现在的处境。多罗特娅太太虽然感到莫名其妙，却仍然做了恰如其分的事情。她以为是要留一位无家的过去的东部工人在摇摇欲坠的、欢度圣诞节的房间里过夜，于是便用勇敢的、颤巍巍的双手把崭新的浸入式煮水器递给这位不速之客，好

① 卢克纳尔（1881—1966），德国海军军官、作家，著有《老头儿鱼》（又译《鲅鱇》），描述他在"一战"中乘辅助巡洋舰"白尾海鹏号"劫掠的航程。

让这个粗人把气都发出来，把这个家庭用具毁掉。可是马特恩因为手指溅上了墨水，误解了这一举动，不买这个账，也许只有砸掉圣诞树或者椅子和全套餐具才过瘾。真是忍无可忍了！

胡弗纳格尔在民间机构的加拿大占领机关工作，所以能够给自己和全家带来一个真正平静的圣诞节——他甚至还能搞到胡桃黄油！——幸好他持另外一种文明的观点："一方面——另一方面。每件事都毕竟有两个方面。不过还是先请坐下吧，马特恩。要是您宁愿站着的话，那也听便！也就是说，一方面我们诚然都安然无恙，可是另一方面——尽管对您来说仍然是很不公正的——我就是那个使您险遭厄运的人。您可能不知道，您那种案情是要判死刑的，如果不是我的证词使军事法庭考虑到把您的案件移送有关的特别法庭，那……好啦，您是不会相信我的，您毕竟经历了太多的艰难困苦。我也根本不要求什么。但尽管如此——今天是平安夜，我头脑非常清醒地说这件事——如果没有我，恐怕您今天就不会站在这儿，而是去扮演那个变野的贝克曼[①]了。再说，那也是一个好剧本。全家在哈根有一个设备简陋的小型剧场。那个题材使人们大受震动。您不是一个职业演员吗？哼，看来这倒是一个适合您的角色。那个博尔歇特把话说到点子上了。对于我们所有的人，甚至对于我来说，难道不是这样吗？难道我们不是待在外面，变得让我们自己和我们亲爱的家人都感到陌生了吗？我是四个月前回来的。法国人的战俘营，我可以给您讲！巴特克罗伊茨纳赫战俘营，您大概知道吧？不过，情况到底比想象的好一些。如果我们不及时撤出维斯瓦河地区，那我们就很可能遭了殃。不管怎样，我站在那儿，两手空空，正如俗话所说，面临破产。我的公司破产了，小房子被加拿大人占用，妻子和孩子撤离到埃伯山的埃斯派，没有煤，只有同各种机关打交道的麻烦事，总而言之，就像书中描写的那种贝克曼处境——待在门外边！因此，我亲爱的马特恩——现在您请坐——我可以两倍、三倍地体会到您的

① 按原注，指局部被麻醉之人。

处境。毕竟我在第二十二高炮团有您这样一位严肃认真、对所有事情都要寻根究底的人。我相信,而且也希望您没有变样!让我们还是当我们的基督徒,赐予这个平安夜应该得到的东西吧。我亲爱的马特恩先生,我衷心地以我亲爱的家庭的名义,祝您圣诞快乐、幸福。”

平安夜就在这样的气氛中度过。马特恩在厨房中用泡沫岩擦洗染上墨水的手指,头发梳得光光地同全家人一道用餐,允许汉斯-乌尔里希抚摩普鲁托这条狗,因为没有正规的核桃钳,就凭着双手给胡弗纳格尔全家撬核桃,得到多罗特娅太太赠送的一双只下过一次水的短袜,答应给古怪的埃尔克一支新的鹈鹕牌自来水笔,讲述他那些中世纪祖先、那些强盗和为自由而奋斗的好汉的故事,一直讲到困倦万分,同狗一道睡在阁楼间,在第一个圣诞节假日同全家人一道用餐,享用碎土豆醋焖牛肉,第二个假日在阿尔特纳斯黑市上用两包骆驼牌香烟换来一支几乎是新的勃朗峰牌自来水笔,晚上给济济一堂的这一家人讲维斯瓦河河口和为自由而斗争的好汉西蒙与格雷戈尔·马特尔纳剩下的故事,打算在很晚的时候,在每一个疲倦的头都倒向一边时,匆匆忙忙、轻手轻脚地把这支勃朗峰牌自来水笔放到埃尔克卧室门前。可是地板却不合作,而是嘎嘎作响,接着便从钥匙孔里传出轻轻的呼唤声:“进来。”并非每个房间都锁上了。这样一来,他就匆匆忙忙、轻手轻脚地跨进埃尔克的卧室,去送自来水笔。他在这里是受欢迎的,他有可能通过整治女儿来向她父亲报仇。埃尔克的血在淌,这是有据可查的。“你是第一个,第一个。你在平安夜就已经有这种打算了,当时你连帽子都不想脱一下。你现在是不是认为我很坏?平时我根本不像这样,我的朋友总这样说。你现在也像我一样幸福,再也没有什么愿望,而只是想要做点什么。你瞧,要是我中学毕业了的话,我就要去旅游,不断地旅游!这儿是什么?这些就是伤疤,有些地方还有吧?这场战争啊!每个人都遭到了惩罚。你现在就留在这儿吗?只要不下雨,这儿可是非常美的,有森林、动物、山丘、莱内河、奇山异峰和为数众多的蓄水坝。吕登沙伊德非常美，到处都是森林、山丘、湖泊、河流、鹿子、狍子、蓄水坝、森林和山丘，留下来吧！”

尽管如此，马特恩还是匆匆忙忙、轻手轻脚地同黑狗一道离开了那里。他甚至把那支几乎还是新的勃朗峰牌自来水笔也带到科隆去了，因为他到藻厄兰地区去并不是要赠送什么，相反，是要去进行审判。他通过整治女儿的办法来审判她的父亲。只有亲爱的上帝在一旁观看，这一次在书架上面装上了框架和玻璃。

正义就在这样的情况下不断地得以伸张。科隆的火车站卫生间，那个暖乎乎的天主教的地点，讲述着勒布利希这个士官的故事，此人住在比勒费尔德。在那里，埃及棉制衣业欣欣向荣，童声合唱队在唱歌。因此，便有了火车上的长途奔波，口袋里揣着返程车票，上三个台阶，右边第二道门，没敲门便走了进去。埃尔温·勒布利希遭到了一次无辜的工伤事故，腿部绑着长长的石膏夹板，胳膊上缠着石膏绷带，躺在床上，但嘴巴却不得闲：“那你就帮帮我，你要是愿意，就让你的狗把石膏吃掉吧。好吧，我在训练时折腾你，让你用防毒面具打水；可是在两年前，另一个人也是这样折腾我的，让我用防毒面具打水；每个人的情况都相似——用防毒面具来打水和唱歌。那么，你到底是要干什么！”

被人问及自己有什么愿望的马特恩环顾四周，想找勒布利希的妻子，可是，薇罗妮卡·勒布利希已经于一九四四年三月在防空洞中死去了。这时，马特恩又要找勒布利希的女儿，可是六岁的女儿不久前上学去了，从那以后就住在莱姆戈她奶奶那里。现在，马特恩不惜任何代价，要给自己的报复竖立一座纪念碑。他弄死了勒布利希的金丝雀，这只雀鸟很善于在战争中躲过地毯式轰炸和低空飞行进攻，因而幸免于难。

因为埃尔温·勒布利希请他从厨房里打杯水来，所以他离开病房，在厨房里用左手拿起一个杯子，在水龙头下接满水，在往回走的路上，在路过鸟笼的一刹那间，用右手袭击鸟笼。这时，只有亲爱的上帝除了严密注视滴水的龙头，还在注视他的一举一动。

同样的旁观者也注视着在格廷根的马特恩。在那里，他没有狗的帮助，弄死了单身邮差韦塞林的鸡——五只鸡——因为韦塞林在当宪兵时，在勒河弗尔的一次斗殴中抓住他马特恩。结果他受到三天严厉的监禁。本来，因为在法国战役期间的果敢举动，马特恩应该进入军官训练班，可是由于这次监禁，他未能成为少尉。

第二天，在科隆大教堂和科隆火车总站之间，他把弄死的鸡连毛一起卖了二百八十马克。他的旅费需要补充，因为带狗乘坐头等舱从科隆到汉堡的施塔德的往程票和回科隆的返程票要花费一笔数目可观的金额。

威廉·迪姆克同他那其貌不扬的妻子和聋子父亲就住在那里，住在易北河堤坝后面。迪姆克作为法院的陪审推事曾经是陪审法官，那时在但泽-诺伊加尔滕特别法庭负责审理瓦解帝国国防军士气和侮辱元首的案件——马特恩很可能被判死刑，后来根据他过去的上尉提出的建议，由主管军事法庭接手这一案件——因此，迪姆克，陪审法官迪姆克，从他最后一次在特别法庭当陪审法官的什切青旧城，本能够拯救一份很可能是具有很高价值的颇具规模的集邮珍品。在桌子上，在盛着半杯咖啡的杯子之间，放着一些部分打开的册子。迪姆克一家正在给他们的财产编目。要研究环境吗？马特恩抽不出时间来。既然迪姆克想起审理过的很多案件，却唯独没想起马特恩的案件，为了帮助迪姆克回忆，马特恩便把一本又一本的集邮册扔进熊熊燃烧的小圆铁炉，最后扔进去的是具有异国情调的彩色殖民地邮票。炉子在欢腾。热气在已经超员的难民营中扩散开来。他最后已在转移甚至是库存的粘贴插页的纸条和镊子了，可是，威廉·迪姆克仍然想不起来。他那其貌不扬的妻子在哭泣。迪姆克的聋子父亲说出了“摧残”这个词。橱柜上放着满是皱纹的、贮藏过冬的苹果。没有人把苹果送到他手里，要来此地进行审判的马特恩感到自己判断有误，于是便带着近乎无动于衷的狗不辞而别，离开了迪姆克家。

哦，科隆火车总站那永恒的、用白地砖铺成的男卫生间啊！它的记忆力不错。它不会忘记任何一个名字,因为就像过去在第九和第十二防波堤里写着宪兵的名字和陪审法官的名字一样,当时特别法庭的法官阿尔弗雷德·吕克塞里希的姓名和地址现在还清晰可见,非常准确地刻在左边第二个防波堤的瓷釉上——亚琛的卡罗琳格尔大街一百一十二号。

在那里,马特恩置身于一群音乐家之中。地方法院顾问吕克塞里希认为,音乐这个伟大的安慰者会帮助人们度过艰难、混乱的岁月。所以,他建议这位到这里来对昔日特别法庭的法官进行审判的马特恩,先听一下舒伯特一个三重奏的第二乐章。吕克塞里希精通小提琴;一位名叫佩特森的先生弹的钢琴也并不逊色;厄尔琳小姐拉大提琴;尽管马特恩的心脏、脾脏和肾脏都已厌烦,而且开始对这种沉思默想的方式感到满不在乎,但他还是同烦躁不安的狗一道,耐住性子往下听。在这之后,马特恩的狗和马特恩的三个敏感的器官还得听同一部三重奏的第三乐章。后来,地方法院顾问吕克塞里希对于自己和厄尔琳小姐的大提琴并不感到十分满意:"唉,怎么搞的!第三乐章,请再来一次。然后,我们的佩特森先生,顺便提一下,他是本地卡尔斯文科中学的数学教员,他会给您演奏《克鲁采尔奏鸣曲》①;至于我嘛,在我们津津有味地喝一小杯摩泽尔葡萄酒之前,我想用一首巴赫的小提琴奏鸣曲来结束这个晚会。的的确确,这是一小段为行家们演奏的乐曲!"

开始演奏每一首乐曲。马特恩带着不懂音乐的上身,沉迷在古典音乐的节拍中。每一首乐曲都充斥着比喻。他和厄尔琳小姐双膝之间的大提琴就是如此。每一首乐曲都在揭示道德上的堕落。这是在拉着拽着,在给无声影片配音乐。这是伟大的大师。这是不朽的遗产。这是主导旋律和凶杀旋律。这是上帝的虔诚的吟游诗人。对贝多芬感到疑惑。听任和声学摆布。多好,没人唱歌,因为他唱过,他声音清脆,他大发雷霆。他当初唱的是《尊贵的女主人》。脑袋瓜

① 贝多芬《第九小提琴奏鸣曲》的别名。

儿里老是有这种声音。上帝保佑，打消种种荒诞的念头吧。这是心慈手软的上帝的羔羊。这是割炬，是高音区童声。因为每一个胖子身上都隐藏着某种苗条的因素，这种苗条的因素要蹦出来，它唱歌的声音要超过圆锯和带锯。那些犹太人不唱歌，他唱。泪珠从信秤上滚落下来，真是意义重大。只有那些确实对音乐一窍不通的人，在听到严肃的德国古典音乐时才能够潸然泪下。希特勒在他母亲去世时落了泪，那是在一九一八年，在德国崩溃时。当参议教师佩特森弹奏那位天才的钢琴奏鸣曲时，同黑狗一道来这里进行审判的马特恩流了泪。当地方法院顾问吕克塞里希把巴赫的小提琴奏鸣曲从吉祥永驻的乐器中一个音符、一个音符地拉出来时，他再也无法堵住那逐渐上涨的洪流了。

谁会为男人的眼泪感到羞愧？当圣塞西利亚悄悄走过音乐厅时，谁还会心怀仇恨？因为厄尔琳小姐善解人意地试图接近马特恩，让女人的目光盯着他不放，把她那既保护得很好但又并不滑腻的手指放到他的手上，从低声耳语中了解马特恩的心思，谁又能不感激她？“亲爱的朋友，请您把心里话都说出来吧！巨大的痛苦会使您激动。让我们一起分担好吗？啊，您心里是怎么想的呢？当您同这条狗一起走进屋时，我感到，仿佛充满痛苦、风吹雨打和万分悲惨的世界正在向我扑来一般。可是现在，当我看到一个人，您明白吧，看到一个人向我们走来时——虽然陌生，但不知怎的感到亲近——我们想用我们朴素的办法来帮助他，现在我又有了信心，我要勇敢坚强。我要让您振作起来，因为您也应当振作起来，我的朋友。是什么东西使您深受感动？是往事吗？难道是您脑海里浮现出的那些令人不快的日子？是一个早已去世的心上人占据了您的心灵？”

这时，马特恩断断续续地讲起来。他把积木块摞在一起。可是，这样建筑起来的楼房并非在第四层设有特别法庭的但泽-诺伊加尔滕州高级法院，而是他一块砖、一块砖地砌起来的哥特式教堂，是厚重低矮的圣母教堂。而在那个从声学角度看来十分精巧的厅堂式教堂内——奠基仪式于一三四三年三月二十八日举行——在主管风琴和回声管风琴伴奏下，一个胖乎乎的男孩在唱一首声音细长的信经乐曲。“不错，我曾经喜欢过他。可是，他们把他从我身边夺走了。还在当孩子时，我就用自己的拳头保护他，因为我们马特恩一家，我所有的祖先，西蒙·马特尔纳和格雷戈尔·马特尔纳，我们总是保护弱者。可是别的人更强大，我只有束手无策地看着暴行摧毁这种声音。埃迪，我的埃迪呀！从那以后，在我心中也留下了很多无法愈合的创伤。剩下的是不协调的声音，贝壳放逐法①，我自己再也无法整理的碎片。”

说到这里，厄尔琳小姐便进行反驳，而吕克塞里希先生和佩特森先生在对闪闪发光的摩泽尔葡萄酒感到兴趣的同时，也赞同她的意见：“亲爱的朋友，还来得及。时间会治好创伤。音乐会治好创伤。信仰会治好创伤。艺术会治好创伤。尤其是仁爱会治好创伤！”这些东西是万能胶、阿拉伯树胶、猫头鹰、瓷器黏合剂和唾沫。

马特恩仍然心存疑虑，他想冒险试一试。在夜深人静之时，那时候那两位先生喝摩泽尔葡萄酒已经喝得醉眼蒙眬，他把自己粗壮有力的胳膊伸向厄尔琳小姐，把作为陪同的普鲁托这条狗那张厉害的嘴交给她，好走过夜晚的亚琛回家去。因为这条回家的路既不带这两个人穿过公园，也不带他们走过岸边草地，所以马特恩把厄尔琳小姐——她的举止比她说话时还要装腔作势一些——放到一个垃圾桶上。她没有丝毫理由反对垃圾和臭气。她对发酵的垃圾表示赞同，她希望仁爱比这个世界上的丑恶更强大：“不管你要把我扔到哪儿，是把我扔进排水沟，扔到最荒凉的地方，还是扔进无法描述的地下室，你就扔吧。你就把我滚着走，把我推着走，把我背着走吧。但愿你就是那个把我扔着走、把我滚着走、把我推着走、把我背着走的人。”

---

① 古希腊时，由每个公民将他认为对国家有危害的人的名字记在贝壳上进行投票，逾半数者则被放逐国外五年或十年。

对此毋庸置疑。她虽然骑在垃圾桶上,却寸步难行,因为到这里来进行审判的马特恩叉开三条腿,正针锋相对地伫立着。这是一种并不舒适的姿势,只有绝望的人在有利可图时才能比较长时间地保持这种姿势。

这一次——既不下雨,也不降雪,又没有月光照耀——除了亲爱的上帝,还有人在旁边看着,这个“人”就是四条腿的普鲁托。它在监视这匹垃圾桶骏马,这个垃圾桶女骑手,这个驯马人,以及那把充满着包治百病的音乐的大提琴。

马特恩用厄尔琳小姐的疗法治疗了六个星期之久。他听说她的名字叫作克里丝蒂娜,不喜欢别人叫她克里斯特尔。他们住在自己的复斜屋顶阁楼里,屋子里散发出周围环境的松香和阿拉伯树胶的气味。这对于吕克塞里希和佩特森先生都很糟糕。这位地方法院顾问和他的朋友不得不放弃三重奏。马特恩迫使一位过去的特别法庭法官从二月份到四月初练习二重奏,以此来惩罚这位昔日的法官。在马特恩带着狗和三件刚熨过的衬衫再次离开亚琛之后——科隆在召唤他,他应声而去——在厄尔琳小姐能够重新把自己那几乎是无懈可击的大提琴演奏加入到三重奏里之前,地方法官顾问和参议教师不得不听到许多劝慰人、安慰人和鼓励人的话语。

每一首乐曲总有终止的时候,可是科隆火车总站铺上地砖的男卫生间却绝不会,而且永远也不会停止低声说出那些铭刻在火车旅行者瓦尔特·马特恩心中的名字。现在他必须去奥尔登堡找当时的县长泽尔克。他忽然明白过来,德国仍然是非常大,因为他还得从有宫廷理发师和宫廷甜点师傅的奥尔登堡,经过科隆赶往慕尼黑。根据火车总站卫生间的提示,好心的老朋友奥托·瓦恩克就住在那里。他必须结束过去同他在小锤公园饭店酒柜边已经开始的谈话。伊萨河畔的这座城市使他不到两天就感到了失望;不过,他倒是对威悉河两岸的山区已了如指掌,因为就像马特恩不得不在科隆得知的那样,所谓的杜莱克兄弟,即布鲁诺·杜莱克和埃贡·杜莱克已经在维岑豪森躲了起来。既然三个人谈话的资料很快就枯竭了,所以,他就同这两个人玩了整整两个星期的斯卡特牌[1],以便再次出发和造访。这一次是去萨尔布吕肯市。在那里,他置身于维利·埃格尔斯那一伙当中,他不得不给他们讲约亨·萨瓦茨基和奥托·瓦恩克,讲布鲁诺和埃贡·杜莱克,讲那些真诚的老朋友。通过马特恩的介绍,他们已经能够相互寄送明信片,互致同事的问候了。

然而,马特恩也并非白走一趟。作为纪念品或者猎物——因为马特恩是带着狗去审判的——他带回科隆的是:当时的县长泽尔克的女秘书捐赠的一条织得很厚的冬天用的围巾;一件巴伐利亚粗呢雨衣,奥托·瓦恩克的女清洁工有一件暖和的外衣;维利·埃格尔斯在萨尔布吕肯给他说明大罗塞尔恩与小罗塞尔恩之间的边界交通情况;因为威悉河两岸山区的杜莱克兄弟除了提供清新的农村空气和三人玩的斯卡特牌,什么也无法提供,所以,他便从萨尔布吕肯带回一种症状明显、城里人和法国人都患着的淋病。

你们别转过身来——淋病正在流行。马特恩带着一支就这样把子弹推上膛的手枪,带着这样一根有倒钩的、爱情的皮条棍子,带着一个血清糟糕透顶的注射器,同狗一道走过比克堡和策勒这样的城市,走过人烟稀少的洪斯吕克山,走过可爱的山间公路,走过上弗兰肯连同菲希特尔山脉,甚至还走过苏占区的魏玛——他就在那里的“大象”饭店下榻——以及巴伐利亚的森林,一个不发达的地区。

不管主人和狗把他们俩的六只脚伸向哪里,不管是伸向劳厄山[2],伸向东弗里斯兰的沼泽地,还是伸向贫瘠的韦斯特瓦尔德山区村庄,这种淋病在各地都有一个不同的名称。这里的人叫滴水汉斯,那里的人叫爱情鼻涕;这里的人计算的是烛泪,那里的人看到的是壶嘴上的蜂蜜;金条和高级感冒,寡妇泪珠和茴芹油都是形象生动的方言词语,同样的还有骑兵上尉和步行者;马特恩把这种淋病叫作“报

① 德国的一种三人玩的牌戏。

② 劳厄山是施瓦本山脉的最高峰。

仇雪恨的牛奶”。

他备上这种产品,造访四个占领区和昔日帝国首都被等分成四部分的残存地区。在那里,普鲁托这条狗染上了病态的神经过敏症,只是当他们在易北河西部分发这种报仇雪恨的牛奶,也就是分发从盲目的朱斯提刻①额上搜集到的汗珠时,普鲁托这种症状才慢慢消失。

你们别转过身来,淋病正在流行!更确切地说,流行的速度越来越迅捷,因为马特恩用来进行报复的工具使复仇者没有丝毫闲暇,而是刚完成上一次复仇行动,就又开始了另一次行动。开始,去弗罗伊登施塔特;去伦茨堡只不过是一小段路;从帕骚到克累弗;马特恩不怕换四次车,甚至迈开两腿,疾步行走。

谁今天查阅第一次大战后那些时代的统计表,谁就会发现,那条虽然没有危险但又是令人难堪的性病曲线自四七年五月起急剧上升,于同年十月底达到其顶点,然后又自动下降,终于停留在这五年的平均水平上,停留在主要由德国国内旅客来往和占领军换防所决定、而不是由马特恩决定的那条线上。这时的马特恩私下未经任何人允许便走遍全国,以便用沾上淋球菌的注射器画出名字,在分散于各地的熟人圈子内肃清纳粹的影响。因此,马特恩后来在朋友们当中讲到战后冒险时,称他那半年之久的淋病为反法西斯淋病;事实上,马特恩能够对昔日党内中层人物的女眷产生一种能将其引申为有治疗效果的影响。

那么,谁又来治疗他呢?谁又来把他这位发泄痛苦的人的痛苦连根拔掉呢?医生,帮助你自己吧!

在走过托伊托堡森林并在德特莫尔德短暂停留之后,他已经到了蒙斯特军营附近的一个小村庄。在那里,马特恩旅游的兴致勃然而起。回过头来算算,同记事本比较一下,就可以看出:四周都是鲜

① 朱斯提刻,罗马神话中的正义女神。她的双眼被布带蒙住,一手执天平,一手执剑。

花怒放的原野，还有金条，因为马特恩在欧洲盘羊和荒原农民之间找到了一批老朋友，除了其他人，找到了乌利·格普费尔特大队长，此人同青年队队长文德一道，年复一年地主持奥利瓦附近波根克鲁格小树林里备受欢迎的宿营地开幕式。在这里，在埃尔姆克，他没同奥托·文德住在一起，却同一个有一头长发、从前扎着女孩发髻的女人结了婚，住在两个甚至有电灯的房间里。

普鲁托有很多活动场地。与此相反，格普费尔特一动不动地坐在炉子旁，添上他在春天时用铲子掘取的泥炭，既埋怨自己，也埋怨他人，嘴里骂着他从不指名道姓的那些猪猡，想着：现在该怎么办？他要不要移居国外？要不要去找基督教民主党人，去找社会民主党人，或者去找过去那支被逐渐消灭的部队？以后他会绕着弯儿地参加自由民主党，也就是说，作为所谓的青年土耳其人①在北莱茵-威斯特法伦飞黄腾达；可是目前——在埃尔姆克这儿——他还不得不徒劳无益地试图治好尿道淋病，这种淋病是一位生病的朋友同健康的狗一道带进他家里来的。

有时候，在薇拉·格普费尔特太太去上课，可以不必把她的发髻交给滴水汉斯时，格普费尔特和马特恩就亲亲热热地坐在炉火旁，给自己准备逐渐减少的泥炭，也就是说用荒原农民的方式治疗同样的痛苦，嘴里骂着那些无名无姓的和有名有姓的猪猡。

“这些流氓，他们把我们整得够惨的！”这位昔日的大队长抱怨道，“而我们也认为、希望和坚信这一点，还盲目参与。可是现在，现在该怎么办？”

马特恩背诵着那些名字，从萨瓦茨基背到格普费尔特。迄今为止，他已经可以把整整八十个名字记在心上、脾上和肾上了。这时，譬如说，格普费尔特就想起了冲锋队第六大队的音乐指挥，此人名叫埃尔温·布科尔特：“我亲爱的，那是一九三六年，而且，确切地讲是

① 对设在杜塞尔多夫的州议会中自由民主党议会党团成员的称呼。该党团成员曾于1956年推翻由基督教民主联盟执政的州政府。

一九三八年四月二十号，因为你，不管你是否愿意相信，你正在隔离期间。在耶施肯塔尔森林里，上午十点钟。元首生日那天阳光灿烂。森林舞台。用鲍曼的大合唱《东方的呼声》来庆祝青年人的东方节日。一百二十个男孩和一百八十个女孩参加演出。全是经过挑选的嗓音。列队登上平台。踏着稳健的步伐从树林里走出来，走在上一年的山毛榉果实上面。全是乡村女孩。再瞧瞧她们吧：胀鼓鼓的女上衣，再加上红色的和蓝色的围裙和头巾。这是一种有节奏的流动和迈步，是各合唱队的汇合。小型男孩合唱队站在主平台上，在我三言两语宣布庆祝会开始之后，这个合唱队便提出了那些命运攸关的重大问题。两个大型男孩合唱队和两个大型女孩合唱队声音缓慢地、逐字逐句地作出回答。其间——你还记得吗？——有一只布谷鸟从古滕贝格林中空地往这儿啼叫。咕咕声总是闯入命运攸关的问题和命运攸关的回答之间的间隙。可是，第二平台上那四个男孩——他们作为单个的朗诵者站在主平台上——却不受这种叫声的迷惑。在第三平台上站着军乐队。你们，冲锋队朗富尔-诺尔德中队，应当在布科尔特的合唱队队伍后面，在左下边处于待命状态，因为你们回头得组织好列队出发。啊，成功啦！耶施肯塔尔森林有一种绝妙的回音效果。这种回音来自布谷鸟不愿停止啼叫的古滕贝格林中空地，来自埃尔布斯山与和平山。这部大合唱讲述的是东方的命运。一个骑士骑着马横穿德国的疆域，然后说道：‘这个帝国比国界标定的范围还大！’骑士正在回答那些合唱队和那四个主要提问者提出的问题。他用犹如敲打金属般的铿锵话语回答道：‘你们必须坚守城堡，守住朝东的大门！’问题和回答慢慢汇入一种独特而热情的声明中。最后，大合唱在一首赞美大德意志的颂歌中以雄壮有力的声音结束。这里有回声效果。那是一个山毛榉树林。有第一流的嗓音。布谷鸟毫无妨碍。元首生日那天阳光灿烂。来自帝国的客人们都留下了深刻印象。你也在场，我亲爱的。你就开诚布公吧。那是在三八年，在四月二十号。真他妈胡扯淡！我们要同背包里的荷尔德林①和海德格尔一道走向东方。而现在,我们蹲在西方,得了淋病。”

这时,马特恩把牙齿咬得咯咯作响,这是东方同西方在发生摩擦。他厌烦进行报复的荨麻汤汁,厌烦报仇雪恨的牛奶,厌烦糖丸和金条。农舍很矮,燃烧泥炭后变得暖烘烘的。他在完成八十四个马特恩故事之后叉开两腿,站在这间农舍里。够啦,够啦!他那充满痛苦的根源叫喊着。

足够就是永不满足!剩下那些刻在心上、脾上和肾上的名字提醒道。

“两个水泥注射器,还有每小时添上的一包泥炭,”这位昔日的大队长格普费尔特抱怨道,“病情仍然不见好转!买不起盘尼西林,就连颠茄都很珍贵。”

这时,马特恩敞着裤子,走向一堵刷了白石灰、把这间朝东的农舍隔离开来的墙壁。举行这个庆祝会时既没有布谷鸟,也没有军乐,但他却把自己流着蜂蜜的阴茎对准东方。“这个帝国比国界标定的范围还要大!”九百万张难民证朝西堆着,堆在马特恩面前:“你们必须坚守城堡,守住朝东的大门!”一位骑士骑着马横穿德国的疆域,可朝东走时寻找的并非房门,而是一个普通的插座。在这个插座和他的阴茎之间出现了某种联系。马特恩——直截了当地说吧——在往插座里撒尿,借助这道连绵不断的水流,挨了一下重重的、令人震惊的和疗效显著的电击,因为他一停下来,脸色苍白、浑身颤抖和头发散乱地站定,所有的蜂蜜就都流出来了。报仇雪恨的牛奶凝结成块。糖丸滚进地板裂缝。金条熔化。滴水汉斯舒了口气。步行者在原地踏步。寡妇眼泪已经流干。高级感冒已经用电击治愈。这位医生在治自己的病。普鲁托这条狗在一旁观看。昔日的大队长格普费尔特在一旁观看。当然,在一旁观看的还有亲爱的上帝。只有薇拉·格普费尔特太太什么也不看,因为当她带着很粗的发髻从乡村

① 荷尔德林(1770—1843),德国诗人。

学校回来时,她从马特恩那儿也许只能听到流言蜚语,看到没有织补的毛袜了。病虽然治愈,但并未得到拯救,主人和狗就离开了这个满目荒凉的吕内堡荒原。从这时起,淋病便逐渐在德国销声匿迹。各种灾祸都已过去。各种流行病都不再发生。各种乐趣都是最后的乐趣。

第八十五个马特恩哲学故事和
第八十六个马特恩忏悔故事

布劳克塞尔想要干什么?他在缠着问马特恩。他为了几只蟾蜍答应预支一笔款项,这还不够,马特恩每星期都得向他报告:“今天多少页?明天多少页?同萨瓦茨基及其太太那段插曲是否会有效果?开始,在布赖斯高地区的弗赖堡与托特瑙冬季运动场地之间穿梭往来时,是否已经下雪?在科隆火车总站男卫生间的哪一道防波堤内有向黑林山进军的命令?是写的还是刻的?”

布劳克塞尔,你听着!马特恩呕心沥血写出的东西是:今天七页,明天七页,昨天七页。每天七页。每个插曲都有作用。在托特瑙与弗赖堡之间,当时没有下雪,如今在下。在左起第十二个防波堤内过去没有写,现在却写着那道命令。马特恩写的是现在时——每条田间小路都是林中小路①!

所有的防波堤前都拥挤不堪。男卫生间弥漫着又湿又冷的空气,因为大教堂里没有暖气。马特恩并不去挤,但在他终于站到他的防波堤,也就是左起第十二个防波堤前之后,他就再也不想离去了。人们在地球上有居住权。可是,他们已经在他身后挤来挤去的了,因

① 这是影射海德格尔的两部作品,一是论文《田间小路的劝说》,二是文集《林中路》。

为他没有居住权。“赶快,伙计！我们也要来,伙计。他根本就没撒尿了,只是一个劲儿地瞧。到底有什么好瞧的,伙计？说说看!”

幸好普鲁托这条狗使正在看字的马特恩同拥挤的人群保持一定的距离,使他得到一份悠闲。他可以把这种娟秀的、犹如用银针刻下的文字津津有味地看上七遍。在经历了如此之多的乐趣和流行病之后,精神食粮终于使他恢复了精神。这个世界上所有男人撒出的尿都冒着热气。可是马特恩独自站着,把难以捉摸的银针雕刻文字复制到心脏、脾脏和肾脏上去。热气腾腾的天主教男卫生间是一个热气腾腾的天主教厨房。厨师们在马特恩身后拥挤着,都想来煮东西:“快一点,伙计！不只是你一个人,伙计！照顾照顾你后面的一位吧,伙计!”

可是马特恩仍然在中间站着。这个巨大的反刍动物大口大口地咀嚼着左起第十二个防波堤内的每一个字:“阿雷曼人①的帽子在托特瑙与弗赖堡之间有尖角。从此以后,‘存在’这个词中的‘i’便写成了‘y’。”

马特恩就这样劝导着,回避着。“总算好啦!”他把普鲁托牵到脚边,“狗哇,你考虑一下吧,可是别冷静下来！他在滑翔飞行和下棋时陪过我。我同他一道——心连心、手挽手——沿着港口码头往上走,沿着长巷往下走。埃迪把他的作品送给我,只不过开开玩笑而已。读起它来就像黄油一样有滋有味。他的作品是医治头疼的良方,当埃迪在冷静思考有关麻雀的问题时,他就帮助他对付这种思考。狗哇,你回想一下吧,可是别冷静下来！我曾经大声念过,给冲锋队朗富尔第八十四中队念过这部作品。他们趴在酒馆的柜台式桌子上,只还在《存在与时间》中怪声大叫。他现在写‘存在’一词就用‘y’②了。他头戴一顶绒球帽,帽子的尖端比所有的进军路线和撤退

---

① 阿雷曼人是莱茵河与多瑙河上流的日耳曼人古称。

② “存在”在德文中应为 Sein,这里指的是海德格尔的《存在与时间》,把“i”换成了“y”。

路线都长。也就是说，我把他的作品放在干粮袋里，从华沙到敦刻尔克，从萨洛尼卡到敖德萨，从米乌斯河前线到皇帝港高炮连，从拘留所到库尔兰，从那儿——那是很远很远的地方——到阿尔登山脉，我都让它与我同行。我同它一道投奔盟军，直到英国南部，我背着它进入蒙斯特军营，埃迪在塔格内特尔巷把它作为古董买下来。它是一本样书，第一版，于一九二七年出版，还是献给小个子胡塞尔的，此人后来戴着绒球帽……狗哇，他仔细听着：他出生于梅斯基希。该地位于美因河畔的布劳瑙附近。这个人和那个人在同一个绒球帽年①剪的脐带。这个人和那个人相互对立。这个人和那个人总有一天会站在同一个纪念碑的基座上。他不断地在呼唤我。狗哇，你考虑一下吧，不过别冷静下来！这趟火车今天还会把我带向何方？"

他们在布赖斯高地区的弗赖堡下车，来到弗赖堡大学。虽然这个环境还回荡着他在三三年说的那番大话②："我们需要的是我们自己！"可是，没有一间阶梯形教室里挂着绒球帽。"此人再也不能待在这儿，因为他③……"

主人和狗四处打听，最后来到一个有铁门的花园别墅前。他们在安静的别墅区大吼大叫："开门，绒球帽！马特恩在这儿，是忧虑的呼唤在显现。开门！"

别墅仍然保持着冬日的宁静。没有一扇窗户因为电灯光的照耀而变成黄色。不过，在铁门旁的信箱上却贴着一张纸条。这张纸条作出了回答："帽子在滑雪时拉成了尖角。"

因此，主人和狗用六条腿在费尔德山的阴影中吃力地爬着。在托特瑙上面，暴风雪摇晃着他们。这是哲学家天气——认识天气！

---

① 胡塞尔生于1859年，海德格尔生于1889年，两人出于年代的最后一字均为9，而9犹如绒球帽，故名。

② 海德格尔在1933—1934年任弗赖堡大学校长。在1933年5月27日就任校长职务时，他作了题为《德国大学的自我肯定》的演讲，在演讲中号召大学生们为纳粹国家服务。

③ 海德格尔在1945年被占领国革除教职，到1951年才恢复。

接连不断的暴风雪。没有一棵黑林山的冷杉会作出回答。这条狗不会,不会激动地作出回答。他们迷了路。狗用它低垂的鼻子找到滑雪茅屋,找到背风面。说出的大话和狗的吠声立即就被暴风雪润色成:“开门,尖角!马特恩在这儿,是复仇神在显灵!到这儿来的人和狗存在于马特恩故事中。他们要使西蒙·马特尔纳这位为自由而战斗的英雄显灵。此人曾经迫使但泽、迪尔绍和埃尔宾这些城市屈膝求饶,让德赖尔巷和佩特西利巷燃起一片火海;放心吧,你的帽子在滑雪时不会出什么事的——开门!”

尽管这个茅屋已经堵塞,插上了木块,密不透风,不宜客居,但仍有一张小纸条,一张落上了雪、字迹几乎无法辨认的小纸条贴在没有树皮的黑林山树木上:“普鲁托必须在山谷中拣这顶绒球帽。”

他们走下山去。这不是埃尔布斯山,这是费尔德山。没有理性地经过托特瑙和诺特施赖——这些地方就叫这些名字——前往佐尔格、于贝尔施蒂克、尼希通的旅游地图。正因为如此,柏拉图感到困惑不解,为什么不是他呢?在这个人这里成为锡拉库萨的东西,在另一个人那里却会变成大学校长的就职演讲①。因此,待在落后地区总是很美的。为什么我们待在落后地区呢?因为绒球帽离不开这一地区。它不是在上面滑雪,就是在山底看柏拉图的著作。这就是小小的地区性差别。这是哲学家当中的一个小游戏。布谷鸟,我在这儿。不,布谷鸟,我在这儿,在上面,在下面——在下面,在上面。没这回事!没这回事!哦,马特恩,上七次费尔德山,下七次费尔德山,却没有赶上自己!上下山时,绒球帽时而是尖角,时而是尖端,时而成尖角,时而去除尖角,时而又是尖端——他总在前面,从未有人与他并排,没有人在他身边待过,不存在与他在一起的问题,只有自动爬山的欲望,这既非周围冷杉之间的可治之症,也不是不治之症,不可救药之症,在这里无一例外。马特恩再一次间接地从高涨的情绪跌落到极其低沉的状态中。因为在山谷中,在花园大门旁边的小纸

① 这里是指:普鲁托再一次待在锡拉库萨暴君小狄奥尼西奥斯的宫廷里。

条上,已经有一种非常熟悉的笔迹在轻声低语:“绒球帽就像所有的大东西一样,在暴风雪中。”在上面,在暴风雪中,他念道:“绒球帽肯定在下面平整费尔德山。”

报仇雪恨是一项什么样的工作啊！愤怒想伸嘴去咬雪片。仇恨在割着屋檐口的冰柱。可是,冷杉却时而在毁灭,时而在保存这永恒事物之谜。如果愤怒和仇恨不迷路的话,那它们就在上面活动;如果这种事不在上面发生,那它们就出现在花园铁门旁的小纸条上。“绒球帽四周所有成林的黑林山冷杉一望无际,形成一个世界,积满了粉末状的雪。”滑雪天,滑雪天！啊,马特恩,当你爬七次费尔德山,下七次费尔德山,而没有人同你并排时;当你在山下不得不念七次“山上的绒球帽”,而在山上,你眼前又有七次直冒金星,闪现出“绒球帽在山下显现的是微不足道的东西”时,你要干什么呢?

这时,在幽静的别墅区,在某座别墅前,主人和狗都在急促喘息。他们精疲力竭,遭到愚弄,狂热鲁莽。报复、仇恨和愤怒试图往信箱里撒尿。叫喊声爬过铁栅栏,断断续续地嚷着:“帽子,你说,我在哪儿可以把你抓到?你的尖角作为书签夹在哪本书里?你把他们,把那些撒上氯的、其存在已被遗忘的人藏在哪顶帽子里?你曾经用来扼杀小个子胡塞尔的这顶绒球帽有多长?为了让这种伸展变成实存的存在,给这种存在戴上绒球帽,我得拔掉多少颗牙齿?”

别因为提出了很多问题而感到害怕。马特恩亲自回答。这种事他已经习以为常。谁总是处于中心位置——这是一种表现型,是自我中心——谁提出的问题就总能让人对答如流。马特恩嘴里不说,两只手却在忙活。开始时摇动某座别墅花园前的铁栅栏,对铁栅栏破口大骂。可是,这里再也听不见阿雷曼人的绒球帽语言了;马特恩用具有民间风味的、独特的方言嚷嚷道:“滚出来,你这个灾星！我要砍掉你……你这个笨蛋！杂种！狂小子！你这个瘦猴子！滚出来！我把你塞到沟里去！我把你打趴在地上！我打得你皮肉开花,给你的脑壳打个洞。我捶烂你的骨头,让你的嘴巴冒出泡沫。我要把你像只臭袜子一样拆散。我要把你剁成肉酱,把你一点一点地丢给吉赛尔特吃！把所有的坏事、把你那套老不露面的把戏都收起来吧！马特恩在对你发火。马特恩对你火冒三丈。你这个哲学家，滚出来！马特恩也是哲学家。唉，真糟糕，棒棒要举高！”

这一番话和马特恩那些动作的目的虽说并不是要这位哲学家跟随“友好的”叫喊声，戴着绒球帽，穿着有搭扣的鞋，操着阿雷曼方言，规规矩矩地走到别墅门前，但是，马特恩却把这道熟铁铸成的花园大门从门轴上卸了下来。他高高举起大门，使普鲁托这条狗惊愕得张口结舌，因为他可以把大门使劲地高高举起。再说，既然这个雪花纷飞的夜空并不想帮他取走这道用熟铁铸成的大门，所以他就把它扔到花园里，扔得很远很远。

这位拆卸工拍拍手：“总算完事了！”作案人在东张西望地寻找证人：“你们看见了吗？马特恩只得如此。真是异乎寻常！”这个复仇者在尽情享受报仇雪恨的余味：“这个人受到了应有的惩罚。现在我们的账了结啦！”可是除了这条狗，没有任何人可以指天发誓，说这种事非得如此不可。除非是亲爱的上帝虽然喜欢下雪，却又在居高临下地刺探情报。上帝在毁灭着，实存着，气恼着。

当马特恩带着狗，想要离开布赖斯高地区的弗赖堡市时，没有一个警察表示反对。他不得不乘三等车，因为又上山又下山耗尽了他的旅费。他不得不有一次在托特瑙，有两次在诺特施赖，一次在尼希通，一次在于贝尔施蒂克过夜。同哲学家交往的费用是如此巨大——如果不是有一些慈善的太太和软心肠的少女，主人和狗就只好忍饥挨饿，渴死、饿死了。

不过，他们还是跟在他后面，想让一个被哲学辩论弄得发热的头脑冷静下来。他们希望把一个人，即一个超验还在半道上就能够招雇的人弄回到尘世间，弄回到他们那双人床的床架上。这里所说的人就是：拉大提琴的厄尔琳小姐，胡弗纳格尔上尉古怪的小女儿，来自奥尔登堡的棕色头发的女秘书，瓦恩克的黑鬈发清洁女工，还有在弗尔克林根与萨尔布吕肯之间送给他滴水汉斯的格尔达。所有这些人都是他用金条和不用金条而使之致富的人。而她们只想要他，只想要他。这些人是:来自策勒的埃林的媳妇,来自比克堡的格蕾特·格林,布德齐斯基的姐妹抛弃了孤苦伶仃的洪斯吕克山,还有贝尔格街之花伊尔玛·耶格尔,克林根贝格那两个上弗兰肯地区的女儿——克里斯塔和吉泽拉,从苏占区跑来、身边没有弗兰茨兴·沃尔施莱格尔的希尔德兴·沃尔施莱格尔,约翰娜·蒂茨再也不愿同她的蒂茨生活在巴伐利亚森林中。寻找他的还有:利珀河的一位公主及其女友,东弗里西亚群岛饭店老板的女儿,柏林的女人们和莱茵河畔的姑娘们。德国的女人们通过寻找广告和旅行事务问讯处,探问马特恩的下落。她们在红十字会打听。她们用归还失物时给予酬金的办法引诱人们。更何况矢志不渝的意志具有两重目的。她们追赶他,看到他,拦住他,要用薇拉·格普费尔特茂密的头发扼死他。她们想抓住他,用伊尔玛的小屋,用格蕾特的陷阱,用清洁女工的峡谷,用垃圾桶盖,用埃尔克的裂缝,用家庭主妇的口袋,用柏林人的小面包,用贵族的小金属圈,用鱼丸和西里西亚的天堂来抓住他。为此,她们带来的东西有:烟草、短袜、银匙、结婚戒指、沃尔施莱格尔的怀表、布德齐斯基袖口上的金纽扣、奥托·瓦恩克的剃须皂、小叔子的显微镜、夫君的存款、特别法庭法官的小提琴、上尉的加拿大外汇以及心灵和爱情。

马特恩总不能老避开这些财富。她们在科隆的火车总站与科隆那坚定不移的大教堂之间等待着,进行激动人心的观察。财宝希望在地下室旅馆和客店里,在莱茵河畔草地和冷杉针叶上受到人们的羡慕。就连那条狗,她们也想到了给它准备香肠皮,好让那些回报不致受到索要吃食的狗嘴干扰。同样的事情别做两遍,要不然你就会遇到同样的事!

尽管他希望独自一人带着狗探访那个寂静的男卫生间,以便独自沉思,同这个世界保持一段距离,但是在人声鼎沸的火车站候车室里,少女们的手指、家庭主妇们的手指、公主们的手指却在摸他,要求他:“一起走吧,我知道在哪儿。我认识出租房屋的一个住房勤杂工。我有一个熟人要外出几天。我知道有一个采沙砾场,那里再也不会开工了。我在多伊茨给咱们俩找到了一个地方。至少待一会儿吧。只是说一下情况。沃尔施莱格尔派我来的。我没有别的选择。我跟在后面,我保证。一起走吧!”

这种照顾使马特恩想到普鲁托,它让普鲁托长得胖乎乎的。哦,可以倒过头来的报复啊!愤怒遇上了棉花。仇恨遇上了爱情。飞镖①击中了他,因为他认为已经击中了八十五次。同样的事情别做两次——相同的事情决不会重复!因为在营养最好时,他瘦了。格普费尔特穿在外面的那些衬衫套在他身上已经舍身。虽然奥托·瓦恩克的桦木汁洗发水使他的头发感到凉爽宜人,但马特恩的头发却脱落殆尽。以破产管理人身份出现的是被遣返回家者滴水汉斯,因为他所说的那种曾经寄存在巴伐利亚森林或者奥利希专区的东西,以上弗兰肯地区、苏占区和土头土脑的方式传染给了他。主导动机就是谋杀动机,由于滴水汉斯的缘故,他不得不往插座里撒六次尿。这使他感到不知所措,这使他感到莫名其妙。剧烈的治疗方法治好了他的病。他染上了淋球菌。电把他击倒了。双人床的床架把一个东奔西跑的复仇者变成一个正在离港的唐璜。他已经露出厌倦的眼神。他已经在娓娓动听、不厌其烦地唠叨爱情与死亡了。用不着看到什么,他就可以做到含情脉脉。他已经像抚摸天才最可爱的孩子那样抚摸他的梅毒。那种小小的疯狂递上了自己的名片。刮完胡子,他立刻就会希望割去睾丸,希望把他所喜欢的表现型扔给列波莱洛②,扔给这条狗。

谁来拯救马特恩呢?同一个没有理性的、绝无仅有的不倒翁相比,所有的古怪哲学算什么玩意儿!同六次接触过多的插座相比,七次本着绒球帽癖好爬上费尔德山又算什么!此外,叫喊声也不绝于耳:“让我生个孩子。让我把胎打掉。让我怀孕。注意,别耽搁了。吐得我满身是痰。刮我的子宫。刮干净。刮掉。卵巢!”谁来拯救

① 澳大利亚土著武器,用曲形坚木制成,投出后可飞回原处。

② 列波莱洛是莫扎特二幕歌剧《唐璜》中好色之徒唐璜的仆人。

马特恩？谁来梳掉他死去的头发？谁来给他暂时把裤子扣上？谁对他和蔼可亲，而且是大公无私的？谁站到他和那些长了毛的、发软的小面包之间？

很可能是那条狗。普鲁托善于防止最糟糕的事情。它把奥托·瓦恩克的清洁女工和格普费尔特的薇拉从一个采沙砾场赶出来，四月份把这一个女人、五月份把那一个女人赶到莱茵河畔草地上。这两个女人想在采沙砾场吸光马特恩的脊髓，咬掉他的睾丸。只要有在小提袋里保存着滴水汉斯糖丸的女人靠近，普鲁托都能够在这当儿察觉到，预先通告。它狂吠着，发出呼噜呼噜的声响，站到他们之间，用四处碰撞着的嘴暗示险恶的流行病疫源地。它揭穿希尔德兴·沃尔施莱格尔和公主那位女友的假面具，这样一来，仆人就使主人免掉了另外两次电击。可是，就连它也无法拯救马特恩。

科隆的双重暗号就这样看着他。他神情沮丧，烂着眼睛，两鬓光秃，像狗一样忠实的普鲁托在他四周跳来跳去。他作为与戏剧中的可怜虫近似的人物，现在又重新开始。他想穿过人声鼎沸的火车总站候车室，想往下走，走进安静的地方，走进铺上地砖的、天主教的、低声耳语着的地方，因为马特恩仍然觉察到那些名字，那些令人痛苦地刻进内脏器官的、想要说出来的名字——尽管是用颤抖的手。

就这样，他差不多是拄着多节手杖一步一步地往前挪。她就这样看着他——一个拄着手杖、带着狗的男人。这种景象感动了她。她这位甜菜太太肯定要朝他走来。在她那里，复仇已经开始。她有同情心，心肠慈善，犹如慈母。英格·萨瓦茨基推着一辆童车，车里放着一个十一月份的甜菜小家伙，这个小家伙是去年七月份在甜菜糖浆般的甜蜜中降临人世的。从那以后，人们都叫她瓦莉，再加上瓦尔布尔加这一名称。英格·萨瓦茨基非常肯定地说，小瓦莉的父亲有一个名字以 W 开头，譬如瓦尔特——虽然从天主教的立场来看，维利巴尔德和武尼巴尔德这一对僧侣更接近那些用巫术使人气恼的伟大圣徒，而这些圣徒那种迄今为止仍然备受青睐的产品就是瓦尔堡油。

马特恩目光忧郁地盯着装得满满的童车。英格·萨瓦茨基赶忙设法缩短这种默默无言、四处观察的时间，说："一个漂亮的孩子，是不是？你气色不大好。你肯定马上就可以走路。别害怕。我什么事都不要你干。不过，约亨会感到高兴的。你看上去精疲力竭。真的，我们俩都喜欢你。另外，他还要好好照料孩子。孩子是顺产。我们很走运。本来她应当在巨蟹星座中，可是变成了一个狮子星座女孩，成了上升的星体天秤星座。后来大家的日子就好过了。通常情况下日子都过得舒适、节俭，能够适应，丰富多彩，亲密无间。尽管如此，大家都意志坚强。我们现在住在河对岸的米尔海姆。要是你愿意，咱们可以坐船。海德维茨卡，船长先生①。你确实需要休息和照顾。约亨在勒弗库森工作。我倒是劝过他别去干那种事，可是他无论如何都要去再次从政，而且对雷曼②深信不疑。我的上帝呀，你满脸倦容。咱们也可以坐火车，不过我倒是喜欢乘船。嗯，约亨得知道他是在干什么。他说，现在得摊牌。你也曾经同他们待在一起。难道说你们从那时起本来就相互认识，或者说只是在冲锋队中队之外才认识？你可真是守口如瓶啊。我也不想从你那儿听到任何东西。要是你愿意的话，我们可以喂你几个星期的半流质食品。你得安定下来，得有一个像住处之类的东西。我们有两个半房间。你会得到阁楼上那个专门由你支配的房间。我要让你得到安静，肯定的。我喜欢你，可是要用一种非常冷静的方式。瓦莉刚才还在笑着看我。你看见了吗？现在又在笑着看了。难道说狗也喜欢孩子？有人早就说过，牧羊犬喜欢孩子。我喜欢你和狗。当时我想把它卖掉。当时我是太愚蠢了。你得采取措施，防止头发脱落。"

母亲和孩子，主人和狗，他们都上船去了。营养良好的太阳在同一口小锅里煮着米尔海姆的废墟和米尔海姆营养不良的食品领取

① 摘自卡尔·贝尔布尔的《嘉年华会之歌》的副歌，内容涉及"米勒梅尔号"船在科隆-米尔海姆航线上的航行。

② 雷曼（1898—1977）当时为德共主席和政治局委员。

人。德国过去从未像现在这样美丽。德国过去从未像现在这样强盛。在德国,从未有过比现在每天得到一千零三十二卡热量者更富于表现力的人。可是,当这条米尔海姆的船停靠时,英格·萨瓦茨基却认为:“现在我们马上就会得到新钱了。黄金小嘴甚至知道什么时候可以得到。什么,你不认识他?可是在这里,每一个了解一些情况的人都认识他啊。我可以给你讲,这人在哪儿都不肯轻易拿出钱来。从饮料巷直到不来梅港的美国佬,整个市场都听命于黄金小嘴。可是他说,现在马上就退潮了。他说,我们应该适应这种情况。新的钱不仅仅是用纸做成的,而且显得既珍贵,又罕见,为此,人们必须有所作为。再说,洗礼时我也在场。怎样称呼他的大名,只有极少数人才知道。虽然约亨说,这个人并非无可挑剔,可是在我看来,他应该如此。无论如何,他在教堂内是不纯洁的,可是他送了两套宝宝服,还有大量杜松子酒。虽说他自己滴酒不沾,却只顾做出抽烟的样子。我给你讲,他不抽烟,他喝酒。眼下他走了。有人说,他的总部目前设在迪伦;另外有人讲,在汉诺威。可是在黄金小嘴那里,人们永远也别想知道。我们在这儿是在家里。人们都习惯于这种景象。”

在要好的老朋友那里,马特恩经历了意义重大的一天,经历了币制改革。现在需要认清形势。萨瓦茨基毫不迟疑地退出了共产党。反正共产党已经成了他的累赘。每个人都得到一份配额,这份配额不会让人喝醉,而是:“现在,这就是我们的原始资本。我们靠库存过活。我们吃糖浆,至少还能吃十二个月。等到我们把所有的衬衫和内裤都穿破时,瓦莉已经上学了。因为我们并没有停留于储备物品,我们事先做了充分的准备,而且已经摆脱了困境。这是黄金小嘴给我们的忠告。不用付钱给好的建议。英格也许会向你透露一揽子建议的来源,纯粹是出于帮忙,因为他喜欢我们。他也经常打听你的情况,因为我们讲到过你。这些时候你到底躲到哪儿去了?”

这当儿,慢慢康复的马特恩一字一顿地列举了德国的地名:东弗里斯兰、劳厄山、上弗兰肯地区、可爱的贝格斯特拉瑟地区、藻厄兰地区、洪斯吕克山、艾弗尔山、萨尔州、吕内堡荒原、图林根地区或者德国的绿色心脏;他描述了黑林山,那是黑林山最高、最黑的地方。此外,在上这堂生动的地理课时还提到城市的名称:“那时我从策勒到比克堡。亚琛是座古老的、由罗马人建立的、举行加冕礼的城市。帕骚,因河和伊尔茨河在那里流入多瑙河。当然,我在魏玛时也参观过妇女计划。慕尼黑使人失望,不过那些城市,易北河堤坝后面那片古老的土地,是一个高度发达的水果种植区。”

萨瓦茨基的问题“现在怎么办?”也许可以绣成字,作为装饰品,挂在沙发上面。马特恩想睡觉,吃饭,看报,睡觉,看窗外,休息。马特恩想在刮胡子用的圆镜子里观察——再也见不到深陷的眼睛了。颧骨下面的窟窿塞得满满的。可是头发却再也保不住了,现在已经脱光。他的前额在扩大,拉长了一副由三十一个狗年月塑造成的、具有性格特征的面容。“现在怎么办?”难道要让步吗?在经济开始萌芽时,不带狗参与经济活动吗?是演剧,把狗放在演员更衣室里吗?再也不在自然狩猎区,只是在舞台上把牙齿咬得咯咯作响吗?是演弗兰茨·莫尔?演丹东?演奥伯豪森的浮士德?演特里尔的士官贝克曼?演小型剧场里的哈姆莱特?不,决不演!还没有演。这里还剩下一点。马特恩的某一天尚未破晓。马特恩想以旧的货币来回报,因此他在萨瓦茨基的两间半住宅里大吵大嚷。他用手狠狠地捏皱一个赛璐珞儿童拨浪鼓,怀疑瓦莉出身于瓦尔特家族。马特恩还用糖盒把黄金小嘴花园里所有不容置疑的建议都从早餐桌上擦去。他只想听命于自己,听命于心脏、脾脏和肾脏。他和萨瓦茨基再也不以名字相称,而是根据白天不同的时间和当时的心情,相互谩骂:“托洛茨基分子,纳粹,你这个叛徒,你这个卑鄙下流的、跟着人跑的小尾巴!”但也只是在马特恩打了站在起居室中间的英格·萨瓦茨基一记耳光之后——其原因很可能就在于马特恩的阁楼——约亨·萨瓦茨基才把客人和狗撵出了这两间半住宅。英格很快也被赶出家门。她想把孩子带走,可是萨瓦茨基却拍着铺上防水布的桌面说:“孩子给我留在这儿!我的孩子不能堕落。你们爱上哪儿就去哪儿吧,你们就准备着去找魔鬼吧。不过别带上女孩,我要管这件事。”

因此，走时没带上孩子，不过却带着狗和少量新货币。马特恩还有沃尔施莱格尔的怀表，布德齐斯基的袖口金纽扣和两个加元。他们在科隆的大教堂和科隆的火车总站之间把这块表挥霍掉了。剩下的钱只够在本拉特住一个星期旅店。这家旅店朝向那座有圆形池塘和正方形花园的宫殿。

她说："现在怎么办？"

他在衣橱的穿衣镜前按摩自己的头皮。

她用拇指指着窗帘说："我的意思是，要是你想干活儿的话，那边有亨克尔的工厂。在右边，德马克①又开工了。我们可以在韦尔斯滕或者杜塞尔多夫直接找住房。"

可是在穿衣镜前以及后来在湿冷的大自然中，马特恩都不想工作，而是想漫游。他出身于一个磨坊主家庭。此外，狗也得有活动场地。在他为这些资本家猪猡干活之前，他宁愿……"亨克尔、德马克、曼内斯曼！这些都不会使我高兴！"

两人同狗一起，沿着特里佩尔斯山，经过莱茵河畔草地，走到希默尔盖斯特。那里有一家客店，这家客店还空着一间房，也很少问到结婚证，而且不管是否夫妻关系。这是一个令人不安的夜晚，因为英格·萨瓦茨基从米尔海姆出来虽然没有带旅行鞋，却带了绣上"现在怎么办？"的小被套。这使他无法睡觉。他们的看法总是如出一辙。枕头在窃窃私语："你干点什么吧。随便什么都行。黄金小嘴曾经说过：投资，投资，再投资。这至少在三年后是值得的。譬如说萨瓦茨基吧，就因为如此，他便想结束在勒弗库森的工作，在某个小城市独立创业。黄金小嘴建议他从事男外衣行业。你不想干事，不想干任何事情。你总是说，你上过大学。譬如说开设一家咨询处或者办一份严肃的星相报吧。黄金小嘴说，这种行业有前途。大家再也不会相信老一套的骗局了。他们希望知道别的东西，更好的东西，

① 德马克，德国机器制造厂股份公司的简称。亨克尔和下文的曼内斯曼均为公司的名称。

想知道还完全无法预料的东西……譬如说你是白羊星座,我是巨蟹星座。你愿意怎么收拾我,就可以怎么收拾我。”

第二天,马特恩把她弄得精疲力竭,服服帖帖。这笔钱刚好够坐莱茵河里的渡船,从希默尔盖斯特到于德斯海姆。他们在免费淋雨。啊,真是又湿又冷,难舍难分啊!他们穿着湿漉漉的鞋,一个接一个地跑着,狗在前面,一直跑到格里姆灵豪森。这时,他们都饥肠辘辘,却没有任何东西可吃。他们连船舷的方向都没有换一下,就坐着渡船到了右岸,到了弗尔默斯韦尔特。在莱茵河左岸,他把她弄得精疲力竭,而且是在神圣的居里扭①跟前。居里扭在莫斯科署名库尔曼被烧成灰烬,尽管如此,诺伊斯市仍然无法幸免于地毯式轰炸。

一文不名,既好心好意,又充满邪念,人们在哪儿睡觉呢?把自己关在一座教堂里,说得更确切些,关在一座唯一能救世的、没有暖气的、因而也是天主教的教堂里。熟悉的环境。不平静的夜晚。他们躺了好久,每个人都躺在自己那条教堂长椅上。在此之前,只有她还躺着,而他却带着狗,跛着一条腿,走过教堂的殿堂——脚手架和石灰桶比比皆是。一切都是东倒西歪的!全都有毛病。这是典型的过渡风格。罗马式开始时,已经太迟了,后来使用巴罗克艺术风格来粉刷,譬如说圆屋顶就是。潮湿的砂浆冒着汽。在四处飞扬的石膏灰尘中,混杂着狗年月三十年代烦琐的天主教主教级教士主持的弥撒的气息。他还在犹豫不决地晃动着,不想躺下。马特恩在同这位少妇谈话时早已经到这里来过一次了。今天,英格太太在唠叨。“现在怎么办?”就是她时刻准备着的问题。“冷,”她说,“你总算坐下来了。”还说,“咱们要不要拿床地毯来?”又说,“如果这不是一座教堂的话,那我就会说,你也有兴趣吗?”然后她又在黎明前四分之三的昏暗中说,“你瞧!那儿是一个忏悔室。看它是不是关住的?”

忏悔室并未锁上,而是时时刻刻准备敞开大门。他在一间忏悔

---

① 居里扭,《新约》中的人物,罗马皇帝奥古斯都时任叙利亚总督。在德国的诺伊斯有一座十三世纪建立的居里扭教堂。

室把她弄得精疲力竭。这倒是一件新鲜事。肯定还没有任何人在里面干过这种事。也就是说,在通常都有神父在听取忏悔的地方,狗得扮作纯洁的化身,因为普鲁托也参与这个游戏。马特恩同她一道搬进对面的小房间里去,从后面令人难堪地把她往前一推,推她跪下,而这时她不得不在前面隔着小栅栏喋喋不休地说,普鲁托就在小栅栏后面扮演听取忏悔的神父。他把她那色迷迷的木偶脸按在花饰烦琐的木栅栏上。莱茵河地区的这种巧夺天工的巴罗克式木雕艺术经历了几个世纪,不但没有断裂,反而把小木偶脸上的鼻子给压伤了。每一种罪孽都要算上。必须忏悔。要代人说情。可不要这样,神圣的居里扭,救命呀!倒不如说:“萨瓦茨基,过来,帮帮我!啊,上帝呀,啊,上帝呀!”

好啦,好啦,在这之后忏悔室并未毁坏。不过,她在冰凉的地砖上躺了好久,让鼻子在昏暗中流着血。他重又默默无言地徘徊。狗趴在地上。他在孑然一身、发出余响地转了两圈之后,重又站在安然无恙的忏悔室前面。这时,为了给一个抚慰人的小烟斗点火,他让他那性能良好的旧打火机喷出火来。打火机所做的事情让人大喜过望:首先,救活了烟斗;其次,证实英格的鼻血是红的;最后,把忏悔室上挂的小牌子照得一清二楚,可以看见牌子上写着的东西,是白底黑字——约瑟夫·克诺普,没有详细地址。因为这个名字暂时就寓居于此,所以不用像科隆神圣的男卫生间里的其他那些名字一样,标出街道和门牌号。这位克诺普每天每日从九点三刻到十点一刻,有半个小时之久待在这个坚固耐用的忏悔室里,用他那只由官方鉴定过的耳朵仔细听取每个人的忏悔。哦,主导和杀人动机啊!哦,报复,糖浆般甜蜜的报复啊!哦,正义,像漫无目的地乘着火车来来去去的正义啊!哦,姓名,已经标出和还要标出的姓名——约瑟夫·克诺普,要不就是第八十六个马特恩故事啊!

马特恩在十点正独自一人亲手标出了这个名字。他在诺伊斯城的废墟之间,把普鲁托这条狗——离别时难分难舍——拴在一个完好无损的自行车停车处。一直哭个不停的英格在晨祷前不久悄悄地溜走了。她步行,带着压伤的鼻子往回走,往科隆的方向走去。任何一辆卡车肯定都会带着她走。不过,他却待了下来。他并不寻找什么,却在炮兵连街,确切地说是在大教堂广场与工业港之间,找到一枚十芬尼的硬币。发财啦!这十芬尼硬币是神圣的居里扭专门为他放置的。可以用它买一支雪茄烟;也许可以用它买到一份刚印出来的《莱茵河消息报》。一盒火柴、一块口香糖也就是这么多钱。也许可以把这十芬尼放进一个裂缝里。要是站到秤上去称,也许就会有一张小卡片降临到人世上来,这就是你的重量!然而马特恩抽的是烟斗,在需要时就让他的打火机喷火。马特恩看的是橱窗里的报纸。马特恩有足够的东西可以吃。马特恩用不着去称重量。马特恩用捡到的十芬尼买了一根漂亮的、长长的、发亮的、纯洁的毛线针。用来干什么?

你们别转过身来,毛线针在作祟。

因为这根毛线针是为神父的耳朵准备的,所以它应当钻进约瑟夫·克诺普的耳朵里。马特恩在九点三刻故意走进神圣的居里扭那个并不对称的教堂,准备用长长的、没有用于预定用途的毛线针来进行审判。

在他前面,有两个老妇在简简单单、三言两语地忏悔着。现在,他在那儿跪下身来,也就是在昏暗的教堂之夜里,头被往前按着的英格想要对狗忏悔的那个地方。那儿很可能还有——谁要是找证据的话——英格的血粘在木栅栏上,还可以证明有人在此殉道。他目的明确地低声耳语着。约瑟夫·克诺普的耳朵很大、很肥,动也不动一下。扳着指头彻底认罪找到了地方。在这当中有一个古老的故事。这个故事发生在狗年月的三十年代末,发生在一个当初的冲锋队队员、后来的新天主教徒与一个职业老天主教徒①之间。这位老天主教徒凭借所谓的玛丽亚·拉赫决定,劝告那个新天主教徒,重新加入一个正式的冲锋队中队,依靠圣母马利亚的帮助,去增强就其本身

① 指传统的天主教徒。此处并非指第一次梵蒂冈会议(1869—1870)后的分裂。

而言并不信神的冲锋队中的天主教一派。这是一种棘手的、在滚烫的石子路上做侧手翻的谎言。可是神父的耳朵一动不动。马特恩低声说着姓名、日期和引语。他低语着：这个人名叫某某，另外那个人名叫某某。神父的耳朵连苍蝇都不会去打扰。马特恩仍在忙活着：这个名叫某某的人在公元……年五月的一次礼拜后对另外那个人说……神父的耳朵仍然如同泥塑木雕。偶尔从对面传来有节制的话语："我的孩子，你是在诚心诚意地悔过吗？你知道，耶稣基督为了我们被钉死在十字架上，他要了解每一个人，也要了解微不足道的罪孽，他一直在注视着我们。去悔过吧。什么事都别隐瞒，我的孩子。"

这正中马特恩下怀。他再一次背诵了一遍同样的故事。那些雕刻的人物形象从音乐闹钟里走了出来，他们是：高级教士卡斯①，罗马教皇的使节庇护十二世，那个昔日的冲锋队队员，忏悔的新天主教徒，诡计多端的老天主教徒和冲锋队中那个天主教派的代表。所有的人，最后还有乐于助人的圣母马利亚，都在吵吵嚷嚷，然后再离此而去，只有马特恩没有中断他那低声耳语的谈话："这就是您，正是刚才说话的您，重新加入了冲锋队。签有协定的胡说八道和趣闻逸事不断地从玛丽亚·拉赫那里传来。甚至还秘密为一面国家元首的旗帜祝福，为元首祈祷。这个多明我会修道士！这头黑骚驴！而马特恩对我却说：我的孩子，重新穿上褐礼服吧。为了我们被钉死在十字架上而且注视着我们一切行动的耶稣基督，把元首赐予我们，好让他依靠你和我的帮助，踏毁无神论者的种子。明白吗？踏毁！"尽管多次提到某人的名字，可是神父的耳朵仍然不失为一个哥特式石匠的技术高超的工艺品。甚至在把零售价为十芬尼的毛线针也考虑在内时，也就是说，当实行报复的工具已经放在带旋涡形装饰的忏悔室栅栏上，毛线针的针尖已经瞄准神父耳朵时，那个人仍然一动不动，

① 卡斯(1881—1952)，1928—1933年为德国中央党主席，同庇护十二世关系密切。

根本不为鼓膜担心。因为存在着一种看法,认为忏悔者已经精疲力竭,所以只有老人的声音有气无力地、既熟练又柔和地说出这段永恒的台词:“我以圣父、圣子和圣灵的名义赦免你的罪过。阿门!”这次忏悔的内容是:九篇主祷文和三十二次万福马利亚。

这时,到这里来用一根十芬尼的毛线针进行审判的马特恩又让他的工具回过头来:这个人竖起耳朵细听,只不过是做样子罢了。没有办法可以刺中他。对这种人你每天每日可以把什么事情都给他讲两遍,他听到的往往只是森林的涛声,要不就是什么也没听见。约瑟夫·克诺普,聋子克诺普,聋子神父克诺普。克诺普聋子神父以那个人、那个人和鸽子的名义宣布我无罪。双耳失聪的聋子克诺普在栅栏后面用双手做傻事,好让我走。走开,马特恩!别人还想向聋耳朵忏悔呢。你站起身来走吧,你再也没有罪过了。你倒是走哇,没有比这更清白的了!到忏悔者当中去吧,玛丽亚·拉赫就在内维格斯附近。你就挑一个美丽的卡诺萨①吧。把这根毛线针拿回缝纫用品商店去。也许有人会从你手里把它收回去,退给你整整十个芬尼。你可以用它来买火柴、口香糖。一份《莱茵河消息报》就值这么多钱。你也许会用十芬尼来检查你在轻松愉快的忏悔之后的体重,或者给你的狗买十芬尼香肠皮。普鲁托必须保持健康。

第八十七个虫蛀的马特恩故事

每个人至少都有两个父亲。这些父亲用不着相互认识。有些父亲对此一无所知。父亲们往往都销声匿迹。为了说出一个无法肯定的父亲的名字来,马特恩就要有一个值得特别纪念的父亲,一个他并不知道住在何处的父亲,一个他无法想象是干什么的父亲,一个他所

① 卡诺萨是意大利历史上的地名。

希望的父亲。可他并不去寻找这位父亲。

更确切地讲,他用手去摸那个人们处处都模模糊糊地提到的黄金小嘴,一直到他进入梦乡,而梦幻中的工作就是:去一根树干一根树干地砍伐一片正冒着烟的山毛榉树林;尽管他按照黄金小嘴的提示,如此彻底地搜索科隆火车总站男卫生间的所有防波堤,却没有一个表示方向的箭头促使他跑步前进;不过,他正在看——这一课教会他看出其父安东·马特恩的足迹——损坏的搪瓷上新刻出的处世之道:

“别听蛀虫的话,毛病就在蛀虫身上!”

马特恩没有把寻找黄金小嘴和他那砍伐山毛榉的梦幻从计划当中划掉,就动身往父亲的方向走去。

磨坊主有一只扁耳朵。他扛着沉重的口袋,站在位于维斯瓦河河口东岸西伯利亚乌尔托巴冬小麦中间那个在尼克尔斯瓦尔德具有历史意义的四脚风车旁,一直站到叶片转动着的风车从支架到放面粉的地板,直至放口袋的阁楼,全部烧光。这时,磨坊主正在躲避从蒂根霍夫经过沙尔堡往这边伸过来的战争魔爪。他扛着一个装有二十磅面粉的口袋——用埃普品种小麦磨成的面粉——同妻子和妹妹在一条摆渡驳船上找到了位置。这条驳船几十年来把维斯瓦河两岸的村庄尼克尔斯瓦尔德和希温霍尔斯特联结起来。随行的有:“罗特布德号”渡轮、“投资号”火车渡轮、“未来号”拖轮以及一长串海上捕鱼船。在吕根岛东北,“希温霍尔斯特号”摆渡驳船因为机械故障,不得不卸下来,改由“罗特布德-克泽马尔克号”渡轮拖曳。允许磨坊主、装有二十磅面粉的口袋和磨坊主的家属转到一艘鱼雷艇上去。这艘鱼雷艇已经超载,孩子的叫喊声不绝于耳,人们都得了晕船病。它在波恩霍尔姆岛西部触到一枚水雷,很快就沉了下去,随身带走了叫喊声、恶心以及磨坊主的妻子和妹妹;但他同他那袋面粉却得以在“天鹅号”海滨浴场轮船上找到了一个站立的位置。当时,这艘轮船偏离航线,正从但泽新航道往卢卑克驶去。不用再换船,磨坊主安东·马特恩就带着扁耳朵和没有沾水的、装有二十磅面粉的口袋,到了特拉沃河入海的港口，到了那块大陆，到了那个洲。

在后来的几个月里——意外事件不断发生，和平突然降临！——磨坊主不得不老是扛着他那逃难时随身携带的财产，施展诡计保着它，因为在他周围有好多人，这些人虽然没有面粉，却想吃糕点。他本人也多次试图从这二十磅面粉当中抓出一把来，给自己煮一碗黏糊的面片汤；可是每当他的胃折磨他时，他的左手就使劲敲打他正在拆开小口袋的右手手指。因为这种正在悄悄逼近、进行环境研究的困境就是这样看着他，看着他歪着身子、悄然无声、节制有度地待在候车室内，躺在难民营中，挤在尼森式活动房屋里。这只耳朵翘得高高的，而那只扁耳朵则被不折不扣的、二十磅重的口袋压着。这时从外面看，这里肯定是鸦雀无声。

磨坊主安东·马特恩在汉诺威火车总站与虽说已经百孔千疮，却依然拖着长尾的骑兵纪念像之间，落到一队进行大搜捕的警察手中，被公开示众——因为这只装满面粉的口袋——还要被宣判为黑市商人，而这时，恩斯特·奥古斯特国王肯定不会翻身下马来营救这个磨坊主。占领军当局的一位官员站在他那一边，滔滔不绝、口若悬河地为他和这二十磅面粉辩护，在半个小时的辩护中，渐渐显露出闪烁发亮的三十二颗金牙。黄金小嘴为磨坊主马特恩担保，照料这个斜肩膀男人连同他的面粉袋。另外，他还根据他的业务能力对这个磨坊主作出评判，在迪伦与克雷费尔德之间，也就是在郊外为他购买一个损坏并不严重的四翼风车。他让人把风车的顶盖修好，却不想让人装上百孔千疮的叶片，让它在风中转动起来。

因为按照黄金小嘴的命令，这位磨坊主应当在两层楼房中过一种悠闲自在的生活。他睡在上面，睡在枝条柴把和满是灰尘的双盘石磨传动装置下面，睡在所谓放口袋的阁楼上。尽管巨大的地面石块、土堤躯干和从屋顶框架破顶而入的正齿轮堵住了这个房间，可是在过去堆放着准备碾磨的谷物的地方，却出现了一个并不太小的正方形，其大小可以摆一张床，出现了那件几乎可以说是荷兰式的家具，两者挨得很近。石块当桌子使用。土堤躯干的“鞋”里放着家当和内衣裤。蝙蝠们被迫离开支架和横杆、屋梁构件和波形横梁,以便为黄金小嘴的小礼物腾出位置。这些小礼物有:收音机和灯——他让人安上电灯——有插图的报纸和一个老人用的少量炊具。这位老人会用一个酒精炉把马铃薯烤得喷喷香。逐级而下,楼梯栏杆被修葺一新。在宽敞的放面粉地面上——中央有一棵盆栽树——出现了磨坊主的客厅,这个客厅马上就会变成接待室。在黄金小嘴看来,磨坊主的愿望归根结底都是他的建议。在磨坊铁跳板和悬吊式栏杆下面,在过去胡乱堆放石头,现在稍微收拾过的情况下,本来要摆一把豪华的、新装上软垫的高靠背沙发椅。可是因为有一边的沙发椅靠背会妨碍肩上那个二十磅重的口袋,所以,这把高靠背沙发椅最终只好换成一把没有高靠背的沙发椅。磨坊在嘎嘎作响,甚至在没有一丝风时也是如此。要是外面刮风,粉尘就会从面粉房里钻出来,不断地通过双盘石磨跑进满是窟窿的、斜挂在“鞋楦里”的口袋里。刮东风时,小圆铁炉就会浓烟滚滚。可是多数情况下飘来的是一团团乌云,从运河那边飘来,低低地飘过下莱茵河地区上空。刚一搬进来,磨坊主就给用来固定模压梁的塞子加过一次润滑油,他还检查过横梁,这样做是为了同磨坊主搬进了磨坊这种情况名实相符。后来,他就生活在足穿室内便鞋、身着深色衣服的世界里,一觉睡到九点钟,单独用早餐。要是黄金小嘴来的话,就同他一道用餐,然后翻阅美国《生活》画报在战争期间与战后几年发行的全部刊物。一开始,在意味深长地查找横梁之后,他就立即签下劳动合同。黄金小嘴要求不高:除星期四上午外,磨坊主在十点至十二点之间用扁耳朵接待咨询。除星期四下午三点至五点之间要辛辛苦苦地接待咨询外,每天下午他都不用上班。然后,他就带着招风耳坐在收音机旁,要不,他就步行到菲尔森去进电影院,或者同难民帮的两个工作人员玩斯卡特牌。就连他都投难民帮的票,因为正如他所说,维斯瓦河入海口左右两边的墓地,尤其是施特根的墓地,比克雷费尔德与埃尔克伦茨之间的墓地长的常春藤更茂密。

可是,在上午和星期四下午的接待咨询时间内,谁又会来找这个扁耳朵、斜肩膀的磨坊主呢？开始时，四周的农民来找，用黄油和芦笋之类的实物付账。后来，迪伦和格拉德巴赫的小实业家带着有交换价值的现成产品来找他。一九四六年年初，新闻界发现了他。

是什么东西先是招来数量可观的顾客，然后招来蜂拥而至、难以控制的人流呢？谁不知道磨坊主安东·马特恩能够用扁耳朵预卜未来！斜肩膀的磨坊主事先就知道一些重要的日期。他那只趴着的耳朵对于平常的声响似乎是充耳不闻，却听得见种种指示，未来就按这些指示行事。他用耳朵倾听时既不挪动桌子，又不用纸牌占卜，也不搅动咖啡渣。这时，他并没有在放面粉袋的地面上把一个望远镜对准群星。不用拆开意味深长、纵横交错的手纹。既不在刺猬心脏和狐狸脾脏，也不在一条红斑牛犊的肾脏里探查。谁不知道这二十磅重的小口袋无所不知，无所不晓！说得更确切些，用埃普品种小麦磨成的面粉中那些黄粉蚲幼虫，先是凭借上帝的，最后是黄金小嘴的帮助，在轮渡上的航行中，在鱼雷艇迅速沉没时，简言之，在战争与战后乱世中幸免于难。它们事先就在低声耳语，而磨坊主的扁耳朵——一万多袋(每袋五十公斤)乌尔托巴小麦、埃普小麦和施利法克品种五号小麦磨成的面粉，让这只耳朵变得这样平、这样聋又这样听觉灵敏——也就听到了未来要提供什么，然后再把黄粉蚲幼虫的指示——磨坊主把它给说出来——提供给讨教的人。凭着适当的酬金，磨坊主安东，马特恩借助东德的害虫，就基本上支配着西德的命运。因为在农民和小实业家之后，汉堡未来的新闻业巨头们也在他对面的沙发椅上坐下身来，把他们的要求写到一块石板上。就在这时，他便开始发生影响了。这些影响都是有指导性的，能形成民意的，有世界意义的，决定时代命运的，形象化的，得到普遍反响的。

磨坊主在故乡尼克尔斯瓦尔德给人出了几十年主意；他在诺伊泰希与博恩萨克之间按照黄粉蚲幼虫的指示对家乡的小麦栽种发生影响，使大家有利可图；他把扁耳朵贴在装有黄粉蚲幼虫的口袋上，预言了鼠害和猛烈的阵雹，自由市的古尔登贬值和谷物交易所行情暴跌，帝国总统的死亡时刻和但泽港里带来灾祸的舰队访问。在磨坊主做了这一切之后，他借助黄金小嘴的支持，得以实现从地区性的狭小天地向西德大舞台的飞跃。有三位先生坐在一辆占领军的吉普车里向门前驶来。这些人都年轻，因而也是品行端正的人，他们走了两步半，就走上通向放面粉地方的台阶。他们带来了喧嚷声、天才和无知。他们敲打着那棵盆栽树，费尽心力地摆弄着盘绳滚筒，无论如何要爬到放口袋的阁楼上去，在双盘石磨传动装置里把手指给弄脏；可是放口袋的阁楼楼梯栏杆上那块写有“私用！”字样的小牌子，却允许他们证明了自己有良好的家庭教育。他们就这样，在磨坊主面前像学童似的安静了下来。这时，马特恩指着写字用的石板和石笔说，用它可以表达并满足各种愿望。

黄粉蚺幼虫要给三位先生讲的事情听起来很可能都索然无味。它们建议那个最英俊的小伙子，在英军面前要坚持六十七号报刊许可证，好让它在“你听着”的名义下能多出几个版次，另外——顺便说一句——要为磨坊主马特恩免费订阅报纸，因为磨坊主爱看插图，醉心于无线电。它们向三位先生中脑瓜子最灵活的那位推荐六号许可证，按照黄粉蚺幼虫的建议，该报被称为《时代报》。可是对那个身材最小、举止最文雅的先生——此人怯生生地咬着手指甲，根本就不肯往前站——黄粉蚺幼虫通过磨坊主低声说道：他可以试一试一百二十三号许可证，要放弃那个业已失败的试验，放弃那份被称为《星期报》的报纸。

圆滑的施普林格拍着不谙世故的鲁迪的肩膀说：“问一下老爷爷，你的小家伙该叫什么名字。”

盲目的黄粉蚺幼虫立即通过斜肩膀的磨坊主转达道：《明镜周刊》。圆滑脑瓜额头上的任何脓疱都逃不过这面“明镜”，它属于每一个现代家庭，其前提就是：它得磨成凹面；容易读的东西，也就容易忘记，但也容易引用；重要的并非总是实情，不过门牌号码必须正确；总而言之，一个好的档案库，也就是一万多份写得密密麻麻的主导性文件，取代了思考。“人们并不想，”黄粉蚺幼虫说，“被推着去苦思冥想，而是想得到详细的指点。”

本来接待咨询的时间已经结束,可是施普林格却在嘟嘟囔囔地抱怨黄粉蛔幼虫的预测,因为他打心底里就不想为广大民众办一份无线电广播报,他宁可办一份激进的和平主义周刊。“我要唤醒民众,唤醒民众!”这时,黄粉蛔幼虫通过磨坊主马特恩给他预言,一九五二年六月是一件公益善事的降临时刻:“三百万要阅读的文盲每天都会以《图片报》当早餐。”

在磨坊主第二次打开他的怀表之前,那位刚才还派头十足、高高兴兴的先生很快就偃旗息鼓了。阿克塞尔·施普林格和小个子奥格施泰因在偷看他这些一筹莫展、近乎绝望的举止行为。他是这样把自己的忏悔写到石板上的:夜晚,他做着社会民主党的梦;白天,他吃着基督教重工业的饭,可是他的心却属于先锋派文学,总而言之,他举棋不定。这时,黄粉蛔幼虫让他明白,这种大杂烩——夜晚左派、白天右派而骨子里是先锋派——是一种货真价实的时代大杂烩。它有益于健康,值得尊敬,宽宏大量,大胆谨慎,受过教育,还有利可图。

现在问题一个接着一个,有如连珠炮一般——“报刊上的广告价格呢?谁会成为乌尔施泰因家中阻止决议通过的少数派呢?”——然而黄粉蛔幼虫却通过磨坊主马特恩表示,拒绝回答。三位先生在彬彬有礼地说出“再见”之前,获准把他们的名字刻在盆栽树上——这棵树今天也豁出去了——他们的名字是:英俊的施普林格、悲天悯人的鲁迪和布策里乌斯先生,此人的家谱源于开明的中世纪。

过了安静的一个星期之后——磨坊主马特恩在脚下铺了一床地毯;在过去引起或者停止土堤躯干摇动的操纵杆上,年迈的帝国总统兴登堡的一幅装上玻璃的相片有了一个临时支撑点——在经历了少许室内变化和从组织的角度提出倡议的一个星期之后——黄金小嘴让人拓宽了通向静止不动的风车那条田间小路,在从菲尔森通向迪尔肯的公路旁装上了一块指路牌——也就是说:在进行收集和准备的一个星期之后,在新铺设的通道上,康采恩的老板们或者他们的代表带着大企业被拆散的忧虑把车开到门前;睡眠充足、有倾听欲望的黄粉岬幼虫立即就治好了漫无头绪的弗利克集团的肚子疼。奥托-恩斯特·弗利克代表他父亲,亲自坐在硬邦邦的板凳上,在那里寻求良策。这并不意味着磨坊主知道,谁会在那儿用一再变幻的新方式跷起二郎腿;当石板上写满了迫不及待的问题时,他却在亲切友好、无动于衷地浏览他那些已经翻得破旧的插图。盟国的拆散大企业法要求父亲弗利克:要么离开钢铁,要么离开煤炭。这时,黄粉岬幼虫嚷道:“把矿山分出去!”——所以便出现了这样的情形:曼内斯曼①拆散后形成的矿区合并接收了埃森无烟煤矿股份公司的多数股份,后来,正如黄粉岬幼虫所希望的那样,该矿又回到了曼内斯曼手里。九年之后,也就是在他按照黄粉岬幼虫确定的时间被提前释放之后五年,老弗利克就得以再一次接近被一家法国财团接收的哈彭煤矿,而且这一次是作为大股东。

此外,在同一年,恩斯特·施奈德博士也入股经营特林考斯银行。也就是他在小弗利克之后不久光顾了磨坊。同他合伙经营的有:整个的米歇尔集团,包括褐煤集团以及碳酸工厂。受黄粉岬幼虫恩赐,他是该碳酸厂监事会主席,因为磨坊主用维斯瓦河一样宽的舌头,在分配不久前还由黄粉岬幼虫占据着的官位。就这样,便答应给一位退役的骑兵上尉——正在萌芽的经济未来的关键人物——二十二个监事会成员位置,其中有六个主席职位,因为冯·比洛-施万特先生如果想要保住职位的话,他就必须领着整个施图姆康采恩跨越由盟国设置的又高又棘手的狭窄障碍。

人来人往。先生们在通向放面粉的地板和磨坊主马特恩的台阶上互致问候。坚强不屈的名字开始塞满那棵室内树木,因为几乎是每一个人都希望把自己,把赫施公司或者波鸿联合会的名字刻在这个有意义的地方。克虏伯派拜茨来。拜茨听说,变幻莫测的时代对克虏伯有利,人们在逃避拆散大企业。就连拜茨先生与美国国务卿墨菲之间至关重要的对话也由于黄粉岬幼虫的促成而提前开始了。

---

① 曼内斯曼股份公司为德国大型钢铁企业。

黄粉岬幼虫说,以后拜茨和墨菲要商谈向不发达国家发放长期贷款。可是,国家不应当放手,克虏伯应当私下里有目的地支付红利。在印度的冶炼厂由黄粉岬幼虫设计规划。人们如果让这些尼克尔斯瓦尔德的黄粉岬幼虫居住在维斯瓦河河口右岸,那它们也许会给波兰人民共和国制订出种种规划。不过,波兰人却不想让东德的黄粉岬幼虫来帮忙。

因此,便有了西门子-哈尔斯克公司,克吕克纳与洪堡,石油与钾肥,而钾肥往往又在岩盐开采量大的地方生产。这种殊荣要归属于某个阴雨连绵的星期三上午时的磨坊主马特恩。克万特博士亲自前来,他听到温特沙尔公司将会采取何种方式以多数票胜过布尔巴赫钾肥厂。一笔可望成交的生意正向黄金小嘴频频招手。他对萨尔施泰特与希尔德斯海姆之间一座停产的钾盐矿感到兴趣。

可是,当磨坊主马特恩在下一个空闲的星期四上午——雨下个不停——把钉子锤进一些支架上,把年迈的帝国总统那幅像时而挂在这儿,时而挂在那儿时,那个本来只想交出磨坊主感兴趣的一沓带有插图的报纸的黄金小嘴,又去国外了。为此,次日所有工业公司的继任人都来拜访,连绵不断的阴雨也无法阻挡他们。尽管大企业要拆散,可是巴登州苯胺公司、拜耳公司和赫希斯特公司都携手前往,听取黄粉岬幼虫对今后几年的预测:“别支付红利,只能不断增资。”黄粉岬幼虫的这句口号不仅给化学工业指明了方向,而且不论是谁来拜访,不管是费尔德米勒公司还是埃索石油公司,也不管是汉尼尔公司还是北德意志劳埃德公司,他们都拥有富裕的银行或者享受赔偿保险。黄粉岬幼虫合唱队十分恳切地重复道:“为了增资,放弃支付红利!”此外还有这件琐碎小事:老牌赫尔蒂康采恩怎样让自己同还要老牌的蒂茨公司一道,被人送进资金短缺的家庭基金会呢?布伦宁克迈尔该不该允许顾客赊欠?未来的男式服装会是什么样子——这儿指的是再度流行起来的、符合顾客心愿的双排纽衣服——会不会立即就供应现成的佩克与克洛彭堡的双排纽衣服?

黄粉岬幼虫在对方按照固定的收费标准预付费用之后,回答所有的问题。它擦亮梅塞德斯之星①,预言博尔格瓦尔德的兴衰,它支配着马歇尔计划提供的资金;只要鲁尔当局开会,它也开会;在议会通过那个基本法之前,它就通过了基本法;它确定币制改革的日期;在举行第一届联邦参议院选举之前,它就在清点选票了;它在基尔和汉堡霍瓦尔德工厂的造船规划中把逐渐显露的朝鲜危机纳入计划;它导致在彼得斯贝格那个协定的签订;它宣布某个诺德霍夫博士将会成为未来的价格构成先驱,要是它和他那一伙喜欢的话,它还会使证券行情大幅上涨。

再说,尽管并未给蒂森公司指明通往业已停工的四翼风车磨坊之路,但行情趋向仍然会令人鼓舞。难道说这个磨坊是一个新磨坊?在此期间,已经把帝国总统那幅画像从放口袋的阁楼搬到了放面粉的地板上。一位头戴钢盔的老兵非常友好地向这幅画像致敬,黄粉岬幼虫劝他,劝这位老兵、这位腰板仍然硬朗的老人,要同比洛-施万特公司的关键人物建立亲密无间的友好关系,这样一来,建筑业就会兴旺发达:“你这个幸运的波特兰水泥巨头,结婚吧!”——因为家庭企业对黄粉岬幼虫有利。

当然,谁想去向黄粉岬幼虫讨教,谁就必须随身携带谦卑和儿童般的坚定信念这个旅行包。虽说这个永不衰败的耶尔马矿井,这个身穿硬领衬衣的小魔鬼往往同黄粉岬幼虫的看法一致,但它却用不着来听听劝告。黄粉岬幼虫和矿井,两者都告诫人们,要提防出超、外汇滞销商品、货币流通和价格上涨的恶性膨胀。不过,只有黄粉岬幼虫泄露所面临问题的解决办法。当未来的部长舍费尔和枢密顾问福克分别驱车前来时,他们接到的忠告是:开放两座未来的尤利乌斯塔楼②——它们将进入史册!

---

① 奔驰汽车的标志。

② 塔楼位于柏林施潘道城堡,用普法战争后法国对德国的战争赔款建立。

这位部长不应再去制止巨额的税费盈余。这位枢密顾问应当尽快给储备的黄金以自由买卖的机会。在这里,就像在黄粉蝉幼虫促成的克虏伯-拜茨-墨菲对话时那样,口号就是“向不发达国家发放外汇贷款”!

这是最初显示的强大吸引力。拉丁美洲的交易支撑着羊毛市场。不来梅黄麻赶了上来。提防行情下跌的加元。黄粉蝉幼虫在适当范围内所预计的合并间歇会防止市场失控。行情趋向仍然令人鼓舞。黄金小嘴让人把那些通道都铺上沥青。磨坊主那些稀奇古怪的结婚计划——据说有一位菲尔森的寡妇可供选择——失败了,因为这样做很可能就不得不放弃养老金。更何况独自一人并不孤独,磨坊主还可以翻阅画报。《活跃》和《水晶》、《明星》和《周刊》,这些报刊都怀着感激之情免费赠阅。那些法兰克福人和那些慕尼黑人已经是第三年来到这里。你听着!所有这些从一开始就忠于他的人,还有那些只是后来才有了正确信念的人,不是一再来访,就是第一次怯生生地来访;不是把他们的名字刻在那棵室内栽种的树上,就是在树上认出他们的名字。他们带着小礼物全神贯注地听着,只有在刮起东风、炉子冒出浓烟时,他们才咳嗽。这些先生都白手起家,他们是:明内尔曼和施利克尔,内克尔曼和格伦迪希,老狐狸雷姆茨玛和布林克曼,有潜在能力的阿布斯、福尔贝格和普费尔德门格斯;那位首先是未来的,其次是现代的艾哈德①定期来访,并获准吞下一条富余的黄粉蝉幼虫。这条虫如今仍然以奇特的方式,在具有典范意义的躯体内起着奇迹般的作用——扩张,扩张!黄粉蝉幼虫坚持自由市场经济。从一开始,黄粉蝉幼虫就待在经济奇迹之父体内,以奇特的方式起着奇迹般的作用。“别听蠕虫的话,在蠕虫体内是蠕虫!”

反对派说着晦气话,他们不来,不付钱,在刮东风时不咳嗽,也不

---

① 艾哈德(1897—1977),德国经济学家、政治家。1950年提出“社会市场经济”,使德国出现“经济奇迹”,曾任德国总理。

访问磨坊主马特恩。他们大声否决议会党团要求作出一个吐出中世纪驱魔唾沫的决定。那些虽然偷偷摸摸,但仍然来到磨坊的工会干部,尽管他们那些由黄粉蛔幼虫制定的方针对于确立德国工会联合会的实力地位起着决定性的作用,但他们迟早都要遭到冷落——人们会想起维克托·阿加尔茨的命运。因为所有的社会民主党人都在诋毁这个磨坊主和他那些向黄粉蛔幼虫咨询的顾客。阿恩特律师除了遭人嘲笑之外,一无所获,因为他在联邦议院的一次质询中试图证明,同黄粉蛔幼虫这种讨教式的交往会破坏基本法第二条,因为愈演愈烈的黄粉蛔幼虫崇拜会危及每个人个性的自由发展。在波恩社会民主党的棚屋里酝酿着玩世不恭的黄粉蛔幼虫笑话,而一旦它们作为竞选口号公之于众时,它们就会使党失去至关紧要的选票。舒马赫先生和奥伦豪尔先生的——从一九五二年八月起——竞选演说,没有一次不对停工磨坊里的咨询活动极尽冷嘲热讽之能事。党团干部在谈论"资本主义的蠕虫疗法",他们,这又会使谁感到惊奇呢?仍坚持反对派的立场。

可是神父来了。他们肯定没有穿法衣,宗教仪式的行列以弗林斯和福尔哈贝尔为首。参加这个队列的成员中多数为隐姓埋名的多明我会修道士。其中,极少数人乘汽车,多数人步行,有几个人骑自行车,来到能指点迷津的四翼风车磨坊。

他们手持打开的每日祈祷书,并未享受优先待遇,而是耐心地坐在风车的四脚支架下面,恭恭敬敬地等着,一直等到从比勒费尔德来的厄特克尔博士知道自己的当务之急是:"用厄特克尔发酵粉烤一支船队。搅拌厄特克尔布丁粉,把它煮开,然后冷却,小心翼翼地倒进七大洋中——你瞧:厄特克尔博士的油轮在游动!"厄特克尔在室内树上留下大名之后便走了。在他走后,罗胡斯神父用发出刺耳声音的石笔在石板上引用基督教教义问答手册时,就不得不略带惊奇地向眼镜上哈气。"主啊,派出你的圣灵吧,万物都将重新创造……"黄粉蛔幼虫代表大家说道:唯一能救世的教会应当通过基督教的执政党,力争慢慢达到哥特式的,然后是晚期罗马式的状况。

卡尔大帝①帝国不得不追本溯源，在必要时借助罗曼国家进行改革。人们希望首先是在没有拷问和没有对巫婆施以火刑的情况下开始改革，因为诸如格斯登迈尔和迪贝利乌斯之类的异教徒将不请自来，唯圣母马利亚之命是从："马利亚喜欢孩子，把你的恩典赐给我们所有的人。"

帝国打发虔诚的神父们步行着、骑着自行车回家去。有一次，甚至还有六个弗朗西斯派化募修女飘然而至。她们来自亚琛天主教本院，打扮得漂漂亮亮地直接来到四翼风车磨坊前。尽管见习修女会会长阿尔方斯-马丽亚修女在磨坊主身边待了半个小时之久，询问情况，黄粉蜱幼虫要对嬷嬷讲的事情却绝不能讲出来；只能断定：天主教黄粉蜱幼虫——磨坊主安东·马特恩信奉东正教——为防万一，草拟了主教通告；轻声说出一个正在平步青云的部长名字，此人——名字就是预兆——据说名叫维尔梅林，他将借助一些天主教家庭，建立一个国中之国；黄粉蜱幼虫提出一些法律草案；黄粉蜱幼虫坚持开办教会学校；出于宗教信仰方面的原因，天主教的黄粉蜱幼虫拒绝重新统一；黄粉蜱幼虫治理着西德——因为那个东德小国打发它的计划经济理论家来时，已经为时过晚。

在磨坊主带着他那口袋二十磅重的面粉——顺便提一下，有几磅埃普品种是费了好大力气，才从如今属于波兰的维斯瓦河三角洲筹措到，然后装进那袋面粉中的——也就是说，在磨坊主马特恩带着他那些养尊处优的黄粉蜱幼虫能参与计划奥得河沼泽里的斯大林施塔特钢铁联合企业，参与建设施瓦策蓬珀能源联合企业，参与声名狼藉的维斯姆特公司提炼铀和钨，参与创立社会主义生产队之前，身穿便服的官员们就已经对说着话的黄粉蜱幼虫周围地区采取了保安措施。因为很可能当时洛伊施纳和梅维斯先生——乌布利希甚至还派遣了努施克——有几次成功地突破了一位将军及其手下驻防的那个封锁区，如今，德意志民主共和国就位于另一边，要是人们有土豆和

① 卡尔大帝(768—814)，先为德国弗兰克国王，后为皇帝，曾进行政治改革。

大量回形针的话——不过这样一来,他们就一无所有,甚至连铁丝网也不够了①。

经济奇迹的批评者们伸出食指,在象征性的艾哈德像旁如飞箭一般奔驰而过。他们同样会因为拖拖拉拉而错过通往迪尔肯的机动车。库比先生和所有的小型歌舞演员手持毒箭,掌握论据,会唱尖酸刻薄的讽刺歌曲。要是他们去朝拜磨坊主马特恩、去咨询的话,他们就会动摇一个帝国。因为认为有成见的黄粉蜱幼虫心目中只有那个绝无仅有的康拉德,这是错误的。恰恰相反!早期那些黄粉蜱幼虫拜访者,那些新闻界的先生和那些担心大企业会被拆散的先生,将证实在二十磅重的小口袋中,从一开始就笼罩着极其激烈的反阿登纳气氛;黄粉蜱幼虫曾经向这位只去四翼风车磨坊朝拜过四次而且往往都带着外交政策问题前去的市长,这位作为首任总理的不中用的市长提出,它们的判断对他不合适;更确切地说,它们异口同声地叫道:“汉斯·格洛布克肯定就是那个一声不吭的、在幕后起作用的抵抗运动战士。”

情况发生了变化。如果不是黄粉蜱幼虫培训的信徒把蠕虫的话牢记在心,把汉斯·格洛布克博士变成影子内阁总理,因此使联邦议院中的黄粉蜱幼虫议会党团以及在重要部门中的一些国务秘书说话颇有分量的话,很多事情,很可能一切都会告吹。

那么磨坊主马特恩呢?他得到了什么样的荣誉呢?难道说好几家画报的免费赠阅,还有年终赠礼——从汽车联合会直到汉诺威-汉尼拔矿区赠送的公司挂历——就是他唯一的收益?他得到了一官半职,得到了勋章或者股票红包没有?磨坊主发财没有?

他儿子在四九年三月同黑牧羊犬一道来看他,他儿子目前还没有见到一个钱。在室外,西风猛烈地吹着停止不动的风车叶片。内卡苏尔姆和联合锅炉厂的代表刚才疾驶而过——咨询已经结束。二

① 此处影射当时流传的一个谣言,说修建柏林墙所需要的铁丝网是由一家西德公司提供的。

十磅重的小口袋放在保险柜里。黄金小嘴安置了这件家具——克劳斯-玛法伊公司的一件捐赠品，该公司的多数票由布德鲁斯占有，属于弗利克集团——因为他认为随随便便地把这个小口袋放在土堤躯干内不保险。就连新近毫无目的购置的物品也是引人注目的。在宽大的鸟笼里——温特沙尔公司赠送的礼品——两只虎皮鹦鹉——格尔林康采恩赠送的礼品——正在接喙。可是父与子却四目相对，悄然而坐。这当儿，偶尔传来的诸如“哎！”或者“事情就是这样！”的惊叫声也变得无足轻重。儿子用亲切的口吻第一个开口讲话：“父亲，黄粉蚺幼虫又给你说什么来着？”

父亲拒绝道：“说父亲。父亲，总是父亲。”

这时，儿子自然而然地问到母亲和姑姑：“那么母亲呢？洛尔兴姑姑呢？你同她们分散了？”

磨坊主用食指指着放面粉的地板：“在半路上她们都淹死了。”

儿子突然想到打听老熟人的下落：“那么克里韦呢？吕尔曼呢？卡尔威泽呢？卡布龙一家人在哪儿呢？那个老福尔歇尔特和希温霍尔斯特一边的劳以及他的黑德维希呢？”

磨坊主的食指再一次指向门厅的厚木板：“淹死了！他们所有的人在半路上都淹死了。”

虽说母亲、姑姑和所有的邻居都葬身于波罗的海之中，那也该问问慈父般的磨坊啊。父亲又不得不再次公布一个损失：“它在光天化日之下被烧掉了。”

儿子如果想要得到父亲的答复，就不得不大喊大叫。他开始时小心翼翼的，然后就直接说出自己的请求。但是磨坊主既不用扁耳朵，也不用邻近的耳朵来听清他的话。所以，儿子就用石笔把他的愿望写到石板上去。他要钱——“佩嫩森！佩嫩森！”——他就像家乡的四翼风车被烧掉了一样，一贫如洗：“真倒霉，没钱了！”磨坊主父亲会意地点点头，劝他的儿子，要么在煤船上，要么就在他这里干活：“在这儿对你有好处。你在这儿总会找到事儿干。我们很快还要在这儿搞扩建。”

可是这个带着一条黑狗的儿子马特恩,在决定当他父亲的帮手之前,还想顺便了解一下,磨坊主是否认识某一个人,一个烟瘾很大的人,一个人称黄金小嘴的人,是否可以依靠黄粉岬幼虫的帮助找到这个有烟瘾的黄金小嘴:“问问它们吧!”

这时磨坊主愣住了。黄粉岬幼虫在它们的克劳斯-玛法伊钢家具里默不作声。只有格尔林康采恩赠送的虎皮鹦鹉在它们的温特沙尔公司鸟笼里闲聊。尽管如此,儿子马特恩仍然留在了那儿,在停止不动的四翼风车的四脚支架下面,为普鲁托搞了一个狗舍。要是这儿有一条维斯瓦河,有连绵不断的维斯瓦河堤坝的话,那边那个偏僻村庄就是希温霍尔斯特,而这里,除了星期四,这个每天早上都有焦炭大王和财产受托管理人乘车来到门前的地方,就是尼克尔斯瓦尔德了。所以,这个村庄很快就会称作新尼克尔斯瓦尔德。

儿子马特恩在适应环境。父与子签订了一个正式的劳动合同。从此以后,普鲁托这条狗就必须看守磨坊及磨坊里的东西,而且要用汪汪的吠声来通报主顾来访。处理由黄粉岬幼虫操纵的经济诉讼的外部过程,属于儿子的职责。他作为按照超工资标准付给报酬的住房勤杂工,让人在磨坊山丘下面平整出一个停车场,可是又拒绝修造一个埃索加油站。当石油泰斗们在那儿,在那条通道拐进迪尔肯公路的地方找到他们的位置时,他却允许联邦邮政部门和布拉茨海姆企业就地大兴土木。可是,停车场只能从三面围着一楼一底的建筑物,好让四翼风车——从现在起,它就是一个起到胸针作用的象征——恰到好处地耸立在下面那个欣欣向荣的企业上空。电话总机和写字间传达和起草蠕虫指示和蠕虫逻辑。主楼有一个更确切地说是普普通通的餐厅和十二个单人房间以及六个双人房间,好让蠕虫思想能够睡个好觉。在地下室里有酒吧。在酒吧里,从傍晚开始,那些日理万机、具有蠕虫潜能的男子汉——如今人们称他们为领导人——就一直坐在高脚凳上。在喝冷饮、吃咸杏仁的同时,他们把由蠕虫支持的癖好培养成垄断教育,他们讨论虫咬比赛规则,他们把东西推开,他们倒掉杯里的饮料,他们暂时支撑着,他们心平气和地倾向于某一方面，他们各自为政，他们用力推开门窗，他们记录备忘和登记入册，他们大肆吸引顾客，他们讥笑一幅标语，这幅标语为红底白字，是住房勤杂工马特恩挂到地下室酒吧里的。标语上写着：只要黄粉岬幼虫不愿意，所有轮子都会停止转动。

小马特恩也在发表意见，他的很多话都以同样的形式开头："马克思列宁主义证明……"或者"乘着社会主义的翅膀，会……"每当住房勤杂工马特恩用著名的列宁姿势指着那幅红底白字标语，谈到黄粉岬幼虫集体，谈到胜利的社会主义的蠕虫结构，谈到历史就是辩证法的蠕虫变化过程时，那些日理万机、有蠕虫潜能的男子汉——因为他们从来就不是领导人——都会在他们的高脚凳上大吃一惊。正当斜肩膀磨坊主用耳旁那个二十磅重的小口袋在上面，在停工的四翼风车磨坊里帮助德国战后经济获得世界声誉时——我们要为经济学家欧肯①的指导性著作《在一个法治国家内热心公益活动的黄粉岬幼虫的任务》，感谢磨坊主的合作与宽容——他的住房勤杂工儿子却在下面，破口大骂垄断主义的黄粉岬幼虫剥削者。蠕虫充斥于引文之中。有一条有阶级觉悟的蠕虫和一条无阶级的蠕虫。有几条蠕虫在练习集体性的自我教育，其余的蠕虫在记生产队日志。开路先锋们为社会主义建造了一座大厦。在业已变化的社会条件下，资本主义的蠕虫转向社会主义。它们清洗自身，排泄废物，取得胜利。在进行没完没了的酒吧对话时——老马特恩在上面早已沉沉入睡，梦见维斯瓦河入海口左右两岸那些长满常春藤的墓地——小马特恩正沉醉于杜松子酒和威士忌，传播由马克思主义抚育的蠕虫神话，而这些神话又必定有助于一切发展的必然性这一命题："因为存在着计划蠕虫和蠕虫生产队，而这些蠕虫和生产队又乘着社会主义的翅膀，走上了从自我到我们的道路。"

住房勤杂工马特恩讲得并不赖。在烟雾腾腾的酒吧里，他把很快就变得光秃秃的脑袋置于天花板的照明设备下。他紧紧抓着威士

---

① 欧肯(1891—1950)，德国经济学家，主张自由市场经济。

忌酒杯不放，挥动着他那叮当作响的饮料杯，用经常描绘着的列宁手指指向未来，给爱好戏剧的观众表演教育戏剧。因为那些坐在酒吧高脚凳上的人，有蠕虫潜能的男子汉阿布斯和普费尔德门格斯，蒂森夫人和施普林格的阿克塞尔夫人，领导人布勒辛和公司法律顾问施泰因，负无限责任的合伙人和七倍的监事——他们所有的人都在发挥作用，因为每个人——“要不然结果会怎么样呢?”——都有自己的高见，这些高见都希望得到支持。更何况每个人在年轻时——施罗塔克和劳赫哈默尔，说真话！——都参加过左翼的某个党派。我们可是在自己人当中：“说吧，克劳斯-玛法伊和勒希林·布德鲁斯！”你们这些久经沙场的老兵：“说吧，吕贝尔特和比洛-施万特，阿尔弗雷德的证人和雨果的继承人！”其实在半夜之后，住房勤杂工马特恩找到了能够与之讲话的人。大家生活都很艰难。每个人，甚至西门子的遗孀都不得不带着自己的小包裹。每一家冶炼厂，甚至连好望冶炼厂都不得不从头开始。对每一根管道，甚至对弗尼克斯-莱茵管道都无法仓促作出决定。“可是有一点我们要抓住不放。你们这些倒退同盟和冰雹保险公司，你们这些焦油利用者和钢铁加工者，你们这些分支企业和远房亲戚，你们——克虏伯、弗利克、施图姆和施丁内斯，你们听着：社会主义将会胜利！举起酒杯！愿黄粉蚺幼虫赐予！维克，干杯！趋势是友好的！尽管你曾经当过国家元首的旗手，毕竟是个好小伙子。把酒倒满，咱们大家一饮而尽。各人按各人的方式。就叫我瓦尔特！”

可是在停止转动的四翼风车下面，只有午夜时分才有这些结为至交的场面。在白天，就在停车场车满为患，电话总机十分繁忙，对外咨询时间排得满满之时，却充满着小小的意识形态战争。没有任何神秘的幕后策划者资助这个住房勤杂工。他自己掏钱印传单，因为传单都派上了合适的用场，所以传单的风格也都具有开拓性。

在左边，马克思语录同马特恩家史资料相互交替；在右边，反应迅速的铅笔记下了印度奥里萨邦计划中的劳尔克拉钢铁厂的预计年生产能力。

在左边，进行阶级斗争的战士卢森堡和李卜克内西使惊叹号遍地开花；在右边，在冒号后面预示着，吕塞尔斯海姆在几年之后就将支付百分之六十六的超级股息。

在左边，集团首领西蒙和格雷戈尔·马特尔纳在十六世纪初就已经组织了有集体意识的生产队；在右边，欧洲煤钢联营赫然在目。

在左边，可以看到，谁喜欢，谁就可以像住房勤杂工那位既相信拿破仑，但又把云梯卖给俄国人的曾祖父那样，由于这种分裂弄到一笔从前属于军国主义者和资本家的钱财；在右边，是一长串巴登州苯胺与苏打工厂为仍然遥远的一九五五年确定的投资与扣除折旧费。

简言之：当住房勤杂工马特恩在所有赤色传单的左边自称是那种要加速结束西方颓废社会制度之人时，在同一张传单上未印上字的部分却充满着：费用曲线、行情记录和卡特尔规定——这是对于当今所处现实的多么明显的预言啊！

现在，在这部编年史的结局可以喘上一口气时，再加进各种各样的插曲，这该是多么廉价的消遣啊。因为现在也许每个人都可以讲出一些趣闻逸事来。就比方说乌发电影制片厂的那件逸事吧，该厂派它的财产受托管理人到新尼克尔斯瓦尔德来，但是来得太晚了。现在，也许每个人都可以大声诉苦。比方说，尽管黄粉蛔幼虫没有玩忽职守，而且从自身的环境出发，四处传布即将来临的农业危机，人们仍然在冗长乏味地列举农业范围内的种种玩忽职守罪。也许每个人都可以立即给社会上的流言蜚语奉上一份刊登新书目录的出版社年鉴。这样一来，比方说就有了汉堡的种种联系：罗森塔尔-罗沃尔特，施普林格的离婚理由，无聊的社会批评。别扯这种事了，说得简短些：从一九四九年三月到五三年夏天，这个来到此地同黑狗一道进行审判的瓦尔特·马特恩，作为住房勤杂工和倔强的儿子，为这位来到此地用低声耳语的二十磅小口袋给人出主意的人——他父亲安东·马特恩服务。众所周知，这一时期作为经济奇迹的早期著称于世。新尼克尔斯瓦尔德就是这一时期的生殖细胞。有不少东西——关于铁丝网和国际联系的谣传——必然而且永远都是一笔糊涂账。

譬如住房勤杂工马特恩永远也见不到那个尽人皆知他是怎样一个人的黄金小嘴，见不到那个无人知晓，就连黄粉岬幼虫也不知道他在何处的黄金小嘴。可是斯大林逝世之事在官方公布之前，黄粉岬幼虫已经说出来了。几个星期后，在夜间跑来跑去的看家犬普鲁托报告：磨坊下面着火了！大火很快就被控制住。只有四脚支架上的四根小皮带要更换。放面粉的地板下面的横梁损坏不厉害。杜塞尔多夫的警察局长驱车前来。业已证实是纵火！可是，要看出这一案件与接踵而来的、不能不说是对磨坊的一次成功的袭击之间的关联的企图，却只不过是一个传说而已，因为如今还缺乏证据。一方面是斯大林逝世与失败的纵火，另一方面是成功的袭击和苏占区的工人起义，谁察觉到这两者之间的关联，谁就同样会浮想联翩。虽然如此，迄今为止，共产党仍被视为纵火犯和劫持犯。

所以，磨坊主的儿子马特恩不得不接受几个星期之久的审讯。但是他早就熟悉这种口吻。这些讯问游戏往往给他带来欢乐。要是每一次回答——他这样想——都给他带来戏剧性的掌声就好了。

“职业？”

“演员。”

“现在从事的职业？”

“到袭击我父亲那个磨坊地产的那一天为止，我做住房勤杂工。”

“在你提到的那天夜里您在哪儿？”

“在地下室酒吧。”

“谁能证明？”

“施图姆康采恩监事会主席维克·冯·比洛-施万特先生，迪克尔霍夫-维德曼公司负无限责任的私人合伙人吕贝尔特博士先生，还有古斯塔夫·施泰因先生——德国工业联邦协会的一位负责人。”

“您同证人说些什么？”

“先是谈到重骑兵团的传统，封·比洛-施万特先生在那个团服过役;后来谈到在西德重建时伦茨建筑公司和瓦于斯和弗赖塔格公司这些建筑行业的参与;最后是施泰因先生给我解释文化界人士与经济界领导人之间的许多共同点。”

虽然真正的作案人仍然十分顽固地待在幕后,可事实是:尽管有盖伦组织①和三重封锁地带,一些陌生人仍然得以在一九五三年六月十五日到十六日夜里,把家住新尼克尔斯瓦尔德停工磨坊里的磨坊主安东·马特恩劫持走。除磨坊主外,在十六日早上还发现四翼风车磨坊里丢失了下列物品:在放口袋的阁楼上丢失了昔日帝国总统兴登堡的一幅加上玻璃框的画像和一台格伦迪希公司生产的收音机。在放面粉的地板上丢失了五年的《倾听》这一无线电杂志,两只虎皮鹦鹉连同鸟笼,放在保险柜里的一口袋二十磅重的面粉。作案人——人们认为有好几个作案人——不使用暴力就可以把这个保险柜打开。

可是,因为这个被劫持的二十磅重小口袋关系到一个装有东德出身的黄粉蚲幼虫的小口袋——这些黄粉蚲幼虫通过中央控制,使西德的经济开始繁荣,这种繁荣在今天,在可以看得见它的结果的今天,仍然具有促进经济发展的趋势——所以,失去这个小口袋以及与此有关的磨坊主就会引起恐慌。

在预审期间,那些不得离开新尼克尔斯瓦尔德的先生便在诸如地下室酒吧里和停车场上,寻找德国和西方国家历史上可以与之进行比较的灾祸。讲出了坎尼、滑铁卢和斯大林格勒这些话题。那些年代的一幅英国漫画所表现的俾斯麦被解职只能成为卡珊德拉的警告:“领港员离开船了!”谁对这幅画上的签名所提到的状况没留下深刻印象,谁就会从著名的老鼠格言中得知一个意味深长的形容词,这个形容词可以补进俾斯麦的格言中:“领港员离开正在下沉的船了!”

---

① 盖伦(1902—1979),德国秘密警察头目,曾任联邦通讯社社长。这里指秘密情报组织。

可是公众无权分担领导人的惊骇。尽管没有任何人宣布对在新尼克尔斯瓦尔德发生的事件实行消息封锁，却没有任何一张报纸，甚至连《图片报》也不用这样的大字标题提出警告："黄粉岬幼虫离开联邦共和国了！"——"苏联袭击西德经济中心！"——"德国之星在陨落！"

《世界报》上什么也不登。在汉堡与慕尼黑之间，报纸自称，只善于报道斯大林大街建筑工人正在蔓延开来的起义；然而乌布利希依靠坦克的隆隆声，依然稳坐钓鱼船——而这时，磨坊主安东·马特恩在没有音乐伴奏的情况下销声匿迹了。

接着，所有那些依靠他那具有方言色彩的蠕虫格言为生的人——克虏伯、弗利克、施图姆和施丁内斯，所有那些继续漂浮在蠕虫所建议的航线上的东西——德国各州的银行和巴尔森的饼干，所有那些在停工的四翼风车磨坊前排长队的部门——各种控股公司和工商业联合会，各种信贷银行和联邦协会，所有那些依附于蠕虫的人，都在挤占磨坊主马特恩的对外咨询时间。从此以后，在节庆演讲时，在举行桥梁落成典礼时，在新船下水时，就再也不说这些话了："黄粉岬幼虫把这种富裕悄悄告诉了我们。我们应把自己所拥有的东西都归功于磨坊主和他那有助于公益事业的二十磅重小口袋。磨坊主安东·马特恩万岁！"相反，不管是在刮风的天气还是在无风的天气，昔日那些有蠕虫潜能的男子汉，如今变成了独断专横的节日庆典的演讲者，他们讲的是德国人的精明能干，讲的是德国人民的勤劳，讲的是长生鸟从灰烬中再生，讲的是德国奇迹般的再生，充其量还讲到上帝的恩惠，没有它将一事无成。

磨坊主的离去，仅仅使一个人坐卧不安。过去的住房勤杂工马特恩失了业，把牙齿咬得咯咯作响，同黑狗一道走过田野。任何富裕都会及时止息。任何奇迹都可以解释。对任何危机都发出了这样的警告："别听蠕虫的话，在蠕虫体内是蠕虫！"

第八十八个没有结果的马特恩故事

趋势是无精打采：那时他头上光秃秃的，愁眉苦脸，粗壮结实，颠沛流离，但仍然神情严肃，同狗在一起。普鲁托百依百顺，它已经是步入中年的狗了。步入中年是多么辛苦啊，因为每一个火车站都在说下一个火车站的坏话。在每一块草地上都有另外的牲畜在吃草。在每一个教堂里都是同一个上帝：你们看这个人[①]！看着我：秃头，就连里面也是。这是一个空柜子，装满了各种思想的制服。我是赤色分子，穿褐色衣服，穿黑色丧服，我把自己染成赤色。对我吐唾沫吧：全天候衣服，可以调节的裤背带，不倒翁穿着铅鞋底走路，头上光秃，里面空空，外面挂上布头零料，挂上红色、褐色和黑色布头零料——吐唾沫吧！不过，布劳克塞尔并不吐唾沫，而是寄出预支款，出主意，顺便谈谈进出口和行将来临的世界末日，而这时我却把牙齿咬得咯咯作响：一个秃头想讨公道。这里涉及的是牙齿，是三十二颗牙齿。还没有一个牙医在我的牙齿上面赚到钱。

趋势是无精打采。就连科隆火车总站也不再是从前那个模样。能够使面包增加、使穿堂风止息的耶稣基督让人给火车总站装上了玻璃。曾经宽恕过我们大家的耶稣基督也让人给男卫生间的防波堤重新涂上了瓷釉。再也见不到有罪者的名字，见不到泄露真情的地址。所有的人都希望得到安宁，都希望每天吃上新鲜土豆；只有马特恩总感到有穿堂风和使人痛苦的名字刻在心脏、脾脏和肾脏。这些名字，所有、所有、所有的名字都想要被人说出来。在候车室喝一杯啤酒。同狗一道绕着大教堂转一圈，好让它对着教堂的三十二个角落都撒尿。随后，在斜对面又喝了一杯啤酒。同马特恩认为是流浪

① 原文为拉丁文，参见《新约全书·约翰福音》彼拉多的话。

汉的流浪汉们交谈。最后，再试一试男卫生间。尽管过去的啤酒更糟、更淡，但气味依然如故。去买避孕套，多愚蠢啊！脊柱弯曲，像牡马一样长——排泄到全部没有名字的三十二道防波堤中去。马特恩给自己买了避孕套，买了十盒。他想去拜访在米尔海姆的好朋友。“去看看萨瓦茨基一家子吧？他们早已经不住这里了。他们在贝德堡白手起家；做男上衣买卖。后来，他们大量购进成衣，据说在杜塞尔多夫开了一家三层楼的大商店。”

他迄今为止能够避开这个天花中心。往往只是乘车经过，从未下过车。科隆吗？是的。还有使用过毛线针的诺伊斯，待了一个星期的本拉特，从多特蒙德到杜伊斯堡的那个工业区。有一次在凯撒斯韦特待了两天。很愿意回想起亚琛。可是在比德里希时却从未在汉森的佩恩过夜。圣诞节在藻厄兰地区，但不是在做侧手翻的人们那里度过。在克雷费尔德、迪伦、格拉德巴赫，在菲尔森与迪尔肯之间，在爸爸用黄粉蚲幼虫创造奇迹的地方，已经够糟糕的了。不过，更为糟糕的是这种用牛眼形玻璃粘贴的腐败现象，这种对于并不存在的上帝的侮辱，这种在杜塞尔河与莱茵河之间晒干的芥末汁，这种几层楼高、存放过久、表面发酵的啤酒，这个在扬·韦勒姆与罗累莱交配后遗留下来的阿博尔图斯。现在是艺术城、展览城和花园城。这是毕德迈耶尔式的巴别塔，是下莱茵河地区雾气笼罩的大城市和州的首府，是但泽市的挂钩城市，是芥末汁和霍佩迪茨①的墓碑。格拉贝在这儿受过苦，争论过。“这个人在这儿受过苦。同他把账算清。这个人使你们的土地变得干燥了。”就连克里斯蒂安·迪特里希都不想待在这儿，宁愿逃到德特莫尔德去。格拉贝哈哈大笑道：“我可以使罗马笑得要死，为什么就不能使杜塞尔多夫笑得要死！”格拉贝的眼泪，汉尼拔过去的眼疾：“痛痛快快地哭吧，你们这些运动爱好者！哭到最舒服的时候，在你们大获全胜之时②！”可是，马特

① 下莱茵河地区嘉年华会的象征性人物，圣灰星期三破晓时分被抬进坟墓。

② 格拉贝的剧本《汉尼拔》中的台词。

恩拖着黑狗这个包袱来了，他眼里没有笑的刺激和小动物，他头脑清醒，来看看杜塞尔多夫这个美丽的城市，看看这个在嘉年华会期间由身穿蓝白色衣服的王子近卫军管理的城市。在这个城市金钱变绿，啤酒走运，艺术激扬；在这个城市可以终身定居下来——轻松愉快，轻松愉快！

不过，就连在萨瓦茨基一家子那儿，趋势也是无精打采。英格说："年轻人，你已经秃头了。"他们住在沙多大街，在一家商店楼上，同时住五个设备一流的房间。约亨站在一个中等大小、嵌进墙里的玻璃容器旁，仍然只讲标准德语，而且是以令人惊奇的方式，不是吗？过去美好的米尔海姆时代——"你还想得起来吧，瓦尔特？"——留下了那套三十二卷本按字母顺序排列的百科词典，在弗里斯特登时，三个人都不厌其烦地翻阅这部词典。A 犹如 Abendmahl（晚餐）——"你想同我们一道吃，直接从罐头盒里舀出来吗？"B 犹如 Baracke（棚屋）——"我们在贝德堡就是这样开始的，可是后来……"C 犹如 Cembalo（羽管键琴）——"这是一部意大利羽管键琴，我们在阿姆斯特丹用相当便宜的价格就买到了这部琴。"D 犹如 Danzig（但泽）——"不久前在这儿有一次逃亡者聚会，不过约亨没有去。"E 犹如 Ehe（婚姻）——"从那时起，一个马克值不到五十芬尼。"F 犹如 Fanatiker（狂热的信仰者）——"你就是一个狂热的信仰者，这种人一辈子也成不了器。"G 犹如 Gewebe（织物）——"摸一摸这块料子吧，根本不是苏格兰的，好汉不求人，因此我们比这截料子更蹩脚。"H 犹如 Handelskammer（商会）——"他们最初想制造麻烦，不过是在约亨到那儿去了、出示信件之后。"I 犹如 Igel（刺猬）——"我们从各方面使自己平安无事。"J 犹如 Jahr（年）——"你想一想吧，瓦莉在复活节时就要去上学。那件事已经过去这么久了。"K 犹如 Kommiβ（军队）——"他们根本就不想要你们。"L 犹如 Leben（生命）——"我们只有这一条命。"M 犹如 Mädchen（姑娘）——"我们曾经有过的那个倒数第二个姑娘，两个星期后就已经变得调皮了。"N 犹如 Natur（自然）——"这块地皮包括两公顷树林和一个有鸭子的池塘。”O 犹如 Oskar(奥斯卡)——“这是你们的同乡,他在洋葱地下室里玩了一会儿。”P 犹如 Perlen(珍珠)——“约亨在结婚周年纪念日送给我珍珠。”Q 犹如 Quark(凝乳)——“同沙棘混在一起,最近这就是我们的早餐。”R 犹如 Reisen(旅行)——“去年我们在奥地利、在布尔根兰州,下次去别的地方。”S 犹如 sagenhaft(传奇性的)——“那时候很便宜,而且颇具民间风味。”T 犹如 Textilien(纺织品)——“当时黄金小嘴给我们暗示。”U 犹如 Umgang(交往)——“我们永远也不会打交道了。”V 犹如 verschwunden(消失)——“好啦,他也许还会露面的。”W 犹如 Walli(瓦莉)——“那是我们的孩子,瓦尔特,关于权利的问题根本就谈不上。”X 犹如 Xylophon(木琴)——“或者是用木槌儿打击的三角形弦乐器,他们在契科斯演奏这种乐器,我们再玩一会儿好吗?”Y 犹如 Yukatan(尤卡坦半岛)——“要不就去那儿吧? 这是他们新近开放的地区。”Z 犹如 Zwiebelkeller(洋葱地下室)——“不,宁可去停尸房。那儿肯定可以清清楚楚地看到:一切都是有意识的,都令人震惊。不可想象。简直是厚颜无耻之至。胆大妄为。愚不可及。肯定可笑。笑掉牙。从医学上可以这样说。当然不是赤身裸体。上面有一切。极其高尚。横切。你会感到非常糟糕。暴虐狂的,兽性的,阴森森的。应当禁止。不成功。我们已经多次警告。吃山药。约亨付账。”

本来,普鲁托这条狗在五居室的住宅里应当待在女仆身边,守卫睡觉的孩子瓦莉,可是马特恩坚持要普鲁托陪着,走进“停尸房”餐厅。萨瓦茨基说:“我们去契科斯不是更好吗?”可是英格无论如何要去“停尸房”。他们三个人牵着狗一起外出。沿着弗林格尔街往上走,沿着博尔克尔街往下走。“停尸房”餐馆当然也像所有正宗的杜塞尔多夫饭店一样,在老城内。这家饭店属谁所有,还说不准。有几个人预测属于洋葱地下室的主人施穆。甚至还会考虑到契科斯的老板奥托·舒斯特尔。菲尔姆-马特讷如今开着规模可观的“嘟嘟”商店和他那开始叫作“三驾马车”、现在名叫“避暑木屋”的商店,不久前他还开了一家新店——“跳蚤市场”。以前,当马特恩同狗和萨瓦茨基一家子去闲逛时，他还很小，刚刚开始干。沿着默尔斯腾街走，在他们敢于走进“停尸房”之前，英格·萨瓦茨基绞尽老了五岁的玩具脑袋的脑汁，冥思苦想：“我只想知道，是谁想起这个主意的？肯定有一个人想起这种事，是不？这么说是黄金小嘴了，这个人有时候讲一些非常可笑的事情。我们当然从来就没有相信过这个人胡说八道的东西。只是在生意方面人们可以相信他，可是别的呢？比方说他想骗我们，说他曾经有过一个正式的芭蕾舞剧团，这个芭蕾舞剧团在战争中有一个在前线演出的剧团等。再说，这个人在品德方面肯定并非无可挑剔。这一点你们当时可能已经觉察到了。我曾经有两次问过他：您说说，黄金小嘴，您到底是从哪儿来的？有一次他说从里加，另外一次又说：那个地方今天叫作希温霍尔斯特。过去叫什么名字，他没有讲。但这肯定有点名堂，芭蕾舞剧团有名堂。也许他们当时确实没有发现任何蛛丝马迹。施穆据说也是这样一个人。他就是那个洋葱地下室的主人。在那整段时间他好像是防空管理员。可这就是我比较了解的那类人中仅有的两个人。他们俩都很典型。所以我要说，像‘停尸房’这类的东西，只有像黄金小嘴这样的人才想得出来。你就会看到的。我绝对没有夸大其词。要不然，就是约亨？很快就要到安德列亚斯巷后面，到地方法院斜对面了。”

虽然黑色讣告板上用白色印刷体字母写着“停尸房”，但人们却可以粗略地看到，这是一家普通棺材铺，甚至还有一口象牙色的空儿童棺停放在窗户里。此外，常备的东西有：蜡百合花和经挑选的、漂亮的棺木金属饰片。罩上黑天鹅绒的基座使一流坟墓的照片明显可见。救生圈一样圆圆的花圈靠在旁边。在前面部分，一个青铜器时代的石坛给人留下深刻印象。关于发掘地，一块小牌子这样写着：明斯特兰地区科斯费尔德。

这里同样小心谨慎地使饭店内的顾客回想起人的衰老。尽管萨瓦茨基一家子没有预先订座，他们还是同马特恩和狗一道，得到一张靠近一位在灵床上安放着的、在一次车祸中丧命的瑞典女电影演员的桌子。她躺在玻璃下面，当然是用蜡做的。一床没有任何图案的白色绗被一直盖到脐部，香喷喷的烟雾使绗被鼓起的边缘变得模糊起来；可是，上面却是她的左半身，从飘垂到面颊、下巴和小心翼翼安置的脖子上、飘垂到难以描绘的锁骨和开始高高耸起的胸脯上的波浪形黑色柔发，直至虽说是用蜡制成却又是用茜红色皮肤的“肌肉”做成的腰身；在马特恩和萨瓦茨基一家子看来，右边则相反，给人一种蒙骗人的印象，仿佛有一把解剖刀使他们当场出丑；心脏、脾脏和左边的肾脏同样是复制的，不过却逼真。这个绝招是：心脏正常跳动，而“停尸房”餐馆的几个顾客也老是站在玻璃箱四周，想看看心脏跳动。

他们犹豫不决地坐了下来，英格·萨瓦茨基最后坐下。在间接照亮的墙壁上，给四周游动着的目光直观地呈现了一部分人的骨骼，有带尺骨和桡骨的胳膊，有通常所见的死人头盖骨，甚至在一些巨大的、写上解说词的玻璃器皿里面还有一对肺翼，有小脑、大脑和一个胎盘，仿佛人们要讲课似的。甚至还有一个图书馆，不是在玻璃后面，而是随手可取地摆放着一本挨着一本的书籍——有关的专业文献，这种文献图文并茂，另外还有专家用的高水平著作，比方说在器官移植术领域的试验，或者一部关于脑垂体的两卷本著作。在墙壁与墙壁之间，挂着著名医生的照片和版画，这些照片和版画往往镶上同样尺寸的镜框，而且镶得十分美观。那些医生是：帕拉切尔苏斯、菲尔绍、绍尔布鲁赫和拄着埃斯科拉庇俄斯手杖的罗马医神，他们注视着顾客们。

没有丝毫异乎寻常的东西，无非是：维也纳肉排、辣根牛脯、牛脑涂烤面包片、马得拉酒浸牛舌、火酒燎过的羊腰，甚至还有家常猪蹄和常见的生煎土豆丝油炸子鸡。那套餐具无论如何值得详细说一说：马特恩和萨瓦茨基一家子用消毒解剖餐具吃小牛胫骨；盘子四周是刻印文字“医学院——尸体解剖”；标准的杜塞尔啤酒在埃伦迈尔烧酒瓶里起着泡；但此外没有什么夸张。每一家普通的饭店老板或者杜塞尔多夫晚期风格的代表人物，就比方说如今的菲尔姆-马特讷及其室内装饰设计师吧，也许是做了太多的好事，很可能让外科手术的原始声音从录音带上放了出来：缓慢的、橡皮糖一般坚韧的计数，一直到麻醉发生作用，低声的或者是可靠的指示，金属在碰击，一把锯子在工作，某种东西用一种音调发出嗡嗡声，另外一种东西在打气，而且打得越来越慢，然后又重新加快速度，指示更简短，心跳的声音，心跳的声音……没有这种事。连低声的轻音乐也没有，用于巴巴的声响充斥这个“停尸房”。解剖餐具在主菜上面发出轻微的咯咯声。所有的餐桌上都扩散着均匀的谈话声；撇开锦缎桌布不谈，这些桌子可都是地地道道的，是可以转动的手术台，是稍带长形、可以调节的手术台，它们肯定不会受到发出强光的手术灯照耀，而是受到讨人喜欢的旧式的、肯定是毕德迈耶尔式的灯罩保护，笼罩在温暖、亲切的灯光之中。再说，这些顾客也并非身穿便服的医生，恰恰相反，像萨瓦茨基一家子和马特恩，商人及其朋友们，偶尔也有州议会议员，有时候还有外国人——人们要给这些人献上某种特别的东西——很少有成双成对的青年人，不过，来这儿的顾客却全都是想使自己在夜晚体验到某种东西的人。因为“停尸房”——开始时叫作陈列室——并不那么便宜，更何况还充满诱惑哩。所以，酒吧里绝没有那些随处可见的、提高消费量的姑娘，没有从事精心策划的罪恶勾当的陪酒女招待，或者禁忌之事。穿着端庄的年轻人，一句话，就是这些有才能的助理医师准备边喝一小杯香槟酒，边作出虽然不是最后的诊断，但却是用使人大长见识而且还通俗易懂的方式谈出一些不该谈的话来。第一次在这儿，在离特别仁慈的家庭医生不远的地方，直言不讳地对某个顾客讲，讲他的病情如何如何——按照我们的说法，这就叫作动脉硬化症。沉积的脂肪类物质，比方说胆固醇使血管硬化。“停尸房”餐馆那个从事心脏研究的职员亲切友好但是又不带众所周知的酒吧对话那种亲切劲儿，促使人们注意到始料未及的后果，注意到心肌梗死和中风。说完后，他便对坐在斜对面喝冷饮的那位同事挥手示意。此人是一个脂肪转化领域的专家，一个生物化学家，他在给顾客——人们仍在喝香槟酒——讲述动物脂肪和植物脂肪：“因此，你们尽可以放心，在我们店里只会消耗脂肪，而脂肪里面的酸就是胆固醇沉积而成的。牛脑涂烤面包片用纯玉米油配制而成。此外,我们还使用向日葵油。你们会感到奇怪的是甚至还使用鲸鱼油,不过,从不使用乳脂或者黄油。”

前段时间不得不抱怨有肾结石的马特恩,接受萨瓦茨基家这两个人,尤其是接受英格·萨瓦茨基的劝告,在酒吧里,在英格所说的那样一个“陪酒大夫”身边坐了下来。既然马特恩不敢横穿餐馆,萨瓦茨基就招手把一个自称泌尿科大夫的先生叫到餐桌边来。“肾结石”这个小词刚一出口,那位年轻人马上就坚决要求,为马特恩叫两份榨柠檬汁:“您瞧,只要经过一些麻烦的治疗,就能排出小结石,人们直到现在都是乐呵呵的。可我们的柠檬疗法更有效,总而言之,花钱不太多。我们溶解结石,当然只是所谓的尿酸盐结石,而且非常简单。在通常情况下,两个月后我们顾客的尿液检查结果就正常了。不过,前提是要禁酒,可不是嘛!”

马特恩把刚端起的啤酒又放了下来。那个泌尿科大夫——人们听说他在柏林和维也纳的权威们那儿学习过——不想再烦扰他,便告辞道:“当然,对草酸盐结石——您瞧它们在那儿,在左边的第二个陈列柜里——我们仍然无能为力。不过我们的柠檬疗法——也许我可以把这份说明书放在这儿吧——其实也没有什么了不起的地方。希罗多德已经报道过巴比伦人治疗肾结石的柠檬疗法;尽管他谈到一些结石的检验结果,说有小孩脑袋大小,我们却必须考虑到,希罗多德有时候喜欢言过其实。”

马特恩喝他的双份柠檬感到困难。萨瓦茨基一家子在善意地取笑。人们在翻阅“停尸房”餐馆的说明书。上面全是胸廓疾病和甲状腺疾病专家。有一个神经病学专家。某个专门研究前列腺病例的。普鲁托静悄悄地待在手术台下。萨瓦茨基同一个他认识的收音机经销商打招呼,陪着那个人到那边去。酒吧里很热闹。陪酒大夫们毫不吝惜自己的知识。小牛胫骨非常好。现在怎么办呢?要干酪还是甜食?用不着叫侍者,侍者就来了。

就是说这些侍者,他们全都是货真价实的。他们身穿稍微显露出一点点医院痕迹的白色亚麻布高领衣服，此外，还戴着白色外科医生帽子，嘴上和鼻子上戴着白口罩。这个口罩使他们变得隐姓埋名，不怕病菌，一声不吭。当然，他们端着托盘，托盘上有牛脯和酥饼面团猪里脊，不过，他们不是光着手指端托盘，而是很内行地戴着橡皮手套做。这样做太过分了。英格·萨瓦茨基并不感到过分，而马特恩却感到手套太过分了："这个玩笑该结束了。不过，这倒是又一个典型：从一个极端跳到另一个极端，总想召魔驱鬼。这里还有一个诚实的掮客，不过诙谐不足，惬意有余。另外，他们永远也不会从自己的故事中学到什么。他们往往指的都是别人。他们无论如何都喜欢乡村里的教堂，从不反对四翼风车。只要他们的舌头发出声音，所有的人都会声到病除。他们是区区草民的所罗门。他们跨过尸体，走向鸟国。他们总是选错了职业。他们时时刻刻都希望一切人类成兄弟，都想拥抱万千草民。他们夜里悄悄地带着他们那些绝对的东西①走来。每种变化都使他们惊恐万分。每种幸运都与他们无缘。每种自由都在太高太高的高山上。这里无论如何是一种地理学的概念。挤进难以忍受的、极其可怕的狭小范围内。革命往往只是在音乐中，从来不说自己人的坏话。当这是法国人的炮兵部队时，他们可是最优秀的步兵。他们是许多伟大的作曲家和发明家。就是说因为哥白尼不是波兰人，而是……就连马克思都自以为是……可是一切事情往往都得弄个水落石出。就譬如这些橡皮手套吧。它们当然有其含义。我倒想知道老板是怎么想的。就假定他是一个老板吧。因为现在这里的意大利和希腊顾客、西班牙和匈牙利饭店都从地里钻了出来。在每一家下等酒吧间，谁都会想出一些别出心裁的东西来。洋葱地下室里的切洋葱，格拉贝室内的笑声——在这儿是这个侍者的橡皮手套。你肯定认识这个家伙！这就是他。只要他取掉面部的白布片，那就一目了然。他叫，这个人叫什么名字，快翻翻书，那些名字，那些名字刻在心脏、脾脏和……"马特恩来这里，是要同黑狗一

---

① 此处影射康德的"绝对命令"。

道进行审判。

可是,侍者外科大夫并不把那块布从鼻子上和嘴巴上取下来。他无名无姓,带着谨慎、低垂的目光,把可以解剖的小牛胫骨残留物从铺着锦缎的手术台上撤走。他还会回来,用同样的橡皮手套端上餐后小吃。这当儿,人们可以把手伸进肾脏形小碗内,啃山药。他们的记性肯定都很好。马特恩有时间咬着弯曲的小根。也就是说,情况就是如此。如果不是当时那个猪猡的话,那你就得把你的所作所为都归咎于另外一些人了。我还会同他算老账的。这就是——我就开诚布公地说吧——第四号,当时我们九个人翻过院墙从森林里走出来。我给他指点。萨瓦茨基是不是一点儿都没觉察到呢? 要不,他心里明白,可是一声不吭。我可是同这个人单独在一起。这儿,那些戴着橡皮手套的人走了过来,他们脸上都罩着白布。要是他还像佐罗,或者像我们当时那样,蒙块黑布的话,那就成一块幕布了。我们用剪刀把它剪成九块三角形布片,一块给维利·埃格尔斯,一块给奥托·瓦恩克,一块再加上一块给杜莱克兄弟,一块给保罗·霍佩,一块给另外一个人,沃尔施莱格尔一块,一块给萨瓦茨基,他要么虚情假意地坐在那儿,要么确实什么也没有觉察到。第九块是给这儿这个人的,你等着瞧。就这样,我们翻过篱笆,进入斯特芬路别墅区。从好多个狗年月起,每天都翻越同一个篱笆。蒙住九块黑布翻越篱笆。可是,他们蒙得同这儿这个人不一样。一直蒙到眼睛,眼睛那儿有裂缝,可以观察。而这儿这个人,你倒是认得出这双眼睛。白雪厚厚地覆盖着。此人当时就已经是侍者,而且是在措波特,后来在埃登。现在端来布丁。布布利茨,现在弄清楚了。阿尔方斯·布布利茨,我要把这块布片从你脸上撕下来。好朋友,你等着瞧!

可是,这个来这里要进行审判,而且要把蒙住的布片从脸上撕下来的马特恩,既不撕下布片,也不进行审判,而是目不转睛地盯着装在就像牙医使用的那种普勒克西玻璃盘里的布丁。一个甜食厨师——他们会这一套——用两种颜色非常精确、非常艺术地复制了一副人的假牙:拱起的粉红色牙龈固定住长得均匀、呈珠子状闪烁的、坚固的牙齿。这副人的假牙分成三十二颗牙齿。也就是说分成左、右两侧,上、下两排,每排都有两颗门牙、一颗犬齿和五颗臼齿——牙齿上面覆盖着珐琅质。最初,马特恩要发出格拉贝的哈哈大笑声——众所周知,这种笑声能使罗马笑得要死——要毁掉这家餐馆。可是,正当他左右两侧的东道主英格和约亨·萨瓦茨基让压舌板状的牙医器具伸进他们的布丁假牙中时,马特恩的这种刚开始的格拉贝哈哈大笑却停住了,埋在了马特恩内心深处。罗马和这个"停尸房"餐馆并没有成为一堆瓦砾,然而在他这个已经为伟大的、极少演出的戏剧积聚了生命力的人身上,被解剖的小牛胫骨却在抗拒附加的甜食。他慢慢离开他那张小圆凳。他吃力地摆脱铺上白布的手术台。他不得不扶住玻璃箱,在玻璃箱内,那个瑞典女电影演员的心脏在镇定自若地跳动着。那些身穿晚礼服和浑身珠光宝气的人坐在餐桌旁,正在享用烤肝和油炸小牛肉。他在这些人的桌子之间不声不响地坚持着自己的路线,取道而行。这是烟雾中的声音,是正在闲聊的陪酒大夫。酒吧上面是停车小灯。他摇摇晃晃地从人类的朋友埃斯科拉庇俄斯、绍尔布鲁赫、帕拉切尔苏斯和菲尔绍变得模糊的画像边走过,普鲁托尾随在后。那是海港入口,而那个海港入口,除了伦勃朗著名的解剖图的复制品,是一个非常标准的卫生间。他吐得一干二净,吐出了多年的东西。除了老天,没有任何人在旁边看着他,因为普鲁托很可能就待在卫生间清洁女工身边。他同这条狗又聚在一起了,然后洗手、洗脸。

后来,马特恩身上没有零钱,便递给卫生间清洁女工一枚两马克的硬币。"还不至于那么糟。"她说,"好多第一次来这儿的人都遇到这种情况。"她把他回去的路费钱找给他,"您就喝一口像模像样的浓咖啡,再加上一口烧酒吧。然后,您马上又会有钱了。"

马特恩乖乖地照办了:他从医院用的瓷器皿中咂咂地喝了一口穆哈咖啡;他从圆柱形试管里喝了第一口——你就再喝一口烧酒吧,

要不,你就差一口酒——也就是说,他喝了第二口覆盆子酒。

英格·萨瓦茨基担心道:“你出什么事啦?你受不了吧?我们要不要再把那个泌尿科大夫叫来,或者说叫另外一个专门研究这一科的大夫?”

还是那个侍者,是他在端上小牛胫骨、山药和布丁假牙之后端来了穆哈咖啡和烧酒;可是,马特恩已经不再急于说出那个蒙住白色消毒口罩的人的名或姓了。

在谈话偶然停顿时,萨瓦茨基插话道:“侍者先生,请算账,或者像人们所说的,教授先生,副主任医生,哈哈哈!”那个蒙住脸的人在预先印好的“死亡证书”上端来了有印章、日期和无法辨认的税收签名——是大夫的潦草字体——的账单:“可以付清。这是营业支出费用。如果不定期清理,那会出现什么后果呢?财政部的官员会使人感到最亲切。好啦,与财务税连在一起的国家一定会管人们不定期清账这种事。”

那个化了装的侍者用手势表示感谢,把萨瓦茨基一家子和他们的客人连同黑牧羊犬送到门口。是英格·萨瓦茨基,而不是马特恩,从那里又往后瞧了一眼。她向一个三陪大夫,很可能就是那个生物化学家做了个“下次见”的手势。她这样做很不合适,尤其是因为这道门风格独特,又是双层。它先是一层皮革,然后是一层白色耐磨清漆,在轨道上滑动,可是不能推,靠电钮操纵。那是一个毫无反应、专按电钮的侍者。

他们一边从正规的衣帽间往外看,一边相互帮着穿上大衣。在双层门上闪着红光:请勿打扰——手术正在进行!

“不!”约亨·萨瓦茨基在新鲜空气中变得轻松起来,“我不想每天每晚都去那儿吃饭。充其量十四天去一次,或者?”

马特恩深深地吸了一口气,仿佛要把杜塞尔多夫老城连同它那牛眼形玻璃、锡餐具、兰贝尔图斯斜塔和早期德国的熟铁一样一样地都吸住。每一口气都可能是最后一口气。

这时,萨瓦茨基一家子在为他们的朋友担忧:“你得进行体育活动,瓦尔特,要不然,总有一天你会把身体搞垮的。”

第八十九个爱好体育运动的和第九十个有酸啤酒味的马特恩故事

我病了。我得了病,已经得了流感。可我并没有把我的发烧放到床上,而是把它带进“嘟嘟”商店,在那里把它靠在卖酒柜台边。这是一家具有下莱茵河地区晚期风格的铺子,完全放在铁道上,用桃花心木和黄铜做成客厅式车厢。也就是说,所有商店一直到四点四十五分都是坚持卖同一品种的威士忌。我看到冰在逐渐变小,变小。这时,容器的嘴正为七个配酒师敞开着。同品行可疑的酒吧高脚凳议论科隆第一击剑俱乐部,议论开放的居民点里的速度限制,议论即将到来的四号那天的世界末日,议论一切有关柏林谈判的事情,突然跟马特恩争吵起来,因为我用一根洗烟斗的铁丝把有绅士派头的抛光剂从护墙板上刮了下来。一切都是伪造!得看一看那后面有什么名堂。为此,人群挤进客厅式车厢狭窄的范围里。身上裹着男式黑礼服和配备有噼啪作响的赛璐珞娼妓。这些女人漂亮标致,美貌绝伦,令人倾倒。可是,没有任何东西对一个正派人适用。无论如何要满足男人的游乐兴致:让其慢慢升起,然后又让其快速流走。这时,冒出了小夜曲。最后我喝得圆鼓鼓、胖乎乎的。据说,因为马特恩拿钱请在座诸位每人喝一杯酒,弗兰茨·莫尔在第五幕第一场①大声咆哮:“乌合之众的智慧,乌合之众的恐惧!——现在还看不出,过去的事情是否已经过去,或者说苍穹之上是否有一只眼睛。哼!哼!谁在对我低声耳语?难道说苍穹之上有一个人要报仇?——不,不!——对,对!我周围有人在发出可怕的嘀咕声。苍穹之上有一

① 此处指席勒的剧本《强盗》。

个人在进行审判！今夜还要迎接苍穹之上这个复仇者。我说，不！可怜的避难所，在里面隐藏着你的胆怯——苍穹之上荒凉、偏僻、黯淡——可是如果还有什么？没有啦！我下令，没有啦！”

他们用拿公文夹的手鼓掌，想手持小粉盒用嘴去咬住马特恩，再来一次：“我下令，没有啦！”

当复仇者的牺牲者亲密地拍着他的肩膀这样说时，这位复仇者会怎么办呢？牺牲者说：“那好吧，年轻人。已经明白了：只要你下命令，那就什么都没有了。游过去。放上一张新唱片。难道你不等一下滑翔飞行员？——当然等，当然等！你说得很对：你是一个出色的反法西斯分子，我们所有的人都是凶恶的小纳粹。同意吧？也就是说，你从来不是，从来没有……可是有一个人给我讲过，说我曾经是一个最优秀的拳球运动员、网前击球手、主力队员……”

得过铜质奖章、银质奖章和金质奖章。每个运动员都要炫耀自己的过去。每个运动员从前都比现在更优秀。每天吃饭前后，萨瓦茨基夫妇都要说：“你得活动活动，瓦尔特。到森林里去跑步或者在莱茵河里游泳。要想到你的肾结石。要想办法治好它。你去取我们放在地下室外面的自行车吧，要不然就给自己买一箱梨子，记在我的账上。”

马特恩坐在椅子上毫不动心。他坐着，双手放在双膝上，与这件家具融为一体了，似乎他也想要像祖母那样坐上九年。他的祖母，那个马特恩老太太，瘫在椅子上九年之久，只有眼珠能转动。再说，杜塞尔多夫和这个世界还有什么东西不能提供呢？有三十二家电影院，有格林德根斯剧院，有时而往上，时而往下的国王林荫大道，有表面发酵的啤酒，有受到赞美的莱茵河，有重建的老城，有天鹅游弋的宫廷园囿，有巴赫协会、艺术协会和舒曼音乐厅，有各种男上装展览会，有十一月十一日十一点十一分的节日活动，有体育场、体育场。萨瓦茨基一家子给他逐一列举所有的东西：“你乘车到弗林格尔大街去一下吧，瞧瞧福尔图纳体育场，那儿什么都有，不仅仅是足球。”可是，没有一个运动项目——萨瓦茨基列举的东西，扳着指头也算不过来——能够使他从椅子上欠起身来。这时,顺便提到——朋友们已经放弃了这种说法——拳球这个词。不管是谁低声说出这个词,是英格还是约亨,也许是娇小玲珑、站在一旁的小瓦莉,都无所谓。不管怎样,这个词刚一落地,他就已经站了起来。就在杜塞尔多夫和全世界都不想对他有所指望这一瞬间,马特恩在厚如存放信件的皮夹子一般的地毯上迈开了碎步。这是使人轻松的运动。关节发出令人惊奇的嚓嚓声。现在,他对着室内的空气闲谈:“孩子们,拳球,那已经是很久以前的事了! 在三五年和三六年,在海因里希-埃勒尔斯运动场上。右面是工学院,左面是火葬场。我们每场比赛都得胜而归。我们赢了所有的人,包括体操与击剑协会、德国网球俱乐部、舍尔米尔九十八中队,甚至还赢了警察。我在‘青年普鲁士’当网前击球手。我们有一个优秀的中锋。他把每个球都打得很高地传给我,而且是平心静气地传。我给你们讲,他用固执的前臂击球,极其沉着地把一个又一个球给我铲到球网的高度,我赶忙往上纵身一跳,用前臂狠狠击球,都是些刁钻的球打过网,打到对方去。在战前不久,我还在这里打过一阵,在翁特拉特的球员那儿,直到他们把我赶走。好啦,咱们最好还是不说这些吧。”

体育场并不远,从沙多广场出发,乘十二路车去拉廷根,沿着格拉芬贝格林荫大道往上走,一直走到汉尼尔-卢埃格公司厂区,然后往左手拐,穿过市郊小菜园,默尔森布罗伊希与城市森林之间的地带,路过卡里塔斯海姆和拉特尔布罗伊希,直到拉特尔体育场——阿佩尔森林下端的一块中等大小的绿地。森林郁郁葱葱,越过附近那些园圃上空,可以远眺笼罩在习以为常的薄雾中的城市。教堂和工厂相互交错,使人永志不忘。看得见建筑废墟、建筑物外的栅栏和对街的巨大建筑物——曼内斯曼公司。在有些地方,总是在不断地维修运动场中铺有炉渣的跑道。青年手球运动员传球时不准确。三千米长跑运动员们想超过自己的最好成绩。而在一个小型的专门运动场上——该运动场在体育场旁边,由下莱茵河地区的白杨树环绕着——翁特拉特的元老运动员正在同德伦多夫的元老运动员比赛。

很可能这是一场友谊赛。这个运动场有防风设施，不过，翁特拉特的运动员输了。这一点马特恩和狗立刻就看到了。他还看到为什么会输。击球手很糟糕，同中锋配合不好，而中锋也许还不错。

穿越头部的回击，应该由后卫来完成，而不是击球手。那个左前锋还马马虎虎，可是利用得太少了。总而言之，这个队缺少主力队员，因为中锋——马特恩觉得这个人很面熟，不过这很可能是由于运动服的缘故，在通常情况下，他觉得熟悉的人太多了——就是说，这个中锋满足于一阵猛击，把球打得高高的，这样一来，两个后卫和这个击球手，谁愿意，谁就可以跑过来击球。其实，德伦多夫并非出类拔萃的队，但这个队的运动员在由于此种情况出现的缺口中用扣球得分，也就不足为奇了。只有那个左前锋——就连这个人马特恩也认为在某时某地见过——坚守自己的位置，能够——大多通过反手击球——拯救翁特拉特元老运动员的荣誉。就连主队的答访比赛也以失败告终。虽然他们用右后卫替换了击球手，可是直到鸣笛结束，就连这个新手也没有施展能解围的绝招。

马特恩和狗站在运动场的终点线上。凡是要进更衣室的人，都得从他和他那审视的目光旁边走过。他相信自己一定会像他们一样站立起来，把运动衣搭在肩上。他的心在突突地跳动。有某种东西在挤压着脾脏。肾在疼痛。是他们。过去，翁特拉特的青年运动员弗里茨·安肯里布和海尼·托尔克斯道夫就像他一样。那时候，在多少多少个狗年月之前，弗里茨打中锋，海尼站在左前方，而马特恩是网前击球手。多么优秀的球队啊！这支球队整体都很棒，因为当时的后卫——他们叫什么来着？——同样是第一流的。就连科隆的一支大学生队和杜塞尔多夫党卫军旗队的老兄都被他们打得落花流水；可是后来，事情突然之间搞砸了，因为……有朝一日我要问一问那些小伙子，他们是否还记得，为什么当时搞砸了，谁在整我，是不是某个叫安肯里布的人，是他在整我，就连海尼·托尔克斯道夫也赞成我……

可是，还在马特恩给这两个人打招呼，说出我同黑狗到这儿来……之前,安肯里布已经从旁边对他唠叨起来了:“难道真有这种事?你是?要不……你瞧瞧,海尼,是谁在这儿看我们拙劣的比赛。刚才交换场地时我已经在想,你肯定认识这个人!他站着的样子,完全没变。完全是过去的样子,只是上面变了。那好吧,咱们大家都变丑了。从前我们是翁特拉特体育运动爱好者的希望,如今我们吃了一个又一个的败仗。上帝呀,当时我们在乌珀塔尔警察运动会上还有的是时间。你在网前。老是把球给赫尔内的警察直接打回去。你一定要到我们饭店来,所有的照片和证书都还挂在那儿。只要你站在我们右前方,就没有人能够赢我们,后来,真的,海尼,后来情况就急转直下。我们就再也没有真正恢复元气。看来这就是惩罚。这种糟糕透顶的政治!”

这是一个三人小组,一条黑狗围着他们跳来跳去。他们围着他,讲述胜利和失败,直言不讳地脱口而出,说他们就是当时的协会理事会成员,理事会作出了停止他参加协会比赛的决定。“你就是闭不住嘴巴,当然,在好多事情上你都说得对。”更衣室里几句压低声音的评论就已经足够了。“要是你在我家里或者别的什么地方说说这件事,我会尽全力渡过难关,或者说,同意你的意见,可是现在事情就是如此:政治与体育有矛盾,就是今天也有矛盾。”

马特恩援引他的话道:“这个事儿你说过,安肯里布:我们可以轻而易举地放弃一个散播犹太-布尔什维主义谣言的网前击球手!是吗?”

海尼·托尔克斯道夫遮掩道:“我们都受人煽动,我亲爱的。你自己说话也是时而这样,时而那样的。他们用谎话蒙蔽了我们,蒙蔽了好多年。我们要为此付出代价。我们的后卫,你还记得吧,那个小个子里林格尔和韦尔夫兴·施梅尔特,他们俩留在了俄国。够啦,够啦!所有这一切到底是为什么呀?”

当时,这一伙人已经到了弗林格尔,到了多罗特广场上,协会小酒馆就在这里。马特恩不得不在四五个老朋友之间,亲切友好地回忆起在格拉德巴赫那场比赛、在瓦滕沙伊德那场四分之一决赛和在多特蒙德那场令人难忘的决赛。体育运动爱好者的固定餐桌角落并非毫无装饰品。在十二张全部框在玻璃下的照片上,他可以对自己这个网前击球手来个孤芳自赏。从三八年晚秋到三九年孟夏,马特恩在翁特拉特效力,在这儿他有真凭实据。还不到七个月,就留下了如此战果辉煌的足迹。他有一头多么浓密的、弄不服帖的头发啊!一直都神情严肃。一直都是中心,即便他是右边锋,也是如此。而那些证书——在当时的山雕国徽下面是棕色的美术字。“这么说,你们确实该贴上纸,盖住它。我简直看不出这个畜生了。回忆是美好的,不过,不要在这只业已废黜、象征着失败的猛禽下面!”

这是一个可以商量的建议。在很晚的时候——饮料是啤酒和杜松子味烧酒——他们总算取得了妥协,比方说海尼·托尔克斯道夫从老板那儿借来一管雕鸮牌胶水,他用喊叫声使人们兴奋起来,然后把普通的啤酒杯垫儿,即写着施瓦本啤酒的垫子贴到所有荣誉证书上面那些令人不满的山雕国徽上。马特恩的回报是郑重其事地答应——所有的体育运动爱好者都站起身——再也不谈当初那件愚蠢的事情,要重新参加比赛,而且握手言定,担任翁特拉特元老运动员的网前击球手。

“人们得有良好的愿望。我们进行磋商。使我们分离的东西,应当忘记;把我们连在一起的东西,应当缅怀。要是每个人都让一点步,争吵和口角就会甘拜下风。因为如今真正的民主要是没有妥协,就难以想象。我们都是罪人,全都是罪人,都有罪过。在这儿谁愿意首先发难?谁能说我没有?在这儿谁愿意自诩不犯错误?因此,让我们安静一下吧!我们翁特拉特人总是如此。因此,我们首先要为我们留在俄国土地上的同志们,然后为今天来到我们中间的老朋友的健康,最后为新、老运动员的友谊干杯。我干杯!”——每一个祝酒词都是倒数第二个。每一桌同座吃饭的客人都没有散去。每个人在人群中都感到极其愉快——普鲁托这条狗在桌子下舔倒出的啤酒。

就这样,大家都愿意重归于好。当瓦尔特·马特恩给英格和约亨·萨瓦茨基展示他那崭新的运动服时,他们都很高兴。马特恩说:“小伙子,这下子你可有一个角色了!”可是这个角色成了泡影。当然,谁都先得练熟。立即就把他放到网前击球手的位置上去,是胡闹。可是打后卫,他的动作又太慢——在那儿要能够迅速起跳——打中锋嘛,他还是不行,因为他想立刻就控制运动场,却又缺乏把球从后场有效地打到网前的能力。他既不把球传给左前锋,也不传给网前击球手。他利用后卫的直传,就好像是专门传给他似的,也就是说,他抢走自家人的球,把球一个劲地瞎打一通。这是一个独自玩球的球类艺术家,他用普普通通的扣杀给对方制造扣球的机会。在他还不能担当网前击球手时,把他放到哪儿去呢?

“我给你们讲,他一定会感到过度劳累的。”

“这样一个人,只有在网前才派得上用场。”

“这样他势必会更迅速地作出反应。”

“不管怎样他都是出类拔萃的网前击球手。”

“他首先得有兴趣,然后才会加油奋战。”

“关键是虚荣心太重了一点。”

“那好吧,我们就把他放到前面去,瞧一瞧。”

可是即使在右前边,他也很难发出十分刁钻、难度很大、直逼对方脚下的球。他很少用棘手的倒勾球使上卡瑟尔或者德伦多夫的元老运动员感到惊奇;可是,一旦有击出的球用难以捉摸的方式在对方场地上又低又狠地落地时,才能隐隐约约地意识到马特恩曾经是一个什么样的网前击球手。安肯里布和托尔克斯道夫相互激动地点点头:“嘀,从前这可是一员名将!可惜。”然后,他们又继续忍耐着。他们频频传球给他,给他传高球,他非常糟糕地让这些球都落了空。真是拿他没办法。“尽管如此,他仍然爱好体育运动。过了好多年之后,并非每个人都保持竞技状态。再说,他脚部还有伤。虽说几乎看不出来,可毕竟还是有伤啊。那就给他提出一个合情合理的建议吧,海尼。比方这样说:‘你就说吧,瓦尔特,我认为,你已经失去了一点儿兴趣。我能够理解。有一些上帝才知道的重要事情,这些事比为翁特拉特体育爱好者当网前击球手更重要。只要你同比赛保持距离,难道说你在下次或者再下次比赛时就当不了裁判?'”

体育爱好者们都把马特恩铭记在心上。“行,行!没有任何东西比这更令人高兴的了。我真高兴,你们到底还记得我。我要为你们做一切事情,当巡边员、记分员和裁判员。要不要我给你们煮咖啡或者倒一杯可乐?我是不是也可以用一个真正的裁判员哨子呢?”马特恩总在想着这件事。这是他真正的使命。他要作出判决:“这个球过界。现在是十九比二十,韦尔斯滕得分。发球犯规。我熟悉所有的比赛规则。我甚至在我们家乡,在我还是毛头小伙子时,就已经出现在海因里希-埃勒尔斯运动场上了。嗬,我们在那儿有一个中锋。那是一个胖乎乎、有雀斑的小家伙,可是他像很多胖墩儿一样,灵巧敏捷,而且安静极了。没有任何东西能够使他激动。此外,他心情总是很好。他同我一样熟悉所有的规则。在发球时,发球手的双脚必须站在发球线后面。在发球手的拳头击球和发球那一瞬间,发球手至少要有一只脚站在地上。不用整个拳头或者用叉开的拇指发球都算犯规。球只能由同一个球员发一次,总共只能发三次,在每次击球前,球只能接触一次地面,它既不能触及门柱,也不能触网,只有手臂和拳头才能接触球——啊,要是我又能同埃迪打球就好啦!他站中场,我站网前——在遇到犯规行为时,这个球就会变成犯规球,要鸣两次笛声暂停,这就等于说:这个球无效!”谁会想到:这个来到这里同黑狗一道进行审判的马特恩,却证明了自己是一个裁判员,把他的野狗训练成了巡边员——普鲁托对每个犯规球都汪汪大叫。平时往往对敌人十分严厉的马特恩,现在再也没有对手了,只有那些屈服于同样比赛规则的球队是例外。

弗里茨·安肯里布和海尼·托尔克斯道夫这些老体育运动爱好者,他们都钦佩他。他们在理事会会议上,尤其是在青年运动员那里为他捧场:“你们可以把他作为自己的榜样。当他发现自己的竞技状态再也不如从前时,他一句忌妒的话也没有说,便把他在网前击球的位置让出来,毫无私心地表示愿意担任裁判。这是你们的教练,一个顶呱呱的家伙。他参加了全部战争,负过三次伤,干过大量送命的差使。只要他一讲,你们就会感到惊讶不已。”

谁会想到:来到这里审判元老运动员安肯里布和托尔克斯道夫的马特恩,竟变成了公正的裁判员,当一些好心人试图贿赂他,给他在曼内斯曼公司提供一个足以养活主人和狗的半天工作位置时,他谢绝了。他现在同身边的狗一起,坚定不移地站在翁特拉特体育爱好者的青年运动员之间。这些身穿球衣的小伙子组成一个松散的半圆圈,而他,身穿紫红色球衣,正在给他们讲他那举起来的击球拳同反手击球和内侧击球的击球面积。而当他演示他那下垂的击球拳同正臂击球和正手击球的击球面积时,星期天上午的太阳正倒立在他那毛发全无的脑袋上。这种情况表明的只是:翁特拉特的小伙子们几乎再也没耐心等到他们能够运用马特恩教给他们的东西。他的水平击球拳让人看到反臂击球和危险的外侧击球的击球面积。此外,在顺利的练球之后和由他引进的后卫起跑练习之后,马特恩就给小伙子们讲战争期间与和平时期的故事。身穿深蓝色球衣的小伙子围着他这位身穿紫红球衣的教练,坐成一个虽然松散却又像着了魔似的半圆圈。终于有了一个把这些年轻人叫到面前来好好教训一番的人。没有一个问题落到拳球场的草坪上而得不到回答。他涉猎范围很广。马特恩知道:是怎样走到这种地步的;怎样才能有这么大的成就;德国——未分裂的德国过去是什么样子,以后又会怎样;谁对所有这一切承担责任;他们——当时的刽子手如今又在哪里;人们怎样才能阻止在某个时候又会走到那种地步。他讲话的口气适合年轻人的口味。他让软体动物变成木雕形象。他的主导动机是要揭穿杀人动机。他把错综复杂的迷宫简化成笔直的通衢大道。当教练马特恩说“这就是我们仍然没有解决的过去!”时,所有翁特拉特的小伙子都把他视为,而且也仅仅把他视为唯一能真正解决过去的人。最后,他一遍又一遍地进行示范。“譬如说,当我质问那个特别法庭的陪审法官,没隔多久又去质问那个特别法庭的法官时,那两个无赖瘪掉了。我给你们讲,瘪得很厉害。奥尔登堡那个党团地方小组组长泽尔克，过去做出一副了不起的样子，现在却哭着，好像他要把我和狗……”总而言之，当在松散的半圆圈里说明过去和现在时，多次提到从不缺席的普鲁托这条狗也就成了马特恩长长的教育诗中的叠句：“当我同这条狗去威悉河山区时……当我在阿尔特纳-藻厄兰时，这条狗也在场。这条狗是我在帕骚的见证。”每当马特恩再一次使一个“过去的”人物垮台时，小伙子们就鼓掌。他们都入了迷。他集榜样和教练于一身。只不过遗憾的是，在值得欢迎的纳粹葬礼期间，马特恩也不罢休，而且不仅仅在从句中让社会主义获胜。

“马克思在运动场上想要找什么？”协会理事会异口同声地问自己。

“难道我们能够允许在我们的运动场上纵容东方的煽动性宣传？”这是运动场主管对翁特拉特体育爱好者已注册登记的协会书面陈述的问题。

“我们的青年运动员再也不愿忍受这种状态。”名誉主席在多罗特广场旁边的协会饭店里断言。他还在战前就认识马特恩：“当时就已经造成过同样的麻烦。他没法适应环境，他毒化了气氛。”他的意见通过点头和压低声音的“非常正确”而得到人们的赞同。按照他的意见，一个真正的翁特拉特体育运动爱好者不仅仅要满足于全身心地投入他所喜欢的体育项目，还要保持内心的纯洁。

在经过这么多的狗年月之后，在马特恩不长不短的生涯中，名誉法庭竟这么多次地找他麻烦。完全像海因里希-埃勒尔斯运动场上的青年德意志人和冲锋队朗富尔八十四中队的人们那样，翁特拉特体育爱好者们决定，第二次将马特恩从他们的名单上划掉。就像在三九年时那样，在没有反对票的情况下通过了决定，停止他参加协会比赛和禁止他出场。只有体育运动爱好者安肯里布和托尔克斯道夫弃权，这种做法得到大家默认。最后，名誉主席着重指出：“我可以感到高兴的是，这件事仅限于内部。当时，这种案件要进一步审理，而且——要是你们还记得那条街的话，那是在骑兵街。”

别进行体育活动。人们同你进行体育活动。

哦，马特恩，你还得把多少失败写成胜利呢？在你战胜这种环境之后，哪一种环境不把你拒之门外？难道说人们将来会印刷这两个德国的地图，在学校里把它们当作教学用具打开来，以便让你的战役就像比比皆是的那样，以两把军刀相互交叉作为标志，变得形象生动吗？难道人们会讲：马特恩在维岑豪森的胜利肯定是在那天早晨？比勒费尔德的战役竟然发现胜利者马特恩第二天就在莱茵河畔的科隆？当马特恩在杜塞尔多夫-拉特获胜时，人们写的是一九五四年六月三日吧？或者说，你的胜利没有打上叉，加以突出，它们已经成为历史，充其量只有祖母们会在她们的孙子当中似是而非地回忆道："当时，在第四十七个狗年，有一个可怜的家伙来到我们这儿，那个家伙身边有一条黑狗，他想给爷爷制造麻烦。可是当时，我悄悄地把这个家伙——再说他也不是一个坏小伙儿——拉到一边，直到他完全安静下来，像一只小猫一样，非常柔顺地发出呼噜声。"

比方说英格·萨瓦茨基吧，她过去就经常安慰精疲力竭的胜利者瓦尔特·马特恩，细心照料他，使他康复，现在，当那些在翁特拉特战场上被打的伤痕需要包扎时，也是如此。事情本应如此。英格可以等待。每一个士兵都会有时候回家。每个妻子都会伸开双臂迎接他们。每次胜利都要庆祝。

这一点就连约亨·萨瓦茨基也不能不看到。因此，他对他的妻子英格说："你一定要去做什么事，就去做吧。"这一对伟大的古典情侣——瓦尔特和英格，他们俩仍然坚持要去做什么事，那就去做吧。这套住宅反正这么大。现在，在他已经相当疲惫的时候，本来就要使人感到有更多的乐趣，比只好瞧着这个家伙，瞧着这个胖小子，要有更多的乐趣。机器已经转动起来，达到目的的速度比预料的还要快。总是这种创造最高纪录的欲望："我要给你瞧瞧！我任何时候都行，而且非常快。我可以同你性交七次，干完后马上就可以去爬费尔德山。这就是我的脾气。马特恩一家人全是如此。譬如，西蒙·马特尔纳任何时候面前都坐着一个裸体女人，甚至骑着马，在迪尔绍、但泽和埃尔宾之间报仇雪恨时，也是如此。这是一条汉子。关于他的兄弟格雷戈尔·马特尔纳，人们如今还可以在但泽市档案馆里看到：‘在各式各样的不幸、屠杀和基督徒的流血事件之后，在那年秋天，马特尔纳先生表示要到但泽，施展各种诡计，绞死克劳斯·巴尔图什。那时，他把他那勃起的阴茎当作绞架，使所有的强盗和商人都感到惊讶。’这真是条汉子。过去，大概是在服兵役时，你虽然不能吊起一个长得肥头大耳的富商，但也许能把一个十公斤重的东西挂到勃起的阴茎上。虽然如此，这个勃起的阴茎仍然使你出了名，而且很快就得到恰如其分的名声。”

过去了，过去了——用结实的工具把钉子敲进墙里。现在，她慢慢地、小心翼翼地把那个玩意儿给他看：“只是别马上就惊慌失措，我们有的是时间。在性交能力恢复正常，而且变得像银行储蓄存折一样有价值时，这就是一生中最美好的年代。毕竟在这个世界上除了这种事儿，还有别的东西嘛。比方说我们可以上剧院，你自己可是在剧院里登台演出过啊。你不想去？也好，那就去看电影吧。要不，咱们就带着瓦莉去看圣马丁游行队伍，去看灯笼、太阳、月亮和星星。坐在凯泽维尔特咖啡馆里一边喝咖啡，一边眺望莱茵河，这也是很美的。咱们可以去参加多特蒙德持续六天行程的自行车比赛，而且这一次咱们把萨瓦茨基也带去。我还没有在采摘葡萄时节去过摩泽尔河。啊，这是同你在一起的、极其美妙的一年。我还会久久地回味这段经历。现在我感到你要平和多了。甚至连狗有时候你也让它待在家里。当然，例外总会有的，比方说，在上次的男上衣博览会上，咱们就遇到一个小胖子，那人自称泽姆劳。你开始时勃然大怒，同他和约亨在咱们的展台后面辩论。可是后来，你们又一起喝了两杯啤酒，而且约亨甚至还同这个泽姆劳做成了一笔生意，是数量较大的一批男式粗呢大衣。要不就是在科隆四旬斋前那个星期一举行的狂欢游行时，队伍从旁边已经走了整整一个钟头，这时，来了一辆车，车上有一个真正的四翼风车，在风车四周，真正的修女和穿戴着真甲胄的骑士在跳舞。可是，所有的人都没有头。他们把头都夹在腋下。要不，他们就把头猛然一下扔到脖子上。我正想问你，他们应该象征什么，可那时候,你已经走了,你想穿过封锁线,径直朝修女们走去。幸好他们没有让你过去。谁知道你会同她们,还有她们会同你干些什么呢?因为她们在四旬斋前的星期一容易发火。你也马上就安静下来,在火车总站情况还要好笑。你的穿戴像一个中世纪的勇士;萨瓦茨基是一个独眼海军上将;你们把我打扮成一个真正的强盗新娘。很可惜拍下这种情景的那张照片很不清晰。要不然,我亲爱的,你就会看到,你有一个什么样的小肚子了。这是好好保养的结果。从你不进行体育活动以来,你已经长得圆滚滚的了。各种协会和集会,这些东西你就是不喜欢。你现在是而且今后仍然是一个独来独往的人。你之所以同约亨一起来,问题很清楚,只是因为你要他干什么,他就干什么。他甚至反对原子弹,因为你反对原子弹,而且还签过名。可是,我也反对原子弹,现在,在同你一起是如此美好的时候,我死也不要原子弹。因为我爱你。我不听。我懂得你胡说八道的事情,因为我……你听见了吗?我懂得所有、所有的事情。我知道你在透过墙壁往外看,知道你手里握着玻璃杯。当你用拇指来切脂肪时,当你就像在舞台上那样说着,而且用双手想去抓我不知道的东西时,我也明白是怎么回事。我明白你的声音,你的剃须皂,以及你剪自己的指甲时的样子,你走路的姿势。你走起路来,就像是同一个我不知道的人有约会似的。有时候我也摸不透你的心。不过这没有关系。如果是我的话,就干脆不听。可我又很想知道你从前同约亨在一起,你们在一起的时候是怎么样的。现在你用不着马上又咬牙齿。我可是说过,我不听。你瞧,在莱茵河边的草地上有射击比赛,你听见了吗?咱们要不要到那儿去?明天?没有约亨?直到六点钟我都得待在那边的分公司里。估计七点钟在莱茵河大桥,在上卡瑟尔那一边。"

马特恩已经约定,不带狗。这条狗,这条听话的老普鲁托,现在再也不能经常上街了,因为它一不留神就有可能被汽车碾死。马特恩笔直往前,疾步行走,因为他已经约好了时间。他买了樱桃,整整一磅樱桃。现在,他朝着约会地点的方向吐着樱桃核。迎面而来的人不得不躲开。樱桃在减少,时间也在一分钟一分钟地减少。如果有人步行走过那座桥，那他就会发现莱茵河是多么宽阔，从杜塞尔多夫一侧的天文馆到上卡瑟尔，有吃完整整一磅樱桃那么宽。他在从侧面吹来的风中吐着樱桃核，这阵风把樱桃核逼到科隆方向；可是，莱茵河却把它们带往杜伊斯堡或者更远的地方。每一颗樱桃都在强烈要求下一颗樱桃。吃樱桃使人怒气冲冲。怒火从一颗樱桃到另一颗樱桃，越烧越旺。耶稣将兑换货币的业务人员从庙堂中赶了出去。他在做这件事之前吃了一磅樱桃。就连奥赛罗在他采取下一步行动之前也吃了整整一磅樱桃。那对莫尔兄弟，他们俩每天每日甚至在冬季都吃樱桃。如果说马特恩必须扮演耶稣、奥赛罗或者弗兰茨·莫尔的话，他就不得不在每次演出前吃下整整一磅樱桃。有多少仇恨同逐渐成熟的樱桃一道滋长，或者说有多少仇恨在密封的大口玻璃瓶里同这些樱桃一起越熬越浓？它们看起来都是圆圆的，但实际上樱桃却是尖尖的三角形。特别是酸樱桃可以把牙齿磨钝。就好像他非这样做不可似的。他思考的时间少，吐樱桃的时间多。下班的人群在他前面紧紧地抓住他们的帽子，他们不敢冒险回头看。那些回头张望的人，背后都有靠山。只有同样已经约定的英格·萨瓦茨基，用小眼睛无所畏惧、准确无误地映现出这个越来越咄咄逼人的马特恩的身影。她怎么会知道他已经有一磅樱桃下肚了呢？她那雪白的、上紧下宽的夏季女装在风中飘动。还是那件五四年做的紧身胸衣，当然有腰带。她擅自做主，穿上了无袖衣服。英格衣服里的风抚摩着女装的膝部和相对的膝盖。他们相对而笑，相互让步，走出四步半意大利凉鞋的脚步。这时，有东西在两个相对的胸脯之间击中了她。可是英格·萨瓦茨基不为任何东西所动，她始终勇敢地站着："难道我不准时？衣服上这个斑点正合适。这儿反正有一点红色掉了。这是甜樱桃还是酸樱桃？"

因为纸袋提供了所有的愤怒，所以吐樱桃核的人可以让它从手中掉下去了。"我要不要给你买一个纸袋？对面就是一个货摊。"

可是英格·萨瓦茨基想"坐链式旋转木马，不断地坐"。就是说，要横穿莱茵河边的草地，往那边走去，同许多想往里冲的人一起往里面冲，而且立即也就被计算在内了。可是，无法进行环境描写，因为她不喜欢冰冻甜食，她不会射击，而“8”字形回旋滑道只有在黑暗中才使她开心，在表演篷里人们只能感到大失所望。她只喜欢链式旋转木马，要不断地坐。

他先给她射到两朵玫瑰花和一朵郁金香，然后，她不得不同他坐在一辆病人自控机动车中，任其颠簸行驶。在这当儿，他外表上不露声色，呆头呆脑，内心里却在考虑这一群人，考虑唯物主义和超验论。紧接着，他打了三枪，给她打到一只瓦莉喜欢的小黄熊，不过这只熊不能呜呜吼叫。现在，他只好站着接连喝下两杯啤酒。现在，他给她买糖炒杏仁，也不管她要不要。很快又打了靶：两个八环，一个十环。她终于可以同他一道坐链式旋转木马了，不过，不能没完没了地坐。

一切都如约进行。旋转木马上座率不到三分之一，正在逐渐过时。可是，英格热衷于老式东西。她搜集音乐闹钟、会跳舞的熊、剪纸、皮影戏、发出声响的转陀螺和彩印画，而且特别适合坐链式旋转木马。她让人为这次转圈旅游专门缝制了衣服和内衣。头发披着，相对的膝盖肯定不会紧紧压在一起。因为谁像英格·萨瓦茨基那样热，谁身上每时每刻都不得不带着一张发烧的小嘴儿，谁就想让自己和那个玩意儿不断地吹着风。可是，他不喜欢这种事，他喜欢服从重力法则。旋转木马转了两分半钟之久，尽管你把自己的头发卷起来，在反方向旋转时又散开来，但仍然在不断旋转，一直转到音乐停止。可这时英格却希望兜风：“再来一次，再来一次！”你总有一天不会成为扫兴的人。甚至就连你都没有办法用更便宜的东西使她晕头转向。在转动时，你就稍微往四周瞧一瞧吧。老是同一座兰贝尔图斯斜塔，它在对面是杜塞尔多夫的象征。老是同样的面孔，这些面孔在下面有的热情，有的冷淡，它们同被射击得来的、掷骰子赢来的和买来的东西一起，站成半圆圈，等待马特恩归来。有一群人相信他，引用他的出版物。乌合之众的智慧，乌合之众的恐惧！按照同样的药方，把所有的人都毫无区别地搅到一起。心中的年金，没有悔恨的热带丛林，卫生保健的痴迷陶醉，在这里既无好也无歹，而是异乎寻常，是一种调味汁。撒上豌豆。按照我的想法,在一块糕点里放上葡萄干。忘记存在的人在寻找超验的代用品。全是衣服图案相同的纳税人,只有一个人除外。大家都一模一样,只有一个人引人注目。他无非是织物上的一个瑕疵罢了,然而却引人注目。一圈又一圈,脑海里抛不开这些东西。他像射击协会所有的会员一样,戴着一顶射手帽。尽管如此,他还是来了又走,来了又走。这是一个非常特殊的会员。哦,名字!这就是,咳,明白了,等一下!去——来。他不在时使我若有所失。这个玩笑马上就要结束,警察少校小兄弟。这些欢乐会慢慢消逝,奥斯特尔胡厄斯警察少校。咱们去坐链式旋转木马,好吗?用主导动机去追赶杀人动机?海因里希,你说,咱们要不要去?

有几个射击协会会员想去,可是这个特殊会员不想去。这个在此期间遵守城市规定的射击协会会员海因里希·奥斯特尔胡厄斯从前想,可现在,在有人从正在启动的链式旋转木马上跳下来,大声叫着他的名字,而且还叫着那个已过去了多年的官阶,从这里一直叫到世界尽头时,他再也不想坐旋转木马了,而是想一走了之。他不愿意听到警察少校这个称呼。就连老朋友也不能这样叫他。因为这是过去的事,在这儿不合适。

这种事已经经历过多次,经常拍成电影。没有任何事情比在射击比赛场上逃跑更容易的了。因为到处都站着亲爱的射击协会会员,他们戴着帽子,一半是森林管理员帽,一半是海员用的防水帽。他们随时准备掩护他。只要稍微跑一跑,把狼引入歧途。他们分散开来,几乎要把这只狼分开,分成四份,借以迷惑它。马特恩看来只好以十六分之一的身体去追猎奥斯特尔胡厄斯。抓住,抓住!主导动机在追赶杀人动机!啊,他真该把普鲁托带在身边,它会知道通向海因里希·奥斯特尔胡厄斯之路。啊,他真该用樱桃核和樱桃斑点给他,给这个打断别人肋骨年代的警察少校,而不是给英格那件衣服作记号。"奥斯特尔胡厄斯,奥斯特尔胡厄斯!"你别转身——周围都是樱桃核。

在叫喊奥斯特尔胡厄斯和寻找奥斯特尔胡厄斯一个小时之

后——他很可能抓住过一个团的射击协会会员的制服纽扣，然而又无精打采地把他们放开——他又找到了线索。他从踏坏的草地上捡起一张踩得烂糟糟的照片。照片上现出的不是任何一个人，也不是那个射击协会会员，而是时隔多年的警察少校奥斯特尔胡厄斯，就是他在三九年时，在骑兵街警察局地下室里亲自审讯拘留待审的犯人瓦尔特·马特恩。

这张照片很可能是从那个逃跑的射击协会会员的射手服里滑出来的。马特恩拿着照片跑遍了所有的啤酒亭。什么都没有！要不，是他把它扔掉的——扔掉物证！马特恩带着这道通缉令，急匆匆地走过表演篷，在汽车公寓下面拨弄着。莱茵河边草地上的光线已经暗了下来——身穿白衣服的英格恳求着，毕恭毕敬地跟在他身后，她要坐“8”字形回旋滑道车，想不断地坐“8”字形回旋滑道车——这时他走进最后一家啤酒亭，热衷于寻找奥斯特尔胡厄斯。平时，所有的啤酒亭都大腹便便，胀鼓鼓的，几乎容纳不了说说唱唱的嘈杂声，可这时，在这个帆布篷下面，却是静悄悄的。“嘘！”维持秩序的人在帐篷入口提醒他。“我们正在拍照。”马特恩把鞋底重重地踏在发出酸啤酒味的锯末上。这里既无折叠椅，也无一排排的桌子。寻找奥斯特尔胡厄斯的眼睛见到：射击比赛摄影师所规划的是一种什么样的景象，是一张什么样的照片啊！一个舞台式平台在不见一丝风影的空地上，将一百三十二个按照看台的方式升了一层楼高的射击协会会员举向帐篷式屋顶。前排跪着，第二排坐着，后面的站着，最后面一排高高耸立着。一百三十二个射击协会会员都戴着他们的射手帽，一半是森林管理员帽，一半是海员用的防水帽，头稍微往右偏。射手绿带和玫瑰花饰都分配得恰到好处。没有一个闪烁着更强的银光，没有一个胸膛显得更为空荡。并非一百三十一个射手和一个射击冠军，相反，是一百三十二个同等级别的射击协会会员在调皮地、善意地、使劲地冲着马特恩微笑。这时马特恩正拿着警察少校的照片，要来选认。各种相似都纯属偶然。各种相似都被否认。各种相似都得到一百三十二次认同。因为射击协会会员海因里希·奥斯特尔胡厄斯在舞台式平台与帐篷式屋顶之间微笑着，按照看台的方式升高一层楼，跪着、坐着、站着，高高耸立着，戴着自己的射手帽，头稍微往右偏，通过一次性曝光，要照一百三十二次相。这是一张全家福，有一百三十二口人。“请注意，先生们！”射击比赛摄影师叫道。一百三十二个海因里希一边闲聊着，一边慢条斯理地、笨重地站起身，从射击比赛照相平台上走下来，同一百三十二个警察少校时代的一个老熟人握一百三十二次手：“你好，近况如何？又来这儿了？所有的肋骨都长好了吗？当时真是严酷的时代。我们可以做证，一百三十二个全都可以做证。谁不顺从，谁就得不到宽恕。要是有人把这些小伙子安排在那个时代，那他们至少已经招认了。不像今天用这些懒洋洋的方法……”

这时，马特恩穿过发出酸啤酒味的锯末逃跑了。“哎呀，去哪儿，这么急！真该喝上几杯庆祝庆祝，那就再见吧！”他从这个射击比赛帐篷里钻了出去。哦，星空啊，得分了！孜孜不倦的英格和亲爱的上帝在等着他。在英格终于使他，使她那牙齿咬得咯咯直响的情人安静下来时，受到上帝保佑，在莱茵河边的草地上，天快要亮了。

第九十一个差不多可以理解的马特恩故事

当要撞倒的墙壁事先就考虑到要砌得有孔时，用熟铁做成的脑袋对他又有什么用呢？难道说撞旋转门是一项职业？难道要使娼妓从良？难道缠着人要瑞士乳酪不成？当揭疮疤能给人带来乐趣时，谁会去揭开旧疮疤呢？或者说，要给另一个人掘一个坟，好让他以后拉你一把？打空拳吗？要把别针弄弯？要把钉子敲进实心橡胶做的敌人身上去？要密切注视电话簿或者姓名地址录，一个名字、一个名字地看？——马特恩，就别报仇了吧！你再也没法引起普鲁托这条狗的兴趣了！够了，非纳粹化！你同整个世界和解吧！要不，你就承担义务，用每月所得作保证金，去听从心脏、脾脏和肾脏吧。因为你并不懒。你总是一个大忙人——老在走来走去，说出什么，走来走去。你已经经常达到甚至超过你的成就极限——你把女人带走，又把女人扔下。你还能干什么呢，马特恩？你面对镜子，顶着风学会了什么？学会在舞台上大声、清晰地讲话。也就是说，迅速进入角色，你刷牙齿，敲三次门，然后接受聘请，担任性格演员，扮演表现型人物，是演弗兰茨还是卡尔·莫尔，由当时的情绪来定——你对着剧院里所有的楼厅和排好座次的正厅前排座位说："可是我想下一次走到你们当中，仔仔细细地进行观察！"

太笨了！马特恩还没有准备好，乘报仇之机做一笔可以说是值得一做的交易。他坐在萨瓦茨基的沙发椅上，想出一些空荡荡的、微不足道的东西来。他吃力地拖着脚步和他的肾结石，从一个房间走到另一个房间。朋友们养着他。他的情人请他去看电影。当他带着狗，而且由于职业的缘故去散步时，没有人敢于转过身来。得有锤子击中他，使他不去纠缠那些人，那些听见他这个咬牙人跟在后面的人。

这时，在一九五五年，当所有在一九四五年那个和平年出生的孩子十岁大时，大量生产的廉价产品被抛向市场。有一个上了润滑油因而没有声音的销售机器在秘密地，但又并非违反禁令地工作着。没有一种报刊上的广告预告它，预告旺季的热门货。它在任何橱窗里都不会成为引人注目的东西，但这并不是说在玩具商店和百货公司出售这种商品就非常容易。没有一家邮售商店用免付邮资的办法推销它。可是在教堂落成纪念日年市售货摊之间，在儿童运动场上，在校舍门前，却有流动商贩带着货物站在那儿。凡是在孩子成堆的地方，甚至在职业学校，在徒工宿舍和大学门前，到处都可以买到玩具，这种玩具是专为七至二十一周岁的青少年制造的。

这里说的是——用不着把一件神秘莫测的日用品精心炮制成另一个秘密——眼镜。不，不是人们可以通过它来研究形形色色的丑态的那种眼镜。没有那种心肠歹毒、藏在角落里的工厂主想要使西德战后的青少年堕落变坏。既不用报告主管的联邦考核部门,也不用传达临时性的指示,或者说两者都并非必不可少。没有一个教士找到机会,从布道坛上走下来,让使人恐惧的比喻不胫而走。尽管如此,仍然没有能够矫正比比皆是的视觉缺陷的眼镜以极为低廉的价格陈列待售。其他那些既无伤害作用,也无治疗作用的眼镜——人们只能靠估计——以大约一百四十万副的规模走向市场,每副价格为五十芬尼。后来,在联邦的黑森州和下萨克森州,调查委员会对这种商品进行了深入的分析研究。在这之后,官方的估计才证实是切合实际的。一家布劳克塞尔公司,即希尔德斯海姆的大吉森公司,生产了七十四万副被指控为非法式样的眼镜,根据这个数字,确切地讲,可以推销一百四十五万六千三百一十二副传达带产品。这是一笔不错的买卖,特别是因为生产成本很低。这是一种经简单冲压而成的塑料制品。镜片虽说像窗玻璃那样不用磨得特别光,但却必须是长期研究工作的结果——合格的光学仪器制造者在耶拿培训过,然后逃离东德,愿将自己的专业知识提供给布劳克塞尔公司。不过,布劳克塞尔公司——顺便提一下,这是一家有声誉的企业——可以向两个调查委员会证实,没有一个光学仪器制造者从事毫无结果的研究工作。那种小型的、工厂附设的玻璃工场充其量是在熔化一种特别的、因而也是作为专利申报的混合物。把一份以克计量、因而其剂量也是保密的云母——就像从云母片麻岩、云母板岩和云母花岗岩中提炼的云母那样——搀到众所周知的石英砂、苏打、芒硝和石灰岩的混合物中去。那就是说,别调制魔鬼的唾沫,不能有任何一点儿禁用的东西。职业化学家的鉴定将证实其科学性。由黑森州和下萨克森州进行的审理程序将停止下来。尽管如此,在这些东西当中,仍然会出点儿事情——这很可能就是搀进去的云母擦痕面——可是只有七至二十一周岁的青少年明白这个窍门,因为这个窍门就在眼镜上面,这个窍门既非成年人,也非小孩子所能理解。

这些眼镜叫什么名字?在流通时有各式各样的名称,所有这些名称都不是由布劳克塞尔公司命名的。更确切地说，制造者把他们的商品作为没有名称的玩具推销给青少年，而一旦销售额明显增多时，就接受一些名称，作为售货员的广告用语。

马特恩同现在已经八岁的小瓦莉·萨瓦茨基一起活动活动手脚，他在博尔克尔大街，在杜塞尔多夫圣诞节市场上第一次听说"神奇眼镜"。一个貌不惊人的、很可能是出售胡椒蜂蜜饼或者过于廉价的自来水笔和刮胡子刀片的矮子，端着装了一半的纸板匣子，站在土豆煎饼铺和推销圣诞节糕点的货摊之间。

然而，不管是在弥漫着的油脂味正诱惑人们的左边，还是在糖粉摊旁不会少花钱的右边，都没有如此众多的孩子挤在很快就要掏空的纸板匣子前。这个售货员肯定是一个季节工，他并不高声大叫，而是低声说着："戴神奇眼镜呀，用神奇眼镜看东西。"尽管这个名字听起来很具有童话色彩，但它更多地还是为那些身带小钱包的成年人取的。因为在正成长着的青年人中已经流传着这种说法，说神奇就是指：十三岁男孩和十六岁少女大多把这种眼镜称作"认识眼镜"；中学高年级学生和刚出师的自动控制机械工，甚至连刚上一年级的大学生也谈论"认识眼镜"。用得比较少、很可能不是由孩子们取的名字有："父亲认识眼镜"和"母亲认识眼镜"，或者"家庭揭露者"。

这就是说，从最后这些名称出发，布劳克塞尔公司几十万副、几十万副地抛向市场的那些眼镜，使家中之事变得一目了然。这些眼镜不仅发现、认识，更为糟糕的是，还要揭露父亲和母亲，甚至还有刚满三十周岁的成年人。只有那些在五五年还不到三十岁或者大于二十一岁的人才会漠然置之，既不会去揭露，也不会被弟弟妹妹揭露。难道说非得用这些总括的计算绝招来解决一代人的问题不可？难道说那些态度冷漠的人，那些年满九周岁的人就不能指望和没有能力去进行最初的认识？难道说布劳克塞尔公司胸怀大志，或者说客观冷静、朴实无华地进行现代市场研究，就能领会和满足成长中的战后一代人的需要？

甚至对这个有争议的问题，布劳克塞尔公司的法律顾问也能提供鉴定,这些鉴定在社会学方面所浓缩的客观性能够解除两个调查委员会的怀疑。“产品与顾客之间的巧合,”在一个鉴定中这样说,“是可以预见的,但只能预见到那个相关的事件,因为顾客已开始进行独立生产,将所掌握的产品变成他的生产资料,也就是变成某种不可侵犯的东西。”

怀疑论者尽可以继续摇头。因为不管出于什么原因,在决定生产和销售神奇眼镜时,这种季节性热门货的成功都是清清楚楚的。它从根本上改变了西德的社会结构,而不管这种结构变化或者顾客变化——就像舍尔斯基①所说的那样——是否有意而为之。

青年人认识到了这一点。甚至当所有生产出来的这种眼镜大半都在购买后不久就被毁掉时——因为父母们预感到这些眼镜意味着什么——仍然剩下大约七十万个戴这种眼镜的人,这些人得以心平气和地看到一个全面的父母形象。大约在晚饭后,在全家郊游时,当父亲用割草机转着圈子割草时从窗口往外看,就会出现一些美好的瞬间。在联邦共和国全国范围内,发生过多起眼镜事件。然而,弄到问题成堆这种地步的只有北莱茵-威斯特法伦州、黑森州和下萨克森州,而这时在西南部以及巴伐利亚州,这种眼镜仍然在有规律地投放市场。只是在石勒苏益格-荷尔斯泰因州——基尔和卢卑克除外——有一些地方,整个地区都找不到这类眼镜,因为在那里,在欧丁县、伦茨堡县和诺伊明斯特尔县,官方毫无顾忌,整纸箱整纸箱地就地没收商贩们的眼镜,然后补开一道“临时的处分”。虽然布劳克塞尔公司能够提出索赔权作为要求,可是,只有在城镇和伊策霍周围,眼镜才能找到顾客,这些顾客要给自己留下一个印象,一个关于父母的印象。

那么,人们现在通过神奇眼镜仔细观察到的是什么呢?民意测验没有得到很多材料。大多数对父母有一个印象的,或者正准备丰富其父母形象的年轻人,都不愿意发表意见。他们充其量承认,神奇

---

① 舍尔斯基(1912—1984),战后德国有影响的社会学家。

眼镜使他们大开眼界。在运动场上和电影院入口前的询问大体上是这样的:“年轻人,您说一说,戴上我们的眼镜对您有什么作用?”

“这该怎么说呢?就是说,我戴过几次这种眼镜之后,我相当清楚地看到了同我老爸有关的事情。”

“我指的是某些细节。请您不要有顾虑,直截了当地说吧。我们从布劳克塞尔公司来。这是为了我们顾客的利益,如果这些眼镜的进一步改进……”

“这些眼镜用不着再改进了。我们对它们都非常满意。我已经表示了赞同。我看过几次,现在我看得很清楚。不能比这更清楚了!”

所有被询问者都在回避,不过,人们肯定能够做到这一点:一个年轻人的肉眼见到的父亲,同一个年轻人戴上神奇眼镜的眼睛见到的不一样。此外还证实:神奇眼镜会给戴这种眼镜的年轻人显示父母变化无常的形象化的过去,而且是够多地、颇有耐心地按照时间顺序显示。出于这样或者那样的原因,对成长中的孩子缄口不谈的那些插曲,变得明显可见。甚至在这一方面,布劳克塞尔公司以及学校当局像煞有介事的询问都是徒劳。人们至少可以——而且会以奇特的方式——猜测,许多性爱秘密会被揭开是不足为奇的——还有一些比比皆是的荒唐行为——更确切地说,在父亲认识眼镜的两个圆圈中重复出现了种种暴行,这些暴行都是在十一二三年前干下的、忍受的、引起的。谋杀,多数为成百人地谋杀。伙同作案。谋杀时叼着烟,在一旁观看。经过考验的、得到奖章的、受到热烈欢迎的杀人凶手。杀人动机变成主导动机。和杀人凶手们同桌吃饭,同坐一条船,同睡一张床,同游一个娱乐场。祝酒干杯,出动命令,档案评语,盖上印章。有时候只是签名和字纸篓。谋杀的渠道很多,言论和沉默都能杀人。每个父亲至少都隐瞒了一次谋杀行为。许多谋杀行为差不多等于没有发生,它们被掩盖,被隐蔽,被埋藏,一直到战后十一年,神奇眼镜上市,使作案人露出原形。

没有特殊情况。除非这个或者那个年轻人准备宣布,他的认识从统计学的角度看是可以利用的。可是,子女们对现有资料都守口如瓶,恰似以前直到做梦时父母们都神秘莫测一般。羞耻之心很可能起了阻碍作用。长得特别像父亲的人,都害怕那些关于还有其他相似的结论。此外,中学生和大学生们都希望质问父母,不要妨碍他们那条由父母往往在牺牲他人的情况下提供资助的学习之路。肯定不是布劳克塞尔公司,但总是有人,总有那种研制出神奇眼镜的人,也就是那种从片麻岩中提炼出云母擦痕面、把云母掺和到常见的玻璃混合物中的人,他们想看到这种眼镜行动的最后目的,而且盼望尽可能达到这一目的。不过,这不会引起孩子们反抗父母的起义。家庭观念、自卫本能、比较冷静的推测以及对于丢丑之人盲目的爱会阻止一场革命,一场也许会给我们这个世纪提供一些通栏大字标题的革命。这里所说的大字标题有:"儿童十字军东征会遇到新的表现形式!——有组织的半大孩子占领了科隆-瓦恩机场!——紧急状态法生效!——在波恩和巴特戈德斯贝格的流血冲突中,警察和联邦国防军的部队只有清晨才能出动——黑森广播电台除了几座附属建筑物,均陷入半大孩子之手——迄今为止可能有四万七千青少年,其中还有八岁儿童——自杀浪潮在劳恩堡、易北河地区的青少年中肆虐——法国将执行引渡条约——十四至十六岁的为首闹事者已经供认——在结束有计划的清洗行动之后,明天将通过所有电台广播——对引起和领导这次暴动的共产党间谍的追捕工作将继续进行——在行情暴跌之后交易所出现希望之光——甚至在苏黎世和伦敦,德国有价值的东西重又走俏——十二月六日被定为全国性的忌日。"

根本没有这一类的事情。有些病例将要公之于世。一批数字可观的少男少女再也无法容忍父母可怕的形象。他们离家出走,跑到外国,跑到外籍军团,这已成为习以为常之事。有几个人又回到家里。在汉堡,在很短的时间里接连有四起,在汉诺威有两起、在卡塞尔有六起自杀企图得以成功,促使布劳克塞尔公司在复活节前不久就停止了供应所谓的神奇眼镜。

在短短的几个月中，过去突然明亮起来，然后便再一次而且正如人们所希望的那样，永远暗淡下去。只有在这里即在马特恩故事中提到的马特恩才理智地对待种种反抗。因为当他在杜塞尔多夫圣诞节市场上给他女儿瓦莉买到这种神奇眼镜时，孩子立即就戴上了它。瓦莉刚才还是笑嘻嘻的，咯咯地啃着美味烘饼，现在她通过这种眼镜一看见马特恩，便丢下烘饼和用金色带子捆住的包裹，叫了起来，而且一面叫着一面逃跑。

马特恩同狗在后面追赶。可是两者——因为瓦莉也看到了这条狗的真正面貌，看到它很可怕——在孩子眼里变得越来越可怕。他们在快到拉廷根门前时才抓住她。过往行人都可怜这个叫嚷着的女孩，他们要求马特恩出示证件，证明父亲身份。出现了种种麻烦！已经说出了这样的话，譬如："这个人肯定想动手打这个孩子！你们仔细瞧这个人。一看就知道他在撒谎！臭狗屎！"这时，终于有一个警察来分散蜂拥的人群，查明履历。证人们说看到或者没有看到这样和那样的事情。瓦莉叫嚷着，仍然戴着这种眼镜。一辆巡逻车把马特恩、普鲁托这条狗和受到惊吓的孩子交还给孩子的父母萨瓦茨基。可是即使在熟悉的住宅里，周围有很多贵重的玩具，瓦莉仍然没有在家里的感觉，因为这个孩子一直戴着这种眼镜。不仅仅是马特恩和这条狗，就连约亨和英格·萨瓦茨基，在瓦莉眼里也都是新面孔，很清楚，很可怕。这种叫喊声把普鲁托赶到了桌子下面，让大人都呆若木鸡，它充斥着整个儿童寝室。在此期间说的话虽然被叫喊声弄得支离破碎，却仍然意味深长。瓦莉结结巴巴地说到很多雪和流到雪里的血，说到与大家同样的牙齿，说到可怕而又可爱的胖子，爸爸和瓦尔特叔叔，说到还有别的人看起来都很可怕，他们打那个胖子，不停地用拳头打，打得最多的是瓦尔特叔叔，不停地打那个可爱的胖子，那个人再也站不住，然后便倒在雪里，因为瓦尔特叔叔把他……"你不该这样做！不该做这种事！打人，残酷对待人、花和动物，这种事到处都禁止。每个做这种事的人都进不了天堂。亲爱的上帝什么都看得见。住手，住手……"

只是在英格·萨瓦茨基把这副眼镜从吵吵嚷嚷的孩子脸上取下来后，孩子才稍微安静了一点儿；可是在几个钟头之后，当她已经躺在小床上被所有的玩具娃娃围了起来时，抽噎仍然不止。要测量和检查体温。必须叫一位医生来。医生说，既不是刚开始的流感，也不是常见的儿童疾病，他认为，很可能是一种打击引起了这种危象，这是某种估计不到的东西，因此必须保持安静，大人最好避开，如果情况没有好转，就要把孩子送进医院。

事情已经到了这种地步。在两天两夜不退烧的这段时间里，冬天的景象在孜孜不倦地、不厌其烦地重复出现：白雪皑皑，鲜血流淌，拳头在说话，胖子倒了下去，一再扑通扑通地倒下去，倒在什么里面？倒在雪里，因为马特恩叔叔和爸爸也倒了下去，倒在雪里，而且吐出那么多牙齿，一颗、两颗、五颗、十三颗、三十二颗！——很可能再也没有人一起来数这些牙齿了。因此，要把瓦莉同她的两个最喜欢的玩具娃娃一起送进玛丽亚医院。男子汉萨瓦茨基和马特恩并未坐在过于空旷的童床旁边，他们坐在厨房里，用饮水的玻璃杯喝着酒，一直喝到他们从椅子上摔下来。约亨保持着这种对于厨房环境的爱好。白天，他是商人，衣服笔挺，堪称楷模；晚上，他趿着拖鞋踢踢踏踏地从冰箱走到炉旁，拉着裤子背带。白天，他操着他那一口灵活的商业德语，军事用语的残余赋予这种语言以生动精确和省时简洁。“我们不想拖拖拉拉，我们想快刀斩乱麻！”过去军事首脑古德里安想要坦克大规模快速行动时，就说过这种话，如今萨瓦茨基想以一批单排纽成衣充斥市场时，也鹦鹉学舌地跟着他这样说；可是傍晚时分，他穿着拖鞋，在厨房里大口大口地吃着烤得松脆的蛋煎饼，絮絮不休、唠唠叨叨地谈着“过去在五月份，那是一个冷冰冰的故乡”。就连马特恩也学会了估计厨房的安全性。两个同事哭泣着，拍着肩膀。感动和未加水的烧酒使得他们的小眼睛在不断地眨巴。他们把一半的负罪感在厨房用的桌子上推过来推过去，当事情涉及详细日期时，他们还要争执一番。马特恩认为，这件事或那件事发生在三七年六月，萨瓦茨基持反对态度：“那件事正好发生在十二月。我们当时曾经低声耳语过那件事，说它只好那样草草收场。”可是两人都认为，他们当时就不赞成那种事：“你知道，我们中队其实是这样一种国内流亡①的避难所。你还记得，我们曾经在柜台边探讨哲学。维利·埃格尔斯在场，在场的还有杜莱克兄弟、弗兰茨兴·沃尔施莱格尔、布布利茨、霍佩和奥托·瓦恩克。而你却不停地讲呀，讲呀，讲存在，一直讲到我们大家都迷迷糊糊为止。唉，真糟糕，棍棒要举高！那么现在呢？现在怎么办？现在，自己的孩子这样对待自己，还说：‘杀人凶手，杀人凶手！’”

在经历这样一番诉苦之后，厨房环境每一次都有一分钟之久鸦雀无声，充其量只有咖啡水在唱着它那笃信上帝的小曲儿，一直到萨瓦茨基再次开始讲话：“总而言之，小瓦尔特你说说看，我们就活该如此吗？我们都做了什么呀？——我说不行，决不！”

当瓦莉·萨瓦茨基在将近四个星期后离开医院时，那副所谓的神奇眼镜已经从住宅里消失了。既不是英格·萨瓦茨基把它扔进了垃圾桶，也不是约亨和瓦尔特把它放在厨房了，很可能是那条狗把它咬碎，吞下肚子消化掉了。不过，瓦莉并未问起这件下落不明的玩具。女孩一声不吭地坐在她的斜面写字台前，因为耽误了好长一段时间的功课，所以必须把好多东西都补上。瓦莉变得神情严肃，人也消瘦了一些，她已经能够做乘法和加法。所有的人都希望，孩子可能会忘记她为什么变得这样消瘦、这样严肃，为什么她再也不是胖乎乎的、滑稽可笑的。为了达到这个目的，瓦莉待在医院里，受到很好的护理，以便让她忘记不愉快的事情。这种行为方式逐渐成为所有参与者主要的生活准则——遗忘！种种格言被绣在手绢、毛巾、枕套和帽子的衬里上。每个人都必须而且能够遗忘。遗忘是一种自然而然的事情。据说记忆是令人愉快的回忆的栖身之地，而不是折磨人的丑事所待的地方。要进行正面回忆并不容易。因此，每个人都必须

① 指纳粹时期一部分不满法西斯暴政的人士在德国国内对当局采取的回避态度。

有某种他能够信仰的东西,譬如说上帝;或者说,凡是不能信奉上帝的人都应当信仰美,信仰进步,信仰人们心中的善,或者信仰一种别的什么思想。“我们,在这里,在西方,我们坚定不移地信仰自由,直到永远。”

那么就行动吧！遗忘是一种创造性的活动。马特恩买了一个大的橡皮擦,坐到一张厨房用的椅子上,开始擦去心脏、脾脏和肾脏上所有那些已经显示和尚未显示的名字。就连普鲁托这条狗,一段长着四条腿、虽然又老又弱却又在周围走来走去的过去,他也想卖掉,想把它送给无主小动物收养所,想把它擦掉。可是,谁会买一条老野狗呢？再说,母亲和孩子也反对这样做。英格·萨瓦茨基无论如何也不愿意。在这段时间里,她已经对这条狗感到习惯了。瓦莉在哭哭啼啼,要是把狗卖掉,看来她又会生病。这就是说,它依旧黑乎乎的,而且不容忽视。甚至就连那些名字也在对马特恩巨大的橡皮擦进行顽强的抵抗。譬如说:他擦去这个名字,把橡皮屑从脾脏上吹下来时,他阅读报纸时就会遇到另外一个名字,一个撰写戏剧评论文章的人的名字。这是因为在擦去名字时还作了某种附加说明。每篇文章都有一位作者。这儿这位作者是一个行家。他获得了种种认识,而且还要说、要写:“人们渴望戏剧,戏剧也同样渴望人们。”可是紧接着他就抱歉道:“如今人们处于这种相互疏远的状态中。”与此同时,他也十分清楚:“人类的历史可以在戏剧史上找到自己的最佳相似点。”可是,他在写到他怎样看到这种情况到来时却说:“如果室内剧场变得平淡乏味,再次成为有幕布、背景和侧景的舞台,”那位在自己的文章下面签上 R. Z. 这一名字的先生就只有赞同伟大的莱辛,而且大声叫道:“戏剧表现形式这种艰苦的工作有什么用?”他的文章同时包含着警告和劝告:“并非在人不再成其为人之时戏剧终止;正相反,如果剧院关门,人就会停止再成其为人!”总而言之,人这个词使罗尔夫·灿德尔先生——马特恩在演戏时就认识他——心醉神迷。譬如:“未来几十年的人”或者“所有这一切都要求竭尽全力研究人类”。还有论战性的言论:“灭绝人性的戏剧吗？从来没有!”此外,R.Z.或者哲学博士罗尔夫·灿德尔——从前他担任过什未林市立剧院的戏剧顾问——不再感谢“剧场转播”。最近,他在西德广播电台担任顾问职务,从事一种不会妨碍他为几家大报的星期六副刊撰写文章的活动。“给人们指出灾难,这还不够;在内心净化的净化作用夺走虚无主义的花环并赋予混乱以一种意义之前,一切动荡都停留于目的本身,并不归属于注释的范畴。”

拯救在字里行间友善地眨眨眼睛。这是一个人,是心乱如麻的马特恩应当求助的人,尤其是因为他早就非常熟悉这个人,而且还在某个地方刻上了罗尔夫·灿德尔这个名字,随身携带着,不是刻在心脏,就是刻在脾脏,要不然就是作为肾脏上的铭文。没有一种橡皮擦,就连新买的橡皮擦也不能将它擦掉。

每个人都得住宿,就连R.灿德尔也得住宿。他在科隆漂亮的新广播大楼里工作。他住在——电话簿这样低声说——科隆-马林堡。

是不带狗去呢,还是带狗去?到那儿去是为了进行审判呢,还是在人类混乱的困境中去请教?带去的是一小包报复呢,还是一个小小的、友善的询问?两者都有。马特恩不能放弃。他在寻找工作的同时也在寻求报复。建议和凶杀同出一辙。他带着同一条黑狗去拜访敌人和朋友。这并不意味着他会毫不迟疑地走到那儿去说:“我在这儿,灿德尔,不管顺利与否!”他多次蹑手蹑脚地走着——你们别转过身——围着古老的花园地皮绕圈子,打算即便碰不上当时的戏剧顾问,至少也能碰上他花园里的树木。

在八月份的一个闷热的似有雷阵雨的夜晚——所有报告都正确无误:那是在八月份,天气闷热,下了一场雷阵雨——他同狗跳过墙壁,落到灿德尔花园松软的地上。他随身带的既不是斧头,也不是锯子,而是一包白色粉剂。哦,马特恩要下毒!他在这方面积累了经验:没到三个小时哈拉斯就死了。没用马钱子来毒死狗,用的是普通的灭鼠药。这一次是一种对付植物的毒药。他同狗影子一道,从一棵又一棵树旁一闪而过。这是一种颂扬大自然的小型舞蹈。小步舞和迦伏特舞在朦朦胧胧的、有小精灵出没的、枝叶繁茂的灿德尔花园里决定着舞步的顺序。他用不断的鞠躬来帮忙。他没有嘟哝咒语，就把粉剂撒到那些像龙形怪物一般粗壮的根上。马特恩充其量像往常那样把牙齿咬得咯咯作响：

你们别转过身，
咬牙人在游荡。

可是，这些树木该怎么办！甚至连树叶也不再沙沙作响，因为在闷热的天空下没有一丝微风。没有鹊鸟发出警告。没有松鸦进行预报。长有苔藓的巴罗克小天使雕像也不想咯咯发笑。甚至连带着猎犬、行色匆匆的狄安娜也不愿转过身来挽满那有把握的弓。灿德尔先生从昏暗的花园山洞里走出来，亲自对这个轻松愉快的、正在撒着毒药粉剂的人讲话："我可是一点儿也没看错！马特恩，是您呀？我的上帝，您在从事何等友好的工作啊。您把化肥撒到我的花园里那些巨大植物的根上。很可能您是认为这些树长得还不够大吧？可是，这种通向宏伟目标的活动在当时就使您变得出类拔萃。化肥！多么荒唐，却又多么讨人喜欢啊。只是您没有考虑到有雷阵雨。雷阵雨马上就会从我们这些人头上和花园上空倾泻下来。第一阵暴雨就会将您在园圃中辛勤劳作的标志毁掉，就会将它们冲洗一空。不过，我们别犹豫！阵阵狂风已经在宣告暴风雨的来临。第一阵雨滴肯定已经在往下掉，掉到了半空中、半空中……我可以请您，也请这条杰出的狗光临寒舍吗？"

这样，他便轻轻地挽着这个勉强答应的人的胳膊，往房屋的方向走去。现在，在卵石路上的最后几步，他们必须加快脚步。他们到了游廊里才又说起话来："我的上帝，世界多小啊！我不知道有多少次都在想起您：马特恩可能在做什么呢？这个质朴的年轻人，这个——请允许我这么说——贪杯的人和极度兴奋的人在哪儿？——现在您就在这儿，站在我的图书之间，摸着我的家具，用目光扫视着，您的狗也同样在扫视，两者都在灯光下投射出影子，也就是说，确实现在很热情，有人情味——欢迎!”

这时，灿德尔先生的女管家赶忙泡上了一杯适合男人口味的浓茶。法国白兰地已经准备停当。没有描写的环境再一次占了上风。当外面暴风雨正粉墨登场时，为了同灿德尔先生讲话，他们坐在干燥、古老的沙发椅上，正在进行一段有益的戏剧对话：“可是，好朋友——那好吧，您很快就要讲述您的难处——虽然您跟着人瞎跑，大肆冤枉我，但是我承认，我曾经是、好歹都不能不是那个人，那个提前解除了您和什未林市立剧院合同的人。只不过其原因——为什么所有这一切都落到您头上，而且必然落到您头上——并非如您今天所说，在于政治方面，而是——我该怎么说呢？——在于极其平常的酒精方面。这种事叫人无法忍受。当然，我们所有的人都喜欢喝上一小杯。可是您的嗜好太过分了。坦率地讲，就是今天，在我们这个小小的、差不多已经够民主的联邦州里，每一个有责任心的剧院经理、戏剧顾问或者导演也许都会这样做。您排练时喝得酩酊大醉，您烂醉如泥，不说台词，把我的戏演砸了。哦，对啦，我当然还记得您那些震耳欲聋的格言！对这些格言的内容和表现力，没有提出任何反对意见，当时就没有任何反对意见，可是所有的人，不管是当时还是今天，都反对您发表那些高谈阔论的场合和时机。尽管如此，值得敬佩的是您成百次地讲出了我们最多只是在心里想，但不敢公开承认的东西。不管是当时还是现在，大家都佩服您大无畏的勇气。因为您只是在酩酊大醉时才直言不讳棘手的事情，这种状况使您的行为失去了影响。告发信，大多数是舞台管理人员写的告发信，在我的办公桌上越堆越高，我犹豫不决，从中调解，最后还是不得不把这些都记在本子上，这样做也完全是为了保护您，确实是要保护您。要是我不用一个普通的惩戒诉讼程序给您提供这个机会，离开什未林，离开一个当时对于您来说是危险的地方，我的上帝，那就无法想象，您以后会是什么样子。马特恩，您知道，当时的人一旦采取行动，他们是不习惯闹着玩儿的。个把人无足轻重!”

在外面，戏剧中的隆隆雷声并未错过参与的机会。在里面，马特恩在苦思冥想,如果没有灿德尔博士这位人类之友,他可能会怎么样了。在外面,滂沱大雨把毒死植物的毒药从花园里那些古老的无所不知的树的树根上冲走。在里面,普鲁托在狗梦中发出呼噜声。莎士比亚式的雨水在外面像不断线的珠子那样流着。当然,在干燥的室内现在有一架钟发出嘀嗒声。接着,就是三架珍贵的钟调成不同的声音,嘀嗒嘀嗒地打破了昔日的戏剧顾问与昔日的年轻英雄之间的沉默。隆隆的雷声并未超越舞台的前沿。喝口酒润润嘴唇吧。按摩一下额头上的皮肤。外面的闪电将里面照得通明。罗尔夫·灿德尔,一个老练的主人再一次开口讲道:“我的上帝,马特恩!您还记得您在我们那儿朗诵的情形吗?弗兰茨·莫尔,第五幕,第一场:乌合之众的智慧,乌合之众的恐惧!——您真是棒极了。不,不,实际上是语惊四座。一个叫伊夫兰德的人或许绞尽脑汁也不会想出比这更可怕的东西。有一个发现刚刚来自但泽,来自已经产生了不少出色优伶的但泽——您会想起泽恩克尔,要是您愿意,甚至会想起迪特尔·博尔舍。您精力充沛,大有希望地从那儿走来。要是我没弄错的话,那个善良的、实际上作为人和同事也是讨人喜欢的古斯塔夫·诺尔德曾经是您的老师。据说,诺尔德在战争结束时遇难,死得很惨。您等一下,在一个不堪入目的比林格尔剧本中,您引起了我的注意。您扮演的不是多纳塔·奥普费尔库赫的儿子吗?对啦,那个巴尔克赫尔同她的多纳塔一起拯救了那个夜晚。您在那儿还有谁呢?当然,有优秀的施奈德-维贝尔导演以及扮演主角的卡尔·布吕克尔。当我想起弗里茨兴·布卢姆霍夫时——他扮演阿卡狄亚的亲王,我想那是在三六到三七年,他操着萨克森方言,演得扣人心弦——我便会感到可笑,禁不住大喊大叫。后来,有卡尔·克利韦尔,她扮演不气馁的多拉·奥滕堡。还有我在一次绝对成功的纳旦戏中想到的那个海因兹·布雷德。您的老师一再出现,他是一个多么席勒化的波洛尼乌斯啊!总而言之,他是一个演莎士比亚戏剧的演员,而如果需要朗诵萧伯纳剧本中的一个段落时,他也同样出色。市立剧团极有勇气,还在三八年就敢于演出约翰娜。我只能强调指出，并不存在落后地区！你们那儿那个建筑物老百姓是怎样叫的？对啦！叫咖啡磨！据说全毁了，如今还是那样。不过有人已经对我说，人们想在同一地点，以同样的古典主义风格重建一个。波兰人都令人奇怪，老是重复。他们希望老城的市中心依然如故。长巷、妇女巷和约彭巷可能已经初具规模。我可是来自同一个地方——梅梅尔。那我是否又回到那儿去呢？不，我亲爱的。不该与同一个女人结两次婚。在西德舞台上飘然而过的精灵，确实不能把我吹走。那种精灵是剧院转播吗？是作为大众交流手段的戏剧吗？是作为纯粹的类概念的舞台吗？那么万物的精华——人呢？是在一切都停留于目的本身，不用进行任何诠释的地方吗？是涤罪吗？是改过自新吗？是道德净化吗？——都过去了，亲爱的马特恩——或者说还没有过去，因为电台的工作使我心满意足，留给我时间，开始从事几年来就已写下不少文艺短评的工作。那您呢？就再也没有兴趣了？第五幕，第一场：乌合之众的智慧，乌合之众的恐惧！”

马特恩嘟嘟囔囔着，喝着茶。一串挂有十字架的念珠在他体内，在心脏和脾脏打成结，缠绕着受到折磨的肾脏，发出咯咯的声响——随大流的追随者！潜在的纳粹！品行可疑的人！随大流的追随者！潜在的纳粹！——可是，从杯子边缘却传来细声细气的声音："戏剧吗？再也不干了！是缺乏自信心？很可能。再说，腿上还有残疾。虽说几乎看不出来，可是在舞台上呢？除此之外，语言、力量，还有兴趣，一切都依然如故。千真万确！可就是没有机会。"

三架法兰西第一帝国时代流行艺术风格的钟在不受干扰地嘀嗒了一分钟过后，打破僵局的话语又从罗尔夫·灿德尔的嘴里冒了出来。这个更确切地说是身材颀长的人，一边低声细语，既聪明又颇有同情心地喃喃着，一边在大小合适的房间里走来走去。在外面，花园里正在滴水的树木让人想起八月份短暂的雷雨。灿德尔博士在讲话时不是用手抚摸摆在宽书架上的书脊，就是抽出一本书来，打开它，犹豫着，读出一段在他的讲话中恰好用得上的引文，然后再十分珍惜地把它放好。在外面，昏暗使花园中的树木靠得更近。在里面，灿德尔在几十年的收藏家激情拯救出来的剧本前摆弄着巴厘岛舞蹈面具，中国有魔力的木偶，涂色的西班牙摩尔人舞蹈者——这丝毫也不妨碍他口若悬河般的讲话。女管家来换了两次茶，送了两次饼干。就连她也像法兰西第一帝国时代流行艺术风格的钟、初版图书和印度半岛的乐器一样，是一个怪人。马特恩老是坐在沙发椅上。落地灯正好照到他那很好使用的脑袋上。普鲁托睡着，发出嘎嘎的声音，这是一条像外面花园里的树木一样老的狗。在里面，灿德尔正在谈论他在电台的工作。他负责清早时刻和上床时间，也就是儿童节目和夜间节目。灿德尔没有对立面，而是朋友。他在节目中谈到紧张关系，谈到架设桥梁。我们必须重新结合，这样我们就会重归于好。当时，就连马特恩也偶尔获准去为儿童节目海阔天空地讲一通。他是《小红帽》中的狼。这只狼吃了七只小山羊。“你瞧，是这样吧！”灿德尔接上话头，“我们缺少声音，缺少像您这样的声音，马特恩。声音，尚待解决的声音，与基本概念近似的声音，剑拔弩张的声音，使我们的过去铮铮有声的声音。譬如说，我们要准备一套新的节目，我们想把这套节目称作‘讨论过去’，或者说得准确些，称作‘讨论我们的过去’。一个年轻同事，而且还是您的老乡——很有才华，几乎是才华超群——正在探索新的广播形式。我可以想象，恰好是您，我亲爱的朋友，在我们那儿会熟悉同您的天赋相称的一项任务，那就是：急切地寻求真理，对于人不断探询，探讨我从何处来——我往何处去。迄今缄默无声之处，从此语言会撞开大门——您愿意吗？”

这时，这条老得不行的狗——普鲁托犹豫不决地苏醒过来了。马特恩愿意。说定啦？——说定啦！后天，早上十点钟，广播大楼？——后天十点。不过要准时。——准时，而且头脑清醒。我可以给您叫一辆出租车吗？——罗尔夫·灿德尔博士可以在西德广播电台报销。人们可以报销每一笔开支。每一种风险都是免税的。每一个马特恩都找到他的灿德尔。

第一百个公开讨论的马特恩故事

他在说着,吼着,叫着。他的声音传到各家各户。马特恩——这个受人尊敬的儿童广播节目主持人。孩子们梦到他和他的声音。他的声音提到所有的恐惧,当孩子们将来成为干瘪的老翁闲聊时,这种声音还会发出隆隆的声响。这些“老翁”闲聊道:“在我年轻时,有一个童话叔叔,他的声音抓住了我的心,逼着我,使我若有所失,促使我乃至今日有时仍记得当时那些马特恩式声音——不过很多马特恩式声音都是如此。”可是现在,别人的声音在他们身上已留下深刻烙印的那些成年人,却把马特恩的声音当作教育手段。要是小孩不听话,母亲就会威胁道:“要不要我又打开收音机,让那个坏叔叔讲话?”

通过中波和短波,人们就可以把一个替罪羊招进室内。他的嗓音很受欢迎。就连别的广播电台也希望让马特恩在自己的录音室里讲话,又吼,又叫。尽管同事们用手掩着嘴低声议论,认为他虽然讲得正确,但却不能说受过训练,可是他们仍然不得不承认,他的声音不能说没有某种吸引力:“这种影响,这个野蛮的怪物,这种猛兽般的幼稚,在人们对完美感到厌倦的今天,这种幼稚在各处都是非常非常合算的。”

马特恩买了一本记事日历,因为每天每日,时而在这儿,时而在那儿,在某一时刻要录下他的声音来。他多数时间在西德广播电台说着,吼着,叫着。他经常在黑森广播电台,从来不在巴伐利亚广播电台,偶尔也在北德广播电台。他很喜欢在不来梅广播电台讲低地德语,最近也在斯图加特的南德广播电台,如果他的时间允许的话,还在西南广播电台。他怕去西柏林。因此,柏林美占区广播电台和自由柏林广播电台不得不放弃自办节目——马特恩的声音也许会使这些节目颇具特色——可是他们却在交流节目中接受科隆西德广播电台的马特恩儿童广播节目。科隆,正是他那有很高报酬的嗓音的用武之地。

他把住所布置了一下。他住新房,两个房间,单元内有垃圾管道、小厨房、壁橱、家用酒橱和双人卧榻,因为周末时,不能转让的英格太太要独自一人或者带着瓦莉到这儿来。萨瓦茨基,男用物品专卖商,让英格向他问好。这条狗碍手碍脚的。人们毕竟希望有一天能独处索居,过着私生活。这条野狗犹如一个再也端不住水的老祖母一样,成了累赘。此外,依旧匆匆忙忙的,它在接受训练。舒适愉快的情景该怎样才能同照片上那只动物一起重新出现呢?烂眼睛,局部发胖,咽喉的皮肤是松弛的。尽管如此,却没有一个人说:“不该养它。”相反,马特恩、英格太太和瓦莉小孩都一致认为:“它应该靠施舍过活。我们的普鲁托反正活不长了。只要我们有吃的,也就有它的。”马特恩站在刮脸用的圆镜子前回忆道:“它始终是一个患难朋友。在我境遇不好时,在我颠沛流离、居无定所时,在我追逐一个有很多名字但又无法抓住的幽灵时,它都站在我这一边。这个龙形怪物,这个魔鬼,这个海中怪兽,这个一钱不值的东西,这个迷路的家伙!”

可是有时候,尽管他穿着细方格纹的背心,马特恩还是在吃饭时对大蛋饺唉声叹气。他那猎人的眼睛这时便会放过英格太太,扫视四壁,寻找裱糊纸上的铭文。可是,这种房屋的图案都清清楚楚,就连镶上框子的绘画复制品,尽管具有多种含义的现代风格,也没透露出任何秘密。要不就敲打暖气片,马特恩在倾听,普鲁托在活动身子。敲击的信号停止了,叹息声再一次引起巨大的轰动。还在初春时节,在第一批苍蝇刚开始飞舞时,他找到一份兼职工作,这份工作使他有几个小时忘记了唉声叹气。就连胆大的小裁缝也是先拿起苍蝇拍,然后才捉独角兽。没有一个人会在某个时候听说,他叫什么名字,他从玻璃上捕捉什么,他让哪些名字在手指之间发出咔嚓咔嚓的断裂声,他那些改头换面的敌人叫什么名字,他毫不客气地扯掉这些敌人一条又一条的苍蝇腿,最后扯去翅膀。唉声叹气仍在继续,它同马特恩一道醒来，同他一道上床，而当他必须再播送一遍他那坏蛋解说词时，又同他一道坐到广播大楼餐厅的饭桌旁。因为马上就开始录音。马特恩必须说话，必须大吼大叫。他只好把这半杯啤酒丢在那儿。在他周围是节目预告更好的那一半：一个又一个的女人。农场主要在这儿讲话。下午讲。星期天讲话。欢快的吹奏乐。沉思的一刻钟。我们那些在铁幕后面的兄弟姐妹。体育报道和奖券抽彩结果。午夜前的抒情诗。水位报道。爵士乐。居尔策尼希乐团。电台儿童节目。同事们和他的同事们——这儿这个人，要不就是那儿那个人，或者是穿方格纹衬衣没系领带那个人。你肯定认识此人。或者说你可能认识此人。这不就是四三年在米乌斯河前线整治过你的那个人吗？要不就是那个身穿黑白衣服、手拿牛奶冰淇淋的人？难道此人当时没干那种事？或者说此人当时不会干那种事？所有、所有、所有的人！穿方格纹衬衣和黑白衣服的“苍蝇”。那些玩斯卡特牌、下棋、猜纵横填字谜的“重型炮弹”。可以交换。正在成长。哦，马特恩，正在结疤的名字仍然在慢慢引起你的兴趣。这时，他正在令人不快、使人厌烦的广播大楼餐厅里唉声叹气。一个同事听到马特恩同事那种负担沉重、从地球中心冒出来的叹息声，便拍着他的肩膀说：“哎呀，马特恩！到底有什么事情值得长吁短叹的？您确实可以感到心满意足了。可以说您是全日工作。昨天我偶然打开话匣子，我听到谁的声音啦？今天早上我往儿童游戏室瞟了一眼。他们可是把话匣子给搬过来了。是谁在这玩意儿里面讲话，使得这些小小孩闭不上嘴巴？是您这位幸运儿！”

马特恩这位又吼又叫的广播教育家不断地扮演强盗、狼、叛乱者和犹大。他说着、吼着、叫着。他沙哑着，扮演暴风雪中的北极探险家，比十二级的风力声音还要大。扮演带着无线电里当啷作响的锁链、正在咳嗽的囚犯。扮演靠近可怕的矿井瓦斯，正在抱怨的矿工。扮演一个在准备不充分的喜马拉雅山考察旅行中受到好胜心折磨的登山队员。扮演淘金者、东部苏占区的逃亡者、亵渎神明者、奴隶监工和圣诞节童话中的驯鹿。驯鹿这一角色他已经扮演过，甚至还在舞台上作为演员扮演过。

这时，他的老乡哈里·利贝瑙听从灿德尔博士的劝告，来领导电台的儿童节目部。哈里他说："我差一点儿还以为，这是我第一次同您见面哩。市立剧院，儿童场演出，小布鲁尼斯，您还记得吧，她跳冰雪女王，您扮演那只会说话的驯鹿。即便不是让我铭记在心，那也是给我留下了深刻的印象。在一定程度上是个固定点，是影响深远的童年经历。有很多事情都可以追溯到那里去。"

这个带着满抽屉记忆的可怜虫，不管在哪儿走着、站着、坐着，他都在整理写得密密麻麻的小纸条。对任何题目他都想得出一些事实来。这些题目是：普斯特和亨利·米勒，迪兰·托马斯和卡尔·克劳斯，阿多诺的名言和印数，细节收集人和套子寻找者，放弃某事的人和揭露实质的人，打听档案材料的人和熟悉环境的人。知道谁站在左边和谁在右边写作的人，亲自气喘吁吁地著文论述写作难点的人，倒叙者和找回时光的人，疑神疑鬼的人和自作聪明的人；不过，并非不具备自己表达才能、事后需要和回忆能力的作家大会。他瞧着我那副样子，真有趣！这个人想，我是他的素材。他把我的情况密密麻麻地记在纸条上。他可能以为，因为他看见我当时扮演会说话的驯鹿，或许还曾两次看到我身穿制服，他便什么都知道。要做到这一点，他还嫩了点儿。当我同埃迪在一起时，他最多还是个孩子。可是，这种人什么都想了解得一清二楚。这种耐着性子倾听的能力，这种侦探的才能，带着会意的微笑说："已经好了，马特恩。我知道是怎么回事了。要是我早两年在这儿的话，他们就会像您一样使我上当。我肯定是最后在这儿进行道德说教的人。您知道，我们这一代人诡计多端。再说，您已经充分证明，您也不同寻常。人们应当把所有这一切都真实地、不带任何个人恩怨地、譬如说在我们所计划的那套'讨论会'节目中讲出来。您认为怎样？尽管这些儿童节目故事很有用，可是我们无法长期继续下去。吵吵嚷嚷的电台广播可以在孩子上床时有所帮助，但它毕竟无异于费尽心机的骗人把戏。两次广播之间的每一次休息信号都更说明问题。要把某种活生生的东西带进室内。我们所缺少的就是事实。要说出心里话。心里怎么想的，就怎么说。要说出使人大为震惊的事！”

现在只缺脾脏了。这个不要脸的家伙身上是怎样一种打扮啊！穿着定做的英国鞋和滑雪衫。此外，很可能还是同性恋者。但愿我能想起这个捣蛋鬼。他总是不断地扯到他的表妹，还对我眨着眼睛，真是妙语双关。他说，他是有狗那个木工师傅的儿子。“嗬，您已经知道了！”——“我的表妹图拉——实际上她叫乌尔苏拉——爱您爱得发狂，当时您在海滨炮兵连，后来在皇帝港。”据说我还培训过他。“这个瞄准手操纵引爆装置瞄准器。”还是我使他熟悉了写在日历上的海德格尔名言。“存在进入实存之中躲避……”这个小伙子为马特恩这个题目所搜集的事实，比马特恩不费吹灰之力就能给他提供的还要多。叙述非常顺利，非常满意。还不到三十岁，下巴四周已经发胖，老喜欢开玩笑。要是在当时，此人也许会成为一个能干的盖世太保。就这样，他最近闯到我家里来——自称要同我一道审看一个角色——他要干什么呢？他抓着普鲁托的嘴，搜查它的全副牙齿，要不就是搜查普鲁托还剩下的牙齿。真像一位狗的研究者。这里总让人感到神秘莫测的是：“奇怪，非常奇怪，就连眉心和前肩部隆起部分与臀部之间的线条都很奇怪。尽管这只牲畜这么老了——我揣测有二十个或者更为高龄的狗年月了——但是，从狗体前部的轮廓和仍然十全十美的耳朵姿势就可以看得出它的奇特之处来。马特恩，您说说，您是在哪儿捡到这只小动物的？不，最好还是我公开讨论这个问题吧。我认为这儿有一种情况，对这种情况——我们已经谈到我最喜欢的计划了——应当展开公开的、气氛活跃的讨论。但是，不能采用平淡无奇的自然主义的方法。不应缺少在形式上的突发奇想。谁要想抓住他的听众，谁就得让他的思考力倒立过来，而且仍夸夸其谈。这好像是一出古典戏剧，不过缩短成一个独幕剧了。尽管如此，那种经受过考验的结构仍然是：引子，突变，灾祸。我这样设想舞台布景：一片林中空地，我想是山毛榉树，鸟声啾啾。您肯定还记得耶施肯塔尔森林。也就是说，林中空地围着古滕贝格纪念碑。妙极啦！我们把那个老古滕贝格赶出去。我们就让那个小神庙待在那儿。我们用您来代替第一个排字工。是的，我们暂时把您，把表现型人物马特恩放在那里。这样一来，您在那儿就会有房子住了。您注视着埃尔布斯山——海拔八十四米——不过，那条在别墅旁边、埃尔布斯山后面的斯特芬路我们不展现，只是在一场戏中展现这片林中空地。我们要在昔日的古滕贝格纪念碑对面，为观众搭一个足足可以容纳三十二个人的看台。所有十至二十一周岁的青少年都可以去看。左手边有一个小讲台，可能是为讨论会的主持人准备的。而普鲁托——这只动物感到奇怪，似乎心神不宁——这条狗也可以在他主人身边坐下。”

只能如此，而不能是别的样子，几乎没有音乐伴奏，这个小调皮把他的娱乐节目停了下来。灿德尔异常兴奋，他更进一步谈到一种“激动人心的、新型的广播形式”。他立即就预感到它“超出无线电广播之外”，为戏剧提供了种种可能性：“既不是西洋镜，也不是剧院。正厅前排座位同小讲台最终融为一体。在几个世纪的独白之后，人类又重新找到了参加对话的途径。更可贵的是，这种西方国家的大型讨论会使我们重新寄希望于注释和内心净化，寄希望于解释和净化。”

罗尔夫·灿德尔用整篇文章的篇幅指向未来；然而，这位自作聪明的家伙心目中只有今天。他不愿意把戏剧从受资助的不景气中拯救出来，而是想把马特恩同狗一起打翻在地。他在设计一幅陷阱蓝图，却又讲些甜言蜜语，按照他的意图询问，做出一副亲密、和善的样子：“马特恩，请您相信我，我们将要依靠您的帮助展示一种找到真理的合法方式。不仅仅对于您，而且对于周围的每一个人来说，在这里，在主人与狗之间打开一个口子，勾画出一个能让我们进行观察的窗口，是非常必要、极其必要的。因为就连我——您可以看出我那要求不高的写作企图——也缺乏充满活力的行动，缺少那段血淋淋的事实，形式上的能力缺少实质性内容，投下阴影的‘原来如此’不能出现。马特恩，您帮帮我吧，要不然我会沉醉于虚幻的想象中！”

这次戏剧演出在树下举行。这个家伙甚至连山毛榉都能弄到，他还搞到了一个铸铁制成的神庙，在这个小庙中，表现型人物约翰内斯·古滕贝格正等待着他的接班人。有六个星期之久——排练不算在内——马特恩带着狗在时多时少的观众面前受到盘问。最后的手稿就是这样的。这个自作聪明的人和他的罗尔夫·灿德尔博士只是出于艺术上的原因，把这部手稿摆弄来摆弄去。马特恩应该把这个主角的台词——“您终于成了演员！”——背得滚瓜烂熟，这样，他才能在录音时一字不差地按照台词说话和吼叫。

一次公开的讨论会

主办单位：西德广播电台，科隆

撰稿：R. 灿德尔和 H. 利贝瑙

播出时间：预计在一九五七年五月八日

讨论会人员：

哈里·利贝瑙——讨论会主持人

瓦莉·萨瓦茨基——戴神奇眼镜的助手

瓦尔特·马特恩——讨论对象

瓦尔特的支持者——黑牧羊犬普鲁托

此外，将有三十二个战后一代的年轻人多少可以说是热心地参加这次公开的讨论会。没有一个人小于十周岁，没有一个年轻人超过二十一周岁。

讨论会时间：大约一年前，当时出售所谓的神奇眼镜或者认识眼镜。

讨论会地点：山毛榉树林里的一片椭圆形林中空地。右手边耸立起一个五层看台，小孩和青年人，男孩和女孩，无拘无束地坐在上面。左手边一个小讲台上放着一张桌子，桌子后面坐着讨论会主持人和他的助手。旁边放着一块学校用的黑板。在看台与小讲台之间，在稍微靠后一点的地方，一个有彩色纸链和蘑菇屋顶的铸铁小神庙就矗立在三级花岗岩石阶上。

在圆形神庙内，一尊铸铁纪念像——看来是约翰内斯·古滕贝格的立式雕像——被搬运工人弄倒，再用羊毛毯子包起来，最后要被运走。工人们相互大声叫着："杭育！"在那堆孩子和青年人当中，人声嘈杂。

讨论会主持人用叫喊声给工人们加油，譬如他叫道："先生们，咱们开始吧！这个老人肯定不会有贝希施泰因①的三角大钢琴重。只要把这个神庙腾出来，你们就可以吃早饭了。"

笼罩在万物之上的是鸟儿的啾啾声。

当搬运工离开这里时，马特恩同黑牧羊犬跨进林中空地。

助手瓦莉·萨瓦茨基——一个十岁女孩，从盒子里取出一副眼镜，但并未把它戴上。

讨论会年轻的参加者以热情的顿足喝彩欢迎这位不知道自己的座位在何处的马特恩。

孩子们和青年们的齐声欢呼和讨论会主持人的手把他引到神庙里："马特恩如今就在古滕贝格房里安家！就在过去古滕贝格所在之处，如今要正确估价马特恩！马特恩，他乐于回答问题！讨论对象就在过去古滕贝格所在之处！我们要同人和动物一道讨论！马特恩来了。欢迎！欢迎！"

鼓掌声和顿足喝彩声取代了欢迎词。马特恩同狗站在小神庙中。女助手摆弄着眼镜。讨论会主持人站起身，用一个动作抹去了所有的嘈杂声，只剩下鸟儿的啾啾声，宣布讨论会开始。

讨论会主持人：讨论会的来宾们！青年朋友们！言论又下凡了，它就驻足于我们中间。换句话说，咱们来这里济济一堂，是为了进行

① 贝希施泰因(1826—1900)，德国钢琴制造家。

讨论。讨论会是我们这一代人恰如其分的表达手段。过去,也曾经在家庭的饭桌旁,在朋友们的范围内,或者在课间休息大院的小广场上讨论过,但那是秘密地、低声地或者漫无目的地进行的。可现在,我们得以把这个大型的、生气勃勃的、持续不断的讨论会从受到束缚的室内搬出来,把它搬到野外,搬到露天,搬到树木之间!

讨论会参加者:讨论会主持人把鸟儿给忘了!

讨论会参加者合唱队:我们要同人和动物
一起进行讨论!

讨论会主持人:好的!就连它们——麻雀、乌鸦和林中的鸽子也在回答我们。咕咕,咕咕!所有的鸟儿都在讲话!所有的鸟儿都想打听。每一块石头都给我们答复。

讨论会参加者合唱队:石头如今叫什么,
就连石头也是人!

两个讨论会参加者:他叫弗里茨,那就放他走,
他接受洗礼名叫埃米尔,
干脆让他完蛋。
他叫马特恩,让他在那儿站!

讨论会主持人:他就是。瓦尔特·马特恩来到我们这里,好让我们能够详细讨论他——我说“他”,指的是那个投下阴影、留下痕迹的他,那个当前存在的他——讨论“他”。

讨论会参加者:那他到底是不是自愿来这儿的?

讨论会主持人:因为我们活着,我们就要讨论。我们不采取行动,我们……

讨论会参加者合唱队:进行讨论!

讨论会主持人:我们没有死……

讨论会参加者合唱队:我们讨论死亡!

讨论会参加者:我的问题是:马特恩是自愿到这儿来的吗?

讨论会主持人:我们没有爱……

讨论会参加者合唱队：我们讨论爱！

讨论会主持人：因此，我们不接受那种我们无法进行气氛活跃的讨论的题目。上帝和赔偿保险，原子弹和保罗·克利①，过去和基本法给我们提供的并非问题，而是讨论题。只有那种喜欢讨论的人，才配……

讨论会参加者合唱队：……成为人类社会的成员。

讨论会主持人：只有喜欢讨论的人在讨论过程中才会变成人。因此可以说，人就是……

讨论会参加者合唱队：……要讨论！

讨论会参加者：可是马特恩到底愿不愿意？

讨论会参加者合唱队：马特恩愿意同我们
讨论他的肾脏吗？

两个女孩：我们女孩急于知道
马特恩心爱的抒情诗。

两个讨论会参加者：我们想观察
他有专家鉴定的脾脏。

讨论会参加者合唱队：从秘密口袋中
我们要掏出事实。

两个女孩：我们还想知道
各种思想在如何亲吻。

讨论会参加者合唱队：说吧马特恩，我愿意！
这已是一个事实。

讨论会主持人：因此我们问您，瓦尔特·马特恩，您是否愿意坦率相陈，开诚布公，充溢着鲜活的穿堂风？您是否愿意想一想您所说的事情，是否愿意说出您埋藏于心间的东西？换句话说，您愿意成为这次生气勃勃的公开讨论会的对象吗？要是愿意，那您就大声地、清清楚楚地回答：我瓦尔特·马特恩喜欢讨论！

① 保罗·克利（1879—1940），瑞士画家。

讨论会参加者：他不愿意。我事先就已经说过：他不愿意！

讨论会参加者：或者说他还没有明白过来。

讨论会参加者：他无法明白！

讨论会参加者合唱队：马特恩无法明白，
让他参加强制讨论！

讨论会主持人：我不得不请求，插入的叫喊要么用合唱的形式，要么用书面的形式。粗俗的感情冲动不应当在一次公开的讨论会上发作——所以我第二次问您：瓦尔特·马特恩，您是否有这种需要，把心里话都告诉我们，让公众也能分享？（讨论会参加者低声耳语。马特恩仍然一声不吭。）

讨论会参加者：要是他不愿意，那就关闭这个神庙！

讨论会参加者：咱们就开始强制讨论吧。
像马特恩这种情况到处都适用，必须讨论。

讨论会主持人：（对助手说）为阻止讨论的十四号和二十二号讨论会参加者设置讨论会障碍物。（瓦莉在黑板边缘记下了这两个数字。）讨论会主持人按照我们力争达到的生气勃勃的目标，获悉了那些在讨论中没有用适当语言表达出来的叫喊声。如果讨论对象继续坚持对讨论会的敌视态度，主持人将确定强制讨论状态。这就是说，我们的女助手将成为判决的执行人，拿起这副所谓的认识眼镜，给我们看出作为讨论会基础的、必不可少的事实。

讨论会参加者合唱队：谁沉默不语，他的皮
就会被眼镜看穿。

讨论会主持人：因此第三次向瓦尔特·马特恩提问：您是否愿意在这个铸铁小神庙里——前不久，活版印刷术的发明者约翰内斯·古滕贝格还作为纪念像待在里面——作为讨论对象听候差遣，也就是说，讲话和回答问题？一句话，您是否喜欢讨论？

马特恩：好啦（停顿片刻）该死的！——我（停顿片刻）以三个魔鬼和圣母的名义说：喜欢讨论！（瓦莉往黑板上写道：他喜欢讨论。）

讨论会参加者合唱队：他说：我参加。

他同我们一起玩。

马特恩：犹如在最后审判时，

那时人人都会讲话。

我拥有，我曾经，

我弄弯了一根头发，

我射过靶心，两次，射中了，

我把靶心从惺忪的睡眠中叫醒。

两个讨论会参加者：马特恩，他揍向黄油，

直到溅水，大呼上当！

马特恩：我把塔楼上的鸽子从上面扔下来，

我用泥土把蠕虫深深埋在地下。

两个讨论会参加者：他曾刺死一个炉子，

再看着炉子，火冒三丈。

两个讨论会参加者：马特恩发火时扼杀他的毛巾，

他的毛巾在他眼里总是一根刺。

马特恩：我闷死结石，我使盐变甜，

我使一只山羊发不出咩咩叫声。

讨论会参加者合唱队：马特恩用猫的粉笔往房屋上写字：

老鼠明天就会在耻辱中死去！

马特恩：今天我参加讨论会，

人们一定会知道最后结果！

（在参加讨论会的人中间响起鼓掌声和跺脚喝彩声。讨论会主持人站起身，用一个手势请大家安静。）

讨论会主持人：刚才我们极其喜悦却又满怀同情地听到：瓦尔特·马特恩愿意参加。可是在提问和回答之前——先是作为涓涓细流，然后才作为宽阔的大河，把他和我们带走——让我们祷告吧：（讨论会参加者和女助手站起身，两手交叉。）啊，生气勃勃、持续不断的尘世讨论会伟大的造物主啊，你创造了问题和回答，

你让人在会上发言或者开始发言，你帮助我们吧，因为我们希望彻底讨论喜欢参加讨论的讨论对象瓦尔特·马特恩。啊，一切讨论会之主啊……

讨论会参加者：……你今天赐予我们一切使讨论会日臻完善的能力吧。

讨论会主持人：啊，贤明、万能的语言造物主啊，你让人讨论宇宙中的星星……

讨论会参加者合唱队：……还使我们开口讲话。

讨论会主持人：让我们以你的名义发起这个尊敬你，而且也只尊敬你的讨论会……

讨论会参加者合唱队：阿门。（全体坐下。压低嗓音的低声耳语。马特恩想报名发言。讨论会主持人打手势表示拒绝。）

讨论会主持人：讨论会参加者有权提第一个问题，讨论对象不行。可是，在我们开始提出常见的试验性问题之前，我要向大家介绍讨论会主持人的女助手瓦莉·萨瓦茨基，同样，也要感谢布劳克塞尔公司。这家公司十分友好地为我们这次讨论会提供了一副在此期间已经变成十分罕见的、不再出售的认识眼镜。（讨论会参加者当中响起掌声。）不过，我们只想在迫不得已时根据多数人的要求使用这一手段，特别在讨论对象宣布乐于参加讨论的情况下，更是如此，因为只有在宣布强制讨论的情况下，才适于使用布劳克塞尔认识眼镜对讨论会的进程进行持续不断的监督。尽管如此，为了表示这副眼镜已经准备停当，合乎要求，讨论会主持人现在请瓦莉·萨瓦茨基向新来的讨论会参加者以及讨论对象说明，认识眼镜是怎么回事，同样，也要说明瓦莉第一次找到机会气氛活跃地使用认识眼镜的情况。

瓦　莉：大概从去年秋天到今年复活节前不久，布劳克塞尔公司生产了整整一百四十四万副眼镜，这些眼镜当时用神奇眼镜的名字来到市场上，销得很快。这种神奇眼镜如今叫作认识眼镜，每一副值五十芬尼，使每一个不小于七周岁、不大于二十一周岁的买主能够认识所有三十周岁以上的成年人。

讨论会主持人：瓦莉，您是否愿意给我们更清楚地讲一讲，譬如说，当您戴上这种眼镜时，您看到了什么？

瓦　莉：我叔叔瓦尔特，他今天在这儿是讨论对象，因为我对他很了解，所以我得感谢他，尽管我年纪小，却有幸成为讨论会主持人的助手。也就是说，我叔叔瓦尔特去年在基督降临节的第三个星期天同我一道去了杜塞尔多夫的圣诞节市场。那里有很多彩色灯光广告和售货亭，在售货亭里面什么东西都可以买到，有胡椒蜂蜜饼和杏仁糖果，有防坦克炮和圣诞果脯蛋糕，有手榴弹、家用器具、地毯式炸弹、凸肚白兰地酒杯和送命的差使，有主导动机和谋杀动机，圣诞树支架和肉搏战参加者奖章，有头发可以清洗的玩具娃娃、玩具小屋、玩具摇篮、玩具棺材、玩具备件、玩具附件、玩具工具……

讨论会参加者合唱队：说正题！说正题！

瓦　莉：人们也可以买到那些所谓的神奇眼镜。我叔叔瓦尔特——他就在那儿！——给我买了一副。我当即戴上这副眼镜，因为我总是马上就试一试所有的东西，所以我就通过这副眼镜看到了他，非常清楚地看见了他过去曾经是什么样子。简直可怕极了！当然，我就叫喊起来，而且跑开了。（她叫喊了一声。）可是这个人——我叔叔瓦尔特——跟着追我，在拉廷根门抓到了我。他身边带着狗。因为他没有摘下我的眼镜，所以我看见他，还看见这条狗的过去，看见这条狗是一个可怕的怪物，我止不住大叫大喊起来。（她又叫喊了一声。）因为我的神经受到刺激，后来我不得不住进了玛丽亚医院，待了四个星期。尽管那儿的饮食不怎么样，可是我很喜欢那儿。因为那些护士——这一个像我一样，叫瓦尔布尔加护士，那一个叫多罗特娅护士，夜班护士叫……

讨论会参加者合唱队：请谈正题！

讨论会参加者：别谈护士故事！

讨论会参加者：说这些离题话，纯属多余！

瓦　莉：这就是我使用神奇眼镜的体验。要是这个讨论对象今天作出妨碍讨论的陈述，我就会把神奇眼镜当作认识眼镜戴上。布劳克塞尔的认识眼镜应该用于各种公开的讨论会。若是话语不起作用……

讨论会参加者合唱队：……布劳克塞尔的认识眼镜决不会不起作用！

瓦　莉：谁像我叔叔那样，是讨论对象……

讨论会参加者合唱队：……谁就永远不会忘记，布劳克塞尔的认识眼镜在随时准备着。

瓦　莉：很多人认为，过去的事情已经过去……

讨论会参加者合唱队：……可是，布劳克塞尔的认识眼镜能使过去之事历历在目。

瓦　莉：譬如说，如果我现在戴上这种眼镜，观察我叔叔瓦尔特，我马上又会像在去年基督降临节期间的第三个星期天那样，大叫大喊起来——我要不要这样做？（马特恩和狗都变得坐立不安。马特恩敲打着狗的脖子。讨论会主持人示意瓦莉坐下。）

讨论会主持人：（客气地）请您原谅，马特恩先生，参加讨论会的人有时候会误入他们少年直至青年时期的正常状态。这样一来，譬如说，恐怕就会出现应当作为工作来做的事情。不过，讨论会主持人为了使您和我们都放心，会妥善防止那些可怕的玩笑占据优势。我们要撤销给十四号和二十二号讨论会参加者设置的讨论会障碍物。现在我们的讨论会开始，首先开始提简单的、尽可能直接的试验性问题。请报名发言！（好几个讨论会参加者举手。讨论会主持人依次点他们的名。）

讨论会参加者：对讨论对象提出的第一批试验性问题：多少个车站？

马特恩：三十二。

讨论会参加者：倒着数呢？

马特恩：三十二。

讨论会参加者：其中您忘了多少？

马特恩：三十二个。

讨论会参加者：那就是说您还准确记得……

马特恩：……总共三十二个。

讨论会参加者：您最喜欢的菜叫什么？

马特恩：三十二件衣物。

讨论会参加者：您的吉祥数字是什么？

马特恩：三十二乘以三十二。

讨论会参加者：不吉利的数字呢？

马特恩：同上！

讨论会参加者：您会从一到十的两数乘法表吗？

马特恩：八——十六——二十四——三十二……

讨论会参加者：谢谢。第一批试验性问题宣告结束。

讨论会主持人：请提第二批问题。

讨论会参加者：您能够造简单句吗？这些名字以不定代词"jeder，jede，jedes"①开始。

马特恩：每个人很快地数着牙齿。每个女妖都更会烘烤。每只膝盖都在痛。每个火车站都在说下一站的坏话。每条维斯瓦河在记忆中都比每条莱茵河更宽阔。每个起居室往往都过于四四方方。每列火车都喷着汽。每种音乐都在开始。每个事件都有朕兆。每个天使都在悄声说话。每种自由都在高高的山上。每种奇迹都可以解释。每个运动员都要点缀自己的过去。每团云都已下过多次雨。每句话都可以是最后的话。每种糖浆都太甜。每顶帽子都合适。每条狗都站在中心位置。每个，每个，每个秘密都很敏感……

讨论会主持人：已经够了，谢谢。现在是第三批，也就是最后一批试验性问题。请！

---

① 意为：每个，分别为阳性、阴性、中性。

讨论会参加者：您信上帝吗？

马特恩：我提议取消这个问题，因为涉及上帝的问题很难说得上是试验问题。

讨论会主持人：涉及上帝的问题如果没有诸如“三位一体的”或者“唯一真实的”上帝这类附加内容，作为试验性问题是允许的。

讨论会参加者：那就是说，您信吗？

马特恩：信上帝？

讨论会参加者：是的，您是否信奉上帝？

马特恩：那您认为，我是否信上帝呢？

讨论会参加者：对，信上帝！

马特恩：信天上的上帝？

讨论会参加者：不仅仅是天上的，几乎是到处都有的。

马特恩：那就是说，信天上的和别的什么地方的任何一种东西……

讨论会参加者：我们不是指任何一种东西，而是清清楚楚地指明：上帝！您听着，您当然信上帝！

讨论会参加者合唱队：剪刀还是石头，

是或者不是！

马特恩：每个人，不管他愿意不愿意，每个人，不管他受过何种教育，不管他是什么肤色，不管他追随什么思想，都无所谓，每个人，我说的是那种思考着、感觉着、吃着东西、呼吸着、行动着、也就是活着的人……

讨论会主持人：马特恩先生，讨论会参加者向讨论对象提出的问题是：您信奉上帝吗？

马特恩：我信仰虚无，因为有时候我严肃认真地问自己：为什么总是实存，而不是相反的东西——虚无呢？

讨论会参加者：一句我们熟悉的海德格尔名言。

马特恩：也许纯粹的存在与纯粹的虚无是一回事吧？

讨论会参加者：又是海德格尔！

马特恩：虚无在不断地否定。

讨论会参加者:海德格尔!

马特恩:虚无是否定的根源。虚无比虚无和否定更原始。虚无是得到承认的。

讨论会参加者合唱队:海德格尔往左!海德格尔往右!

问题叫作:你信奉上帝吗?

马特恩:可是有时候,我自己也无法信仰虚无;然后,我便又信奉,我会信奉上帝,如果我……

讨论会参加者:不用重复我们的问题。是或者不是!

马特恩:那么(停顿),以三位神灵的名义说:不。

讨论会主持人:第三批,也就是最后一批试验性问题已经回答。我们总结一下:讨论对象的吉祥数字与不吉利数字是:三十二。讨论对象能够用不定代词"jeder,jede,jedes"开头造无限多的句子。他不信奉上帝。三十二,jeder j ede jedes,上帝,这种情况允许我们提一个附加的试验性问题。请吧!(瓦莉将试验性问题的结果记在黑板上。)

马特恩:(怒气冲冲地)谁在制定这种讨论会规则?谁在这儿指手画脚,操纵一切,是谁?

讨论会主持人:由乐于参加讨论的讨论会参加者主持的讨论会,自愿让讨论会的操作变得恰到好处。这种操作可望赋予讨论会必不可少的、生气勃勃的坡度,也就是说,赋予它传统的和典型意义上的灾祸趋势。因此,请提附加的试验性问题,问题要以试验性问题的结果——三十二,"jeder jede jedes"和上帝为依据。

讨论会参加者:您喜欢动物吗?

马特恩:真可笑!您可是看到了:我养了一条狗。

讨论会参加者:这并没有回答我的附加试验性问题。

马特恩:这条狗养得很好,而且很内行,如果必要的话,也很严格。

讨论会参加者:本来是用不着重复的,不过我还是再问一遍:您喜欢动物吗?

马特恩：小姐，您往这儿瞧。您看见什么啦？一条快成瞎子的老狗，喂养很费劲儿，因为牙齿大多成了空隙，但尽管这样……

女　孩：您喜欢动物吗？

马特恩：这条狗……

讨论会主持人：讨论会主持人抗议。既然讨论对象公然有意回避，那就可以在附加试验性问题的范围内提出有效的问题。请！

讨论会参加者：您是否赤手空拳地杀死过一只动物？

马特恩：我承认，用这只手弄死过一只金丝雀，因为金丝雀的主人——那是在比勒费尔德——是个老纳粹，而我作为反法西斯分子……

讨论会参加者：您是否枪杀过一只动物？

马特恩：在当兵时，枪杀过家兔和乌鸦，可是在战时谁都开枪打动物，更何况那些乌鸦……

讨论会参加者：您是否用刀子杀死过一只动物？

马特恩：像每个小孩子那样，只要有一把小折刀，就要杀老鼠和鼹鼠。那把小折刀是一个朋友送给我的。我们俩用那把小折刀……

讨论会参加者：您是否毒死过一只动物？

马特恩：（停顿片刻）是的。

讨论会参加者：什么动物？

马特恩：一条狗。

讨论会参加者合唱队：它是白色、蓝色还是雪青色？
红色、绿色、黄色还是雪青色？

马特恩：那是一条黑狗。

讨论会参加者合唱队：是一条尖嘴狗、猎獾狗还是小狮子狗？
是一条雪山救人犬、看家犬还是小狮子狗？

马特恩：是一条黑毛德国牧羊犬，它的名字叫哈拉斯。

讨论会主持人：这个得到有效问题充实的附加试验性问题提供的是：讨论对象瓦尔特·马特恩杀死过一只金丝雀、几只家兔、乌鸦、鼹鼠、老鼠和一条狗。因此，我重复一下附加试验性问题，以三十二——jeder jede，jedes——上帝为依据：您喜欢动物吗？

马特恩：不管你们相信不相信：喜欢！

讨论会主持人：（给女助手瓦莉打一个手势。她用粉笔把"喜欢动物"这句话写到黑板上。）我们断定，讨论对象一方面毒死了一条黑牧羊犬，另一方面又精心饲养一条黑牧羊犬。既然他借口喜欢动物，看来这条狗——本身以及在这种情况下的一条黑牧羊犬——就成了讨论对象固定不变的讨论要点。为了保险起见，我请求提出试验性问题，这些试验性问题将检验对"黑毛德国牧羊犬"极其活跃的说明结果，也就是可能出现的固定点。请吧！（瓦莉在黑板上记下说明结果。）

讨论会参加者：譬如说，您怕死吗？

马特恩：我是个不倒翁。

讨论会参加者：那么，您是想尽可能长命千岁喽？

马特恩：十万岁，因为我是个不倒翁。

讨论会参加者：尽管如此，如果您要死的话，您是宁愿死在房间里呢，还是死在露天、教堂、浴场或者地下室里？

马特恩：这对一个不倒翁来说，都无所谓。

讨论会参加者：您更喜欢什么？是生病呢，还是交通事故？或者说，您更喜欢公开搏斗，更喜欢作为生存方式的决斗，作为原因的战争，作为可能性的革命，还是一次亡命的斗殴？

马特恩：（心情愉快地）我亲爱的朋友，所有这一切对于一个像我这个不倒翁来说，只不过是一次次显示其不倒翁技巧的机会罢了。你们可以用刀子和射击武器把我彻头彻尾地讨论透。你们可以把我从电视塔上推下来。请你们把我深深地埋在地下，而且用花岗岩似的论据来使我烦恼——明天我肯定又会立在我的铅脚掌上。不倒翁，站起来！

讨论会参加者合唱队：埋在下面，我们
打赌：埋在下面
再也走不出来，重见日月星辰，
再也不会动弹，也不会用匙吃饭。

马特恩：因为就连匙也在地下室里
一起熔化，可就在这时，外面
曙光女神用发出颤音的哨子
把黑暗吹回原处，站着——
讨论会参加者合唱队：马特恩站在铅铸成的脚掌上，
同心、脾、肾一起，肚子饿了，
用勺舀，吃饭，拉屎，睡觉。
马特恩：打得很重，我从塔楼上掉下来。
这同鸽子没有关系。
只有墓志铭，浅浅地刻到石子路上，
谁从旁边走过，谁就可以看到斜体字写着：
讨论会参加者合唱队：这儿平躺着，躺着，躺着，躺着，
这儿躺着的是从上面摔下来的人；
没有雨水冲洗他，也没有冰雹打他，
既无信件、睫毛，也无公开的讨论会来碰他。
马特恩：可是曙光女神用两条腿走来，
我躺着的石子路砰然作响，
传动带先停下来，然后小人停下
洒水，做证，笑得前仰后合。
讨论会参加者合唱队：他已经彻底完蛋，
人们正筹备凿一条隧道，
穿过他这个刚完蛋的人的身躯，
很快就会有一条铁路。
马特恩：一列列专车，国王们
必须穿过我的身躯，如果他们
想要谒见我背后的
国王们，教皇
用九种语言通过这窟窿讲话。
讨论会参加者合唱队：因此他就是话筒、隧道、纸袋，

而海关身披绿装分列两边。

马特恩：只是在曙光女神用沉重

著名的复活锤

前后把我塞住时，

当时刚完蛋的马特恩才起床，

呼吸，说话，活着，叫喊！

（停顿片刻。瓦莉把“不倒翁”一词写到黑板上。）

讨论会主持人：那就换句话说：您并不惧怕死亡？

马特恩：就连不倒翁也有他的软弱时刻。

讨论会主持人：那就是说您不想尽可能地长命千岁乃至更长时间喽？

马特恩：天哪！你们简直想不到铅脚掌是多么辛苦啊！

讨论会主持人：那就是说如果有这种情况，而且假定您能在床上死亡和露天死亡之间进行选择。

马特恩：在新鲜空气中，随时都可以！

讨论会主持人：死于心力衰竭、事故还是战乱？

马特恩：我想被人杀死。

讨论会主持人：用刀还是射击武器？您愿意吊死还是被电击死？闷死还是淹死？

马特恩：我想被毒死，在一个露天剧场参加首场演出的观众面前突然昏倒！

（他做出要昏倒的样子。）

讨论会参加者合唱队：听吧！再次提到毒药！

马特恩对毒药深信不疑！

讨论会参加者：他指的到底是哪种毒药？

讨论会参加者：老式的蟾蜍眼？

讨论会参加者：蛇毒？

讨论会参加者：可能是砷或者毒蕈——红菇、伞菌、硫黄头菌和魔牛肝菌？

马特恩：非常普通的灭鼠药。

讨论会主持人:讨论会主持人插进来提个问题:您毒死黑牧羊犬哈拉斯时用的是什么药?

马特恩:很简单,灭鼠药!

讨论会参加者合唱队:不同寻常:

灭鼠药,两次!

讨论会主持人:(对瓦莉说)也许我们也要把这些事实记下来。我们在“不倒翁”下面记上:“想寻死,冒号,毒药。”我们拐向右边:死狗哈拉斯,冒号,毒药。(瓦莉用大写字母写。)虽然在第一次确认固定点“黑牧羊犬”之后并不准备再继续往下进行,但我还是请大家提出第二个检验这个固定点的试验性问题,请!

讨论会参加者:您诞生于黄道十二宫的哪个宫?

马特恩:不知道四月十九号在哪个宫。

瓦　莉:作为助手我不得不提请讨论对象注意,虚假的陈述会立即招致强制讨论。我叔叔,也就是讨论对象,诞生于一九一七年四月二十日。

马特恩:这个捣蛋鬼!我的护照上虽然这样写,可我母亲总是断言,我是在十九号,而且是在十二点差十分时出生的。现在的问题是:到底是更相信我母亲呢,还是我的护照?

讨论会参加者:现在,不管是在十九号还是在二十号出生,您肯定都出生在白羊星座。

讨论会参加者合唱队:母腹和护照附注

都一样,白羊星座。

讨论会参加者:当太阳位于白羊星座时,除了您还有哪些名人诞生?

马特恩:我怎么知道!绍尔布鲁赫教授。

讨论会参加者:胡说!绍尔布鲁赫是巨蟹星座。

马特恩:那就是约翰·肯尼迪。

讨论会参加者:一个典型的双胞胎。

马特恩:那就是大的一个。

讨论会参加者:在这段时间里可能四处流传着这种说法,说艾森豪威尔诞生时太阳正位于天秤星座。

讨论会主持人:讨论对象瓦尔特·马特恩先生,请您集中注意力。谁同您一样出生在白羊星座?

马特恩:半瓶醋,自作聪明的人!这不是公开的讨论会,而是变成了魔女盛会。可是,我知道你们的目的何在。那就请吧:在同一个月,正像护照所写的那样,也是在四月二十号,有史以来最大的罪犯阿道夫·希特勒出生。

讨论会主持人:抗议!要获悉的只是这个名字(瓦莉写),而不是不客观的附注。我们到这儿来,不是为了骂人,而是为了讨论。讨论会主持人断定:讨论对象瓦尔特·马特恩与不久前讨论过的讨论题“帝国高速公路建设者阿道夫·希特勒”出生于同一星座,在同一个四月二十号,这就是说,出生于白羊星座!

讨论会参加者:除此之外,您同出生于白羊星座的阿道夫·希特勒是否还有共同之处?

马特恩:所有的人同希特勒都有一些共同点。

讨论会参加者:我们强调,不是“所有的人”或者“人类”,而是您,并且只有您才是讨论对象。

瓦　莉:在万不得已时,我知道一些情况。用不着戴认识眼镜,我就可以证明这一点。他甚至在睡觉时和刮胡子时都做这种事。为了做这种事,他从前甚至连柠檬都不能吮一下。

马特恩:所以,在学校里,甚至在以后,人家都管我叫“咬牙人”,因为有时候,要是有某件事不合我的心意,我就把牙齿咬得咯咯作响。就是这样的:(他长时间地对着麦克风把牙齿咬得咯咯作响)据说就连那个希特勒有时候也这样做——把牙齿咬得咯咯作响!(瓦莉记下“把牙齿咬得咯咯作响或者咬牙人”。)

讨论会参加者合唱队:你们别转身!

咬牙人在游荡。

讨论会参加者:同帝国高速公路建造者的其他共同点呢?

讨论会参加者合唱队:别去森林里,

森林中是树木。
谁在森林里走，
寻找树木，
谁就会在森林中丢失。

讨论会参加者：被称作咬牙人的讨论对象瓦尔特·马特恩，同已经涉及的讨论题目阿道夫·希特勒是否还有其他共同点，我们想知道。

讨论会参加者合唱队：别害怕，
恐惧散发出恐惧味儿。
谁身上有恐惧味儿，
像英雄一样闻的人
就会闻到他。

讨论会参加者：讨论对象润了润他的嘴唇。

讨论会参加者合唱队：别喝海里的水，
海水使人喝了还想喝。
谁喝海里的水，
从此以后，就
只想喝海里的水。

讨论会参加者：在地平线上，不见一缕青烟，出现了咄咄逼人、充满活力的强制讨论。

讨论会参加者合唱队：你别给自己造房子，
否则你就在家了。
谁待在家里，
谁就在等待
晚来的客人，然后开门。

讨论会参加者：我们的女助手瓦莉已经从公文箱里取出文献、明信片、血迹、疾病证书、粪便试样、证件、领带、信函……

讨论会参加者合唱队：别写信。
信要进档案。

谁写信，
谁签名，
他的事情将来就会保留下来。

讨论会参加者：他这个总是站在中心位置的人物，这个表现型人物，这个不倒翁，这个咬牙人，这个我们在他活着时还要整理其遗产的人，他仍然处于中心位置。

讨论会参加者合唱队：别站在光亮处。
有光线看不见你。

两个讨论会参加者：他没有勇气。
勇气属于振奋之人。

两个女孩：别在火头上唱歌。
人们不在火头上唱歌。

两个讨论会参加者：别耽于沉默之中，
要不然你就会打破沉默。

讨论会参加者合唱队：你们别转身！
咬牙人在游荡。

马特恩：为了让你们看得清楚，我再说一遍！你们想知道、听到和非要得到什么呢？

讨论会参加者：事实，同另外那个在白羊星座出生的人的共同点。关于把牙齿咬得咯咯作响的事情我们已经听过了。

讨论会参加者合唱队：你们别转身！

马特恩：为了使你们满意——这儿这条狗。那个希特勒同我一样喜欢黑毛德国牧羊犬。那条黑牧羊犬哈拉斯属于一个木工师傅……

讨论会主持人：在这儿，固定点黑毛牧羊犬终于得到了证实。虽然如此，为了保险起见，讨论会参加者是否还想提附加问题？
（瓦莉记录，在固定点下面画了一道线。）

讨论会参加者：固定点：牧羊犬很可能至少进行过情欲方面的试验。

讨论会参加者：二十二号讨论会参加者指的肯定是固定点黑毛牧羊

犬的性内容。

讨论会主持人：可以提附加试验性问题，请！

讨论会参加者：您同哪些知名妇女，或者说您喜欢同哪些知名妇女性交消遣？

马特恩：一八〇六年，我同普鲁士女王路易丝在短时间内连续性交两次。当时她在躲避拿破仑的逃亡途中，同我在我父亲的四翼风车磨坊里过夜，那个磨坊由一条名叫佩尔昆的黑牧羊犬守着。

讨论会参加者：刚才提到的这位女王在讨论会参加者范围内几乎不为人所知……

讨论会主持人：尽管如此，我们还是请瓦莉把看家犬佩尔昆记下来，不过在后面要写上"难以置信，问号"。

马特恩：此外，我从三八年夏季到三九年春，常同圣母马利亚发生性关系。

讨论会参加者：每一个虔诚的天主教徒心里都能理解同圣母马利亚的这种虚构的性关系；此外，是否赞同这种理解，每一个不信教的人至少都可以自行决定。

马特恩：她至少是这样的。她说服我用灭鼠药把黑牧羊犬哈拉斯毒死，因为那只哈拉斯……

讨论会主持人：那我们就根据讨论对象的愿望，在提示语"哈拉斯被灭鼠药毒死"之前用括号记下"马利亚的影响"。

讨论会参加者：我们还缺少一个明明白白的、不是建立在非理性基础上的情况。

马特恩：这儿，给你们糖吃：在埃娃·布劳恩已经成了他的情妇之后，我同她睡过觉。

讨论会参加者：请您给我们详细描述性交过程，把所有细节都描述出来。

马特恩：作为男人，是不讲床上经历的！

讨论会参加者：这可不光明正大。我们在这里最终要进行公开讨论。

女　孩：这种肮脏的神秘行为不适合当着在场的讨论会女性参加

者讲。

讨论会参加者合唱队：肯定会划分出

强制讨论来！

讨论会主持人：讨论会主持人抗议。讨论对象已经对有关与知名妇女进行交媾的问题作了充分的回答。最后，在同这里几乎不知道的性伙伴普鲁士女王路易丝进行难以置信的性交之后，在同圣母马利亚进行公开承认的、虚构的性交之后，他承认同埃娃·布劳恩进行过性交。因此，询问性交过程是多余的，充其量只能问讨论对象马特恩和布劳恩进行性交时是否有观众在场。有请！

讨论会参加者：难道那个帝国高速公路建造者不在场？

马特恩：他和他心爱的黑狗亲王以及元首摄影师霍夫曼在场。

讨论会主持人：试验性问题已经回答，证实了已经公认的固定点“黑毛牧羊犬”的性内容。也许我们还要记下亲王这个狗名字来。至于摄影师嘛，我们可以去掉，不是吗？（瓦莉记录。）现在，在我们彻底讨论这条出场的狗的归宿之前——对于讨论对象来说，它不仅仅是固定点，而且实际上还待在这儿——讨论对象有权向讨论会参加者提出一个问题。

马特恩：所有这一切有什么用？为什么我站在这儿取代约翰内斯·古滕贝格的位置？为什么这种公开审问叫作公开讨论会？如果我适合这种活跃的、步步进逼的方式，必须在圆柱之间一动不动地站着，那又为什么还要主张生气勃勃？因为我作为演员和表现型人物，扮演卡尔·莫尔和弗兰茨·莫尔时说：“乌合之众的智慧，乌合之众的恐惧！”渴望走来走去，渴望讲话，从舞台前沿滑向一边，渴望能让新的、可怕的登场成为事实的退场：“但我希望下一次走到你们当中，进行可怕的观察！”取而代之的是静止和提问游戏。这些不知天高地厚的年轻人和自以为无所不知的人有什么权利来审问我？或者按照我的说法，为什么要在这儿进行讨论？

讨论会主持人:最后一个问题有效。

讨论会参加者:我们通过讨论了解情况。

讨论会参加者:在任何民主政治中,公开讨论都有其合法位置。

讨论会参加者:为了避免误会,民主的公开讨论会是公开进行的,它同天主教的忏悔有原则区别。

讨论会参加者:把我们的努力与共产党人治理的国家中所谓的公开认罪相提并论,这也是错误的。

讨论会参加者:尤其是因为既非世俗的,也非宗教意义上的民主的公开的讨论会之后,接踵而来的是饶恕;确切地说,它的结论不受任何约束,也就是说,真正的讨论会决不会结束,因为在大型的、公开的讨论会之后,我们会在小范围内讨论那个讨论的结果,为今后的公开讨论寻找有趣的讨论题目。

讨论会参加者:在讨论对象瓦尔特·马特恩之后,譬如说,我们要讨论教会学校,要不然我们就转而研讨这样一个问题:有利于赋税的储蓄莫非又有了意义?

讨论会参加者:我们没有清规戒律!

讨论会参加者:前不久我们讨论过哲学家马丁·海德格尔,讨论了其人其作。我相信,可以说,这个讨论题对于我们来说再也不是一个谜了。

讨论会参加者合唱队:绒球帽讲述了

形而上学的笑话。

讨论会参加者:因为其实,只要有耐心,一切问题都会自行解决,比方犹太人问题。我们这一代人是不会碰上这种事的。我们也许会同犹太人进行长时间的讨论,直到自愿地、心悦诚服地移居国外。我们蔑视一切暴力。即使我们开始强制讨论,讨论结果对于强制讨论的对象也是没有约束力的。讨论结束之后他是去上吊自杀,还是去喝一杯啤酒,两种情况完全由他决定。我们终于生活在一种民主政治之中。

讨论会参加者:我们为了讨论而活着。

讨论会参加者：开始就进行对话！

讨论会参加者：我们要讨论，是为了不必独白。

讨论会参加者：因为在这里，只有在这里，才产生我们的社会关系。——在这里，没有一个人是孤独的！

讨论会参加者：无论是阶级斗争的思想，还是资产阶级的国民经济学，都无法取代应用社会学的分层堆放模式，也就是公开的讨论会。

讨论会参加者：我们的生存机构的技术有效性最终取决于社会的大组织，以及自由的、乐于讨论的讨论会参加者的世界性组织。

讨论会参加者：讨论就是熟悉存在！

讨论会参加者：现代的社会学已经证明，在一个现代的群众国家中，只有公开进行的讨论会才能提供机会，造就一批在讨论方面很老练的人物。

讨论会参加者合唱队：我们是一个独一无二的、公开的、国际性的、独立的、进行生气勃勃的讨论的家庭！

两个讨论会参加者：如果我们不愿意讨论，那么，在一个自由民主的群众社会中，就不会有民主，不会有自由，因而也就不会有生活。

讨论会参加者：总而言之，全体起立。我们被讨论对象问到，为什么我们要进行讨论。我们的回答是：我们之所以讨论，是为了证实讨论对象的存在；如果我们默不作声，那也许就再也没有讨论对象瓦尔特·马特恩了！

讨论会参加者合唱队：因此我们想说：

没有我们，就没有马特恩！（瓦莉记录。）

讨论会主持人：至此，讨论对象的问题已经回答。我们要问：您要申请提出一个附加问题吗？

马特恩：继续进行吧。我现在非常清楚是怎么回事了。我参加，毫无顾忌。

讨论会主持人：那么，我们就回到固定点黑牧羊犬吧。这条狗已经有三次证实了自己的情况，最后一次是它的性内容。

马特恩：（满怀激情地）朋友们，如果我应当吐出来，

那就把碗伸过来吧！

多少狗年前用匙吃的豌豆，

我愿意毫无顾忌地交出来。

讨论会主持人：现在要澄清、要讨论的是一条黑牧羊犬的归属问题。

马特恩：多少狗年前大口吃掉的马铃薯，

如今应当向你们证明，

当初就已有了马铃薯。

昔日的杀人动机

就是现在的主导动机。

讨论会主持人：更确切地说，我们要打听一条黑牧羊犬，它是固定点黑牧羊犬的化身。

马特恩：因为这里再也没有障碍物。

当时我觉得味道不错的东西，

如今却让我打嗝儿。

走过这条路，直上高加索山，

直下浅色的拉多加湖的东西，

应当像潮水般往后退——有计划地、未完全消化地、苦似胆汁地，

它可能还发出气味，直到使你们感到苦恼万分。

讨论会主持人：所以，我请大家提出那些有关这条实际在场的牧羊犬的归属问题。

马特恩：谋杀，过时的话！

讨论会参加者：出席会议的这条黑牧羊犬叫什么名字？

马特恩：标尺缺口和准星。

白眼珠。

吸着，拧着，围着。

讨论会参加者：我再重复一次这个询问这条出席会议的狗的名字的

问题。

马特恩：尸体，谁还数尸体？

所有骨头都已利用。

鲜血在舞台上流淌。

心脏在不快不慢地跳动。

死神接到重新进入饭店的禁令！——（稍停片刻。）

这条狗名叫，谁不知道呢？叫普鲁托。

讨论会参加者：普鲁托属于谁？

马特恩：谁给它吃，就属于谁。

讨论会参加者：是您买了普鲁托这条狗吗？

马特恩：是它跑到我身边来的。

讨论会参加者：您了解过普鲁托这条狗是谁的吗？

马特恩：它在战争结束前不久跑到我身边来。当然有很多无主野狗四处乱跑。

讨论会参加者：讨论对象是否料想到，普鲁托这条狗很可能有别的名字，它会属于谁呢？

马特恩：我愿意讲我吃过的、摸到的、做过的、经历过的东西，但我拒绝让人讨论我的猜想。

讨论会主持人：既然讨论对象出于敌视讨论会的理由，要从讨论会上收回他的猜想，讨论会参加者就可以直接询问黑牧羊犬普鲁托，因为这条狗实际上作为固定点也是讨论对象。我们为这条狗演奏三个音乐主题，请吧，倚音！（瓦莉记录：对普鲁托这条狗的音乐询问。）

讨论会参加者：也许我们该以小夜曲来开始音乐询问吧！（瓦莉放上一张唱片。没过多久，音乐声便响起来。）

讨论会主持人：我们看到，普鲁托这条狗对莫扎特的音乐毫无反应。第二个倚音。

讨论会参加者：海顿怎么样？要不来点类似的东西，要不要放那首

《德意志之歌》[1]？（瓦莉放上唱片。音乐声一响起，狗就摇尾巴。）

讨论会主持人：这条狗的反应是愉快、激动。它用这种反应证明，它过去的主人是一个德国国民。由此可以断定，它不能作为财产判给当时占领军的成员。因此，我们可以放弃韩德尔的音乐以及取自法国歌剧《卡门》的音乐动机。既不用放《胡桃夹子》组曲，也不用放《顿河哥萨克》。同样，取消美国先锋派时期的福音歌曲和民歌。请放第三个倚音！

讨论会参加者：为了避免我们走弯路，我建议走直路，来点典型的瓦格纳音乐，《齐格弗里德》动机或者《舵手合唱曲》……

讨论会参加者：那宁可马上就来《众神的黄昏》！

讨论会参加者合唱队：众——神的——黄昏！

众——神的——黄昏！

（瓦莉放上唱片。《众神的黄昏》的音乐响了很久。狗不断地吼叫。）

讨论会主持人：已经充分证明，普鲁托这条狗一定是瓦格纳的崇拜者。根据迄今为止的讨论结果——请注意我们记下的乐谱——说起过去的帝国总理阿道夫·希特勒，我们不会弄错。不久前，我们还彻底讨论过这个作为帝国高速公路建造者的人，他对瓦格纳音乐的偏爱传给了我们，他是这条现在名叫普鲁托、参加讨论会的黑牧羊犬的合法占有人。为了不至于毫无必要地拖延这次公开讨论会的进程，现在，我们开始进行生气勃勃的对质：黑牧羊犬——希特勒像，请吧！

马特恩：一次毫无意义的行动。这条狗差不多快瞎了。

讨论会主持人：狗的本能永远也不会瞎。譬如说，我父亲是个受人尊

---

① 《德意志之歌》原名《德国人之歌》，霍夫曼·封·法勒斯莱本于 1841 年作词，用的是约瑟夫·海顿谱写的《皇帝颂歌》曲调。历史上曾为德国国歌，现在仍然是德国国歌。

敬的木工师傅。他把一条牧羊犬,而且是一条黑牧羊犬当作看家犬来养。这条狗名叫哈拉斯,被人用灭鼠药毒死了。既然现在的讨论会主持人可以说是同这条名叫哈拉斯的狗一起长大的,尽管他没有从事养狗学这门科学,但他仍然相信自己具有鉴定狗的能力,尤其是具有在广阔的范围内鉴定黑牧羊犬的能力。请对质吧!(瓦莉站起身,在黑板上打开一幅巨大的希特勒彩色画像。然后,她把黑板往前面移动,使它同铸铁小神庙面对面。过了一会儿,狗变得心神不宁。它朝画像的方向嗅着,突然挣脱绳子,在画像前哀鸣,直起身子,开始舔希特勒的彩色脸部。瓦莉按照讨论会主持人的一个手势,卷起了这幅画。狗继续哀鸣,瓦莉好不容易才把它牵回小神庙。黑板又回到原来位置。在参加讨论会的人当中引起了骚动。)

讨论会参加者:一件清清楚楚的事情。

讨论会参加者:再一次证明生气勃勃的对质是促进讨论的手段。

讨论会参加者合唱队:对质时
它多次狂吠。
它用舌头舔着
它所发现的东西。

讨论会主持人:这次对质得到一个结果,撇开它对讨论会进程的价值不谈,这个结果让我们认识到一个历史性重大事件的所有征兆。因此,我们请求大家站起来,在短时间的沉思中仔细考虑这种情况:啊,持续不断的尘世讨论会的伟大的造物主啊,啊,你这位杰出的讨论对象的造物主啊……(较长时间默然不语的停顿。参加讨论会的人都郑重其事。)阿门!——请参加讨论会的来宾们坐下。现在,我们的讨论会档案提供如下的事实。

瓦　莉:(她没有一起祈祷,拿着文件。)在过去的帝国总理阿道夫·希特勒的狗舍里,在若干牧羊犬中,一只名叫亲王的黑毛牧羊犬特别醒目。这条狗是但泽纳粹党省党部头目阿道夫·福斯特尔送给帝国总理的一件礼物。亲王这条狗在但泽-朗富尔警察局警犬室里度过了它生命中最初的几个月之后，就被带到元首官邸，即那个所谓的山庄。在那儿，一直到战争开始，它都可以自由自在地在大自然中跑来跑去。可是后来，战事把它从一个元首大本营带到下一个元首大本营，直到最后搬进帝国总理办公厅的元首地下室。

讨论会主持人：在这儿发生了下面的事情：

瓦　莉：一九四五年四月二十日……

讨论会参加者：那就是说这一天，帝国高速公路的建造者和我们的讨论对象瓦尔特·马特恩在庆祝他们的生日……

瓦　莉：在祝寿觐见时，参加觐见的有凯特尔陆军元帅、封·约翰中校……

讨论会参加者：吕德-诺伊拉特海军少校……

讨论会参加者：海军将领福斯和瓦格纳……

讨论会参加者：克雷布斯将军和布尔格多夫将军……

瓦　莉：冯·贝洛夫上校、帝国负责人鲍尔曼、外交部的赫维尔公使……

讨论会参加者：布劳恩小姐！

瓦　莉：党卫队大队长冈舍和党卫队支队长费格莱茵……

讨论会参加者：莫雷尔博士……

瓦　莉：还有戈培尔博士先生和夫人以及六个孩子全都参加了祝寿觐见。也就是说，在祝寿时，德国黑毛牧羊犬亲王从它主人那儿逃跑了。

讨论会参加者：后来呢？它被拦住了，抓住了，枪杀了！

讨论会参加者：谁看见它跑了？看见它投奔别人了？

讨论会参加者：那它又投奔了谁呢？

瓦　莉：在短暂思考之后，这条狗决定，听从一时的需要，逃往西方。因为在它精心策划和实施逃跑时，当时帝国的首都四周正在进行激烈的决战。尽管当即设立的元首爱犬搜索部队坚持不懈地进行搜索，但仍然抓不到亲王这条狗。一九四五年五月八日清晨四点四十五分，亲王这条狗在马格德堡上游地区渡过易北河，在河的西面寻觅一个新主人。

讨论会参加者合唱队：作为最新的主人，

这条狗选择了马特恩。

瓦　莉：可是，既然当时的元首和帝国总理在他那份于牧羊犬逃跑年的四月二十九日立下的遗嘱中说，要把他那只黑毛牧羊犬亲王作为礼物赠送给德国人民……

讨论会主持人：……我们断定，讨论对象瓦尔特·马特恩不能成为牧羊犬亲王——它如今叫普鲁托——的合法占有者。我们充其量可以把他看成元首留下的财产“黑牧羊犬亲王”的管理人。

马特恩：多难受的事啊！我是反法西斯分子。

讨论会主持人：为什么反法西斯分子就不该成为元首财产的管理人呢？我们想听听讨论会参加者对这件事的意见。

马特恩：我参加了“红鹰”，后来是共产党的正式党员……

讨论会参加者：讨论对象作为元首遗物的保管人，可以暗示一下那些命中注定他适合担任此项历史性任务的品质……

马特恩：我一直到三六年还在散发传单……

讨论会参加者：譬如说，他同当时狗的主人一样，都出生在白羊星座。

马特恩：若说我后来加入了冲锋队，那也只不过是一个不到一年的插曲罢了。

讨论会参加者：另外，狗的管理人马特恩同去世的狗主人一样，都能把牙齿咬得咯咯作响。

马特恩：后来，他们把我开除了，那些纳粹。搞了个名誉法庭！

讨论会参加者：可我们大概用不着反驳，说狗现在的管理人瓦尔特·马特恩曾经毒死过一条黑狗吧？

马特恩：而且用的是灭鼠药，因为这条属于一个木工师傅的纳粹狗在警察局狗舍里同一条母狗交配，那条母狗后来……

讨论会参加者：尽管如此，讨论对象仍然假装喜欢动物。

讨论会参加者：我们建议，把固定点“黑牧羊犬”和归属点“黑牧羊犬亲王”——现在的普鲁托，同黑牧羊犬普鲁托的谱系和讨论对象活跃的过去结合在一起进行讨论。

马特恩：我作为反法西斯分子，对这种把种种偶然性结合起来的做法提出强烈的抗议！

讨论会主持人：准予申诉。我们纠正一下刚才的说法，这样说：固定点和狗的谱系要同讨论对象反法西斯的过去结合在一起进行生气勃勃的讨论。

讨论会参加者：可是，先要能显示出最后的讨论结果，看这条狗现在的管理人是否适合可靠地管理元首留下的财富亲王——如今叫普鲁托。

讨论会主持人：批准讨论会参加者的建议。由于要推想下一个固定点，讨论会主持人首先请求大家提出那些不直接触及这个固定点以及归属点“黑牧羊犬”的问题。请吧！（瓦莉记录：“第二个固定点”。）

女　孩：讨论对象可以给我们列举一些重要的、对他产生影响的童年经历吗？

马特恩：是真实的，还是更烘托气氛的？

女　孩：我们能够从所有的意识层获得促进讨论的事实。

马特恩：（用一个动作很大的手势。）

这儿是尼克尔斯瓦尔德——那儿是希温霍尔斯特。
佩尔库诺斯、皮柯洛斯和波特里姆波斯！
十二个无头修女和十二个无头骑士。
格雷戈尔·马特尔纳和西蒙·马特尔纳。
巨人米利格多和强盗博布罗夫斯基。
库雅维小麦和乌尔托巴小麦。
门诺派教徒和堤坝决口……
维斯瓦河在奔流，
磨坊在磨面，
窄轨轻便铁路在行驶火车，

黄油在融化，
牛奶在凝固，
牛奶里加一点糖，
插得住调羹，
渡轮来了，
太阳不见了，
太阳在那儿，
海沙卷走了，
海在舔着沙……
孩子们光着脚，光着脚在跑，
寻找欧洲越橘，
寻找琥珀，
踩着飞廉，
刨出老鼠，
光着脚爬到凹进去的草地中去……
可是谁找琥珀，
谁踩上飞廉，
谁跳进草地，
谁刨出老鼠，
谁就会在堤坝上找到一个干瘦的死女孩：
这是斯万托波尔克公爵的小女儿，
她老在沙里掘老鼠，
咬着两颗门牙，
从不穿长袜，从不穿鞋子……
孩子们光着脚，光着脚在跑，草地在抖动，
维斯瓦河奔流不息，
太阳时隐时现，
渡轮或来或去，
要不然就搁浅，嚓嚓作响。

而这时，牛奶凝固，直到能插上调羹，窄轨铁路有火车在慢慢行驶，在拐弯处响起急促的钟声。每当刮起每秒八米的风时，磨坊就嘎嘎作响。磨坊主听到黄粉岬幼虫讲的话。每当瓦尔特·马特恩从左到右咬牙时，牙齿便咯咯作响。祖母也同样：她横穿菜园，追赶可怜的洛尔兴。森塔黑乎乎的，怀着崽，穿过一行蚕豆苗。因为祖母很可怕地走近身边，扬起手臂，手里拿着烹饪木勺，把它的影子投到神经错乱的洛尔兴身上，木勺越变越大，越变越粗，越来越……可是就连埃迪·阿姆泽尔也……

讨论会参加者：刚刚提到的这个埃迪·阿姆泽尔是讨论对象的一个朋友吗？

讨论会参加者：这个朋友死了没有？

马特恩：他是我唯一的朋友。

马特恩：我无法想象埃迪·阿姆泽尔已经死了。

讨论会参加者：同刚才提到的埃迪·阿姆泽尔的友谊亲密吗？

马特恩：我们是歃血为盟的兄弟！我们用同一把小折刀在我们的左臂……

讨论会参加者：刀子怎么啦？

马特恩：不知道。

讨论会主持人：这个问题要赶紧再重复一遍：小折刀的命运呢？

马特恩：本来我想把一块策拉克扔进维斯瓦河，在我们这儿，人们管小石头子儿叫策拉克。

讨论会参加者：我们在等着小折刀！

马特恩：所以，我在两个口袋里找石头子儿或者策拉克，可是什么都没有找到，只找到……

讨论会参加者：……小折刀。

马特恩：有三个刀刃、一个开塞钻、一把锯和一个销子……

讨论会参加者：是这把小折刀的——

马特恩：尽管如此，我却把……

讨论会参加者：这把刀子！

马特恩:扔进了维斯瓦河。——一条河在驱赶着什么?日落,友谊,小折刀!什么东西趴着,作为游泳者,借助维斯瓦河勾起自己的回忆?日落,友谊,小折刀!并非所有的友谊都能持久。那些要流进地狱的河流汇入维斯瓦河……

讨论会主持人:因此我们要记下:讨论对象瓦尔特·马特恩和他的朋友埃迪·阿姆泽尔作为孩子,凭着一把小折刀,歃血为盟。马特恩作为男孩,把这同一把小折刀扔进了维斯瓦河。为什么扔这把小折刀呢?因为找不到石头子儿。这究竟为什么?

马特恩:因为维斯瓦河一直往前奔流不息,因为太阳落在对面的堤坝后,因为在我们歃血为盟之后,我身上流着我朋友埃迪的血,因为,因为……

讨论会参加者:您的朋友也许是个黑人、吉卜赛人或者犹太人吧?

马特恩:(热忱地)只是半个犹太人。他父亲是,他母亲不是。他从母亲那儿继承了沙色头发,而从父亲那儿继承的却寥寥无几。他可以说是一个能干的小伙子。小伙子们,他会讨你们喜欢的。他总是心情愉快,突发奇想,不过却相当胖,我不得不经常护着他。尽管如此,我还是喜欢他,羡慕他,就是今天我也会……

讨论会参加者:譬如说,当您对您的朋友生气时,这种事肯定时有发生,那么,您给他取了什么样的骂人绰号呢?

马特恩:就是说在最坏的情况下,因为他胖得出奇,我就说肥母猪。为了取笑,我叫他苍蝇屎!因为他身上到处都是数不清的斑点。我还叫他——不过更多的是开玩笑,而不是在我们彼此发生争吵时——花边制造者,因为他不断地用破旧的衣服做一些可笑的假人。农民们把那些假人当作稻草人放在自己的麦地里。

讨论会参加者:您还能想起别的骂人绰号吗?

讨论会参加者:特别的?

马特恩:全都有了。

讨论会参加者:譬如说,当您想要使他伤心,或者说想要狠狠地侮辱他时?

马特恩：这两者都决不是我的意愿。

讨论会主持人：我们不得不提请讨论对象注意，这里讨论的不是意愿，而是行动。也就是说，那句很重的、糟糕的、最后的、惊人的、生动的骂人话呢？

讨论会参加者合唱队：我们还想听见一个词儿，
要不然我们只好对你强制盘问。

瓦　莉：看来最后我还得拿起认识眼镜，看到很久以前的情况。在当时的情况下，有时候讨论对象——我叔叔瓦尔特无法控制自己。

马特恩：（打手势表示拒绝。）后来——后来，当我无法控制自己的时候，因为他再一次，或者说因为他非得去做那种事情不可时——后来我就冲他说犹太鬼。

讨论会主持人：咱们休息一会儿，直到充分利用犹太鬼这个被认为带有侮辱性的词为止。（休息时发出喃喃低语。瓦莉站起身。）我请大家注意我们的女助手瓦莉的发言。

瓦　莉：犹太鬼在多数情况下是用柔和的“g”发音，但也有不少时候用强有力的“ch”发音。它是由两个犹太人常用的名字“Isaak”和“Jizchak”构成的，作为蔑视犹太人的称呼，大致从十九世纪中叶起开始使用。请参阅古斯塔夫·弗赖塔格的《借方与贷方》①，另外，还可以参阅那首只是在二十世纪才具有民间传说色彩的讽刺小曲……

讨论会参加者合唱队：犹太人伊齐希，
鼻子尖又尖，
腿儿粗又笨，
屁股眼儿脏兮兮。

讨论会参加者：可是，讨论对象的这个被骂作犹太鬼的朋友倒是又胖

---

① 古斯塔夫·弗赖塔格（1816—1895），德国小说家、剧作家。在长篇小说《借方与贷方》中，Itzig（音译：伊齐希；意译：犹太鬼）是一个利欲熏心、玩弄阴谋诡计的犹太人。

又圆的。

讨论会主持人：骂人的绰号在使用时往往不具备严密的逻辑性，这一点我们在此前进行的公开讨论中可能已听说过。譬如说，美国人把所有的德国人都称作“酸白菜”，尽管并非所有的德国人都喜欢而且定期食用酸泡菜。所以，犹太鬼这个挖苦人的词既可以指一个犹太人，或者说也能指——譬如在我们这种情况下——半个趋向于肥胖的犹太人。

讨论会参加者：可是在两种情况下，我们都必须记下讨论对象这种反犹太主义的倾向。

马特恩：我作为人和特别的闪米特人同情者提出抗议。因为即使愤怒有时候使我控制不住自己，会突然发作，但只要别人骂他犹太鬼，我总是护着埃迪的。譬如说，当您，利贝瑙先生，在您那流鼻涕的表妹支持下，只因为他画看家犬哈拉斯，便在您父亲的木工作坊大院里破口大骂我的朋友时，我就庇护我的朋友，驳回你们那些虽然幼稚却又十分伤人的诽谤。

讨论会参加者：讨论对象把我们讨论会主持人的私人往事端到桌面上来，看来，他有拓宽讨论会基础的愿望。

讨论会参加者：所以，他谈到讨论会主持人的表妹，而且称她流着鼻涕。

讨论会参加者：他提到木工作坊大院，就我们所知，我们的讨论会主持人在那个院子里长大，在木板棚与熬胶锅之间度过了无忧无虑的童年。

讨论会参加者：同样，他也提到属于木工作坊的看家犬哈拉斯，它和那条后来被讨论对象毒死的黑牧羊犬哈拉斯是同一条狗。

讨论会主持人：讨论会主持人不得不把这些最后以并不光明正大的私人方式对他进行的攻击仅仅看成是一种证据，证明讨论对象有时能多么冲动地作出反应。我们可以提出反问：在已经记下来的、具有传奇色彩的公狗佩尔昆，同样记下来的母狗森塔——这条狗属于讨论对象的父亲，也就是说属于磨坊主马特恩——

与黑牧羊犬哈拉斯——这条狗属于讨论会主持人的父亲，也就是说属于木工师傅利贝瑙——之间，除了这种联系，是否还存在着一种联系？这种联系是指：一方面，磨坊主的儿子瓦尔特·马特恩，另一方面，木工师傅的儿子哈里·利贝瑙及其表妹图拉·波克里弗克，都把讨论对象的朋友称作犹太鬼。

马特恩：哦，你们这些相互咬住尾巴、说不清因果关系的狗年月啊！开始时有一只立陶宛母狼。这只母狼同一条公牧羊犬交配。这种罪恶产出了一条公狗，没有一个谱系提到这条狗的名字。就是它，这条没有名字的狗产下了佩尔昆。而佩尔昆又产下了森塔……

讨论会参加者合唱队：而森塔又产下了哈拉斯……

马特恩：而哈拉斯又产下了亲王。它如今作为普鲁托在我身边还能靠施舍过活。哦，你们这些把声音叫得嘶哑的狗年月啊！给磨坊主看守磨坊的东西，给木工作坊当作看家犬的东西，作为爱犬擦着你们的帝国高速公路建造者的靴子的东西，投奔了我——一个反法西斯分子。你们理解这个比喻吗？该死的狗年月计算到七位数时，你们会明白过来吧？你们该满意了吧？你们还有话讲？马特恩可以带着他的狗去喝杯啤酒了吧？

讨论会主持人：尽管这里已经进行但又仓促结束的、公开的和生气勃勃的讨论会的这个重要的部分结果也包含了合理的自尊心，但我们还是不能匆匆忙忙就感到满足。还需要把一些线索连接起来。我们都回忆一下吧！（他指着黑板。）讨论对象杀死了很多动物……

讨论会参加者：他毒死了一条狗！

讨论会主持人：尽管如此，还假装……

讨论会参加者：……喜欢动物。

讨论会主持人：……是动物爱好者。目前我们知道，讨论对象——这个喜欢自称反法西斯分子和闪米特人同情者的人，一方面保护他的朋友，半个犹太人埃迪·阿姆泽尔免遭无知无识的孩子嘲笑，另一方面，有时候又称他为“犹太鬼”，侮辱他，骂他。所以我们要问：

讨论会参加者合唱队：马特恩喜欢动物，

马特恩也喜欢犹太人吗？

马特恩：（满怀激情地）上帝和虚无做证！人们对犹太人做出了许多不公正的事情。

讨论会参加者：您就明明白白地回答吧，您是像喜欢动物那样喜欢犹太人呢，还是您不喜欢犹太人？

马特恩：我们大家都对犹太人做出了很不公正的事情。

讨论会参加者：这是尽人皆知的。统计表不说自明。补偿，一个不久前我们还讨论过的题目，已经提出了好几年。可我们谈的是今天。您今天喜欢还是仍然不喜欢？

马特恩：在万不得已时，我会用自己的性命为每一个犹太人担保。

讨论会参加者：讨论对象是怎样理解“不得已”的？

马特恩：譬如说，我的朋友埃迪·阿姆泽尔在一月份一个寒冷的日子被九个冲锋队队员殴打，而我却不能帮助他。

讨论会参加者：那九个打人的冲锋队队员叫什么名字？

马特恩：（低声地）好像名字就能表示作案人似的！（大声地）那就请听着吧！约亨·萨瓦茨基、保罗·霍佩、弗兰茨兴·沃尔施莱格尔、维利·埃格尔斯、阿尔方斯·布布利茨、奥托·瓦恩克、埃贡·杜莱克和布鲁诺·杜莱克。

讨论会参加者合唱队：扳着指头一起数

我们只数到八个，

第九个名叫什么？

九个施瓦本人，九只乌鸦，

和九部交响曲，

我们看见神圣的

九个国王跪倒在地！

讨论会主持人：尽管说有九个打手的名字，可是讨论会参加者一数，却只有八个名字。为了防止出现生气勃勃的强制讨论，我们是否可以假定，讨论对象就是第九个打手呢？

马特恩：不，不！你们没有权利……

瓦　莉：我们连认识眼镜都有了！（她戴上眼镜，往小神庙靠近了一半的距离。）

九个人翻过园圃的篱笆，
我叔叔也在场。
九个人践踏着一月的雪，
我叔叔也在雪地上。
每张脸上都蒙着一块黑布，
我叔叔蒙着脸也在其中。
九个拳头揍向第十张脸，
叔叔的拳头把它打成两半。
当九个拳头都打累时，
叔叔的拳头还在把它打个稀巴烂。
当所有的牙齿都吐出来时，
我叔叔便制止住叫喊声。
犹太鬼犹太鬼犹太鬼
就是叔叔喋喋不休的话语。
九个人翻过篱笆逃跑，
我叔叔也有份！（瓦莉取下眼镜，回到黑板前，画出九个小人儿。）

讨论会主持人：这样一来，我们就只剩下这些问题了：

讨论会参加者：冲锋队的哪个中队？

马特恩：（简明扼要地）朗富尔-诺尔德，八十四，冲锋队第六旅。

讨论会参加者：您的朋友自卫没有？

马特恩：最初他想给我们煮咖啡，可我们不想喝咖啡。

讨论会参加者：那么，你们造访的目的是什么呢？

马特恩：我们想给他一次小小的教训。

讨论会参加者：你们为什么要蒙住脸？

马特恩：因为蒙面人教训人就是这种风格！

讨论会参加者：您用什么形式教训人？

马特恩：不是已经看到了吗？——这个犹太鬼，他挨了揍！唉，真糟糕，棍棒要举高！总是打嘴巴。

讨论会参加者：那时候您朋友的牙齿掉了没有？

马特恩：三十二颗全掉了！

讨论会参加者合唱队：这数字对我们并不新，

三十二坚定不移。

讨论会主持人：我们由此断定，根据第一批试验性问题测出的那个讨论对象的吉祥数和不吉利数同那些牙齿的数目一样。这些牙齿是他的朋友埃迪·阿姆泽尔被九个蒙面冲锋队员，其中也包括讨论对象打掉的。从现在起我们知道，除了“黑牧羊犬”这个固定点，还有另一个固定点，从这个固定点中可以清清楚楚看到瓦尔特·马特恩，看到“三十二”这个数字！（瓦莉用大写字母记下这一数字。）公开的、生气勃勃的讨论会的形式再一次经受了充分的考验。

讨论会参加者：最后，我们把讨论对象称作什么呢？

讨论会主持人：请问，讨论对象会怎样称呼自己呢？

马特恩：喋喋不休，自作聪明，去做你们想做的事情吧！我，马特恩，过去是、现在仍然是极其明显的反法西斯分子。这一点我已经证明了三十二次，而且一再证明……

讨论会主持人：那我们就把讨论对象看作一个反法西斯分子吧，此人饲养阿道夫·希特勒的遗产，即黑牧羊犬普鲁托——从前的亲王。因此，在得出讨论结果之后，让我们道谢和祈祷吧。（讨论会参加者站起身，两手交叉。）啊，持续不断、生气勃勃的尘世讨论会伟大的指挥者和创造者啊，你赐予我们一个乐于讨论的讨论对象和一个普遍适用的讨论结果。现在，让我们以赞美诗的形式赞美德国黑毛牧羊犬三十二次，以表示我们的谢意。它过去是、现在仍然是——

讨论会参加者合唱队：一只身子伸得长长、有中长鬈毛、竖着耳朵的、修长的公牧羊犬。

两个讨论会参加者：它的嘴有闭得很严的、干燥的上唇的下垂部分。

五个讨论会参加者：稍微有点斜的黑眼睛在观察。

一个讨论会参加者：耳朵直立着，稍微有点往前倾。

讨论会参加者合唱队：颈项绷得紧紧的，没有垂下的肉和松弛的喉皮。

两个讨论会参加者：躯干长度比两肩高度多出六厘米。

参加讨论会的全体女孩：从各方面看，腿脚都是直的。

讨论会参加者合唱队：脚趾并拢得很严。它的臀部长长的，稍微倾斜。拇指球硬邦邦的。

两个讨论会参加者：肩部、后腿、踝关节——

参加讨论会的一个女孩：强壮有力，肌肉发达。

讨论会参加者合唱队：每一根毛都笔直，紧贴身上，又粗又黑。

五个讨论会参加者：就连底层茸毛也都是黑的。

参加讨论会的两个女孩：不是在灰底或者黄底上涂的黑色。

一个讨论会参加者：不，到处，直到直立的、稍微前倾的耳朵，在深深的、形成旋儿的胸部，顺着毛长得恰到好处的后腿，它的毛都闪着黑光。

三个讨论会参加者：像雨伞一样黑，黑板一样黑，教士一样黑，寡妇一样黑……

五个讨论会参加者：像党卫队一样黑，长枪党一样黑，乌鸦一样黑，奥赛罗一样黑，鲁尔河一样黑……

讨论会参加者合唱队：像紫罗兰一样黑，番茄一样黑，柠檬一样黑，面粉一样黑，牛奶一样黑，雪一样黑……

讨论会主持人：阿门！（讨论会散会。）

第一百零一个逃跑途中动荡不安的马特恩故事

马特恩在广播大楼餐厅里读着这次公开讨论会的经过终审的广播稿。可是在二十五分钟之后——讨论会参加者还没有刻板单调地念出他们结束时的祷告,马特恩已经被广播通知请到第四录音室去了——他同普鲁托一道,穿过玻璃门,离开了这座崭新的广播大楼。他不想讲话。他的舌头不情愿。他认为,马特恩并非可以公开进行讨论的对象。那些包打听和自作聪明的人用堆积如山的讨论稿给他建造了一座密不透风的小屋,他不愿意,决不愿意,哪怕在播送时间内,待在这间小屋里也不愿意。可是,他还有权得到一笔丰厚的酬金,一笔用受人喜爱的儿童广播节目的声音挣来的酬金。在他离开科隆广播大楼前不久,他就可以在出纳处出示签了名的小小单据——刚出银行的钞票哗哗作响。

当初,马特恩东奔西走,要去找人,那时,科隆火车总站和科隆大教堂就成了听他口若悬河、滔滔讲述的对象;现在,他口袋里揣着最后一次酬金,再一次满怀旅游的兴致,放弃了火车总站——大教堂——广播大楼这个充满紧张气氛的三角地。马特恩在突围,在躲避,在逃跑。

大量情况提供了逃跑的理由。这些情况是:第一,这次令人厌恶的、生气勃勃的讨论会;第二,他对西德的、资本主义的、军国主义的、复仇主义的和浸透老纳粹精神的分裂国家已经厌烦了——那个有建设意志的、热爱和平的、几乎是没有阶级的、健康的和在易北河东面的德意志民主共和国在引诱着他;第三,自从英格·萨瓦茨基要同善良的老约亨离婚以来,这个轻佻的女人使得他心里烦躁,动了逃跑的念头。

告别喂养鸽子的哥特式两重尖顶。告别一直还有穿堂风的火车总站。在科隆神圣的候车室里，时光在忏悔者与顽固不化者之间停了下来，要喝一杯告别啤酒。要在科隆暖烘烘的、铺上地面砖的、发出冲人的芳香味的、天主教的男卫生间里撒最后一次尿，时间很紧。哦，不！别多愁善感的了！所有那些胡乱写在搪瓷防波堤里、让他的心脏突突跳动、让他的脾脏肿大、让他的肾脏疼痛的名字，都见鬼去吧，都去见他那些哲学之类的东西去吧。一个表现型人物就要被人取代。一个不倒翁就要迁居。一个遗产管理人感到自己再也不用负责了。马特恩这个同黑狗一道游遍西方阵营、进行审判的人，没有带狗移居东方的和平阵营。他要把普鲁托——别名亲王——交给火车站宗教服务社。可是，交给哪个服务社呢？两个服务社在竞争。不过，福音新教服务社比天主教服务社更喜欢动物。哦，马特恩那时候对各种宗教和意识形态是非常熟悉的。"劳驾您把这条狗看管半个小时吧。我是残废军人。这是我的证件。我正好在旅途中。出于职业方面的原因，我要去的地方，不能带狗去。上帝会保佑您。我是否喝一口牛奶咖啡呢？等我回来时，我会非常高兴的。普鲁托乖乖，听话！只需要半个小时！"

分离与回避。三个十字飘进了匆匆而去的穿堂风中。教堂的几个堂在各种思想、言论和著作中烧毁。在奔跑中抖掉灰尘。这是第四站台。这趟经过杜塞尔多夫、杜伊斯堡、埃森、多特蒙德、哈姆、比勒费尔德、汉诺威、赫尔姆施泰特、马格德堡开往柏林动物园站和柏林东站的来往于东、西德之间的火车正准备发车。请关上车门，小心火车！

哦，舒舒服服地抽着烟斗的确信啊！当普鲁托这条狗也许在福音新教车站服务社里喝着牛奶时，马特恩却没有带狗，坐着二等车走了。一直到杜塞尔多夫，中间不停车。睁着和善的眼睛，却又显得陌生。很可能体育运动爱好者们、射击协会会员们和萨瓦茨基的家属会在某个车站上车，强迫他下车，只要他们一出现就会这样做。可是，马特恩可以平坐着，把他那众所周知的、具有性格特征的脑袋以并不陌生的方式放在肩膀上。与七个往来于东、西德之间的旅游者在同一个车厢里旅行并不怎么舒服。全是爱好和平的人,这一点他很快就弄清楚了。尽管西方更为美好,但他们当中没有一个人愿意留在西方。

每个人在边界之外都有亲戚。边界之外往往是指没有人待的地方。“他在那边待到去年五月,然后又过来了。留在那边的人肯定知道为什么,在那边人们得把什么东西全都留下。在这边甚至有意大利番茄酱,在我们那边只是有时候有保加利亚番茄酱。”对话持续到火车驶过杜伊斯堡之后,谈话时声音轻柔,牢骚满腹,小心翼翼。只有从那边过来的这一位老奶奶在发牢骚:“在我们那边有一阵子没有棕线。咳,那时候女婿就说:你们就贮备一点棕线吧,谁知道你们什么时候再过来。你们开始时无法使我习惯这一边。所有东西都这么丰富。还有广告。可是后来我知道了价格。他们其实是想把我留在这边的:姥姥,留下来吧。要是你留在我们这一边的话,你还想在那边干什么呀!可我马上就对他们说:如果在这边,只能成为你们的包袱,而在我们那边,现在情况或许也会慢慢好起来。年轻人毕竟能够更快地适应环境。我上一次过来时,马上就说:嗯,你们对这儿甚至已经很习惯了。当时,我二闺女的丈夫对我说:姥姥到底明白了。那边那种情况根本不叫生活。可是对于重新统一的事,他们俩都不相信。据说我二闺女的老板在四年前刚过来时就讲过:俄国人和美国佬其实意见都一致。不过,每个人都有每个人的说法。不仅仅在我们那一边,在这一边也是如此。每次圣诞节时我都在想:瞧吧,下一次圣诞节。每个秋天,当我在花园外面拿东西和熬东西时,我就对我妹妹莉斯贝特说,我们是否在为大家都统一起来的、和平的圣诞节准备李子呢?瞧,这一次我把它们,把两瓶自制果子汁带了过来。他们也很高兴,还说:很好吃,就像家里做的一样。再说,这一边的人大家都丰衣足食。每个星期天都有菠萝!”

马特恩耳朵里回响着这种音乐,而外面却放映着一部电影。这是带有自由市场经济标记的、充分就业的工业区。没有评论。大烟囱在自言自语。谁愿意,谁可以再数一遍。没有一个烟囱是纸做的。所有烟囱都高耸入云。这是劳动的颂歌,庄严、有力、严肃,因为同高炉是开不得玩笑的。基础工资可以随时提取。劳资双方面对面。煤焦化学,铁与钢,莱茵河与鲁尔河——你不是从车窗往外瞧,就是在看幽灵!这种赏心悦目的乐趣在煤矿区已经开始,在平地上更是有增无已。在吸烟车厢里,轻声的音乐在发着牢骚:“我那边的女婿在说,而我这边的二闺女又要想……”而这时,在外面——别往窗外瞧!——起义却首先是从市郊小菜园,然后乖乖地在长着五月间嫩绿庄稼的田地上蔓延开来。战时动员——幽灵活跃——稻草人运动。他们在奔跑着,这时,往来东、西德之间的列车在正点运行。这并不意味着他们会超过列车。在运行时,没有一个人漫不经心地、如同幽灵一样地跳上车来。这是普普通通的、持续不断的奔跑。吸烟车厢里的奶奶说:“没有我妹妹我不想过来,尽管她说了十次:那就过来吧,谁知道我们还能待多久哩。”当那位奶奶说这番话时,在外面——别往窗外瞧!——稻草人正离开原来的位置。挂着衣服、装饰得体的立式衣架在离开莴苣菜畦和齐膝高的小麦。冬天不合群的、支豆蔓的细杆在起跑,在越过栏架。刚才还在为衣袖肥大的醋栗祝福的东西,现在已经在说“阿门”了,而且开始跑步。但这并非逃跑,而是接力赛跑。这并不是说,所有离开此地的人都想朝东,跑到和平阵营,跑到那边去。相反,现在正是在这一边把某种东西,把一个消息或者一个口号继续往下传的时候。因为稻草人离开自己的菜园,把里面卷着可怕的歌词的小棍子继续交给稻草人。迄今为止,这些稻草人在看守正在生长的黑麦,现在,趁着菜园稻草人在黑麦地里喘口气的工夫,他们在往来于东、西德之间的列车旁全速奔跑,一直跑到他们碰上那些站在倒而又起的大麦当中、准备起跑、接受幽灵邮件、为气喘吁吁的黑麦稻草人取下重物、身穿粗方格纹、像支豆蔓的细杆一样灵活地在计划工作之外迈着步子的稻草人,一直跑到身穿人字形花纹衣服的黑麦稻草人再次交换接力棒。一个、两个、六个稻草人——因为有几个队在这儿夺冠——拿着六封卷起便于手握的信件，有一封原件，五封复制件——要不，是六种已经变动的文本在传递同一消息的恶毒思想？——送往哪个地址？可是，没有查托佩克来替换努尔米①。还没有一个身穿运动服的运动员跑到终点。身穿蓝、白条纹衣服的韦尔斯滕领先，可是翁特拉特体育运动爱好者们已经赶了上来，把德伦多夫的小伙子抛在后面，在同〇七号洛豪森……身穿便服的人和各式服装的人进行公正的、面对面的搏斗。在这里，距离没有了。在各种级别的毡帽、睡帽和头盔下面，随风飘动的是马车夫外套、布吕歇尔大衣以及可能是被谁咬坏的地毯。裤腿铺得很开，这些裤腿伸进套鞋和有搭扣的鞋里，伸进士兵的短统靴和耶稣的便鞋里。一个身穿男式粗呢大衣的人替换一个身穿匈牙利式制服的格拉泽纳普轻骑兵。身穿全天候罗登缩绒厚呢大衣的人把接力棒交给身穿芮格兰式套袖大衣的人。穿人造丝的交给穿麦斯林纱的，穿鲜红衣服的交给穿合成纤维的，穿府绸的交给穿鲸骨褡的，穿南京棉和穿凸纹织物的打发穿锦缎的和穿绢网的出去旅游。头戴蝶形小帽的人和身穿胶布雨衣的人落后了。一个身穿笨重的双排扣男大衣的人，从一个身穿被风吹得胀鼓鼓的考究晨服的人和下二个穿着法兰西第一帝国时代流行服装的人身边跑过。身穿法国五人执政内阁时期式样衣服和改良时代服装的人，把接力棒继续交给身穿二十年代和旧式服装的人。一个真正的庚斯博罗②同皮克勒-穆斯考侯爵在演示古典的传接棒。巴尔扎克又赶了上来。那些为妇女权利斗争的妇女在坚持着。后来有好长一段时间，一个穿紧身外衣的人一路领先。哦，闪闪发光、柔和色调和五光十色，你们这些耀眼的和病态的色彩啊！哦，散花和朴素的条纹，你们这些图案啊！哦，模拟古典风格的倾向会变成实用的倾向，军队特点会变成无拘无束的特点，你们这些相互交替的倾向啊！腰身又往下挪了。缝纫机的发明有助于妇

① 两人皆为十九世纪著名的长跑运动员。

② 庚斯博罗（1727—1788），英国画家。

女服装式样的民主化。有衬架支着的女裙已经过时。可是马卡尔特①打开所有的箱子,给天鹅绒和长毛绒、给缨子和流苏以自由运用的机会。瞧,他们是怎么跑的。别往窗外瞧,否则你会看到幽灵!这时,在吸烟车厢里——啊,没完没了的故事!——那位奶奶在讲这一边,也讲那一边,一直往下讲。这时,威斯特法伦地区犹如稻草人一般,轻而易举地把接力棒交给已经到来的下萨克森地区,好让接力棒可以从这一边到达那一边,因为稻草人是不管边界不边界的。稻草人携带着信息同马特恩并行,进入和平阵营,把灰尘抖搂干净,让资本主义的黑麦留在身后,在国营的燕麦地里被有阶级觉悟的稻草人抓住。没有检查,没有路条,就从一边走到另一边,因为稻草人不受检查,可是马特恩受到检查,同样,那位曾经待在那边、现在又回到这边来的老奶奶也要受到检查。

马特恩想舒口气。哦,社会主义和平阵营的粗香肠散发出多么不同的味道啊!所有的资本主义咖喱粉气味都已去掉,都已消失。马林博恩②——马特恩心花怒放!这边的人多好啊,就连那些棚屋、民警、栽花的木槽和痰盂都多好啊!小旗子相互交错,多么鲜红艳丽,长长的横幅标语比比皆是。带着黑狗,在经历了那些艰难岁月之后,社会主义终于胜利了。这时,来往于东、西德之间的列车刚开动,马特恩就想告诉大家,他心里是多么高兴。可是就在他讲着话,开始赞扬社会主义阵营的和平之时,有人在提着箱子缓慢移动,吸烟车厢慢慢变空了。烟雾太浓,在不吸烟车厢肯定还可以找到位子。对不起,别见怪,继续舒舒服服地旅游吧。

所有那些要到奥舍尔斯累本、哈尔伯施塔特和马格德堡去的乘客,最后连那位老奶奶——她要在马格德堡转车去德绍——都离开了他。孤独的马特恩沉溺于铁轨的节奏之中:车窗——幽灵,车

---

① 马卡尔特(1840—1884),奥地利画家,对1871—1873年德国的服装式样和住宅布置艺术有巨大的影响。

② 马林博恩,原东德小镇,昔日为往来东、西德之间的过渡地点。

窗——幽灵。

那些稻草人已经怀揣信息，重新走上了旅途。从现在开始，是身穿休闲服和斯巴达克服的稻草人。罢工纠察哨在换岗。长裤汉在闻着血。甚至在混交林里，马特恩也隐隐约约地感到有起义的无产者。森林吐出一些身穿风衣的稻草人。溪流不是障碍。一窝幼鸟凌空飞过。在波状起伏的地面上大步流星地走。吞下去了，又重新出现。未穿长袜，穿着木鞋，戴着红色圆锥形帽。这是越过原野的稻草人，是森林和草地稻草人，是农民战争时期的稻草人——"鞋会"和"贫困的康拉德"，流浪汉和赤贫者，身披袈裟的僧侣和再洗礼派教徒，小修道士普法伊弗尔①，希特勒和盖叶尔，阿尔施泰特的复仇女神②，曼斯费尔德和艾希斯费尔德的复仇女神，巴尔塔泽尔和巴尔特尔，克鲁姆普和弗尔滕，起来，前往费兰肯豪森③，在那里，已经出现了那道由破烂衣服和乞丐身份证、由主导动机和谋杀动机构成的虹……这时，马特恩换了一个位置，但也是在往来于东、西德之间的火车靠窗的一侧，在推移窗后面看到同样的、只知道往一个方向跑的幽灵，使得他大吃一惊。

下车！要下车，在列车不停靠的每一个站下车。每一趟车都驶往别处。当这个放到头等车和二等车、放到我的愿望前面牵引的火车头终于说"阿门"时，这个和平阵营大概也会亲切友好，完完全全地接受我吧？马特恩检查一下自己的车票。都没问题，已经付了款。透过推移窗可以看到外面发生什么事情，不用花钱。当他看到有几个普普通通的稻草人在跑时，谁又会马上就想到要发生什么倒霉事儿？最后，活跃的稻草人匆忙跑过国营的、有很多甜菜的马格德堡低地平原，而不是资本主义的内华达荒原。再说，这些稻草人早已有

---

① 普法伊弗尔，西妥教团僧侣，1525 年被处死。

② 阿尔施泰特的复仇女神是德国农民战争的领袖闵采尔（1490—1525）担任的一项任务。

③ 闵采尔及其追随者在该地被歼。据传，当时在该战场上空出现一道虹，此虹被视为吉兆。

之。他不是第一个,也不会是最后一个看见大量用破旧衣服和扎花金属丝做成的稻草人的人。不过,这儿这些稻草人——往车窗外望了一眼——很可能就是他的。是他的风格,他的作品,是埃迪那些灵活的假人!

这时,马特恩逃跑了。如果不是逃到厕所里,在一列往来于东、西德之间的正在行驶的火车上,在左右两侧大多被夹紧的推移窗弄得透明的火车上,能够往哪儿逃呢?他甚至可以拉屎,可以用这种办法解释他逃跑的动机。你休息一下吧!你到家了。抛掉一切恐惧,因为所有快速和慢速行驶的列车的卫生间窗户通常装的都是毛玻璃。毛玻璃窗户能挡住幽灵。哦,平静的田园生活。它就像科隆那个随时恭候他光临的火车站卫生间一样神圣,差不多类似于天主教。每当他到科隆来寻找一个安静地点时,都要光临该地。甚至在有缺陷的漆上也有乱涂乱画的东西。通常见到的是:诗、声明、要去做这样或者那样事情的建议和他不熟悉的名字。因为每当他试图辨认那些独特的笔法时,不管是心脏、脾脏还是肾脏都不会颤动。可是,当那幅手掌大小、密密麻麻地画着虚线的图映入他眼帘时——有黑纹的狗佩尔昆、森塔、哈拉斯、亲王、普鲁托跳过一个园圃篱笆——他的心脏就变得模糊起来,紫红色的脾脏变得暗淡,那个题材在他的肾脏中凝结成块。马特恩再一次逃跑,现在是逃避画得惟妙惟肖的狗。

可是,如果一个人要离开那个唯一的、受到看不见幽灵的毛玻璃窗保护的庇护所,那他在一列行进着的往来于东、西德之间的火车上,又能往哪儿逃呢?开始,他想在马格德堡下车——这也是合乎逻辑的——可是后来,这只着了魔的家兔却忠于自己火车票上的目的地,希望得到易北河的所有援救。易北河横穿而过。易北河是和平阵营的天然障碍。那些稻草人幽灵——除此之外,谁还可能在路途上呢——将在易北河西岸灰心丧气,不是面对苍天发出他们的稻草人叫声,就是发出幽灵般的号叫,而这时,这趟往来于东、西德之间的列车却要通过总未修好的易北河大桥,匆匆而去。

可是,当马特恩和这趟在此期间空了一半的列车——多数乘客在马格德堡下车——把易北河大桥这个救星抛到身后时，在易北河东岸的芦苇中，却出现了越来越严重的乱子。不只是那些常见的、犹如在马拉松与雅典之间怀揣消息的稻草人在赶路；同样，一条皮毛被易北河弄得湿漉漉的、闪耀着深黑光泽的狗只认准一个方向，在这趟往来于东、西德之间的列车后面跟踪而来！它开始面对面地和那趟飞速驶过和平阵营的列车赛跑，很快就超过了稍微晚点的列车，因为按照列车运行时刻表不准赶得太快——因为和平阵营的轨道路基太软——那只畜生又落后了，这样做，是为了马特恩可以对这条黑狗百看不厌。

啊，你真该把普鲁托这条狗交给天主教车站服务社饲养，而不是把它推到热爱动物者的竞争当中去！要是你给它吃了行之有效的毒药，或者说狠狠地揍了一棒，那就会使这条瞎眉瞎眼的野狗失去赛跑的兴趣和跳跃的乐趣。可是这样一来，一条黑牧羊犬却在根廷与勃兰登堡之间年轻了几个狗年。地褶把它吞了下去，山隘又把它吐了出来。篱笆把它分成十六分之一。这是漂亮、整齐的赛跑动作。轻轻点地。强壮有力的后腿和臀部。只有它才这样跳跃。瞧，从前背部隆起部分到逐渐倾斜的臀部这线条。有八条——二十四条——三十二条腿。普鲁托赶了上来，它在给地里的稻草人带队。夕阳勾画出剪影的轮廓。第十二军在拥向贝利茨。这是众神的黄昏，是最后的结构。要是有一架摄影机在那儿的话，那就拍轮廓，轮廓！幽灵全景！最后胜利的全景！狗的全景！可是，和平阵营是不准从行驶的列车上摄影的。这支伪装成稻草人军队的文克战斗队和一只名叫佩尔昆、森塔、哈拉斯、亲王、普鲁托的狗，同推移窗后面把牙齿咬得咯咯作响的马特恩保持着同样的速度，它们都不能拍摄。滚开，狗！走吧，狗！感觉灵敏的昆翁！

然而，只是在河中小岛后面，在波茨坦前面，在一望无际的多湖泊平原和把这片土地吞没掉的黑暗之间，稻草人和狗才消逝不见。马特恩一直坐在他那二等车座位的塑料套子上，凝视他对面这幅镶上镜框的照片：易北河砂岩覆盖着岩石崎岖不平的地形，以横开本的方式展现在面前。徒步旅行,穿过萨克森瑞士。出现了另一番景象,特别是因为既没有稻草人,也没有狗在岩石之间瞎跑。有结实、舒适的尽可能是双层鞋底的旅游靴。有羊毛的,但没有织补过的袜子。有旅行背包和步行漫游地图。有巨大的花岗岩矿、片麻岩矿和石英矿。当时,布鲁尼斯同皮尔纳的一位地质学家通信,同他换云母片麻岩和云母花岗岩。再说,易北河砂岩有的是。你想去那儿,那儿更安静一些。在那儿,没有任何东西从后面赶上来和超过你。你还从来没有在不带狗和带着狗的情况下在那儿待过。总而言之,人们只应到他还从未待过的地方去,差不多直至地亩界石,然后沿着交叉路往上,经过可以望见波伦茨景色的齐根吕克公路。这是一个没有栏杆的岩台,从这儿可以望见波伦茨山谷的优美景色。在那里,阿姆泽尔低地通往阿姆泽尔斜坡和霍克岩。然后,在阿姆泽尔低地小宫殿里投宿。我不是本地人。马特恩?从来没听说过。为什么阿姆泽尔低地叫阿姆泽尔低地,阿姆泽尔斜坡叫阿姆泽尔斜坡呢?这个名字的命名同您那个与它们同名的朋友毫不相干。更何况这儿还有阿姆泽尔洞和阿姆泽尔石哩。我们对您的过去不感兴趣。我们发的是别的社会主义的愁。我们参加了漂亮城市德累斯顿的重建工作。古老的回廊用新的易北河砂岩建成。我们在国营采石场为和平阵营制作房屋的正面部分。在那里,所有的人和您都失去了把牙齿咬得咯咯作响的本事。因此,您出示您的身份证,交出您的路条,您避开前线城市西柏林。您一直坐到东站,紧接着就参观了我们那片有建设意志的易北河砂岩山区。当列车不得不停在战争煽动者和复仇主义者的车站时,您就安安静静地坐着吧。您忍耐着,一直忍到弗里德里希大街车站欢迎您。看在老天爷面上,您千万别在动物园车站下车!

可是,在这趟往来于东、西德之间的列车停在动物园车站之前不久,马特恩想起,身上还带着他那播音员酬金剩下的一笔数量可观的零头。他无论如何要顺便将他的西德马克按照有利的资本主义汇率换成东德马克——一比四,然后乘环城铁路的火车抵达和平阵营。

此外，他还得买一把带刀片的刮胡刀、两双短袜和一件换洗的衬衣。谁知道，那边的人是否把必不可少的东西都准备好了？

他怀着这些要求不高的愿望下了车。其他那些同他一道下车的人肯定怀着更大的愿望。家庭成员们在相互问候，全然不顾没有家属等着的瓦尔特·马特恩。他略带酸楚地这样想着。不过，还是安排了接待马特恩的事情。接待时用两条前腿向他扑来，用长长的舌头舔他，高高兴兴地狂吠着，哀鸣着欢呼雀跃。你不认得我了？你不喜欢我了？难道我应该一直待下去，到死都待在那个糟糕的车站服务社里？难道说就不让我像一只狗那样忠实？

当然，当然！好啦，普鲁托！现在你又有了自己的主人。你仔细瞧瞧。他既是也不是主人。一条很明显是黑色的公狗名叫普鲁托，可是门牙摸起来没有裂缝。眉心上面那些灰白色的小岛没有了，再也不见肮脏的眼睛。也就是说，在长得健壮时，这条狗还不到八周岁。它变得年轻，焕然一新。只是狗颈项上的税牌依然如故。丢失了，然后又重新找到；可是——在火车站的情况怎么样呢？——这时，已经有一个老实的发现者提问了："请问，这是您的狗吗？"

他从梳得平平整整的头发上取下博尔萨利诺毡帽。这是一个矫揉造作的瘦高个儿，他的声音完全沙哑，但仍然吸着雪茄烟。"这个小动物向我跑来，后来就逼着我去动物园车站，在那里，它拉着我穿过售票大厅，走上台阶，来到这儿。在一般情况下，长途快车都开到这儿。"

他是想要归还失物的酬金呢，还是在找熟人？他一直把帽子拿在手里，毫不吝惜声带："我有幸遇到您，但并不想纠缠不休。您愿意怎么称呼，就怎么称呼我吧。在这儿，在柏林，人们大都叫我黄金小嘴。这是影射我的慢性沙哑和我不得不安在嘴里的那些含金量颇高的假牙。"

这时，马特恩清点身上的现金。所有的货币丁零当啷直响。他的心刚才还在红肿发炎，现在盖上了一层金箔，脾脏和肾脏有几杜卡特①重。“嘿，真想不到！而且这种事发生在火车站。我不知道，我更该感到惊奇的是什么，是我重又得到普鲁托呢——这只动物我在科隆丢失了——还是这一次，我不能不说是意味深长的重逢。”

“我也同样！”——“难道我们不是有共同的熟人吗？”——“您说呢？”——“是呀，萨瓦茨基一家子。要是他们在场，他们会感到惊奇的！”——“是啊，这么说，那我很可能——要不就是我弄错了——是在同马特恩先生打交道了？”——“和他本人一模一样。可是，这种偶然事件必须喝酒庆祝。”——“我来。”——“您建议在哪家饭馆？”——“随您便。”——“可以说我在这儿什么都不熟。”——“那我们就在巴尔富斯开始小酌吧。”——“我什么都同意。可是在这之前我还想买——我的旅行没做准备——换洗的衬衣和一把刮胡刀。趴下，普鲁托！您瞧瞧，这条狗多高兴啊。”

第一百零二个不怕火炼的马特恩故事

在这里，我们看见上帝的舞男及其唯一的道具！——这个家伙确确实实在矫揉造作的鸽子步之间旋转着用象牙柄做的乌木拐杖。在每个火车站，因此也在这个车站，他都有熟人，都有人打招呼：“喂，黄金小嘴！又在这儿了！情人在干什么？”

他在不停地、很快地抽着切成细片的块形烟草。当马特恩在火车站内——在那里，商业街到很晚都还开着门——购买生活必需的刮胡刀和刀架上用的刀片时，这个家伙却在不停地抽着烟，因为他的火柴用光了，正在向一个值勤的警察借火：“晚上好，警官先生！”警察向这位闲逛的吸烟者敬礼。

① 杜卡特：十四世纪至十九世纪欧洲通用的金币名。

所有的人都对他眨眨眼睛，指着他和返老还童的狗，这样做看来正合马特恩的心意。坦诚相见。同意。好极了，黄金小嘴！在这儿你可是捉住了一个正经的怪人。

总而言之，是怪人！当马特恩拿着两双毛袜和那件换洗衬衣回来时，有五六个毛孩子在围着他这位新认识的朋友。他们在干什么呢？他们在市郊高速铁路售票窗口与海涅书店背面的橱窗之间嬉戏，围着他和他那仓促打着拍子的乌木拐杖跳舞，就像市郊的电线一样叽叽喳喳地唱着，像音响效果一样，发出嘎嘎声和啾啾声，将他们反穿着的短上衣转来转去，衬里朝外，恰似那个稻草人家族的家庭成员。那个稻草人家族在笔直驶入的往来于东、西德之间的列车两旁举行接力赛跑。好像这个家族已经安排好，还在火车到达柏林动物园车站之前就通报、发出和大声公布一个消息、信息和口号："他来了！他来了！他马上就到，而且不得不买一把刮胡子刀，买袜子和换洗衬衣。"

可是，马特恩带着返老还童的狗，拿着捆扎好的小包，走到黄金小嘴面前说："好啦，咱们走吗？"这时，所有的小青年都四散而去。

到那儿去的路并不远。如今，这种事再也不会有了，不过在现实主义电影院对面有——这时，这三个搭档穿过哈登贝格街——如今在别的地方还有现实主义的东西。他们没有进比尔卡百货公司，而是在格林附近穿过约阿希姆斯塔尔街，沿着康德街往上走几步，在"滑雪小屋"体育用品商店后面，在平平常常的儿童剧院上面，闪耀着霓虹灯文字：安娜·海伦妮·巴尔富斯——她今天在天堂的柜台桌后面洗杯子，可是现在，当这三个搭档走近时，她却在尘世的收款机后面掌权。过去，这里是一家马车夫小酒馆。现在，这里是交通警察换岗后经常光顾之处。就连施泰因广场的艺术教授和一对对年轻人，在电影还未开始时都到这里来。偶尔也出现一些往往需要变动职业的人。因此，他们也就站在柜台桌前，在一杯又一杯酒之间换一换重力腿。作为加演节目，还应提到一个一闪而过的婶婶，她老戴着同样的帽子，享用免费午饭。为此，她必须向安娜·海伦妮报告她的人民剧场经历,从最后的阿达莫夫直至埃尔莎·瓦格纳最近在舞台上获得的掌声。因为这位巴尔富斯无法欣赏戏剧,收款机在她身旁响个不停。

在这里,就连黄金小嘴都是熟门熟路。他要饮料时说:“请来一杯热柠檬汁!”这除了马特恩,没有人感到奇怪。“可能是因为脖子的缘故吧?您可是得了倒霉的感冒,更确切地说,是一种吸烟者的感冒。真要命,您抽烟这么厉害。”

黄金小嘴在仔细听着这种声音。可以通过一根麦秆同热柠檬汁联系起来。可是,倾听马特恩讲话和吮吸柠檬汁,只不过是两种活动而已;第三,是接二连三地抽香烟,用剩下的三分之一点燃一支新的香烟,把燃着的烟蒂扔到身后。在这位先生付了两杯比尔森啤酒、一杯热柠檬汁和三份煎肉饼的账之后,这位从开办免费午饭以来就陷入复述的戏剧情节之中的巴尔富斯女士,给侍者递了个眼色,去把烟蒂踩灭。每个人都为了自己,马特恩为了狗。

可是,黄金小嘴和马特恩牵着刚失而复得的普鲁托不能走远了。他们顺着约阿希姆斯塔尔街往上走,穿过有斑马式人行横道的选帝侯大街,在奥格斯堡街街口进入“白色黑人”酒店。他们在那里喝酒。马特恩要了两杯比尔森啤酒和两杯谷物酿造的烧酒;黄金小嘴吮吸一杯热柠檬汁,一直吸到甜甜的沉积物。给这条狗端来了一份新鲜的血肠——是自制的血肠!侍者不得不在这位吸烟者身后踩灭总共四个烟蒂。这一次他们没有一个劲儿地站在柜台桌旁,而是待在站着喝啤酒的桌子旁。每个人都会成为与他人相对而站的人。当侍者对黄金小嘴边抽着烟、边弹到身后的东西一声不吭时,马特恩就在跟着数。“您的声音已经沙哑得这么厉害,现在您别这样狂抽了。”

可是,这个多次受到劝告的吸烟者却几乎是在顺便为这种意见辩解,认为并非大量吸烟引起他的慢性嘶哑。他回想起很多事,当他还不吸烟、还遵守体育纪律时,有某种东西、某个人使他的声带变粗糙了:“瞧,您肯定记得。这件事发生在一月初。”

然而，尽管马特恩使劲摇动他杯里剩下的啤酒，他也想不起来：“我该想起什么呢？您大概是想捉弄我吧？别开玩笑，您确实不该不停地抽烟。您还会有一个好嗓音的。侍者，付钱。现在该去哪儿？”

这一次黄金小嘴付了所有的账，甚至还给刚刚失而复得的狗付了血肠钱。至于活动活动腿脚之事当然也就根本谈不上了。沿着奥格斯堡街往上走一箭之地。欢迎的场面被五月的风吹拂着，而五月的风又很难抵挡邻近嫩黄中透着淡绿色的小吃店里咖喱粉的气味。单身女士都感到高兴，不会成为别人的累赘：“黄金小嘴在这儿，黄金小嘴在那儿！”而且，“保罗游乐场”也在演唱同一首歌。在那里，他们坐在酒吧的凳子上，因为固定餐桌四周的环形沙发上已经坐满了人。全是运输企业老板和陪同以及原原本本讲述着的故事。这些故事甚至连黄金小嘴受到热烈欢迎的到来也只能暂时中断一下。因为这是对狗表示理所当然的关心。“我的狗——趴下，哈索！——已经有十岁了。”有人没完没了地扯业务，有人好奇：“这是一只种畜。您到底是从哪儿弄来的？”好像狗的饲养人不是马特恩，而是那个吸烟者似的。这位吸烟者对所有的问题满不在乎，他在点饮料：“赶快，汉兴！给这位先生来杯图赫尔-比尔森啤酒，我来杯平常喝的那种饮料，然后再给这位先生来杯用谷物酿造的烧酒。要是你们没有，如果合适的话，就来杯杜松子酒。”

这样正好。只是别乱喝。小心谨慎，以便保持清醒的头脑和稳重的手，万一出现困难，这种事谁也不知道。

马特恩得到一套餐具。黄金小嘴用麦秆吮吸着平常喝的柠檬汁。给这条失而复得的、被一位运输企业老板称为种畜的狗端来一个咸蛋，这个蛋是汉兴在酒吧后面亲手为它剥好的。亲切的语气使人们能够从这桌到那桌、从酒吧到圆桌地提问、回答和交换近乎妙语双关的评语。因此，靠近挡风门边坐着三位女士的那一桌想知道，黄金小嘴又到这儿来，是出于职业的原因呢，还是私人的原因。那个圆桌——圆桌背景上装饰着棒球接手和拳击手的照片，这些人大多站着,期待着出手握颈和左右开弓——不让这次内部对话有片刻闲暇,就立即打听黄金小嘴的营业情况。提到同财政局有些不愉快的事情。黄金小嘴抱怨交货期太长。“绝招,在您那些出口订单上的!”环形沙发反击道。到底情人在干什么,汉兴想知道。这是一个在热闹的动物园火车站就已提出,而且不管是在这里还是那里都被黄金小嘴用暗示性的、冒着烟雾的香烟来回答的问题。

可是,甚至在这个地方——在这里,众人都了解详情,只有初来乍到的马特恩不知道——尽管每次马特恩都把烟灰缸给黄金小嘴推过去,但黄金小嘴却非得把烟蒂弹到身后不可。“我只好说:您懂礼貌!好啦,您的手腕看来骗不了这儿的人。难道您就不想要一支过滤嘴?要不,您就试着用一块口香糖来同它抗争?只不过是神经过敏罢了。这是同脖子打交道,这可不是我的脖子。不过处在您的位置,我也许会干脆停抽两个星期。您着实使我担心。”

当马特恩说出这么多关切的话语表达自己的意思时,这种话黄金小嘴喜欢听。虽说如此,但这却一再使他想到,他的慢性嘶哑症并非来自大量吸烟,而是由一个可以详细注明日期的事件引起的:“好多年前,在一月份的一个下午。亲爱的马特恩,您肯定记得。积着厚厚的雪。”

马特恩反驳道:多数情况下一月份都积着厚厚的雪。这是一个愚蠢的借口,只不过是要转移香烟消费的话题罢了,因为它们——这些棺材上的钉子才是发生咽喉疾病的根源,而并非若干年前冬天的一次完全正常的感冒。

下一杯酒由圆桌来敬,接着,马特恩感觉到自己有责任让人给那些运输企业老板以及陪同敬上七杯杜松子酒。“因为我来自这个人来的地方!”——“来自尼克尔斯瓦尔德,蒂根霍夫人是我们的县城。”尽管出现这样的气氛,但是黄金小嘴、马特恩和这只刚刚失而复得的狗甚至在“保罗游乐场”中待得也不久。尽管坐着三位女士那一桌——坐在这一桌的人经常变换——固定的运输企业老板这一桌和大家都喜欢的汉兴全要求他们留下来:“您总是来坐一会儿就走。我们已经好久没有听故事助兴了。”先生们还是决定“付账”。这样做并不排除黄金小嘴——马特恩和狗已经靠近挡风门——要奉献一个故事这一举动。

“您讲一讲,您是怎样搞芭蕾舞的?”

“要不,就讲您在占领军时期的事,那时候您当所谓的文化军官。”

“那些可怜虫的故事也棒极了。”

可是,这一次黄金小嘴对完全不同的方向感到兴趣。他对着圆桌,扫视三人桌,同时也考虑到汉兴,用沙哑的声音郑重其事、郑重其事地说着那些得到运输企业老板首肯的话语。

“一个很短的故事,因为我们如此幸运地坐在一起。从前有两个男孩。这一个男孩出于友情,送给另一个男孩一把妙不可言的小折刀。那个接受礼物的男孩用这把赠送的小折刀做这样那样的事情。有一次,他用同一把小折刀划破了自己的上臂和这个出于友情自愿伸出的上臂。就这样,这两个男孩成了歃血为盟的兄弟。可是有一天,当那个男孩,即那个接受了小折刀这件礼物的男孩想把一块石头扔进河里,但又找不到一块往河里扔的石头时,就把这把小折刀扔进了河里。小折刀从此也就永远消失了。”

这是一个引起马特恩深思的故事。他们现在又在路上了:沿着奥格斯堡街往上,走过纽伦堡街。这位吸烟者本想往右拐,去参观兰克街,拜访一位他称之为亚历山大侯爵的人,但这时,他发现马特恩在闷闷不乐地沉思,便想给他和这条刚刚失而复得的狗以活动的余地。他们沿着富格尔街往上走,横穿诺伦多夫广场,以便接着从左边去比洛街。人们在露天也可以抽烟。

“您就说说吧。”这是马特恩在讲,“我觉得这个小折刀的故事似乎非常熟悉。”

“不奇怪,我的朋友,”嗓音沙哑的黄金小嘴回答,“这个故事几乎可以说是一个教科书上的故事。这个故事谁都知道。甚至就连圆桌旁那些先生也在适当的地方连连点头,因为他们知道这个故事。”

马特恩在猜想那弦外之音,在钻着深深的洞,这些洞一定会挖掘到这个谜团的意义和内容:“那么象征内容呢?”

“真的!一个平平常常的故事!亲爱的朋友,我请求您。两个男孩,一把小折刀和一条河。这是一个小故事。这种故事您在任何一本德语教科书中都可以找到。既有道德教育意义,又容易记住。”

尽管自从他决定用譬喻描述的方式提到这个故事以来,这个故事使马特恩的心情轻松了一些,但马特恩仍然反驳道:“您过高估计了德语教科书的质量。现在里面仍然有糟粕。没有人给年轻人正确地讲清过去,等等。纯粹是骗人的故事!无非是骗人的故事罢了。”

黄金小嘴含着香烟微笑道:“亲爱的好朋友,我的教科书故事尽管非常富于道德教育意义,很容易记住,但同样也是一个骗人的故事。您看这边,这个寓言的结尾会报道:那个男孩把小折刀扔进了河里。它从此也就永远消失了。可是,我这儿有什么?好啦!您仔细瞧瞧。过了这些年后,它变得其貌不扬了。怎么样?”

在伸开的手上,就像从空中抓来的一样,放着一把生锈的小折刀。马特恩、狗和黄金小嘴站在灯笼下,灯笼正俯身看着这件物品。该物品曾经有三个刀刃、一个开塞钻、一把锯和一个销子。

“依您看,这就是您故事中出现的那一把吧?”

黄金小嘴兴高采烈,随时准备用乌木拐杖表演绝活,他肯定了这一切。“就是我那教科书骗人故事里的那把小折刀!我请求您,绝对不要再对德语教科书讲丝毫坏话。它不好,然而适用。为了那种难以忍受的、正在伤害一种还是天真烂漫的情感的真相,人们必须删去大多数噱头,就像刚才这把失而复得的小折刀之类的噱头。不过德语教科书,它们的味道好闻,有道德教育意义,容易记住。”

本来,“比洛小屋”就想拥抱这三个搭档,本来,黄金小嘴就想把这把失而复得的小折刀放回空中,放回他那宽敞的道具间,本来,匆匆浮现的幻想就看见这三个搭档,站在柜台桌旁或者坐在绿色沙龙里,本来,“比洛小屋”就要咬住他们,到黎明时分才放他们走——因为在使徒教堂周围,没有一家餐馆善于用更好的胃把顾客留在自己店里——这时,他脑海里突然浮现出一种施主的念头。

当他们越过路堤,以便从右边往上走,受到波茨坦大街的暴力制约时,黄金小嘴——赐予——捐助——馈赠表述道:“亲爱的朋友,您注意,这个夜晚——几乎没有乌云,月光如洗——在慷慨大方地说:您收下吧!——虽然咱们俩再也不是小男孩了,尽管用这种生锈的刀刃割上臂,也就是说,结下歃血为盟的手足之情可能很危险,您还是收下吧。这是发自内心深处的声音。”

深夜,五月份这个月使所有的林荫大道和公墓、使动物园和克莱斯特公园枝繁叶茂,在这时,马特恩在已经得到一只返老还童的狗之后,又得到一个分量不轻——而且正像他不得不看到的那样——夹得很紧的小折刀。他着实好好地感谢了一番,但他不能白拿,好像是作为回赠,对黄金小嘴嗓子完全沙哑的喉咙表示真诚的担心,“我很高兴。我可不是不通人情的人,绝不会要求不可能做到的事情,不过,每抽三支烟您应当歇一下。虽然认识您还不到两个小时,但尽管如此,我还是要说。很可能您觉得既可笑,又讨厌,但我还是感到万分忧虑。”

当这个吸烟者一再提到他慢性嘶哑症的真正根源就是那个寒冷的一月份时——那个月的严寒骤然间变成了融雪天气——这样做又有什么用呢?马特恩继续谈论黄金小嘴称之为既无害,又是生活中必不可少的香烟的罪责。“亲爱的朋友,今天不行。认识您使我兴奋。可是明天,对,明天,我们就会过清心寡欲的生活。所以,让我们到酒店里去休息吧,因为我已经承认:一杯热柠檬汁会使我和我的喉咙感到舒服。在那儿,这个用木板隔开的房间,一家肯定是临时性的酒店,但仍然是一家酒店,它可以接待咱们俩和狗。您应当有您的啤酒和您的烧酒。给我端上平常那种柠檬汁。喂这条善良的狗嘛,不用煎肉饼,就用维也纳小香肠,不用咸蛋,就用猪肉冻——这个世界真是太富足了!”

这是一种什么样的背景啊!在幕后,咄咄逼人的是体育馆,是一个粮仓,粮仓的麦子已经脱粒。充斥前景的是为各行各业服务的木板售货棚,其间还夹杂着一些废墟和空地。这一个售货棚可望有碰巧买到的便宜货。第二个售货棚准备的是洋葱板油烤羊肉块,油煎香肠连同永不消失的咖喱粉味。在这里,女士们白天可以让人挑起编织物上漏掉的脱针。第四个售货棚让人对赢得赌马充满希望。而第七个由几个棚屋部件凑起来的隔板屋——名叫"克茨·燕妮"——应当成为这三个搭档的最新环境。

可是在他们进入酒店休息之前,马特思想好了一个问题,这个问题不愿意在第七个售货棚中说出,它要在五月间的和风中一展身手:"您说一说,这把小折刀——现在它可是属于我了——您是从哪儿得来的?我简直无法想象,这会是同一把,是另外那个男孩——我指的是故事中那个男孩——据说已扔进了河里的那一把小折刀。"

本来,黄金小嘴就要用散步手杖的象牙柄钩着门把手——他用这种办法打开所有酒店的大门,打开安娜·海伦妮·巴尔富斯的酒店,打开劳费尔斯贝格尔的"白色黑人"和"保罗游乐场",差一点打开"比洛小屋"——本来,那家并非草率从事、称作"克茨·燕妮"的酒店的老板娘燕妮已经在盼着新客人——她预感到谁会来,已经开始榨柠檬汁——这时,黄金小嘴粗糙的声带送出了解释性的话语:"您能够继续听我讲吗,亲爱的朋友?我们已经谈到,现在也在谈论小折刀。每一把小折刀都曾经是,尤其在刚开始时是新的。然后,每把小折刀都派上用场,要么当作它本身和应当成为的东西,要么与它本来的目的大相径庭,被当作镇纸、配衡体,或者——在缺少投掷的石头子儿时——当作被投掷的物品。每一把小折刀总有一天会丢失。要不是被偷掉,被遗忘,被没收,就是被扔掉。可是现在全世界现存的小折刀,有一半都是被找到的刀子。这些刀子又可以分为平平常常找到的和在有利的情况下重新找到的。我找到的那把刀就属于这一类。我找到它,是为了把它转交给您——这把小折刀原来的主人。要不,您大概是想在这儿,在帕拉斯街和波茨坦街街口,在这儿,面对历史性的和现实的体育馆,在这儿,在这个木板售货棚吞进我们之前,一口咬定:您从未有过一把小折刀,此外,也从未丢失过、遗忘过或者扔掉过一把小折刀，最后，您刚才也不会重新找到小折刀吧？在这种情况下，我要筹备这次重新找到失物的小型庆祝会就有困难了。在我的教科书故事中说道：小折刀掉进河里，从此便永远消失了。'永远'是撒谎！因为有吃掉小折刀的鱼，后来这些鱼死了，摆在厨房用的桌子上；再说，有一些普通的挖泥船，这些挖泥船把所有的东西都挖了出来，因此也就把被扔掉的小折刀挖了出来；此外，还有偶然性，不过这一次并非偶然。好多年了——不妨讲讲我作出的努力——好多年了，我不惜代价，递交了一道又一道的呈文，我无所顾忌地向所有河流整治委员会的大小官员行贿，最后由于波兰当局让步，我才得到了这个了却心愿的许可：在维斯瓦河口——因为就您和我所知，那把小折刀被扔进了维斯瓦河——华沙一个中央部门专门为我派了一艘挖泥船，大致是在那里，把这个发掘对象挖了出来。就在那里，小折刀于一九二六年三四月间销声匿迹。那个地方位于尼克尔斯瓦尔德村与希温霍尔斯特村之间，但是靠近尼克尔斯瓦尔德堤坝。这是一件何等明确的发掘物啊！此外，我还让人在瑞典的南部海岸和波的尼亚湾挖了好几年。赫拉半岛的水位上涨地带也由我出资，而且由我监工，挖了又挖。所以，为了结束发掘对象这个题目，我们有理由可以讲：把小折刀扔进河里是毫无意义的。每条河都无条件地交还小折刀。对，不仅仅是小折刀！把尼伯龙根宝藏沉入莱茵河，也是同样毫无意义的。因为有一个对这个惶恐不安的民族储藏的宝物怀有浓厚兴趣的人会到这里来——大体上同我对小折刀的命运感兴趣一样——尼伯龙根宝藏会重见天日，而且——同小折刀相反，小折刀的合法持有人就在活着的人们当中——进入相关的国家博物馆。可是现在，匆匆忙忙之间已经聊得够多的了。请别客气！只希望您耐着性子听我小小的建议：您就多关心一点这个刚刚失而复得的财产吧。您可别像当初把它扔进维斯瓦河那样，今天把它扔进施普雷河啊。尽管施普雷河会比那条您在其岸边长大的维斯瓦河还要不加反抗地把它交出来——如今，人们从您的言谈话语中还能听出这个意思来。”

马特恩再一次站在柜台桌旁，狗趴在地上，他左手握着啤酒杯，右手握着双层粮食烧酒杯。当他苦思冥想：他到底是从哪儿知道，他到底是从哪儿……时，黄金小嘴正同这家往常空空荡荡的酒店的老板娘演完一出问候戏。在这出戏中，诸如“心肝儿燕妮、燕妮安慰和最亲爱的燕妮”之类的称号表明，柜台后面那位瘦瘦的女人对于黄金小嘴所具有的意义，比木板棚屋的四壁所能容纳的还要多。趁这个身穿肥大羊毛衫、形容枯槁的瘦高个女人把一半的柠檬汁喝掉的工夫，有人使马特恩确信：此外，这个燕妮还是那个有银戒指的燕妮，那个冰雪女王：“尽管如此，我们还是不愿叫她安古斯特里，因为她这个真正的名字会使她情绪忧伤，想起比丹登格罗来，也许您已经听到过这位先生的情况吧。”

马特恩在内心深处一直在抱怨这把小折刀，他拒绝用这个无法形容的吉卜赛人名字来加重自己回忆能力的负担，拒绝鉴定一个小小的银戒指。对于他来说，这个备受赞美的燕妮——这一点倒是一眼就看出来了！——只不过是低级娱乐场里一个衰老无用的普通女人罢了。这是一种有洞察力的观察，这种观察为木板售货棚的室内陈设所证实：如果说在“保罗游乐场”里扁鼻子拳击家和棒球接球手的照片构成图片装饰的话，燕妮则用一个伴舞队跳破的芭蕾舞鞋来装饰她的售货棚。它们已经是变浅的淡红色，过去的银白色和天鹅湖般的白色。这些舞鞋在低矮的天花板上晃动着。当然还有这个吉赛尔或者那个吉赛尔的照片。黄金小嘴用善于讲课的手指指着阿蒂迪德舞姿和阿拉贝斯克舞姿说：“左下方是德格。总是抒情的，总是抒情的！在那儿，是斯费娃·克勒尔、斯科里克，玛丽亚·弗里斯在扮演她第一次的重要角色——杜尔西内娅①。在那儿，在不幸的勒克勒尔克旁边，是我们的燕妮·安古斯特里同她的舞伴马尔策尔。当时这个人，在燕妮跳园丁之女时有一个很普通、很容易记的名字，叫作芬谢尔。”

---

① 《堂吉诃德》中的养猪女郎，堂吉诃德的意中人。

因此,这是一个艺术家酒店。在演出之后,人们还会去看看“克茨·燕妮”,如果走运的话,还会遇到矮小的布雷多夫或者赖因霍尔姆,遇到费斯科姐妹、克洛伊斯兴·盖特尔或者芭蕾舞摄影师拉马。拉马修描了这里陈列的大部分照片,因为不能让人看出脖子在痉挛,每个脚背都要是最高的脚背。

啊,这些尖足舞鞋跳出过多少雄心壮志和刹那间的美!现在,这家餐馆尽管有啤酒龙头和赖德迈斯特①,尽管有马姆佩-克姆和施托伯斯·马汉德尔,仍然散发出粉笔味、汗水味和针织紧身衣的酸味。此外,还有柜台桌后面那张生气的山羊脸,关于这张脸,黄金小嘴声称,那个人也许在给他准备最好的、最容易消化的热柠檬汁。现在——这个吸烟者感到非常欢欣鼓舞——在喝下最初几口过瘾的饮料之后,他喉咙的嘶哑症已经得到缓解,他的声音——他当孩子时能够把声音唱到教堂尖顶那么高——会使人想起声音极高的莫扎特咏叹调。很快已经准备就绪,只有几杯装满燕妮热情的燕妮柠檬汁,他将在自己心中唤醒天使,让他欢呼雀跃。

尽管马特恩听觉灵敏,能够听出黄金小嘴声音中一些差不多是被润色过的音,但他不得不再次表示他的担心:“很可能,这儿的柠檬汁特别好,照我看也是可口的。因此,您有更多的理由只喝果汁,停止像这样毫无节制地——我差不多想说——玩世不恭地吸烟。”

他们已经谈到了老题目:“别抽那么多烟,要不然你抽得太多了!”接着,吸烟者用训练有素的指甲撕开一包新的、切成细片的块形烟草,既不递给马特恩,也不递给老板娘燕妮,自己便优先享用起来,也不用火柴,而是用抽过的烟卷儿屁股来点新的烟卷儿。啪!烟蒂越过肩膀,飞到了餐馆的木板上,在那里继续闪烁,完全熄灭或者说越燃越旺——谁知道呢?

因为这一次没有侍者在黄金小嘴背后蹑手蹑脚地走过去,用歪斜的鞋跟去踩一位特殊顾客那热乎乎的排泄物。黄金小嘴是这样称

---

① 赖德迈斯特(1900—1987),曾任科隆博物馆馆长,以研究东亚艺术著名。

呼他那往后弹出去的烟蒂渣滓的:“亲爱的朋友,这儿这些烟蒂就是所谓我存在的排便。总而言之,对那句话和必要的过程没有丝毫反对意见。渣滓,渣滓!难道我们不是?或者说我们不会成为渣滓?难道我们不是靠这些东西过活?您瞧,可是别惊慌,瞧这杯热柠檬汁。应当告诉您——亲爱的燕妮,可不是吗?——一个秘密。因为使这满满一小杯寻常物品变为特殊物品的东西,并非被选定的柠檬和特殊的水。从云母片麻岩和云母花岗岩中提炼出来的一点点云母搀入玻璃杯中。请注意那些银色的小鱼!然后——我告诉您一个吉卜赛人的秘方——配上三滴贵重、美味的香精。我亲爱的燕妮随时都为我留住这种香精。这种饮料是我老喜欢喝的饮料,它令人陶醉,它犹如香脂一般流过我的喉咙。您猜到这是什么了。您那句难听的大话到了嘴边,欲言又止。您是在猜想在您黄色的啤酒中有类似的香精,您想避开,您在两个嘴角当中感到恶心,您想惊恐万分地大叫大喊:尿!尿!女人尿!可是我的燕妮和我已经习惯于被人怀疑,习惯于掌管一个令人讨厌的巫婆厨房。可是已经——不是真的,燕妮!——原谅您了。和睦已经而且再次将我们安排到已经跳破的尖足舞鞋的天空下;现在已经而且并非最后一次又把杯子盛满了——啤酒和透明的、用小麦酿制的酒会赐福给我的客人。煎肉饼会赐福给狗。可赐给我这个吸烟者的是让所有的人都明白:瞧,他还活着,因为他还在抽烟!在一月份的一个下午,突然出现的融雪天气使我的嗓子变得粗糙。对我来说,没有一把小折刀是找不到的。在我看来,教科书上的故事我都熟悉。比如那个关于洗礼时烤焦的鹅的故事,那个关于吸牛奶的鳗鱼的故事,那个关于十二个无头骑士和十二个无头修女的故事,那个关于全部按照人的形象制作的稻草人的、很有道德教育意义的故事。我这个幸存的烟鬼,把刚才还叼在嘴上燃着的东西往身后扔去——粪便,粪便!我这个黄金小嘴还在当孩子时就希望取代无聊的正常牙齿,嘴里安上三十二颗金牙,所以我是安上金牙的吸烟者——一个朋友使我摆脱的天然长成的满口牙齿,帮我得到了这种东西——我这个被拯救者喜欢喝热柠檬汁。黑云母和白云母贡献出一点点云母擦痕面。用燕妮的香精使味道变得十分可口的柠檬汁装满这个杯子,好让人们干杯——为了什么呢?——为友谊,为奔流不息的维斯瓦河,为所有转动着的和静止不动的风车,为属于村长小女儿那只有鞋襻的黑漆皮鞋,为广袤无垠、麦浪滚滚的田野上空那些麻雀——天使,为过于喜欢吃胡椒的普鲁士腓特列二世的禁卫军,为在三位一体教堂下面的深处为历史做证的法国龙骑兵制服上的纽扣,为跳跃着的青蛙和抽搐着的蝾螈尾巴,为德国的棒球比赛,不,总之是为德国,为德国命运攸关的调味汁和德国烟雾腾腾的丸子,为原始的布丁和填得饱饱的内心世界,同样,为送子仙鹤阿德巴尔——同样,为发明沙钟的死神,但也为阿德勒的啤酒厂和海因里希-埃勒尔斯运动场上空的策佩林飞船,为木工师傅和音乐会钢琴家,为麦芽止咳糖块和那个有骨胶味的轻佻少女,为橡木护墙板和胜家缝纫机,为市立咖啡磨坊和上百本雷克拉姆袖珍小册子,为海德格尔的存在和海德格尔的时间,同样,为魏宁格的典范著作,也就是说为颂歌和纯洁的思想,为纯朴、羞愧和尊严,为胆怯和震惊,为荣誉和深沉的性爱,为恩惠、爱情和幽默,为信仰,为橡树和齐格弗里德动机,为喇叭和冲锋队八十四中队,因此也为那个一月天的雪人,是它让我跑了出来,好让我吸着烟幸存下来。我吸烟,所以我活着!让我们为我和你——瓦尔特干杯!这就是我,所以,让我们干杯吧!你说,失火啦;让我们还是干杯吧!你认为必须叫消防队;让我们在没有消防队的情况下干杯吧!你说,我的粪便——你把烟蒂称作粪便——会使跳破了的芭蕾舞尖足舞鞋这个庇护所——你骂售货棚是庇护所——燃烧起来。我请求你,别妨碍这场火灾。最后,还是让我们干杯吧,这样我就可以喝热柠檬汁,珍贵的热柠檬汁了!”

现在,当地板的火势越燃越旺,开始舔着木板棚的四壁时,朋友们在干杯。啤酒杯和柠檬汁杯相互碰撞,唯命是从地叮当作响,而这时,在越来越厉害的热浪中,那个由被折磨到死的尖足舞鞋组成的芭蕾舞团开始在天花板下跳起小型舞蹈——埃夏佩·克鲁瓦泽、埃夏佩·厄法塞、阿桑布莱·阿桑布莱,在支撑腿的踝骨上,跳小绷脚擦地。那烈火会成为何等有魅力的芭蕾舞教练啊！然而，产生这种真正值得鼓掌喝彩的奇迹的却是热柠檬汁。燕妮的点滴和一点点的云母擦痕面具有奇特的效果。尽管周围烈焰滚滚，黄金小嘴还是不愿扔掉抽着的香烟，他用柔和的、稍微有点高的声音，更确切地说是用几句声音太轻、被烈火推着芭蕾舞步的嘈杂声盖过的话语，讲述引人入胜的教科书故事，讲述时既用噱头，也不用噱头。马特恩也不偷懒，他讲述自己的故事助兴，这些故事充实了一些有缺陷的黄金小嘴故事。甚至就连小酒店的老板娘燕妮也知道一些故事。在这相互闲聊的四重唱周围——因为普鲁托这条狗也在倾听——烈火在讲述一个故事，这个故事使天花板下面的热风芭蕾舞团感到高兴。伴舞队用准确的猫步作出反应，左右脚不停地交替移动碎步——布雷舞步，布雷舞步！当那些全是阿蒂迪德和阿拉贝斯克舞姿的照片从下边开始变成棕色时，当黄金小嘴的故事受到马特恩的故事支持时，在柜台桌边又汇入一个柠檬汁般热气腾腾的燕妮故事，当那些照片先是蜷曲，然后皱缩，那些故事没完没了，在烈火上情绪被调动起来了的芭蕾舞团现在已经在跳独特的滑步时，在外面，消防队开始它那浇灌园地长橡皮管的故事。

赶快！黄金小嘴不得不赶快讲述他的稻草人故事；马特恩要更快地讲出他的狗故事；燕妮干得很漂亮，在她的云母片麻岩传奇中，森林轻骑兵和门格人，也就是补锅匠和流浪汉在捕捉刺猬，她更为迅速地把她的传奇引向结尾庆典和刺猬宴；因为不管是黄金小嘴，还是老板娘和把狗视作比喻的马特恩，都无法讲得像火吞掉木材一样快。阿蒂迪德舞姿和阿拉贝斯克舞姿已经从呆滞的照片姿势转移到了火焰游戏当中。富于想象力的芭蕾舞动作设计把尖足舞蹈团的阿桑布莱舞步同男性小火焰的大步换脚跳舞步混在一起。总之，整个售货棚，除了一小部分醉心于各种故事的柜台、桌子，都已陷入熊熊烈焰之中。因此，还要赶快讲在人们斗殴时稻草人插手的故事。紧接着就是马特恩的故事，他讲自己依靠圣母马利亚的帮助毒死了一条黑狗。酒店老板娘燕妮——这场火对她是多么合适啊，这股热浪是多么有利于这个已经干缩的吉赛尔再度青春焕发啊——一个突然烧起热情的美人可以用具有云母擦痕面的话语讲述，少数配料怎样把一种普通的热柠檬汁变成黄金小嘴的长生不老药。“讲吧，孩子们，讲吧！”黄金小嘴用老是新换上的香烟鼓舞现在同打瞌睡的狗一起坐在柜台桌旁的那一伙人。“别让话头中断了，孩子们！因为只要我们还在讲故事，我们就活着。只要我们想起什么东西，不管有噱头还是没有噱头，想起狗的故事、鳗鲡的故事、稻草人的故事、老鼠的故事、洪水的故事、食物烹调法的故事、谎言的故事和教科书上的故事，只要这些故事还能够为我们助兴，就不会有地狱来招待我们。轮到你了，瓦尔特！只要你珍惜自己的生命，那就讲吧！”

芭蕾舞团走了，取而代之的是暴风雨般的掌声。九尾火焰在摇动尾巴，相互交配。棚屋木材在迎向自己的命运。消防队在执行自己的任务。如果没有马特恩讲一些关于严寒的一月的故事助兴，炎热是会使人透不过气来的。“毕竟只有在东部才有这么寒冷的冬季。那儿要是下雪的话，可是真能下，要下好几天。大雪把一切都覆盖了，真的！因此，东部的雪人比西部的更早，也更大。所以，要是出现融雪天气，那就有的是事情可干了，真的？要是冰从赫拉半岛漂到维斯瓦河河口的话，我那些仍然叫马特尔纳的祖先最喜欢在一月份……”

啊，马特恩善于在光线很好时把故事从很久以前的事情讲起。烈火端来第二道菜，它吐出酥脆、咬碎的骨头和烧红的钉子，噼里啪啦地吃着，小口小口地喝着流出的啤酒，让大量的瓶子爆炸，有赖德迈斯特酒和施托伯斯·马汉德尔酒，施泰因黑格尔罐子酒和双料的杜松子酒，劣质烧酒和优质蒸馏酒，覆盆子酒和味道清淡的比斯克维特酒，白兰地混合酒和真正的烧酒，一半对一半的马姆佩-克姆酒，白马车酒，雪利酒，黑浆果酒，卡尔特甜酒和杜松子酒，细长的和兰芹酿造的烧酒，这么甜的库拉索牌柑香酒，埃塔勒修道院酒，轻骑兵咖啡酒……种种含酒精的饮料！这是一个多么美妙的、抚摩着超验的词啊！当马特恩从远处讲起，一个接一个地讲述马特恩的故事时，心灵也在一个接一个地燃烧。“那是两兄弟。故事于一四八八年从格雷戈尔·马特尔纳开始。他当时从但泽来，在伦敦受到人们很不友好的嘲弄。紧接着，便发生了流血事件，真的！这时，他走了回来，要求权利，但是没有得到。他马上就在阿尔图斯宫廷门口大吵大闹。在那儿，谁也不许带武器，可他却带了，而且还使用了武器。接着，他被剥夺了公民权，真的！不过他也没闲着，他找来一些同伙——那帮被击溃后剩下的人，这伙人当着屠户的帮工汉斯·布里格尔的面，放火——就像这场火一样——杀人。这儿只举几个人，博布罗夫斯基加入了他那一伙，还有希尔德布兰特。贝尔瓦尔德也入了伙。总之，在苏布考出现这种事，在埃尔宾发生那种事，他在一月份的严寒中，在骑士团的国度里走来走去，把空间让给拉特曼·马丁·拉本瓦尔德，为了让他每个地方都装满铅弹。寒冷没有减退，所以，后来他就专门从事放火的勾当。朗加尔滕连同巴尔巴拉教堂和嘎嘎作响的巴尔巴拉医院化为灰烬。他拆毁了涂抹得妙趣横生的、漂亮的布赖特巷。最后，波兹南的司令官灿托尔捉住他，把他绞死了。是在九月十四号，真的！一五〇二年。可是谁想到，现在完了，他弄错了，不得不烧掉房子。因为现在他的兄弟西蒙·马特尔纳来了，他要为格雷戈尔·马特尔纳报仇，不管是夏天还是冬天，都缠住这个国家不放。他放火焚烧木架房屋和山墙突兀的粮仓。他在普齐格尔角设有一个柏油、焦油和硫黄仓库，雇用了三百多女仆绕导火线，这些人都必须是未婚少女。他付钱给奥利瓦和卡尔特豪斯教堂，好让那些勤奋的僧侣制作柏油脂火把。像这样武装起来之后，他就让彼得西利恩巷和德雷尔巷燃起了冲天大火。他让人把一万二千公斤猪肉香肠、一百零三只骟羊的肉和十七条公牛的肉——家禽肉、河中小岛鹅肉和卡舒布人的鸭肉还未计算在内——放在专门燃起的火上烧烤，再放上烤得松脆的面包皮，好让城里的穷苦人、钩织品厂的穷光蛋、圣灵医院的病人和从马滕布登和青年城里一拐一拐走来的人能够饱餐一顿，真的！能够饱餐一顿。让城市贵族的房屋火光闪烁，发出呲呲声。在有富商调味品的锅里煨着饥民和病人吃的滋补品。啊，西蒙·马特尔纳，他也许会让全世界都陷入一片火海之中——可是他们捉住他，把他绞死了——为把铁杆上多汁的烤肉赠送给所有被奴役的人们。我就是他——第一个有觉悟的烟火制造者的后代，真的！社会主义会胜利，真的！”

这种叫喊声和接踵而至、没完没了的哄堂大笑——黄金小嘴讲了几个有趣的、关于仓库的教科书故事——从外表看，可能将某种极可怕的东西混进了棚屋火灾之中，因为不仅仅是那些普普通通的、轻信闹鬼事件的好奇者感到害怕，就连西柏林消防队——尽管他们本来就是善良的新教徒——都赶忙画十字。地狱里这种哄堂大笑的下一阵声浪把四支消防队全部卷走了。戴着头盔的人们在短短的时间内让贵重的橡皮管都卷了起来。消防队听任棚屋火灾——奇怪的是棚屋火灾并不想蔓延，不想吃掉整排售货棚——成为棚屋火灾，他们带着熟悉的呼啸声疾驶而去。甚至没有一个防火岗哨愿意前来报到，愿意坚守在火灾现场，因为每一只耳朵都被恐惧塞住了。在火炉的核心，地狱的客人在狂饮，他们在交替地吼着亲共产主义的口号，然后沉醉于粗暴野蛮的哄堂大笑中，最后让一个男高音出场，这个男高音可以唱得比腾起的火舌更高，比天空映照的火光更亮。这种拉丁语的歌曲就像在天主教堂里唱的那样，它玷污了波茨坦大街——从盟国对德管制委员会大楼直至比洛街。

体育馆还未听到这种歌声。上帝保佑——它迸出火花——一首高傲的神的颂歌，它教会手指纤长的火焰合拢两只小手。黄金小嘴善于提供这些咏叹调。当烈火已经用完第三道菜，却仍然是一副馋相地啃着餐后小吃时，这种歌曲带着光辉闪烁的像柠檬汁一般细长的声音，天真老实地信奉着唯一的神灵。在柔顺的《圣哉经》之后，是一首颂歌，黄金小嘴善于给这种歌曲配上有回声的多声部。但是，就像在黏糊糊的行板中，《和散那颂》超过各种高度记录一样，马特恩——他的眼睛不怕各种烟熏——再也忍不住流出了泪水：“你把‘上帝的羔羊’这一段给我们免了吧！”可是，只有那首欢快的轮唱曲才用丝手巾挡住马特恩这种要蔓延到普鲁托这条狗和老板娘燕妮身上去的感动。黄金小嘴唱《尊贵的女主人》唱了很久,一直唱到这些能欣赏的听众恢复了自制力,所有的火焰、小火和火星都沉沉入睡。一声“阿门”在多次被吞没后,似乎作为被子极轻地铺到烧焦的糕饼、熔化的玻璃和已经烧成灰烬的、疲劳困乏的热风芭蕾舞团上面。

而这时,他们自己也疲劳不堪地越过完好无损的柜台桌,离开这个已经沉沉入睡的失火现场。狗走在前面,他们小心翼翼,一小步一小步地走向空空荡荡的、只有路灯把守的波茨坦大街。燕妮说她好累,真想马上就上床。还得付钱。黄金小嘴宣布自己是东道主。燕妮想一个人回家:“反正也没有人会对我做什么坏事。”可是,先生们坚持要护送她。他们在莱迪克对面的曼施泰因街互致晚安告别。在房门前,燕妮这个一直活了下来的人说:“你们也该睡觉了。你们这些夜游神啊。明天还有时间嘛。”

可是对于另外两个人,对于这两个可以说是幸存,而不是生存下来的人来说,夜晚还没有结束。就连那个不朽的生物也十分清醒,全神贯注地用四条腿站着。“普鲁托,趴下!”

因为那里还有要品尝的残余物品。一方面涉及剩下的一定数量的香烟,要一支接一支地点燃这些香烟,顺着约克街往上走,走过纪念图书馆,而另一方面,又必须谈到一种毫无必要的残余物品。这种东西待在牙齿之间,使它们——三十二颗牙齿都变得麻木。

可是,黄金小嘴对这种音乐表示好感:“亲爱的瓦尔特,再一次听见你像在阿姆泽尔最幸福的时代那样,把牙齿咬得咯咯作响,使我感到多么愉快啊。”

马特恩则相反,不想听到自己的声音。他在自己内心深处——因为咬牙人有一个内心世界——正在举行摔跤比赛。这些棒球接手得心应手地走过措森大桥,沿着乌尔班港口往前走。鬼才知道谁要在那儿把一切都打翻在地!也许整个马特尔纳宗族都在拳击场里尽心尽力。他们全是不可战胜的英雄好汉,他们在期待地望着可尊重的对手。难道说黄金小嘴会摔跤？因此，他又在用这种挖苦人的口气讲话，还用冷嘲热讽的方式抽着怀疑一切的香烟。在火炉中作为信条毫不含糊地欢呼雀跃的东西，在接近海军上将桥的地方分化成声音不和谐的、沙哑的疑虑和异议。在他看来，没有任何东西是纯净的。往往把所有的价值都弄得颠三倒四，好让裤子滑到腘窝里。他最喜欢的题目是："普通的普鲁士人和特殊的德国人。"全是对这个民族阴险的颂扬，在雪人之前和之后，正是遭受这个民族折磨的时候。这样做不合适，黄金小嘴！即使是五月份，花蕾绽开——人们怎能爱上杀害自己的凶手！

可是，就是他对德国的爱也在编织——人们只需要仔细倾听——嘲弄人的桂冠，这种桂冠是从墓地蜡制花圈上扯下来的。譬如说，黄金小嘴就对边界堡垒的下水道发表了一通声明："你可以相信我，我已经查明，在埃奇和贝尔特、马斯和梅梅尔之间，仅限于在歌曲当中，制造和使用了最好的、最耐久的，也就是说永远都不会褪色的印泥。"①

吸烟者用嗓子又一次完全沙哑的声音把种种格言悬挂到迈巴赫河岸边用利爪守卫的房间里。那个从一个嘴角跑到另一个嘴角的催命鬼也凑着说："不，亲爱的瓦尔特，你也许对你伟大的祖国还有很大的气，可我却爱德国人。啊，他们是多么神秘莫测，满是讨上帝喜欢的健忘呀！他们就这样在天然气的蓝色火焰上煮他们的豌豆汤，在这时什么也不想。再说，世界上也没有一个地方像在此地这样，配制这样黑黝黝的、这样黏稠的面粉调味汁。"

可是，就像这条几乎没有流动、开凿得笔直的水流分岔儿一样——它要顺着左手流向东部港口，在对面与苏占区交界，再顺着右手往上走，出现了新克尔恩通航运河——也就是说，他们现在同忠实的狗站在一个具有重要意义的地点——对面就是特雷普托。谁不知道那个阵亡将士纪念碑？黄金小嘴在那里不揣冒昧地说出

① 这里指1952年出示的一份1939年的死刑判决书。

了一句名言。这句名言虽然配得上这条分岔儿的运河河道，但所驾驶的却是一条糟糕的、四处漂泊的、无主货船。马特恩只得听着：“人们肯定可以说：每个人都可以变成稻草人，因为稻草人终究是按照人的形象制作的，这一点我们不能忘记。但是在所有的作为稻草人宝库得过且过的民族当中，德意志却具有优势。德意志民族比犹太民族还要优越，它具有各种才能，有朝一日会赠送给世界原始稻草人。”

马特恩一声不吭地走开去。就连那些已经苏醒的小鸟也重又假装入睡。出现了平常所见的把牙齿咬得咯咯作响的情景。用鞋子在平坦的石子路上漫无目的地寻找。那里没有石子。我该用什么呢？到处都找不到一块石头子儿。难道说要拿衬衣和短袜来交换？我把刮胡刀已经丢在那个充满烟雾的售货棚里了。在那儿我必须过得愉快。要不然我就溜走，跑到这个占领区来。反正我愿意，而且一直下不了决心离开这儿。在那里我要……

他已经把握着的手向身后挥去，准备从远处挥动手臂。这是一种多么漂亮、有力的投掷者姿势啊！黄金小嘴喜欢平衡动作。普鲁托在急切地期待着。马特恩把——瞧，会是什么呢？——失而复得的小折刀扔得远远的。他把维斯瓦河在并非毫无抵抗的情况下献出的东西赐予了这条柏林边界堡垒运河，而且是在它分岔儿之处。不过，在这把小折刀刚溅起常见的浪花，看来是永远消失之时，黄金小嘴正好在场，还提出善意的劝告：“好啦，亲爱的瓦尔特，别担心。对我来说这只是小事一桩。人们会把这段可以考虑作为发掘地的运河里的水排干。这儿的水很少流动。用不了十四天，你又会得到你原来那把完好无损的小折刀。你知道，是它使我们成了歃血为盟的兄弟。”

啊，软弱无能，软弱无能在孵蛋，愤怒就将从这些蛋里钻出来。愤怒赤身裸体，而且没有茸毛！马特恩迸出一个词来。啊，人类的愤怒，它一直在寻找着词语，最后终于找到了一个词！马特恩在传布一个绝无仅有的、目标明确的、贴切的词。愤怒，人类的愤怒，它从不知足,它把重复作为增强积聚起来！这个词连续不断,多次重复。狗在站着。运河在分岔儿。黄金小嘴耽误了在一支几乎燃尽的香烟上点火的时间。主导动机披上杀人动机的外衣。马特恩对准目标说:“犹太鬼!”

麻雀终于苏醒。啊,在两个分裂的天空下正在来临的、风和日丽的五月的早晨。啊,夜晚,夜晚已经过去,白昼尚未到来。啊,两节课之间的空余时间,在那时说出“犹太鬼”这个词,这个词不想掉到地上,它要飘荡,还要飘荡一会儿。

马特恩跌倒在地。他过度劳累,也吃不消了。“先是带着所有这一切乘着往来于东、西德之间的列车旅行,然后周旋于一个又一个的酒店,尽情狂欢。换换空气。重逢的欢乐。这种情况谁也受不了。每种解释都只说明这些情况。每一个词都属多余。同我一道做你想做的事情吧!”

因此,黄金小嘴的乌木手杖招来一辆出租车:“滕珀尔霍夫飞机场。请快开。那儿这位先生、这条狗和我有急事。我们要搭去汉诺威的头班飞机。需要参观一个企业,这个企业在井下,就是布劳克塞尔公司,这家公司你知道吗?”

第一百零三个地下最深处的马特恩故事

谁要在井下旅行,谁就应当通过空间助跑,也就是说,乘英国的欧洲航空公司的飞机飞到汉诺威-朗根费尔德机场。属于企业的汽车会缩短剩下那段通过平坦的露天地面的路程。从奶牛和建筑工地旁边走过,驶过绕行路和与高速公路联结的马路,穿过五月间虽然已经嫩绿,但仍然呈现出灰白色的地区。从远处眺望,目的地紧贴在地平线上,只见圆锥形充填料山丘、砖红色旧房子:实验室、盥洗室、锅炉房、管理处和仓库——而高耸在所有屋顶之上，通观充填料山丘连同倾泻设备的是：趾高气扬的提升井架。

如果有这样的背景支撑天空，谁还会去建造大教堂！这就是布劳克塞尔公司，这家公司虽然在汉诺威钾盐联合会注册，对当地的矿山管理局负责，可它再也不开采钾盐，但仍然让人们分三班下矿井。这些人有：采矿工长、值班采矿工长、采区区长，瓦斯检查员和经书面确认的开采工以及满师的矿工，总共一百八十二名矿工。

只要提升井架上的绳轮还在进行人员输送，在那儿第一个从属于企业所有的宝马车上下来的人，就不应再被称作黄金小嘴，而是被称为“经理先生”，或者是“布劳克塞尔先生”。司机这样说，门房这样说。

而那个在布劳克塞尔后面离开企业所有的汽车的，依旧不是马特恩，反倒是一条充分发育的黑色牧羊犬。布劳克塞尔和终于跨出汽车的马特恩，他们俩叫这条狗——普鲁托。

当他们跨进还在开采钾盐的时代安装的那道熟铁门时，门房脱下帽子向布劳克塞尔经理先生表示问候。紧接着，马特恩——一个极其美妙的、不乏奇特对话的夜晚，通过柏林至汉诺威空中走廊的一趟极其愉快的飞行并没有使他失去天生的惊异才能——不得不提出这个问题：“这是怎么回事？在这儿上班的这位门房简直太像我父亲——磨坊主安东·马特恩了。”

矿山经理布劳克塞尔先生立即将他的客人带到采矿工长更衣室，吹口哨叫普鲁托这条狗趴下，仿佛狗是他的。在这之后，他知道那个确定不移的回答了：“门房安东·马特恩不像磨坊主马特恩，他是磨坊主，他是父亲。”

马特恩同样吹口哨要普鲁托这条狗趴下，但没有结果，紧接着他便得出这个虽然模糊不清，但却是掷地有声的结论：“每个父亲最后都要成为每个儿子的看门人。”

然后，采矿工长更衣室的看管人递给马特恩一张纸，马特恩得在上面签名。因为按照矿山警察的规定，出于参观企业的目的而要乘罐笼下矿去的非矿山人员必须用签字确认这种意图。马特恩签完字,被带进一个单间浴室。他在那里,在干的浴盆边应当脱下他旅行时穿的衣服,穿上工作服、毛袜和笨重的系带子的鞋,围上一块毛围巾,戴上一顶大小合适、漆成黄色的新安全帽。他一件一件地换掉衣服,通过旁边单间更衣室的墙壁问布劳克塞尔先生:“普鲁托到底待在哪儿了?”

布劳克塞尔虽然是经理,也得一件一件地脱去他旅行时穿的衣服。他通过同样的墙壁回答道:“普鲁托在我这儿。它不待在这儿待哪儿!”

布劳克塞尔和马特恩由普鲁托跟着,离开采矿工长更衣室。两人左手都提着电石灯。这种矿灯,还有这种工作服和这种双层的黄色安全帽,抹去了矿山经理和矿外人员的区别。可是,在他们沿着办公大楼往前走时,一个身材矮小的驼背先生袖套上印着代理人的记号,从大门口走出来,迫使这两个同样打扮的人休息片刻。布劳克塞尔应这个想象中的代理人的要求,不得不签了好几次名,这些都是他不在矿上时就该签署的。能够结识小马特恩,代理人感到很高兴。他用“平安上井!”的问候给他们让出了通往提升井架之路。

马特恩和布劳克塞尔两个由狗跟着,穿过矿区,一批批钉死的木箱被推土机用安装在前面的堆放架装着,在矿井上运来运去;可是没有存放钾盐,既没有存放在小型容器里,也没有存放在大型容器里。

当他们来到提升井架底下,布劳克塞尔想第一个跨到井口装卸平台的铁梯上时,马特恩提出这个问题:“这条狗是否也该下去?”布劳克塞尔并不是在开玩笑地说:“每一条狗都来自井下,最终必须再下到矿井去。”

马特恩有顾虑:“这畜生还从未在井下待过。”

紧接着,布劳克塞尔便作出决定:“这条狗属于矿山所有,因此它必须习惯下井。”

因为马特恩在几个小时之前还是狗的主人,所以他无法接受这一损失:“这是我的狗。趴下,普鲁托!”可是布劳克塞尔在吹口哨,而黑牧羊犬也在他前面爬上了通向井口装卸平台的阶梯，这里的井口平台阶梯正好有半个提升井架那么高。在平台上有穿堂风。提升机从斜下方通过戈培轮使他们头上的绳轮运转。上、下绳子拉紧，让人只能猜到是在升降运送。

可是当钟声——敲四下是预告信号："慢行！"——预告从井底车场来的提升罐笼就要到达时，马特恩想不失时机地提出一个建议："要是我们让普鲁托待在这儿，情况会怎么样呢？谁知道它怎么忍受得了这种情况，这么快速下降，在下面很可能热得要命。"

只是在他们走进提升罐笼时——普鲁托待在布劳克塞尔与马特恩之间——矿山经理才准备给一个答复。栅栏锁住了排气口支架。井下运输信号员敲三次钟即下令："悬挂！"敲五次钟即开始："升降运送！"这时，布劳克塞尔说："每个地狱都有自己的气候，这条狗一定会习惯。"

这时，只剩下最后一道地面上的自然光线。乘着升降罐笼从平台——高出矿井地面三十五米——到矿井主巷道的井底车场——在矿井地面下面八百五十米——开始正式参观矿井，这次参观是为旅游者瓦尔特·马特恩举办的，好让他就地增长见识。有人给他建议，把嘴张开，均匀呼吸。由于升降运送的速度快，要捂住耳朵。由于下降的罐笼同矿井提升设备的车道板条发生摩擦，发出了一股轻微的烧焦气味。穿堂风从下面吹来，越来越向南面吹去，穿过裤腿，进入工作服。马特恩声称，他发现普鲁托在颤抖。可是布劳克塞尔却认为，每一个在不到一分钟的时间内下降到这么深处的人都在颤抖。

还在他们到达井底车场之前，他就对马特恩进行启蒙教育，好让他增长见识，知道开采钾盐时代的开采成果，知道布劳克塞尔公司可以回顾的这些成就。极限负荷和净载重量这样的词语同他们一道以每秒十五米的速度下降。在以同样的速度进行升降运送时，谈到装料间隙和缆绳检验。提升缆绳由七根三十二股的金属丝和一根用西沙尔麻线缠绕的钢衬垫构成。使缆绳核心负担过重的外部金属丝松弛，螺旋形的变形，所谓的绳子扭结和跳出来的绞合线，是肯定很少发生的缆绳断裂的主要原因。不能忘记锈蚀,锈蚀蚀出凹痕,即便在缆绳牵引时也是如此。因此必须涂润滑油,不过得在缆绳上涂不含酸的润滑油,而且是在干燥的缆绳上。绝不能把润滑油涂在整根缆绳上,而是每段只涂一百米,以免刚涂上的润滑油涂到戈培轮上,因为我们顺着往下降的这根缆绳是整个企业的灵魂,是万事大吉的保证。它既把人们带到光天化日之下,也把人们拐到井下。因此,如果缆绳断裂,企业就要倒霉。

所以,马特恩没有闲情逸致去注意比比皆是的、通常在升降机运行时观察到的胃刺激。挤压太阳穴和突出的眼睛仍然未被人注意到,因为布劳克塞尔在给他简单解说矿井设备,从绳轮顶棚直至井下的绳索盘卷,以及所谓的矿井水仓。

井下运输信号员敲了四下预告钟声和一下准备停止的钟声,结束了布劳克塞尔在不到一分钟的时间内能够给不熟悉矿井的马特恩进行反复灌输的那一节课。人们悬挂在缆绳上下降,大大增强了接受和保留新事物的才能。

井底车场随时都准备着灯,也就是电灯。当他们尾随在普鲁托这条狗后面,刚跨进矿井巷道时,便回答采区工长韦尔尼克"平安上井!"的问候。这位工长根据井上的指示,离开他正在监控风门的充填巷道,给不熟悉矿井的马特恩勾画了一幅矿山工作平面图。

但是,对所有B采掘一空的工作面硐室、分阶巷道、回采矿房和盲井就像他去上学的那个曲里拐弯的老城一样了如指掌的布劳克塞尔,却提醒采区工长:"可是别离开正题,韦尔尼克!你就像本地流行的做法那样,开始描述四五年后的情况吧,然后您就言归正传,也就是说,谈谈停止开采钾盐,开始生产成品产品,打上布劳克塞尔公司的商标。"

采区工长就像这样受到提醒,受到井底车场三线提升机运转的支持,开始勾画这幅矿山工作的平面图:"在一九四五年后,也就是正如经理先生已经说过的那样,我们只剩下战前全部钾盐开采量的百分之三十九。剩余部分,我不得不说,当时最现代化、规模最大的钾盐矿都在苏联占领的德国中部。尽管初期看来对我们并不利，虽然我们在五三年中期已经停止开采钾盐，开始生产成品，但我们在那时已经超过了东部的开采量。不过，现在我们还是把钾盐开采上来吧，我们这儿蕴藏着盐，这些在萨尔茨德特福尔特矿里开采的盐，它的蕴藏地从希尔德斯海姆森林东北部，经过我们开采过的格罗森-吉森，延伸到哈泽德、希梅尔斯蒂尔、埃梅尔克和萨尔施特德。这是一些通常都蕴藏在三千米深处的盐层，不过在这儿盐层却挤压成了马鞍形，在它上面只覆盖着一层斑砂岩。我们这儿可以指望得到开采权，向着足足有十九公里长的鞍座进行开采，直到布劳克塞尔公司停止开采钾盐为止，通过井巷工程已经开采了六点五公里。我们矿有两个矿井，它们彼此相距三公里，通向矿井主要巷道——八百五十米的巷道。两个矿井——这一个作为出矿井、升降运送井和通风井，那一个作为抽气的通风井——按水平方向由四条主巷道联结起来。在这些井底平巷，水平巷道掘进到了倒台阶工作面开采的硐室。从前，这七百三十四米巷道是主巷道。在那里，这个蕴藏丰富的罗内贝格矿床——大多数含有百分之二十四的钾盐和不到百分之十四的杂盐——在直至二十米厚的矿层中进行开采。在施塔斯富特矿床的钻探工作和连续爆破开始之后，温特沙尔股份公司在五二年二月接收了布尔巴赫钾盐矿，而我们矿——据说施塔斯富特矿层太薄——则先是出租，然后转让给布劳克塞尔公司。可是，大多数职工仍然留在矿上，因为除了计件工资和每一班享受两马克五十芬尼的免税矿工津贴，还答应给我们一笔矿外工作额外补偿。但这只是从五三年六月份起，也就是在我们举行罢工使矿井停产两个星期之后，这笔津贴才定期支付给我们。值得一提的还有：一个属于矿井所有的锅炉房及附设汽轮机房和配电房供给我们电力电流和暖气。在当时只是部分采掘一空的六十八个硐室，有三十六个硐室出于安全原因必须用充填料填满，剩下的三十二个硐室经主管的矿山警察局两个星期检验之后，由矿山管理局退还给布劳克塞尔公司经营。尽管我们这些训练有素的矿工开初感到难以放弃对硐室的习惯性开采，难以放弃使用采掘平巷溜井、箱式耙斗和簸动输送机，但我们还是习惯了这些新式的、我们起先认为并不适于矿山的工作条件。特别要说明的是多亏了布劳克塞尔先生对主管的矿山管理局寸步不让的态度，我们才继续留在矿工联合会里。”

接着，矿山经理布劳克塞尔说：“别说客气话了，韦尔尼克！没有人敢于把钾盐、煤炭和矿石看得重于我们的成品产品。我们暴露在光天化日之下的东西，可以让人从各个方面进行观察！”

可是，因为不熟悉矿山的旅游者瓦尔特·马特恩提出了这个问题——为什么在井底车场散发出这种气味，这是什么气味，是从哪儿散发出来的，它在这之后又混进了那种气味，矿山经理和采区工长不得不承认：“饱和岩盐浸液的雾气，在潮湿的充填料析出这种雾气时，它就同斑砂岩的泥土气味和滞留其间的、含硝酸钾的井下瓦斯混在一起，因为过去通过爆破开辟新的矿房时就使用胶质道那立特炸药。此外，在由藻类和海洋小动物转化而来的硫化物中，充满了架线式电机车发出火花时形成的臭氧，这就是所有平巷和硐室中的气味。这种气味的其余组成部分是：流动着和积存着的盐尘，由矿灯引起的电石瓦斯，被遮盖的机用黄油发出的二氧化碳痕迹——如果矿井通风设施无可指责，那就可以猜测到在开采钾盐时这儿喝的是哪种啤酒，在布劳克塞尔生产成品产品时，仍然在喝地主庄园住宅的比尔森啤酒，以及有下萨克森骏马标记的瓶装啤酒。”

对矿山不熟悉的马特恩明白了所有通风良好的水平巷道和通风不好的硐室里占上风的气味是怎么回事。他感到，这里不仅仅发出冲人的气味，而且从主要运输平硐吹向井底车场的风——尽管井上有大量新鲜的五月间的空气——也热得令人喘不过气来。

可是在他们动身时，在他们不把狗留下，先是乘着电动轨道车在运输巷道水平前进，然后乘着陡峭的升降缆车到达井下六百三十米的充填巷道时，他们陷入了八月间闷热的臭气之中。这股臭气中既有最上面的盐浸液，也有下面的硫化物，还有最下层原有的井下瓦斯和架空电线发出火花时刚产生的臭氧。汗水冒得快，干得更快。

这时马特恩说:“这儿可是地狱啦!”

可是采掘区工长韦尔尼克却纠正道:“这儿只不过是准备用来加工的某些材料罢了。也就是说,根据我们的矿井参观计划,在第一个硐室里,就像我们所说的那样,加工从井上运来的新材料。”

狗走在前面,他们穿过狭窄的回采矿房口进入第一个硐室。那里有一个厅,其大小恰似教堂中的一个堂。盐层——上层是顶板,侧面是矿柱,下层是底板——被钻得整整齐齐的二平分钻孔标出,延伸到可能是圣坛室的硐室正面。那个硐室就矗立在这样庄严肃穆、令人神往之处。可是只有大浴盆,每边十六个,有床那么高,从狭窄的回采矿房口一直排到倒台阶工作面,正中间为一条“保留路”保留着空间。这条“保留路”是当初的爆破工欣里希·施勒特尔用长长的、前面有兔耳的钻杆保留下来的。

第一硐室里所有浸液浴盆的这位管理者告诉不熟悉矿井的马特恩:“我们主要加工棉花、人造羊毛、府绸、斜纹织物和薄印花平布,加工很快就凹进去的法兰绒,也加工针织紧身衣、塔夫绸和绢网,还加工人造丝和生丝,最近加工一批为数不少的灯芯绒和十二巴仑云纹丝织物。有时候,甚至连少量直至中等份额的开司米山羊绒、麻纱和雪纺绸作为以米计量的货物,也是抢手货。今天从夜班开始,已经生产了八巴仑爱尔兰亚麻布。这种亚麻布未经碱洗,有一米二宽。处于加工初始状态的,还有一批毛皮,大多数为幼驹、波斯羔羊蹄和好望角山羊的。而在左上方,在最后三个浴盆中则是一些锦缎,处于同样的情况的是一种布鲁塞尔花边以及少量的凸纹织物、双绉和正在鞣制的山羊皮。剩下的大浴盆加工衬里料子、斜纹布、洋葱口袋、帆布和各种强度的船缆。我们大多用冷分解液来加工,这种分解液来自常见的充填液和混入的褐菱镁氯化物。只有在大量加工新材料成为热门行当时,我们才用热钾盐液和添加物加工溴化镁。所有浸液盆,尤其是含溴的浸液盆,本来要求通风程度达到中上水平的通风设施。可是很可惜,而且我们采区的工长韦尔尼克先生也会证实这一点,这段六百三十米的平巷早已不像当初这儿还在爆破硐室时那样按照规定通风了。”

可是,这位布劳克塞尔经理轻而易举地接受了对于窒息性空气的责备。“孩子们,只要离心式扇风机来了,加快了通风速度,一切都会好的。”

他们离开在浸液上弥漫着白色井底瓦斯的第一硐室。采区工长高举矿灯走在前面,走到第二硐室。浸滤过的织物和新织物在这里进行干燥处理。这时,一个箱式耙斗被绞车用一条缆绳拖住往前移动,这个耙斗正把一堆织物推到由转运站运输的货物上——这些货物是开采钾盐时期留下的。

可是,当他们带着活蹦乱跳的狗跨进第三个硐室时,就已经听见绞车运转时发出的嘈杂声,而没有褐菱镁氯化物散发出雾气了。正因为如此,所以在橱柜式容器里,男外衣和各式制服都会遭到虫蛀。在这里加工的成衣只需要保养个把星期。不过,采区工长韦尔尼克拥有手握钥匙的当家权。他打开一个特殊的柜子,立刻便升起一团银色的防蛀剂烟雾。然后,门又砰一声关上了。

在第四个硐室里,他们听取了对于全部机械设备的讲解。这些设备由过去的井下搬运工和采矿工操纵。一方面,它再次撕碎经过浸滤电耙和防蛀处理的织物,使它们经受炽热的高温,然后用油斑、墨水斑和酒斑作了记号,另一方面,将现在已经加工完的织物重新按照纸样进行剪裁,衬上里子,缝好。在听完讲解后,第五个与机械师工作室不无相似之处的硐室接纳了牵着狗的经理、采区工长和不熟悉矿井的马特恩。

就像在磨损万物的矿井表面所得到的那种金属废料,就像汽车公墓堆积如山的、打仗之后留下的、拆除工业设备后剩下的那种金属废料,也像在锅炉爆炸后分类清理过的那种金属废料——一批经过挑选的金属废料在这里堆积如山,在输送带上移动,被人用割炬割开,进行脱锈浸浴,隐藏片刻工夫,电镀后又被放上输送带。装配工作取得进展,活球接头在滚动,驱动装置运转灵活,有活动链条抓钩的星轮在顺着输送空容器的运输路线转动。传动杆、离合器、联轴节、回转翻笼和类似的小东西都靠电动机操纵。在一人高的支架上挂着机械怪物。在十分活跃的骨架里面，升降机以缓慢的节奏从一个缆绳平台犹豫不决地走向另一个缆绳平台。在拱得硬邦邦的胸部，锤式破碎机接受了这个无法完成的任务，去磨碎那些隆隆直响的钢球。简直是吵得要命。

为了使参观矿井富有教育意义而设立的第六个硐室，使这种噪声大显身手。他们的耳朵遭遇到的是：首先使普鲁托这条狗烦躁不安，然后让它在晚期哥特式垂直矿房里大声嚎叫的东西。

这时，不熟悉矿井的旅游者马特恩说："这简直就是地狱！我们真该把狗留在上面。这条畜生受罪了。"

可是矿山经理布劳克塞尔却认为，这种往矿房里垂直传送的狗吠声会非常巧妙地同这时正在进行生产的支架上那种事先测试过的电子学混在一起："这儿这个被人仓促之间命名为地狱的地方，毕竟每一班都给三十个矿工提供了工资和面包。这些人都经过国际公认为金属雕刻家和受过高等教育的声学家培训。我们的采区工长——这位友好的韦尔尼尔先生将会证实，在这个矿工作了二十年的辅助工和采矿工，准备去发现在矿井上面比比皆是的地狱，可是在井下，他们却没有发现地狱，甚至就连在通风不足时也没有发现。"

这时，对矿井了如指掌的采区工长连连点头。他领着他的经理、经理的那条不断嚎叫的狗和那位不熟悉矿井的旅游者从第六硐室——在那里，嘈杂声无法减弱——出来，穿过雾气腾腾的回采矿房口，走向变得越来越安静的运输巷道。

他们跟在他那盏发出嗡嗡声的电石灯后面，一直走到那个提升井筒前。这个提升井筒在开始参观矿井时，把他们从主要运输平巷升到充填平巷和通风平巷。

又进行了一次升降运送，不过时间很短，是去他们脚下正在使用的分阶巷道。采区工长习惯于把这个巷道称为"主底板"，但经理却称它为"一流项目的水平巷道"。

在第七、第八和第九硐室里给这位不熟悉矿井的人演示了三次感情冲动的场面及其回声效果,好让他增长见识。

尽管在形形色色的人当中只剩下无泪的哭泣,但是马特恩竟敢再一次惊叫起来:“这是地狱,真是地狱!”枯燥乏味的感情冲动把硐室变成了一个苦海。那些支架刚才还是废铁,后来就被做成骨架的样子站立起来,由悄然无声或者发出噪声的机械装置搬来搬去,然后还必须经受一系列技术和音响测试。现在,那些支架裹上加工过的孝布,立在已经耙光的底板上,围成好多圆圈。在这些圆圈中,正依次轮流哭泣。每一个圆圈都给自己提出了另外一个刺激眼泪的,却又是在荒漠之中逐渐中止的任务。就在这里开始。邻近那个圆圈没法止住号啕大哭。这个圆圈的内心深处在啜泣。逐渐增强和减弱的号啕大哭使那个圆圈忽而起褶,忽而膨胀。这是被窒息的哭泣,犹如把头埋进了枕头里。婴儿在又哭又闹,好像是牛奶煮煳了。这是在咬着手绢呜咽。苦难在传染。全身抽搐,要打嗝儿。怨这怨那,直至哭哭啼啼。这是爱哭的女孩和号啕大哭的女人。除了耸耸肩膀、捶胸顿足和安静下来,一个声音在用哭哭啼啼的语调诉说一些感人肺腑的故事,一些一把鼻涕、一把眼泪的故事,一些使铁石心肠都会变软的故事:“这时,那个冷酷无情的总督在对冻得瑟瑟发抖的卖花小女孩讲话。可是,当这个可怜的孩子把手伸向那个富有的农民,求他帮助时,当困难越来越大时,国王却下令,给他国内每三个人……瞎眼老太婆感到非常孤独,致使她认为,自己非如此不可。当那个年轻大胆的士兵如此不幸地躺在血泊之中时,这时孝服就像一块裹尸布铺满全国。乌鸦在呱呱乱叫。风在呜咽。马在瘸着腿走路。死去的可怜虫吊在屋梁上晃来晃去。多糟糕!你们会遭此劫难!一切都会毁掉,所有的人都会泪流满面。真可怕!”

可是,谁在第七硐室里屈服于哭泣的纪律,谁就不会拥有打开眼泪闸门的分泌腺。在这里,就连洋葱汁也得不到便宜。很可能自动售货机正在哭泣,可是硬币不该当啷作响。这种在顶板的盐下面、在底板的盐上面、在矿柱的盐之间进行的训练又该怎样让泉水涌流出来呢?要知道,这些泉水的沉淀物也许是结晶质,还有可能诱来飘鱼。

在经历这么多徒劳无益的事情之后，这位不熟悉矿井的人尾随在后，经理牵着狗和采区工长离开第一次感情冲动的第七硐室，默默无言地循着热火朝天的运输平巷走去，直到采区工长的矿灯领着他们穿过回采矿房口，进入第八个硐室。这个硐室对于大型游艺活动而言，看来是太窄了。

这时，马特恩情不自禁地大叫起来："多可怕的哄堂大笑啊！"可是事实上——布劳克塞尔经理当即就指出这一点——在第八硐室只集中了第二次感情冲动的可能性——人们哈哈大笑的可能性。我们熟悉从咯咯发笑到笑得要命的音阶。"必须指出，"采区工长韦尔尼克这样说，"在整个企业内部，第八硐室是这样一个独一无二的硐室，它因为持续不断的和断断续续的震动，便用三排优质坑木组成的支柱来加固，防止顶板崩落。"

如果说人们现在给刚才还用粗麻布裹住、操练悲伤和痛苦的支架穿上彩色的，但同样是经过加工的彩色大方格衣服和牧童衬衣，听到它们怪声大笑、大叫、大喊和哈哈大笑的话，那也是很自然的。它们弯下腰来，躺到地上，滚来滚去。它们特有的机械装置使它们能够捧腹，能够拍大腿，能够顿足。当一些成员跑掉时，从一个拳头大小的洞里突然发出了既病态又健康的哈哈大笑声，从开桶汲取的啤酒桶和酒窖里发出了老年人的哄堂大笑声，发出了楼梯间和前厅的哄堂大笑声，发出了肆无忌惮的、无缘无故的、魔鬼般的、讥讽的甚至是迷惘的和绝望的哄堂大笑声。这样的笑声在柱头林立的大教堂里回荡，它在混合，在交配，在复制。这是一部气喘吁吁的合唱曲。这时，连队、团队和军团在哈哈大笑，所有的鸡在哈哈大笑，神灵在纵声大笑，莱茵地区所有的居民都在哈哈大笑，整个德国都在放声大笑，一起大笑，不顾一切地大笑，笑个没完没了。这是他的稻草人的哄堂大笑。

是不熟悉矿井的旅游者马特恩第一次说出了这个典型的词。既然不管是经理还是采区工长都没有纠正他，没有像他在谈到"地狱里的哄堂大笑”时那样纠正他说的话,所以他就提到那些笑话,那些在被称作稻草人的、爱笑的机器人之间传来传去的笑话——稻草人笑话:“你认识这个人吗?两只乌鸦和一只椋鸟在科隆火车总站相遇……要不,认识这个人吧?一只云雀要乘来往于东、西德之间的火车去柏林参加绿色展览周的活动,可是当它来马林博恩时……或者说,认识这个人吧?此人真是朝气蓬勃,三千二百三十二只麻雀想要一道去妓院,可是当它们走出妓院时,它们当中有一只麻雀得了淋病。这会是哪一只呢?错了!注意,再说一次:三千二百三十二只麻雀……”

这时,不熟悉矿井的马特恩说,他嫌这种幽默有太多的讽刺意味。在他看来,幽默具有解脱的、治疗的甚至往往还具有拯救的效果。他念念不忘人类的热情,或者说还有善良,念念不忘人道。这样的品质他可望在第九硐室见到。在这以后,所有的人同普鲁托这条从不哈哈大笑的狗一道,避开稻草人的哄堂大笑声,沿着运输平巷往前走,一直走到往左拐的回采矿房口,在那里可望进入那个孕育着第三次感情冲动的厅堂。

马特恩在唉声叹气,因为这种最初的印象使尚未端上桌来的菜肴失去了滋味。这时,布劳克塞尔不得不举起他那好奇的矿灯,问有什么东西值得唉声叹气。“我可怜这条狗。不让它在上面,在绿色的五月蹦蹦跳跳,它只能在下面趴着,活受这个组织严密的地狱的罪。”

布劳克塞尔没有拄那种常见的普通登山杖,而是拄有象牙柄的乌木拐杖,这根拐杖属于几个钟头前还在毫无节制地抽着烟、人称黄金小嘴的一个烟鬼。不过,布劳克塞尔在井下从不抽烟,而且说:“如果说我们这个企业非得被不熟悉矿井的人称作地狱的话,那么这个企业也应当有一只冥府看门狗。你们尽管瞧,看看我们的矿灯怎样教会这只动物,教会一只地狱里的看门狗,教会这条水平巷道投下狼吞虎咽的影子吧。这时,回采矿房口已经吸住了影子。我们只好跟在这个影子后面了。”

紧紧眯起双眼的仇恨，绝不氧化的愤怒，冷静和激动的报复，在这里授课。那些罩着粗麻布衣服、操纵着一个不断摇头说“不”的泪人儿木偶的稻草人，那些身着彩色方格纹衣服和耀眼的圆点花纹衣服、让安装在身上的幽默革新者不断发出嗡嗡声的稻草人，他们穿着被风吹得鼓了起来因而胀得圆圆的野战军服——多次的浸液加工给这些军服灌进了七次包围战的痕迹——站在腾空的大厅里，每个稻草人都独自站着。这就是给愤怒、仇恨和报复布置的家庭作业。变成畸形的铁撬棍必须弯成问号或者类似的小圆圈。这种往往已经郁积胸中的愤怒必然爆发，它会再次使人连自己的肺都要气炸。两眼紧紧蹙在一起的仇恨要把自己的膝盖烧上几个窟窿。可是，冷静和激动的复仇必须游荡——你们别转身，复仇女神在游荡！——而且还要一勺一勺地用牙齿将含石英质的卵石咬得粉碎。

这位不熟悉矿井的马特恩预先尝到的这道“菜肴”听起来就是如此。这是学生膳食，是稻草人膳食。因为就连愤怒和仇恨——对它们来说，爆发和烧几个窟窿还不够，弄弯铁撬棍还不足以表达冲破阀门、骤然爆发的巨大愤怒，不足以表达割炬的仇恨——都用勺从饲料槽里舀出满满一勺东西。布劳克塞尔公司的两个辅助工每个小时都把那种卵石铲到饲料槽里。这些卵石堆在绿色五月的矿井上，用来供应咬得咯咯作响的牙齿。

马特恩从年轻时起，每当他怒火中烧，仇恨逼着他望着某一点，复仇女神命令他四处奔走时，他都要把牙齿咬得咯咯作响。这时，他扭过身去，避开那些稻草人，是它们把他的怪癖上升为普遍适用的科目。

采区工长用高举的矿灯领着他们从第九硐室走出来，走到运输平巷。这时，他对采区工长说：“我可以想象，这些过于富有表现力的稻草人销路不错。人类都喜欢非常盲目地看到自己的镜中形象！”

可是采区工长韦尔尼克却反对这种看法：“虽说我们那些把牙齿咬得咯咯作响的模特儿在过去，也就是在五十年代初，在国内外曾经一度非常畅销，可是如今，在这十年已经成熟了的今天，我们仅仅在年轻的非洲国家销售那些建立在第三次感情冲动基础上的花色品种。”

接下来，布劳克塞尔温文尔雅地微笑着，拍着普鲁托这条狗的脖子说：“你们用不着为布劳克塞尔公司的销售困难担心。仇恨、愤怒和四处游荡着的报复总有一天又会蔚然成风。一个促使牙齿咬得咯咯作响的主要感情冲动，终究不是一种随随便便的季节性热门货。因此，谁要停止报复，谁就要向报复报仇。”

这可是这样一句话，这句话同他们一道登上电动巡道车，在长长的平巷运行中穿过两个风门，从装上栅栏的盲井和填上充填料的硐室旁经过，想让人再重复一遍。只是在到达目的地，到达采区工长保证让他们参观第十至第二十二硐室的地点时，布劳克塞尔那句关于无法停止报复的话才不折不扣地被人遗忘。

在第十、十一和十二硐室里，正在进行体育、宗教和军事训练，也就是说，在练习接力赛跑、跳跃式宗教仪式队列和换岗。在这里，愤怒、仇恨和四处游荡因而也就无法停止的报复，同样，毫无成效的泪人儿木偶和安装在身上的幽默革新者，简言之，哭泣、欢笑和咬牙，也就是主导感情冲动已经形成那种深厚的基础。在这个基础上，从事体育运动的稻草人能够撑竿跳高，幡然悔悟的稻草人能够头部运动，新招募的稻草人能够近战，而且都做到接近高水平的地步。它们怎样比别的稻草人高过一头，适合稻草人的十字架怎样在越来越短的时间内立起来，它们根本不用旧式剪丝钳剪铁丝网，而是把它连同铁刺一起吞进肚里，然后把刺磨掉，按照稻草人的方式排泄出来的情形，都值得记录在表格上，而且也会记录下来。布劳克塞尔公司的企业员工在测量，登记稻草人的最短时期和十字架念珠的长度。在开采钾盐时代挖掘而成的三个硐室，一直挖到它们达到健身房的长度、教堂里一个堂的高度和宽肩膀的高炮部队地下室的厚度。这三个硐室每个班给四百多队员之间具有协作精神的稻草人、赞美神的稻草人和顽强坚持的稻草人提供发挥电子驱动威力的可能性。暂时还是遥控的——中心设在过去的绞车台所在地——因而也是受到控制的室内运动会，主教级教士主持的弥撒和秋季军事演习。也有相反的情况——新兵体育运动、野外礼拜仪式和奉献废铁般的稻草人武器充斥着课程表，以便后来如果发生紧急情况的话，每一项纪录都会被超过，每一个异教徒都会被揭露，每一位英雄都会获得胜利。

经理同他的狗，以及这位不熟悉矿井的人同对采区了如指掌的采区工长韦尔尼克，一道离开那些经浸液加工过的体育运动爱好者，离开那些经过防蛀处理、穿上袈裟的稻草人，离开那件被电耙加工过的军服。那个身穿军服的稻草人不得不匍匐前进，接近敌人，而这时，稻草人敌人同样也在匍匐前进，因为在课程表上写着：匍匐前进，向着对方匍匐前进，相互之间向着对方匍匐前进。

可是在进展顺利的参观企业的过程中，当人们观察第十三、十四硐室时，运动服、辅弥撒者的红色衣服和伪装服却再也不适合正在训练的稻草人收藏品了。更确切地说，在两个硐室里，稻草人都显得彬彬有礼。因为在亲密无间、井井有条的硐室里，稻草人国家的民主品德——这个国家的宪法完全能够代表公民利益——得到发扬、传授，被用来为实践也就是为公民的日常生活服务。稻草人都亲亲热热地坐在桌旁用餐，坐在电视机前看电视，坐在经过防蛀处理的野营帐篷里。稻草人家庭——因为它们是国家的生殖细胞！——都要学会基本法的所有条款。扩音器宣布各个家族众口一词重复的东西，也就是稻草人前言①："意识到自己对于上帝和人类所承担的责任，怀着维护稻草人民族与国家统一的愿望……"在这之后宣布第一条，关于稻草人不可触犯的尊严。接下来在第二条中，书面确定自由发展稻草人个性的权利。然后是这样那样的条款，最后是第八条，这一条承认所有的稻草人有权在未经申报或者批准的情况下，举行和平的、不带武器的集会。就连第二十七条所说的"所有具有德国血统的稻

① 上面提到的基本法，指联邦德国的基本法。作者用"稻草人"取代了基本法中的"人们"和"德国人"。

草人都一律打上布劳克塞尔公司的商标”，也得到稻草人家庭的首肯和尊重。同样，第十六条第二款也不存在矛盾：“政治上受迫害者享有井下避难权。”从“一般性谩骂”直至“强制取消国籍”，所有这些政治科学，都在第十四硐室里受到反复操练。有选举权的稻草人迈步走向选票箱；喜欢讨论的稻草人在讨论福利国家的危险；在每天出版的报纸上表现出新闻才能的稻草人暗示着第五条——新闻自由；议会开会；稻草人最高法院终审时驳回上诉；反对党在外交政策问题上支持执政党；履行议会党团内统一投票的义务；财政机关在伸手要钱；结盟自由把并不毗邻同一运输平巷的各个硐室连接起来；根据第一条B款第三a项的规定，借助布劳克塞尔公司引进的测谎仪对稻草人进行分析，被视为违反宪法；国家繁荣昌盛；没有任何东西妨碍交往；根据第二十八条A款第三项所确定的稻草人自治区在井下开始实施，并已在井上平坦的以及丘陵状的地面上扩展到加拿大的麦地里，扩展到印度的稻田中，扩展到一望无际的乌克兰玉米种植区，扩展到世界各地，扩展到凡是有布劳克塞尔公司产品的地方，也就是有各式各样的稻草人完成自己的任务和制止鸟儿吞食庄稼的地方。

可是，在第十三和十四硐室展示了一番国民和公民的权利之后，不熟悉矿井的瓦尔特·马特恩还是一个劲儿地说：“我的上帝，这是地狱！地地道道的地狱！”

因此，为了驳倒这位不熟悉矿井之人的看法，采区工长韦尔尼克高举矿灯，把瓦尔特·马特恩和经理连同驯服的狗一道领进了第十五、十六和十七硐室。这些硐室给不受约束的性爱、给受到妨碍的性爱、给男性生殖器的专横提供了寓所。

在这里，所有统一的礼仪道德和公民的尊严都遭到嘲弄；因为刚才还似乎井井有条，还被抑制住的仇恨、愤怒和四处游荡的报复现在又重新蓬勃增长，而且绷上了一层经过加工但仍然是肉色红润的皮肤。因为所有不受约束的、受到妨碍的和独断专行的稻草人都在一小口一小口地啃着同一个蛋糕。这个蛋糕的配方把所有情欲都掺和在一起，揉成生面团。尽管这个面团不能使任何人吃饱肚皮，尽管那些爱用角顶人、掌握各种姿势的光屁股坏蛋在交媾，在充分喷洒脏物，但它们仍然在啃。当然，只有在第十五硐室才记下这样的结果。在那里，不受约束的性爱不允许跑得发热的稻草人让已经持续勃起了好几个工班的阴茎变得软绵绵。任何东西都无法塞紧，不让那种东西涌流而出。没有给长时间的性欲高潮敲起暂停的当当钟声。稻草人的鼻涕——正像采区工长韦尔尼克说明的那样——一种含钾盐的产品流了出来。这种产品在布劳克塞尔公司的实验室里研制而成，注射了与淋球菌类似的病原体，好让刺激和发痒引起的后果——它们就像患常见的尿道淋病时见到的那样——对于不受约束、长时间持续射精的稻草人大有裨益。然而，这种瘟疫史允许在第十五硐室，而不允许在第十六、十七硐室里蔓延。因为在第十六和十七硐室里无法射精，在受到妨碍的硐室里，甚至连必不可少的阴茎勃起也不可能。甚至在男性生殖器独断专行的硐室里，尽管那种夹杂着淫词荡语的淫秽音乐想要助这些独断专行者一臂之力，尽管十分性感的电影镜头充斥着那些挂在受到妨碍和独断专行的硐室墙壁正面的银幕，单个的稻草人还是白费了力气。死气沉沉。每一条美女蛇都在睡觉。所有的满足都停留于矿井地面，因为来自矿井地面、对矿井不熟悉的马特恩说："这是不正常的。这是地狱里令人难以忍受的痛苦！生活，真正的生活，应当有更多的奉献。我明白这种生活。我也享受过这种生活。"

因为现在采区工长韦尔尼克认为，这位不熟悉矿井的人老在惦记着井下的人，所以就把他和轻轻牵着普鲁托这条狗的颈圈的、温文尔雅的、独自微笑着的经理领进了第十八、十九和二十硐室。这些硐室全都在更深一层的平巷，在七百九十米的平巷，但是每个硐室又分别给哲学的、社会学的和意识形态的知识、成就和对立以活动空间。

刚到这个平巷，马特恩便立即转过身去。这个不熟悉矿井的人再也没有胃口了。地狱使他感到疲惫。他想重新去井上呼吸新鲜空气。可是，矿山经理布劳克塞尔用那根几个小时前还属于黄金小嘴的乌木手杖神情严肃地敲打着，而且暗示据说是马特恩在井上做过的事情:“这位不熟悉矿井的人大概忘了,他是在什么样的情况下,在今天清晨把一把小折刀扔进了那条边界堡垒运河,那条穿过柏林即穿过一座位于阳光灿烂的地面上的城市的边界堡垒运河的?”

因此,不熟悉矿井的马特恩决不能转过身去。他必须穿过回采矿房口往里走,他必须经受那些在第十八硐室中啰啰唆唆的哲学知识的考验。

但是,谈的不是亚里士多德,不是笛卡儿或者斯宾诺莎。从康德到黑格尔,无人问津。从黑格尔到尼采,一片空白!甚至也没有新康德主义者和新黑格尔主义的代表人物。谈的不是有狮鬣的李凯尔特①,马克斯·谢勒②也未涉及,留有山羊胡子的胡塞尔的现象学也未成为这个硐室的话题,从而让这个不熟悉矿井的人忘掉地道的性爱应当给地狱里难以忍受的痛苦提供的东西。没有一个苏格拉底考虑到井下,考虑井下的世界。可是他这位苏格拉底的大弟子,成百倍地发扬苏格拉底的学说,兴戴着经过上百次浸液加工的、昔日阿雷曼人的绒球帽,脚穿着有搭扣的鞋,身穿亚麻布外套,上百次地东奔西跑,忙来忙去!他在思考。他在讲话。他有千言万语要讲,为存在,为时间,为本质、世界和基础,为“一同”,为现在,为虚无和作为支架的稻草人。因此,也就出现这样的词语:轰走、惊吓、稻草人结构、稻草人展览、不被轰走、把……轰走、不怕轰走、稻草人中流行的东西、轰鸟的东西、稻草人状况、不轰鸟的东西、最后的稻草人、稻草人的成熟、稻草人整体、基础稻草人。另外,就是这句谈到稻草人的话:“因为稻草人的本质就是稻草人在世界蓝图中超越一切概念逃跑的、三倍的扩散。染指虚无就是稻草人从总体上超越轰鸟的东西……”

所以说,超验从第十八硐室的绒球帽里纷纷扬扬地落下来。上百个经浸液加工过的哲学家都众口一词:“稻草人——存在就是染

① 李凯尔特(1863—1936),德国唯心主义哲学家,新康德主义弗赖堡学派的主要代表之一。

② 马克斯·谢勒(1874—1928),德国社会与伦理学家,以研究现象学的方法著名。

指虚无。”不熟悉矿井的马特恩把他的声音送进这一硐室，提出这样一个令人不安的问题：“可是，作为稻草人形象设计原型的那种人呢？”这个问题可以由一个和一百个哲学家来回答：“涉及稻草人的问题使我们——提问者——甚至对这一问题产生疑问。”这时，马特恩收回自己的声音。上百个相应的哲学家在盐层上漫步，以明显的方式相互问候：“稻草人为它自身而存在。”

他们穿着简朴的、有搭扣的鞋甚至踏出了多条田间小道。有时候，他们沉默不语。然后，马特恩又听到他们身上机械装置的声音。谈到稻草人的那句话又重新开始说出来。

可是，在这位上百次出现过的经防蛀、电耙和浸液加工过的哲学家再一次放他身上的录音带之前，马特恩赶忙逃到了运输平巷，想溜之大吉。但他办不到，因为他对于矿井仍然不熟悉，老是迷路：“那种轰鸟的东西已经误入歧途。在歧途上四处乱轰，因而酿成错误。”

由此可见，他是依靠熟悉矿井的采区工长韦尔尼克，才得以通过各个硐室。受到普鲁托这条黑狗的提醒，他才想到这个地狱。那些硐室的编号表明，他避不开任何一个硐室。

在第十九硐室的矿房下面积累着社会学知识。孤独的各种形式，社会阶层形成的理论，内省方法，实用的价值虚无主义与无反映行为，事实构成与概念分析，同样，静态与动态，甚至连社会学双重角度与整个层状结构都纷纷亮相，整装待发。正在进行精密加工——现代的大型社交聚会正在倾听关于集体觉悟这一题目的讨论。按习惯行事的稻草人融合到受环境影响的稻草人之中。次要的稻草人适合稻草人标准。受到限定的稻草人同不受限定的稻草人一起，把科学上的论争进行到底。论争的结果既不是不熟悉矿井的马特恩，也不是熟悉矿井的布劳克塞尔经理连同狗和采区工长所期待的。

因为在第二十硐室里，一切意识形态的对立都已消除。这是一次马特恩能够听懂的稻草人争论，因为在他的脑海里同样是乱哄哄的。在这里，就像在马特恩内心深处一样，涉及这样一个问题：“是否有地狱？或者说，这个地狱是否已经存在于人世间？稻草人是否会进入天堂？稻草人是天使下凡，或者说，在想到有天使之前，就已经有了稻草人？难道说稻草人已经成为天使？是天使还是稻草人创造了鸟儿？是否存在着上帝，或者说，上帝就是原始稻草人？如果说人是按照上帝的形象而稻草人又是按照人的形象创造出来的，那么，稻草人不就是和上帝一模一样的人了吗？”啊，马特恩想对每一个问题都给予肯定的回答，他还想即刻就听到一打别的问题，而且全都给以肯定的回答：“是否所有的稻草人都相同？或者说，是否有优秀稻草人？稻草人是否属于国家所有？或者说，是否允许每个农民都保留自己的稻草人财产？稻草人属于哪个人种？是否日耳曼稻草人就高居于斯拉夫稻草人之上？是否允许一个德国稻草人站在一个犹太稻草人身边？是呀，不是说犹太人缺乏才能吗？闪族稻草人——它到底存在不存在？稻草人犹太鬼！稻草人犹太鬼！”马特恩再一次逃到运输平巷里。这段运输平巷不会提出他必须盲目地统统都作肯定回答的问题。

第二十一硐室给他展现出一幅默然不语、令人心旷神怡的景象，对他十分有益，这就好像矿山经理和采区工长要给这位精疲力竭、不熟悉矿井的人贴上一张橡皮膏似的。这里可以找到实现稻草人化的历史性转折点，稻草人形象中这段历史经过加工，但仍然是以动态的方式，按照先后顺序和年份数字，嘟嘟囔囔着窗楣和缔结和约，逐年依次演变。旧式古日耳曼人衣襟别针和威灵顿帽，斯图亚特领子和潇洒的圆顶宽边毡帽，主教法衣和飘动的、左右成尖角的帽子，在浸液处理和被虫蛀坏之后，体现了历史性时刻和决定命运的年代。它们转过身来向时尚鞠躬。四对舞和华尔兹舞，波兰舞和迦伏特舞，把好几十年联结起来。经常被人引用的名言——这儿是韦尔夫派，这儿是韦布林派①！——在我的国家里，每个人都可以按照自己的生活方式……——给我四年时间！……这些名言尚待实现，然后替换。

① 原为意大利两大政治派别的口号，指德国十三世纪时，以奥托和以腓特烈二世为首的两大政治派别的明争暗斗，它们作为党派名称一直延续到十七世纪。

全都是些印象深刻的：有的是呆板的，有的是哑剧式的画面：在凡尔登的血腥屠杀，莱希费尔德大捷，向卡诺萨挺进，年轻的康拉德马不停蹄，哥特式圣母像衣服上褶裥不少。紫貂皮占了上风，因为选帝侯联合会在伦斯制定章程。谁踩到勃艮第式大衣的拖裙？胡斯信徒和土耳其人在改变习俗。骑士和烤肉用的烤架在相互亲吻。富丽堂皇的勃艮第在奉献红衣、锦缎和丝绒衬里的丝帐篷。可是，就在阴囊膨胀和布拉古特人难以控制睾丸幸事之时，那个身穿袈裟的僧侣却把他的论纲钉在门上。啊，你这个蒙上一个世纪阴影的哈布斯堡阴唇呀！那个"鞋会"在四处游荡，把墙上的画都给刮掉。可是马克西米连①却只得穿着有开襟的紧身上衣，宽大的短上衣，戴着四角帽，帽子比圣像头上的光环还要大。罩在西班牙黑衣上面的是浪花式的和加固三倍的轮状皱领。军刀取代了宝剑，引起了三十年战争。这场战争随心所欲地让时装变来变去。外国漂亮精致的衣服、皮胸甲和翻口靴子有时间进入冬营地。这些争夺继承王位的战争几乎还未设计出拳曲的长假发，三角帽在三次西里西亚战争期间就变得越来越有棱有角了。就连发套、小帽和假围巾也无法逃脱磨剪匠和长裤汉的浩劫——脑袋必须搬家！在二十一硐室里展示的是获得成功的室内装饰。虽然如此，虽然所有染脏的波旁王族白衣服都在面前，但法国五人执政内阁还是错过了盛极一时的复辟时期。内阁会议成员穿着裙裤和紧勒小腿肚的南京棉布裤跳舞。燕尾服在经历了官方检查和动荡不安的三月份之后幸存下来。保罗教堂教区的人都在谈论高高的大礼帽。在《约克郡进行曲》的乐曲声中，爬上了迪佩尔战壕。埃姆斯电报②是所有历史教师的宠儿。宰相穿着斗篷引退。卡普里维、霍恩洛厄和比洛穿着男式小礼服粉墨登场。文化斗争、三国同盟和赫雷罗人起义产生了三幅色彩艳丽的图画。不要忘记在马斯拉图尔的齐滕轻骑兵的红色土耳其式长袍。这时，经过防蛀处理的巴尔

① 马克西米连一世(1459—1519)，德意志国王，神圣罗马帝国皇帝。

② 指1870年7月13日从埃姆斯给俾斯麦发去的那封电报。

干半岛落下了炮弹。鸣钟报捷。那条小河名叫马恩河。钢盔取代了尖顶头盔。没有防毒面具是无法想象的。皇帝带着有衬架的战时女裙和系带子的小靴子迁往荷兰,因为有暗箭伤人。紧接着便出现了帽子上没有国家标志的士兵委员会。然后是卡普暴动,斯巴达克团起义,纸币贬值。身穿施特雷斯曼夜礼服的人投票赞成授权法。然后是火炬游行队伍,焚毁书籍,褐色马裤,把褐色当作观点,褐色居于统治地位。这是一种十一月的景象——塞满麦秆的长袖长袍①。接着便是民族服装展览节。接着是刑事犯漫游。再就是士兵的短统靴、特别报道、冬天捐款、护耳、雪地伪装服、伪装服、特别报道……最后,班贝克交响乐团的演奏家们身穿褐色工作服演奏《众神的黄昏》中的一些片断。这种东西越来越得体,它作为主导和谋杀动机游遍形象化的、在稻草人中复活的和塞满第二十一硐室的故事。

这时,不熟悉矿井的马特恩脱下帽子,用矿上的围巾轻轻擦去额上的汗珠。还在上小学时,历史上重大事件发生的年代就从他的书本上滚到了地板上,消失在裂缝中。只有他的家史发现他对数字记得特别牢。可是在这里,稻草人并不扮演区域性的马特恩故事,这里出现的是授职礼论争和反宗教改革。威斯特法伦和约以十足的机械方式并借助拳头大小的电动机签订。有某种东西在某时、某地按照稻草人的方式济济一堂。它同某人在一起,针对某人,在没有英国的情况下呼唤这个,对那个实施剥夺法律保护令,按照与其服饰相符的身份,共同推动历史,从一个转折点推向另一个转折点。

这时,当旧式轮舞再次开始,经过莱希费尔德,走向卡诺萨,而且让施陶芬的年轻稻草人骑马前进时,这位不熟悉矿井的人能够使他那时刻准备着的结束语不致被掐头去尾:“地狱!这是地狱!”

当他同狗离开第二十二硐室时,他学会了讲一些恶魔般的令人难以忍受的话。第二十二硐室适于用作交易所大厅,但是,它对于经

---

① 影射在1938年11月9日至10日所谓的“打砸抢之夜”象征性焚烧犹太人的事件。

济扩张,也就是说对于投资者、占领市场者和激起经济发展趋势的领导者来说,又显得太狭小了。观看稻草人敏捷地组建卡特尔,轻微行情波动的听觉刺激,规模搞得很大的监事会会议,都迫使马特恩发出不熟悉矿井的叫喊声:“这个地狱! 这些地狱股份公司!”

第二十三硐室让他没有更多的话可讲。该硐室拱高十六米,在悬挂式与卧式含盐岩之间,给极其杂技化的项目提供了活动余地。这个项目自称“国内流亡”。人们也许会想,只有稻草人才能缠成这种解不开的结,只有稻草人才善于爬进自己的内脏,只有稻草人才能够在内部赋予虚拟式以躯干,在外部赋予它以制服。可是既然——章程就是这样写的——稻草人反映了人的形象,那么在天气晴朗的矿井地表面上,就会有近似漫游着的虚拟式。

这位不熟悉矿井的旅游者的声音带有冷嘲热讽的意味:“你们的地狱没有忘记任何一个人,就连姬蜂也没有忘记!”

这时,拄着投下影子的乌木拐杖的经理布劳克塞尔回答他道:“我们有什么办法呢? 需要量很大。我们寄送到全世界的商品目录十分完美,引人注目。我们没有滞销品。尤其是第二十三硐室构成了我们出口品种目录中的基本要素。人们仍然在往国内流亡。这时气候已经转暖,人们都熟悉情况,在那里,人们都是单枪匹马的。”

可是在第二十四硐室,在经过加工的投机者的硐室里,虽然老待在室内办事的时候比较少,但办起事来却十分灵活。反应能力在那里经受考验。硐室内悬挂的灯与矿井上面的交通信号灯相似。鲜明的色彩,另外还有打上国体烙印的象征让这些灯闪闪发光。天生的机械装置赤裸裸地悬挂在一丝不挂的稻草人骨骼当中。这些赤身裸体的稻草人很快地被秒钟驱赶着,必须换衣服,还必须给经过浸液加工的头发分头路。先分了一次左边的发式,现在头路在右边,中分头又时兴了,一半在左边,一半在右边,这就是精细入微之处。就连没有分头路的发型也能够或者说可能会成为时髦。

这场驯兽表演使马特恩很开心——“真是地狱里的娱乐!”——尤其是因为漆成黄色的安全帽戴在一个人头上。先是这个前额使矿井地面上的这个人延长怒气冲冲的、往往又是为时短暂的改变政治观点的期限,然后借助女人——这一点马特恩不得不承认——禁止整个草场重新长出青草。这个不熟悉矿井的人非常高兴,再也不能要求他改变发型,因而也就不会要求他因时制宜地改变头路了。“要是你们搞过的恶作剧比干这些事还要多的话,那么这个地狱在我看来,可能就是一个剧场了!”

马特恩对井下已经适应。可是,采区工长韦尔尼克却举起了发出嗡嗡声响的电石灯,在七百九十米的巷道,他只能提供第二十五硐室的一出恐怖剧。这出没有情节的独幕剧以《原子的固执》为剧名,在节目单上已经存在好多个出矿班了。尽管有古典的文学语言为这个默然不语的事件伴奏,但这幕剧却当即给马特恩高涨的情绪浇了一盆冷水。井上世界称之为荒唐的东西,在井下却是实实在在的。每个肢体都在独自行动。跳动的脑袋——对于那些固执的脑袋来讲,脖子已经成为累赘——无法给自己搔痒。把躯体分成很多部分的东西,各自分离,继续存在。胳膊和腿、手和无头、无四肢的裸体躯干雕像,在装腔作势地说大话。这些通常是在舞台前沿讲的大话,在这里却在幕后被人强调道:“上帝呀!上帝呀!结婚是可怕的,却是永恒的!”——“欢迎,我尊敬的朋友们!是什么重要事情把他们全都引到我身边来?”——“可是我希望不久就会来到你们当中,进行可怕的观察!”

现在,在席勒的作品中虽然用括号括着:“他们颤抖着走了。”可是这些稻草人顽固透顶的部分却是持续不断的滑稽戏,它们永远不会离去。取之不尽的名言宝库允许人们独自一人去顶礼膜拜。一只只的手在自言自语。脑袋犹如转运站运输的货物,堆积如山,嘴里齐声抱怨着:“没有比在不幸之中回忆幸福、愉快的时光更为痛苦的了。”

只有在升降运送这段时间里——井下运输信号员敲了两下钟,宣布到达了那个最深的巷道。井底车场就在那里,因此,希望也在那里。看来地狱已到尽头,现在决定出井——只有在这里,在经理与采区工长以及狗之间，在挤进提升罐笼狭窄的空间时，才给马特恩讲解他刚才看到的东西，讲活动的稻草人碎块最近非常畅销，尤其是在阿根廷和加拿大，麦地的辽阔要有一支排成梯队的稻草人队伍。

现在，当他们三人同狗一起，站在八百五十米的巷道里时，因为经理给他递了一个眼色，要他讲解，所以这位采区工长便开口讲话。他只好宣布矿井参观的最后阶段现在开始："现在，我们走过了我们头上三条巷道中的生产路线，在这之后，我们也就成了见证人，成了用各种方式加工的见证人，然后又成了安装的见证人。我们试图阐明，所有的项目，从体育的直至原子固执的项目，怎样建立在三个主导动机的基础上。在进行阐述之后，我们现在还能展示的是，所有的稻草人都熟悉自己的任务，这些任务对于它们来说，在矿井表面肯定是屡见不鲜的。在第二十六、二十七和二十八硐室里，我们将看到在对象身上进行的训练，看到种种考验，迄今为止，这些考验是没有一个在布劳克塞尔公司制造的稻草人逃避得了的。"

"这是在虐待动物！"还在第二十六硐室打开之前，马特恩就说。"停止虐待动物！"他冲着硐室高声大叫，而这时他不能不听到，被布劳克塞尔称为"我们亲爱的不引人注意的世界公民"的麻雀就是在井下也不能叽叽喳喳地叫。

接着，布劳克塞尔说："我们的出口稻草人在这儿熟悉这些麻雀以及那些小麦品种，不久它们就得保护这些小麦免遭鸟吃。每一个需要检验的稻草人——这是一件泽兰黑麦稻草人的收藏品，它的作用范围将是西南部的开普省——都必须使撒上黑麦引诱麻雀的某一有限诱饵范围免遭测试麻雀的袭击。在这一工作班的时间内，就我所见，还要检验下面一些收藏品。十二个品种的敖德萨稻草人，这些稻草人必须在南俄罗斯的吉尔卡小麦地里和乌克兰的桑多米尔小麦地里经受考验。然后是我们非常需要的拉-普拉塔稻草人，这些稻草人使阿根廷的小麦种植达到了创纪录的水平。在这以后，有八个品种的萨斯稻草人要学会保护库班卡品种的小麦——一种夏季硬质小麦，此外，这种小麦也在达科他州种植。一小批小麦稻草人必须拉开测试麻雀与波兰的桑多梅日小麦以及有麦芒的和越冬的巴纳特小麦之间的距离。在这里，就像在第二十七、二十八硐室那样，今后要测试的收藏品都是两行的波拉塔瓦大麦、法国北部酿造啤酒的大麦、斯堪的纳维亚半岛的圆锥花序燕麦、莫尔道河玉米、意大利钦奎提诺玉米和北美以及苏联的南俄玉米品种和密西西比河流域玉米品种所急需的。所以，当人们在这一硐室必须专门使麻雀避开诱饵范围之时，在下一个硐室里就要让鸽子，尤其是那些也毁坏油菜、豌豆和亚麻种子的野鸽去跟踪要测试的出口稻草人。偶尔也允许用乌鸦、寒鸦和云雀作测试对象，而这时，在第二十八硐室，鸫和乌鸫正在对我们的树木稻草人进行测试，椋鸟正在对我们的葡萄园稻草人进行测试。不过，我们可以让这位不熟悉矿井的人放心的是：我们所有的测试鸟，从麻雀到野鸽，直至燕雀、云雀和椋鸟都经矿上有关部门批准后才引进。汉诺威和希尔德斯海姆动物保护协会每个季节都要检查这三个测试硐室。我们并非鸟类的敌人。我们同鸟类合作共事。我们的稻草人对气枪、捕鸟用的胶杆和捕鸟网持怀疑态度。不错，布劳克塞尔公司理直气壮地、多次公开地抗议过野蛮攫取意大利鸣禽。我们在各大洲取得的成绩，我们的俄亥俄州和马里兰州稻草人，我们的西伯利亚乌尔托巴稻草人，我们在加拿大马尼托巴麦地里的稻草人，我们的稻子稻草人——这些保护爪哇稻和在曼图亚种植的意大利奥斯蒂利亚稻的稻草人，我们的玉米稻草人——这些为使苏联的玉米收成接近美国纪录做出贡献的稻草人。我们所有的稻草人，不管它们现在是保护本地的黑麦、瘦瘦的汉娜大麦、产自明尼苏达州的弥尔顿燕麦、著名的波尔多小麦、印度的稻田、秘鲁南部的库茨科玉米还是保护中国黄米和苏格兰荞麦免遭鸟吃。布劳克塞尔公司所有、所有的产品都与大自然打成一片，甚至本身就是天然物品。鸟类与稻草人和睦共处，是啊，如果没有稻草人，那就不会有鸟。鸟儿和稻草人，两者——出自上帝之手的创造物——都在为解决日益突出的世界粮食问题做出贡献，其做法是：鸟儿吃掉螨虫和麦子上的蛀虫，吃掉黑谷象虫和可恶的野生萝卜种子；稻草人消除成熟的谷粒上所有的鸟鸣、鸽子的咕咕声和麻雀的叽叽喳喳声,把椋鸟从葡萄园里、把乌鸫以及鸫从樱桃树丛中赶走。”

尽管如此,尽管布劳克塞尔经理如此口若悬河地赞美构建在鸟类与稻草人之间的那种和谐关系,“虐待动物”这句话仍然一再从不熟悉矿井的马特恩嘴里脱口而出。他现在不能不听到这种说法,说公司在实现合理化的过程中已经转向,让麻雀、野鸽和乌鸫在山上筑巢、孵化,从蛋中破壳而出。他现在认识到这种情况:一代代的鸟儿不知白昼为何物,它们把悬挂着的含盐岩当作天空。也就是在这时,尽管在所有这三个硐室中生气勃勃,犹如在歌声的海洋中充满着五月的欢乐,燕雀的鸣叫声和云雀的歌唱,鸽子的咕咕声和寒鸦的音乐,没有组织的麻雀叽叽喳喳的嚷嚷声,简言之,一个使果汁饱满的五月天的音响效果回荡在这三个硐室中,马特恩谈的却是地狱里的鸟类无法忍受的痛苦。只有在极其罕见的情况下,在八百五十米深处巷道里的通风状况欠佳时,布劳克塞尔公司的员工才不得不将长上羽毛的生物放到一起,因为矿井的混合气会使它们失去生命的乐趣。

这位不熟悉矿井的人怒气冲冲。他创造了“地狱耻辱”这个冗辞。如果不是采区工长在第二十九硐室中给他许诺,他将会看到所有稻草人都受到教育这个结局,也就是结业典礼,盛大的稻草人集会,他真会盲目地赶往井底车场,以便在那里——他当时好像到过那里——大叫大嚷,吵着要阳光和空气,要自然光线和春光明媚的五月。

可是他却这么凑巧,从边缘留下的一圈痕迹看到了狂欢的节日。在这次稻草人展览中,所有硐室有教养的、接受坚信礼的稻草人都在场。有哈利路亚①稻草人和近战稻草人,有公民地位所应提供的东西——四口之家的稻草人家庭,有身居显位的稻草人头目。有无拘无束的、受到阻拦的、独断专行的稻草人犟种。在经过加工的随身物

① 犹太教和基督教的欢呼语,意为“赞美神”。

品中，可供稻草人闲聊和稻草人大吹大擂的东西有：戴绒球帽的稻草人和统一规格的次要稻草人，近似天使的精英稻草人和冒险故事所能提供的东西——勃艮第人的鼻子和哈布斯堡家族的嘴唇，席勒的领子和苏沃洛夫的靴子，西班牙黑色和普鲁士蓝。其间还有自由市场经济的商人。还有很难找到的、因为已经钻进自己五脏六腑里的流亡者。谁在那里直截了当地对稻草人讲话？谁来关心稻草人的情绪和稻草人的变化？这就是人见人爱的机会主义者，这些人在褐色衣服下面穿着赤色衣服，而且立即就会飞快地穿上教会的黑袍。介入民间节日的是——因为在这里，一种国家制度要求体现一般人的意思——核武器的和酷爱戏剧的固执己见。光怪陆离，稻草人的光怪陆离。备受青睐的稻草人德语在建立种种联系。稻草人音乐在缓和仇恨，平息怒气，减少四处游荡的报复，因而也就使硐室里引起的感情冲动平静下来。这些主要的感情冲动给每一个稻草人的机械装置注入润滑剂，作为大厅里的维持秩序者挥舞着稻草人的大刀："谁动谁倒霉！你们只要动一动，就要倒霉！"

尽管经常都在搞恶作剧，但是那些接受坚信礼的稻草人却举止文明。背着人的稻草人在取笑唱着歌的传教稻草人。稻草人猛禽无法停止扒窃。医院里面色苍白的护士们也来加入《华伦斯坦之死》①这一具有历史意义的团体。谁会想到，苏格拉底大弟子式绒球帽稻草人竟然会同鼓吹社会分层的那种发出扁豆酸味的理论对话？开始对话。那种被误认为"地狱里的哄堂大笑"的、在第八硐室里学会的笑声，同第七硐室的哭声和第九硐室里把牙齿咬得咯咯作响的声音交织在一起，因为当时正在那里欢庆一个节日。在节日里，并非笑话使人哈哈大笑，丢失了一块小毛巾使人痛哭不已，一场来得很快，但是平息得也很快的争执在咯咯作响的咬牙声中被埋葬。

可是现在，那些在结业典礼时济济一堂的受坚信礼者在牵着狗的矿山经理和这位不熟悉矿井的客人陪同下，跟在采区工长后面被

① 德国剧作家席勒的历史剧。

带进附近的第三十硐室,这时,立即就安静了下来。

羞耻之心命令马特恩转过头去,因为就他所知,聚在一起的稻草人“同业公会”由遥控操纵,而且正如他所说的那样,它“毫无感情地、机械地……”向布劳克塞尔公司宣誓。稻草人敢于鹦鹉学舌:“我敢起誓,这是千真万确的!”在那里也是以全国流行的“我发誓……”开始,然后以此告终。在此之前,赌咒发誓,决不否认出身于井下,决不故意离开分配给稻草人的田地,总是使鸟儿,也就是使原始天职严格地,但也是以公平的方式失去性欲。他的眼睛也在井下守护着:“我敢起誓,这是千真万确的!”

还必须提到的是,在第三十一硐室里,单个的稻草人和稻草人收藏品正在装箱,准备出口。在第三十二硐室里,正在给木箱贴上标签,开出运货单,派出运矿车。

“现在,”采区工长韦尔尼克这样说,“我们到了长长的生产线的尽头。我们希望您能够有个大致的了解。有些地方,譬如说所有位于井上的实验室、自动化设备和我们的电工车间,在参观矿井时不让进去。就连我们的玻璃车间也要经过特别许可才能参观。要是您想请经理先生给予方便,也许不成问题。”

可是这位不熟悉矿井的旅游者瓦尔特·马特恩已经厌烦了。他的眼睛难受得要命。他奔向日光的速度比巡道车到达井底车场的速度还要快。马特恩烦死了。

因此,就连他的抗议也未奏效,因为布劳克塞尔经理抓着普鲁托这条黑牧羊犬的脖套,用链子把它拴在那里,拴在开始参观矿井的地方,拴在矿山工作平面圆满完成之处,拴在按照布劳克塞尔的指示安置那块备受矿山喜爱的牌子“平安上井!”之处,但也拴在根据马特恩的建议必须写着下面一句话的地方。这句话是:“你们,你们这些进入地狱之人,要把各种希望留在身后①。”

提升罐笼已经打开,准备输送人员出矿。这时,这位不熟悉矿井

① 引自但丁《神曲·地狱篇》。

的人找到了剩下的话:“这本来就是我的狗。”

对此,布劳克塞尔说出最后的话:“令人心旷神怡的矿井表面能够给这样一条狗提供哪一种值得看守的对象呢?这儿就是它的工作面。在这儿,主提升井念着‘阿门’,从上面五月份空气中来的风流呼呼地吐出。它应当成为这儿的看门狗,但是不叫刻耳柏洛斯。冥府在上面!”

啊,每次输送两人出矿。他们把采区工长留在井下。

啊,他们每秒钟可望上升十五米。

啊,这是各种升降机都能带来的熟悉的感觉。

他们在呼呼声中沉默不语。这种呼呼声将棉花塞进每一只耳朵。每个人都闻到一股焦味。每一次祷告都在乞求提升钢丝绳千万别断,好让阳光、自然光线阳光灿烂的五月再一次……

可是,当他们踏上地面车场的硬质合金片基地时,外面正下着雨,暮色正从哈尔茨山脉向田野上空慢慢移动。

这个人和那个人——谁不会称他们是布劳克塞尔和马特恩呢?——我和他,我们提着已经熄灭的矿灯走向采矿工长的浴室。浴室值班员拿走了我们的安全帽和电石灯。值班员把我和他领进放着马特恩和布劳克塞尔衣服的更衣室。他和我从井下碎砖块里走上来。已经给我和他的浴缸放满了水。我听到埃迪在那边噼噼啪啪地戏水。现在我也走进浴缸里。我们在用碱液洗澡。埃迪在吹口哨,他吹着某个曲调。我试着吹口哨,吹类似的曲调。可是这很难。我们俩都精赤条条。各人洗各人的澡。

译 后 记

——我和格拉斯作品的不解之缘

一九九七年五月中旬的一个下午，我正在全神贯注地翻译业已译出几万字的卡夫卡长篇小说《城堡》。这时，电话铃声突然响了。电话的另一头传来漓江出版社编辑吴裕康先生约我翻译君特·格拉斯代表品《狗年月》的信息。这使我感到十分为难。两位作家都是我崇拜的大师，但又不能两者兼顾，因为两部译作的交稿日期都在一九九八年，一个在十月底，一个在八月底。更何况除了翻译，我那繁重的教学工作也不容丝毫懈怠。卡夫卡是我很喜欢的一位经典作家，能得到翻译《城堡》这一经典作品的合同，是出版社对我的信任。《城堡》一书早在一九八二年就有了汤永宽先生文笔优美的译本。尽管该译作是根据英文版本，而不是从德文原著译出，但它仍不失为一部颇有影响的译本。《狗年月》却不一样，它还是一部尚未与中国读者见面的作品。经过仔细考虑，我只好忍痛割爱，对卡夫卡的在天之灵说一声“对不住了。”之所以作出这样的抉择，还有一个更重要的原因，为此，就不能不追述四十年前的一些陈年旧事。

那是一九八〇年一月十日下午，我们这些公派出国去西德进修的德语教师在北大张玉书先生率领下，应邀前往格拉斯在西柏林的家中作客。格拉斯身穿便装，与大家自由交谈，合影留念。我们交谈的内容十分广泛。迄今为止，我记忆犹新的仍然是他所讲述的那个《铁皮鼓》创作中的小插曲。他讲道：有一天，当他正在为创造一个什么样的人物形象冥思苦想时，忽然看见一个胸前挎着铁皮鼓的三岁男孩向他走来。这个男孩的出现使他茅塞顿开、浮想联翩。他很快就决定将作品主人公奥斯卡·马策拉特的形象定格在这一瞬间。就这样，我们眼前便出现了那个三岁生日时得到妈妈赠送的一面铁皮鼓、发誓不再长大的奥斯卡。他自我伤残，一跤摔成患痴小症的侏儒。尽管他身高不到九十四厘米，不再长高，但智力却比成人高三倍，而且还获得能唱碎玻璃的特异功能。他用敲响这面鼓的方式，表达自己喜、怒、哀、乐的感情。作者把奥斯卡定格在三岁这一时段的做法看似偶然，实际上却有其必然性，其目的是拉开同成年人的距离，更为真实、精准地观察现实，评判现实。关于这一寓意，我们也只是在当晚去电影院观看电影《铁皮鼓》时，才有了比较深刻的领悟。

一九八〇年二月底，我们在慕尼黑应邀前往电影《铁皮鼓》中奥斯卡外祖父的扮演者罗兰德·托伊布讷先生家，与他共进晚餐。这是我们同《铁皮鼓》剧中人亲密接触的一次相会。晚饭后，我们一道去参加德国作家大会开幕式。会议开幕前，格拉斯出现在我们面前，同大家互致问候时，我们当中有一位先生把他与格拉斯的合影照拿出来请格拉斯签名。格拉斯见状，立即取出笔来，一面签名，一面风趣地指着那位先生对大家说："你们看，还是他聪明。"格拉斯的平易近人、和蔼可亲不能不令人肃然起敬。

对我而言，要翻译像《狗年月》这样难度极大的长篇巨著，若是在四十年前，那真是根本就不敢奢想的事，就是在一九九七年，也并非易事。当时之所以敢于签下合同，一方面是自己经过十几年努力，有了一些积累；另一方面也想给自己一次学习和磨砺的机会。到那时为止，《海底隧道》《小人物，怎么办?》《天地之间》《分裂的天空》等多部长篇小说译作能在人民文学出版社、上海译文出版社、漓江出版社和重庆出版社出版，也给我增添了信心和勇气，使我最终下定翻译《狗年月》的决心。

《狗年月》于一九九九年年初与中国读者见面不久，就传来格拉斯荣获诺贝尔文学奖的喜讯。紧接着，《文汇报》于当年十月十六日便在《但泽三部曲故事梗概》这一大标题下，刊登了《铁皮鼓》《猫与鼠》《狗年月》的内容缩写。随后，中央电视台也于十二月三日晚的

《读书节目》里，对格拉斯和《但泽三部曲》进行了专题介绍。对格拉斯及其主要作品的评介文章也上了《外国文学评论》和《外国文学动态》等权威杂志。

格拉斯的另一部长篇力作《辽阔的原野》于一九九五年出版后，就曾在德国掀起一阵“带有政治性的讨论浪潮”。受到《外国文学评论》原常务副主编韩耀成先生鼓励，译者经过三年努力，终于完成这一巨著的翻译工作。这部译作得到上海译文出版社认可，得到该社编辑裴胜利先生的热情帮助，同《狗年月》和我的另一部译作《铃蟾的叫声》一道，收入《格拉斯文集》，于二〇〇五年出版。美中不足的是，十多年前应邀翻译的《诗歌战利品》一书因故迄今尚未付梓。该书汇集了格拉斯五十年创作的八十六幅绘画和一百四十八首诗歌。这部诗集的出版将会给中国读者提供一次更全面了解格拉斯及其作品的机会。但愿这一机会能早日出现。

光阴荏苒，四十年前同格拉斯作品结下的不解之缘如今已经初见成效。译者也同这些作品由陌生的朋友变成了熟识的好友。我们有理由期望，这种“缘分”不会随着时光的流逝而消散。

刁承俊

二〇二〇年五月九日

于重庆歌乐山麓